도연명의 유산

도연명의 유산

초판 1쇄 인쇄 2021년 4월 13일
초판 1쇄 발행 2021년 4월 20일

지은이 장웨이
옮긴이 조성환
기　획 노승현
펴낸이 정해종
디자인 유혜현

펴낸곳 ㈜파람북
출판등록 2018년 4월 30일 제2018-000126호
주소 서울특별시 마포구 양화로 12길 8~9, 2층
전자우편 info@parambook.co.kr **인스타그램** @param.book
페이스북 www.facebook.com/parambook/ **네이버 포스트** m.post.naver.com/parambook
대표전화 (편집) 02-2038-2633 (마케팅) 070-4353-0561

ISBN 979-11-90052-65-8 03820
책값은 뒤표지에 있습니다.

도연명의 유산

陶渊明的遗产

장웨이 지음
조성환 옮김

파람북

서언

이 책은 강연 녹음을 정리한 원고다. 2014년 가을 만송포서원(萬松浦書院)의 원생 친구들이 도연명의 시가 예술에 대해 집중적인 세미나를 열었다. 일주일 남짓 필자는 7차 세미나에 참가하여 합계 20여 시간 동안 발언했다. 이것은 학습의 한 과정이자, 이 기회를 빌어 도연명 시를 읽고 교류할 수 있었던 좋은 체험이었는데, 장기적으로 도연명의 생활과 예술에 대해 진심으로 우러나온 호감을 표현했다.

롄쉬(濂旭) 선생은 발언 녹음을 자세히 교정해주었고, 아울러 인용한 전체의 시문을 대조 확인해주어 워드 문서를 완성하는 데 대단한 심혈을 기울여주셨다. 훙하오(洪浩), 아이보(愛波) 및 우빙(吳兵) 선생은 또 각자 나누어 전서를 읽어보고 소중한 의견을 주셨다. 그들의 부지런한 노력이 없었다면, 이 책은 지금의 모습을 갖추지 못했을 것이다.

이 책은 도연명 저작에 관한 고증이 아니고 구체적인 해석 연구도 아니며 학술 논문도 아니요, 단지 한 독자의 감상이자 독서의 결과물일 뿐이다. 이 글은 세미나 토론 과정에서 나온 것이기에 책을 만드는 과정에서 제목이 필요하므로 분류하여 제목을 달았다. 그럼에도 불구하고 여전히 많은 결함을 남겨 놓았기에 독자들께서 잘못을 바로잡아주길 진실로 바란다.

장웨이

2015년 8월 19일

한국어판 서문

한국어판 『도연명의 유산』이 곧 출간될 것이라면서 노승현(盧承賢) 선생이 내게 한국어판 서문을 써줄 것을 부탁했다.

2018년 한국을 방문하여 나는 노 선생과 두 번이나 유쾌한 대화를 나눴으며, 아울러 깨알같이 쓰인 나의 졸작을 보여주었다. 그가 다녔던 중국 도시는 내가 다닌 곳보다 훨씬 많았다. 이는 나를 무척이나 놀랍고 의아하게 만들었다. 보통을 초월하는 생명 충동을 보유하고 모종의 문화를 깊이 탐구하려는 집착을 가져야만 비로소 이처럼 강력한 행동력을 지닐 수 있을 것이다.

노승현 선생이 이 책을 한국에 소개하여 조성환(趙誠煥) 선생이 심혈을 기울여 번역하여 출간한다니 너무나 기쁜 일이다. 내가 이미 출판한 중국 고전시학 저작 몇 권 가운데 이 책은 특별한 지위를 차지한다. 이 책에서는 도연명의 삶을 비롯해 작품 전반을 다루는데, 그는 수수께끼처럼 경이롭고 유혹과 매력으로 충만한 인물이기 때문이다. 중국 역사에서 도연명은 보통 은사(隱士)로 여겨지고, 『은사전(隱士傳)』 같은 저술에서는 모두 그를 이 방면의 전형적인 인물로 본다. 한마디로 말하면 도연명은 은일 시인이다.

나는 장기간 도연명의 시문과 사적 속에 침잠한 결과, 약간 다르고도 매우 복잡한 느낌을 갖게 되었다. 내 생각에 그를 관직을 버리고 돌아가 은거한 전원시인으로 보기엔 조금 단순하다는 느낌을 갖지 않을 수 없었다. 나는 도연명과 그와 관련된 밀림 같은 작품을 섭렵하면서 항상 거기에서 빠져나오지 못하고 미련을 둔 상태였다. 나는 인정한다. 오늘날의 인터넷 시대에, 인류 생존의 '정글의 법칙'이 적나라하게 드러나는 이 시기에, 도연명 스타일의 생활방식은 나를 극도로 흡인시켰다. 나는 까닭 없이 상상하게 된다. 자신의 시대 선택과 실천이 시인과 거의 차이가 없는 모종의 생활 조건이라면, 이럴 가능성은 도대체 얼마나 될까?

우선 도연명과 그의 세계로 철저하고 깊게 들어가야 하며, 부화뇌동하여 이해해서는 안 된다는 것은 당연하다. 이는 언제나 나를 깊은 격동과 호기심에 빠트렸다. 나는 고대의 뛰어난 시인이 우리에게서 결코 멀리 떨어져 있지 않았고 가까이 있음을 발견하였다. 그의 고통과 희열, 불안과 지겨움은 오늘날 우리들이 느끼는 감정과 거의 차이가 없다. 도연명은 더욱 뛰어나고 더욱 민감하며 더욱 성실하고 더 큰 용기를 가졌을 뿐이다. 선천적인 재능과 그만의 정신적 특징과 바탕 등과 관련하여 우리는 그와 우리 자신을 비교할 방법이 없다. 하지만 도연명의 생존 상황, 그가 응대하는 방법, 그의 사고와 시문의 세부 묘사 및 감동적인 재능은 충분히 참고할 만하며, 더욱이 우리는 그로부터 시사점과 위로를 받을 수 있다.

도연명은 삶의 대부분을 진퇴양난에 빠져서 인생의 엄중한 문제와 직면했다. 어떻게 하면 꾹 참고 살아갈 것인가, 그리고 일종의 존엄과 기본적인 자유를 어떻게 유지할 수 있을까?

도연명뿐만 아니라 현대인들조차도 이것이 가장 어려우며 평생 동안 온갖 힘을 들여도 해결할 수 없는 문제임을 발견하게 된다. 사람마다 모두 이러한 문제에 직면하기 때문이다.

나는 여러 번 한국을 방문했으며, 한국의 인문 환경과 자연 환경을 좋아하고 아울러 몇몇 분들과 깊은 우정을 맺기도 했다. 생활환경에서 보면 중국과 한국은 차이가 있지만 유사한 면도 있다. 결국 인생의 근본적인 명제는 일치한다. 따라서 도연명의 아름다운 문장과 그의 인문의 거대한 표본적 의의는 틀림없이 우리의 깊은 마음속에서 공감대를 형성할 것이라고 생각한다.

1990년대 초반부터 한국에서 장 · 단편소설 및 『제나라는 어디로 사라졌을까(芳心似火)』 등 고대문화 연구와 관련된 나의 저작물들이 번역, 소개되었다. 나는 성실한 한국 독자에게 깊은 기대를 품고 있다.

마지막으로 조성환 선생의 노고에 감사드린다. 번역 작업의 어려운 정도는 상상을 초월할 것이다. 무수한 고전 시문과 1천여 년 동안 내려온 도학(陶學) 연구자료 등을 섭렵해야 했기 때문이다.

우리가 함께 도연명의 "동쪽 울타리 밑에서 국화 따노라니, 유연히 남산이 눈에 들어오는(採菊東籬下, 悠然見南山)" 심정을 지니고 맑고 고요함, 그리고 편안함을 누리시길 바란다.

지난(濟南)에서

장웨이

옮긴이의 글

1.

2020년 벽두부터 전 세계에 전파되기 시작한 코로나 정국에서 듣기에도 생소한 '사회적 거리두기', '생활 속 거리두기'를 지키고자 밖으로 나다니지 않고『도연명의 유산(陶淵明的遺産)』(중화서국, 2016)이란 책을 번역하기 시작했다.

이 책의 저자 장웨이(張煒)는 한국 독자에게 그다지 알려지지 않는 작가이지만, 노벨문학상 후보로 거론되기도 하는, 루둥(魯東) 출신의 장년(1956년생) 문인이다. 한국 독자에게는 장편소설『새벽 강은 아침을 기다린다(상하)』(원제『古船』, 풀빛, 1994), 산문집『제나라는 어디로 사라졌을까』(원제『芳心似火』, 글항아리, 2011), 그리고 중 · 단편소설집『흥분이란 무엇인가』(원제『激動』, 문학과지성사, 2017) 등으로 선보였다.『마음의 연대: 2018 한중일 동아시아문학포럼 참가작가 작품집』(아시아, 2018)에는 장웨이의「아버지와 바다」가 실려 있다.

장웨이는 산둥성(山東省) 룽커우시(龍口市)에서 태어났으며 지금은 산둥성작가협회 주석을 맡고 있다. 1975년부터 시를 발표하기 시작했으며 1980년부터 소설, 산문, 평론 등을 발표했다. 대표작으로는 한국어로 소개된 위의 작품 외에『구월의 우언(九月寓言)』(인민문학출판사, 2005),

『외성의 편지(外省書)』(화성출판사, 2005), 『보후이(柏慧)』(인민문학출판사, 2010), 『당신은 고원에(你在高原)』 등과 산문집으로 『들판에 녹아들어(融入野地)』(작가출판사, 1996), 『수줍음과 온유함(羞澀和溫柔)』(동방출판중심, 1997), 『밤의 사색과 혼잣말(夜思與獨語)』(인민문학출판사, 2010), 『만송포기(萬松浦記): 장웨이 산문수필 연편(張煒散文隨筆年編)』(20권, 후난문예출판사, 2013) 등이 있고, 시집으로 『귀의하는 길(皈依之路)』(동방출판중심, 1997) 외에 평론집으로는 『정신적 배경(精神的背景)』(화중과기대학출판사, 2013), 『장주의 도망(莊周的逃亡)』(장쑤문예출판사, 2003), 『끝없는 유랑(無邊的游蕩)』(작가출판사, 2010), 『다시 이백과 두보를 말한다(也說李白與杜甫)』(중화서국, 2014), 『초사필기(楚辭筆記)』(증정본, 중화서국, 2019) 그리고 『장웨이문집(張煒文集)』(48권, 작가출판사, 2014) 등이 있다. 아울러 마오둔(茅盾) 문학상(2011년)을 포함하여 70여 차례 수상 기록이 있다.

『도연명의 유산』은 제목에서 보는 것처럼 도연명이 남기고 간 유산을 핵심 키워드를 뽑아서 이야기를 풀어간다. 학술 논문이나 학술서에서 흔히 채택하는 글쓰기 방식이 아니라, 할아버지나 할머니가 손자, 손녀에게 속삭이듯 조곤조곤 얘기해주는 이야기체를 골라 서술하고 있다. 이 책은 대학 강의가 아니라 장웨이가 2003년 9월에 개설한 만송포서원(萬松浦書院)에서 강연한 내용을 기록한 강연 원고를 다듬어 책으로 펴낸 것이다. 만송포서원은 신중국 성립 이래 최초의 현대식 서원이다. 이 책은 강연을 기록했다는 점에서 저우쭤런(周作人, 1885-1967)이 1932년에 베이징 보인대학(輔仁大學)에서 강연한 『중국신문학강화(中國新文學的源流)』를 연상하게 한다. 전자는 만송포서원 원생이 녹음한 강연록(20여 시간)이고, 후자는 저우쭤런의 제자 덩궁싼(鄧恭三; 鄧廣銘, 1907-1998)이

필기한 강연록이다.

저자는 도연명에게 덧씌워진 미사여구를 과감하게 벗겨버린다. 박제되고 밀랍 인형 속에 갇힌 도연명을 밖으로 탈출시켜 민낯의 도연명을 목도하게 한다. 그리고 온실 속에서 살뜰한 보살핌을 받으며 자란 '국화'가 아니라, 사시사철 들판에서 온갖 풍상을 겪고 버티면서 자란 들국화를 떠올리게 한다.

저자는 동서를 넘나들며 고금의 무수한 명사들을 끌어들인다. 기원전의 플라톤에서부터 2018년에 사망한 스티븐 호킹까지 무려 32명을 동원하여 도연명 작품과 비교 분석하고 이들의 공통점을 다각적으로 보여주고 있다.

이 책은 모두 7강으로 구성되어 있는데, 전체 키워드가 무려 127 항목에 달한다. 번득이는 작가의 영감, 상상력과 추리력을 발휘하여 다양하고도 신선한 도연명 독법(讀法)을 제시하고 있다. 하나의 잣대로 꿰어진 것이 아니므로 아무 페이지를 펼쳐 읽더라도 무방할 것이다.

루쉰은 "내 잡문에 쓴 것은 언제나 코이고 입이며 털이다. 하지만 그것을 합쳐보면 거의 하나의 형상인 전체가 될 것이다.(我的雜文, 所寫的常是一鼻, 一嘴, 一毛, 但合起來, 已幾乎是或一形象的全體.)"(『준풍월담 · 후기』)라고 말했다. 도연명이 묘사한 코와 입, 털을 하나하나 떼어내어 따로따로 볼 것이 아니라, 루쉰의 말대로 장웨이가 뽑은 키워드를 하나로 합쳐서 도연명을 바라보면 도연명의 진면목을 확연히 볼 수 있을 것이다.

이 책에서 뽑은 키워드 가운데 가장 인상이 깊게 남는 것은 '정글의 법칙'과 '버티기(挺住)'이다. 필자는 도연명이 살았던 시대를 무시무시한 정글의 법칙이 통용되는 시대로 간주한다. 적자생존의 환경에서 살아남자면 육체적으로나 신체적으로 버텨내야 한다. 이러한 키워드는 우리가 살고 있는 지금에도 적용된다. 현재 전 세계는 코로나 전염병과 싸우고 있다. 이러한 상황에서 이 책의 저자가 본문에서 언급하고 있는, 릴케가 암시한 '버팀'이 우리에게 위안을 줄 수도 있을지 모르겠다.

2.

정확한 통계는 아니지만 역자가 그동안 정리한 국내 도연명 연구 목록을 보면 박사학위 논문 9편, 석사학위 논문 46편, 연구논문 187편 정도이다. 단행본으로는 도연명 문집 역서가 10종, 평전이 2종, 도연명 관련 연구서가 9종, 색인집이 1종 출간되었다. 양적으로 보면 연구 업적이 상당히 탄탄하게 축적된 셈이다. 하지만 앞으로도 도연명 연구는 새로운 연구방법론, 예를 들어 생태환경론에 입각한 생태 시문학적 접근법이나 '화도시(和陶詩)'를 통한 국내외 작가와의 비교 연구 등이 지속적으로 나올 것으로 예상된다.

도연명의 작품은 남조(南朝) 양(梁)나라 소명태자(昭明太子) 소통(蕭統, 501-531)이 편집한 『문선(文選)』에 실리면서 본격적으로 한반도에 소개되었을 것이다. 여기엔 도연명의 시 「처음으로 진군장군의 참군이 되어 곡아를 지나며(始作鎭軍參軍經曲阿作)」 1수, 「신축년 7월에 휴가 갔다가 강릉으로 돌아갈 때 밤에 도구를 지나면서(辛丑歲七月赴假還江陵夜行塗口作)」 1수(이상 제26권), 「만가(挽歌)」 1수(제28권), 「잡시(雜詩)」 2수, 「가난한 선비를 노래하며(詠貧士)」 1수, 「산해경을 읽고(讀山海經)」 1수, 「의고시(擬古詩)」 1수(이상 제30권), 「돌아가자(歸去來辭)」 1수(제45권) 등이 수록되었고, 또 안연지(顔延之)의 「도징사뢰(陶徵士誄)」 1수(제57권)가수록되었으며 소통 자신도 「도연명전(陶淵明傳)」을 썼다.

신라 원성왕(元聖王) 4년(788)에 '독서삼품과'를 도입하여 '상품(上品)'에 『문선』 과목이 들어갔다고 한다. 이때부터 『문선』이 본격적으로 관리 지망생들의 필독서가 되었으니, 도연명 작품도 이때부터 본격적으로 읽히기 시작하였을 것이다.

고려 시대에 들어서면서 송시, 그중에서도 소식(蘇軾, 1037-1101) 열풍이 불고 주자학이 도입되면서 도연명은 더욱더 주목을 받게 된다. 소식은 도연명의 시 109수에 화운하여 '화도시(和陶詩)'를 지었다. 남송의 주희(朱熹, 1130-1200)가 도연명을 충신의 전범으로 추앙한 아래 고려 시대에 수많은 '화도시'가 출현하였다. 이에 대해서는 박미자(朴美子)의 『한국고려시대의 '도연명'관(韓國高麗時代における「陶淵明」觀)』(일본 白帝社, 2000)이 상세하다.

조선 시대에서도 그 결은 달리하지만 각 시기마다, 특히 각종 사화(士禍) 때마다 도연명의 시문이나 신세를 빌어서 자신의 감정을 투영하여 짓는 '화도시'와 '화도사'가 유행하였다. 이에 대해서 세기별로 어떤 추이를 보이는지 더 알고자 한다면 남윤수(南潤秀)의 『한국의 '화도사' 연구』(역락, 2004)와 『한국의 '화도사' 연구(속)』(수서원, 2006)가 상세하니 참조하길 바란다.

15세기에 사림파의 태두인 김종직(金宗直, 1431-1492)이 도연명의 「술을 말하며(述酒)」를 빌어 세조의 왕위 찬탈을 비판하였고, 「의제를 조문하는 글(弔義帝文)」로 무오사화(戊午士禍)를 야기하여 본인은 부관참시 당했다. 이때 도연명의 절개를 높이 사서 사림들이 은거하는 양상을 보이기도 했다.

16세기에 들어서면서 터졌던 갑자사화(1504), 중종반정(1506), 기묘사화(1519), 을사사화(1545), 기축옥사(1589: 정여립 모반사건), 임진왜란(1592), 정유재란(1597) 등 시대적 격변은 각지에 은거 학자들을 양성시켰다. 이들은 처사(處士), 일사(逸士), 은일(隱逸), 거사(居士), 징사(徵士) 등으로 불렸고, 그들 스스로 '처사'로 불리는 것을 크나큰 영광으로 돌렸다.

17세기 무렵엔 '귀거래'의 양상이 이전 시기와는 달라졌다. 계속하여 도연명의 작품에 화운한 시나 '화도사'가 생산되었으나, 귀거래의 공간은 산림에서 도성 근교로 바뀌었다. 인조반정(1623) 이후 세력을 잃고 영·호남으로 내려간 사람들은 더 이상 도성으로 돌아오지 못하고 고향이나 처가, 외가 등지에 둥지를 틀게 되었다. 유생들은 도성에서 가까운 근교에 후손들이 살 수 있는 전장(田莊)을 앞다퉈 만들었다.

18세기 이후 문인들은 더 이상 귀거래의 노래를 부를 필요가 없었다. 대신 그들은 도성에서 가까운 전원주택에서 한가한 삶을 꿈꾸는 노래를 불렀다. 1751년에 편찬한 이중환(李重煥, 1690-1752)의 『택리지(擇里志)·팔도총론』 '충청도 조'에서 "서울에서 대대로 사는 집으로서 충청도에 밭과 논을 마련하여서 생활의 터전으로 삼지 않은 집이 없다.(京城世家無不置田畓於道內, 以爲根本之地.)"고 말하였듯이, 도성에 거주하던 명문세족들은 도성에서 가까운 경기도나 충청도에 농장을 마련하고, 거기에서 생산되는 곡물을 다시 도성으로 가져가 소비하였다. 보통 자신이 처한 곤궁한 형편이나 성격이 도연명에게 남다른 동질감을 느끼게 할 때, 도연명을 호출하고 도연명을 칭송하곤 한다.

대표적인 사람이 명말·청초의 화가 진홍수(陳洪綬, 1598-1652)다. 아홉 살에 부친을 잃은 진홍수는 평생토록 공명을 이루지 못했다. 그는 명나라가 망하자, 산중에 들어가 스님이 되었고, 다시 도시로 나와 생계를 위해 그림을 팔아 호구하였으나 살림은 그다지 넉넉하지 못했다. 그럼에도 부자와 권세가들이 천금을 주어도 붓을 잡지 않았으며 아부하지도 않았다. 그런 절조를 담아 도연명의 화상을 그렸다. 「도연명시의도(陶淵明詩意圖)」(난퉁박물관 소장)를 그린 대본효(戴本孝, 1621-1693)도 마찬가지다. 그의 부친 대중(戴重, 1601-1646)이 명나라가 망한 뒤 마안사(馬鞍寺)로 들어가 곡기를 끊고 절명하자, 대본효는 관직에 대한 꿈을 접고 응아산(鷹阿山)에 들어가 은거했다.

한편 친일파 시인 김용제(金龍濟, 1909-1994, 金村龍濟)는 해방 후 주로 중국과 일본 소설, 당시 번역에 종사하며 여생을 보냈다. 김용제는 「도연명의 검루찬(黔婁贊)」(『새벽』 제3권 제2호, 1956)이란 글을 발표하는데, 해방 이후 아마도 차주환(車柱環) 선생의 석사 논문(1954년) 이후 도연명에 관해 쓴 최초의 글이 아닌가 한다.

> "내가 한시권(漢詩卷)을 약간 뒤적대다가 도연명의 시경(詩境)에 삼탄(三嘆)의 담미(淡味)를 느끼게 되는 것도, 또한 세사(世事)를 면력(綿歷)하였기 때문일까? 무서운 세태(世態)에 패배(敗北)하고 자꾸 도피하고만 싶은 생각이 이런 은일세계를 부러워하는 탓일까? 또는 나이가 이미 늙어오는 탓일까?"

김용제는 과거 자신이 살아왔던 전력을 참회하거나 부끄러워하기는 커녕, 자신을 도연명에게 기대어 동질감을 찾는다. 도연명이 살아 있다면 이 글을 보고 어떤 표정을 지을까. 이에 대한 견해는 전 베이징대학 중문과 위안싱페이(袁行霈) 교수가 깔끔하게 정리하였으니 참고로 적어둔다.

“자연에 은거한 선비, 망한 나라의 유민, 그리고 절의를 지닌 선비들이 도연명을 흠모하고 화도시를 지은 것은 정신적 동조자를 찾고자 함이다. 따라서 그들의 화도시에는 도연명을 의지하며 스스로를 고무하고자 하는 마음이 담겨 있다.

반대로 특별한 절의가 없는 이들이 화도시를 짓는 것은 자신의 내적 결함을 보상하고 양심의 가책을 치유하고자 하는 의도가 어느 정도 들어 있다. 때로는 도연명을 빌려 자기를 높이고자 하는 가식적인 의도도 보인다. 그러나 은둔한 선비와 고위직 관리, 절의를 지킨 사람과 버린 사람처럼 완전히 다른 처지의 사람들이 모두 화도시를 지었다는 사실은 '도연명'에 함축된 의미가 일면적이지 않으며, 심지어 정반대의 측면에서도 동시에 수용될 수 있음을 말해준다.”(김수연 옮김, 『도연명을 그리다: 문학과 회화의 경계』 태학사, 2012, 258쪽)

이 책을 번역하는 과정에서 시는 김창환의 『도연명 시집』(연안서가, 2014), 문은 이치수의 『도연명 전집』(문학과지성사, 2005)을 참고하여 약간 수정했음을 밝혀둔다. 두 분 선생님께 감사드린다. 아울러 이 책을 소개해주고 독려해주신 노승현 선생에게도 고맙다는 인사를 드린다. '도연명호'에 탑승한 모든 독자들이 일상적인 일에 지치고 힘들 때 조금이나마 위안을 주는 책이 되길 바란다.

2021년 4월

안서산방(安棲山房)에서

역자 씀

〈연명귀은도淵明歸隱圖〉(명대明代 구영仇英)

차례

제2강 잠들지 않은 존엄

제3강 가장자리에서 배회하며

제4강 농사와 건강

제5강 가까워지는 종점

제6강 이중의 소박

제7강 가장 가깝고 가장 먼 곳

제1강

위진의 정글에서

역사적으로 보면 국가가 분열되고 혼란한 상태에 처하게 될 때, 반드시 가장 비참하고 가장 고통스러운 시기가 된다. 하지만 사상과 예술 방면에서 종종 진기한 꽃이 나올 수 있다. 이는 '개체'가 일단 구석으로 분산되면, 그들의 상상력이 강대해질 수 있기 때문이다. 한 사람이 핍박당해 구석으로 몰릴 때, 종종 사상과 예술로 사회와 군체에 반응하여 놀랄 만한 에너지를 분출할 수 있다.

〈도연명상〉(송 이공린李公麟 「돌아가자歸去來辭」 부분)

위진의 정글에서

위진(魏晉)은 약육강식의 '정글'이다. 자연계 생물 사이의 '정글의 법칙(the law of the jungle)'은 인류 역사의 긴 단계에 모두 존재했으며, 예로부터 지금까지도 본질적으로 크게 변하진 않았다. 사회문명은 정글의 법칙의 고난스런 대항 속에서 점점 성장하였고 대단히 완만했다. 현실생활 속에서 작게는 인간관계의 아귀다툼에서, 크게는 전쟁에 이르기까지 모두가 이 '정글의 법칙'의 직접적이거나 간접적인 체현이다. 그리고 전쟁은 이 '법칙'의 극치다. 인류의 '문명의 법칙'은 '정글의 법칙'을 제한할 수 있는데, 고금중외(古今中外) 모든 사회의 변천사와 발전사는 두 '법칙'의 투쟁사에 불과하다. 인류가 생존하길 원하면 반드시 자신의 문명을 강화해야 하는데, 이것이 존재의 발판이다.

중화 역사에서 '정글의 법칙'을 유감없이 보여준 시기 가운데 위진 시기를 뛰어넘은 경우는 그다지 많지 않았다. 대체로 춘추전국 시대와 비교할 수 있을 뿐이다. 그것은 기본적으로 야만과 피비린내의 대결이라서 언급할 만한 정의라고 할 수는 없다. 민족이나 권세 집단, 조야(朝野) 간이든 대체로 격투와 약육강식의 상태였다. 유목민족의 중원 침입은 언제나 효과를 보았는데, 근본 원인은 그들이 용맹하고 더욱 야만적이었기 때문이다.

중원 통치 집단은 농경 문명의 산물이다. 이러한 문명은 상대적으로 성숙하고 안정되었다가 쇠퇴하게 되었다. 일종의 문화, 제도 혹은 정치 설계가 일단 낡아 보이면 온갖 병폐가 생겨나고 쇠약하여 무력해졌다가 날마다 썩어 문드러진다. 그것의 내부는 반드시 사치하고 부패할 것이고, 어떤 약으로도 구제할 수 없다. 이러한 문명이 일단 이민족의 폭력과 유린을 당하면 저항할 힘이 전혀 없다. 그래서 통치 집단은 "돌연히 흥기했다가 갑자기 망한다(其興也勃焉, 其亡也忽焉)"는 말이 있듯이 순간적으로 붕괴한다. 농경민족은 전원생활을 기초로 삼아서 그 인성과 특질은 본래 벌판을 종횡하고 사막을 질주하던 용맹과 생만(生蠻)과는 거대한 대조를 이루고 있어, 후자의 도전을 만나면 약세에 처하게 된다. 그때의 중원 제국은 표면적으로는 경계가 삼엄하고, 신분 등급이 있고, 문치무공(文治武功)하여 마치 '대국' 같으나, 사실은 몹시 쇠약해져 곧 붕괴되고 만다.

역사 기록에서 상당히 보편적인 현상을 발견할 수 있다. 이민족은 말 타고 활쏘기를 잘하고 용맹스럽고 사나우며, 성을 공격하고 그 땅을 빼앗아 싸울 때마다 이긴다. 그들은 중원에 들어와 재물과 여성을 약탈하여 황량한 사막으로 가져갔다. 때로는 패배한 것처럼 가장하고는 중원 대군을 유도하여 뒤따르고 상대방을 낯선 환경으로 끌어들인 다음, 사냥하는 것처럼 자의적으로 괴롭히고 학살하기 시작한다. 한민족의 거의 모든 대전투의 실패는 중원 경내가 아니라, 황량한 사막의 깊은 곳에서 이루어졌다. 이러한 전투 형식은 무수하게 반복되었으며 대포 등 화기가 발명된 뒤에서야 이러한 국면이 다소 바뀌었다.

위진의 지식인들은 이러한 '정글'에서 살아갔다. 그들은 내우외환에 빠져 두려워하고 고통스러워하며 몸부림쳤는데, 그들 앞에 놓인 첫 번째 문제는 바로 개인의 목숨을 부지하는 방법이었다. 목숨을 잃어버리면 모든 것은 얘기할 게 못되기 때문이다. 그들이 신음하고 하소연하면서 이 시기에 남긴 사상 흔적은 필연적으로 엄중하다. 예를 들어 '건안칠자(建安七子)'[1], '죽림칠현(竹林七賢)'[2]은 모두 우연히 출현하지 않았다. 이처럼 막을 수 없는 '정글의 법칙' 앞에서 지식인들이 머뭇거릴 시간은 많지 않았다. 그들은 반드시 빨리 그리고 과감하게 스스로 선택해야만 했다.

---

1 중국 후한 건안 때, 시문(詩文)에 뛰어난 일곱 사람의 유명한 문학가들을 이르던 말. 공융(孔融) · 진림(陳琳) · 왕찬(王粲) · 서간(徐幹) · 완우(阮瑀) · 응창(應瑒) · 유정(劉楨)을 이른다.

2 중국 진(晉)나라 초기에 노자와 장자의 무위 사상을 숭상하여 죽림에 모여 청담으로 세월을 보낸 일곱 명의 선비. 곧 산도(山濤), 왕융(王戎), 유영(劉伶), 완적(阮籍), 완함(阮咸), 혜강(嵇康), 상수(向秀)이다.

난세의 몸부림

역사에서 보면 국가가 분열과 혼란의 상태에 처할 때가 가장 비참하고 가장 고통스런 시기다. 하지만 사상과 예술 방면에서는 왕왕 진기한 꽃을 피우곤 했다. '개체'가 일단 구석으로 분산되면, 그들의 사고력은 강대해질 수 있다. 한 사람이 어느 구석으로 몰릴 때 사상과 예술로 사회와 군체에 반응하여 놀랄 만한 에너지를 분출한다. 이것이 바로 일종의 창조력이자, 사람이 내심을 운용하는 역량인데, 사상과 예술의 표현 방법에서 보기 드문 깊이를 드러내었을 뿐 아니라 천차만별이었다.

전란, 고난은 확실히 '개체'를 핍박하여 상대적으로 봉폐된 구석으로 내몰 수 있다. 반대로 이른바 대일통(大一統)의 '성세(盛世)'에는 '군체'에 대한 '개체'의 동경을 불러오기 쉬워서 분분히 따르고 유입하게 된다. 이러한 유입은 신체 방면, 행위 방면에서 표현될 뿐 아니라, 더욱이 사상 방면에서도 표현되었다. 사상 방면의 유입은 큰 면적을 차지하는 덮개를 형성하여 '개체'의 소리와 표현도 그 속에 숨어 있었다. '집체'의 일원으로서 그의 사상과 예술 표현은 항상 '평균'이자 '최대공약수'일 수 있다. 개성을 상실하여 평범하고 표면적으로 변모하는 것은 가장 흔히 볼 수 있는 현상이다. '군체'의 역량은 물리의 실체적 의미에서 보면 누적하고 중첩하나, 정신과 사상과 예술 방면에서 보면 전혀 이와 같지 않다. 물론 그중의 상황이 상당히 복잡한 것이 있어 한마디로 표현할 수가 없다.

일부 저명한 서구학자, 예를 들어 토인비(Arnold Joseph Toynbee, 1889~1975)의 관점은 여전히 참고할 만하다. 대일통의 국가의 세속 조직은 사회가 쇠퇴할 때의 부산물이자, 일종의 소비 조직에 불과하다. 이러한 사회가 영구히 존재하고 불후하리란 생각은 엄중한 환각에 불과할 뿐 아니라, 대자연 규율에 대한 침범이다. 토인비와 흄(David Hume, 1711~1776)은 모두 정치 분립에 처한 정권도 문화에 대해 장점을 가지고 있으며, 소규모 사회에서 생기는 개인의 역할은 대모규 사회에서 생기는 역할보다 훨씬 크다고 여겼다.

토인비와 흄이 여기에서 무시한 것은 극히 복잡한 여러 요소, 예를 들어 민족과 존엄, 분열과 몰락, 평화와 통일, 정신 창조의 일부와 총체, 예술이 상대적으로 물질보다 낙후함 등등 일련의 중대한 문제일 수 있다. 이러한 것들은 종합해서 깊이 있게 토론할 필요가 있다. 이 방면에서 어떠한 독단이나 편면은 매우 위험하다.

춘추전국 시대는 난세여서 이른바 "춘추 시대엔 정의로운 전쟁이 없어서(春秋無義戰)" 인민은 고통을 견디지 않을 수 없었다. 하지만 그때 수많은 사상가가 출현했으니 예술적으로도 대단한 시대였다. 그러나 사상은 예술과 여전히 모두 같을 수는 없어서 때로는 국가의 통일, 사회 분야의 안정과 번영은 예술로 하여금 상대적으로 강력한 창조 상태를 유지하게 만들었다. 하지만 사상 방면에서는 다르다. 사상과 예술은 긴밀히 연결되나 차이도 있어서, 그것들이 어떠한 상호작용을 발휘하는지는 결코 직접적이고 직관적이지 않다. 사상은 개인의 독창성이자 발현이다. 이러한 발현과 독창성은 덮어씌운 주류 의식에서 벗어 나와야 하는데, 대체로 상당히 어려운 일이다.

역사에서 성당(盛唐) 시기[3]는 경제가 번영하고 사회도 비교적 안정되었다고 했지만, 사상 영역에서는 춘추전국 시대만큼 뛰어나거나 찬란한 기상은 없었다. '백가쟁명(百家爭鳴)'은 춘추전국 시기 특유한 사상과 학술 현상이다. 성당 시기에는 위대한 사상가가 없었다. 하지만 예술 방면에서 도리어 위대한 당시(唐詩)가 탄생했으니, 사상은 예술과 다르며 최소한 보조를 맞출 수 없음을 알 수 있다. 일반적으로 말해서 사상의 위축은 때로 예술에 강렬한 파급력을 끼칠 수 있을 뿐 아니라, 이어서 다음 세대의 계승과 발전에 영향을 미칠 수 있다.

어느 방면이나 국부적으로 보면, 위진 시기는 춘추전국보다 더 혼란스러워 인민의 생활은 가난하고 고난스러웠다. 지식인들은 보편적인 사회적 고난을 모면할 수 없어 고난이 더욱 심했다. 그 시기에는 한민족의 집안싸움으로 전란이 빈번했을 뿐 아니라, 더욱 두려운 것은 한민족 통치 집단의 내부 부패가 가져온 이민족의 침입이었다. 북방 이민족 정권은 빈번히 교체되고 멸망하여 역사상 보기 드문 잔혹한 현상을 조성했다. 특히 흉노(匈奴), 선비(鮮卑), 갈(羯), 강(羌), 저(氐) 등 소수민족이 남침하여 전후로 북방에서 수많은 국가를 건립하였다. 그 과정에서 놀라울 정도로 잔혹한 인물이 출현하였고 치가 떨리도록 화나게 하는 사건이 발생했다. 이를 농업문명이 유구한 토지, 한족 통치 집단 및 광범한 민중에 대해 말하자면 극히 두려운 격변이었다.

3 현종 2년(713)에서 대종 때까지의 시기로 이백(李白), 두보(杜甫), 왕유(王維), 맹호연(孟浩然)과 같은 위대한 시인이 나왔다. 이 시기에 당나라 시가 가장 융성하였다.

유목민족은 장기간 황량한 지대에 살아서 농경 문명을 형성하지 못했다. 이러한 종족이 중원으로 진입했을 때, 양자의 항쟁과 마찰은 매우 극렬했다. 이민족의 잔혹과 야만은 중원 문명을 대대적으로 파괴했다. 역사서에는 극도로 잔혹한 인물을 기록했는데, 유총(劉聰), 부생(符生), 석호(石虎), 혁련발발(赫連勃勃) 등의 잔인과 황음무도[4]는 상식적으로 생각할 수 없는 극치에 이르렀다. 북위(北魏), 북제(北齊) 기간의 고환(高歡), 고양(高洋) 부자 같은 사람의 경우, 역사 기록 가운데 일부 내용은 보기만 해도 몸서리치게 하여 줄곧 믿을 수 없게 만들 정도다.

그러한 사회 정치와 문화 구조 안에서 지식인의 비통과 고통은 이미 극점에 이르렀다. 그때의 이른바 예술가와 독서인(讀書人)은 오늘날의 지식인과는 달랐다. 그들은 관료의 신분과 왕왕 둘이면서 하나였다. 일부 사람들은 떠나고 도피하는 가운데 더욱이 내면 세계의 몸부림과 반항이 심해졌다. 그 과정에서 얻은 정신적 성과가 바로 우리가 오늘날 보는 그러한 사상과 예술이다. 탁월한 지식인의 경우, 외부 세계가 혼란하고 격렬할수록 내면 세계의 반항과 창조는 더욱 성대해지고 막을 수 없는 생발력(生發力)을 갖게 된다. 따라서 사회와 인생의 관계에서 보면, 양자는 항상 이처럼 복잡한 관계에서 나타날 수 있다.

춘추전국과 위진 시기를 성당 시기와 비교하여 그들 사상과 예술의 차이를 연구하는 것도 중요할 것이다. 우리가 상상할 수 있듯이 춘추전국 시대의 사상과 예술의 번영은 기타 요소 이외에도 더욱 중요한 점이 있는데, 진대(秦代)의 '분서갱유(焚書坑儒)'와 같은 사건이 없었다는 점이다.

---

4 주색에 빠져 사람으로서 마땅히 할 도리를 돌아보지 않는 것.

이 사건은 문자옥(文字獄)이란 말로 죄를 단정한 효시였고, 중국 역사상 가장 굴욕적이고 가장 어두운 한 페이지, 한바탕의 악몽이라 할 수 있다.

'무리에 가담하지' 않다

'정글의 법칙'을 연구하려면, 그것의 '먹이사슬'을 분명히 알아야 한다. 정글 속에서 '먹이사슬'의 맨 위층은 사자, 호랑이이고, 내려가면 승냥이, 이리, 하이에나이며, 마지막 등급은 바로 토끼, 두더지처럼 벌레와 풀을 먹고사는 작은 동물이다. 도연명이 살던 그 시기에 '먹이사슬'의 맨 위층에 있었던, 피에 굶주린 동물은 바로 환현(桓玄, 369~404)[5]과 유유(劉裕, 363~422)[6]와 같은 군벌이다. 먹이사슬 중간에 낀 막강한 세력 집단은 함께 사냥하여 수렵물을 공유했다. 다른 방법은 무리 짓기인데 들여우, 하이에나 같은 경우다. 이 정글 사냥에서 가장 좋기로는 무리를 지어 작당하는 방법인데, 개체의 역량이 허약하기 때문이다.

과거이든 지금이든 약소한 모든 개체는 패거리에 들어야 한다. 이것은 '정글의 법칙'에서 생존을 구하는 하나의 철칙이자 기본적인 방법이다. 지식인도 물론 예외가 아니다. 문학을 위해서든 정치에 참여하든, 모두 '무리에 가담해야' 한다. 그러나 정신적 도덕의 성장으로 말하자면 지식인

---

5 동진(東晉)의 인물이자, 환초(桓楚)의 건국자였으나 불과 3개월 만에 유유(劉裕)에게 반격을 받고 피살되었다.

6 중국 남북조 시대 유송의 초대 황제. 다른 송나라 왕조와 구별하기 위해서 유유가 건국한 송나라는 후세의 역사가에 의해 유송(劉宋)이라고 부른다.

의 '무리 가담'은 도리어 치명적이며 두려운 행위다.

위진의 '정글의 법칙'은 무력과 물질 분야에서 표현하기란 이해하기 쉬우며, 문화와 정신 분야에서 표현하기란 다소 명확하지 않다. 사상과 문화의 악렬한 억압과 전제 분위기는 바로 이 법칙의 체현인데, 이 가운데 마찬가지로 야만의 제거와 인멸이 있다. '정글의 법칙'은 사회생활의 한구석에 넘치는데, 똑바로 보아야만 분명히 알 수 있고 문명의 진보가 있다.

동진(東晋)은 문화사상과 예술의 '울타리'를 가졌다. 이것은 문화인이 자기 보호와 상호 위로를 구하는 방식인데, 때로는 살길을 찾는 '법칙'을 따랐다. 도연명을 같은 시기의 일부 문인, 지식인과 비교하면 우리는 그가 독립적이고 군체 밖의, 두드러진 고독한 그림자였음을 느낄 수 있다. 그는 사실 벗어나 있었다. 물론 그도 교류하고 응수했다.

> 提壺接賓侶, 술병 들고 손님을 대접하고
>
> _「사천에 노닐며(游斜川)」

> 聞多素心人, 소박한 마음 지닌 사람 많다기에
> 樂與數晨夕. 기꺼이 아침저녁 자주 함께 하리라.
>
> _「거주지를 옮기고 두 수(移居二首)」 가운데 제1수

하지만 총체적으로 보면 그는 스스로 한곳에서 기다리며, 스스로 읊조리고 스스로 노래 부르고 스스로 음미하며 살아가는 즐거움을 찾았다. 그는 당시 고민에 빠진 지식인처럼 다른 것에 정을 붙였다. 예를 들면 너무 많은 술을 마셨다.

汎此忘憂物, 이것을 술에 띄워 마시니

遠我遺世情. 세속 버린 내 마음 초원하게 한다.

__「음주 20수(飮酒二十首)」 가운데 제7수

그는 고통스러울 때 술을 세상에서 가장 좋은 위로제와 마취제로 삼았다. 하지만 그는 습관적으로 여럿이 모여 술 마시며 난동을 부리지 않고 혼자 마셨다.

靜寄東軒, 고요히 동쪽 난간에 기대

春醪獨撫. 봄 막걸리 홀로 드노라.

__「멎은 구름(停雲)」

一觴雖獨進, 술 한 잔을 비록 혼자 들지만

杯盡壺自傾. 잔 다하면 병 저절로 기운다.

__「음주 20수」 가운데 제7수

도연명의 처세와 교류를 두루 살펴보면, 그는 대부분의 경우 사람들에게 외롭고 고독한 느낌을 준다. 더 나아가 도연명은 약자, 예를 들면 전원 사방의 농민들과 함께 있었다. 그는 막강한 세력을 찾지 않았고, 무리에 가담하지도 않았다. 이것이 가장 두드러진 특징이다.

도연명은 약자인가? 가장 강한 자와 비교하면 그렇다. 가장 약한 사람과 비교하면 그는 일정한 지위를 가졌다. 조상이 높은 관리로 나간 적이 있고, 그 자신도 여러 번 관계로 진출했기 때문이다. 하지만 그는 불우한 고난을 온통 겪고 괴롭힘을 극도로 인내하며 살아나갔다. 그와 같은 시대의 일부 사람들과 비교해보면, 한때는 강자인 셈이지만 도리어 신중하지 못했거나, 다른 여러 가지 원인으로 인해 한번 분노한 나머지 자신을 파괴했다. 도연명은 연약하고 근신하거나 특별한 생존 방식으로 더욱 오래 살아남은 것으로 보이는데, 결국 아무런 구속이 없는 상태에서 살았고, 또한 100여 편이 넘는 시문을 남겼다.

도연명의 출현은 당시의 사회 형태와 불가분 관계가 있다. 마찬가지로 도피하고 똑같이 자신을 보존했으며 똑같이 자기의 사상과 예술을 표현했는데, 도연명은 '건안칠자'와 달랐다. 이것은 성격 때문일 것이며, 또한 사회적 지위와 명성이 드러나지 않고 도리어 은폐하기가 용이했기 때문이었는지도 모른다. 그는 한데 모이지 않고 요란한 소리가 사방에서 일어나는 위진 지식인과 마찬가지로 흔적 없이, 아무 소리 없이 사라지고 떠나갔다. 그는 어떠한 지식인 친구와 장기간 함께한 적도 없었다. 처세 방법, 즉 형식에서 보면 그는 당시 지식인과 예술가의 평균을 충분히 초월하여 소박한 자아의 생활을 선택할 수 있었다.

무엇보다 그가 최종적으로 잠깐 쉬는 공간을 얻었고, 이에 자신을 표현할 더 많은 기회를 얻었기 때문이다.

도연명이 살았던 동진 사회는 청담(淸談)[7], 방탕, 음주, 오석산(五石散)[8] 복용 등이 일시에 성행했으며, '양생론', '소요론' 그리고 '무위론'과

7 명리(名利)를 떠난, 맑고 고상한 이야기.

8 신선사상을 믿은 도가들은 신선방(신선이 되는 처방)의 하나로 오석을 복용했다. 오석은 단사(丹砂 · 황화수은) · 웅황(雄黃) · 백반(白礬) · 증청(曾靑) · 자석(磁石) 등 다섯 가지 광물질을 볶아 만들었다.

'안명론(安命論)'은 큰 영향을 끼쳤다. 도연명은 이러한 사조에 처하여 자연스럽게 물들어 짙은 흔적을 남길 수 있었다. 하지만 그는 결코 한쪽 사조에만 치우치지 않고 다방면으로 시험해보고 수용했으며 어떠한 일파도 따라가지 않았다. 여러 '논(論)'도 전혀 근거가 없지는 않고, 깊이 있는 시대적 근거와 현실 배경을 가지고 있었다. 그것들은 도연명의 심신에 강렬하게 요동을 친 적이 있으며, 그의 사상과 예술에 대해서도 완전히 부정적인 영향을 끼치진 않았다. 심지어 그의 떠남과 돌아옴도 어느 정도 여러 '논'의 영향을 받았다고 말할 수 있다. 총괄하면 그의 사상, 예술과 개인 생활이 한 시기의 전통과 풍조에서 완전히 벗어나는 것은 불가능하다. 그는 풍조의 산아이며 풍조의 일부이지, 하늘 밖에 완전히 독립한 창조자이거나 반항자가 아니었다.

그래서 오늘날 보면 '양생론'이나 '소요론', '종욕론(縱欲論)' 등 모두가 그에게 다소 흡인력이 있었다. 어떤 것은 그를 깊이 계발했다. 예를 들어 그로 하여금 더욱이 사회를 이탈하게 하였고, 그를 다소간 형이상학적 사고로 끌어들였다. 또 어떤 것은 그에게 회의와 반항심을 낳게 했다. 예를 들어 '종욕론'은 도연명의 신상에 어느 정도 체현되었고, 또 그의 처세하는 방법과 일부 상충하기도 했다. 그는 '죽림칠현'처럼 음주하였으나, 그의 음주법은 달랐으며 내포한 뜻도 달랐다. 그는 '죽림칠현'보다 더욱 적극적이었고 술을 빌어서 발설하였을 뿐 아니라 더욱 친화적이었다. 도연명은 더욱 애상을 가졌으며 또 더 많이 반성했다. 그래서 자신을 보호하는 과정에서 대부분 자아 안위의 방법을 선택했다. 그는 현묘한 도리를 논하지도 않고 불교에 들지도 않았으며 미친 체 하지도 않았다. 또한 분노하거나 충돌하지도 않았으며 지나치게 의기소침하지도 않았다. 오석산을 복용하지도 않았고, 특히 '무리에 가담'하지도 않았다. 이 모든 것은 가륵한 일이다.

그 시기에 이렇게 하기란 결코 쉽지 않은 일이다. 유영(劉伶, 221~300)[9]처럼 취하여 돼지와 더불어 한솥밥을 먹고 술을 마시거나, 완적(阮籍, 210~263)[10]처럼 몇 개월 동안 대취하여 화를 피하는 등 세속에 반하는 동작을 하는 행위는 도연명에게 없었다. 그가 한 것은 좋아하지 않은 관리사회를 떠나 농사짓고 날마다 밭일하고 노동하면서 가장 평온하고 가장 '평범'한 생활을 보내는 일이었다. 하지만 이것은 강물의 흐름처럼 표면적으로는 '고요'했으나, 밑바닥은 여전히 용솟음쳤다. 그는 여전히 이 과정에서 제어하기 어려운 인생의 고난을 조금씩 갈아엎을 필요가 있었으며, 이것은 더욱 큰 강인성을 요구했다.

9 죽림칠현(竹林七賢) 중 한 사람으로 죽림칠현 중 가장 술을 즐겼으며, 이와 관련된 수많은 일화로 유명하다.

10 죽림칠현의 중심인물.

굽은 격렬

'죽림칠현'의 세속과 사회에 대한 반항은 매우 거센 나머지 당시 통치 집단에 대해서 단호한 자태를 취했다. 이는 당연히 용기를 필요로 한다. 하지만 때로 이처럼 격렬한 반항을 상대적으로 짧은 시간에 오래도록 견지하기란 어려웠다. 모든 시대마다 비분강개한 선비가 있으니, 그들의 가치는 영원히 존재한다. 이밖에 어느 시대에도 침묵하는 자가 있었다. 도연명처럼 꾹 참고 절조를 지킨 사람이 있는데, 여기에 필요한 것은 더욱 장구한 역량이다. 이처럼 끊임없는 역량은 자연스럽고 심지어 고요하고 무욕한 것으로 보이지만, 그것은 장기간 지속되었다.

이 '위진 정글'에서 생활하기란 얼마나 잔혹하고 위험한지, 조금이라도 조심하지 않으면 생명을 위협한다. 그래서 혜강(嵇康, 224~263)[11] 같은 사람의 비참한 결말은 완전히 근신하지 않아서가 아니었고, 능력이 없고 영리하지 못해서가 아니었으며, 더욱이 우둔해서도 아니었다. 이 '정글' 속의 세력 다툼이 너무나 격렬하고 피에 굶주린 동물이 너무나 많았기 때문이다.

위진 시대를 얘기하려면 동한부터 언급하지 않으면 안 된다. 위진 시

11 죽림칠현 중 한 사람으로 수많은 철학 및 정치적 논문과 서간문을 썼다.

기는 동한의 사회, 정치와 문화유산을 이어받았기 때문이다. 위진은 동한 말년의 황건(黃巾) 봉기, 동탁(董卓)의 정권 농단 등 대란을 겪은 뒤에 다시 환관의 난을 겪었다. 당시 환관들은 사람들을 삼 베듯이 죽였으며, 엄청난 숫자의 지식인을 잔혹하게 도살했다. 조조(曹操, 155~220) 시대의 살인은 공융(孔融, 153~208)처럼 재주와 정취를 가진 사람조차도 피해가지 못했다. 사마씨(司馬氏) 시기에 이르러서도 사람을 죽였다. 피살된 혜강 같은 사람은 강렬한 성격을 가졌으며 「산거원과 절교하는 편지(與山巨源絶交書)」처럼 강직한 문자를 쓸 수 있었으며, 동시에 사소한 것에도 신경을 쓰는 사람이었다. 마찬가지로 '죽림칠현'의 한 사람인 왕융(王戎, 234~305)은 "혜강과 더불어 산 지 20년 동안 그가 일찍이 기뻐하거나 성내는 모습을 본 적이 없다.(與嵇康居二十年, 未嘗見其喜慍之色.)"(「덕행(德行)」, 『세설신어(世說新語)』)고 말했다. 혜강과 함께 20년 동안 살았는데도 그가 기뻐하고 화를 내는 기색을 보지 못했다니 이러한 수양 공부, 도량과 은닉하는 힘은 극치에 이르렀다고 말할 수 있다. 하지만 이처럼 재주가 탁월하고 일처리가 주도면밀한 사람이라도 최후엔 목숨을 잃었다.

그 시대에 지식인이 칼을 맞아 죽은 예는 아주 흔하다. 예를 들어 삼국시대 위(魏)나라 '건안칠자' 가운데 공융이 그렇고 또 양수(楊修, 175~219)와 정의(丁儀, ?~220) 등이 그렇다. 진(晋)나라 때 죽은 가장 유명한 인물로는 혜강, 장화(張華, 232~300), 육운(陸雲, 262~303), 육기(陸機, 261~303), 반악(潘岳, 247~300) 등이 있다. 사람들이 가장 많이 얘기하는 혜강 같은 사람은 지혜를 써서 자신을 보존할지 모르는 사람이 결코 아니었다. 후인들은 대부분 그의 「산거원과 절교하는 편지」의 언사가 예리하고 세상의 불합리에 분개하고 증오하는 면만 보고, 다른 것은 잊어버린다.

1,800자가 넘는 분량의 그 내용은 혜강이 산거원을 모욕한다기보다는, 오히려 잔혹하고 허위적인 사마씨 집단의 통치를 모욕한 것이다. 하지만 혜강의 다른 일면은 오히려 우리들에게 무시당했다. 이것이 바로 그가 교묘히 회피한 결심이자 바람이다.

혜강은 아들에게 쓴 글 「가계(家誡)」에서 가능한 한 조심하고 또 조심하라는 당부를 한다. "무릇 어떤 일을 실행하기 전에 그 일이 올바른지 먼저 심사숙고해야 한다.(凡行事, 先自審其可.)" "만약 상대방의 의사를 잘 이해하지 못한 상태에서 자신의 생각을 말하고자 할 때에는 상대방을 제대로 이해하지 못했을 거라 조심하여 잠시 말을 참아야 한다.(若於意不善了, 而本意欲言, 則當懼有不了之失, 且權忍之.)" "지금 살고 있는 고을의 관리에 대해서는 다만 존경하기만 하면 된다. 아주 친해져서는 안 되며 자주 왕래할 필요도 없고, 그를 방문해야 하다면 반드시 정해진 시간에 해야 한다.(所居長吏, 但宜敬之而已矣, 不當極親密, 不宜數往, 往當有時.)" "만약 괴롭고 힘든 일인 경우, 사람들은 내가 온 힘을 다해 도와주기를 원한다. 그러나 다른 사람의 부탁을 받게 된 경우에는 당연히 완곡한 말로 거절해야 한다.(若有煩辱, 欲人之盡命, 託人之請求, 則當謙言辭謝.)"

이를 보면 그가 여전히 직접적이고 충동적인 행위를 반대했다는 사실을 알 수 있다. 하지만 이처럼 신중하고 소홀함이 없어 감히 일을 저지르지 않는 사람조차도 최후에 사마씨 집단의 칼에 죽었으면서도 당대에 견줄 바 없는 음악 「광릉산(廣陵散)」[12]을 남겨 놓았다.

---

12 죽림칠현 중 하나인 혜강이 형장에서 마지막으로 탄 거문고 작품(琴曲)으로, 이곡은 전국시대 섭정(聶政) 이야기를 묘사하고 있다.

당대의 사람들은 우리가 상상하는 것처럼 그렇게 터무니없지 않았다. 그들은 현대 사람과 마찬가지로 계획적으로 회피할 줄 알았고 모두가 목숨을 잃을까 두려워했다. 하지만 왜 이렇게 총명한 사람들이 결국 이처럼 처참했을까? 이는 청대의 문자옥을 연상케 하는데, 또 다른 사상과 문화의 전횡 시기였다. 지식인이 알지 못하는 것이 아니고 지혜가 없는 것도 아니며, 회피할 줄 모르지 않았고, 심지어 부득불 타협하거나 구차하게 굴기까지 했다. 사마씨 집단에게 양보한 적도 있었다. 하지만 이렇게 해서 어느 정도 다소 완화되었으나, 죽음의 위협을 완전히 벗어날 수 없었다.

지식인이 목숨을 보전하기란 당시에 결코 쉬운 일이 아니어서 일종의 인생 책략을 확실하게 세워두어야 했다. 또한 이러한 정세에서 수많은 사람이 비로소 불도(佛道)로 들어갔고 현묘한 도리에 빠졌다. 현묘한 도리는 형이상학적 사고이며 속세를 멀리 벗어난 공리공담이었고, 또 은거의 목적에 도달했다. 주도면밀함을 꾀하기 위해 상층 지식인이 불교에 들어가 도를 닦아 현묘한 도리를 논하는 기풍을 조성한 것은 충분히 이해할 수 있다.

도연명의 명석함과 통찰력, 격렬한 내심은 '죽림칠현'에 접근할지도 모른다. 하지만 일단 외부로 드러난 몸가짐은 결코 격렬하지 않았으며, 세속적인 차원에서 이해하기 쉬운 방식으로 개인의 위기를 자연스럽게 넘겼다. 물론 그들이 각자 처한 위치, 그들의 구체적인 언어 환경은 달랐기 때문에 직접적이고 단순하게 비교할 수는 없다. 도연명은 사족 문벌의 후예가 아니었고, 권력 무대에서의 지위도 낮아서 두각을 나타낼 수 없었으니 통치 집단의 주의를 결코 끌지 못했을 것이다.

도연명은 중국 농경문화와 유교, 도교문화의 영향을 받아서 그의 기질에는 유교와 도교의 인자가 들어 있다. '죽림칠현'도 어찌 이와 같지 않겠는가? 문제는 일종의 특별한 경우와 인생 전환점이지, 반드시 어느 혈맥 유전자가 주도한 것은 아니다.

도연명은 미천하고 지위가 낮았지만, 시종 위진 시기 혼란한 정치문화 구조에 처하여 몸을 조류 밖으로 빼낼 수 없었다. 그도 집대성자인 셈인데 양생, 소요, 방종, 불교와 도교의 여러 설의 정화 부분을 통합하여 가슴 속에 넣어두었다. 상상 속에서 그는 총결자이고 내심으로 각양각색의 문화 사조를 강렬하게 추구하고 각종 가능성을 시험해보고, 동시에 행동할 때는 또 신중을 기한 사람이다. 그는 몇 번 관직에 들어갔다가 매번 사직했으며, 최후에는 상부에서 몇 번 불렀으나 대답하지 않고 곧장 전원에 머물렀다.

도연명의 시 가운데 당시 사회현상과 중대한 충돌을 묘사한 작품은 그렇게 많지 않다. 「술을 말하며(述酒)」가 유유의 진(晋) 공제(恭帝) 독살을 연상시키는 것 외에, 다른 시에서는 사회 현실을 거의 언급하지 않았다. 하지만 표층을 통해서 보면 도연명의 시는 여전히 그 시대 사회 충돌에 관한 일종의 서술이고 격렬함과 충돌이 들어 있다. 「형가를 읊으며(詠荊軻)」, 「산해경을 읽고(讀山海經)」(13수) 같은 시편은 눈초리가 찢어질 듯한 분노를 감췄다. 「멎은 구름」은 '팔표동혼(八表同昏: 온 세상이 모두 어둡다)'이라는 말을 반복하여 영탄하였는데, 한편으로는 『시경(詩經)』에서 반복하여 읊는 전통에서 나왔고, 다른 한편으로는 두렵고도 어두운 현실을 강조하고 있다.

확실히 도연명이 처한 시대는 '팔표동혼'이란 네 글자로 개괄할 수 있다.

분노와 두려움

도연명은 불교와 '청담'이 극성하던 시기에 살았으나 기본적으로는 믿지도 않았고 이러한 것을 받아들이지도 않았다. 하지만 불교와 현(玄)[13]은 그에게 모두 잠재적 영향을 끼쳤다. 예를 들면 그의 생명 의의에 대한 사고, 그가 살아가는 초탈성은 모두 불교의 영향을 받았다고 볼 수가 있다. 동한 시기에 불교가 중국에 들어와 나중에 도교와 합류했다. 불교와 도교 합류의 실마리는 한과 위진 시대에 나타난다. 도연명이 일상생활과 시가에서 '청정무위(淸靜無爲)'를 대대적으로 실천하고 있음을 엿볼 수 있다.

外罕人事, 바깥세상에서 사람과 인사 드무니
窮巷寡輪鞅. 외진 마을에 오는 수레와 말 적다.
白日掩荊扉, 한낮에도 사립문 닫혀 있고
虛室絶塵想. 빈방에는 속된 생각 끊겼다.

---

13 포박자에 따르면 '현(玄)' 또는 '현도(玄道)'는 자연의 시작이자 모든 현상의 근원이다. 어두울수록 깊기 때문에 '미(微)'라 하고, 너무 멀고 아득하기에 '묘(妙)'라고 한다. 그것이 만물에 나타나면 '유(有)'가 되고, 숨으면 '무(無)'가 된다.

__「전원으로 돌아와 살며 5수(歸園田居五首)」 제2수

하지만 그는 결코 극단으로 나아가지 않았고, 완전히 '속된 생각을 끊지(絶塵想)'도 않았다. 이는 그의 유가적 정서와 밀접한 관련이 있다. 출세(出世)하는 동시에 입세(入世)의 근심을 아직 놓을 수가 없었다. 그는 이러한 모순 상태에 끊임없이 휩싸였다.

脂我名車, 내 좋은 수레에 기름 치고

策我名驥. 내 좋은 말을 채찍질하여

千里雖遙, 천리가 비록 멀다지만

孰敢不至. 어찌 감히 가지 않으리.

__「무궁화(榮木)」

한편 독서인의 행위를 잊을 방법이 없었다. 하지만 최종적으로 그는 기다렸다가 전원생활에 안착하면서, 이처럼 자신으로부터 도피하는 것이 최선이라고 느꼈다. 도연명의 이러한 선택은 옳고 그름의 여지에서 멀리 벗어난 것으로 그는 아무 일도 하지 않고 전원을 꾸리려고 했다. 이것이 바로 육체노동인데, 독서인에게는 쉽지 않은 일이다. 이는 전문적인 '은사'와는 완전히 다르다.

당시 도연명에게 '정글' 속 두 부류의 속성을 가진 사람도 있다는 사실도 반드시 언급해야 한다. 하나는 환현이고, 하나는 유유다. 이 두 사람은 당시 사회를 심각하게 교란하였고, 도연명의 운명에 대해서도 결정적인 작용을 했다. 그들은 서로 죽이고 앞뒤로 칭제하여 진(晋) 왕실을 뒤따르

며 배반한 적이 있었다. 유유는 진 공제를 잔혹하게 살해했다. 먼저 공제를 영릉왕(零陵王)으로 폐위시키고, 사람을 시켜 진 공제의 비첩(妃妾)이 낳은 모든 남자아이를 죽인 다음, 장위(張褘)를 보내 독주로 진 공제를 살해하게 했다. 하지만 장위는 주군을 차마 죽일 수 없어 자신이 독주를 마시고 자살했다. 유유는 또 사람을 보내 이불로 덮어 진 공제를 질식시켜 죽였다. 권력을 탈취하기 위해 이처럼 잔인하게 변했으니, 정말로 분노를 살 만한 일이었다.

모든 사건은 도연명에게 심대한 자극을 주었다. 시인의 조부가 필경 진 황실에서 복무한 중신이었고 진 황실을 배반한 군벌이 이처럼 진 황실을 몰락시켰기때문에, 이는 필연적으로 그의 마음속에서 강렬한 진동을 일으켰을 것이다.

도연명은 어려서부터 유가의 전통적 훈도를 받았으며, 젊어서는 공을 세우고 사업을 일으키려는 웅지를 품고 사회에 뛰어들려는 마음이 강렬했다. 다만 '정글'과 직면했을 때, 그의 마음은 분노와 두려움으로 가득했고 온갖 모순도 지니고 있었다. 그는 「술을 말하며」와 같은 시를 써서 유유를 완곡하게 비난했다.

諸梁董師旅, 심제량이 군대 감독하면서
羊勝喪其身. 양승은 그의 목숨 잃었다.
山陽歸下國, 산양공이 작은 나라로 돌아갔어도
成名猶不勤. 이름 이루고도 외려 서두르지 않았지.

루쉰(魯迅, 1881~1936) 선생은 「술을 말하며」를 언급하면서 그것이 강렬한 폭로성을 지니고 있다고 말했다. 이와 유사한 심회가 「불우한 선비들을 개탄하며(感士不遇賦)」에서도 엄중하게 표현된다.

密網裁而魚駭, 촘촘한 그물 만들어지니 물고기 놀라고
宏羅制而鳥驚. 큰 그물이 만들어지니 새가 놀랐도다.

「형가를 읊으며」에서도 이렇게 묘사했다.

君子死知己, 군자는 지기를 위해 죽는 법
提劍出燕京. 칼 들고 연나라 서울 나선다.
素驥鳴廣陌, 백마는 넓은 길에서 우는데
慷慨送我行. 격앙되어 내 행차 전송한다.

시인은 비할 바 없는 분노와 용기를 시 속에 남겨두었을 뿐 아니라, 옛것을 빌어 지금을 비유하여 각별히 조심하면서 충분히 신중했다. 이는 물론 필요한 것인데, 특수한 형세에 놓인 특수한 표현법이다. 당시 성행한 현(玄)과 불(佛), 청담과 방탕은 매서운 시대에 빚어낸 다른 술수에 불과할 뿐이고, 깊은 책임감을 가진 시인의 견지에서 말하면 진실로 써서 소화할 방법이 없게 만들었다. 이러한 시기에 시인은 여하를 막론하고 '양생'할 방법이 없고 '소요'할 수도 없었으며 '안명(安命)'할 방법도 없음을 느끼게 되었다.

루쉰 선생은 도연명의 '눈을 부릅뜬 금강역사(金剛怒目)'를 얘기하면서 시인이 한밤중에 다른 읊조림을 들었기 때문이라고 했다. 이러한 소리는 밤에 억눌려져 먼 들판에서 더욱 큰 긴장감을 보여주게 된다. 우리는 평상시에 '용사'의 형상을 전원의 주인 신상에 끌어당기지 않았지만, 여기에는 정말로 이러한 사람이 살고 있었다. '검을 들기(提劍)'를 갈망하고 '죽은 지기(死知己)'에게 묵념했다.

먼 성의 봉화를 바라보면서 코를 찌르는 폭약 연기와 피비린내가 가득하다면, 나무그늘에 누워 있는 사람이 어떻게 그처럼 격렬한 사고를 하지 않을 수 있을까? 들판의 맑은 바람이 부는 저편에는 화염이 일었고 울부짖었으며, 너무나 슬퍼서 죽고 싶은 생각뿐이었다. 시인은 이처럼 비참한 정경을 잘 알고 있었기 때문에 편안하게 긴 밤을 지낼 방법이 없었다.

하지만 그의 분노와 두려움은 마찬가지로 컸을 것이다. 그는 사실 서생이자 약자였다. 그의 유약함과 용맹이 한 몸에 들어 있어 한 모퉁이에서 숨어서 시를 읊고 종이에 기록할 뿐이었다.

탈출 과정에서 완성하다

예로부터 지금까지 인류가 고도문명의 수준에 이르지 못했다면, '정글의 법칙'은 사회생활의 주선율일 수 있는데, 위진 등 난세에 더욱 강렬하게 밖으로 노출되었을 뿐이다. 사회생활 속에 이러한 법칙이 존재하는데, 그 원인을 캐보면 사람이 '불완전'하여 인성에 수많은 불순물이 섞였기 때문이다. 어떤 사람은 인성 가운데 삼분의 일이 동물성이라고 하는데, 어느 시대 어느 공간에서나 그 동물성은 더욱 많아질 것이며, 그것이 차지하는 비중도 더욱 커질 것이다.

전쟁에서, 일부 특별한 사건에서 사람의 야수성에 관한 기록은 대부분 차마 다시 언급할 수 없는 지경에 이른다. 이러한 때를 만날 때마다 우리는 절망하게 되고 철저히 비관하며, 심지어는 인류가 이미 영원히 되돌아오지 않는 궁지에 처했다고 믿는다. 인류가 상제를 향해 행복을 요구할 이유는 대부분 없어졌고 다만 운명이라고 단념할 뿐, 우리를 기다리는 것은 어두운 안색이었다.

역사적으로 보면 위진(魏晉) 같은 혼란한 시기는 인성에 대한 거대한 시험장이었다. 사실 모든 사람은 태어나자마자 '문명의 법칙'을 운용하여 없는 곳이 없는 '정글의 법칙'의 잔혹한 현실에 저항하고, 극히 어렵고 힘든 임무를 받아들이거나 직면하기 시작한다. 슬픈 것은 사람마다 거의 언급할 만한 승리가 없었다는 점이다. 이러한 저항은 대외적이든 대내적이든 자신의 동물성과 일생에 대한 것이었다. 저항의 결심과 방법은 다르고 모든 사람마다 자신의 구체적 표현을 가지고 있으며, 선택이 달라 효과와 결말도 다르다.

도연명은 가능한 한 문명이란 유약하고도 지구적인 무기를 써서 투쟁을 진행하였는데, 그의 삶에서 가장 대단한 부분이고 사람으로서 사람 노릇하는 가장 위대한 부분이다. 생명이 혼돈 속에서 형성될 때 양지(良知)와 양능(良能: 타고난 재능)을 타고난다. 그것은 결코 완전히 후천적으로 부여받은 것이 아니다. 문명은 선천적인 토대에서 번식하고 연결하고 강화하는데, 이처럼 완강하게 성장한 역량을 얕보고 넘길 수는 없다. 바로 이러한 역량을 가졌기에 인류는 비로소 존속해야 할 이유, 가능성과 희망을 갖는다. 인류 역사는 이러한 문명을 이용하여 '정글의 법칙'에 저항하는데 실패에서 승리로, 승리에서 실패로 순환하고 왕복하는 과정을 겪는다.

이것이 전쟁이라면 예로부터 지금까지 모든 사람은 이 전쟁을 벗어날 수가 없다. 이 전쟁은 개체의 경우에 일생을 뒤엉킬 수 있고, 군체의 경우 보편적으로 없는 곳이 없는 상태를 보여줄 수 있다. 도연명은 불 보듯 명확히 알았고, 인성의 비밀을 터득했다. 위진 시대 전체 내지 이전의 춘추전국, 원시사회 등등은 인류 역사의 모든 '정글의 법칙'에서 연역(演繹)되어 나온 희비극, 고난의 역사이자 유혈사인데, 시인이라면 모두 낯설지 않고 심지어 결코 요원하지 않을 것이다. 비슷한 '법칙'이 어떤 사람의 삶을 무참하게 짓누른다면, 그 고통은 상상하기 어렵지 않은데, 도연명이 곁에서 지켜보면서 체득한 것은 틀림없이 극심했을 것이다.

우리가 분명히 알고 있듯이 도연명이든 다른 사람이든 '정글'이 그들을 선택하지, 그들이 '정글'을 선택하지 않는다. 그들이 세상에 태어난 것은 스스로 원하고 깨달았기 때문이 아니라, 전부 핍박에서 나오고 피동적인 것이다. 이것은 결코 자아선택이 아니다. 이러한 이치는 모든 사람에게도 마찬가지다. 그래서 오늘날 우리가 항상 말하는 '체제 내외' 및 여기에서 파생하는 각양각색의 논쟁은 사실상 매우 어렵다. 엄격히 말해서 한 사람이 인간 세상에 태어난 날 바로 '정글'에 의해 선택되지, 그가 '정글'을 선택하는 것은 아니다. 그는 반드시 자신이 살고 있는 시대 체제에 의해 포용되고 구속되며 규정된다. 어느 누구도 예외는 없으며, 어느 한 사람도 '정글' 밖으로 벗어날 수 없다. 이러한 의미에서 말하면, 개체의 선택도 제한적이다.

사람은 비록 자신이 생존하는 시공간에 의해 규정되지만, 자신의 의지로 피동적으로 진입한 곤경을 초월하여, 한 사람이 가진 이성 및 전체의 문명이 부여한 역량을 써서 각종 방식으로 무수하게 몸부림치고 싸워 나갈 수 있다. 그는 자신의 예술 표현, 사상 표현과 생활 방식의 선택을 운용하여 굳세게 존재할 수 있다.

바로 이러한 의미에서 위진의 도연명은 생생한 표본이다. 도연명 신상의 일부 특이한 색채, 도연명 방식의 일상 생존은 이 개체 선택의 초월성과 의연성을 표현한다. 그중에는 사실 심도 깊은 사상과 철학적 함의가 담겨 있다.

도연명은 탈출 과정에서 자기를 완성했으며 문명의 역량을 발휘했다. 그는 그 '법칙'을 인정하지 않았고, 의기소침한 선비가 되길 바라지도 않았으며, 최종적으로 개인주의의 승리를 얻은 셈이다. 설령 후에 도연명이 곤궁하여 영락해지고 기아 속에서 죽어갔지만, 한 생명을 두고 이야기하자면, 그는 스스로 깨달아 선택하고 대항을 했다는 의미에서는 완벽한 승리자였다. 그는 정신과 예술 분야에서 더욱이 이와 같았다. 그는 공융, 혜강처럼 피살당하지 않았으며, 통치 집단 그룹에 가입한 이들처럼 슬퍼하거나 저속하진 않았다. 그는 혼자 생활하고 경작하며 사고하고, 끊임없이 스스로 읊조리고 기록하며 건강한 육체노동과 정신노동에 종사했다. 그가 받드는 토지, 그의 모든 예술은 바로 실제 생존의 주석이자 증명이다. 한 사람이 당시 이렇게 할 수 있었으니 탁월하다고 하겠다.

도연명은 비록 전해져 내려오는 작품이 많진 않아 작품은 이백(李白, 701~762)과 두보(杜甫, 712~770)의 십분의 일 정도에 불과하지만, 그 역량은 거대하다. 그의 작품을 음미하면 의미심장하며 여러 세대를 감동시켰다. 도연명이 수수께끼라면, 그 답은 어디에 있는가? 그것은 개체와 집체, 약자와 강자라는 두 관계 속에 존재하고, 일종의 특이한 삶 속에 존재할 것이다. 그는 '법칙'의 구속에서 개인적으로 사색하고 판단하지 않은 때가 없었다. 그의 깊은 사고, 그의 행위, 그의 동작의 폭은 모두 소박하고 자연스러워 보인다. 지금의 말로 하면 그가 한 모든 것은 거의 '활용할 수 있을' 것 같다. 그의 행위는 우리에게 갑작스럽거나 경솔한 느낌을 주지 않았다. 사람들이 모두 이해하고 받아들일 수 있다는 전제에서 그는 생명의 다름, 용맹, 끝까지 저항하는 강인한 정신을 표현했다. 이것은 매우 대단한 것이다.

피비린내 나는 적의 앞에서 그는 탈출했다. 강인하게 견지하는 가운데 그는 완성했다.

개인 공간

도연명이 살았던 시대는 중국뿐만 아니라 인류 역사에서도 가장 잔혹한 시기 중의 하나였다. 우리가 같은 시기의 중국과 서구를 한번 비교하는 것도 무방할 것이다. 당시의 서구는 마침 '암흑'의 중세기에 처했다. 중세기를 우리들은 '암흑'으로 정의했는데, 실제로 모두 그런 것은 아니다. 최소한 우리가 습관적으로 이해하는 그런 세기가 아니었다. 서구문화의 내부를 조금 깊이 들여다보면, 그 '암흑'기의 과학이 전진하고 아울러 귀족들이 대단한 전통을 세우는 것을 발견할 수 있다. 이 시기는 창조하고 발전한 시기이며, 심오하고 천박하지 않은 시기다. 중세기는 복잡하고 긴 역사 단계라서 일반인이 말하는 개념화, 단순화로 이해할 수 없다. 후대에 르네상스를 언급하면서 하느님을 반대하고 인성을 신성에서 풀어놓았다는 등의 이야기는 너무나 단순함을 면하지 못한다. 르네상스는 사실 하느님을 반대하지 않았으며, 하느님을 승인하는 토대에서 고대 그리스, 고대 로마의 인문정신을 부흥했다.

서구 중세기는 1천여 년 동안 지속되었다. 중국 위진(魏晉)은 단지 서구 중세기가 막 시작되던 짧은 시기에 해당할 뿐이다. 하지만 어떤 곳, 예를 들어 강대한 종교세력, 강대한 사족세력은 도리어 흡사하다. 이 시기에 중국의 위진은 더욱 무서웠고 잔혹하여 대체로 '암흑'이란 두 글자로 개괄할 수 없었다. '기혈(嗜血: 피에 굶주리다)'이란 두 글자로 개괄하면 조금 더 합당할 것이다.

돌이켜보면 위진은 차마 받아들일 수 없을 정도로 격렬하게 동요하던 시기였다. 이는 시대, 사회, 정치생활에 대한 전면적 총괄이다. 하지만 만일 그 시대에 구체적으로 생활했다면, 어떤 시대와 마찬가지로 거기에는 많은 공간이 있어서 서로 다른 생활 표층과 문화 표층을 추출해낼 수 있을 것이다. 사람은 언제나 어느 분야에서 생활하지, 혼돈된 개념 속에서 생존하지 않으며, 상상하는 것처럼 만연한 독기와 피바다 속에서 생활하지 않는다. 반대로 당시의 정보, 교통, 과학기술 등 수준의 제한으로 인해 위진 시기는 아직 상호 단절된 공간을 보존할 수 있다. 이렇게 폐쇄된 공간은 지리적이고 자연적 의미뿐 아니라, 정신 사상 내지 예술 의의에 관한 것이다.

우리는 사람이 일단 상대적으로 독립된 공간으로 들어가게 되면, 안전하게 생존할 가능성을 갖고 사색의 가능성, 배회의 가능성, 고독의 가능성, 적막의 가능성을 갖게 됨을 발견한다. 문제는 이러한 공간에 들어가야만 비로소 잠시 쉴 틈을 얻어서 창조적인 노동에 종사할 수 있다는 점이다. 문제는 지식인이 반드시 유가 정통사상에 의해 양성되는데, 일단 탈출하면 불안에 떤다는 점이다. 그래서 그는 여전히 '정글'을 염두에 두고, '정글'을 동경하고, 이 '정글'을 두려워하면서도 이 '정글'을 개조하길 시도하면서 싸움을 해나간다. 그래서 한 개인의 공간을 진정으로 찾아야 하는데 결코 쉬운 일이 아니다. 여기에는 객관적인 원인 이외에도 주관적인 원인이 있다.

당시의 공융, 혜강, 장화, 육기와 같은 사람들은 모두 상대적으로 독립된 공간을 뛰쳐나와 '정글'의 핵심 지대로 들어갔다. 결과는 매우 두려워할 만한 것이었다. 조조(曹操)가 공융을 살해했는데 어떤 사람은 의외라고 여겼다. 조조와 같이 대단한 역사 인물이 이처럼 잔혹할 수 없으며, 그가 훌륭한 4언시를 써냈고 '건안풍골(建安風骨)'[14]의 대표적 인물이고 위진 내지 이후의 문학에 대해 모두 지대한 영향을 끼쳤다고 여겼다. 조조가 남긴 작품은 많지 않지만, 문학사에 남긴 족적은 지울 수가 없다. 그가 쓴 「호리행(蒿里行)」, 「고한행(苦寒行)」, 「해로행(薤露行)」 등은 모두 당시 사회 상황을 반영한 좋은 작품으로 눈물을 흘리게 만들 만큼 감동적이다. 그는 하층민에 대해서, 당시 인민생활의 고통스런 상황에 대해 충분히 이해하였고 동정심도 가졌다.

바로 이와 같은 사람이 정권을 탈취하고, 정권을 튼튼히 다지기 위해 수많은 문화와 정치적 설계를 했고 실용주의를 시행해야 했다. 조조는 이후의 조비(曹丕, 187~226)와는 달리 체제의 개창자이자 기초를 세운 사람이라서 자신의 정치 기반을 강화하고 구축하여 사상적 독재를 실행해야 했다. 그래서 이러한 인물 앞에서 다른 사람들은 상대방이 바로 '먹이사슬'의 꼭대기에 서 있음을 결코 잊을 수가 없다. 공융 같은 사람은 그와 오랫동안 함께 있어서 '먹이사슬'이란 철칙을 소홀히 했을 수 있고, 무감각하거나 느슨해졌을 수도 있다. 그들은 다만 큰 동물의 사랑스러운 모피, 온순하고 게으른 눈빛, 심지어 조는 시간, 코를 고는 소리만 알았을 수 있

14 중국 후한 헌제(獻帝) 때 성행한 시가의 풍격(風格). 이 시기는 계속된 전란으로 인해 백성들의 생활이 피폐해지고 사회가 혼란스러웠다. 이때의 시인들은 사회의 비참한 현실과 부조리를 고발하고 백성들의 고통을 노래하였는데, 이러한 창작 경향을 일컫는다. 조조(曹操), 조비(曹丕), 조식(曹植) 및 건안 칠자가 대표적 작가이며, 후대에 이상적인 시 창작 방법으로 여겨졌다.

고, 때로는 그들이 날카로운 발톱, 뾰족한 이빨, 피를 좋아하는 본성을 가졌다는 사실을 망각했을 수도 있다.

공융 같은 사람의 동작과 농담의 폭을 조금 더 확대해보면 문제가 생길 수 있다. 피에 굶주린 동물이 잠에서 깬 뒤에 심정이 좋지 않다면, 그렇게 풍부했던 유머 감각도 사라질 것이며, 분노한 가운데 가볍게 한 번 건드리면 역량은 더욱 세질 것이다. 공융 같은 사람이 만일 희롱하는 언사를 하거나 못된 장난을 치고, 자극하거나 썰렁한 유머로 빗댄다면 위험해진다. 큰 동물은 그때그때 이해하거나 깨닫지 못한다. 이렇게 얘기하면 '먹이사슬'의 정점에 처한 동물이 우둔하고 어리석은 것처럼 들리겠지만, 그들의 본성이 이와 같다는 것이다. 따라서 큰 동물과 가까우며 한 등급 아래에 있는 '먹이사슬' 하단의 작은 동물들은 모두 이를 경계로 삼는다. 이 점에서 도연명은 마음속으로 분명히 알고 있었다. 그래서 제때에 환현(桓玄, 369~404) 집단, 유유(劉裕, 363~422) 집단을 떠날 수 있었으며, 당시의 일부 자사(刺史)[15]와 태수들조차도 접근하지 않았고 이따금 왕래하더라도 수박 겉핥기식이었다. 그는 요행을 바라지 않고, 제때에 '큰 동물'의 울타리를 벗어나 현명한 선택을 했다.

도연명은 시가에서 항상 이 방면의 맑고 깨어 있는 의식을 표출했다. 바로 이러한 계획적 회피와 자아 환기로 인하여 그는 먼 곳에서 기다리면서 더욱 많은 개인 공간을 얻었다.

---

15 중국 한나라 때에, 군(郡) · 국(國)을 감독하기 위하여 각 주에 둔 감찰관. 당나라 · 송나라를 거쳐 명나라 때 없앴다.

行行失故路, 가고 가다가 옛 길 잃었지만
任道或能通. 도에 맡겨 통할 수도 있었다.
_「음주 20수」 제17수

한편으로 그는 '정글'을 멀리 벗어나 공을 세우고 사업을 일으킬 기회를 버렸고, 다른 한편으로 최대의 위험을 교묘히 회피했다. 그는 모든 지식인처럼 '정글'에 돌아올 때 망설이고 고통스러워했지만, 아무튼 뚫고 나가려고 시도했다. 이때 그의 심정은 암울했고 생각도 많았다. 도연명은 차차 안정을 찾으면서 즉각 명랑한 기분과 풍부한 창조력을 갖게 되었고 개인생활도 유쾌하고 행복하며 조화롭게 영위했다.

采菊東籬下, 동쪽 울타리 밑에서 국화 따노라니
悠然見南山. 유연히 남산이 눈에 들어온다.
_「음주 20수」 제5수

이는 상당히 근사한 개인 생활이다.

같음과 다름

도연명의 전원 회귀는 당시와 이후의 사람들에게 은둔의 행위로 비쳐졌다. 그에 관해 사람들의 뇌리에 박혀 있는 개념 중의 하나는 바로 '은사(隱士)'이다. 그래서 이후 '은사'에 관한 일부 열전에 도연명을 수록하려고 했다. '은사'는 점점 많아져서 대체로 위진 시대는 중요한 시기였다. 이 시기에는 '은(隱)'의 문화를 강화했는데, 바로 이러한 현실 토양이 있었기 때문이다. 하지만 '은'은 일반 사람들이 하려고 해도 할 수 있는 일이 아니라, 신분이 있고 지위가 있는 사람만이 필요한 행위였다. 예를 들어 생존 책략, 탈출과 도피 등의 경우다. 평범한 사람들은 '숨을' 필요가 없다. 그들의 생존은 본래 두드러지지도, 현저하지도 않기 때문이다. 대수롭지 않은 사람이 '은거'를 도모하는 것은 전혀 할 필요가 없을 뿐 아니라, 자못 골계감(滑稽感)이 있다. '은사'는 중국에서 '고사(高士)', 즉 산속에 숨어 살며 세속에 물들지 않은 덕망 있는 선비를 가리킨다. 그들은 보통 사람과는 전혀 다르다. 이러한 사람들은 통상적으로 한 시기의 문화나 정치생활에서 상당한 비중을 차지하는데, 일거수일투족이 모두 사회에 영향을 끼친다.

도연명이 '은사'라는 말을 자세히 살펴보면, 다소 앞뒤가 안 맞는 사실을 발견할 수 있다. 왜냐하면 도연명은 다른 '은사'와 크게 다르기 때문이다. '은사'는 사회적 지위가 있고 자본과 명성이 있어서 이를 바탕으로 '은

거'의 토대를 마련한 뒤에야 세상을 피한다. 다시 말하면 '은거'의 조건을 갖춰야 한다. 그러나 도연명은 이러한 조건을 갖추지 못했다.

도연명은 몰락한 관리 출신이다. 부친은 일찍 사망하여 가정형편이 빈한하고 평생 동안 부유하지 못했다. 루쉰 선생이 일찍이 말한 적이 있듯이, 한 사람이 '은거'하려면 설령 도연명처럼 부유하지 않은 '은사'라 하더라도 기본적인 조건, 예를 들어 집과 동복이 있어야 하고 또 술을 마실 줄 알아야 한다. 루쉰 선생은 여기에서 극단적으로 유머스럽게 말했다. 사료에 기록된 도연명은 대부분 고독하고 곤궁한 시간을 보냈다. 부인은 일찍 죽었고 몇 명의 아이를 양육했다. 부유한 친구들은 많지 않았고 때로는 갈 곳조차 없었다. 집이 불탄 뒤 온 가족이 배 위에서 살지 않을 수 없었던 때도 있었다. 언제나 제철에 맞는 옷도 입지 못했고 밥 한 끼도 제대로 먹지 못했다.

自余爲人, 내가 사람으로 태어나면서부터
逢運之貧, 가난한 운명을 만나
簞瓢屢罄, 밥 소쿠리와 표주박은 자주 비고
絺綌冬陳. 거친 베옷을 겨울에도 입었다.
__「나의 제문(自祭文)」

夏日長抱飢, 여름날엔 내내 굶주림을 안은 채 지내고
寒夜無被眠. 추운 밤에는 덮고 잘 이불도 없다.
造夕思鷄鳴, 저녁이 되면 닭 울기를 생각하고
及晨願鳥遷. 새벽이 되면 새가 옮겨 가길 바란다.

__「'원가행' 체의 초나라 곡조로 방 주부와 등치중에게 보이며(怨詩楚調示龐主簿鄧治中)」

심지어 구걸하기도 했다.

飢來驅我去, 굶주림이 와서 나를 몰아대지만
不知竟何之. 끝내 어디로 가야할지 모르겠다.
__「빌어먹으며(乞食)」

시에서 묘사한 것처럼 극단적으로 고통스러운 정경은 그다지 많지 않지만, 필경 도연명에게 일어난 일이었다.

도연명은 '은거'하기 전에 지위도 없고 명성도 없었으며, '은거'한 뒤에도 상당히 곤궁했다. 따라서 통상적인 의미의 '은사'라고 볼 수는 없다. 그가 '은거'하기 전에는 그러한 동기가 없었고, '은거'한 뒤에도 그러한 생활을 영위하지 않았다. 그를 '은사'라고 부르는 것은 사실 후대 사람들이 그의 시명(詩名)에 의거하여 붙인 것이다. 시문을 쓸 수 있었고 관리를 지내지도 않았으며 농사짓는 일에 안분 자족했으니, 필히 '은사'임에 틀림이 없다고 여긴 것이다. 사람들이 도연명에게 이러한 아호(雅號)를 지어주었으니, 그를 높이고 그를 추켜세운 셈이다.

도연명의 일생은 비록 의지할 데 없이 외롭진 않았으나, 오랜 세월 곤궁 속에서 부침을 겪은 셈이었다. 반면 그가 막 전원에 돌아왔을 때의 심정은 유쾌하고 아름다웠다.

舟遙遙以輕颺, 배는 흔들흔들 경쾌하게 나아가고
風飄飄而吹衣. 바람 살랑살랑 불어 옷자락 날린다.
_「돌아가자(歸去來兮辭)」

하지만 이러한 희열의 상태는 대략 삼 년이 지난 뒤 소실되어 동복도 없고 집도 불타버렸다.

正夏長風急, 한여름에 큰 바람이 세차게 불어
林室頓燒燔. 숲속의 집이 갑자기 불타 버렸다.
一宅無遺存 온 집에 남은 칸이 없어
舫舟蔭門前. 배로 문 앞을 가리고 산다.
_「무신년 6월에 화재를 만나(戊申歲六月中遇火)」

도연명은 이렇게 배 위에서 살게 되었다. 도연명과 대화를 나눈 지식인이 거의 없었는데 한편으로는 그가 본능적으로 도피했기 때문이고, 다른 한편으로는 그와 의기투합하는 사람이 많지 않았기 때문이다. 이처럼 적막과 빈곤 속에서 그는 때때로 읊조리고 글을 지으며 무료하게 시간을 보냈다. 거의 모든 시인은 이러한 적막감을 가지고 있었다. 하지만 물질적으로 이렇게 절망 상태에 빠진 사람으로는 대체로 당나라의 '안사(安史)의 난' 당시 위대한 시인들만이 그와 비교할 수 있을 것이다.

도연명은 두 방면에서 넓게 생각했다. 하나는 죽음의 재앙에 끼어들지 않았고 피살의 위험을 무릅쓰지 않았다. 이는 은거한 모든 지식인에게 가장 중요한 일이다. 다른 하나는 차라리 곤궁할지언정 존엄을 잃지 않았다는 점이다. '약육(弱肉)', '강식(强食)'을 대표하는 것은 관료사회이다. 도연명은 비열한 관료사회에서 항상 참고 견딜 방도가 없었다. 이처럼 참을 수 없음은 몇 번의 사직 행위와 그의 시문 속에서 분명히 드러난다.

雷同毁異, 사람은 같으면 따르고 다르면 비방하며
物惡其上. 자기보다 뛰어난 사람을 미워한다.
妙算者謂迷, 사려 깊은 사람은 어리석다 하고
直道者云妄. 바른말 하는 사람은 경솔하다 한다.
__「불우한 선비들을 개탄하며(感士不遇賦)」

如何絶世下, 어찌하여 한 나라가 끊어진 뒤에
六籍無一親. 육경 가까이하는 이가 하나도 없는가.
終日馳車走, 종일토록 수레를 몰아 치달릴 뿐
不見所問津. 나루터 묻는 사람 보이지 않는다.
__「음주 20수(飮酒 二十首)」 제20수

도연명을 「산거원과 절교하는 편지」를 쓴 혜강과 비교하면, 언뜻 보기엔 단절과 예리한 충돌이 없어 보인다. 혜강의 문장은 개성을 억압하는 봉건질서와 절교하고, 말할 자유가 전혀 없는 관료체제와 절교를 표시한 것이라 편달, 풍자가 충만하고 사마씨 집단에 대한 극도의 멸시가 표현되어 있다. 후대 사람들은 이 기문(奇文)을 읽어보고는 통쾌함을 느낄 것인데, 일부 심성이 특별한 사람에 대해 말하자면 영원한 대언서(代言書)라고 말할 수 있다. 문장의 키워드는 바로 '절교'다. 산거원이란 사람과의 절교가 아니라, 더러운 피를 좋아하는 '정글'과 추악한 관료사회와의 절교이고, 손상한 집단과 타락한 인성과의 절교이며 동물성과의 절교다.

혜강 같은 지식인에게 큰 용기와 에너지를 불어넣어준 것은 분명 소박한, 천연 그대로의 이성과 사람이 사람 노릇하는 양지(良知), 양능(良能)과 문명 교화의 내심에 축적되어 이루어진 합력(合力)이다. 이러한 것은 한 사람을 용감하게 바꾸기에 충분하다. 때로는 최후의 결과를 따지지 않고 죽음을 무릅쓰고 싸우게도 한다. 이러한 사람들은 어느 시대에나 늘 있었다. 세상은 이러한 사람을 일컬어 자애로우면서도 지조가 있는 사람, 즉 '인인지사(仁人志士)'라고 불렀으며, 종래로 모두 극히 존경해왔다.

도연명은 그와 같은 절교의 편지를 쓰지 않았다. 하지만 그는 일생에서 똑같은 단절, 위배와 반항을 표현했다. 그의 멸시는 한 편의 문장에 있는 것이 아니라, 전체의 행적 속에, 그의 구체적인 생활과 생활의 속살에, 스스로 읊조리고 노래하는 모든 시문 속에 표현되어 있다. 이러한 면에서 보면 도연명과 혜강은 서로 공통점이 있다.

완정한 사람

도연명이 속세를 떠나 한가하게 산보하는 형상은 거의 고정불변의 격식을 이루었다. 이는 그가 대부분의 시간을, 혹은 사람들에게 준 인상이 장구한 세월을 평담하고 평온한 시골에서 보냈기 때문이다. 위진 시대는 극렬하게 충돌하던 시기인데도 그의 생활은 도리어 '화목한 분위기(一團和氣)'였다. 만일 도연명과 의기투합한 유파를 찾으라고 한다면, 사람들은 분명 '도가'를 가리킬 것이며 시인이 도가 사상의 영향을 깊이 받았다고 여길 것이다. 그가 관리사회를 떠난 행위를 놓고 보면 그렇게 보일 듯하지만, 사람들은 그가 본질적으로 유생임을 등한시한다. 관직 생활은 단지 '입세'의 중요한 방식이지만 유일한 방식은 아니다. 개인의 사회적 책임은 배역이 바뀌면 변하겠지만, 그의 신념과 문화심리 구조는 근본적인 변화가 발생하지 않았다. 후자를 가지고 말하면 도연명은 세상을 구제하려는 마음이 특별히 강한 사람이었고, 바로 그의 '입세'는 평정한 전원을 정면으로 표현하여, 후자를 더욱 두드러지고 더욱 찬란하며 더욱 명석하게 만들었다.

도연명의 마음속엔 강대한 주선율(主線律)이 있다. 그것은 유가의 입세 사상이다. 유가는 사람의 시각에서 사회로 들어가고 인간 만상을 분석하지만, 도가는 자연의 시각에서 진입한다. 여기에서 중요한 것은 고도의 구별뿐만이 아니라 시각의 구별이다. 유가와 도가를 서구의 기독교 사상과 비교하면, 도가는 기독교와 조금 가깝다. 도가는 기독교와 마찬가지로 높은 곳에서 만상을 내려다본다. 이것은 동시에 시각과 고도의 문제를 가지고 있다. 유가는 사람이라는 시각에서 시작하지만, 도리어 단순한 개인주의와 인본주의가 아니며 최후에는 또 혼돈되고 전체 국면에 대한 파악력과 이해력은 또 다른 이성이다. 따라서 단순하게 유가를 도교, 불교, 기독교와 구별하고, 고도와 시각에서 더 많이 구별할 수가 없다.

이러한 의미에서 얘기하면 도연명은 노장(老莊)과 불교 사상을 흡수한 사람이며, 동시에 내면에서, 정신에서 가장 견고한 부분은 여전히 유가적이다. 이 때문에 그는 사람의 시각에서, 사회의 각도에서 사물을 고찰했다. 그는 누가 성불했고 누가 불로장생했는지 확실히 보지 못했다. 그는 지극히 소박한 관찰자이자 사상가이다. 불도에 대한 그의 최종 결론은 불신이다. 그는 불교, 도교의 노선을 골라 '정글'을 도피하지 않았으며, 그는 그것이 진실하지 않다고 느꼈다. 그는 사람이라면 이유야 어떻든 현실에서 출발하고 아울러 행위가 있어야 한다고 느꼈다.

그는 사람으로서 대자연에 더욱 접근하고 아울러 자연을 사랑하는 천성을 가지고 있었다. 하지만 도리어 자연의 시각에서 복잡한 위진 시대의 정치를 해석하진 않았다. 그가 이미 표출한 직접적이거나 간접적으로 당시 사회 현실을 언급한 글을 보면, 당시 암흑사회에 대한 극렬한 정치 분쟁은 매우 뚜렷하다. 그의 몸은 전원에 있었으나, 눈은 도리어 당시 정치 상황을 완전히 떠나지 않았다. 그가 모든 것에 대해 충분히 명석함과 경각심을 지닌 것은 절망과 비참한 고통을 완화하기 위해서인데, 그는 끊임없이 눈앞의 녹색과 흙빛으로 자신을 위로했다.

전원으로 회귀한 인생 현실에서 그의 행위는 어디에 있을까? 이는 매우 고통스러운 곳이자, 그가 힘써 탐구한 곳이다. 최후에 그는 대략적이나마 해답을 얻었다. 사람의 행위는 관리사회에도 있고 '정글'의 삶뿐만 아니라, 수많은 기타의 방식도 있다. 한 생명이 존재해나가고, 아울러 자신의 의의를 얻는 것도 행위에 속한다. 그가 찾았던 방식은 가장 기본적인 농경 생활이고 노동이다. 그는 노동과 수확이 생명의 의의라고 느꼈으며, 동시에 생명을 후하게 대접했다. 이것은 사실 입세의 한 방식이고, 생명 위기를 벗어나는 방식이며, 영혼을 안착하는 방식이다. 요원하고 보이지 않으며 자신을 납득시킬 수 없는 불교와 도교사상으로 자신을 위로하는 것은 그가 최종적으로 그다지 실행할 수 없다고 느꼈다.

불교와 도교에서는 영혼이 죽지 않으며 사람은 환생할 수 있다고 말하지만, 누가 보았는가? 그래서 도연명은 시에서 줄곧 이것을 부정했다. 그는 최소한 자신은 보지 못했다고 여겼다.

彭祖壽永季, 팽조는 영생을 좋아하여
欲留不得住. 남고자 했으나 머물 수 없었지.
老少同一死, 늙은이나 젊은이나 똑같이 한 번 죽고
賢愚無復數. 현명하건 어리석건 다시 따질 것 없다.
__「몸과 그림자와 정신(形影神) · 정신의 풀이(神釋)」

一生復能幾? 한평생이 또 얼마나 되는가?
倏如流電驚. 한 순간의 번갯불처럼 놀랍기만 하네.
__「음주 20수(飮酒 二十首)」 제3수

누구나 죽게 마련이고 인생은 짧다. 그래서 생명을 아끼고 소중히 여겨야 한다. 노장과 불교의 초탈과 표일(飄逸)은 잡아 죽이는 싸움을 모두 갖춘 사회의 인간 양태와 거리를 유지하고 있는데, 이러한 사상과 생활 태도를 도연명은 또한 인정했다.

도가의 초탈, 한적, 불교의 허무, 공적(空寂)은 도연명의 사상 속에서 모두 흔적을 찾을 수 있다. 하지만 최종적으로 그다지 실천하지는 못했다. 도연명은 신선이 먹는다는 장생불사의 영약인 단약을 제조하지도 않았고, 오석산(五石散)을 복용하지도 않았으며, 결국 혜원(慧遠, 334~416)과 함께 여산(廬山)으로 들어가 수도했다.

사료에 따르면, 혜원의 여산 백련사(白蓮社)에 머물던 계층은 대부분 사회적 지위가 높은 지식인이어서 그들은 도연명과 달랐다. 당시 불도를 얘기하고 현묘한 도리를 논하여 은사가 되기 위해서는 물질적 조건이 필요했다. 하지만 도연명은 그럴 형편도 아니었고 이러한 것들이 절실하지도 않았으며 실천하기 어려운 학문의 구속을 받고 싶지 않았다. 이러한 점에서 그는 극히 명석하고 이성적이었다. 도연명도 늘 생명의 허무를 담론했다. 예를 들어 「음주」 연작시에서 세월, 불우함, 세속 명리와 생사를 모두 술 안으로 넣었고 자아로 회귀하는 동시에, 생명을 소비하여 허무로 만들었다. 그러나 아무리 이러한 감개를 가졌다고는 하지만, 그는 필경 몇 십 년을 하루같이 여겨 노동을 하고, 토지의 생장을 보살피며 그것의 생장과 수확에 따라 기뻐했다. 그는 끊임없이 이러한 노동 속에서 기쁨을 얻었고, 자아반성과 자아비판의 능력을 가졌다.

가장 유명한 「돌아가자」에서 그는 다음과 같이 썼다.

悟已往之不諫, 지나간 일은 돌이킬 수 없음을 깨닫고
知來者之可追, 앞일은 바른 길 좇을 수 있음을 알았다.
實迷途其未遠, 실로 길을 헤매었으나 아직 멀리 가진 않았고
覺今是而昨非, 지금이 옳고 어제가 틀렸음을 깨달았다.

이것이 바로 자아비판이자 총결이다. 그는 지난 세월을 깊이 후회한 뒤, 다른 사람의 안색을 살피고 신중을 기하여 벼슬한 세월이 위험하고 그럴 만한 가치가 없으며 줄곧 세월을 낭비했다고 여겼다.

이러한 반성과 총결에서 그는 모름지기 자신이 투신하는 이 체제의 성질, 그것의 원인과 결과, 그것의 변천과 미래의 전도, 그리고 그것이 결국 누구에게 속한 것인지 추궁해야 했다. 설령 자신이 감정적으로 버리고 싶지 않은 진나라 황실일지라도 그것은 또 무엇을 의미하는가? 만일 그것이 존재하는 의미와 가치를 부정한다면, 증조부와 외조부의 영광도 함께 부정해야 한다. 이것은 그에게 곤란한 일이었다. 하지만 위 시에서 '작비(昨非)'란 두 글자는 너무나 많은 것을 포함하는데, 여기에는 자신의 과거의 일도 있고 과거에 이를 위해 종사한 그 체제도 들어 있다.

한 사람의 가치는 체제에 종속해야 의미가 있다. 이것은 얼마나 허황하고 부실한 사업인가? 이것은 사람 자체를 떠나 사람을 평가하고 아무런 근거가 없는 허구와 환상을 만드는 것과 똑같다. 시인은 한 체제의 관청에서 근무했고, 아울러 휘황찬란했던 증조부 등이 있었으니, 이 체제가 작게는 개인에 이르고, 크게는 민생에까지 미치니 무엇을 의미하는지 전혀 몰랐을 리는 없다. 수탈과 사기, 압박과 유린은 이처럼 약육강식의 관계이고, '정글의 법칙'을 유지하여 존재의 방식을 얻을 수 있을 뿐이다.

그는 사람의 존재 가치를 비평하는 일종의 진정한 근거를 찾으려고 했다. 충분히 깨달을 수 있다면, 모든 것은 아직 늦지 않은 셈이다. '앞일(來者)'은 쫓을 수 있고, '헤맨 길(迷途)'은 멀지 않기 때문이다.

몇 가지 비교해보면, 그는 이러한 시대에서 농민으로서의 삶의 가능성, 이러한 인생의 가치를 인정했다. 한 사람이 삶을 살아가는 데에는 서로 잔인하게 죽이는 동물성은 필요하지 않고, 오로지 파종과 수확, 양조와 음용만이 옛날부터 가졌던 활용법으로 건강하고도 매우 실재적이다. 여기에서 그는 동식물과 이처럼 서로 의지하고 형제처럼 친밀하여, 한 마디 말로 하면 살아 있는 사람 같았다.

그는 끊임없이 자신에게 신신당부하여 비교적 '완정한' 사람이 되고자 했다. 지식인, 예술가 또는 한 사람으로 이야기하면, 그의 불완전은 분명히 조금씩 줄어들었다. 인생의 유감을 말할 때 표면적으로 보면 그에게는 불완전한 면이 크다고 말할 수 있다. 빈곤하여 영락하였고 최후에는 거의 굶어 죽을 지경이었다. 하지만 한 사람의 생명의 본질이나 인생의 의미를 두고 얘기하자면, 도연명은 도리어 쇠사슬의 고통을 벗어나고 잔혹한 죽음의 위기를 넘긴 사람이며, 문명과 이성으로 인생의 불완전을 이겨내고 최후에는 타협하려 하지 않았던 사람이다. 이를 두고 말하면, 그는 완정하고 유감이 비교적 적었던 사람이다.

개인 생활을 발명하다

위진 시기에는 지식인이 개인 생활을 '발명'했는데 전에 없이 대단했던 시기였다. 이는 동한 불교의 전입, 사상의 활약과 관계가 깊으며, 또한 동한 이후의 잔혹하고 복잡하고 혼란한 사회 구조와도 연관이 있다. 이 시기는 반드시 생활의 출구와 방식을 다방면에서 찾아야만 했다. 용감하게 탐색하고 실천하는 사람은 대부분 독서인이었다. 이들은 가정형편이 비교적 견딜 만했고 어느 정도 사회적 지위가 있었으며, 많은 시간과 돈을 들여 뭔가 도모할 만한 조건을 갖췄다. 이들이 보낸 한적한 생활은 일반적인 노동자들에게는 불가능한 일이었다. 이러한 독서인은 전후좌우를 돌아볼 능력을 구비하여 다른 사람의 기록과 회고를 빌어서 눈앞의 생활을 판단하고 두각을 나타낼 조건을 갖췄다. 예를 들어 하안(何晏, ?~249) 등이 오석산(五石散)을 복용하였고, 그 뒤로도 복용하는 사람이 생겼다. 당송 시기의 이백, 두보, 소동파 등에 이르러서도 오석산을 여전히 복용했다. 설령 오늘날의 인터넷 시대일지라도 변형된 '오석산'이 여전히 성행하고 있으니, 이는 모두 이상한 일이 못 된다.

위진 시기에 특히나 눈길을 끈 것은 괴이하고 황당한 일부 사람들이다. 제멋대로 술을 마시는 완적과 유영, 오석산을 복용한 하안, 철제 거문고를 연주하는 혜강 등이 그렇다. 완적은 놀랄 정도로 오만하고 방탄하여 그는 모친상을 지내는 기간에 예의를 갖추는 사람을 보더니 '백안시'하였고, 술을 지니고 거문고를 타는 사람을 보면 크게 기뻐했다. 유영은 음주를 절제하지 않았고 나체로 다녔으며, 또한 스스로 "천지를 거처로 삼고, 집을 속옷으로 삼는다.(以天地爲棟宇, 屋室爲褌衣.)"(『세설신어(世說新語) · 임탄(任誕)』)라고 말했다. 그들은 모두가 기괴한 사람임을 알 수 있다. 이러한 사람들은 사실 고난의 시기였던 위진 시대에 나름의 방법으로 몸부림치면서 살아갈 방법을 찾았다.

이들 가운데 양생론을 제창한 사람들은 이해하기 어렵지 않다. 예를 들어 물아동심(物我同心), 천인합일 등 외물과 일치를 이루고 만물과 상통하여 자신을 균형 있게 하며, 지나치게 흥분하고 불평하는 심리 상태로 생명에 영향을 주려고 하지 않았다. 종욕론자들은 생명은 어떻게 양생하든 한도가 있다고 여겨, 생활의 최대 의의는 누림이고 이것 이외에는 터무니없다고 여겼다. 혼란스럽고 상황이 급박하여 사회가 위태로울 때, 사람들은 그날그날 보내면서 살아가고 제멋대로 향락을 일삼는다. 이렇게 하면 퇴폐의 길로 나아가게 된다. 당시의 일부 대상인은 놀랄 정도로 사치스러웠다. 서진(西晉)의 석숭(石崇, 249~300) 같은 사람은 사료의 기록에 의하면, 거주하는 가옥의 내부 설비가 웅대하고 화려하며 첩이 수백 명이었다. 방종은 다방면적인데 주색과 여색 방면만 해도 위진 시대는 극점에 이르렀다.

도연명이 전원으로 회귀한 뒤에 비록 종욕론자의 광음(狂飮)과는 달랐으나, 마찬가지로 술을 좋아했다. 도연명은 양생론자와 많은 지점에서 일치하는데, 물아양망(物我兩忘), 물아제평(物我齊平), 교융일체(交融一體)를 언급했으며 천지에서 사람의 조화를 강조하고 추구했다. 도연명이 그러한 사람과 가장 다른 점은 진정으로 한구석으로 물러나서 노동하고 자기 힘으로 생활할 수 있었다는 점이다. 이는 보기엔 가장 간단하고 기본적인 선택인 것 같지만, 실제로는 가장 난이도가 높다. 당시의 지식층 가운데 이렇게 실행하는 사람이 없었고 최소한 기록도 많지 않았기 때문에, 도연명도 특이하게 보여 후세 사람들이 그를 '은사'로 명명하기까지 이르렀다. 이것은 도연명이 위진 시대에 살아간 길이 간단하여 실행하기 쉬운 것처럼 보이지만, 실제로는 일종의 '발명'임을 충분히 설명한다.

'은거'를 도모하기 위해서가 아니라면, 진실하게 농사짓는 지식인은 확실히 사람들의 이목을 일신하는 느낌을 줄 것이다. 이것은 자태가 아니라 반드시 구체적인 생활 디테일을 포함해야 하며, 과로에 의한 피곤, 근심으로 인한 고민 및 각종 다양한 고통과 함께 연결되어 끝이 안 보이는 노동 과정이었다. 도연명은 그 속에서 환락과 안위를 받아들였으며, 동시에 수많은 고초를 겪었다. 이처럼 평이하게 보이며 끝도 없는 노동은 지금까지의 모든 지식인으로 하여금 두려움을 느끼게 했다.

한 지식인의 '돌아감'은 평생 흙 속에서 살았던 민중과 비교하면 크게 구별된다. 도연명의 경우에, 그것은 '정글'에서 걸어 나온 하나의 창조다. 흙 속에서 흙 파먹고 사는 농민에 대해 말하자면, 그것은 자연스러운 시골 생활이다. 똑같이 실행하지만 누가 하고 어떻게 하는가의 내용은 차이가 매우 크다. 흙에서 나고 자란 농민은 이 과정에서 끊임없이 '입세', '출세'의 평가와 반성을 진행할 수가 없으며, 더욱이 그렇게 많은 비판과 자기반성이 없고, 그렇게 많은 불평과 고통도 없다. 도연명은 너무나 많은 것을 알았고 너무 많은 것을 총결해야 했다. 그는 관리사회, 친구, 문인, 조상, 미래까지도 각양각색으로 사색해야 했고, 아울러 이러한 심정으로 새로운 생활을 창조하고 새로운 인생을 시작하는 전 과정을 따라 창조해야 했다.

도연명은 일반적인 독서인이 아니다. 그는 비록 문벌사족의 후대는 아니었으나, 친족 가운데 도리어 조야에서 권력을 쥐락펴락하던 도간(陶侃, 259~334) 같은 고관이 출현했다. 부친이 관직에 나아갔다는 명확한 기록이 없지만, 조부와 외조부는 모두 관리를 지냈다. 그 자신은 현령의 위치에서 마지막으로 물러났다. 그는 친족이 남긴 세 곳의 땅을 가졌으니, 최소한 근 3~4대는 다른 사람에 의지하여 농사를 지었을 것이다. 도연명이 이러한 가문에서 관직을 버리고 농사를 짓고 친히 괭이를 메고 전원에서 생계를 꾸리고 견실하게 일할 수 있었던 것은 도씨 가족 내부에서 보기에도 대담한 선택이었다.

지식인의 음주 선택은 어렵지 않고, 현묘한 도리도 어렵지 않으며, 부처를 섬기는 일도 어렵지 않고, 수도(修道)도 어렵지 않다. 이러한 사항은 모두 높은 '지식'이나 '아사(雅士)'의 함량을 가진 듯한데, 한 종에서 다른 종으로 걸어간 것은 한 차례의 전환이자 성능 시험이다. 보기엔 동작이 매우 크지만, 사실 본질은 비교적 접근한다. 도연명은 평이하고 간단한 농업에 종사한 생활로 걸어간 듯했지만, 진정으로 그 생활을 영위하기란 극히 어려운 일이다. 그는 토지와 생장에 가까이 접촉하였고 한 명의 '농부'로 변모했다.

대자연의 위로

위진 시기에 불가에 들어가 도를 닦는 사람들, 각종 방식으로 세속을 떠난 사람들은 대부분 대자연과 더욱 가까이 지냈다. 그들은 산수에 정을 기탁하고 그 속에서 심령의 기탁을 찾았으며, 어떤 사람은 대량의 문장을 썼다. 이것은 특정한 시기의 두드러진 현상이며, 잔혹한 사회현실에서의 한 차례의 전향적 관망이다.

사실 위진 시기의 문인만이 대자연을 발견한 것은 아니다. 선진(先秦) 시대 문학의 대자연에 대한 깊은 관심과 인식, 개인 심령과 그것과의 공명은 『시경』에서도 풍부하게 나타난다. 이러한 특징은 중국 고대 시가 맥락에서 종래 빠질 수 없는 부분이다. 선진에서 현재에 이르기까지는 도리어 점차 약화되는 과정이었다. 오늘날 인터넷 디지털 시대의 대자연은 이미 가상화 방식으로 소실되었고, 특히 기이한 것은 생명 최대의 배경이 되는 자연계가 수많은 사람의 눈에 봐도 보이지 않으며, 그들은 대부분 인조 공간 속에서 살아간다는 점인데, 이것은 디지털과 문화가 한 몸으로 엮여 중량과 질감이 없는 미궁의 삶이다.

위진 시기는 자연을 발견한 것이 아니라, 선진 이래 사람과 대자연의 교류를 강화하고 맥박이 공명하는 전통을 계승했다. 물론 위진 시기의 예술은 자신만의 특질을 가지고 있다. 예를 들어 동진에는 도연명과 사영운

(謝靈運, 385~433)이 있었지만, 그들 두 사람의 자연관은 서로 같지 않았다. 사람과 자연의 관계도 많은 차이가 있다. 하지만 한 가지는 긍정하는데, 그들 두 사람이 모두 대자연에 도취하고 대자연에서 누렸으니, 모두 그 속에서 쾌락과 역량, 희망을 섭취했다.

『시경』과 선진제자(先秦諸子)를 돌아보면, 대자연과 관련된 작품은 무척 감동적이다. 그중에는 심지어 제자의 정론, 예를 들어 적극적으로 사회에 뛰어든 공자도 포함되는데, 공자는 사람의 시각에서 대자연을 헤아리고 사회의 철학적 사고를 밝혔다. 사람이 대자연 속에서 얻은 계시, 쾌락은 매우 생동감 있고 충분히 표현되었다.

노자와 장자는 직접적으로 대자연의 시각에서 문제를 깊이 파고들었고 아울러 답안을 얻었으니, 바로 자연을 본받고 자연에 의존하는 이른바 '상선약수(上善若水)'다. 자연화된 인생관을 생활의 최고 경계로, 사상의 최고 경계로 삼았고 또한 예술의 최고 경계로 삼았다.

위진 시기는 한 걸음 나아가 중국문화의 자연전통, 중국철학의 자연전통에 접근했다. 이것도 위진의 문인 사대부들이 지극히 두렵고 처참한 사회 환경에서 더욱더 불교와 노장 사상에 기댈 수밖에 없었던 결과다. 불교와 도교의 합류는 동진 지식인의 주요한 가치 취향이었다. 하지만 그중의 일부 저명한 인물들이 이 과정에서 언급한 구체적인 표현은 분석할 필요가 있다.

도연명은 겉으로 보면 간단하고 쉬운 길을 걸어간 듯하지만, 사실상 험난한 실행의 연속이었다. 그에게는 짧은 시간 안에 일종의 단호한 힘을 갖추고, 사상적 속박을 돌파할 용기를 필요로 하며 이어서 길게 견지해야 함을 의미했다. 도연명은 총체적으로 얘기하면 인생 판단에서 비교적 명석한 사람으로, 큰 미로에 빠지지 않았으며 일단 결정을 하면 두 번 다시 바꾸지 않았다.

도연명은 스스로 겸손하고 자신을 경계하여 '성강재졸(性剛才拙)'이라 했다. '성강(性剛)'은 자신에 대한 관찰이자 감정이고 자아 성찰이다. 하지만 외부에서 보면 그의 성격은 완만하고 느슨하며, 심지어 지나치게 초연하고 달관하였으며 아울러 무슨 '강(剛)'과 '열(烈)'은 없었다. 세속적인 의미에서 보면, 그는 경솔하거나 충동적인 행위는 없었고 사람을 놀라게 할 만한 무례한 언어도 없었기 때문이다. 그는 자신이 어떤 사람인지, 어떻게 멀리 나갈 수 있고 어떻게 해야 착실히 실행할 수 있는지 알고 있었다. 어떤 일에 대해 그는 하려고 했지만, 행동으로 옮길 수는 없었다. 이것은 그의 고통이자 그의 장점이었다. 당시의 '정글'에서 그는 지피지기한 셈이다.

그를 권세 집단과 정면으로 대결하는 위치에 놓는다면, 그가 어떠한 방식을 취했는지는 알 수가 없다. 모든 것을 가설로 세울 수 없다. 우리는 그가 총명하고 사리에 밝아 일을 잘 처리하여 자기 몸을 보존하는 사람이라고 상상한다. 실제로 그는 위험을 계획적으로 회피하는 방면에서 최소한 기존의 기록에 딱 들어맞고, 적당한 정도에서 그칠 수 있었기 때문이다. 그는 수많은 일을 하지도 않았고 할 수도 없었다. 어떤 일은 그가 즐겨 하고 싶지 않았고, 어떤 일은 그가 극히 멸시한 일이었다. 바로 그가 모든 시에서 시사를 조심스럽게 언급한 것처럼 분노가 극에 달해 유유를 견책할 때, 명확하게 드러나지 않고 에두른 표현을 써서 진 공제를 독살한 짐주(鴆酒)를 언급했을 뿐이다. 그는 시국을 묘사할 때에도 어느 구체적인 막강한 세력을 가진 인물이나 집단에게 죄를 지을 수 없어서 '팔표동혼

(八表同昏: 온 세상이 모두 어둡다)'이나 '조진폐양궁(鳥盡廢良弓: 새가 사라지면 좋은 활도 버려진다)' 같은 언사를 썼을 뿐이다. 이는 그의 사람됨이 지극히 소심하고 자기를 보호할 줄 아는 사람임을 설명한다.

이러한 사람에게 대자연이 그를 위로하는 힘은 지극히 중요한 것이었다.

최대의 유산

우리는 항상 성격과 운명의 관계를 얘기하는데, 이는 도연명의 삶에서 특히 찾아볼 수 있다. 문장과 시구에서 보면, 시인은 소박하고 삼가며 회피적이고 소심한 사람이다. 이러한 성격이 그를 보호하였으며, 장기간 그의 한계를 정했으며 감옥처럼 그를 구속했다. 그는 몇 번이나 돌파를 시도했고, 심지어 독자적으로 "형천무간척(刑天舞干戚: 형천은 방패와 도끼를 들고 춤춘다)", "장부지사해(丈夫志四海: 대장부는 천하에 뜻을 둔다)"와 같은 시구를 썼다. 이는 비겁의 반대편이고, 내면에서 생성된 다른 일극(一極)이며, 현실생활과 인생 처지에 대한 심리적 보상인데, 웅지를 드러내고 용맹하게 치달리는 기백과 포부와는 다르다. '성강(性剛)'하고 어색한 행위가 큰 대비를 형성할 때 장력이 생겨났다. 이러한 장력은 필연적으로 그의 고통을 격화하고 그의 반성을 강화했다. 시구에 표현되는 것은 항상 자신의 시운(時運)이 도와주지 않음을 개탄하고, 자신이 "뜻을 가지고도 펼칠 수 없어(有志不獲騁)" 종횡으로 치달리는 염원을 행동으로 옮기지 못함이었다. 이 방면에서 도연명의 태도는 결코 애매하지 않고 분명하고 직접적이다.

「아들 이름을 지어주며(命子)」에서 그는 다시 증조부 도간((陶侃))의 위대한 공적을 나열했다. 실제로 도연명에게서 가장 가깝고 손을 뻗어 닿을 수 있는 실제 인물이 바로 증조부다. 도간의 문치무공(文治武功)은 '정글' 속에서 대승을 거두고 최후에 공성신퇴(攻城身退: 공을 세워서 이룬 뒤에 그 자리에서 물러남)하여 전 가족은 스스로 자랑으로 여겼다.

功遂辭歸, 공 이루자 하직하고 물러나시니
臨寵不忒, 총애 받고도 어그러짐이 없었다.
孰謂斯心, 누가 일러 이러한 마음을
而近可得? 요즈음 얻을 수 있다 하는가.

도간은 명백히 전 가족 가운데 가장 빛나고 가장 찬란한 하나의 휘장(徽章)이다. 시인은 이 휘장을 가족의 집안에 걸어놓고 후인들에게 가리키며 보여주고 문자로 기록하고 싶었다. 이러한 표지, 전통이 있었기에 다시 도씨의 후손이 되기란 매우 어렵다. 후손은 단지 자신이 장래성이 없고 용기가 없고 재능 없음을 탄식하곤 했다.

「아들 이름을 지어주며」는 사실 더욱 많은 의미를 은연중 내포하고 있는데, 결코 일종의 자긍심이 아니다. 여기에서는 심지어 발견하기 어렵지 않은 낙담과 자아 책망이 담겨 있다. 자신은 관직에서 물러나 도피했으며 적극적으로 하는 일이 없었고 속마음은 고집이 세나 겉은 연약한 사람이었으니, 거기에 무슨 할 말이 있었겠는가?

또 우리가 잊지 말아야 할 것이 있다. 도연명은 비록 시가예술에서 휘황찬란한 성적을 거뒀고 갈수록 큰 칭송을 받았지만, 당시의 시인에 대해 말하자면 이러한 평가는 도리어 다른 사람이 마음에 들어 하고 뽐내는 작품을 남겨주지 못했고, 그 개인의 기분 전환, 자위(自慰), 총결과 반성의 방식일 뿐이고, 이 과정에서 자연스럽게 형성된 예술이다. 그의 창작은 음주처럼 개인의 영혼을 위안하고 스스로 어려움을 겪는 인생을 위로한 것이었다.

이를 보면 시인의 문장이든 당시 남긴 공적이든, 업적은 거의 제로에 가까웠다. 그의 말끔한 문풍처럼, 개인적으로 빈궁하여 영락하고 가정에 남아 있는 재물이 없는 것과 마찬가지로, 시인은 정말 자신이 창백하고 단조로워서 아무 것도 남길 수 없다고 여겼다. 그의 정신과 모든 행위에 있어서 환하게 빛나는 사상적 의의, 표본 의의, 본보기 역량은 후인들에게 감화의 대상이었는데, 모두가 후인들이 총결하고 분석해낸 것이지 도연명은 당시에 체험하고 관찰할 수도, 상상할 수도 없었다. 그 개인은 자신이 창조한 영광과 위대함을 느낄 수 없었고, 자신에 대한 후세의 평가를 개의치 않았으며, 구체적인 생활 속의 사소한 환락, 번거로움과 고통을 누리고 참을 뿐이었다.

고난은 도연명에게 끝이 없었다. 이처럼 끝없는 고난이 방출해내는 정신의 찬란한 빛은 모두 후세 사람이 요원한 곳에 서야만 볼 수 있다. 우리들에게 이는 대단한 유산이자 심도 깊은 경고이고 감동이다. 이는 시인이 반드시 치러야 하는 인생의 대가이자, 그가 온 생명을 바친 공헌이다. 도연명은 일종의 문명에 의해 양성되었다. 이 때문에 그는 '정글'에 들어가지 않았으며, 자신의 동물성을 내세워 한바탕 생사를 건 대결을 펼치지 않았다. 동물성은 과거이든 21세기에 들어선 지금이든, 항상 생존이나 승리의 유일한 방법이다. 우리는 문명이 야만을 이기길 갈망하고, 이러한 결과가 어느 시기나 짧은 시간에 머무르는 것을 바라지 않는다. 하지만 최후에 우리는 항상 다음을 인정해야 한다. 인류의 완승은 예측하기 어렵다.

이를 헤아릴 방법이 없기에 눈앞에 보이는 낙관도 항상 실망으로 바뀌게 된다.

문치(文治)나 무공(武功), 사회 분야의 어떤 것이든, '정글의 법칙'은 영원한 인류법칙과 유사하다. 예견하고 상상할 수 있는 미래일지라도 우리는 여전히 이 법칙의 소멸을 볼 수가 없고, 여전히 인성 중의 동물성이 모두 사라지는 날을 볼 수 없다. 이는 아마도 천지만물을 따라 함께 변천하여 종점에 이르는 하나의 '법칙'이다. 다시 말하면 이러한 비극과 절망의 판단 아래, 우리는 더욱이 인성의 찬란한 빛, 인성의 전체의 위대함과 가능성을 볼 수가 있다.

고금을 통틀어 "안 되는 줄 알면서도 실행하는(知其不可而爲之)" 항심(恒心)과 의지는 모두 장렬하고 위대하다. 우리는 바로 이러한 의미에서 멀리서 도연명을 바라보고, 도연명을 느끼며, 그의 어려움과 탁월함을 이해한다.

위진 시기에 '죽림칠현'이든 다른 지식인이든, 모두 과거를 계승하고 아울러 한 걸음 나아가 개인 생활을 창조했다. 창조가 있게 되면 일련의 가치 판단이 뒤따른다. 도연명의 창조가 그들보다 얼마나 많고 얼마나 적은지는 차이가 있지만, 이것도 우리가 토론할 문제에 들어 있어야 할 뜻이다.

많은 시간을 두고 우리는 도연명을 단순화하여 자연으로 회귀하여 유연하고 한적했다고 말하곤 한다. 루쉰 선생은 일찍이 도연명만 그렇지 않은데 바로 그는 "결코 혼신 정목하지 못했기에 위대하다.(幷非渾身是靜穆, 所以他偉大.)"—「'제목을 짓지 못하고' 초고('題未定'草)」고 비평한 적이 있다. 루쉰도 도연명이 사회의 암흑을 벗어난 뒤 얻은 정신적 자유를 마음에 들어 하였고, 개인의 자유의지의 시각에서 도연명을 좋아했다. 루쉰은 동시에 도연명이 자유를 얻은 은거 방식에 대해, 사회에 대한 개인적 시각에서는 그다지 찬동하진 않음으로써 특유의 호방하고 대담한 그의 일면을 보여주었다.

우리는 개인의 취미와 바람 때문에 시인 신상의 어느 부분을 추출하고 벗겨낼 수 없다. 그를 단순히 부호화하기란 쉽지 않은 것이다. 하지만 사실 도연명을 전체적으로 개괄할 수가 없다. 우리는 반드시 그를 위진이란 '정글' 속에 놓아 고찰하고, 당시 지식인의 천태만상에 놓고 연구해야 한다. 이렇게 하면 결과적으로 "유연히 남산이 눈에 들어올(悠然見南山)" 뿐만 아니라, 전원시인으로서 최후에 굶주려 죽은 비참한 운명을 놀랍지 않게 이해할 수 있을 것이다.

우리는 '정글의 법칙'과 인류의 '문명 법칙'의 조화할 수 없는 깊은 모순을 바로 보고, 그 부조화 속에서 도연명 전체의 인생에서 세밀하고 충분한 해석을 얻을 수 있다. 이는 바로 그가 남긴 최대의 유산이다. 도연명에 대해서 우리는 '정글' 속에서, '정글' 변두리에서 존엄의 문제를 대답할 수밖에 없고, 입세와 출세의 문제, 어떻게 생존하고, 어떻게 자신의 나태함, 나약함과 싸워 이길 것인지 등 문제에 대해 고귀한 '유언'을 찾을 수 있다. 이러한 시각에서 보면, 시인의 모든 문장은 가치가 있고 의미가 있다.

창작의 네 시기

도연명의 시가 창작은 크게 네 시기로 나눌 수 있다. 청년 시기의 대표작은 「욕망을 가라앉히며(閑情賦)」이고, 중년 시기의 대표작은 「돌아가자」이며, 근 만년의 대표작은 「불우한 선비들을 개탄하며」, 「음주 20수」, 「훌륭한 세 사람을 노래하며(詠三良)」, 「형가를 읊으며」이고, 최후는 만년 시기다. 설령 '근 만년'과 '만년'은 불과 오륙년 차이지만, 그들을 다른 시기로 구분해야 한다.

그의 만년 작품은 「도화원기(桃花源記)」, 「부채에 그려진 사람들(扇上畫贊)」, 「사기를 읽고 지은 아홉 편(讀史述九章)」, 「의만가사 세 수(擬挽歌辭三首)」, 「나의 제문」 등이다. 학계에서는 일반적으로 청년, 중년과 만년 등 세 시기로 나눌 뿐이다. 여기에서는 '근 만년'을 보태려고 하는데, 그 시기는 '만년'과 사실 큰 차이가 있기 때문이다.

도연명의 청년 시기는 모든 사람처럼 환상에 탐닉하여 청춘에 대해 특히나 민감했고 열애하고 열광했다. 이때 그는 「욕망을 가라앉히며」처럼 구성지고 이성에 대한 상상이 충만한 애모, 선명하고 아름다운 과장과 비유의 문자를 썼을 뿐 아니라, 이후 나이가 들었을 때에 이르러서도 당시를 항상 회상하고 그리워했다. 그는 시가에서 젊은 시절의 환상을 다음과 같이 기록했다.

少時壯且厲, 젊었을 때에는 굳세고 거칠어
撫劍獨行游, 칼 차고 홀로 나돌아 다녔다.
__「고시를 본떠 지으며 아홉 수(擬古九首)」 제8수

憶我少壯時, 나의 젊은 시절을 생각해보니
無樂自欣豫, 즐거운 일 없어도 절로 기뻤다.
__「잡시 20수(雜詩十二首)」 제5수

이것은 모두 이후의 추억이고 젊은 시절에 대한 동경이자 회고다. 「욕망을 가라앉히며」는 논쟁적인 작품이다. 예를 들어 소통(蕭統, 501~531)은 이 작품을 좋아하지 않았으며 음란하다고 여겼다. 반면 소동파는 좋아했으며 음란하지 않다고 여겼다. 루쉰도 좋아하고 재미있다고 여겼다.

도연명은 청년 시기에 벼슬을 바랐고 할 일을 힘써 찾았지만, 안정되기는 힘들었다. 문장의 보존은 필연적이면서도 우연적이다. 「욕망을 가라앉히며」를 남겨놓았는데, 유사한 시문은 없을까? 시인은 동일한 시기에 동일한 정서를 결코 표현하지 않았는데, 다른 작품은 또한 어떠한가? 지금으로서는 알 수 없다.

그의 중년 작품은 사람들이 가장 좋아하며 가장 많이 인용되는 바람에 일생의 대표작이 되었다. 활기찬 전원에 대한 묘사와 서술은 매혹적이며 흡인력을 자아내는 작품이다. 이 시기의 시문은 각 세대의 심금을 울렸고, 사람과 사람 간의 번거로운 얽매임에 염증을 느끼고, 같은 통증과 민감성을 품고 있는 사람들은 모두 도연명의 시를 반복하여 완미하며 책에서 손을 떼지 못했다. 시인이 귀향하는 길, 이 전원은 특히 오늘날 탈산업화 시대의 독자 눈에는 전 인류의 향수를 담아냈다고 말할 수 있다. 이것은 바로 도연명의 사상과 예술의 핵심 부분이고, 비교할 수 없을 정도로 눈부시게 아름다운 상상에 대하여 사람들은 모두 시인과 같은 탄식을 자아낼 수 있다. "어찌 돌아가지 않는가!"

"어찌 돌아가지 않는가!"라고 하였지만, 어디로 돌아간단 말인가? 가장 흡인력 있는 행선지는 바로 중년에 이른 도연명이 묘사했던 밝고 선명하며 아름다운 전원이다. 이러한 장소와 경지와 정(情)과 태(態)는 이미 도연명이 남김없이 써냈으니, 후인들이 다시 쓸 필요가 없다. 사실 이를 넘어서기 어렵기 때문이다. 이후 출현한, 전원회귀에 관한 감정과 아름다움은 모두 도연명 시에 덜 넘쳐흐르는데, 우리가 묘사할 대상으로 삼는다.

도연명의 '근 만년'은 조금 특별하다. 그가 시문을 쓴 시간을 판단할 때 조금의 오차가 있고 다른 사람은 다른 판본을 가지고 있어서 어떤 사람은 「불우한 선비들을 개탄하며」 등의 시문이 근 만년의 작품이 아니라고 말하지만, 다른 많은 사람들은 「불우한 선비들을 개탄하며」, 「산해경을 읽고 13수」 등 비분이 가득한 작품은 응당 근 만년의 시기로 돌려야 한다고 말한다. 도연명이 54, 55세가 되었을 때 시인은 운명에 대해 새롭게 깨달았으며, 그의 시부에는 비분의 색채가 드러나기 시작했다. 중 · 청년 시기의 해맑은 아름다움, 염담(恬淡)과는 반대로 시구의 밝기, 리듬, 분위기, 정서 면에서 모두 변화가 있었다. 도연명은 이 시기에 굴원(屈原, 340~278 기원전)의 어떤 것을 강화했는데, 그것이 바로 분노다.

만년에 약 60세 정도에 이르렀을 때, 도연명은 조금씩 느슨하고 평정을 찾기 시작했다. 이따금 비분도 있었으나, 「부채에 그려진 사람들」, 「사기를 읽고 지은 아홉 편」 특히 대표적인 「도화원기」 같은 작품에서는 새로운 감정 표현이 드러났고 지향점이 다른 상상을 전개했다. 이러한 상상은 객관적으로 '정글'에 대한 극도의 부정이자 혐오이고, 여전히 항쟁의 방식이기도 하다. 그는 다른 세계를 설계하고 창조했으며, 물론 이처럼 밝은 세계를 구축하는 마음을 갖추어야 했으니, 이것이 바로 한적, 초탈과 평정이다. 그의 만년은 이러한 상태를 걸었으니, '근 만년'의 시인은 격분과 불평의 기운을 많이 가졌고, '만년'에는 통달과 통쾌의 길을 걸어갔다.

몽상을 위해 명명한 사람

우리가 서구의 '유토피아'와 대응하는 것을 생각해 본다면 동방의 '도화원'을 떠올려 볼 수 있을 것이다. 사람을 사로잡는 것은 실제로 존재하든 시인의 날조이든, 모두 이미 정신과 예술사에서 오래되었다. 어떤 사람은 그것이 당시에 실제로 존재한 것으로 여겼지만, 시인이 발견한 것일 뿐이다. 이유는 문장이 너무나 '실감'이 났기 때문이다. 통상적으로 보면, 생활과 창작의 관계는 바로 이와 같다. 몸소 겪은 실경(實境)이 아니라면, 어떻게 이렇게 생동감 있고 핍진하며 이렇게 충실한 디테일이 있을 수 있겠는가? 그리고 문장 속의 빛깔과 광택, 밝기, 기운 그리고 풍물 등등 모두 눈앞에 선명하다.

이 문장이 실록임을 증명하기 위해 예로부터 지금까지 얼마나 많은 사람이 찾아보려고 시도했는지 모른다. 어떤 사람은 고증했고, 어떤 사람은 발굴했으며, 어떤 사람은 스스로 긍지를 느끼며 끝내 찾았다고 말했으며, 또 어떤 사람은 직접 어느 곳이 '도화원'이라고 말했다. 관광경제 시대에 한번 견강부회할 만한 곳이면, 가능한 한 단장하여 복사꽃을 심어놓고 수로를 파고 조각배를 매어놓기도 한다. 외지 관광객이 작은 배를 타고 좁은 수로에서 앞으로 가다 굽이치며 접근한 다음, 바로 복사꽃이 흐드러지게 핀 곳이 바로 "향기로운 풀이 산뜻하고 아름다우며, 떨어지는 꽃잎

이 펄펄 바람에 흩날리는(芳草鮮美, 落英繽紛)" 곳이다. 복숭아나무 숲을 뚫고 지나가면 바로 작은 산으로, "산에는 작은 동굴 입구가 있었는데, 빛이 나오는 것 같은(山有小口, 仿佛若有光)" 곳이다. 조심해서 작은 배를 타고 가면, 곧바로 "탁 트이며 밝아졌다.(豁然開朗.)"

이어서 본 것은 시인의 기록과 하나도 다른 것이 없어서, 무슨 가옥, 아름다운 연못과 뽕나무와 대나무, 밝고 깨끗한 작은 길이 있고 닭 울음소리도 들린다. 옛 옷을 입고 있는 사람도 있고, "기뻐하며 스스로 즐기는(怡然自樂)" 사람도 있다. 물론 관광객은 여기에서 노동하는 사람, 이러한 가옥이 모두 후세에 꾸민 것이고 관광의 수요 때문인 것을 알지만, 그들은 이유를 따지지 않고 믿기도 한다. 이 지형의 모양새는 멋대로 날조한 것이 아니다. 무엇보다도 지형은 인공적으로 만든 것이 아니라 천연적이기 때문이다. 그래서 많은 사람들은 마음속으로 굳게 믿는다. 자신이 끝내 속세를 벗어난 도원(桃源)에 온 적이 있노라고.

그러나 그렇다 하더라도 자세히 보면, 여러 허점을 발견할 수 있다. 수로로 진입하면서부터 다시 작은 산 안으로 뚫고 들어가면, 그토록 많은 노력을 쏟았던 이러한 환경은 은폐성과 신비감이 결여되어 있다. 즉 이곳은 '세상 밖(世外)'과 같지 않다. 전체적으로 보기엔 너무 접근이 쉽고 잘 드러나 있다. 대자연은 여기에서 우리와 숨바꼭질을 하지 않는다.

어떤 사람은 변명하며 말할 것이다. 이것은 오랜 시간을 겪어서 인류는 대자연을 일찌감치 과도하게 개발해서 세계에는 개간하지 않은 처녀지는 없고 정보화 시대엔 모든 비경이 사람들에게 장차 개방될 것이라고. 말은 이렇게 하지만, 여기에서 주의할 것은 큰 자연환경에서 보자면, 예컨대 산지의 장애물 등 기본 요소를 파괴하여 파내고 뚫은 흔적은 보이지 않는다는 전이다. 시인은 이렇게 기록한다. 이러한 비경을 다시 찾기 위해 그것을 발견한 사람은 길을 따라 모두 세심하게 표시를 해놓을 것이다. 설령 이렇다 하더라도 사후엔 어떠한 사람도 본래의 자리로 돌아올 수 없을 것이다. 이를 보면 이것이 진정한 비경임을 알 수 있다.

목전에 이르기까지 지금 보고 있는 자연환경 가운데 시인이 묘사한 곳과 부합하는 곳은 없다.

사람들은 호기심, 더욱이 상업적 목적에서 '도화원'이 실제로 존재하길 바란다. 하지만 이러한 기대는 실제에 부합하지 않는다. 실제와 부합하면 시인의 기문(奇文)의 가치를 높일 수 없고, 거꾸로 낮추게 된다. 결국 '도화원'은 시인의 뛰어난 창작이고 사람들이 쉽게 빠질 만한 가치가 있는 환상이며, 자연계에 대한 일종의 허구다. 이처럼 완미한 '정'과 '경'은 인간이 실제 가질 수가 없고 하나의 몽상일 뿐이며, 허구에서 나온 기이한 땅일 뿐이다.

시인은 곳곳에서 윤곽을 자세히 그리고 아주 그럴싸하게 묘사하여 두 번 다시 이토록 핍진할 수가 없다. 그것은 바로 창조자의 완미한 기술이자, 사람들이 동경하게 된 욕구다. 생각해보면 독자가 얼빠진 듯 황홀하여 사방에서 찾을 지경이라면, 그것이 바로 가장 성공적인 허구이고 거기서 예술과 사상의 힘도 배가하여 생성된다.

어떤 사람은 도연명이 이처럼 완미하고 핍진한 세계를 창조한 것은 결코 근거 없는 상상이 아니라고 여긴다. 여기에 바로 그들이 '도화원'을 견지하는 데 실로 다른 중요한 이유가 있다. 하지만 우리가 잊을 수 없는 것은 시인은 반평생 전원생활을 겪었고 산수자연에 심취한 사람이며, 그가 산수전원 생활을 누리면서 수많은 고난을 겪고 마음을 졸이는 무수한 아픔과 유감을 가지고 있었다는 점이다. 특히 큰불이 나 집이 불타버린 경험은 그에게 거대한 고통을 안겨주었다. 오랜동안 시인 마음속의 전원의 꿈은 일반 사람보다 더욱 성대하고 더욱 깊었다. 게다가 전원생활을 한두 번 꾸려나갔고 거듭하면서 정지할 수가 없었다. 그는 꿈속에서 전소한 전원을 회복시켰을 뿐만 아니라, 가장 완미한 전원을 창조해내려고 했다.

시인이 이 작품을 쓸 때는 이미 만년에 가까웠다. 이때 그는 새로운 평정기로 접어들었다. 바로 처음부터 상상을 총결하고 펼치던 시기였다. 일생의 중요한 부분은 모두 이 시기에 모아졌고, 일생의 경험과 이상도 모두 이 시기에 정리될 터였다. 「도화원기」도 가장 집중적이고 가장 왕성한 하소연일지도 모른다. 설령 여기에서 온화한 말투를 썼지만, 고사를 이야기하는 방식을 운용했다.

이러한 전기 고사에 대응하는 것은 무엇인가? 시인의 불행이고, 위진의 두려운 '정글'이다. 피가 흘러 강을 이루고, 백성이 생존할 수 없는 현실은 몽상 속의 평화롭고 안정된 것과는 완전히 대조를 이루어, 갈수록 어두운 현실 그리고 '정글'이란 비인간적 세계의 흉악함이 드러난다. 그 '도화원' 내의 무체제, 무압박 심지어 무시간 관념은 그것의 원인을 지적해줄 뿐이다. "진나라 때의 난리를 피하다(避秦時亂)." 이것은 의미심장한 문장이지만, 사람의 주의를 끌지 못한다.

'진시란(秦時亂)'은 분서갱유와 같은 독재의 공포를 말한다.

'진시란'은 맑고 아름다우며 평온한 '도화원'과 대조를 이루는데, 여기에는 시인의 수많은 토로와 분노의 정이 표현되어 있다. 사실 시인이 할 수 없는 말은 이 '진란(秦亂)'이 아직 지나가지 않았고, 현재도 계속된다는 점이다. 그것이 바로 위진 시대의 현실이었다. 시인이 선택한 농경 생활은 본래 난리를 피하기 위해서인데, 애석하게도 모든 것이 여의치 않았으니 현실은 바로 이처럼 한탄스럽고 슬픈 것이다.

이러한 심신의 처지에서 도연명은 자신의 몽상에 명명하기를 '도화원'이라 했다.

버티기

도연명은 '양생'을 생각해보지 않은 것이 아니다. 사실 '소요'하면서 일회성의 생명을 가장 좋게 보살피고 보존하려고 했다. 이 방면에서 그의 바람은 위진 시기의 지식인과 모두 일치했다. 그는 이미 최대한의 노력을 다했다. 예를 들어 소란과 분쟁을 멀리하고 자연풍광 속에 심취한 것과 점차 미주(美酒)를 양조한 것 등이 그렇다. 하지만 생활은 무거운 저울추처럼 그를 옭아매어, 그는 가면 갈수록 힘들어지고, 마침내 몇 차례 땅에 쓰러지고 두 번 다시 일어날 수 없었다.

하지만 그는 여하를 막론하고 '정글'로 되돌아가려고 하진 않았다. 한밤중이 되어도 매번 잠을 자지 못하며, 시인은 틀림없이 먼 곳에서 전해오는 비명과 함성을 들을 수 있었다. 거기에서는 영원히 그치지 않는 수렵이 진행되고 있다. 하지만 사람과 동물 간이 아니라, 사람과 사람 사이의 수렵이었다. 사람과 사람이 서로 수렵하던 시대는 아직 지나가지 않았고, 다만 이러한 참상은 하루 만에 끝낼 수는 없고, 그도 하루 만에 돌아갈 순 없었다.

그는 자신의 전원에서 생명을 천천히 연소하고 마모했으며 항쟁하기도 하고, 그 속에서 기쁨, 즐거움과 고통을 음미했다. 그의 일생에서 귀로 듣고 눈으로 본 살육은 너무 많은데, 언제나 조심하고 신중하여 다른 사람에게 당부하고 아이들에게 당부했다.

> 窮達不可妄求, 곤궁과 영달은 망령되이 구할 수 없으니
>
> [중략]
>
> 汝其愼哉! 너희들은 신중하게 처리하여라.
>
> _「아들 엄 등에게 주는 글(與子儼等書疏)」

시인의 근신은 불필요한 것이 아니다. 바로 전원으로 돌아온 뒤에 시인이 일찍이 따랐던 건위장군(建威將軍) 유경선(劉敬宣)이 그의 부하 왕맹자(王猛子)에게 살해당했다. 생활은 살얼음을 밟는 것과 같다고 말할 수 있다. 설령 이렇다 하더라도 도연명은 여전히 자신이 당장에 선택한 것이 유일하고 정확하다고 말할 수 없기에, 그는 끊임없이 질문하는 글을 써냈다.

생활 방식, 사람의 성격, 받아온 교육, 인생의 이상은 모두 다양하기에 사람의 본보기도 다양하다고 말할 수 있다. 우리는 위진 시기의 자신을 붕괴하는 지식인을 생각할 때마다 놀라움과 한탄스러움을 느끼게 된다. 우리는 도연명이 걸어왔던 생활 방식으로 공융과 혜강 등의 사람을 부정할 수 없다. 장렬하고 비참한 그들의 결말, 짧은 인생은 모두가 운명이 시킨 것이어서 벗어날 수 없었을지도 모른다. 생활 속의 일부 절차적이고 국부적인 것은 초탈하거나 벗어날 수 없다. 한 사람이 일생 동안 조심하면, 대부분 교묘히 회피할 수 없는 궤멸의 순간을 벗어날 수 있으며, 또한 궤멸의 순간에는 이르지 않을 것이다.

도연명의 매력은 난세에 이를 때나, 고통스러워 벗어날 수 없을 때마

다 그 매력이 증강된다는 점이다. 시대의 추이에 따라 사람들은 도연명을 갈수록 그리워하고 음미하며 좋아하는데, 시인의 결말이 더욱 처참한 사람과 비교하면 느슨하고 참을 수 있으며 활용할 수 있고 모방할 수 있는 본보기였기 때문이다. 사람들은 도연명을 생각할 때마다 국화와 울타리를 떠올리고 음주가 가져오는 쾌락을 기억하며, 술 취해 무아지경인 기쁨과 위안을 기억하는 한편 빈궁하고 영락하여 사방에서 구걸하는 그의 곤경을 생각하려고 하지 않는다.

사람들은 특히나 믿지 않는다. 바로 시인이 참을 수 없을 만큼 굶주리고 끼니를 이어갈 수 없을 때, 자사(刺史) 단도제(檀道濟, ?~436)가 보내온 구원과도 같은 좋은 양식과 고기를 거절했다는 사실을.

이러한 거절을 사람들은 이해하지 못하는데, 일반인이 이해하는 범주를 뛰어넘기 때문이다. 하지만 여기에서도 도연명의 최후 심리를 다소간 이해할 수 있으며, 온화하고 예의 바른 듯한 노인에게 상상하기 어려운 완고함이 있음을 안다. 원래 그의 내심은 정말 강직하고 단호했으며, 그는 잔혹한 인류의 운명, '정글의 법칙'에 대해 비분하고 절망했다. 그는 극단적인 방식으로 복잡한 내용을 표현했다. 그중에는 항의하고 경시하는 의미도 담겨 있고, 체제와 선을 긋는 선포도 들어 있다. 그것은 '자포자기'와 같은 속어로 개괄할 수 없으며, 극도로 비통한 감정이 지나간 후의 한 차례 충격이다. 그는 결국 '충격'의 상태로 돌아왔으며, 내일이 많지 않은 시기에 자신을 무너뜨려 한 번 죽으면 모든 일이 끝장날 판이었다.

아무리 짧은 생각으로 내린 결정일지라도, 이러한 결정은 반드시 시인의 장기적인 초조, 우려와 연관이 있다. 언급한 거절은 곧 죽음을 의미할지도 모르는데, 일반적으로 인정에 가깝지 않은 거절은 아니다. 그는 자신을 궁지에 밀어 넣고는 두 번 다시 망설이지 않았으니, 잔혹한 선택인 셈이다.

사람들은 왕왕 도연명 최후의 세월, 특히 그 결말을 경시한다. 인생은 십중팔구 뜻대로 되는 않는다. 고통이 바로 정상 상태다. 릴케(Rainer Maria Rilke, 1875~1926)는 일찍이 명언을 남긴 적이 있다. "사실 말할 수 있는 승리란 없으며, 버팀이 모든 것을 의미한다." 사람은 현실 속의 무거운 모순에 빠졌을 때, 난세이든 성세이든 모두 벗어날 수 없는 고통에 직면하게 된다. 이러한 상황에서 누가 승리할 수 있단 말인가? 이에 비로소 "버팀이 모든 것을 의미한다." 하지만 어떻게 해야 '버틸' 수 있는가? 누가 또 '버틸' 수 있는가? 이것은 자못 대답하기 어려운 문제다. 사람들이 '버티는' 방식은 다르고, 붕괴되고 실패하는 방식도 다르다. 우리는 항상 갑작스럽게 자신의 생명을 마감하는 사람, 극도로 황당한 길로 들어서는 사람, 낙심하거나 자멸하는 사람을 보게 되는데, 그들은 모두가 '버티지' 못한 사람들이다.

"버팀이 모든 것을 의미한다." 이 말은 무척 깊이 있고 소박하고 확실하며 절절하다.

도연명은 바로 온갖 고통과 가난의 궁지와 위험 지대 속에서 '버티는' 사람이었다. 그가 무엇 때문에 그렇게 할 수 있었는가는 우리가 풀어야 할 의문이다. 우리가 시인의 신상에서 이 의문 부호를 찾아가는 과정이 바로 그 매력을 발견하는 과정이고, 우리의 아픈 곳을 빈번히 건드리는 과정이다. 도연명은 모든 위진 시기의 다른 지식인보다 우리를 훨씬 감동시키고 우리를 분발시켜, 우리가 이에 의거하여 많은 것을 반성하고 총결할 수 있다. 이처럼 비할 데 없이 번거롭게 뒤엉키고 위험한 현상이 연이어 발생하는 디지털 시대에 인류는 새로운 네거리에 도달했다. 자연환경의 재난, 인문환경의 몰락, 수시로 인류가 겪은 고난은 기쁨보다 많아서 거의 손 쓸 길이 없다. 이전에는 세기말을 개탄했으나, 지금은 세기 초를 비관하고 있다. 사람은 어디로 가는가? 사람은 어디에서 왔는가? 바로 이러한 시각에서 우리의 눈은 다시 한 번 시인 도연명에게로 향하고 있다. 왜냐하면 우리는 그의 '도화원'을 동경할 뿐 아니라, 자신이 그처럼 인생을 직면하고 아울러 '버틸' 수 있기를 더욱 기대하기 때문이다.

도연명은 굶어 죽을 수 있었고 곤궁하여 죽을 수도 있었다. 하지만 그의 사상과 신념, 정신은 도리어 사라지지 않았다. 그는 시종 '버티는' 영혼이었다. 출렁이는 시대적 격랑 속에서 그는 파괴되지 않은 하나의 섬이었지, 여울에 흩어진 모래가 아니었다. 그는 시대의 조류 속에 고인 흙탕물이 아니라, 주변의 물을 콸콸 흘러가게 하는 암석이었다.

우리 후인들은 견실한 섬으로 남을 것인가, 아니면 물에 불렸다 곧장 흩어지는 모래로 남을 것인가? 이 문제는 모든 사람의 면전에 놓여 있다. 사람들은 모두 '정글' 속에 있고, 사람들은 모두 자신만의 답안을 내려고 하고 그 도전을 받아들인다. 이것은 모든 인생의 어렵고도 막중함을 포함하고 위대하거나 미미하고, 가련하거나 기념할 만하고, 혹은 고개를 돌릴 수 없는 등등의 모든 심각한 구별을 포함한다.

씨앗은 여전히 살아 있다

위진 시기에 일부 지식인들이 출현했다. 예를 들어 극도의 향락주의, 속세를 떠나 도를 닦고, 현묘한 논리를 논하고, 오석산을 복용하고, 온갖 방법을 강구하여 양생을 실행하는 인물들이다. 그들 가운데 주류는 바로 도피를 선택한 이들이다. 이들은 생명의 보존을 가장 긴박하고 가장 중요한 위치로 끌어올렸다. 충분히 이해할 수 있는 일이다. 상황이 급박한 대란을 만난 시기에 사람들은 저마다 가장 중요하고 근본적인 일을 고민한다. 어떻게 보전할 것인가? 이 방향과 일치되는 것이 바로 양생학의 발달이고, 이것과 관련된 철학 사상의 발전이다. 현실의 모든 것이 우리를 비관과 절망에 빠지게 할 때, 사람들은 이러한 현실을 두 번 다시 개조하려고 하지 않으며, 두 번 다시 그것을 위해 어떠한 노력도 하지 않고 자신 생존의 수요, 특히 육체에 대한 신중한 보호로 전향한다. 이 시기의 각종 신비하고 이상야릇한 양생 관련 서적, 심오한 이론과 학설이 모두 세상에 나올 수 있었고, 게다가 발전하는 추세를 보여주기도 했다.

도가는 불가와 합류하기 시작했을 뿐만 아니라, 대부분 시대적 수요에 맞게 개조되었고 더욱 세속화, 통속화했다. 이러한 사회 상태는 양극화되는데, 한 방면은 극렬한 이익 쟁탈이어서 극단적인 약탈과 쟁탈을 하지 않는 곳이 없었고, 무수한 생명의 손실을 봐야만 했으며 인민은 도탄에 빠졌다. 다른 한 방면은 또 온갖 방법을 다하는 탈출과 도피로서, 일부는 상상할 수 없을 정도로 물질을 향유하고 놀라울 정도의 사치와 극도의 부패로 접어들었다. 이러한 경향은 위진 시기에 가장 도드라져 유혈의 잔혹이든 물질적 사치이든, 그 사례를 이루 말할 수 없을 정도였다.

이것이 바로 '정글의 법칙'이 성행한 시기의 기본 특징인데 예외는 드물다. 이 시기는 사상의 측면에서 유가 정신을 전면적으로 퇴출시켰다. 중국문화 속에 서로 보충할 수 있고 호환할 수 있는 사상 체계 두 가지를 고르라면 '유가'와 '도가'일 것이다. 난세는 반드시 '도가'의 천하였다. 모두 마음에 두지 않고 무위(無爲)하여 어찌하든 모두 행할 수 있고 살길을 찾는 지혜이며, 각종 각양의 은(隱)이고 원융(圓融)이자 투철이며 삶과 죽음에 대한 초월이다.

이러한 학설이라도 지탱해주지 않으면, 사람은 살아가기가 더욱 고통스럽고 정신적 출구도 철저히 막혀버린다.

한말(漢末) 이래의 삶은 사실 너무나 무서웠다. 이는 채문희(蔡文姬)의 「비분시(悲憤詩)」 묘사에서 일부분을 통해 전체를 짐작할 수 있다.

卓衆來東下, 동탁 무리 동쪽으로 내려오니
金甲耀日光, 황금빛 갑옷 햇볕에 빛났도다.
平土人脆弱, 평지 사람은 무르고 허약했으며
來兵皆胡羌, 몰려온 병사 모두 호강족이로다.
獵野圍城邑, 들판을 휩쓸고 성읍 포위하여
所向悉破亡, 가는 곳마다 모두 무너지고 죽었다.
斬截無孑遺, 살육하여 살아남은 사람 없고

屍骸相撑拒, 시체끼리 서로 기대고 있다.
馬邊懸男頭, 말 옆엔 남자 머리 걸렸고
馬後載婦女, 말 뒤에는 부녀자 태웠다.

이처럼 잔혹하고 폭압적인 상황에서 조금이라도 이성과 지혜를 가진 사람이라면 어떻게 신속히 도피하지 않을 수 있겠는가? 다행스럽게도 그때에 아직 외지고 막혀 있는 모퉁이가 있어서 도피하고 수행할 수 있었다.

유학은 한말에 이미 붕괴되었다. 당시의 유학 연구는 이해할 수 없는 경지로 나아갔고, 유학의 본뜻에서 벗어났다. 잔혹한 현실은 세상에 뛰어들 방법이 없게 만들었고, 오로지 두려움뿐이었다. 현세주의자들이 득세한 시대였으며 모든 지식인 계층은 인생을 간파했다. 사실상 사회적 동요가 가져온 최대 결과는 바로 사람들을 각각 향락주의의 길로 걸어가게 만들어 이상을 추구할 수 있는 여지가 거의 없었다는 것이다.

이러한 상황에서 도연명은 이상적 유생이었고, 그의 입세 정신은 마음속 작은 구석으로 밀려났다. 그는 결국 가장 아끼는 것을 봉폐하여 마음에 가둬둘 수밖에 없었다. 하지만 그 씨앗은 결코 죽지 않고 깊이 묻혔다. 중년에 이르러 그는 늘 청년 시기에 지녔던 이러한 이상을 회상하고, 후인에 대해서도 늘 언급했다. 만년에 이르러 그가 잊지 않고 생각했던 것이 바로 이러한 것이다. 이 씨앗은 여전히 살아 있다.

도연명은 최후에 이르기까지 세상에 뛰어들고자 하는 마음이 무척 강한 사람이었다. 사람들은 그의 도망과 회귀만을 보고 아울러 그 이상의 전부라고 여기는데, 사실은 전혀 그렇지가 않다. 이러한 회귀는 부득이한 것이며, 이상의 변형이자 변혁이다. 그가 노동에 종사하고 방종하지 않고 의기소침하지 않은 것은 바로 씨앗이 죽지 않았다는 가장 좋은 반증이다. 특별히 긍정할 만한 것은 시인이 돌아온 뒤 얻은 건강한 생명력과 이로써 성취한 다른 면의 적극적인 인생이다. 도연명의 개인적인 입장에서 말하면, 그 자신은 인생의 절대 부분은 실패하고 어느 부분만 성공한다고 여겼다. 이로써 바로 나쁜 물이 들지 않고 감히 '아니오'라고 말할 수 있었으니, 여하를 막론하고 세상에 쓰여서 포부를 펼치지 못했으며, 대장부의 기개도 펼칠 수 없었다. 이 때문에 시인은 최후엔 실패자라고 느꼈다.

우리는 시인을 어떻게 판단할 것인가? 우리가 가장 좋다고 여기는 것은 물론 그가 과감하게 '정글의 법칙'에 대해 '아니오'라고 말한 것이다. 얼마나 많은 유혹을 받았든, 벗어날 수 없었던 수많은 고통에 직면했든, 굶어 죽을지언정 여전히 '아니오'라고 말하고자 했던 것이다.

이것이 바로 '버팀'이고 "모든 것을 의미한다." 그는 무엇에 기대어 버텼는가? 신에 대한 신앙이 아니라면, 생명 자체에 대한 미련이자 생존의 본능이 틀림없을 것이다. 가장 중요한 것은 대자연에 대한 열애이며, 이미 형성된 자연관과 문명을 충실히 지킨 힘이다. 그는 생명을 잃을 수 있었지만, 지지는 않았다. 이처럼 우리는 도연명을 '모든 것'을 가진 사람으로 볼 수 있다.

풍도란 무엇인가

어떤 사람은 도연명을 '위진 풍도'[16]의 최후 풍경으로 본다. 이렇게 이야기하면 약간 과장한 점이 있지만, 도리어 시인의 '풍도'를 부인할 수는 없으며, 그가 그중에 뛰어난 대표이자 상징임을 부인할 수도 없다.

위진 시기는 도연명 이후에도 장시간 지속되어 여전히 기록되었거나 기록되지 못한 수많은 일과 선택이 있다. '위진 풍도'의 '풍도' 두 글자는 어떻게 해석할 수 있을까? 우선 '풍도'은 물론 일종의 존엄인데, 존엄이 없다면 어떻게 '풍도'를 지닐 수 있는가? 그래서 존엄 문제는 종래로 모두 인생의 지대한 문제였다. 사람은 다른 경로를 선택하여 존엄을 얻을 수 있다. 하지만 전제는 그것을 최종적으로 상실할 수 없다는 점이다. 공정이 결핍된 생존 환경 속에서 이른바 인생은 존엄이 끊임없이 유린될 것이고, 도리어 각종 기회와 인연 속에서 부단히 환기하고 보호하는 과정에 있을 것이다. 그중에는 모든 행복과 불행, 모든 비극과 희극, 조화할 수 없는 모순 및 운명과 관련된 일체가 포함된다.

'위진 풍도'는 사실상 피에 굶주리고, 약육강식하는 '정글의 법칙'을 얘기하기 전에 어떻게 존엄이란 명제를 유지할 수 있었을까? 도연명이

---

16 '위진풍류(魏晉風流)'라 하기도 한다. 중국 위진 시대 명사들의 품격과 도량을 지칭하는 말이다.

체현한 '풍도'에서 가장 두드러진 것은 그가 굶어 죽을 지경에 이르렀어도 여전히 자신의 최대 한계선을 유지하였고 존엄을 잃지 않았다는 점이다. 사회정치의 암흑은 일부 위진 시기의 인물로 하여금 내재적인 각성을 불러일으켰으며, 그들은 외부세계에 대한 동경에서 생명 자체에 대한 아낌, 자아 가치에 대한 발견과 긍정으로 전향하여, 어떤 사람은 청담, 현학, 음주, 연단과 같이 구체적인, 진솔하고 방탄(放誕)하며 고상한 생활 태도로 현실과 비애를 초월하려고 시도했다. 이는 여하를 막론하고 강대한 집단과의 협력과 비교하면 훨씬 고명하다. 이것은 직접적으로 먹이사슬 최상층 동물에 대한 멸시이자 경멸이며, 의기양양한 태도이다. 수시로 죽음으로 내모는 험악한 환경에서 한 사람이 술을 마구 마시고 고담준론할 수 있다는 것은 정말 멋스럽다. 놀랄 만한 이러한 현상은 위진 시기만이 가졌던 독특한 점이다.

권위와 두려움 앞에서 붕괴되고 존엄을 버린 사람은 아주 흔하다. 원시사회에서 현재에 이르기까지 사람의 존엄은 시시각각으로 유린 속에서 소생하거나 깊이 은폐된다. 유린당할 때 우리는 어찌할 수 없음과 억누르기 힘든 비분을 느끼게 된다. 깊은 밤에 통곡하고 잠을 이룰 수 없어 동방이 밝아지길 기다리는데, 모두 존엄이 존재하기 때문이다. 존엄이 없으면 고통도 없고, 존엄이 없으면 '정글의 법칙'에 철저하게 굴종한다. 불행한 것은 사람이 사람이 되는 그 시각, 혼돈에서 실재에 이르는 그 시각은 바로 사람이 생명을 부여받는 때이며, 용기가 양지와 양능을 담는 것이니, 이것이 바로 소위 인성이다. 인성이 아름다움과 완정을 추구하는 특질을 완전히 잃어버릴 수 없다. 어떤 때는 겉보기에 잃어버린 것 같지만, 실제로는 여전히 생명 속에서 완강하게 존재하며, 그것이 조금 더 깊이 숨어 있을 따름이다.

도연명은 은거하여 노동하는 방식으로 존엄을 지켰다. 하나의 지향점이고 방법인데 기본적이고도 매우 유효하다. 이러한 방식의 가장 큰 차이나 가치를 말한다면, 이러한 실천궁행과 서로 일치하는 정신적 탐구이며, 완미하고 흥취가 있고 심오하며 매우 오랜 사상의 표현이고, 온 생명을 바쳐서 찾아낸 '도화원'이다. 이것이 그의 행위인데, 보기엔 '출세'인 듯한 입세 성과다.

지적해야 할 것은 시인의 방법이 유일한 방법이 아니며, 최후의 방법도 아니라는 점이다. 세상에는 각종의 다양한 방법이 존재한다. 예컨대 존엄을 유지하기 위해서는 즉각 자신의 생명을 완결해야 하고, 꾹 참고 견지해야 한다. 존엄을 잃을 기회와 방식도 무척 많다. 사람들은 거의 시시각각으로 존엄을 잃어버리고 또 회복하기도 한다. 영원히 존엄을 손에 쥐고서 빠져나가지 못하게 하느라 기진맥진하여 견디기 어려울 때에, 사람들은 도연명을 생각할 것이다. 도연명은 바로 죽음의 문턱에 이르렀을 때에도 존엄을 꼭 움켜쥔 사람이다. 따라서 그는 우리들을 강렬하게 감염시키고 우리를 감동시켜서 이와 같은 감화력을 갖게 한다. 그는 우리에게 희망의 길을 가르쳐주었다. 사람이 가장 곤란하고 희망이 없는 궁지에서도 존엄을 유지할 수 있다.

사람은 이와 같아도 좋다. 사람은 이와 같음에 불과하다. 사람은 충분히 이와 같을 수 있다.

제2강

잠들지 않은 존엄

물질과 세속 분야에서 이른바 '성공'한 사람은 일생에서 개인의 존엄이 손상되면, 그만큼 정신적 각성을 매몰시킨다. 무수한 억울함으로 말미암아 점차 한 사람의 정신을 마비시키고 그의 존엄을 오랫동안 잠들게 하여 두 번 다시 깨어나지 못할지도 모른다. 어떤 사람은 단지 얕게 잠들었을 뿐이라서, 여하튼 어느 날엔가는 깨어날 날이 있을 것이다. 도연명의 고귀한 점은 그의 존엄이 항상 깨어있다는 데 있다.

노인과 어린이 모두 기쁜 듯이 저마다 즐거워한다.(黃髮垂髫, 幷怡然自樂)

(송 마화지馬和之 「도원도桃源圖」 부분)

잠들지 않은 존엄

사람과 사람의 구별은 천차만별이다. 어떤 사람은 하나의 희사품을 얻기 위해 모든 것을 버리면서 쫓고 아랑곳하지 않는다. 구차하고, 남의 환심을 사고, 기회주의적이며, 남을 배반하고 팔아먹는 일은 누구나 잘 알고 있는 것이다. 어떤 사람은 본심을 지키고 존엄을 유지하기 위해 생명을 포기할 수도 있다. 세상에서는 확실히 위대한 순교자가 있다. 예를 들어 브루노(Giordano Bruno, 1548~1600)는 꽃의 광장(Piazza Campo Dè Fiori)에서 불타 죽었다. 그 외 수많은 사람들이 인류의 존엄을 위해 목숨을 걸고 싸웠다. 이러한 상황은 누차 발생했으며, 고상한 인격으로 여겨져 높은 추앙을 받았다. 누구나 각양각색의 예측하기 어려운 복잡한 상황에 처하여, 어떤 때는 확실히 궁지에 몰리는데, 받아들일 수 없어 전력을 다해 최후 승부를 걸었기 때문이다. 우리는 이러한 단절에 대해 충분히 이해하며, 아울러 이 때문에 무척 고통스러워한다. 우리는 희생자의 순간 심정을 완전히 환원할 수 없으니, 개인의 생활 실천과 인생 경험에 기대 직접 느끼고 깨달을 수 있을 뿐이다.

하지만 다른 방면에서 이처럼 격렬한 정신적 반항에 대해서도 다양한 인식의 맹점과 잘못된 인식을 가져올 수 있다. 반항하는 방식은 곤경의 종류나 당사자에 따라 천차만별로 변한다. 예를 들어 도연명은 시대를 혐오하여 당시의 주류 집단과 협력하지 않았으며, 도리어 백이(伯夷)와 숙제(叔弟)처럼 수양산(首陽山)에서 굶어 죽지도 않았고, 사람마다 할 수 있는 경작 생활로 전향하였으며, 아울러 거기에서 자신의 즐거움을 찾았고 개인의 만족을 얻었다. 도연명은 격렬한 충돌을 천천히 풀어내어 풍족하고 뜨거운 사랑을 가진 생명으로 변모시켰다. 이러한 존엄은 순간적인 충돌을 피하고, 끊임없고 느릿한 지구력으로 표현되었다. 그는 포악한 세력을 앞에 두고 이것이 아니면 저것이라는 자세를 취하지 않았으며, 협력하거나 대결 구도에서도 한쪽만을 붙잡지 않았다.

어떤 사람은 그가 진나라 왕실의 정통을 유지하고 강권과 협력하지 않는 전형이길 바라면서 시인의 대항성을 기꺼이 강화하길 바랐다. 일부 사람들은 사실 '동전'의 다른 면을 보길 바라는데, 마치 그래야만 완미한 셈이고 사람을 만족시키고 통쾌감을 느끼게 하는 것 같았다. 하지만 도연명은 결코 이러한 기대를 만족시키지 않았고, '다른 일면'을 만들지도 않았으며, 게다가 그의 말과 행실은 곳곳에서 강권과 당시 정치 상황에 대응하지도 않았다. 도리어 자신의 흥취와 본성에 따라 앞으로 나아갔다. 그는 줄곧 '다른 동전'을 만들어 놓고, 그 자신이 가장 좋아하고 받아들일 수 있는 생활 방식으로 곧장 돌아갔다.

실사구시적으로 이야기하면, 도연명이 관리사회를 떠난 행위에는 비협력의 요소가 있을 뿐 아니라 다른 면도 있다. 이러한 관점은 본래 매우 복잡하다. 예를 들면 그는 자유롭고 한가롭게 산보하는 습관이 있었고 농가생활을 좋아했으며, 가산을 꾸려나갈 바람과 책임을 가졌고, 논과 밭도 있었으며 술도 했다. 이러한 일들은 우리의 심원에 따라 '제련'할 수 있는 것이 아니다. 일단 '제련'하면 한 주제를 끌어내어 끝없이 말할 수 있고,

보면 무슨 일이건 통쾌하고 조리가 있긴 하지만, 실정과는 부합하지 않는다. 고인과 금인의 일부 묘사, 일부 분석과 개관을 두루 살펴보면, 그다지 적합하지 않음을 느낄 것이다. 성숙하고 경험을 가진 사람만이 사람의 일생이 그렇게 간단하지 않으며 그렇게 논리화할 수 없다는 사실을 알기 때문이다. 이 안에는 사실 너무나 많은 즉흥과 너무나 많은 불가사의, 너무나 많은 우연성이 내재되어 있다.

후세 사람들은 문장을 짓는 사사로운 일과 작은 일 때문에 언제나 기본적인 사실을 바꾸는 것도 애석하게 여기지 않는다. 그러한 정형은 쉽게 발견할 수 있다. 예를 들어 다른 일을 전혀 고려하지 않고, 지극히 단순한 일을 특별히 복잡하거나 정반대로 말하기도 한다. 도연명이 관리사회를 떠날 때의 분노는 너무나 컸지만 시간이 흐르면 이 분노도 사그라진다. 그가 맞이해야 하는 것이 아직 많이 남아 있고, 모든 것을 처음부터 시작하기 때문이다. 이것도 점차 실행하면 할수록 점차 멀어지는 과정이며, 아주 현실적이고 이중적인 선택이다.

우리들은 또한 시인이 걸었던 길이 유일한 선택이라고 말할 수 없다. 도연명이 유일한 본보기가 되어서는 안 되며, 인류 문명을 촉진하는 방식도 이것에만 머물러서도 안 된다. 존엄의 표현은 자유로운 것이다. 그것은 인성의 본원에서 나온다. 마찬가지로 비협력의 분노는 때로 결코 자기 마음속의 자유의지에서만 나오는 것은 아니다. 도리어 가능한 범위에서 주변과 군체의 충동에 굴종하고 순응하게 되니, 일종의 부지불각의 타협이다. 대세에 대한 비타협은 직접적인 저항과 충돌 말고도 무엇이 있는가? 이것은 우리가 처음에 제기했던 문제다.

도연명은 자신을 등지고 자기의 생활을 꾸려나갈 때 격렬하고도 큰 폭의 동작은 없었을 뿐 아니라, 대부분 이것이 일종의 '반항'이라고 여기지도 않았을 것이다. 평시에도 대개 이러한 일을 마음속에 담아두지도 않았을 것이다. 하지만 객관적으로 보면 이러한 상태에는 도리어 틀림없이 반항이 포함되었을 것이다. 그러나 이 반항의 목표는 크고 멀다. 가령 진나라 왕실을 찬탈하고 배반한 계층과 사족뿐 아니라, 개인의 천성과 자유를 위배한 여러 요소가 있을 수 있을 것이다.

시인이 자기도 모르게 표현한 반항의 목표는 거대하고도 분산되기 때문에 장기간 강인하게 견지해야 했으며, 일시적인 분노와 단절에 기대서는 완성할 수 없었다. 그의 행위에는 이성의 촉진, 판단과 감별이 포함되어 있으며, 더욱이 성정에서 나온 편애가 있었다. 오랫동안 한 가지 일을 하며 견지해나가는 데 필요한 지지력은 질기고 오래가야 한다. 그는 부단히 일부 문제에 대답해야 하는데 부단히 주저하고 회의한다. 아마 이러한 반성과 질문이 있어야 비로소 자신이 가장 어려울 때 포기하지 않고 다시 옛길로 돌아오지 않을 것이다. 그는 깊이 잠들 수 없었기 때문에, 그동안 내렸던 모든 결론과 자아 당부가 깊이 잠든 존엄을 다시 한 번 일깨울 수가 있었다.

정신의 결벽

우리는 통상 소위 '반항'을 도덕적 · 사회적으로 인식할 때, 이처럼 근시한 현실 목표를 해결하는 것을 가장 크고 가장 어렵고 힘든 임무로 여겨 대처했다. 사실 개인이 자유를 쟁취하는 일에서도 가장 어렵고 중대한 임무가 많이 분산되고 요원하며 더 광대할지도 모른다. 개인의 자유를 손상시키는 일부 요소는 때로 특수하고 예기치 못한 방향과 구석에서 나온다. 이것들은 더욱 은밀하여 자취가 없기 때문에 경계심을 잃기 쉬우며 포착하고 조준하기가 더욱 어렵다.

우리가 도연명을 읽을 때 느끼는 것은 풍부하고 포만한 개인생활 내면에 알지 못하고 요원하며 분산된 외력의 각성과 반항이 함축되어 있다는 것이다. 이러한 반항은 대부분 본능에서 나오며 언제나 존재한다. 그래서 도연명은 일종의 모호하고 자기 생명을 억압하는 미지의, 혹은 명명할 수 없는 원소에 대항하게 된다. 우리가 이러한 각도와 측면에서 도연명의 이른바 '반항'을 이해하면 할수록, 한 생명의 원형과 진실에 접근할 수 있을 것이다.

우리는 갈수록 보통 사람을 포함한 후세 지식인에게 도연명이 끼친 거대한 감화력을 느낄 때마다 늘 까닭 없이 묻게 된다. 그중의 깊은 뜻은 도대체 어디에서 나오는가? 끊임없는 규명과 탐색을 통해 그중에 가장 중요한 한 가지, 다시 말하면 사람마다 태어나면서부터 직면하는 존엄(자유)을 발견할 수 있는데, 지대한 문제에 대한 처리 방식이다. 사람들이 객관 세계에 대해 억울함, 억압과 거대한 불편을 느낄 때마다, 모두 반항의 본보기를 찾아야 하고 혹은 도피하고 은닉하는 방향을 찾아야 한다. 바로 이러한 관점에서 우리는 약속이나 한 듯이 도연명을 찾았고 진대(晋代)의 선배를 찾았다.

하지만 일종의 생활 방식이나 본보기의 근거가 되는 당사자는 도대체 무엇을 내놓고 또 무엇을 찾을 수 있을지, 일반 사람들은 자세히 찾아내기가 어려울지도 모른다. 대다수 사람들은 이러한 능력이 없을 수도 있고 집중력도 없을 것이다. 사람들은 보편적으로 일부 통설, 예를 들어 후대 지식인의 도연명에 대한 순차적인 해석과 논증을 따르길 원하고, 시인의 가장 표면적이고 가장 평이한 개괄과 감정을 따르길 원하지, 스스로 발걸음을 내디디며 진실 속으로 걸어가는 것을 원하지 않는다. 옛날 사람이나 사건에 대해, 그리고 언제나 그다지 많지 않은 기록을 놓고 고뇌하기 마련이다. 그래서 일종의 사회화되고 단순화된 해석을 따르는 것이 간편하고 용이하기 때문에 이것이 점차 습관이 되어버렸다.

도연명이 우리를 깊이 자극하는 것은 문장에서 드러난 정신적 결벽이다. 사람이 일단 이러한 소질과 특성을 갖게 되면 강대한 인성 역량을 갖는데, 이러한 역량은 원칙과 준수 방면에서 표현되어 '존엄'에 대한 요구도 매우 강렬하며 민감하다. 이러한 '존엄'감은 늘 존재하지만, 때때로 구체적으로 표현되지 않으며 죽음의 위협 속에 늘 숨어 있다.

도연명은 생활을 잘 들추는 사람이자, 동시에 강인성과 인내력을 가진 사람이다. 이러한 사람의 내면에는 파란이 무척 많아서 늘 외재적인 격렬함을 형성할 수가 없다. 그는 이미 혼잣말과 자아 당부에 습관이 들었고, 자기만의 문제를 독자적으로 처리하는 데 익숙했다. 시문에서 보면 시인은 총체적으로 무척 근신하는 사람임을 알 수 있다.

이렇게 민감하고 자존심 있는 것을 감지하는 사람은 비교적 난해하다. 그가 내성적이고 말이 없기 때문일 뿐만 아니라, 그의 내면 세계가 풍부하기 때문일 것이다. 이러한 사람이 도대체 어떻게 되었는지는, 오랜 세월이 지난 뒤에 다른 사람의 평가에 맡겨질 뿐이다. 우리는 이러한 사람에 대해 호기심을 느끼지만, 도리어 정곡을 잡을 수 없을 것 같다. 더욱이 인터넷 시대와 물질주의 시대에 사는 사람들은 항상 전에 없이 침범당하고 교란당한 상태에 처해 있어서 평안하고 고요한 도연명의 전원생활, 그가 옷소매를 뿌리치고 깔끔하게 떠난 행위, 이러한 생활 표본에 대해 더욱더 동경한다. 이러한 동경은 다른 오해를 수반하게 된다. 지금에 이르러 우리 '현대인'들은 특히 분쟁에 휘말리고 자족하며 풍만하고 활발한 동시에, 고통스러워하고 망설이는 도연명을 이해하기가 어렵다. 우리들은 그를 반항자의 격렬하고 첨예화된 투쟁의 마당에 올려놓지 않으면, 그를 개인의 한적한 전원의 늪 속으로 끌어들이곤 한다.

우리가 가장 바라는 것은 그를 '도화원'으로 끌어들이는 것이지, 그가 복사꽃이 활짝 핀 출구를 찾아서 줄곧 그 안에서 기다리게 하여 이것이 시인의 일종의 가설, 일종의 환상이자 동경임을 잊는 것을 가장 싫어한다. 이는 시인의 내심 깊은 곳의 찬란함이지, 현실생활 속의 거처가 아니다. 우리 현대인들은 도연명을 흠모하고, 풍족하고 자유롭고 청한한 그의 생활을 흠모하지만, 도리어 온갖 초조와 배가 몹시 고파 꼬르륵 소리가 나는 것을 직시하거나 대면하길 원하지 않는다.

사실 풍족한 생활을 했느냐, 아니면 얽매이지 않은 생활을 했느냐, 라는 문제는 양립할 수 없다. 실제 생활 속의 도연명, 빈곤에 처한 그의 몸부림에 대하여 우리는 그가 그렇게 자유롭지 못하고, 그렇게 존엄을 가지지 못했다고 느낄 수 있다. 이에 우리는 또한 도연명이 관리사회에서의 낭패, 네 번 나갔다가 네 번 물러난 어려움과 망설임을 알고 있다. 이러한 망설임은 벗어나기 어려움을 표현하는데, 시인이 현실적인 희망을 품고 있었기 때문이다. 경제적인 옹색함을 완화해야만 '떳떳하게' 살아갈 수 있다. 하지만 이전 관리사회에서 '떳떳한 생활'은 도리어 그에게 더욱 큰 고통을 가져다주었다. 이러한 고통은 이후의 구걸보다 더 큰 고통일까? 결국 도연명은 스스로 원하여 일종의 곤경을 선택했다. 후자의 고통과 비교하건대 어느 쪽이 더 힘들었을까? 우리는 이에 대해 대답해야 한다.

시인이 특별한 곤란을 느낄 때, 몇 번 부름에 응할 기회가 있었다. 하지만 그는 모두 거절했다. 이것은 분명 자유와 존엄에 관한 것이고, 생명 심층의 고통스런 기억에 관한 것이다. 이러한 기억을 참조하지 않는다면, 물질적으로 매우 궁핍한 생활 속에서 도연명은 생각을 정하여 견지하기가 불가능했을 것이다. 이러한 고통이 도대체 얼마나 깊은지, 영원히 공명과 이익과 관록 속에 섞여 있거나 아직 섞여 있지 않은 사람이라면, 대체로 이해할 방법이 없을 것이다.

존엄감이 강하면 강할수록 정신적 결벽도 매우 무거우며, 그가 자신을 총결할 때 더욱 많은 하자와 얼룩을 발견하게 된다. 자신에 대한 그의 표준이 무척 높기 때문이다. 옛 사람들의 이 방면에 대한 가장 유명한 사례는 바로 '기산세이(箕山洗耳)' 고사일 것이다. 여기에서 얘기하는 것은 상고 시대 요(堯) 임금이 사신을 기산(箕山)에 보내 허유(許由)를 만나보고 임금의 자리를 그에게 물려주고 싶었지만, 허유는 그의 말을 듣고 자신이 더럽혀졌다고 영수(穎水)로 달려가 귀를 씻었다는 고사다. 소보(巢父)가 때마침 소를 끌고 가다가 물을 마시면서 사연을 들은 뒤 허유가 일을 일으켰다고 탓하면서 물을 더럽혀서 소의 입까지 더럽혔다고 책망했다. 만일 표준을 유사한 높이까지 올린다면, 도연명은 무척 고통스러웠을 것이다. 그는 회고하며 자신을 총결할 때, 반드시 자신의 하자가 너무 많음을 발견할 수 있을 것이다.

도연명이 돌아와 씨를 뿌리며 과거와 단절하지 않기란 그렇게 간단하지 않을 일이었을 것이다. 그가 한밤중에 잠들지 못할 때 자신을 부끄럽게 하는 부분, 자신이 의아해했던 일을 어째서 그렇게 오랫동안 참아왔는가 생각할 것이다. 그는 조금 더 그곳을 일찍 떠나지 못했음을 후회했다. 이는 「돌아가자」와 기타 시편에서 찾아볼 수 있다.

도연명의 전원시는 개인생활을 미화했다. 이 점은 그다지 대단하지 않다. 이러한 사람은 흉작과 과로, 심지어 그의 불우까지도 심미화할 수 있다. 일반 농민은 그러한 말투로 "풀만 무성하고 콩 싹은 드물다(草盛豆苗稀)"는 담론을 할 수가 없다. 도연명은 일반적인 농경민과 다르고 그만이 이러한 심미안과 특별한 안목을 가졌기 때문이다. "새벽에 일어나 거친 밭을 매고, 달빛과 함께 괭이 메고 돌아온다.(晨興理荒穢, 帶月荷鋤歸.)"—「전원으로 돌아와 살며」 제3수)에서 전원에서 노동하는 노고는 시 속에서 일종의 평온함과 아름다움, 오만이자 만족이기도 하다.

고난이나 평범한 생활을 심미화하는 것은 우수한 창작 능력이 아니라, 인생의 경계와 인격의 존엄의 표현이다. 사람이 살아가면서 항상 근심하고 두려워하며 늘 화를 낸다면, 고난을 초월할 방법이 없고 전체 심미의 취미를 상실할 수 있다. 이러한 사람은 결국 물질적이고 세속적인 사람이라서 일단 기회를 얻게 되면, 끊임없이 자신의 고난을 호소하고 과장하며, 심지어는 막대한 자본으로 여겨 과시하는데, 단연코 신선한 창조력을 발휘할 수가 없다.

도연명의 이러한 영혼은 일반 사람과 다르다. 그는 많은 경우 세속적 이익의 득실과 성패로 사물을 판단하지 않았고, 관리사회에서의 성공 여부, 물질 수확의 다과를 자신의 유일한 평가 지표로 삼지 않았다. 그의 내심 깊은 곳엔 정신 방면의 수요가 매우 강렬했다. 그가 마음속으로 참을 수 없음을 느껴서 후회와 억울함이 한꺼번에 불어나게 되었으니, 다른 세속적 이익은 더 말할 필요도 없겠다.

허리에 만 관의 돈을 꿰차고 권세와 지위가 높고 득의양양한 사람과 비교하면, 도연명의 존엄감은 매우 강하고 극히 진실하다. 그는 과욕을 부리지 않았고 땀을 흘렸으며 허리를 굽히지 않고 위험을 피하면서 마음속으로는 업신여겼다. 우리가 이러한 것을 살펴보면, 물질과 세속 방면의 이른바 '성공'이란 것이 일생에 얼마나 많은 사람의 존엄을 손상시키고 얼마나 많은 정신적 각성을 매몰시켰는지 알 수가 있다. 무수한 억울함을 받아들이면, 한 사람의 정신을 점점 마비시키고, 그의 존엄을 장기간 잠들게 만들어서 두 번 다시 깨어나게 하지 못할 것이다.

어떤 사람은 선잠이 들 뿐이었기에 언젠가는 깨어날 날이 있을 것이다. 깨어나는 빈도와 시간이 생명의 질을 결정한다. 도연명의 고귀한 점은 그의 존엄이 항상 깨어 있음에 있다.

동일하지 않은 원심(圓心)

도연명은 후반생을 농민으로 살았다. 하지만 그는 지식인이었기에 청경우독(晴耕雨讀)[17]하는 생활을 지속했다. 중국 선비 계층은 줄곧 '경독전가(耕讀傳家)'[18]하는 전통을 가졌다. 이러한 점으로 보면, 도연명은 결코 전통을 벗어나지 않았다. 문화에는 극히 좋은 면도 있다. 이것이 바로 중국의 문화 명맥을 유지할 뿐만 아니라, 동시에 이러한 문화의 완고성과 수구적 근성을 보여주었으니, 이러한 문화의 나쁜 면을 개조하는 것이 매우 어려움을 알 수가 있다.

시인은 관리사회를 떠날 수 있으나 중국 선비의 문화를 벗어날 수 없다. 시인은 농민이 아니다. 보통 농민은 경작하기만 하고 글을 읽지 않기 때문이다. 농민의 이러한 '시적인 생활'은 시간을 가장 많이 투자한 단계다. 그는 이로부터 곡식의 생장에 따라 희비가 엇갈리는 나날을 보내게 되었다. 이러한 세월은 비교적 길었기 때문에, 그 안에는 각종 디테일이 쌓였고 풍부한 내용으로 가득하다. 하지만 후인들이 가장 많이 담론한 것

17 날이 개면 논밭을 갈고 비가 오면 글을 읽는다는 뜻으로, 부지런히 일하며 공부함을 이르는 말.

18 대대로 농사를 지으며 학문에 힘쓰는 전통을 본받아 공부하고 남는 시간에 농사를 잊지 않는다(課讀之餘不忘耕植)는 뜻을 담고 있다.

은 그가 의연히 현령을 사직한 부분이고, 가장 많이 인용된 구절은 바로 "쌀 다섯 말 때문에 허리를 굽히지 않은(不爲五斗米折腰)" 것이다. 이러한 전환점은 이미 고정불변의 격식이 되어 선명한 휘장과 상징으로 변하여 영원히 도연명의 이미지에 걸려 있다. 이 유명한 말은 시인의 삶을 가장 잘, 그리고 가장 선명하게 보여주는데, 한 개인의 운명이 크게 전환하는 직접적 동기이자 계기다.

냉정하게 본다면 사람들이 다소간 이 말을 확대했음을 느낄 수 있을지도 모른다. 사실 말뜻이 선명하고 비교적 희극적인 언행은 모두 그 통속성 때문에, 그리고 충분한 전파력을 가지고 있기 때문에 대중에게 쉽게 전파되어 예상보다 더 많은 영향력을 가질 수 있다. 사실 어떤 사물의 돌변이나 순식간에 발생하는 전환은 모두 내부의 수많은 사건과 요소가 장기간 누적된 결과에서 나오니, 이러한 모든 것을 생략하거나 무시할 수가 없다. 이러한 사정이 어떻게 갑자기 발생하겠는가? 당사자인 도연명이 스스로 알고 있었듯이, 그의 마음속에 어떤 소리가 때때로 일깨워 마치 종소리처럼 똑딱똑딱 소리를 내고 있어서 편안히 잠들 수 없게 만들었다. 최후에 이 소리가 끝내 모여 거대한 소리를 이루고 참을 수 없는 임계점에 이르렀다. 이에 사람은 바로 행동으로 옮긴다.

사실 그는 이전에 몇 번 벗어난 적이 있었다. 그에겐 처음 있는 일도 아니었다. 다른 점이라면 이번엔 큰 결심을 하였을 뿐만 아니라, 두 번 다시 돌아간 적이 없다는 점이다.

오랫동안 우리는 습관적으로 사회와 도덕윤리 방면이나 통치와 피통치 계급 대립의 관점에서 도연명의 떠남을 분석해왔다. 이것은 매우 부분적인 측면인데, 여러 요인 가운데 하나일 가능성이 크기 때문이다. 어느 한 곳에만 집중하고 다른 방면을 다시 돌아보지 않는다면, 적절하지도 않고 정확하지도 않다. 우리는 언제나 한 사람이 어느 부분에서 희극적 격렬함을 충분하게 표현하기를 바란다. 이렇게 봐야 통쾌하고 이해하기 좋고 할 말이 많기 때문이다.

도연명이 돌아간 원인은 어떻게 드러내고 표명하든, 모두가 이 원인으로 모든 것을 덮을 수 없으며, 특히 모든 변명을 막을 수 없다. 우리는 인간으로서의 생명 바탕색에서 말해야 하는데, 이것은 다소 색채학(chromatology)의 '색층 분석(chromatography)'과 유사하다. 이렇게 분석해 보면, 우리는 시인의 성격, 그의 심리와 행위 특징인 내성, 자존, 민감, 다양한 목소리 가운데 적응하지 못함, 침묵과 평온을 좋아함, 대자연으로의 경도— 그 자신의 말로 표현하면 "본성이 본래 산을 좋아했다(性本愛丘山)"— 에 접근할 수 있다. "쌀 다섯 말 때문에 시골의 어린아이에게 허리를 굽히지 않았다(不爲五斗米折腰向鄕里小兒)"란 구절과 비교하면, 이곳의 "성본(性本)"도 생명의 실질을 더욱 반영할 수 있다.

때로 사람의 선택에 대해서 조리가 분명하게 말하기 쉽지 않은데, 심각한 원인이 은밀한 마음속의 한구석에 숨어 있을 수 있으며, 바로 거기에서 일부 요소가 줄곧 영향력을 발휘하고 있다. 이러한 요소가 누적되어 형성된 결과가 또한 끊임없이 이어져 최후에 이르러 그는 대담하게 선택하고 행동하게 된다. 이러한 시각이 개인의 심성과 자유를 가장 두드러지게 보여줄 수 있다. 그것은 대부분의 경우에 심지어 외재적 영향이나, 개조와 제약을 받지 않고 생명의 품질에 따라 결정되는 것이다. 이러한 자유 표현은 더욱 심도가 깊으며 생명의 존엄을 체현했다.

우리는 항상 한 사람이 모종의 역사적 고비에서 모든 사람과 똑같은 행동을 취하는 것을 볼 수 있다. 예를 들면 비슷한 말을 하거나 비슷한 일을 하는 부류에 해당된다. 이러한 선택과 표현은 분명 군체의 '의지'로 모여 들어간다. 이러한 '의지'는 겉으로 보기엔 찬란하고 강대하여 개인을 구속하고 말려들게 하기가 충분한 것 같다. 하지만 반대로 보면 한 사람이 집체의 '의지'를 배반하고 자신이 가장 하고 싶고 다른 사람과는 다른 일을 한다면, 이때 생명의 자유감은 사실 더욱 강렬하고 더욱 심각한 것이다. 이러한 선택이 드러내는 생명의 존엄은 물론 가장 높다.

도연명은 위진 시기에 살았다. 그 시기 양지의 혜택을 누린 지식인은 대체로 피비린내 나는 권력과 세력 집단과 대오를 이루지 않고, 통상적으로 말하는 '맑게 흐르는 물(淸流)'에 속했으니 협력자는 아니다. 사람들은 도연명을 그러한 사람들과 같은 무리로 보고, 아울러 최고의 긍정으로 여길지도 모른다. 사람들이 항상 제기하는 것은 도연명이 환현과 유유와 협력하지 않았다는 점이다. 보편적인 견해는 도연명이 진 왕실에 충성했다는 점이다. 왜냐하면 이것이 모두 분명하게 드러나고 자연스러우며, 여기에는 어떠한 다툼도 없기 때문이다. 이러한 요소는 당연히 존재한다. 하지만 가장 중요한 부분은 아니다. 도연명은 천성적으로 그러한 관리 생활에 반감을 가져서 마음속의 은밀한 계책과 격렬한 각축에 적응할 수 없었기 때문이다. 그의 이미지에는 그처럼 강렬한 사회성이 없었다. 일종의 자연성을 지니고 있어서 개인의 취미로 돌아가서 자신이 받아들일 수 있는 방식을 찾아 생존하고, 가능한 한 조금 더 쾌활하게 지내고 싶었을 뿐이다. 여기에 근본적인 원인이 있다.

때로는 사람의 '존엄'은 왜곡되고 기형적이다. 예를 들면 명성이나 사회에서 보는 눈에 따라 좌우되는데, 이때의 '존엄'은 허망하고 심지어는 허구적이다. 진정한 존엄은 응당 개인 생명의 부름에 반응하여 자신이 무슨 일을 하고 싶다면, 외부나 내부의 욕망에 의해 통제받지 말아야 한다. 개인이 자아 가치를 감정할 때 진정으로 관여하지 않기란 정말 어렵다. 진정한 존엄과 사회적인 평가, 감상과 개괄적인 의론은 무슨 필연적 관계가 있는 것은 아니다. 이러한 의미에서 이야기하면, 진 왕실에 대한 도연명의 충성 여부를 과다하게 토론하는 것은 불필요하다. 왜냐하면 그것은 외재적 인지와 규정이고 일종의 집체적 의향이며 최소한 진 왕실에 충성한 일부 지식인의 공통된 선택이자 바람이기 때문이다. 다만 이러한 의향에서 도연명의 '존엄'과 '자유'를 관찰하면, 비록 어느 정도 의미가 있겠으나 기본적으로 별다른 의미는 없다. 그가 격렬하고 위용이 있는 것 같은 군체 의식을 벗어나고자 몸부림칠수록, 개인의 비범함과 탁월함을 보여줄 수 있다. 집체 의식에 대한 몸부림, 배반과 소외는 여태까지 가장 어려운 일이었다.

진 왕실이 정말 그렇게 좋아서 죽음을 무릅쓰면서까지 평생 변함없이 충성을 지켜야 하는가? 진 왕실 통치의 역사, 내력과 진로를 살펴보고 다시 이 질문에 대답하기는 그다지 어렵지 않을 것이다. 도연명은 세상일과 역사를 통찰한 사람이라서 그렇게 진부하거나 우매하지 않았다. 그는 권력을 찬탈한 배반자의 잔혹과 피비린내 나는 현실을 매우 원망했으며, 도리어 진 왕실을 자신의 일방으로 보지도 않았다.

한 조류가 솟아나면 좋든 나쁘든 반드시 찌꺼기가 내려오게 마련이다. 이러한 조류가 솟구치는 은폐된 장막 속에는 각양각색의 개체 차이와 구체적인 속셈이 있을 수 있다. 집체에 대한 개체의 복종과 구동(求同)은 반드시 자신을 억울하게 만들어버린다. 도연명은 일찍이 일치하는 점은 찾고 다른 점은 보류한 적이 있고 집체의 선택에 복종한 적이 있기 때문에 최후에 관리사회를 떠날 때, 반드시 수많은 당대인과 후대인에 의해 시대 조류의 한 낙숫물로 여겨졌다.

우리가 그의 전체 문장을 접하고, 그 개인의 생활 노선으로 돌아오면, 모든 것이 그렇게 간단치 않음을 발견할 수 있다. 도연명은 진 왕실에 충성하지 않았을 뿐만 아니라 그가 표현해낸 총체적 복잡성과 소박성은 여기에서 특별히 정시하고 직접 대면해야 한다. 우리가 도연명을 집체에서 빼내야만 비로소 개체로 환원할 수 있다.

한 사람이 양심에 따라 사는 것이 어찌 어렵지 않겠는가? 공교롭게도 그가 선택한 지향점과 범위는 어느 가장자리에서 당시의 지식 군체와 중첩되거나 서로 접한다. 하지만 이것은 단지 교차할 뿐이다. 하나의 '원'을 만든다면, 그는 그들과는 다른 '원심(圓心)'을 가질 것이다.

도연명의 '은일'을 말하기는 쉽고, 그가 '전원시인'이라고 말하는 것도 용이하며, 그가 진 왕실에 충성한 '의사(義士)'임을 설명하기란 더욱 쉽다. 하지만 원 모습의 생명 판단으로 돌아오면, 그다지 용이하지 않다.

걸어가야 할 먼 곳

시문에서 보면 도연명이 농경에 종사할 때 자신이 얼마나 위대하고 얼마나 숭고한지 조금도 느끼지 못했고, 다만 그 자신은 기쁘고 유쾌했을 뿐이었다. 그가 이렇게 한다면 부인과 자녀들이나 친구들은 애석함을 느낄 것이다. 그들이 결코 이해하거나 찬동할 수 없기 때문이다. 일반인이 보기에 한 사람이 관직 생활에서 평민 생활로 전향하면, 틀림없이 말하기 어려운 고충이 있을 것이라고 여긴다. 이것은 필연적으로 자발적이 아니라 피동적이다. 그런데 도연명은 기록 속에서 분명히 자발적으로 사직했다고 말했다. 하지만 사람들은 그에게 말할 수 없는 고민이 있을 거라고 여긴다. 다시 말해 여전히 일종의 피동이라고 말한다. 이렇게 말해도 무방하겠지만, '고민'이란 단어에 내포된 것이 너무 많아서 다소 진상을 가리지 않은 듯하다. 혐오와 경시는 더욱 높은 이상에 대한 추구인데, 이것도 '고민'에 속할까?

중국의 문화에서 무엇이라도 버릴 수 있으나 관직만은 버릴 수가 없다. 이것은 보배 중의 보배이며, 전제 중의 전제이고, 표준 중의 표준이다. 그것을 잃으면 전체를 상실하는 것을 의미하니, 두 번 다시 얘기할 거리가 못된다. 이렇게 말한다면, 그러한 문화는 미혹에 빠진 비정상적인 문화인데, 이치로 깨우쳐줄 수도 없고 구제할 약도 없으니 민족이 젊어진 고

질병이다. 사람들은 도연명이 이렇게 소실되었고, 그 자신도 일시에 시비를 가리지 못해 온 집안을 해쳤다고 여긴다.

그렇다. 한 사람이 개인 이념에 복종하고 개인의 신념과 추구를 완성하게 되면, 항상 그와 함께 사는 사람들의 이익을 희생시키게 되고, 심지어는 인정에 부합하지 않고 이기적임을 느낄 것이다. 이러한 결정을 내리는 사람 스스로가 고통스러울 것인데, 그 고통은 결코 탈바꿈의 몸부림에 지나지 않는다.

도연명은 수많은 시, 아들에게 남겨준 글에서도 미안함과 자책감을 끊임없이 표현하고 있다. 이것 또한 인지상정이다. 하지만 특이한 생명이 이러한 상황에 처해 있을 때 그의 지구력은 여전히 매우 집요하고 강대하여, 외재적 제약으로도 끝내 그의 운명을 바꾸지 못했다. 생명이 본색을 가짐은 필연적 추세이고, 어떠한 불우함이나 곡절과 저지를 겪든 모두 꿈틀거리며 앞으로 나아가고, 최후에는 그 목표에 도달하게 된다. 이것은 천성이며 은연중의 규정력(規定力)이라서 어느 누구도 개변시킬 수 없다. 최후의 나날 속에서 도연명으로 하여금 주림과 추위가 밀어닥친 전원에서 죽지 않게 하기란 불가능한 것이다. 생명은 이러한 귀착점이 있기 때문이다. 이러한 모든 것은 운명의 깊은 곳에서 나오며, 그것은 외력과 집체 의지를 뛰어넘는다. 결국은 혈육 간의 정이든 체제의 힘이든, 한 인간의 운명을 바꾸기란 쉽지 않다.

어쩌면 생명이 형성된 처음에 특별한 부호가 찍힐 수도 있다. 바로 이러한 부호의 차이 때문에 생명 간에는 비로소 각종의 구별이 있기 마련이다. 구별이 있은 다음에 길의 차이가 있고, 길의 차이가 있기에 우리들은 형형색색, 무수한 인간을 볼 수 있고, 그들은 사회적, 정신적 측면에서 기이한 발전 궤적을 드러내는데, 확연히 다른 표현과 연출이 있어서 최종적으로 자신의 결말로 걸어 들어간다.

도연명은 일반 사람과 마찬가지로 사회의 동요와 물질의 극도의 결핍을 마주하고, 스스로 헤어나기 어려운 고통 속으로 빠지지 않을 수 없었다. 이때의 중요한 문제는 당장에, 즉 가장 기본적인 생계의 수요를 어떻게 해결하느냐이다.

> 悠悠待秋稼, 간절히 가을 수확을 기다리니
>
> 寥落將賒遲, 너무 떨어져 있어 멀고 늦으리.
>
> 逸想不可淹, 달리는 생각 멈출 수 없어
>
> 猖狂獨長悲, 미칠 듯 홀로 내내 슬퍼하네.
>
> _「호서조의 시에 화답하여 고적조에게 보여주며(和胡西曹示顧賊曹)」

그의 존엄은 억압되지 않았고 생명의 모서리에서 깊이 잠들지도 않았다. 존엄은 매번 깨어나서 발아하여 생장할 준비를 했다. 어떠한 사람이든지 존엄이란 씨앗을 심방 속에서 압사시키게 할 수 없는데, 간혹 깊이 잠들게 하면 '번거로움'이 뒤따르게 된다. 존엄은 인간과 저속한 세계가 충돌하는 총체적인 근원이다. 물론 이러한 충돌에는 대가가 따른다. 우리는 경험 속에서 사람은 존엄을 위해 대가를 반드시 치러야한다는 사실을 안다. 하지만 일부 사람의 입장에서 말하자면, 이러한 대가가 얼마나 크든 강대한 존엄은 최후에 그를 앞으로 나아가게 하여 어떤 임무를 완성시킬 것이다. 이러한 점은 모든 사람의 경우엔 왕왕 치명적이다.

도연명의 "쌀 다섯 말 때문에 허리를 굽히지 않았다"는 구절은 후인들에 의해 너무나 많이 강조되고 확대되었다. 이 시구는 너무나 의연하고 쩌렁쩌렁 울린 셈이기 때문이다. 우리 후세 사람들은 이처럼 통쾌한 도연명의 발설 앞에서 똑같은 쾌감을 느낄 것이다. 하지만 우리는 도리어 한 사람이 이처럼 호방하고 통쾌하며 결단성 있고 단호한 사회처럼 선포하면, 배후엔 많은 사람들이 알지 못하는 것이 숨어 있음을 망각한다. 그는 틀림없이 장기간 전력을 다해 생명으로 강대한 기저 지탱력을 하나하나 쌓았고, 최후엔 비로소 경전적 의의가 있는 전환을 완성할 수 있었다.

도연명은 수많은 곡절을 겪었다. 29세에 벼슬을 하기 시작하여 짧은 시간 내에 곧 돌아왔다. 연후에 다시 접하고 다시 시도했다가 중년의 나이에 이르렀다. 이러한 경력을 전후 네 번이나 반복하여 곡절 많고 구불구불한 발자취를 보여주었다. 마지막 말미에서 비로소 통쾌한 선포를 하지만, 후반구의 "시골의 어린아이를 향하여(向鄉里小兒)"라는 말을 사람들이 늘 무시했다. 사람들이 가장 많이 하는 말은 전반구이다. 이렇게 이야기하는 것이 더욱 간단하고 직관적이며, 더욱 통속적이고 이해하기 쉬우며 힘차기 때문이다. 하지만 "시골의 어린아이를 향하여"는 어떻게 해석해야 할까? 여기에서는 대체로 평민백성을 가리키지 않는다. 이 구절의 앞뒤를 통일적으로 본다면, "시골의 어린아이"는 보잘것없고 저속한 사람을 가리키며, 기본 문명과 도덕 수준이 없는 관리사회의 인물, 예를 들어 당시 팽택(彭澤)으로 순시하러 왔던 독우(督郵)를 지칭한다. 바로 '쌀 다섯 말'과 '어린아이'가 짝을 이루면, 그다지 어울리지 않는다.

도연명은 내심 깊은 곳에 지식인의 청고함, 세밀함과 깨끗함을 지니고 있다. 그는 문명과 문화 방면에서 세상 물정을 보았고, 일상생활에 바쁘고 저속한 공리주의자 속에서 뒤엉키고 맴돌지라도, 생명의 바탕과 소질은 그들과 너무나 큰 차이가 난다. 이 구절의 선포를 완전히 이해하고, 그것의 원인과 최후의 결과를 분명히 아는 일은 매우 중요하다. 시인의 마음속에 모름지기 가져와서 때때로 일상적이고 저속하며, 번거롭게 뒤엉킨 관리사회와 대비하는 것은 바로 기억 속에서 사라질 수 없는 찬란한 벌판이고, 그 속에서 계속 머무르는 자유이자 쾌적함이다. 대자연, '구산(丘山)'에 대한 그의 사랑은 뼛속까지 스며들었다. 여기에는 어린 시절의 기억이 있고, 생명이 탄생한 처음에 이미 존재했던 요소가 있다. 이러한 요소가 혈액 속에서 유동하기만 하고 그가 관리사회에 얽매이면 영원히 편안할 수가 없다. 영원히 자유로운 소리가 어렴풋이 부르면, 최후에는 이 소리를 따라 걸어가야 할 그 먼 곳을 향해 걸을 수가 있다.

표현 방식

일반 사람의 눈에 도연명의 즐거움은 주로 물질 방면, 특히 사회 방면의 만족 여부에서 결정되는 것으로 보인다. 예를 들어 물질이 풍요로우면 그는 반드시 쾌락할 것이고, 물질이 결여되면 반드시 고통스러울 것이다. 배불리 먹지 못하는 고통은 참을 수가 없다. 밑바닥에서의 몸부림은 극히 슬프고 괴로울 것이다. 이러한 점은 물론 이해하기 쉽다. 사회 방면에서 말하자면 물론 득의할 수도 있고 실의할 수도 있는데, 뜻을 가지고도 펼칠 수 없다는 부류는 낡고도 영원한 변명이다. 한 사람이 포부를 가지고 이러한 포부를 펼쳐서 이로써 세상 살아가는 인생을 관리한다면, 인생에서 가장 큰 만족일 것이다. 하지만 때로 세상 사람들은 물질과 치세(治世)의 방면을 지나치게 중시하고. 순수한 정신 방면을 망각하거나 무시하는 경향이 있다.

정신은 말하기가 어렵다. 그 요구도 현세 생존 경험과 같지 않으며, 일부는 초험적이기도 하다. 정신세계의 범주는 물질세계, 또한 현세 생활의 포부와 지향이 가진 모든 것과 비교하면 훨씬 더 많을 것이다. 빅토르 위고(Victor Hugo, 1802~1885)는 바다보다 더 넓은 것이 하늘이고, 하늘보다 더 넓은 것이 인간의 마음이라고 말했는데, 그 마음이 바로 정신이다. 그것의 고통은 때로 분명하고 때로는 말로 표현할 수 없다. 현세 생활의 포부는 이후의 문화가 될 수 있기 때문이다. 예를 들어 전통 지식인의 책임의 영향과 혜택으로 천성은 도리어 더욱 원래의 구성 요소가 된다. 처음에 투입된 역량은 더욱 거대해질 수 있다. 특히 깨어난 영혼이라면 순수한 정신적 고통은 참을 수가 없고, 그것은 사람을 더욱 괴롭힌다.

어떤 사람은 물질과 세속에의 추구에 따른 고통이나 즐거움이 반드시 정신 방면으로 돌아온다고 여긴다. 그렇지 않다면 감지할 수도 없고, 성립할 수도 없다. 진실로 그렇다. 하지만 이 양자 사이에는 구별이 있다. 예를 들어 우리는 물질 방면과 사회 방면의 순수한 정신세계가 있는지 여부에 대해 설문할 수 있다. 대답은 물론 긍정이다.

우리가 보면 물질적으로 가장 부유한 인사나 혹은 상당한 사회적 지위가 있는 인사는 결코 유쾌하지 않으며, 어떤 사람은 매우 고통스러워한다. 한 사람의 정신적 만족은 복잡한 조건을 갖추어야 하며, 결코 이 두 가지뿐이 아님을 알 수 있다. 거꾸로 이야기하면 한 사람이 상대적으로 빈곤하고 심지어 이어가기 힘든 생활 속에서 정신 상태는 때로 좋을 수도 있고, 많은 위로를 받을 수도 있다. 이러한 점은 도연명의 시에서 볼 수가 있다.

> 좁은 집은 텅 비어 있고, 바람과 햇볕을 가리지 못했다. 짧은 베옷은 해진 데를 기웠고, 밥그릇과 표주박이 종종 비었지만 태연했다.(環堵蕭然, 不蔽風日. 短褐穿結, 簞瓢屢空, 晏如也.)
>
> __「오류선생전(五柳先生傳)」

그는 자신의 청빈한 생활에 대해 그다지 참을 수 없다고 느끼진 않았다. 거꾸로 자신이 북창 아래에 앉고 눕는 득의만만함을 묘사했다.

> 항상 말한다. 오뉴월에 북쪽으로 난 창 밑에 누워 있는데, 시원한 바람이 살랑 살랑 불어오면, 스스로 옛날 태평성대의 제왕인 복희씨 이전의 사람이 된 듯한 기분이 든다.(常言: 五六月中, 北窗下臥, 遇凉風暫至, 自謂是羲皇上人.)
>
> _「아들 엄 등에게 주는 글」

이처럼 유유하고 즐겁고도 위로하는 분위기가 글 밖으로 나타난다.

도연명의 내심 세계는 간단한 물질 척도와 사회공리 척도로 측정할 수 없다. 우리들이 이러한 기준을 완전히 버리거나 무시할 수는 없지만, 일반적으로 말하면 그것들은 너무 지나칠 정도로 빈번히 사용했다. 우리는 물질적 빈곤이 그에게 많은 고통, 자책, 심지어는 의기소침을 준 것을 분명히 볼 수 있고, 백성이 생존할 수 없는 위진 시대가 시인에게 깊은 우려를 참기 힘들게 하는 것을 분명히 볼 수 있다. 하지만 우리는 동시에 도연명이 이 두 가지 이외에도 요구하는 것이 더욱 많음을 볼 수 있다. 그는 농촌에서 심리적인 만족을 많이 얻었고, 농사와 독서 방면에서도 자못 성취가 있었음을 느낄 수 있다. 그가 보기에 참을 수밖에 없는 극히 빈곤하고 고통스러운 곤경일지라도 때로는 다른 길보다 훨씬 좋았다.

다른 길이 그에게 준 것은 무엇일까? 자유자재의 번뇌일까? 이는 그를 너무나 괴롭혔다. 그런데 번뇌의 근원은 노역(奴役)에서 벗어나지 못했다. 벗어날 수도 없거니와 인간의 존엄을 만족시키기 어려웠다. 대자연만이 그의 생명을 이완시켰으며, 이때만이 원모습의 요구를 드러낼 수 있었고, 그 진정한 흥취를 부각시켰다. '흥(興)'과 '취(趣)'는 상실되었고, 기타 공리에서 얻은 것이 가미되어 여전히 실패한 인생이었다.

既自以心爲刑役, 이미 스스로 마음이 육신의 부림 받도록 하였거늘
奚惆悵而獨悲. 어찌 근심하여 홀로 슬퍼만 하리오.
__「돌아가자」

伊余何爲者, 그런데 나는 무엇을 하는 자이기에
勉勵從玆役? 힘쓰며 이 일에 종사하는가?
__「을사년 삼월에 건위참군이 되어 도성으로 가는 길에 전계를 지나며(乙巳歲三月爲建威參軍使都經錢溪)」

시인은 거듭 부릴 '역(役)'자를 언급했다.

백이와 숙제는 전통을 옹호하고 존엄을 옹호했던 두 전형인데, 사람들이 거듭 인용하면서 두 극단의 표현 부호가 되었다. 이러한 표현은 격렬하고 명확하며 통속적이라서 타인의 이야깃거리가 되기에 충분하다. 이른바 "주나라 곡식을 먹지 않는(不食周粟)" 일은 정통에 대한 자신의 충정이 변치 않음과 의연한 결심을 표명한다. 이와 유사한 방법과 표면의 정신적 경향은 대대로 크게 추앙을 받았다. 예를 들면 우리와 조금 가까운 주쯔칭(朱自淸, 1898~1948)은 책에서 그가 굶어 죽더라도 외국인의 밀가루를 먹지 않겠다고 말했다. 이러한 영웅적 행위는 한 사람의 기질이 감격적이고 눈물겨움을 표현한다. 하지만 이러한 기질은 어떻게 형성되는가? 개성의 집요함과 고집이 있고, 입장과 원칙의 고수가 있으며, 더욱이 외재적 지식과 체제의 교육과 영향이 있다. 그것이 일종의 정의와 숭

고한 행위가 되어 주석할 때, 더욱이 일종의 집체적 입장에 대한 수렴과 무조건 복종을 포함한다. 이처럼 강렬한 행위는 결코 민중의 이해 범위를 벗어날 수 없다. 왜냐하면 그것이 당연하게도 집체적 의지를 함축하고 있기 때문이다.

일단 지극히 개인화된 방식과 방법으로 돌아오면, 이러한 행위는 그렇게 간단히 이해할 수 없고, 그것이 난해하여 명확하지 않은 것으로 바뀐다. 우성(優性) 특징이 없는 일상 행위로 바뀌면, 그것은 재빨리 잊히고 파묻힌다. 왜냐하면 대중이 이해하기 어렵고 논리가 정연한 귀납을 도출하기 어렵고, 어떤 생동감 있는 고사도 전해 내려오지 않기 때문이다.

도연명을 예로 들어보자. 우리는 그가 진 왕실을 옹호하며 피에 굶주린 권력 계층과 협력하지 않는 사실을 너무나 지나치게 앞세웠다. 왜냐하면 사회적 의의를 부여하는 방법은 일치에 쉽게 이를 수 있기 때문이다. 우리는 그가 소매를 떨치고 떠나간 일을 통쾌하고 생생한 것이라고 말한다. 왜냐하면 여기엔 스토리가 담겨 있기 때문이다. 하지만 이렇게 하면 우리는 그가 토지로 돌아온 뒤의 자유감, 해방감, 이러한 일상의 쾌감과 환락, 인성 깊은 곳에 가장 필요한 유혹, 시인에게 있어서 그것들의 깊은 의의는 전부 약화시키고 개작하게 된다.

이러한 약화와 개작은 도연명의 존엄과 생명의 자유를 해독하는 방면에서 아주 큰 맹점과 오독을 만들어준다. 모종의 지식 체계 및 사회적 외부 영향은 물론 개인의 자유 선택에 영향을 끼친다. 때로는 한 사람이 모종의 욕망을 위해 많은 것을 지불해야만 할 때, 생명의 근원적 요구에 순종할 힘이 없으며, 이때 그 사람은 마찬가지로 자유를 잃어버리고 여전히 노역 당하게 된다.

한 사람의 존엄이 침범 당했을 때 극렬하게 반항할 수도 있다. 예를 들어 헌신적으로 분투하고 필사적으로 싸워 위험을 잊게 된다. 이러한 인물은 무척 많다. 하지만 이러한 행위는 때때로 어떤 개념의 견인을 받게 된다. 개념과 관념의 역량이 강대하기 때문이다. 마찬가지로 반항이 통상적인 방식을 벗어나고 일반적인 개념과 의지를 벗어나면, 그다지 통속적이지 않게 변한다. 예를 들어 이러한 반항은 일상적이고 지구적이며, 자신이 더욱 정통하고 더욱 바라는 방식은 난해할 수 있다. 격렬하고 농도가 매우 높은 반항을 조금씩 분해하고 풀어놓기란 결코 쉽지 않다. 이러한 생명 연속의 절조를 지킴과 인내의 본보기는 마찬가지로 수많은 예를 찾을 수 있다. 예를 들어 소무(蘇武, 140~60 기원전)는 궁지 속에서 절개를 지키며 힘들게 살아갔는데, 마음속에 지탱해주는 신념이 있었기 때문이다. 그는 한족 사신의 존엄을 옹호하려고 했다. 이처럼 '구차한 삶'도 일종의 인격 역량을 필요로 한다.

그러한 신념에서 지탱된 존엄과 의연함은 진실로 대단하다. 하지만 그것은 분명히 단순하고도 더욱 직접적이다. 사람은 존엄의 옹호와 표현 방면에서 일단 순수정신의 방향으로 돌아오면, 또한 복잡하고 난해하게 변모한다. 이는 더욱 생명 본질에 관한 명제다.

예를 들어 시인이 본보기로 삼았던 백이와 숙제를 인용하면, 그가 그들과 비슷한 점은 신정권과 협력하지 않은 점인데, 이때 사마(司馬)씨 정권은 아직 유(劉)씨이니, 결코 상관없는 것은 아니다. 왜냐하면 유가 사상은 도연명의 이미지에 상당한 흔적을 남겼기 때문에, 물러나 은거하던 시기에도 확실히 현 정권에 대한 소극적인 저항 심리가 들어 있었다. 하지만 이것은 결코 그의 인격 존엄에서 나온 전부가 아니라 일부일 따름이다. 그가 "새장에 오랫동안 갇혀서(久居樊籠)" 자유를 얻지 못한 데 대한 싫증은 마치 앞의 원인보다 높아진 것 같다. 백이와 숙제는 '은사'인데, 물론 더욱 순수하고 더욱 이상화되었다. 그런데 도연명 같은 비전문적 '은사'는 더욱 실제적이고 더욱 현실주의적이어서 일상생활의 기운이 있다. 시인은 농사를 짓고자 했으며 스스로 잘 살아가고자 했다. 이로 보면 도연명의 '존엄'의 표현은 최소한 두 방면을 내포하고 있다. 하나는 사회요, 다른 하나는 개인의 삶인데, 후자가 전자보다 훨씬 중요하다.

순수 이성

얼굴을 맞대고 선택하거나 판단할 때 사람은 이성을 갖게 된다. 이러한 이성은 외계의 지식, 욕망, 사회적 요구 등 요소의 제약이나 강박을 받지 않고, 생명의 원초와 고유에서 나와 모든 경험에서 독립하니 '순수 이성'이라고 부를 수 있다. '순수 이성'의 인도로 내려진 결정은 인간의 최대 자유를 체현한다. 순수 이성은 합리론에 속하니 경험론과는 상대적이다. 순수 이성은 인식론의 범주에 속하지, 실천과 윤리의 범주가 아니다. '순수 이성'은 선험 이성으로 경험을 감지하고, 아울러 문제를 제기한다. 인간의 선천 능력으로 종합 판단을 진행하며 보편 진리를 인식한다면, 어느 정도에 도달할 수 있을까? 이 방면에서 인류는 물론 제한성을 지니고 있다.

도연명의 행위는 모호하게나마 부분적으로는 '순수 이성'을 운용했다고 말할 수 있다. 우리가 백이와 숙제를 얘기할 때 다음과 같은 질문을 생각할 수 있다. 그들 마음속의 정통 관념, 강렬한 사회 책임, 입장의 선언과 표현은 결국 얼마나 자신의 '순수 이성'에서 나왔는가? 개인 심리에 대한 사회 사조의 형상화 능력은 우리가 상상하는 것보다 훨씬 많고, 그것은 늘 진리의 면모로 진화하여 우리를 감화한다. 예를 들면 '정통'과 '정의' 같은 것들이다. 이는 '이성'과 거리가 있다. 왜냐하면 이때 사람의 행위는 부림 받는 처지에 있으며, 특히 정신의 노역 상태에서 나온 것이지, 결코 자유에서 나온 생명의 본원이 아니기 때문이다.

도연명의 선택은 이러한 체제화, 사회화, 정치화의 사유에서 규정된 지향점과는 구별된다. 그는 물론 권력형 인물과 협력할 수 없었다. 따라서 그는 일반적 사회정의의 입장을 견지하였고, 또 어느 정도 개인의 '이성'으로 돌아왔다. 다시 말하면 마음 내키는 대로 행하는 성격으로 말미암는다. 이러한 '천성'에 맡긴 것은 더욱 자연스럽고 합리적이다. 그는 이 방향을 따라 계속 전진하였으나, 도리어 많은 사람들의 이해를 얻지 못했다. 왜냐하면 그가 '순수 이성', 생명의 깊은 부분으로 들어갔기 때문이고 이 깊은 부분은 비교적 편벽되고 요원하여 사람들이 통찰하기 어렵기 때문이다. 그러나 한 사람이 생명의 관용, 대범 및 진정한 의미의 심령의 행복을 추구하는 일은 불가결한 조건이다. 이는 해방된 행복감인데, 도연명의 시 속에 이러한 정서를 표현한 시구가 무척 많다.

雖無昔侶, 비록 옛 벗은 없지만
衆聲每諧. 뭇 소리 모두 조화롭다.
日夕氣淸, 해 저물녘 공기 맑으니
悠然其懷. 느긋한 그 감회로다.
__「돌아온 새(歸鳥)」

天豈去此哉, 하늘이 어찌 여기에서 떠나갔겠는가
任眞無所先. 참됨에 맡겨 앞세우는 것이 없는 것이지.
雲鶴有奇翼, 구름 속의 학은 신기한 날개가 있어

八表須臾還. 세상 밖을 순식간에 갔다 돌아온다.

_「장맛비에 혼자 술 마시며(連雨獨飮)」

'임진(任眞)'이란 두 글자는 매우 확실하다.

'진(眞)'은 사람의 본질이자 천성이라서, 훗날에 붙여진 것을 떼어내야 면모가 드러날 수 있다. 한 사람이 앞으로 걸어가면 군더더기가 갈수록 많아지고 걸음걸이도 갈수록 무거워져서 이완하려 해도 그렇게 할 수가 없다. 하지만 훗날의 지식도 부가된 것이므로 모든 지식은 결코 동일시할 수 없으니, 어떤 것은 허망하고 어떤 것은 도리어 원 모습과 접촉할 수 있다. 이처럼 접촉할 수 있는 지식은 사람을 더욱 강대하게 만들고, 지식 자체도 살아나서 근원을 갖게 된다.

도연명이 토지에서 얻은 수많은 지식은 자연을 믿고 허물없이 자연의 '성본(性本)'에 기대어 하나로 융합한 것이다. 이로부터 모든 녹색, 진흙 속의 생장, 그 사이에 살아 있는 온갖 생명체는 모두 그에겐 가장 친근한 사물로 보였다. 농작물과 생존 공간을 쟁탈하는 잡초는 물론 뽑아야겠지만, 대부분의 경우에 그는 또한 희열의 눈빛으로 잡초를 보곤 했다. 이때는 대개 똑같이 평등한 녹색으로 본 것이다.

시인의 이미지에는 두 가지 방면이 무척 두드러진다. 하나는 입세의 걱정이요, 둘째는 출세의 바람이다. 양자는 모순적이라서 조화할 수가 없다. 입세는 말할 나위도 없이 도연명은 시에서 세상에 쓰이지 않아 포부를 펼칠 수 없는 고통을 여러 번 표출했다. 그의 출세의 바람도 분명하며 진정으로 평안하고 고요한 생활을 추구하고 좋아했다. 이 두 방면은 모두 진실하다. 하지만 그중의 하나는 더욱 바르고 솔직한데, 그것은 바로 인간의 세계에서 자연의 세계로 돌아가는 것이다. 대자연이 그에게 준 즐거움은 비교할 수 없고, 단지 여기에서만 그는 '희황상인[19](羲皇上人)'처럼 살아갈 수 있다.

19 복희씨 이전의 오랜 옛적의 사람이라는 뜻으로, 세상일을 잊고 한가하고 태평하게 숨어 사는 사람을 이르는 말.

존엄이란 무엇인가

외재적 지식, 사회적 개조는 모두 강대한 구속력이다. 이러한 제약을 받는 속박은 피하기 어려우니, 각종 욕망의 속박을 받는 것도 일리가 있다. 생명 고유의 이성 요소는 객관 진리의 인지와 서로 연결되어 하나로 융합하여 더욱 강대하게 변하고, 다른 '부림'을 거의 받지 않거나 안 받아야 자유나 존엄을 말할 수 있다. 생명 내부의 고유한 동경, 본래 이와 같은 추구와 방향은 여러 구속력과 충돌이 발생할 수 있다. 한 생명이 잔학하게 도살당하고, 육체가 눈 깜짝할 사이에 어쩔 수 없는 침범에 대해 태연히 처리하기란 불가능한 일이다. 존엄은 자유에 대한 옹호이며, 자유는 바로 각종 속박에 대한 벗어남이다. 자유가 없으면 존엄도 없고, 자유는 천성에서 나온다. 허망한 지식 및 기타 외력에 의해 좌우되거나 개조되지 않을 뿐만 아니라, 자연 법칙과 상통하는 부분이며 진정한 자유의 천지다.

驅役無停息, 일에 쫓겨서 멈춰 쉴 수 없으니
軒裳逝東涯. 수레 타고 관복 입고 동쪽 끝까지 갔다.

遙遙從羈役, 멀리멀리 얽매인 일 따르다 보니

一心處兩端. 한 마음이 두 갈래로 나뉜다.

__「잡시 20수」

시인은 늘 '역(役)'자를 언급하곤 했다.

우리는 직접 생명 자체를 대면하고 직접 빼앗을 수 없는 사람의 권리를 대면하며 도연명과 소통한다. 이렇게 하면 그의 시편과 공명하여 그의 마음에서 우러나오는 목소리를 들을 수 있고, 시인의 신변으로 돌아갈 수 있을지 모른다. 우리는 다음과 같이 사색해도 좋을 것이다. 고집과 집요함은 반드시 존엄을 표현하지 않는다. 그것이 '성본(性本)'에서 나왔는지 여부를 보아야 하기 때문이다. 이러한 기초를 벗어나면 우리는 무엇이 존엄인지 이해할 수 없다. 시인은 바쁜 일상생활 속에서, 비할 데 없이 싫증나는 인사 각축장에서 일종의 목소리가 구석에 있음을 망각하거나 무시할 수가 없다. 때로 이러한 소리는 요원하다 해도 지구적이며, 약소하더라도 끊어지진 않는다. 바로 이러한 구석에서 전해져 나와 멈출 줄 모르는 외침은 그를 세속 생활, 군체 생활, 관리사회 생활에서 벗어나게 하였고, 아울러 그를 계속 전진하게 하고 최후에 그를 저명한 버드나무 다섯 그루로 인도하여 그를 '오류선생(五柳先生)'으로 만들었다.

우리는 일찍이 시가 입구, 아문 등 풍아한 선비들과 만나는 곳에서 시인을 찾았지만, 그의 그림자는 한 번도 나타나지 않았다. 최후에 우리는 버드나무 다섯 그루 밑에서 도연명을 찾았고 쾌락의 본원도 찾았다. 버드나무 다섯 그루는 과거엔 숨겨져 있어 외부 사람이 알지 못하였으나, 지금은 시인 때문에 유명한 존재가 되었다. 시인이 이곳에서 유쾌했던 까닭은 그가 여기에서 '진의(眞意)'를 찾았기 때문이다.

이로써 알 수 있듯이, 존엄은 일종의 신념을 위해 사회 세력과 격렬히 대항하는 것이다. 도연명은 이러한 관계를 거절한 것이고, 본성에 맡겨서 버드나무 다섯 그루 밑으로 돌아올 수 있는 것이다.

주의할 것은 도연명이 스스로를 버드나무로 명명한 것이다. 그가 시문 속에 묘사한 식물은 여러 종이 있는데, 버드나무와 국화가 가장 두드러지고 후세 사람들이 가장 많이 언급했다. 이 두 이미지는 시인의 정신 기질과 개인 추구를 보여줄 수 있는 듯하다. 버드나무의 이미지는 중국 고대문화, 특히 시가에서 『시경』에서 시작하여 대부분 '이별'을 상징한다. 그런데 도연명은 여기에서 버드나무로 자신을 비유했으니, 이러한 이미지가 모종의 일탈을 발생하게 하는 것 같다. 어쩌면 시인은 여기에서 자신도 모르게 자신의 인생 지향, 즉 조화를 이루고, 추세를 따라 자연스럽고, 질박하고 평이하며, 생존율이 높은 것을 표현한 것인지도 모른다. 하지만 이것이 과도한 해석이 아니길 바란다.

국화꽃과 버드나무는 모두가 비교적 평범하고 일반적이다. 그것들은 모두 왕성한 생명력을 가지고 있으며 더욱이 들판에 살지, 대청과 정원에 살지 않으며, 진귀한 꽃과 나무도 아닌 셈이다. 그것들은 매우 자유롭고 자연을 떠돌아다니며 제멋대로 자란다. 도연명과 같은 사람이 정말로 그를 위해 꽃과 나무를 찾아 반려로 삼는다면, 국화와 버드나무보다 더 적합한 식물은 없을 것이다.

어떤 사람은 위풍당당한 곳에 거주하는 것, 예를 들어 궁정(廟堂)에 살면 존엄이 있다고 여기며, 또 어떤 사람은 거대한 자산을 보유해야 존엄이 있다고 여긴다. 유사한 만족과 득의함을 얻는 데 평생 변함없는 추종자는 부지기수이고, 권세와 이익과 물욕이 충만한 시기에 이것은 더욱

이 바꿀 수 없는 '공리(公理)'다. 사실 이러한 인식과 인상은 상당한 허구성을 지닐 뿐만 아니라, 생명 본체에서 너무 멀리 벗어나서 상당히 황당함을 보여준다. 그것이 허구라고 하는 것은 모든 외재적인 사물이 타인의 도움에 의지하여 존재하고 형성하며, 상당히 큰 임시성과 즉시성을 가지고 있어 완전히 자신이 주재하거나 결정할 수 없기 때문이다. 궁정에서 사람의 존폐는 주로 집단 의지에서 결정되고, 생명 창조력을 실현하는 객관 존재성을 갖추지 못했으니, 일종의 허구나 대체의 성질을 가지고 있다. 부(富)는 인류생활에서 필요한 물질의 누적이고, 일단 개체나 어느 군체의 기본 수요를 초월하면 사람에게는 부호의 작용만 남길 뿐이다. 게다가 부는 장기간 보존할 수 없는 특징으로 상대적으로 가치가 있는 것이지, 절대적인 가치는 아니다. 개체로 말한다면 일시적일 뿐이다.

존엄은 생명 본체, 즉 정신과 심령 방면에 속하고, 이 방면이 낳고 성장하는 모든 것은 존엄과 밀접한 연관을 가진다. 심령의 창조물, 예를 들어 사상과 예술, 구체적이고 적극적인 노동 성과는 모두 객관적이고 영원한 가치를 가지며, 외력에 의지하여 독자적으로 존재하는 것이 아니다. 그것들의 주요 구성은 허구성이나 대체성을 띠지 않는다.

예를 들어 도연명이 남겨놓은 예술과 사상 유산, 그의 '도화원'은 시간적으로 줄곧 존재해왔고, 그 자체의 가치는 불변한다. 왜냐하면 이것은 생명 창조력의 객관적 실현이기 때문이다.

음주와 오석산 복용

고대의 위대한 시인은 이백과 두보를 비롯해, 또 우리가 현재 토론하고 있는 도연명도 있는데, 그들의 시문과 일상생활에서 술은 모두 빠질 수 없는 것이며, 그들은 정말로 마실 줄 알았다. 지금에 이르기까지 술은 인류 생활에서 없어서는 안 될 물건이다. 심지어 술은 일종의 장식이나 색채가 아니라, 생명에서 완고하고 뺄 수 없는 동반물(同伴物)이어서 일종의 원소와 필수품이 되었다. 술은 일종의 물질일 뿐 아니라, 알코올을 함유한 액체이며, 직접적으로는 일종의 정신이며 형이상의 일부분이다.

글 짓는 일에 통달하지 않은 거친 사람이건, 재능이 비범한 시인이건, 그들 중 수많은 사람들은 술과 일생을 연결시켰다. 이는 사람들로 하여금 매번 호기심을 갖게 하고, 심지어는 이해할 수 없을 때도 있다. 술이 그렇게 중요하단 말인가? 술이 정말 인류와 줄곧 공존하려고 하는가? 금주의 외침 소리가 여기저기서 일어났지만, 애석하게도 효과는 매우 미미하다.

중국 문인의 음주를 언급하자니 서구의 '술의 신(Dionysos)'이 떠오른다. 양자의 공통점은 모두 이성을 비난함과 동시에, 본능을 긍정하여 중국 문인은 술을 통해서 잠시 정치경제와 윤리 질곡을 벗어날 자유를 얻는 동시에, 예술 창조력의 경로를 얻어 담담하고 소극적인 색채를 띠게 된다. 그런데 서구의 '술의 신'은 니체(Friedrich Wilhelm Nietzsche, 1844~1900)의 정의에서 중국 문인이 술에 취하는 것보다 더욱 적극적이고 더욱 인생을 긍정하고 인생을 직면하여 비극을 초월하는 강력한 의지와 영웅주의 정신을 지니고 있다.

옛 사람의 '오석산 복용'도 무척 재미가 있다. 예를 들어 삼국 시대 하안은 '양생론(養生論)'의 충실한 신도여서 '오석산'을 먹을 수 있었고 다 먹은 뒤에는 문을 나서 '발산(散發)'했다. 하지만 일반 사람은 이러한 오석산을 먹을 수가 없었다. 두보가 당시 말한 바와 같이 여기에는 '약 살 돈(大藥資)')이 필요했다. 루쉰 선생은 일찍이 이러한 상황을 조소한 적이 있다. 위진 시기에 오석산 복용이 기풍을 이루어, 어떤 사람은 먹지 못하는데도 짐짓 먹은 체하며 한 곳에 누워서 약 기운을 발산하였고, 연후에 도처로 돌아다녔는데 이를 '행산(行散)'이라 부른다.

술을 마시건 오석산을 복용하건, 때로는 모두가 자신을 보존하는 일종의 방식이 될 수 있다. 육체적으로 자신을 보존하고 정신적으로 자신을 보존하는데, 짐작하여 말하자면 도피의 한 방법이다. '오석산 복용'에 더욱 적극적이라면, 그는 양생론의 신도다. 사실 음주도 자신을 보호하는 효과를 갖는다. 예를 들어 기록에서 보면, 완적은 음주로 자신을 보호하였고 유영도 그러했다. 한 사람이 황홀하여 심취한 상태에 처하게 되면, 다른 사람은 그와 더불어 진지할 필요가 없다고 느낄 것이다. 알코올의 작용으로 생명의 사회성과 정치성도 하강되고, 이 '두 요소'의 하강은 통상적으로 통치자의 환영을 받아 그들로 하여금 안심을 느끼게 해줄 것이다. 다른 방면에서 개인의 정신구조에서 음주와 오석산 복용은 사람들에게 새로운 요소를 주입해주었다. 하나는 표일(飄逸)하고 탈속적이며 황홀하고 환상적이다. 심지어 더욱 기괴한 체험이기도 하다. 다른 하나는 특별한 상태에서의 과장과 낭만적 상황인데, 신기한 경계로 들어가는 시험이고, 눈앞에 보이는 고통을 잊는 일종의 도피 방식이다.

그래서 양자를 합쳐서 이해하면, 음주와 오석산 복용을 기묘한 일로 볼 수 있다. 그것은 인생 도피와 보존의 책략이자, 모종의 상태와 쾌감에 심취한 생명의 기연(機緣)이기도 하다. 더욱이 어떤 사람은 오석산 복용과 음주가 장생하고 양생하는 효능을 지니고 있다고 여긴다. 이백, 두보는 호주가이고 도연명도 호주가이다. 이것은 모두 이해할 수 있다. 나아가서 고대 사회에서 인간의 오락 방식은 비교적 적었는데, 술은 이 효능 방면에서 현대와 비교하면 차지하는 비중이 훨씬 크다. 술은 수많은 적막감을 없앨 수 있다. 그것은 혼자서도 즐길 수 있는 것이다.

옛 사람들은 인터넷을 하지 않았고 영화도 보지 않았으며 그토록 많은 음악과 희극도 없었으니, 술이 더욱 중요한 것이었고 술집도 사람들이 가는 중요한 곳이었다. 이는 아마도 고대 문인이 술을 좋아하는 원인의 하나일 것이다. 오석산 복용은 자기 한 사람 말고도 여러 사람이 동시에 했을 것이다. 예를 들어 함께 실행하고 교류하고, 함께 산보하고 '행산(行散)'했을 것이다.

도연명의 음주는 완적, 유령 등과는 달리 최소한 기록으로 보면 그렇게 흉하지는 않았지만 마찬가지로 알코올 중독이 있었다. 그의 시문에서 볼 수 있듯이, 그는 때로 밥을 먹지 않고 술을 마시려고 했다. 그는 정말 특별히 술이 필요했던 것이다. 그가 남긴 시문 속에 시인은 술이 없어서 항상 고통을 느끼곤 했다.

民生鮮常在, 사람의 삶이란 내내 존재함이 드문데

矧伊愁苦纏. 하물며 이렇게 근심과 고통에 얽매이다니.

屢闕淸酤至, 자주 맑은 술 생기지 않으니

無以樂當年. 지금을 즐길 방법이 없구나.

__「세모에 장 상시의 시에 화답하여(歲暮和張常侍)」

於今甚可愛, 지금은 매우 사랑스러우나

奈何當復衰. 장차 또 시들 것이니 어찌하나?

感物願及時, 경물에 느낌이 일어 제때 이루고 싶지만

每恨靡所揮. 항상 발휘할 기회 없어 한스럽다.

__「호서조의 시에 화답하여 고적조에게 보여주며」

가장 재미있는 것은 그가 9월 9일 국화 옆에 앉아서 국화는 있으나 술이 없는 고통과 실패감을 탄식하는 것이다.

酒能祛百慮, 술은 온갖 근심을 덜어 줄 수 있고

菊解制頹齡. 국화는 노쇠하는 나이를 잡아준다네.

如何蓬廬士, 어찌하여 쑥대로 인 초가집의 선비는

空視時運傾. 그저 계절이 기우는 것만 보고 있는가.

__「구월 구일 한가로이 지내며(九日閑居)」

왕홍(王弘)이라는 관리가 인편으로 술을 보내왔을 때, 그는 심지어 집에 돌아가지도 않고 땅바닥에 앉아 그 자리에서 마셔 취해버렸다. 이 사실은 도연명의 술 의존도가 엄중함을 설명한다.

알코올 중독을 가진 사람에게 — 도연명에서 이백, 두보 내지 많은 사람에 이르기까지, 유영과 완적 같은 호주가는 더 말할 나위도 없이— 술은 매우 중요하다. 하지만 도연명은 술에 의존했을지라도 다른 사람과는 달랐다. 바로 사영운 등처럼 산수에 도취하고 산수를 감상하였으며 산수 앞에서 감동한 것은 산수에 대한 도연명의 태도와 여전히 구별되는 것과 같다. 도연명과 술의 관계는 다른 점이 있는데. 술에 대한 그의 음미, 친화, 의존은 혼연일체한 감이 있다. 그의 생활에는 술 향기가 가득하며, 술은 어느 정도 그의 전원생활을 더욱 재미있게 변모시켰다. 그가 음미하는 능력은 더욱 세밀하고 더욱 강해서 사람에게 주는 느낌은 광음하는 호주가가 아니라 음미하는 풍아한 선비다.

술은 이백을 완성해주었고 도연명도 완성해주었다. 도연명과 이백의 차이점은 그에겐 오석산을 복용한 기록이 없다는 점이다. 이백은 한번 연단(煉丹)의 일에 몰입하여 약석(藥石)의 불로장생 효능을 맹신했다. 이백은 술 마신 뒤 기고만장하고 극히 충동적이고 낭만적이며 환상적이었다. 그런데 도연명은 안정되고 침착하고 즐기며 탐닉하였고, 잠시 우울에서 벗어나기도 했다. 술을 마시는 방법이 달랐기 때문에 작용도 같지 않았다. 똑같은 음주시라고 하더라도 이백과 도연명의 차이는 매우 크다. 우리는 이와 같은 차이를 생명 속성의 차이로 조성된 것으로 여길 수 있으며, 다른 방면에서 술에 대한 태도와 음주 방식의 차이로 결정되는 것으로 볼 수 있다. 시에서 보면 이백은 친구와 함께 호탕하게 마시는 모습을 많이 보였지만, 도연명은 대자연의 창구에서 혼자 천천히 음미한다. 우리는 도연명의 음주시에 대해 전문적인 문장 한 편을 쓸 수 있다.

사람들은 항상 고민이 있어도 술을 마시고 즐거워도 술을 마신다고 이야기한다. 이는 술이 인간의 정신과 매우 가깝고 관계가 밀접함을 설명한다. 이처럼 진하고 향기로우며 신랄하고 기괴한 액체가 인류를 길들였지, 인류에 의해 길들여진 것은 아니다. 한 사람이 그 작용을 받아들일 때 표정과 태도, 심정은 크거나 작은 변화를 발생시킨다. 인생의 속박이 너무나 많고 광명과 어둠, 윤리와 제도는 사람의 의지를 제한하거나 바꾸어놓는다.

호탕한 기백이 크게 발동하다

도연명의 음주시는 많아서 전체 시에서 차지하는 비중이 매우 크다. 하지만 내용 색조(色調)는 각기 다르다. 때때로 그는 음주를 즐거움으로 삼았다.

或有數斗酒, 간혹 술 몇 말이 생기면

閒飮自懽然. 한가히 마시며 절로 기뻐하노라.

__「방 참군에게 보내는 답시(答龐參軍)」

春秫作美酒, 차조 찧어 맛 좋은 술 빚고

酒熟吾自斟. 술 익으면 손수 부어 마신다.

__「곽 주부의 시에 화답하여 두 수(和郭主簿二首)」 제1수

我唱爾言得, 내가 노래하니 너는 좋다고 말하는데

酒中適何多. 술 속에 마침 어찌 그리 많은 것이 있는가.

__「납제삿날(蠟日)」

때로 도연명은 음주시를 통해 잊기 위해서 그날그날 살아가는 심정을

표현했다.

中觴縱遙情, 술 들며 고원한 심정 펼치고
忘彼千載憂. 저 천년의 근심을 잊는다.
且極今朝樂, 우선 오늘의 즐거움 다할 것이니
明日非所求. 내일은 추구할 바가 아니다.
__「사천에 노닐며」

天運苟如此, 타고난 운명 진실로 이와 같으니
且進杯中物. 우선 술이나 들어야겠다.
__「아들을 나무라며(責子)」

가장 감동적인 것은 음주와 현재의 전원생활을 하나로 융합하여 다른 즐거움을 표현한 점이다.

漉我新熟酒, 나의 새로 익은 술을 거르고
隻鷄招近局. 닭 한 마리 잡아 이웃 불렀지.
__「전원으로 돌아와 살며 5수」 제5수

過門更相呼, 문 앞 지날 땐 번갈아 불러서
有酒斟酌之. 술잔을 주고받는다.
__「거주지를 옮기고 두 수」 제2수

그의 '새로 익은 술(新熟酒)'과 '닭 한 마리(隻鷄)', '이웃(近局)'은 읽어보면 다정하고 군침이 돌게 만든다.

그의 전체 시에서 음주의 즐거움은 전원의 즐거움과 긴밀히 연계되어 벗겨낼 수 없으며, 동시에 수많은 근심과 슬픔도 술 속에 탄다.

도연명의 음주시 수량이 많기로는 고대의 위대한 시인, 예를 들어 이백과 두보 등과 우열을 가릴 수가 없다. 우리 현대인들은 이를 두고 이상하게 느낄 것이다. 설마 천재적인 인물, 특히 시인이 호주가가 되기 더욱 쉽단 말인가? 혹은 호주가가 아니면 이러한 인물이 될 수 없단 말인가? 설마 그들이 선천적으로 '주체(酒體)'란 말인가? 실제로 생명의 특별한 수요 이외에 이는 그들의 정신적 고통 및 당시의 단조로운 생활과 깊은 관련이 있다. 그들이 술에 취하여 황홀한 상태에 들어갔을 때, 그들은 확실히 특별한 자유로움을 체험했다. 이때 일상 상태에 덮인 은밀한 영혼이 석방되고, 오랫동안 받았던 억압과 속박 상태가 갑자기 약화되어, 전에 없었던 통쾌함을 갖게 된다. 속세에 전전하던 취약한 생명은 잠시 두려움이 없고, 심지어 광포한 상황에 처하여 특수한 체험을 겪게 된다. 그것이 도달할 수 있는 모종의 강도와 심도는 기타 수많은 인상과 깨달음을 갖게 되고, 일반적으로 대체하기도 어렵고 잊어버리기도 어렵다.

한 사람이 생활 속에서 불행, 억압, 고통을 당하면 왕왕 술을 빌려 시름을 씻는다. 무엇이 시름인가? 바로 현실생활에 강압한 유형무형의 속박, 때로는 외부에서 가해지는 압박이며 더욱이 두렵기도 하다. 이러한 최후의 결과는 벗어나야 하는데 술의 도움을 빌리면 비록 근본적으로는 바꿀 수 없지만, 사람들의 근심을 즉각 완화해주고 도움을 줄 수 있다. 술은 사람에게 이완감과 환각을 주고 이른바 마취하게 하는데, 이때 마취시키는 것은 주로 사회의 신경이다. 생활 밑바닥에 침전된 자유 원소는 해방되는데, 이 과정은 극히 통쾌하고 시원시원하다. 도연명이 일부 정서를 표현하고 경계(境界)를 자세히 체득할 때, 마치 술의 도움을 빌리려고 한 듯하다. 이러한 점은 이백과 두보와 같으며, '죽림칠현'의 유영, 완적과도 같다.

술은 사람의 호탕한 기백을 크게 발동시키고 두려움을 버리게 하여 생명 속의 원색도 두드러지게 하고 확대한다.

술은 평상의 상태를 잊게 하여 잠시 현실의 '부림[役]'에서 벗어나 심신의 자유를 가져다준다. 비록 환각 속에서일지라도 필경은 고귀한 것이다.

도연명처럼 상대적으로 근신하고 내성적인 사람에게 있어서 그의 음주 독작은 더욱 중요한 듯하다. 행위가 외향적이고 호탕한 선비는 평일에 자신을 석방할 수 있고, 고지식한 사람은 상상과 환상의 도움을 빌리려고 할 것이다. 심취할 때만 갖게 되는 허황됨을 시인은 필요로 한다. 동시에 소소한 인생의 자질구레한 것도 스쳐 지나치지 않고 깊거나 얕게 기억 속에 저장될 것이다. 생명의 작용에 관해 설령 소소한 체험과 환기일지라도, 모두가 고귀하고 잊을 수 없는 것이다.

낡은 총 한 자루

도연명이 사직하기 전에 '쌀 다섯 말'을 지키기 위해 치른 대가는 도대체 얼마인지는 그 자신만이 마음속으로 분명히 알 것이다. 개인의 천성과 흥취를 억누르면, 먼저 낙담하고 나아가서 분노하게 된다. 이러한 왜곡과 억압감은 도연명뿐만 아니라, 모든 사람들이 정도는 다르지만 체험했을 터인데, 모두 참아내길 원하지는 않을 것이다. 하지만 우리 개개인이 참아내는 시간, 분노의 강도 및 최종적인 대응 방법은 천차만별일 것이다.

'쌀 다섯 말'을 버린 결말은 어떠했을까? 대개 시인은 당시에 예상할 방법이 없었을 것이다. 왜냐하면 그의 조상은 필경 적지 않은 유산을 가지고 있었고, 진 왕실의 손꼽을 수 있는 권세가 증조부, 명사 외조부 및 태수를 지낸 적이 있는 조부 등 이러한 가족은 다리가 잘려 죽어도 여전히 꿈틀대는 '지네'라고 말할 수는 없어도, 시골의 부유한 가정인 셈이다. 그가 만년에 이르러 결국 빌어먹고 아사할지, 시인 자신도 생각하지 못했을 것이다. 최후의 결과는 원래 예상한 것보다 몇 배나 엄중했다. 이것이 바로 인생의 잔혹한 본색이다.

하지만 도연명이 걸식할 때는 결코 후회하는 마음이 없었다. 이를 보면 그가 동냥이 가장 나쁜 것이 아니라고 느꼈으니, 아무튼 관리사회에서 굴욕을 참는 것보다 훨씬 좋았음을 알 수 있다. 왜냐하면 그가 음식을 구걸하지만 결코 후원자의 명령에 따라 본심에 어긋날 필요가 없었고, 심지어는 후원자에게 보답할 필요가 없으며, 상대방의 요구에 따라 원하지 않거나 싫어하는 동작을 완성할 필요가 없었고 파견되지도 않았으며, 그들의 '부림[役]'을 받지도 않았기 때문이다. 여기에서 대비해보면 구걸해 온, 입에 풀칠할 물건은 관리사회에서 분배한 봉록보다 존엄을 지니게 해주었다. 개인의 생명을 유지하려면 밥을 먹어야 하지만, 누구에게 음식물을 구걸하는 것이 도리어 관건이다. 야만적인 무력으로 권력을 유지하는 관청이냐, 아니면 일반 백성이냐, 이것이 가장 큰 차이가 아니겠는가? 도연명은 분명히 이 점을 잘 알고 있었다.

왕홍, 단도제는 모두 도연명에게 술을 보내준 적이 있다. 그들은 모두 관리사회 인물이지만 다른 점은 전자는 도연명이 받았고, 후자는 도연명이 거절한 점이다. 상상 속의 왕홍은 호흡이 맞아서 도연명이 받아들이기 쉬웠을 것이다. 이밖에 받은 시간, 장소와 현장 분위기 문제가 남아 있다. 만일 자사 단도제가 그에게 '곡식과 고기(粱肉)'를 보낸 것이 적절하지 않은 때이거나 타당하지 않은 말을 했거나, 혹은 교묘하게도 도연명이 격렬한 심리 상태에 처해 있을 때, 예를 들어 화를 내고 있었을 때라면, 거절은 이해할 수가 있다. 같은 음식물이라도 누가 주고, 어떻게 주고, 언제 주었는지 살펴봐야 한다. 도연명의 존엄이 받아들일 수 있는 범위를 봐야 한다.

우리의 주의를 기울일 만한 것은 단도제가 '곡식과 고기'를 보낼 때, '새로운 조류'를 이미 이어서 상대방은 벌써 진나라를 타파한 뒤의 송나라 고관들이었다는 점이다. 이러한 정치 신분으로 도연명의 수용과 거절을 분석해보면, 다시 이해하기 어렵지 않은 것 같다. 우리는 이로부터 정치적 이유를 추론할 수 있다. 하지만 여기엔 여전히 무슨 근본적인 이유가 없을 것이다. 도연명이 굶주릴 때 구체적으로 입에 풀칠하여 연명하는 가장 중요한 사정과 그러한 사회 문제를 직접적으로 대응할 수가 없었다. 우리는 또한 그와 접촉했던 구체적인 인물의 정신이 받아들이지 못하게 했다고 믿을 수 있다. 그리고 당시 그의 심리 상태에서 스스로 받아들이는 것을 용납하지 않았을 것이다. 그의 만년은 극도의 절망과 슬픔과 분노의 상태였다. 그래서 이처럼 관방의 희사는 그를 무척이나 자극했을 것이다.

"오랫동안 새장 속에 있었던(久在樊籠裏)" 고민에서 "동쪽 울타리 밑에서 국화 따는(採菊東籬下)" 한담에 이르기까지, 이 중간에 애써 벗어나기도 하고 두리번거리기도 하였는데, 여기엔 결심을 포함하여 최후엔 충돌에 이르렀다. 이는 자유를 향해 걸어가고 개인의 존엄을 찾는 과정이었다. 두 종의 생활 방식은 도리어 크게 차이가 난다. 여기에서 이상적인 상황에 대한 동경과 억압에 대한 혐오는 정비례하고, 한적과 자유를 사랑할수록 허리를 굽히는 굴욕을 참을 수 없게 되었다. 그가 만년에 구걸하고 이불도 없는 침상에서 웅크리고 마침 심신을 편안하게 하는 것이 가장 위험하고 가장 긴박할 때, 송나라 집권자의 자사인 단도제는 도리어 그에게 '곡식과 고기'를 보내왔다. 이것은 분명히 '시기적절한' 것이라서 '제때에' 목숨을 구하고, '제때에' 존엄에 관한 그의 기억을 환기시켰다. 이때 시인은 자구책을 찾는 길에서 너무 널리 떨어져 나갔으며 정말 당년보다 더 용기를 가졌다. 게다가 수년간의 농경 생활은 인내력과 사고 능력을 연마시켜 의연하게 용기를 내게 했다. 이러한 거절은 단도제가 준 '곡식과 고기'라기보다는, 오히려 모든 암흑 세력을 질책한 것이다.

'곡식과 고기', 존엄 둘 다 얻을 수 없다면, 곡식과 고기를 버리고 존엄을 얻는 수밖에 없다.

이때의 도연명은 물론 상당히 충동적이었다. 다시 말하면 그다지 이지적이지 못했다. 하지만 이때는 이럴 수밖에 없었을 것이다. 왜냐하면 사람은 '이지적이지 못할' 때가 있고, 일반적으로 말해서 언제나 너무나 '이지적'이기 때문이다. 우리가 '이지적이지 못한' 시인을 이해하려고 하지만, 애석하게도 그는 동시에 그를 관용했다.

도연명의 전원생활은 겉보기에 평담하고 태연했지만, 실제로 대부분의 시간은 결코 이와 같지 않았다. 이는 그가 후인들에게 남겨준 가장 빛나고 감동적인 문장에서 느낄 뿐인데, 심지어는 영원히 잊지 못하게 만든다. 그의 가장 뛰어난 창조물은 물론 문장이다. 하지만 시인 그 자체를 깊이 이해하고 생활의 디테일을 분명히 알려면, 기존의 수많은 견해를 바꿔야 한다. 우리는 결코 잊기 어려운 시편 인상에 기대 논단할 수는 없고, 그가 남긴 모든 문장을 읽어야 한다. 이렇게 하면 늘 의아한 느낌이 들 것이다.

우리는 심지어 시인은 완전히 무심한 사람이 아닐 뿐 아니라, 낡은 총한 자루 같다는 느낌이 든다. 이 낡은 총은 세월이 흘러가고 무수한 사건이 누적되고 중첩함에 따라 하나하나 화약을 채워 넣고 이에 그는 방아쇠를 당겼다.

어떤 때 사람의 내심은 모순 충돌로 가득하여 부조화를 느낄 수 있다. 흥미진진하게 '국화를 캐는' 사람, 두 다리를 북쪽 창문 아래 포개어 놓은 '희황상인(羲皇上人)'은 절대로 이처럼 격렬하거나 위험에 빠질 수는 없다. 그는 마땅히 빙그레 웃고 가장 접근하기 좋아하는 사람인데, 어떻게 폭발하려는 화약통과 같을 수 있단 말인가?

이 모든 것은 텍스트로 돌아와야 느낄 수 있을 뿐이다. 우리가 시인처럼 60년을 몸부림치고, 우리가 거기에 누워 참고 지내며 기다리고, 우리가 굶주림과 추위를 참고서 밤낮으로 잠들지 못해 바싹 마른 두 눈을 크게 뜬다면, 그가 정말 낡은 총으로 변할 수 있음을 믿을 것이다.

사람이 목적이다

때때로 우리는 자유에 대해 얘기하는데, 더욱 많이 얘기하는 것은 '해야 할 것(有所爲)'이다. 예를 들어 우리가 무엇을 하려고 하는 것이 바로 '해야 할 것'이다. 하지만 때때로 무엇을 하고 싶지 않아 '하지 말아야 할 것(有所不爲)'이 있는데, 여기에 사람의 자유를 반영할 수 있다. 하고 싶지 않으면 안 하고, 이렇게 거절해야만 비로소 존엄과 용기를 유지할 수 있다. 도연명은 많은 경우에 하고 싶지 않아 할 수 없었고 이에 하지 않았다. 이유를 물어보면 많지 않을 것이고, 혹은 너무나 복잡하여 한 마디로 표현하기 어려울 것이다. 하고 싶지 않은 것, 거절과 포기는 사실 세속 생활에서 무척 어려운 것이다. '아니오'라고 말하기란 쉽지 않은 일이다.

사람은 과다하게 자신을 '도구'로 삼아 사용할 수 없고, 자신을 구사하여 하나의 목적을 실현하기 위해 바삐 뛰어다닐 수 없다. 설령 이 '목적'이 아무리 숭고하더라도 말이다. 왜냐하면 그 '목적'은 영원히 존재하고 영원히 접근하기 어려우며, 스스로 '도구'가 되면 도리어 빨리 마손되어 끝장나기 때문이다. 그 '목적'은 자신과 무관하지 않을 뿐 아니라, 수많은 사람과 무관하여 사람들의 의심을 사기 때문이다. 자신을 어떤 '도구'로 삼고 활발하고 마음에 새겨둔 생명으로 여기면, 사람들은 자신의 심정과 바람을 매우 마음에 두고 자신이 쾌락하고 만족하는지 신경 쓴다. 어쨌든 모종의 이념에 따라 행하면, 그것을 심령보다 높은 지시로 여기고, 아울러 자신에게 이념이 매우 중요하고 웅대하며 심지어 의심할 수 없다고 알려준다. 이에 당연하게도 개인을 소중히 여길 필요도 없고, 중시할 필요도 없는 '도구'로 삼는다.

'도구'는 일종의 기물이다. 세계에서 '도구'보다 일만 배 더 중요한 '목적'과 '목표'가 너무 많아서, '도구'를 희생하는 것이 틀리진 않다. 하지만 문제는 사람은 단지 한번 생존할 수 있고, 심령을 중심으로 삼는 살아 있는 생명은 근본적으로 무슨 '도구'가 될 수 없다는 점이다.

사람이 자기의 천성과 참뜻을 억압하여 정신과 육체의 건강, 심지어 존폐를 부차적인 지위에 놓고 단지 일종의 '목표'만을 쫓는다면, 이는 사실 본말 도치다.

진실로 철학자 칸트(Immanuel Kant, 1724~1804)의 관점처럼 사람 자체는 도구가 아니라, 목적이다.

예를 들어 우리가 자주 하는 말은 이렇다. 반드시 신체를 잘 유지해야, 일과 사업을 잘할 수 있다. 통상적으로 이것은 이미 지극히 당연한 도리가 되어서 어느 누구도 의문을 표시하지 않는다. 하지만 우리가 만일 거꾸로 이야기하면 어떻게 되겠는가? 예를 들어 우리는 이렇게 말할 수 있을까? 일종의 사업과 일을 잘하는 것은 자신이 더욱 건강하고 더욱 유쾌하기 위해서다.

사실상 이와 같다. 정신과 신체에 유리하지 않고 해롭다면, 우리는 이러한 일과 사업을 왜 할까? 어떤 사람은 이러한 사업과 일이 구체적인 사람에 대해서는 불리하고, 더욱 많은 사람, 예를 들어 인류에 대해서는 반드시 유익하다고 말할 것이다. 그러므로 그 위대한 의미가 바로 여기에 있다. 이러한 추론은 언제나 구체적인 '사람'에 개의치 않고 추상적인 '인류'에게만 신경 쓴다. 다시 말하면 두 배로 의심할 만하다. 사실상 우리는 여태까지 이러한 '사업'을 찾을 수 없었고, 거꾸로 대량의 사기와 사주를 찾을 수 있다.

동전의 양면 같은 질의는 있을 수 없다. 혹 자기를 '도구'로 삼거나 혹은 자신을 '목적'으로 삼는다. 자신의 생명으로 하여금 희열을 느끼지 못하게 하는 일과 사업은 일반적으로 말해서 할 만한 가치가 없는 것이다. 사람이 조심스럽게 생명을 양생하고 이로써 일과 사업의 '도구'를 애호하는데, 이 애호의 가치는 매우 문제가 된다. 사람이 '목적'이 아니라 '도구'일 뿐이라면, 영원히 자유와 존엄을 말할 만한 것이 없고, 근본적으로 존엄을 포기한 것과 같다.

혹 어떤 사람은 위대한 '목적'을 위해 타인들이 희생하도록 격려하지만, 분석하고 관찰해보면 격려하는 그 사람은 예외 없이 자신을 '목적'으로 삼는 것을 발견할 수 있다.

도연명은 시에서 깊은 모순과 고통을 드러냈다. 이것은 사실 주로 '목적'과 '도구'의 관계에서 발원한다. 그는 한 방면으로 개체가 '도구'를 이룰 수 없기 때문에 합리적이고 중요하게 사용되지 못하여 억울함과 불안을 느꼈다.

> 檢素不獲展, 평소의 뜻 거둔 채 펴지 못하고
>
> 厭厭竟良月. 하릴없이 이 좋은 달 다 보낸다.
>
> __「곽 주부의 시에 화답하여 두 수」 제2수

棲遲高多娛, 한가로운 생활에 진실로 즐거움 많으니
淹留豈無成. 묻혀 산다고 어찌 이루는 것이 없겠는가.
__「구월 구일 한가로이 지내며」

한 방면으로 도리어 상반된 정서를 표현했다.

形骸久已化, 육체는 오래전부터 이미 변해 가지만
心在復何言. 마음 그대로이니 다시 무엇을 말하리오.
__「장맛비에 혼자 술 마시며」

雖無揮金事, 비록 돈 뿌려 잔치한 일 없었지만
濁酒聊可恃. 탁주가 그런대로 의지할 만했다오.
__「음주 20수」 제19수

마음에 둔 것은 몸과 마음의 느낌이고, 자기 자신을 적절하게 배치하는 것이다.

도연명 전체 시문에서 절대 편폭을 차지하는 것은 여전히 사람을 '목적'으로 여기고 이후에 얻은 즐거움이다. 이처럼 심원한 표현은 많고도 아름다워 가장 훌륭한 시편이라 하겠다.

花藥分列, 꽃 피운 약초는 줄지어 자라고
林竹翳如. 숲 이룬 대나무들이 무성하다.
清琴橫床, 청아한 거문고 평상에 놓였고

濁酒半壺. 탁주는 반병쯤 된다.

__「계절의 운행(時運)」

開荒南野際, 남쪽 들 가에서 황무지 개간하면서
守拙歸園田. 졸박함 지키고자 전원으로 돌아왔다.
方宅十餘畝, 사방 택지는 십여 무이고
草屋八九間. 초가집은 8, 9칸이 된다.

__「전원으로 돌아와 살며 5수」 제1수

藹藹堂前林, 집 앞의 우거진 나무들
中夏貯淸陰. 한여름에 시원한 그늘 드리우고
凱風因時來, 남풍이 때맞춰 불어와서
回飆開我襟. 회오리바람 내 옷깃 열어젖힌다.

__「곽 주부의 시에 화답하여 두 수」 제1수

생활을 즐기고 시간을 아끼며 사람의 심신이 모두 쾌락해지는데, 이것은 무엇보다도 중요하다.

도연명은 시에서, 노동에서, 사방의 녹색에서, 나날의 경작에서 비할 데 없는 환락을 찾았다. 원래 그의 생명 바탕색은 본래 이와 같을 뿐이다. 세속에서 쓰는 이러한 유가 관념은 항상 사람을 '도구'로 여겨 사용한다. 하지만 유가학설의 창시자 공자조차도 그가 느슨해지고 통달할 때, 개체 생명의 본원적 요구로 돌아올 때, 기하(沂河)에서 목욕하고 높은 곳에서 바람을 쏘이고 노래 부르면 더욱 좋은 것을 알았고, 이것이 자신의 가장 높은 이상이라고 여겼다.

> 늦봄에 봄옷이 완성되면 갓을 쓴 어른 대여섯 명과 어린 동자 예닐곱 명과 함께 기수 가에서 목욕하고 무우 근처에서 바람을 쐬며 노닐다가 노래하면서 돌아오고 싶습니다.(暮春者, 春服既成, 冠者五六人, 童子六七人, 浴乎沂, 風乎舞雩, 詠而歸.)
>
> _『논어 · 선진(先進)』

이러한 이상은 사람이 '목적'이라는 방면으로 돌아왔음을 보여준다.

사람은 반드시 공명(功名), 공을 세우고 사업을 일으킴(建功立業)이란 유가의 입세 정신의 감화를 실현해야 하는데, 중국 지식인에겐 너무나 강렬하고 너무나 지구력을 필요로 한다. 수많은 사람들은 관리사회의 득의를 전부의 전망과 광명으로 여겼고, 관리사회의 실의를 최종적 말로와 고통으로 여겼으며, 심지어는 인생 최대의, 비할 데 없는 좌절로 여겨 정말로 황당하고 어리석게도 극점에 이르렀다.

도연명은 총체적 인생 노정에서 그 도를 반대로 실행했다. 우리가 현재 마주한 것은 이러한 경우이고, 연구하는 것도 이 경우이다.

도연명은 자신의 문장에서 이백이나 두보처럼 관리사회에 관한 개탄을 거의 하지 않았고, 관리사회의 암흑, 불공정, 배제와 몸부림을 거의 묘사하지 않았으며, 다만 "할 수 없다"는 말만 남기고 떠나버렸다. 왜냐하면 이때 그는 자신을 '목적'으로 삼았기 때문이다.

자유 의지의 선택과 순수 이성에 대해 칸트는 많은 분석을 했다. 도연명은 칸트와 대화하진 못했으나, 그의 이러한 행위는 칸트의 지지, 분석과 도리어 일치한다. 칸트가 분석한 것은 인간 고유의 운명이고, 도연명은 수많은 운명의 비밀번호를 열었다. 칸트와 도연명은 서로 다른 시공간, 서로 다른 문화 배경에서 공통된 사람의 주제를 해석했다. 사람의 본래 '목적'이라는 것에 대해 도연명은 분명히 깨달은 것 같다.

고인과 존엄을 비교하면

역사적 사건과 역사적 인물을 열거하면, 우리는 이러한 문제를 상상할 수 있다. 시간의 추이에 따라 인류가 자유와 존엄을 추구해왔다면, 그것은 도대체 진보인가? 후퇴인가? 이러한 추구의 바람은 강렬한가? 약한가?

이러한 질문에 대답하기란 특별히 복잡하다. 일시에 한 곳에 놓고 두루뭉술하게 논할 수 없기 때문이다. 인류는 자연 세계를 탐구하는 방면에서 가면 갈수록 큰 진보를 얻어 객관 세계와 우주의 신비를 드러낸다. 말하자면 우리의 능력은 일부 방면에서 강화되었고, 더욱 많은 자유를 얻은 것 같다. 우리가 자연 앞에서 선택하는 것은 더욱 많고 더욱 주동적인 듯하며 더욱 많은 존엄을 얻었다. 하지만 다른 방면에서 보면, 우리는 인문의 영역에서, 정신범주 내의 진취에서는 도리어 그다지 명확하다고 말할 수 없다. 자연과학의 진보를 가지고 논한다면, 수많은 신지식을 얻음과 동시에 이러한 지식에 의해 속박되고 제약 당했다. 우리는 사상을 '기지(已知)'의 밖에서 전면적으로 확장할 수 없으며, 따라서 때로는 일종의 은폐를 발견할 수도 있고, 감오력(感悟力)과 선택력도 모두 한정된다.

새로운 발견은 새로운 기술과 새로운 과학기술을 촉진했으며, 또한 예상하지 못한 부정적인 손상을 가져왔다. 예를 들면 의약기술, 인터넷 등 매스 미디어 기술의 발전은 세계를 해결하기 어려운 여러 가지 곤경에 빠트렸다. 우리의 생활은 전에 가져보지 못한 현대 과학기술로 생겨난 거대한 위험과 재난 속에 처해 있다. 항생물질 남용, 디지털 시대의 개인정보 유출 등이 이것이다. 자연세계를 탐색하는 방면에서 본다면, 인류는 완전히 자유와 존엄의 단일한 방향을 향해 전진하지는 않는다. 우리의 존엄과 자유가 끊임없이 확대되는 동시에, 어느 정도 한정되고 와해된다.

문화 방면, 정신 방면, 사람의 천성적인 수요에서 보자면, 사람의 존엄은 항상 더욱 복잡한 퇴보 경향을 표현하려고 한다. 예를 들어 우리는 갈수록 자신이 대자연에 하고 싶은 바를 다하지 못하게 되고, 허구적 공간에만 만족하고 몸과 마음을 더욱 펼칠 여유가 없어, 천성은 진작하기 어렵다. 소위 과학기술의 진보로 형성된 현대문명은 우리를 기계와 디지털처럼 강력하게 구속한다. 우리는 귀중한 시간을 바쁘고도 낭패스럽게 처리하는데, 더욱이 조용히 하루라도 헛되이 보낼 수가 없다. 우리의 정신은 자질구레하고 무료한 디지털 감옥에 갇혀, 두 번 다시 소박함과 진실로 되돌아갈 수 없다. 우리는 과학기술 시대 특유의 회피 심리를 증가시켰고, 항상 경계와 두려움 속에 처해 있다.

한 사람이 어떠한 물질문명의 도구가 없는 상황에서, 예를 들어 도연명처럼 농촌에서 생활한다면, 천연 그대로의 온화한 생명 상태는 심신 건강 측면에서 말하자면, 분명 현재의 우리보다 훨씬 좋았을 것으로 상상할 수 있다. 우리는 아주 작은 방에서 시간을 다투며 교류하고 소환하며 소통하는 운명을 받아들인다. 도연명이 당시에 핸드폰을 가졌더라면, 도연명 방식의 생활은 철저히 붕괴되었을 것이니, 티브이나 인터넷은 더 말할 필요도 없다. 유선전화 한 대만 있어도 도연명의 전원생활을 훼손할 수 있고, 그 개인이 대면하는 자성과 고독은 전부 타파될 것이다. 이러한 의미에서 말하자면, 당대인은 현대 과학기술이 형성한 기괴한 생활 범례에 제한을 받아 생명 깊은 곳의 존엄과 자유 품질이 강등된다.

동진 시기에 도연명이 일순간에 천리 밖의 사람들과 교류하기란 절대 불가능한 일이다. '기묘한 문장을 함께 감상하는(奇文共欣賞)' 욕망은 시공의 제한을 받는다. 우리 현대인들이 스크린을 가볍게 누르면 만족할 수는 있으나, 이러한 만족을 얻기 위해 우리는 거대한 대가를 치를 수 있다. 우리가 잃어버린 것은 광활한 산천 자연이고, 북창 아래 편안히 누워 있는 '희황상인(羲皇上人)'의 인상이다.

弱湍馳文魴, 약한 여울엔 문채 나는 방어가 내달리고
閑谷矯鳴鷗. 아늑한 계곡엔 우는 갈매기가 날아오른다.
迥澤散游目, 먼 늪으로 한가로이 눈길 보내고
緬然睇曾丘. 아득히 층성산을 바라본다.
雖微九重秀, 비록 아홉 겹의 빼어남 없으나
顧瞻無匹儔. 둘러보니 짝할 것이 없다.
__「사천에 노닐며」

引壺觴以自酌, 술병과 술잔 끌어당겨 스스로 술 따라 마시고
眄庭柯以怡顏. 뜰의 나무 바라보며 얼굴에 기쁜 표정 짓는다.
__「돌아가자」

사람이 외면의 큰 나무가 환기하는 아름다운 심리를 보거나, 먼 곳의 산천이 불러일으키는 호탕함을 보기란 갈수록 불가능해질 것이다. 하지

만 이 모든 것은 대단하고 '기본'적인 것이며, 그것은 원래 생명 깊은 곳, 일상에서 나오는 것이다.

영원성을 수반하여 자생하는 존엄은 항상 대자연만이 우리에게 줄 수 있다. 예를 들어 인공 외력으로 개조할 수 없는 산천 대지, 식물 및 기타 생명이 부여한 계시와 외침. 그래서 인류 최대의 존엄의 상실은 지평선의 소실보다 더한 것은 없고, 시멘트 정글 속에 사는 그러한 협소와 암흑 천지보다 더한 것은 없으니, 황사가 자욱하여 사람을 질식하게 하는 것은 더 말할 나위도 없다.

현대인이 참아내는 억울함은 무척 많은데, 현대 과학기술, 물질사회는 강제로 우리에게 벗어날 수 없는 왜곡된 생활을 가져다준다. 도연명이 혼전, 서로 싸우고 죽임, 피에 굶주린 문벌 사족을 대면하고 전원으로 도피할 수 있다면, 현대인이 직면한 참을 수 없는 대기 오염과 소음 공해, 그리고 혼잡하여 교차할 수 없는 저질의 전파가 벌써 온갖 수단을 써서 모든 구석을 가득 채웠으니, 사람들이 어디로 숨겠는가? 광범하게 전개되는 소위 '도시화' 물결 속에서 최후의 향촌은 소실되고, 마지막 남은 고목의 뿌리조차도 뽑게 만들 것이다. 현재에서 머지않은 장래에 누가 '전원'을 가질 수 있겠는가?

인류생활은 갈수록 회피할 수 없는 도시화, 전자화, 단순화와 정신의 저질화 양상을 드러내고 있다. 사람들은 모두 현대 매스 미디어의 소란에 빠지고 통신망에 덮어씌워져 갈수록 개인의 독립적 공간이 없어진다. 이것은 패러독스다. 인류는 자연세계를 향해 더욱 많은 자유를 찾고 더욱 큰 자유를 보여줄 때, 도리어 자신을 현대생활의 부자유한 새장 속에 꽁꽁 틀어막는다.

우리는 도연명이 품이 너른 도포를 걸치고 긴 소매를 휘날리며 마음대로 통음하고, 이렇게 자유롭고 낭만적인 자연의 화면을 당대인이 흠모하고 동경할 것이라고 상상한다. 하지만 이것은 이미 오래 전의 일이고, 오늘날의 인류는 이미 그러한 정경으로 되돌아가기 어렵다. 왜냐하면 그것은 아예 존재하지 않기 때문이다. 도연명의 '도화원'을 당시에도 찾을 수 없다면, 하물며 환경오염이 심각하고 교통이 사통팔달하고 현대기술이 없는 곳이 없는 오늘날은 더 말할 필요가 없겠다. 도연명의 논밭의 좁은 길, 손을 뻗으면 닿을 수 있는 녹색 논두렁은 이미 다 소실되었다. 이러한 의미에서 얘기하면, 현대인은 존엄을 상실하고 자유를 상실하고 천성을 상실한 공전의 곤궁한 경지에 처해 있으며, 그것이 야기할 고난은 한없이 클 것이다.

이것도 도연명을 귀감으로 삼고 우리에게 강대한 감화력을 주는 원인 가운데 하나다.

도연명이 우리에게 남겨준 풍부한 유산은 바로 존엄, 자유, 전원에 관한 것이고, 생명의 본질에 관해 강렬히 추구해야 하는 천성이며, 이처럼 지대한 문제에 대한 사색이다. 그는 참조할 만한 현저한 표본이며, 이러한 표본은 인류를 통틀어 최후에 이르렀다. 왜냐하면 인류는 미래에 이르러서도 여전히 그의 생활에서 명시하는 자유를 필요로 하고, 그가 일깨운 존엄이 필요하며, 존엄의 본질이 무엇인지 물어야 하고, 존엄과 개체, 개체와 집체 간의 관계가 어떤 것인지 물어야 한다. 우리가 한 사람의 존엄을 생각할 때 우리는 여전히 언제고 도연명이란 사람을 생각할 것이다.

현대인의 액운은 지대한 나머지 세상과 격리된 신념을 가지든 말든, 근본적으로 개인의 생활을 바꾸기 힘들 것이다. 동진의 혼란을 대면한 도연명은 성공적으로 간섭을 받지 않고 상대적으로 폐쇄되고 광활한 구석을 찾을 수 있었다. 이 구석을 훼손할 수 있었던 것은 자연계의 화재였을 뿐이고, 훼멸되어 또한 다른 곳으로 옮겨 배로 이주할 수 있었다. 오늘날 사람이 설령 결심을 굳게 하여 정말로 이러한 구석이 있어서 인적이 드문 심산이나 사막으로 숨고 모든 현대 통신 기구를 단절하고 현대 교통수단을 버릴 결심을 한다 하더라도, 여전히 동화와 같은 가설에 멈출 따름이다.

우리는 현대 과학기술이 완전히 보급되고 여기에 적응할 수밖에 없는 상태에서 살아가며 마치 중독된 것과 같기 때문에, 일단 여기에서 벗어나면 자신을 지탱하기 어렵다. 한편 지금 중풍에 걸린 사람조차도 디지털 기기를 작동시킬 정도이니 과학기술은 이미 회피할 수 없을 정도다. 이를 보면 현대인의 모습은 자유를 얻으려면 치르는 대가가 너무 커서 참을 수 없으며, 그것이 큰 산처럼 사람을 압도하는 것임을 알 수 있다.

우리는 개인의 허구적 전원에서 한 뼘의 토지는 이미 디지털화되어, 이 토양의 모든 식물, 심지어 줄기 잎의 모세관조차도 신속히 발전하는 주변의 디지털 세계와 긴밀히 연관되어 있고, 혈맥이 상통함을 발견할 수 있다. 어떤 사람의 세상과의 단절은 몽상에 불과하다. 심리적이든 현실적이든 이룰 수가 없다. 누가 뭐래도 자기 방식대로 하고, 완전히 느슨한 개인 생활을 회복하는 것은 그다지 가능한 일이 아니다. '자기 방식대로 하는 것'은 도리어 자유의 기본 양태이며 기초이다.

현대인은 눈앞의 물질 욕망, 일시적인 충동에만 만족할 뿐이다. 왜냐하면 자유 생명의 기반이 뽑혔기 때문이다. 개인의 독립 공간은 취소되었고 이러한 공간을 가설하고 제조하려고 해도 불가능하고 오래 지속할 수도 없으니, 철두철미하게 디지털화의 날조만 있을 뿐이다. 이러한 날조는 인류에게 두 배의 슬픔과 실망을 가져다주었고, 한걸음 나아가 인류의 자존심을 타격했다.

도연명은 당시에 원시적 공간에서 생활했다. 이 공간에는 다른 문제가 존재했다. 자연의 손상, 흉작의 아픔, 적막과 비통, 이따금 자신이 세상에 쓰일 수 없는 데 대한 자책과 양심의 가책 등. 도연명은 반항하고 응대하려고 했는데, 정신적 방면에서 말하면 현대인과 비교할 때 '버티기'가 훨씬 용이했다. 당대인이 직면한 모든 것은 도연명에 비해 훨씬 복잡하고 훨씬 세밀한데, '버팀'은 완성할 수 없는 임무다.

도연명은 어려운 일을 참고서 개인적인 독수(獨守)를 완성했다. 최후에 이르러 그는 스스로를 인정한 셈이다.

태어날 때부터 지닌 물건

사람에게 자유와 존엄이 필요한 것은 일종의 천성이다. 개체로서 의식하든 말든, 그것은 모두 객관적인 것이며, 사람이 사람 노릇하는 요소이다. 사람마다 모두 존엄을 가지고 있는데, 다만 이러한 존엄의 표현 방식과 깨어 있는지 잠자고 있는지 수많은 차이가 있을 뿐이다. 항상 깨어 있는지 아니면 잠들어 있는지가 바로 사람의 구별이다. 항상 휴면(休眠)함으로써 야기할 마비나 무지는 하루아침에 깨어나면 두려워서 어쩔 줄 모를 수 있다. 그래서 우리는 극도로 야만적인 권력과 폭압에 무조건 순종하며 진심으로 신봉하는 순종자는 틀림없이 존엄이 없다고 믿는다. 그것은 여전히 존재하고 또한 야경으로 뒤덮인 어느 시각, 예를 들어 새벽 두 시에도 깨어날 수 있다.

한 사람의 경우에 존엄이 내습하는 강도가 충분하지 않다면, 막 진행되고 있는 타성적인 생활을 타파하기 부족하고, 최후엔 받아들이고 참아내며 도연명처럼 시도할 것이다. 도연명은 몇 번 떠났다가 몇 번 돌아왔다. 하지만 그는 결국 철저하게 떠났다. 시인의 존엄이 줄곧 휴면 상태에 처해 있다면, 일련의 혼잣말과 질의를 할 수 없고 고문이 있을 것이다.

平津苟不由, 평탄한 길 비록 따르진 못하지만

栖遲詎爲拙? 은거해 사는 것이 어찌 졸렬한가?
寄意一言外, 한마디 말 밖에 뜻을 보내니
玆契誰能別? 이 합치됨을 누가 분별할 수 있나?
__「계묘년 12월에 지어 사촌 동생 경원에게 주며(癸卯歲十二月中作與從弟敬遠)」

積善云有報, 선행을 쌓으면 보답이 있다는데
夷叔在西山. 백이와 숙제는 서산에서 살았다.
善惡苟不應, 선과 악이 진실로 보답 받지 못한다면
何事空立言? 무슨 일로 부질없이 그런 말을 하였나?
__「음주 20수」 제2수

斯濫豈彼志? 이 지나침이 어찌 그의 뜻이었겠나?
固窮夙所歸. 곤궁에 굳센 절개는 옛날부터 지향하던 바였다.
__「깨달음이 있어서 지으며(有會而作)」

知音苟不存, 날 알아줄 이 진실로 존재하지 않으니
已矣何所悲. 그만두리라, 무엇을 슬퍼하리오.
__「가난한 선비를 노래하며 일곱 수(詠貧士七首)」 제1수

시인은 자신을 일깨운다.

사람마다 존엄을 가지고 있을 뿐만 아니라, 심지어 존엄은 사람만 가지고 있는 것이 아니라고 판정할 수 있으며, 살아 있는 모든 생명체에도

있다고 추론할 수 있다. 신학자의 이론에 따르면, 동물은 양지가 없고 이른바 '인성' 안에서만 모든 것을 포함하고 있다고 한다. 하지만 우리의 생활 경험에 비추어 보면, 동물도 존엄이 있는 것 같다. 왜냐하면 우리는 때로 장기간 서로 의지하는 동물, 예를 들어 고양이와 개도 존엄이 있음을 발견할 수 있기 때문이다. 이들은 심지어 부끄러워할 줄 알고 존엄을 손상당했을 때 마음이 평온할 수 없기 때문이다. 때로 우리들은 함께 지낸 지 오래된 작은 새에게서도 존엄의 존재를 느낄 수 있다. 이로 말하자면 존엄은 모든 생명이 공유하는 것이다.

모든 생명이 자유를 좋아한다면, 모든 생명은 필연적으로 존엄을 갖게 된다. 자유는 존엄의 토대이고 생명이며, 자유를 좋아하고 구속을 싫어하는 것 또한 존엄으로 통하는 길이기도 하다. 한 마리 새가 새장 속에 갇혀 자유를 잃어버리면, 그 모든 고통과 분노도 여기에서 나올 것이다. 예를 들어 경험상 참새는 기르기 무척 힘든 동물로 그것은 심지어 한 순간에 기절하여 죽을 수 있는데, 여기에 얼마나 강렬한 존엄이 필요하겠는가? 산토끼도 기를 수 없는데, 먹지도 않고 마시지도 않으며 자유를 잃은 생활을 거절하며 곧장 죽어간다. "자유가 아니면 죽음을 달라"는 말은 인류의 구호일 뿐만 아니라, 동물이 목숨을 걸고 보여준 것이다. 이러한 의미에서 얘기하면, 자유와 존엄은 모든 생명에 깊은 낙인을 찍었으며, 그것은 확실히 태어날 때부터 가졌던 것이다.

모든 생명 가운데 인류처럼 후천 문명을 받고 심도 깊게 양성된 생명만이 자유와 존엄을 깊이 감출 수 있고, 그로 하여금 장시간 휴면하게 할 수 있다. 역사와 인생의 모종의 고비에서, 인류 속의 천박하고 구차한 표본 속에서 사람들이 너무나 남김없이 다 드러내는 표현을 본 적이 있다. 인류 속에 백이와 숙제가 있고 도연명이 있으며, 이와 상반되는 예도 있다.

우리는 이에 소위 '문명'의 총화가 '인성'의 총화와 마찬가지로 난잡하고 혼탁함을 믿는다. 그중에는 지극히 나쁜 것이 있고 장식과 변화를 거쳐 인류에게 침투한다. 인성 속의 동물성이 방출되어 나옴과 동시에, 동물성보다 더 같잖은 것들도 자생한다. 동물성 가운데에도 사랑스러운 것이 있고 인류가 배울 부분도 있다. 예를 들면 우리가 잘 아는 고양이의 온유함, 개의 충성 같은 것들이다. 동물은 왕왕 사랑스러운 단순 성격을 가지고 있다.

난잡한 인류 문명은 사실 염색용 독(染缸)과 같아서, 그것은 크고 깊으며 인류가 영원히 경계해야 하는 것이다.

불순종

도연명의 강렬한 자존, 그리고 제멋대로의 성격은 분명 시문에 대해 결정적인 영향을 끼쳤고 그의 풍모, 속성과 등급을 확립했다. 그의 모든 시편은 이러한 태도의 표현이며, 자유자재하며 자기를 굽혀 따르길 원하지 않음을 추구한 일기다. 도연명은 아마추어 작가라서 자연스럽게 손가는 대로 써왔고 자신의 내심을 표현했다. 이러한 점으로 말하면, 도연명의 시는 분명 더욱 친근하고 순박하며 감동적으로 보인다. 이러한 시에는 전업 작가만이 가지고 있는 규율과 범례가 없으며, 공연성도 없고 과시하는 외관과 과장투의 기질도 전혀 가지고 있지 않다. 그는 다만 경작하고 술 마시는 여가에 느낌이 와서 극도로 창작 욕구가 생겨날 때서야 붓을 들었다. 이러한 시를 가지고 스스로 즐겼고 후인에게 남겨줄 수 있었으며, 이로써 자신의 뜻을 밝힌다. 도연명에게 이러한 작품이 없고 술이 없었다면, 생활은 매우 힘들었을 것이다. 그의 시문은 생활 속의 술과 같았다. 그는 술에 의지하고 술에 도취하고 술로 자신을 위로할 필요가 있었다. 이것은 심령에 대한 반응이다.

전업 창작, 특히 현대처럼 직업적 의미의 창작이라면, 도연명과 같은 정신 풍모를 결코 낳을 수 없었는데, 이러한 작품의 속성은 다시 존재하지는 않는다. 전업 창작은 글자의 행간 속에 모종의 공리적 기운을 나타내야 하고 기술주의의 경향을 가져야 한다. 강렬한 창작 욕구는 마찬가지로 유사한 흔적을 남겨놓을 수 있다. 도연명의 내심 깊은 곳에 그는 자연스럽게 더욱 자유롭고 생각나는 대로 표현했다. 평상시와 마찬가지였다. 자연스럽게 써내야만 진지하고 자유자재한 표현이 있고, 이러한 기술이 완전히 개체 취미와 의지의 존엄감에 따라 쓰고 싶은 것을 쓰고, 어느 시대적 기풍과 문인 기풍을 모두 체현할 수 있다. 직업 매너리즘은 그에겐 거의 보이지 않는다. 따라서 도연명 시는 질박함이라는 측면에서 한 사람의 친화와 순수를 드러냈다.

이러한 창작은 시장화에 복종하는 현대 창작과는 본질적인 차이가 있다. 유행을 따르고 타인의 취미를 따르는 창작은 부자유한 창작이고 존엄도 없는 창작이다. 도연명이 연연한 바람은 강렬하지 않은데, 하물며 시장에 내놓겠는가? 당시에는 진실로 문학 시장이 없었으나, 여전히 울타리와 여러 사람의 입이 있었다. 허영심이 조금이라도 있었으면 그것으로 시인을 망칠 수도 있다. 스스로 즐기고 스스로 당부하고 스스로 생계를 도모하고 스스로 만족하는 일은 사실 너무나 좋다. 한 사람이 시종 문장으로 자신에게 대답할 수 있고 심령을 표출할 수 있는 것은 무척 유쾌한 일이다. 이러한 일을 현대인들은 거의 하지 않을 것이다. 왜냐하면 조회수, 발행량 및 소위 문단 찬양과 상을 받은 일 등 비루하고 무료한 허영과 소란으로 조성된 손해는 아무도 빗겨갈 수 없기 때문이다.

기록에서 보면 도연명 시대에 이처럼 소박하고 천연 그대로의 성정은 시단에서 인가받지 못했다. 왜냐하면 어떠한 시대에도 시문은 모두 교류하고 표현하고 과시하는 기능을 갖고 있었기 때문이다. 이러한 기능은 문학에서는 비교적 열등할지라도, 이러한 기능을 완전히 벗어날 수 없을 것이다. 동진 시기에 이르러 위진풍골(魏晋風骨)은 다시 나오지 않았고 분분히 교묘한 꾸밈과 아름다움의 추구로 전향했다. 도연명은 과감하게 말의 수식을 나열하지 않고 조류에 순종하지도 않았으며, 심지어는 단순하고 조잡하다는 오해를 받았다.

이것과 무관한 사람, 그를 경시하는 사람들은 '간루(簡陋)'라는 두 글자로 그를 비난하거나 그를 무시하지만, 그의 친구인 안연지(顔延之, 384~456) 같은 사람도 유사한 견해를 가지고 있다면, 그 시대의 취미가 어떠한지 설명할 수가 있다.

자주적이고 스스로 행하는 사람의 성격은 어디서든 드러난다. 이것은 그의 사회적 선택, 정치적 선택과 일상생활 방식의 선택에서 표현되고 시문 창작 속에 더욱 깊이 투영된다. 그것은 때로는 자각되지 못하고 이미 영혼의 표지와 눈금이 되며 조심하지 않는 순간에 생명의 성질을 현시한다. 도연명이든 그의 작품이든 그 진실성과 개인화는 도리어 적막을 즐기며 자기의 시대와 소외되었기 때문이다. 이렇게 하여 진정한 개인화가 온축하고 있는 전체의 난해함, 유행과의 단절이 모두 자연스럽게 출현했다. 지금 보면 이것이 바로 도연명의 영광이자 가치다. 한편 도연명의 시는 지극히 간단하고 쉬워 입에서 나오는 대로 적어서 가장 이해하기 쉽고 접근하기 쉬운 것 같다. 다른 방면에서는 이 때문에 이해하기 어려운 것처럼 보인다. 왜냐하면 조류와 유행이란 눈으로 보면, 이해할 방법이 없기 때문이다.

동진 시단에서 도연명 시는 상대적으로 독립적이다. 당시에 도연명 시는 가장자리에 처했으나 지금은 중심에 자리 잡고 있다.

이것은 패러독스가 되었다. 지극히 단순한 창작은 도리어 이해하고 해석하는 장애가 되었고, 조류라는 안장(眼障)을 겹겹이 벗겨내야만 사람들이 멀리서 바라봤을 때 도연명 시가 서서히 본래 면모를 드러내게 된다. 그것은 바로 통속적이고 명쾌하고 매끄러우며, 자연스럽고 소박하며 내재적인 화려함과 현란함이다. 그것은 당시의 예술 조류에 속하지 않았고, 주류 기질에 속하지도 않았다. 그것은 다만 시인 자신의 지향과 심정을 드러냈을 뿐이다. 이것이 바로 그가 믿고 따른 자유자재이고 성의이다.

여기에서 실제로 시학 문제를 언급하려고 한다. 어떤 사람은 시가의 난해함과 조탁을 심도 깊다는 말과 같다고 여기고, 질박하고 자연스러움을 평이하고 유치하다는 말과 동등하게 본다. 이것은 커다란 오류가 있는 부분이다.

어떤 사람은 도연명 시의 진정한 가치는 우월하고 빼어나며 선천적인 그의 재능에서 나왔다고 말하는데, 아무리 다른 것을 말해도 아무 소용이 없다. 왜냐하면 어떠한 주의, 정확, 품격 등 이 모든 것이 부가하는 분량도 예술적 재능의 결함을 보태줄 방법이 없기 때문이다. 물론 이렇다 할지라도 어느 누구도 이러한 모든 것을 재능과 확연히 떼어놓을 수가 없다. 그것은 함께 연결되어 있는 하나의 총체다.

여성의 전원

서구에서 일부 예술가들은 생계를 이어가기 힘들어서 돈을 가진 사람의 휘하에 뛰어들었다. 심지어 어떤 사람은 귀부인에 의해 '보육'되고 그녀들의 성루에 살면서 그녀들의 친구와 집사가 되기도 한다. 루소(Jean-Jacques Rousseau, 1712~1778)나 릴케처럼 대단한 사람들도 이와 유사한 경력을 가지고 있다. 이러한 사람들은 존엄이 없을 생활을 한 듯하지만, 이로 인하여 자신의 자유를 찾았다. 그들은 확실히 어느 지점에서 몸을 의탁한 대상과 의기투합했다. 평상시의 말로 하면 "수많은 공통 언어가 있었다." 게다가 중요한 것은 그들은 여기에서 수많은 여가와 개인적 공간을 얻었고, 한가한 마음과 시간이 있어 자기가 하고 싶은 일을 하여 개인화를 표현하였다.

도연명은 전원에 투신하고 토지와 더불어 공통된 언어를 찾았고 사방의 들판과 의기투합했다.

릴케와 루소의 경우에 그러한 귀부인의 거주지는 '여성의 전원'이고, 가까이 다가갈 만한 대상인 셈이다. 러시아의 위대한 극작가 차이코프스키(Nikolay Vasilyevich Chaykovsky, 1851~1926)와 같이 귀부인과 함께 지내는 과정에서 불우를 만나기도 하고 최후에는 헤어질 때도 있었다. 하지만 도연명은 그의 전원에서 수많은 고뇌가 있었으나 헤어질 지경에 이르지는 않았다.

총괄하여 말하면 물고기와 곰 발바닥을 동시에 얻을 수는 없다. 그들은 자유를 찾고 존엄을 유지함과 동시에, 언젠가는 다른 장애물을 만나게 되어 있다. 이때 그들은 반드시 무엇이 중요하고 무엇이 가벼운지 저울질하고 자신의 취사선택을 판단하며 천성의 수요를 만족할 것이다. 어떠한 사람도 한 번 '전원'에 들어간다고 해서 만사가 좋아질 수는 없다. 질곡을 벗어나 끝없는 자유를 향해 걸어가는 것이다. 설령 가장 성공적인 선택이고 가능한 한 가장 큰 자유를 선택한다고 하더라도, 참을 수 있는 굴욕을 선택하는 것이며, 굴욕과 철저하게 고별하는 것은 아니다. 인생은 굴욕이요, 항쟁이며 언제나 항쟁과 굴욕 속에서 몸부림치고 저울질과 선택 속에서 확립한다. 이렇게 한 결과는 서로 다른데, 생명 질량의 차이가 있고 고하와 비열, 숭고와 저속의 차이가 있다.

물론 '여성 전원' 이야기는 우스운 말에 불과하다. 도연명의 전원은 세상을 도피하기 위해서이고, 서구 귀부인의 살롱은 사교와 예술 전시의 플랫폼이고, 예술가는 여기에서 세상을 도피하지 않을 뿐 아니라, 도리어 사회와 접촉한다. 이러한 귀부인은 사회적 지위를 가지고 있으며 여가도 있고 돈도 있다. 또한 예술을 사랑해야만 의기투합하는 예술가를 한데 모을 수가 있다. 그녀들의 예술가 후원은 매우 쉬운 일이어서 양자는 사실 서로 광채를 더해준다. 매스 미디어가 전혀 발달하지 않은 시대에 귀부인의 살롱은 예술을 전파하고 예술가를 추천하여 소개하는 작용을 일으켰다. 그녀들은 서로 다른 수많은 예술가를 대면했는데, 그중에 발생하는 러브스토리는 우연에 불과할 따름이다.

하지만 '전원'은 성별이 있는 듯 사람에게 주는 느낌은 모성이다. 도연명은 모친과 반려자에게 의지하는 것처럼 토지에 기댔다. 이곳은 그에게 모든 부양과 안위를 주었고, 물질에서 정신에 이르기까지 모두 갖추었다. 이곳은 신기한 곳이고, 여기에는 가장 풍만한 생장이 있었다.

예술이 생장하려면 모성 기질이란 토대가 필요하다. 우리는 도연명이 당시에 투신한 곳이 모친 같은 전원임을 상상할 수 있다. 온몸이 상처투성이인 시인은 여기에서 상처를 치료했고 가장 힘든 세월을 보냈다.

'정글' 지대로 걸어갔다면, 바로 양강(陽剛, 남자의 강건한 기질)의 땅으로 걸어간 것이다. 그곳은 수많은 맞부딪침과 외침, 유혈과 희생이 낭자하고 생장에는 적합하지 않았으며 세력 다툼에만 적합했다. 시인이 그곳에서 '영웅서사시'를 쓰고자 한다면, 상응하는 시간과 공간을 찾을 수 없을 것이다. 숨이 곧 끊어질 듯하는 전사들은 타오르던 전쟁의 불길 밖으로 도망하여 녹음 아래에서 안식해야만, 비로소 충실하고 생동감 있는 기록을 할 수 있을 것이다.

좋은 시는 모두 모친과 같은 전원에서 탄생한다.

경시와 가벼움

일종의 문화, 문명은 생경하고 완고한 개념을 형성할 수 있다. 이러한 개념은 인류의 행위와 모든 민족의 행위에 대해 강대한 구속력으로 변할 수 있다. 이러한 구속에서 개체의 의의는 최소한도로 압축된다. 이때 개인의 서술은 이러한 개념에 복종해야 하고, 진정한 개인의 소리는 숨고 멈춰져 밖으로 표출되기 어렵다. 중요한 역사 사건이나 중대한 사회적 선택에 대하여 개인은 선택하기가 어렵다. 사람은 군체의 강제력에 복종하기 마련이다.

당시 도연명이 집단에 들어가지 않고 독자적으로 생존한 것은 자신이 하고 싶었던 일에 불과하다. 도연명의 표현은 복잡하든 간단하든 모두 집체가 대체할 수 없고 포용할 수도 없었다. 도연명의 전체 시가 주는 느낌은 자신의 말을 하고 자신의 희로애락을 기록하고 표현하고 있는데, 평이하고도 완강하게 개인의 표현 방식과 표현 내용을 수호하고 있다. 도연명의 시 외에 일부분은 매우 '어리석다.' 예를 들면 그가 배에서 꼬르륵 소리가 날 정도로 굶주릴 때조차도 다른 사람이 주는 음식물을 끝내 거절했다. 또 어떤 사람은 '지방 장관(父母官)'조차도 할 수 없는 일이라고 느끼는데, 이는 얼마나 어리석은 짓인가. 어떤 사람은 '지방 장관' 노릇을 하는 것이 마찬가지로 전원의 즐거움을 상실할 수 없고, 심지어 조건도 매우 좋아졌다고 여긴다. 예를 들면 자신이 팽택현령으로 지낼 때 공전(公田)

의 수입으로 더욱 많은 술을 마실 수 있었다. 그가 「의만가사 세 수」를 쓸 때, 지금 죽어도 그만이지만 유일한 유감은 술을 충분히 마실 수 없는 것이라고 말했다.

但恨在世時, 다만 한스러운 것은 살아있을 때
飮酒不得足. 음주가 넉넉하지 못했던 것이오.

읽어본 뒤에는 이상하게 느낄 것이다. 시인은 결국 술을 이토록 중시했다. 사람이 일단 알코올 중독의 기호가 있다면 벗어나기 어렵지만, 알코올 중독과 세속의 공명을 한번 비교해보면, 일반 사람은 술을 선택할 수 없을 것이다. 도연명은 관리사회를 떠난 후 결국 술을 중요한 평가 표준으로 여겼으니, 술은 여기에서 무엇을 대표하는가? 혹은 일종의 자유 선택의 상징과 대체가 세속 공리의 대립물이 될 지도 모른다. 음주는 자유를 음용하는 것과 같고, 존엄을 투입한 회포와 같다. 그래서 도연명은 비로소 한두 번, 서너 번 음주를 얘기한 것이다.

達人解其會, 통달한 사람들은 그 이치를 깨달아
逝將不復疑. 아아, 장차 다시는 의심하지 않으리.
忽與一觴酒, 홀연히 한 잔 술을
日夕歡相持. 해 저물녘에 즐거이 드노라.
__「음주 20수」 제1수

道喪向千載, 도가 사라진지 천 년이 되어가니

人人惜其情. 사람마다 그 마음 인색하게 한다.

有酒不肯飮, 술이 있어도 마시려 하지 않고

但顧世間名. 그저 세속의 명예만 돌아본다.

__「음주 20수」 제3수

悠悠迷所留, 까마득히 머물 곳 헤매는 사람아

酒中有深味. 술 속에 깊은 맛이 있다오.

__「음주 20수」 제14수

그는 심지어 혜원을 따라 여산으로 가서 수도할 때, 한 가지 요구 사항을 잊지 않았다. 즉 술 마시는 것을 허락해달고 요청했다.

도연명이 술을 정치경제보다 위에 놓았다는 사실은 음미할 만한 가치가 있는 일이다. 이것은 극단적이고 상징적이다. 모든 것이 하품이고 음주만이 높고 술은 여기에 하나의 매개나 교량처럼 시인을 인도하여 자유와 존엄의 피안으로 가게 한다. 술에 대한 편집을 단순히 정신질환, 알코올에 대한 강박 의존으로만 볼 수 없다. 술로 사회를 해체하고 인생을 푸는 것은 사실 통행하는 사회 가치관에 대한 멸시와 가벼움을 표현하는 데 있다.

도연명은 차라리 술 한 잔을 선택할지언정, 당시의 관직을 선택하지 않았다. 보잘것없는 현령이었으나 필경 '부모관'이었다. 도연명은 마침 이러한 현령의 지위에서 관리사회와 이렇게 작별했다.

이러한 작별은 영원하고 끝내 종점에 다다랐다.

제3강

가장자리에서 배회하며

증조부 도간, 외조부 맹가(孟嘉), 전원으로 들어가 은거한 도연명은 세 종의 심리상태, 세 가지 층차를 가졌다고 말할 수 있다. 도간이 대표하는 것은 '중심'이고, 맹가가 대표하는 것은 '가장자리'이지만, 도연명이 대표하는 것은 바로 가장자리를 걸어 나가 여기에서 출발하여 더욱 요원한 곳으로 나간 점이다. 도간과 맹가의 선택이 표현한 것은 대체로 자주와 자각이지만, 도연명이 선택한 상태에는 자주와 자각 이외에도 망망한 배회, 반복과 피동이 있어서 어쩔 수 없이 자원(自願)과 한 몸으로 합치게 되었다.

토지는 평탄하고 넓으며 가옥이 가지런하게 늘어서 있다.(土地平曠, 屋舍儼然)
(송 마화지 「도원도」 부분)

가장자리에서 배회하며

도연명은 순전히 전원으로 돌아온 유생이라고 말할 수 있다. 그는 돌아왔기 때문에 행복했고 돌아왔기 때문에 고통스러워서 마음이 양쪽에 가 있고 근심이 쌓여서, 결코 전원으로 돌아왔다고 해서 홀가분하진 않았다. 몸은 이곳에 있지만, 마음은 결코 완전히 울타리 안에 가둘 수가 없었다. 그는 여전히 부단히 자신을 설득하여 전원생활을 단순하고도 즐겁게 만들었다.

그의 이러한 모순과 배회는 항상 시문에 반영되었다.

翼翼歸鳥, 한가히 날며 돌아온 새
載翔載飛. 솟기도 하고 날기도 한다.
雖不懷游, 비록 나돌 생각 품지 않지만
見林情依. 숲을 보고 마음이 기운다.
__「돌아온 새」

여기에서 새의 배회와 왕복을 묘사하였는데, 눈앞의 정경을 보고 감정이 일었다. 그는 「돌아가자」에서 "전에도 벼슬한 적이 있으나, 모두 생계에 쫓겨서 스스로를 부렸다.(嘗從人事, 皆口腹自役.)"고 썼다. 이렇게

'부림' 받는 생활은 너무나 엉망이 되어 그로 하여금 "슬퍼하고 비분강개하여 평생 품었던 뜻에 깊이 부끄럽게(悵然慷慨, 深愧平生之志.)" 했다.

시인은 마음속으로 분명히 생각하고 있었지만, 결코 놓을 수 있음을 의미하지는 않는다. 그는 여전히 가족 자긍심이 있어서 증조부가 대표하는 공을 세우고 사업을 일으키는 위대한 전통을 잊기가 어려웠다. 이것이 근본이 되어 도연명에게 주입되었는데, 이 점만으로도 그가 전원생활을 조화롭게 하기가 어려웠다.

하지만 시인은 '정글'에 대해 사실 두려워하고 너무나 혐오했다. 그가 쓴 「훌륭한 세 사람을 노래하며」는 잔학한 '정글의 법칙'에 대해 제기한 가장 강렬한 항의다. 시에서 진(秦) 목공(穆公)이 죽었을 때, 그가 가장 좋아하는 세 명의 현자, 책략가를 순장하게 했을 뿐만 아니라 생전의 유언을 썼다.

出則陪文輿, 나가면 문채 나는 수레를 배행하고
入必侍丹幃. 들어오면 반드시 붉은 장막에서 모셨지.
[중략]
一朝長逝後, 어느 날 아침 죽은 뒤에는
願言同此歸. 이 돌아감조차 함께하길 바랐네.

얼핏 보건대 이 군왕은 그들을 극도로 좋아하여 다른 세계에서도 이 세 사람의 동행을 바랐다. 사실상 군왕은 죽음이 무엇을 의미하는지 모르지는 않았을 터인데, 그것이 최후의 완결이다. 무슨 "살아서도 이 즐거움을 함께하고, 죽어서도 이 슬픔을 함께한다.(生共此樂, 死共此哀.)"란 말은 잔혹한 허위일 뿐이다. 진 목공이 늙어서 죽자, '훌륭한 세 사람(三良)'은 산 채로 매장되려고 했다. 도연명은 '훌륭한 세 사람'의 충정을 가송하는 붓 끝에 수많은 비분과 안쓰러움을 묻혔다. 그는 여기에서 사실상 권력, 피에 굶주린 '큰 동물'에 대해 가장 큰 저주를 퍼부었고, 어두운 인성, 잔혹한 제왕에 대한 공포감을 표현했다.

굴원의 방식과 유사한 불평이 도연명의 시에도 일부 들어 있다. 분명한 도리는 시에서 한두 번 천명되었고, 때로는 수다 떠는 것처럼 느끼게 한다. 하지만 길고 구체적인 고통과 고생 그리고 고독을 직면하면서 이러한 반복적인 읊미는 이해할 수 있을 듯하다. 도연명은 관직을 얻지 못하고 지향을 펴지 못했으며 포부를 펼치기 어려운 사람이었다. 우울하고 억압받는 사람인지라 그의 문장 속에는 성토와 슬픔을 갖지 않을 수 없었다.

도연명은 「아들 엄 등에게 주는 글」에서 "내 나이 쉰이 넘었는데, 어릴 때부터 가난으로 고생하며 언제나 집이 빈궁하여 사방으로 나다녔다. …… 너희들은 어린 나이에 집이 가난하여 늘 나무하고 물 긷는 수고를 하는데, 어느 때나 이런 일 하지 않을 수 있을까? 마음속으로 이것을 생각하고 있지만, 어떻게 말할 수 있겠느냐?(吾年過五十, 少而窮苦, 每以家弊, 東西游走. …… 汝輩稚小家貧, 每役柴水之勞, 何時可免? 念之在心, 若何可言?)"라고 썼다. 자신은 쌓아둔 재산이 없고, 일생 동안 빈곤하며, 관리 사회가 도움이 되지 않아 떳떳한 아버지 노릇도 할 수 없어 자식들이 청빈함을 참을 수밖에 없다면서, 그는 심도 깊은 미안함을 표출했다.

그의 일생을 두루 살펴보면 나가는 것이 물러나는 것이며, 드러나는 것이 숨는 것이고, 부유가 가난이고 시험이 단절로, 양 극단의 여러 어려움이 줄곧 그를 따라다녀 쓴 맛이 마음속에 충만했다. 하지만 뒤로 갈수록 전원이라는 길밖에 남지 않았고, 술과 대자연이라는 두 가지 위로만 남았다. 이것을 벗어나면 그의 생존은 지속하기 어려웠다. 졸년을 63세로 계산하면, 당시 시인은 비교적 긴 인생을 산 셈이다. 그는 난세를 만나 수많은 어려움을 겪으면서 자신의 염원을 실현하지 못했으며, 최후에 이르러서도 심령의 기대에 만족하지 못했다.

도연명은 두 부인을 얻어서 아들 다섯을 양육했는데, 중간에 요절한 자식이 있는지는 알 수가 없다. 가난한 사람은 자식이 많았으나, 부귀한 집은 도리어 자식이 없는 고통이 있었다. 도연명이 이렇게 많은 자식을 양육하기란 실제로 쉽지 않았을 것이다. 빈곤은 그로 하여금 항상 아무런 대책이 없게 만들어 탄식만 할 뿐이었다. 그는 단지 각종 예를 찾아서 다른 본보기로 자신을 설득하였고 지탱해가는 역량을 보탰다.

歷覽千載書, 두루 천 년의 책 살피면서
時時見遺烈. 때때로 남겨진 절개를 본다.
_「계묘년 12월에 지어 사촌 동생 경원에게 주며」

何以慰吾懷? 무엇으로 내 마음을 달래나?
賴古多此賢. 다행히 옛날 그런 현자 많았지.
_「가난한 선비를 노래하며 일곱 수」 제2수

이처럼 자신을 격려하는 시문에서 우리는 참기 어려운 비통의 소리를 어렴풋이 들을 수 있다.

도연명은 모두 네 번 벼슬자리에 나갔지만, 전체 기간을 합치면 2년도 되지 않는다. 첫 번째는 대체로 10일 정도이고, 두 번째는 2년 정도이며, 세 번째는 반년이 넘고, 네 번째는 겨우 2개월이다. 빈번한 출입은 아주 드물게 보는 정황이다. 예를 들면 당시의 이백과 두보도 자신의 운명이 도와주지 않아 세상에서 입신출세할 수 없음을 탄식하였지만, 이백은 조정에서 한두 해 기다렸고, 두보가 몇 차례 관직을 맡은 시간은 그렇게 짧지는 않았다. 도연명이 시도한 몇 번의 짧은 시간이 사람에게 주는 느낌은 극도로 인내심이 결핍되어 그 환경에서 전혀 적응할 수 없다는 점이다. 동진 시기의 관리사회가 어두워 세상살이가 편안하지 않음을 떠올릴 수 있다. 다른 방면에서 도연명 내심 깊은 곳의 도도함과 초조함도 있는데, 그의 심중엔 확실히 '강직'한 기운이 잠재하고 있었다.

도연명 전후나 같은 시기의 역사인물 가운데 일부 지식인은 상당히 고민하여 언사가 남달리 날카롭고 모험도 마다하지 않았다. 그들과 비교하면, 도연명은 '안온(安穩)'한 셈이다. 하지만 마음 편안하게 규율을 잘 지키는 말단 관리가 되어 이렇게 한평생 보내기란 매우 곤란했을 것이다.

도연명은 곤궁함에 처해 있어도 동년을 회고하고 자유롭고 탁 트이고 한없이 넓은 전원을 그리워했다. 눈앞의 편협하고 어두운 관아와 대비하면, 곧 자신이 '새장'에 들어온 느낌이 들었고, 자신은 원래 높은 하늘에서 선회하는 '새'임을 느꼈을 것이다.

이 새가 나중에 새장을 빠져나와 '정글'의 가장자리를 향해 날아가다가 빈번히 돌아보니, 차마 더 멀리 날아갈 수 없을 것 같았다.

선택의 최후 결과

전원생활에 대한 그의 경모는 골수에 깊이 박혀 있어서 전원은 그에게 비할 데 없는 매력을 주었다.

商歌非吾事, 슬픈 노래로 [벼슬 구하는 것은] 내 일 아니니
依依在耦耕. 그리워함은 짝지어 밭가는 데 있다.
__「신축년 7월에 휴가 갔다가 강릉으로 돌아갈 때 밤에 도구를 지나면서(辛丑歲七月赴假還江陵夜行涂口)」

但願長如此, 그저 내내 이와 같기를 바랄 뿐
躬耕非所歎. 직접 농사짓는 것은 탄식할 바 아니다.
__「경술년 구월에 서쪽 밭에서 올벼를 거두고(庚戌歲九月中於西田獲早稻)」

그는 자신이 본래 토지에 붙은 생명이고, 혹은 여기에서 살아야 하고 일찍 돌아와야 한다고 느꼈을 것이다.

그는 많은 시가에서 그러한 '은사'를 가송하며 멀리 산야에 숨은 인재들이 고명하다고 느꼈다. 이는 진대에 출현한 불교와 도교의 합류, 담현파(談玄派), 양생파, 소요파의 여러 영향과 관련이 있으며, 최소한 이러한 회

피 기풍은 그의 의지와 이상을 촉진시켰다. 어쨌든 그러한 사람의 선택은 대자연에 접근하고 융합했으니, 이 점만으로도 그는 그들과 접근했다고 말할 수 있다. 그는 공명, 이익, 관록의 의미를 회의하면 할수록, 사람은 장생해야 하고 보전해야 하며, 심신을 대자연에 두는 것이 가장 좋다고 느꼈다. 이러한 점은 위진 시기 수많은 지식인의 가치 취향과 같으며, 그들의 행위는 도연명을 지지하고 격려했다. 다만 이럴 뿐만 아니라, 중국 사인(士人)의 기나긴 입세 전통과 대비하면, 후자의 역량이 더욱 강인하게 보였다. 이는 역대 지식인에게 있어서 모두 비슷하며, 입세의 포부는 인생의 '확실한 도리' 같다.

여하를 막론하고 위진 시기 세상을 피하고자 하는 사상의 부흥은 질서가 없고 혼란한 특수 시기에 끼어 있는데, 중국 역사상 가장 동요하고 고난스런 시기 가운데 하나였다. 그래서 수많은 사람의 도피와 은거는 부득이한 것이다. 하지만 떠난 것은 하나의 사건이었고, 이러한 소외의 상태를 지속하게 한 것도 하나의 사건이었다. 이는 더욱 많은 정신적 지탱, 더욱 많은 삶의 이유를 찾아야만 가능한 것이다. 한 사람이 장기간 '가장자리'에서 냉대를 참기란 통상적으로 곤란하다. 도연명은 이 방면에서 예외인 셈이다. 그는 참았을 뿐만 아니라 약간 기뻐한 듯한데 이는 놀라운 일이다.

도연명은 당년에 관리사회의 속박을 벗어나길 갈망했으니, 시문에서 자주 사용한 부릴 '역(役)'자로 말해보자.

懷役不遑寐, 일 생각하느라 잠잘 겨를 없고

中宵尙孤征. 한밤중에 홀로 먼 길을 간다.

_「신축년 7월에 휴가 갔다가 강릉으로 돌아갈 때 밤에 도구를 지나면서」

自古歎行役, 예로부터 부역 나가는 일 탄식하더니

我今始知之. 나는 이제야 비로소 그것을 알았다.

__「경자년 오월에 도성에서 돌아오는데 규림에서 바람에 막혀 있으면서 두 수(庚子歲五月中從都還阻風於規林二首)」 제2수

風波未靜, 시국이 아직 안정되지 못해

心憚遠役. 마음속으로 멀리 나가는 벼슬 꺼렸다.

__「돌아가자」

'역'은 부득이해서 받아들인 공무 파견인데, 그는 그 일을 맡으면서도 벗어나길 생각하여 마음속으로 매우 불안했다. 시인은 광활하고 아득한 대자연을 더욱 즐겼고, 마음속으로 드높은 하늘에서 새들이 마음껏 날아오르는 기백과 경계를 품고 있었다. 이렇게 한 사람에게 '역'이 일단 신상에 가해지면 극도로 인내할 수 없었다.

하지만 '입세'에 성공한 모든 사람은 우선 이 '역'자를 참을 수 있는 연후에야 입신출세를 얘기할 수 있고, '세상을 구제[濟世]'할 수 있음을 상상하기란 어렵지 않다. 설령 정직한 관리라도 '역'을 참을 수 없으면, 시작 단계에서 반드시 요절할 것이며 중도까지도 걸어가지 못할 것이다. 세상을 어지럽히는 사람은 토론할 필요도 없거니와 충성스럽고 정직한 정치 인물을 말할 뿐이니, 그들이 세상을 구제한 공로도 거대한 인내의 고통 뒤에 있었다. 거의 모든 관리사회 생활은 모두 '역'을 받아야 하는데, 모두 체제의 강력한 제약 아래에 놓여 있다.

이곳의 '역'은 관리사회의 사무를 위해 부리는 것이니, 선택할 수가 없

으며 물론 자유롭지도 않고 독립적이지도 않다. 한 사람이 육체에서 정신에 이르기까지 모두 포박되어서 생명의 쾌락과 창조를 상실하였고, 어떤 사람은 일종의 괴롭힘으로 보일 수 있어서 참아내기 힘들었다. 그런데 도연명은 스스로 '비상(飛翔)'하는 마음을 가졌고 '탈역(脫役)'하는 생각을 지니고 있어서 온갖 고통이 잇따랐다. 여하를 막론하고 자유를 위한 분투는 모두 대가를 치러야했다. 떠났지만 자신은 두 번 다시 '정글' 속으로 들어가지 않았고, 영원히 '가장자리'나 더욱 먼 곳에서 기다리면서 반드시 충분히 준비했을 뿐 아니라, 이러한 선택의 최후 결과를 책임져야 했으며 마음이 변할 수 없었다.

혁혁한 증조

도연명은 「아들 이름을 지어주며」란 시에서 세속을 벗어날 수 없어서 전통에 따라 조상의 혁혁한 무공을 술회하면서 동진 조정과의 친밀한 관계, 소위 자기 가족의 주목할 만한 점을 강조했다. 도씨 가족 가운데 가장 혁혁한 사람은 그에게서 가장 가까운 인물로, 바로 증조부 도간이었다. 도간이 남긴 문학작품 수량은 많지 않은데, 「상풍부(相風賦)」 잔편(殘篇)에서 군사 재능에 대한 자신의 확신을 엿볼 수가 있다.

象建木於都廣, 도광에 나무를 세운 듯하고
邈不群而獨榮. 아득히 무리 짓지 않고 홀로 빼어나다.
　　朴雖小而不巨, 순박하니 비록 작아서 크진 않으나
何物鮮而功大. 어느 것이 이보다 더 큰 공이 있나?

도간은 무치(武治) 방면의 공훈을 남긴 인물이다.

도간의 관직은 시중(侍中), 태위(太尉), 형강이주자사(荊江二州刺史), 도독팔주제군사(都督八州諸軍事)에 이르렀고, 장사군공(長沙郡公)에 봉해졌으니 국체(國體)를 보호하고 한때 모든 통치 집단의 생사존망의 운명을 장악한 대인물이라 말할 수 있다. 『진서(晋書)』에서는 도간은 "잉첩

수십 명, 가동 천여 명을 두었으며, 진기한 보화가 천자의 창고보다 부유했다.(媵妾數十, 家僮千餘, 珍奇寶貨富於天府.)"고 기록했다. 기본적으로 사실이라면 이토록 상상할 수 없는 거대한 재산 축적, 교만하고 사치스러운 정도는 사람을 놀라게 할 만하다. 도연명이 자랑하는 위대한 조상이 분명 생활의 다른 극단으로 걸어갔으니, 물질 축적의 한 '거무패(巨無霸: 중국 고대의 기사)'인 셈이다. 이러한 문장 이외에도 어떤 기록에서는 그가 공로가 있다고 하여 오만하지 않았으며, 몇 번 「손위표(遜位表)」를 올려 진(晋)나라 조정에 대한 충심이 밝았다고 기록했다. 이것도 가능한 일이다. 왜냐하면 그와 같은 사람은 일반 사람과는 달리 도타운 생활을 누렸고 조정에 세운 공만으로는 부족했기 때문이다. 가장 중요한 것은 '충정'이다. 이것이 있어야만 이익을 함께 나눠 가질 수 있고 봉록이 장구하다.

통치 집단에서 큰 공을 세운 사람이 부귀함을 오래도록 유지할 수 있고 그 은혜가 자손에게 미치게 하자면, 지극히 근신하고 조심하는 사람일 것이다. 도간은 이러한 이치를 잘 알고 있어서 한편으로는 대담하게 사치하여 가능한 한 부패하고 타락했을 것이고, 다른 한편으로는 살얼음을 밟듯 전전긍긍하였을 것이다. 조심하지 않으면 그 얼음 동굴로 떨어질 수 있기 때문인데, 그곳은 이익 집단의 핵심이 파놓은 함정이다.

도간의 출신은 한미하지만, 동진 통치 집단 '먹이사슬'의 가장 높은 곳인 '큰 동물'의 대열에 속해 있으니, 여전히 제 일등의 인물로 볼 수 있다. 통치 집단은 그를 군락 중의 한 사람으로 보았으나, 다른 점이 있었다. 왜냐하면 그의 신상에는 빈천의 흔적이 있었기 때문이다. 이 모피(皮毛)의 인기(印記)는 유전자에서 나왔다. 그래서 상당히 골치 아프고 수많은 대의 종(種)의 육화(育化)를 겪었지만, 또한 분별하기 어려웠다. 이것은 '큰 동물'의 가장 고통스런 일이다. 이러한 점에 대해 도간은 잘 알고 있었다. 그래서 그의 일생은 대체로 충분히 근신했다.

사람에 대한 시대의 형상화와 양성은 그 역량이 거대하다. 도간처럼 막강한 세력을 가진 인물이 국면을 통제할 수 있는 능력은 일반 사람과 다를 것이다. 그의 대외적 위력은 비할 데 없어 일언천금 같았으나, 대내적인 위력, 예를 들어 아내와 자녀, 후손에 대해서는 때로 다스릴 힘이 전혀 없었을지도 모른다. 후대에 대한 그의 교육은 분명 실패했다. 기록에 따르면 그는 17명의 자식을 두었다고 하는데, 그중에 공개석상에 오른 사람은 거의 없고 대부분은 인품이 몹시 나빴고, 어떤 사람은 결국 퇴락하고 비열한 사람이어서 형제가 서로 죽이는 지경에 이르렀다. 도간은 성공적으로 장엄정대(莊嚴正大)한 가족 전통을 남겨놓지 못했다. 원인은 복잡하고도 간단한데, 후인들은 단지 일부 이야기에 의거하여 추측할 뿐이다.

모든 도씨 가족 내부는 어떠한 "질서엄정"을 막론하고 결국은 위진이란 '정글'에 처해 있었는데, 이는 넘을 수 없는 환경이었다. 위진의 기초사회 상태는 격렬하게 쟁탈하는 것이었다. 다시 말하면 강자임을 믿고 약자를 깔보는 약육강식의 시대였다. 이러한 세상의 인간에 대한 배양력을 어떻게 평가하는지가 지나치지는 않지만, 그것의 원인은 생활의 모든 구석에까지 침투되었다. 이 시대가 진행한 사회 공시는 이렇다. 기혈자(嗜血者), 추종자가 되지 않고 동물처럼 생활하지 않으면 미래가 없었다.

도간은 수십 명의 잉첩(媵妾: 귀인에게 시집가는 여인이 데리고 가던 시첩)과 천여 명의 가동(家僮: 사내아이 종)을 두고 생활했으니 분명 극도로 부패한 생활이었다. 이러한 생활이 있었기에 인생에 관한 직접적인 훈시가 있건, 무슨 가족 전통의 위대함과 영예가 있건, 모든 것은 효과가 없었다. 음미하고 사치스러운 나날이 바로 황산(硫酸)이어서 전혀 인정사정없이 모든 것을 남김없이 타락시켰다. 이를 가지고 말하면 위풍당당한 도간 대장군도 필연적으로 저지할 힘을 가지고 있지 않았다.

그 시기 이러한 가정 형편 속에서 세속에 물들지 않고 자신의 지조를 지키고 지향과 포부를 가진 좋은 사람을 육성하기란 아마도 어렵고도 어려운 일이었을 것이다. 이러한 점을 가지고 말한다면, 도씨 가족은 정말 너무나 불행했다. 전통적인 가족 운세를 가지고 말한다면, 도간 세대는 너무나 지나쳤다. 그는 도씨 가문 몇 대 사람들의 물질 비용을 전부 써버려서, 후손들은 빈궁하여 영락하고 다시는 좋은 운명을 갖기가 어려웠을 것이다. 미신의 시각에서 문제를 보면, 도간 아들들의 불우함은 당연할 뿐만 아니라, 도연명이 항상 배불리 먹지 못하고 최후에 아사하는 것도 다소간 이 증조부가 책임을 져야 할 것이다. 왜냐하면 그가 너무 많이 먹었기 때문이다.

가장 대단한 것은 도연명이 도씨의 후손으로서 공교롭게도 소박한 방면에서 매우 두드러진 케이스라는 것이다.

두 본보기

도연명의 내면에서 선조는 잊을 수 없는 하나의 본보기이고, 어떤 때는 더욱 요원할 수 있다. 특히 증조부에 대해 도연명은 동경함을 갖는 동시에 대체로 난해함을 표현했다. 시인은 위대한 선조의 부정적인 면을 언급하지 않았을 뿐 아니라, 그렇다고 해서 자신이 조금도 살피지 못했거나 무지했음을 의미하지도 않는다. 이렇게 극도로 조상의 업적의 섬세한 심금을 중시하는 사람이 어떻게 도간의 일상생활 상태에 대해 전혀 모를 수 있단 말인가? 그는 가장 자랑할 가치가 있는 선조에 대해 복잡한 심정을 가졌을 것이다. 하지만 이러한 심정을 전부 숨겼다. 외조부 맹가일지라도 다소간 의혹을 품을 수가 있다. 한 '명사'로 관직 생활을 하면서 감옥에 갇히지도 않았고 전직되지도 않고 초연히 자신의 개성을 유지할 수 있었으니, 아름다운 몽환 같았다. 외조부의 관직은 높진 않았고 도간에 비하면 보잘것없지만, 시인에게 뛰어난 매력을 주었다.

도연명은 외조부의 전기를 쓰면서 깊은 정과 흠모하는 마음을 쏟아부었다. 도연명이 시문에서 자신의 지향에 따라 자랑하지 않았다면, 맹가란 사람은 위진 시기에 확실히 존재했는지 모를 일이다. 이는 도연명에게 물론 거대한 흡인력을 구성하였고, 심지어 가장 참조할 만한 인생좌표가 되었다.

도연명이 벼슬하여 관리가 되고자 하는 생각은 사실 41세 이후에 중단된 것이 아니라, 생명의 최후 순간까지도 어느 정도 존재하고 있었다. 하지만 난잡하게 뒤엉킨 관리사회에 대해 그는 갈수록 혐오했다. 그가 줄곧 걱정한 것은 입세의 이상에 불과한데, 유가의 전통 신념이 그를 격려하여 그로 하여금 전원에서 편안히 살아가지 못하게 만들었다는 점이다. 젊었을 때 그의 벼슬에 대한 견해는 약간 특별했다. 왜냐하면 그의 심중엔 서로 다른 본보기를 품고 있었기 때문이다. 이것은 그를 모순이 교차하여 선택하기 어려운 심정에 처하게 만들었다. 이러한 형편은 거의 그의 일생을 관통하고 있다.

증조부 도간과 외조부 맹가는 서로 다른 두 종의 인생 지향점을 제시했다. 도간이 가족의 최대 목표일지라도, 외조부 맹가는 도리어 가장 미련이 남는 인물이었다. 증조부에 대해 도연명은 그의 융성(盛隆)과 위의(威儀)를 신중하게 보호하고 표현했지만, 외조부처럼 깊은 정이나 말소리와 얼굴빛이 드러나는 묘사를 하지 않았다. 맹가 노인에 관한 그의 기술은 가장 생동감 있고 가장 생생한 인물 전기인데 쉽게 얻기 어려운 일이다. 다른 취미가 충만한 문자 배후엔, 다른 영예에 대한 의혹과 질의가 숨어 있다. 사람과 사람 사이의 쟁탈에서, 피가 흘러 강이 되는 혼탁한 늪에서 진취와 자기 보호를 얻은 것은 얼마나 두려운 모험인가? 사람이 일단 그 속에 들어가면, 생명을 최대한 마손하고 더욱 낭비하게 된다. 하지만 여기에서 결국 한 예외가 있었으니, 그가 바로 외조부 맹가다.

도연명 가족 중의 이 두 사람은 모두 성공한 사람이다. 그러나 각자 다른 길을 대표하고, 다른 방향에서 도연명에게 영향을 끼쳤다. 증조부 도간은 평민 출신의 성공자인데, '정글' 속에서 싸우고 죽이며 대결하고 최후엔 두각을 나타낼 수 있었다. 도연명은 그를 통해 후대를 교육시키고 격려하여 후인에게 명시했다. 도연명은 이 선조에 대해 경복하고 경앙(敬仰)하여 동경했고, 심지어는 본받으려고 하는 심정을 품고 있었다. 이는 물론 이해할 수 있다. 이러한 입세의 성공자를 학습하는 일은 그가 어려서부터 받은 주류 문화, 즉 유가 사상의 훈도를 받은 것과 박자가 맞는다. 유가는 사람으로 하여금 마음속으로 천하를 품게 하고 "도를 근심하지, 가난을 근심하지 않게(憂道不憂貧)" 했다. 여기에서 '도'는 개인의 품덕 수양, 사회를 다스리는 인생 이상을 가리키며, 또한 사회 상태에 대한 평가, 인간의 윤리도덕 표준을 가리키기도 한다. 우리가 상상할 수 있듯이, 도연명이 현실 생존의 수요에서 나온 것도 증조부의 이러한 입세 본보기의 감화에서 비로소 몇 번 관리사회로 출입했으니, 29세부터 41세까지 13년 동안 네 번 나왔다가 네 번 물러났다. 29세 때는 강주좨주(江州祭酒)를 지냈고, 34세에 두 번째로 관리가 되어 환현의 막부로 들어갔으나, 이듬해에 집으로 돌아왔다. 40세 때 세 번째로 다시 관직에 나가 유유 막부의 참군(參軍)이 되었으나, 이 기간은 매우 짧았다. 41세 때 유경선 막부의 참군이 되었다. 최후엔 팽택현령을 지냈다.

40세에서 41세까지 1년 동안에 도연명은 두 번 나갔다가 두 번 물러났다. 이를 보면 나이를 먹음에 따라 그가 관리사회에 발을 들여놓은 빈도가 더 많고 시간은 더 짧음을 알 수 있다. 이는 벼슬길이 순조롭지 않을수록 내심은 더욱 고통스러웠을 것임을 설명한다.

이는 그로 하여금 심중의 다른 본보기, 바로 외조부 맹가를 그리워하게 만들었다. 맹가는 벼슬길에서 평범한 것 같지만, 도리어 선망하는 의미를 가지고 있다. 도연명은 전기에서 그를 높이 평가했을 뿐만 아니라, 숭배하고 존경하는 의미가 탄복보다 컸다. 그의 행간 속에는 짙은 정감이 들어 있다.

맹가의 사람됨은 「진나라 정서대장군을 지낸 맹씨 외할아버지의 전기(晋故征西大將軍長史孟府君傳)」에서 생동감 있게 묘사했다. 이는 유머감이 풍부하고 통달한 고사(高士)이며 '명사' 풍모를 가진 인물이다. 그는 관직에 있었지만 일반 관리와는 달리 청아하고 원융(圓融)하며 해학적이고 아무 일에도 관심을 두지 않았으며, 또한 재주가 출중했다. 지금 보면 맹가는 관리사회의 특별한 케이스다.

도연명이 생동감 있게 묘사한 한 마디는 이렇다. "나의 가장 높은 이상은 외조부 맹가 방식의 사람을 뛰어넘지 못한다."

도간, 맹가와 도연명 세 사람은 세 종의 상태, 세 종의 층차를 가졌다고 말할 수 있다. 세 층차에서 중간에 자리한 맹가는 일종의 절충적인 길을 표현했다. 왜냐하면 우선 맹가는 도간처럼 격렬하게 세상에 뛰어들지 않았고, 남쪽을 정벌하고 북쪽을 토벌하는 전쟁에서 비범한 공훈을 세우지 못했기 때문이다. 그 다음으로 맹가는 관리사회를 철저하게 떠나지 못했으니, 평민 생활에 안주하여 세상에 이름이 알려지지 않은 자가 아니었다. 그는 양자 사이에 낀 인물이다.

전통적 지식인으로서 도연명은 벼슬에서 물러나온 뒤 일부는 참을 수 없었다. 즉 철저히 일인(逸人)이 되어 술을 마시며 전원을 지키는 일에 흡족해 하지 않았다. 유학의 가르침을 배신하고 도피자와 은둔자가 된 것은 그의 입장에서 보면 사실 부득이한 일이었다. 그는 진정으로 어떠한 사람이 되려고 했을까? 성정으로 보면 증조부처럼 위풍당당한 선비가 결코 아니었으나, 의식 걱정 없이 생활은 안정되었으며 비교적 떳떳하게 일생을 보낸 외조부 맹가였다. 이러한 사람이 사회적으로 널리 존경을 받았으니, 자신의 자손에게 면목이 설 것이다. 도연명은 자기 아들에게 보내는 편지에서 다소 양심의 가책을 가지고 자신이 잘못 살아서 후대가 받을 재산이 없어서 빈곤에 시달린다고 여겼다. 만년에 이르러 그는 마음속으로 풀리지 않는 매듭을 가졌으니, 축적한 재산이 없어 후대가 의식이 걱정 없는 생활을 보낼 수 없었기 때문이다. 지금의 말로 하면 자신이 죽은 뒤에 자식들이 최소한 '먹고 살 만한(小康)' 생활을 보낼 수 있어야 한다. 이러한 생활은 결코 지나치지 않았고, 또한 도연명의 이상이기도 하다. 때로 책을 읽고 밥을 먹고 술을 마시며 돈을 쓰지만, 결코 덕망도 없고 재주도 없으며 도덕을 상실한 하류 인물이 될 수는 없었다. 이것이 그의 최대 한계선이다. 맹가란 본보기는 마침 이러한 이상과 바람에 부합했다.

아인(雅人)의 재미있는 일

도연명이 외조부를 묘사한 문장의 귀함은 재미있는 일에 있다. 이러한 취미성과 생동성은 시인 자신의 정서를 반영한다. 다시 말하면 그가 진정으로 무엇을 좋아했는가라는 점이다. 이 글은 예술성이든지, 아니면 그중에 반영한 시인의 정치적 이상이든 모두가 매우 중요하다. 이 전기에서 잊기 어려운 수많은 세부 묘사는 마치 소설과 같다. 시인으로서 도연명의 시문가부(詩文歌賦) 예술에서 매력이 충만한 까닭은 세부묘사가 뛰어나 극소하지만 생동감이 매우 강한 국부를 포괄할 수 있기 때문이다. 이는 시인과 산문가가 하기엔 비교적 어려운 일이다. 왜냐하면 이것은 그들의 수완이고 소설가의 장기이기 때문이다.

소설가의 서술은 태반이 감동적인 디테일에 의거하는데, 도연명은 시문이란 형식으로도 잊기 어려운 디테일을 그 속에 포용할 수 있었다. 가장 두드러진 것은 맹가를 묘사한 전기인데, 얼마 안 되는 글자로 맹가를 통달하고 재미있으며 청고하고 표일하게 묘사했다.

외할아버지가 여릉군에서 무창으로 돌아오자, 유량이 불러서 접견하고 그곳의 민정이 좋은지 나쁜지 물었다. 외할아버지는 "저는 잘 모릅니다. 역사에 돌아가서 부하에게 물어보겠습니다." 하고 대답했다. 유량은 불진으로 입을 가리고 웃었다.(下郡還, 亮引見, 問風俗得失, 對曰: "嘉不知, 還傳, 當問從吏." 亮以麈尾掩口而笑.)

당해에 맹가는 환온(桓溫, 312~373) 대장군 밑에서 일하고 있었다. 한 번은 모자가 바람에 날려 떨어졌어도 전혀 깨닫지 못했다.

그때 막료들은 모두 군복을 입고 있었는데 바람이 불어 외할아버지의 모자를 땅에 떨어뜨리자, 환온이 좌우에 있는 사람과 손님들에게 눈짓을 하여 말하지 말도록 하고 외할아버지의 거동을 보고자 했다. 외할아버지는 처음에 스스로 깨닫지 못하고 한참 지나서 변소에 가니 환온이 모자를 집어서 돌려주도록 명령했다.(時佐吏幷着戎服, 有風吹君帽墮落, 溫目左右及賓客勿言, 以觀其擧止. 君初不自覺, 良久如廁, 溫命取以還之.)

__「진나라 정서대장군을 지낸 맹 씨 외할아버지의 전기」

한 편의 전기에 이처럼 구체적인 디테일이 있으니, 읽어보면 생동감이 있고 핍진하여 잊기가 어렵다.

이와 유사한 오묘한 곳이 도연명의 시문 곳곳에 보이는데, 소박하지만 생생하고 실감나게 묘사하여 마치 눈앞에 보는 듯하다.

맹가는 관리사회에서는 드물게도 자존을 지닌 명사였고 성격, 위엄을 가졌으며, 동시에 부유한 생활을 유지했으니 성공한 관리사회 인물이다.

환온이 일찍이 외할아버지에게 "술에 무슨 좋은 점이 있기에 그대는 이렇게 그것을 좋아하는가?" 하고 물으니, 외할아버지가 웃으면서 대답하기를, "상관

께서는 아직 술의 묘미를 알지 못하셔서 그런 것입니다." 하셨다. 환온이 또 "기녀의 노래를 듣는 경우, 현악기는 관악기만 못하고, 관악기는 사람의 육성만 못한 것은 어째서인가?" 하고 물으니, "점점 자연에 가깝기 때문입니다." 하셨다.(溫嘗問君: "酒有何好, 而卿嗜之?" 君笑而答曰: "明公但不得酒中趣爾." 又問: "聽妓, 絲不如竹, 竹不如肉?" 答曰: "漸近自然.")

__「진나라 정서대장군을 지낸 맹 씨 외할아버지의 전기」)

이는 유명한 대답이다.

도연명은 외조부와 같은 길을 걸으려고 시도하여 여러 차례 벼슬길에 들어가 대체로 이 선조처럼 독서하며 술을 마시고 시종 자신의 기호를 유지할 수 있는지 알아보려고 했다. 하지만 애석하게도 네 번 시도했으나 모두 성공하지 못했다.

기왕 절충안의 선택이 여의치 않아서 시인은 '하책(下策)'을 취하여 부득이한 길을 걸어갈 수밖에 없었다. 그것은 바로 대대로 농민처럼 괭이를 들고 집으로 돌아가 농사를 짓고 밭에 나가 개간하고 새벽부터 밤늦게까지 열심히 일하는 노동이다. 의식이 풍족한 생활을 보낼 수만 있다면, 훌륭한 결말인 셈이다. 하지만 어떻게 말하든 이는 사실 물러나 차선책을 구한 것인데, 시인에게 있어서 이는 당시에 결코 가장 높은 이상은 아니었다.

도연명은 「아들 이름을 지어주며」란 시에서 그의 증조부를 언급했을 뿐만 아니라, 많은 편폭으로 태수를 지낸 조부 도무(陶茂) 및 부친 도일(陶逸)을 얘기했다. 어떤 사람은 도일도 태수를 지낸 적이 있다고 말했으나 근거는 없다. 「아들 이름을 지어주며」라는 시의 서술방식에서 보면, 그의 아버지가 태수를 지낸 경력이 있었다면, 틀림없이 빠트리지 않았을 것이다. 도연명은 단지 부친의 자리매김을 '은사'의 위치에 놓았고, 결코 부친 때문에 불평하거나 낙담하지 않았다. 시에서 보면, 부친 세대의 가정형편은 그런대로 지낼 만하였고 최소한 자신보다는 훨씬 좋았다.

돌아온 환희, 특히 강렬한 흡인력을 구성하는 전원은 도연명이 당시에 결코 빈궁한 자경농이 아님을 설명하고, 집안의 경제 기반이 나쁘지 않다고 말할 수 있다. 처음부터 두려울 정도의 역경이었다면, 대체로 도연명이 돌아올 때의 희열감은 크게 떨어졌을 것이다. 정확히 말하면, 그는 당시 부유한 장원주(莊園主)인 셈이다. 이러한 환경에서 생활하면서 가장 배울 만한 사람이 바로 외조부였다. 그는 외조부처럼 풍족하고 한적한 생활을 상상하고 동경했다.

증조부 도간, 외조부 맹가와 전원에 돌아와 은거한 도연명은 세 종의 상태, 세 종의 층차를 가졌다고 말할 수 있다. 도간이 대표하는 것은 '중심'이고, 맹가가 대표하는 것은 '가장자리'이나, 도연명이 대표하는 것은 가장자리를 빠져나와 여기에서 출발하여 더욱 요원한 곳으로 걸어간 것이다.

도간과 맹가의 선택이 표현하는 곳은 모두 자주와 자각이나, 도연명이 선택한 상태 중에는 자주와 자각 이외에도 망망한 배회, 반복과 피동이 있어 어쩔 수 없이 자원(自願)과 서로 하나로 뒤섞였다.

인생의 등급

생존 당시 외조부 맹가의 명성과 지위는 모두 도연명보다 높았고, 당년엔 명사의 위엄이 있었다. 도연명은 그렇지 않아서 그는 강주(江州) 좨주(祭酒)를 맡으면서 지위는 미천하고 자본과 밑천도 없으며, 모든 것이 밑바닥부터 시작되었다. 그는 날마다 번잡한 사무를 처리해야 했으며 대체로 맹가처럼 존경을 얻을 수가 없었다. 이러한 상황을 바꾸려 해도 사족(士族) 배경이 없는 자제는 매우 힘들었다. 도연명처럼 출신이 한미한 사람은 설령 관직 생활이 순조로웠다고 하더라도, 입신출세하려면 반드시 기나긴 분투기를 겪어야 했다. 그는 가난을 구제하기 위해 처음으로 출사하여 "어버이가 늙고 집안이 가난하여 일어나 강주좨주가 되었다.(親老家貧, 起爲州祭酒.)"(『송서(宋書) · 은일전(隱逸傳)』). 옛사람들은 서른 정도의 나이가 되었을 때, 소위 이립(而立)의 나이엔 이미 온갖 세상일을 겪었다. 이 나이에 다시 밑바닥에서 시작하려면, 심기가 매우 높은 사람의 입장에서 말하면 아마도 실망을 면하기 어려울 것이다. 하물며 동진의 관리사회에서 그가 당시 만났던 동료들은 어떻든 알 방법이 없었고, 비교적 보편적인 형편은 평범함과 알력을 벗어나지 못했던 점이다.

도연명의 떠남은 틀림없이 부득이한 일이다. 관리사회의 온갖 제약이나 끌어당김은 그에겐 한 차례의 손상이었을 뿐만 아니라, 마치 끝이 보이지 않는 것 같았다. 도연명 뿐만이 아니라, 예부터 지금에 이르기까지 중국의 정직하고 유망한 모든 문인들은 관리사회에서 마음속에 괴로움을 지니고 있었다. 그래서 그중의 일부 걸출한 사람들은 자신을 억압하고 이른바 '과하지욕(胯下之辱: 가랑이 사이로 기는 치욕)'을 참고서 최후엔 그 '목표'에 도달하여 소위 '사람 위의 사람(人上人: 지위가 높은 사람)'을 이룰 수가 있었다.

중국 속담에 이런 말이 있다. "온갖 고생을 겪어봐야 사람 위의 사람이 될 수 있다.(吃得苦中苦, 方爲人上人.)" '고생하는' 목적은 더욱 많은 학문을 보유하고 더욱 많은 경험을 쌓으며 개인의 품격을 수양하여 인간 세상에 더욱 큰 공헌을 내기 위해서가 아니라, 단지 '사람 위의 사람'이 되기 위해서다. 이는 민간에서 상층에 이르는 모종의 '공통된 인식'이며, 당당하고 전혀 거리낌 없이 설파되었다. 온갖 고생을 견뎌내고 최후엔 다른 사람의 꼭대기를 밟고 위세를 부리며 호강할 수 있기 위해서다. 이러한 이상은 얼마나 무서운가? 이러한 인생 궤적이 보편적이고 잔혹하여 사회로 발산되어 극히 공포스러운 인문 환경과 사회 환경을 형성하면, 개인적인 입장에서 말하면 일종의 저질 인생이다. 한 사람이 꾹 참고서 최후엔 그 목표를 실현하기 위해 사람마다 이렇게 한다면, 모든 인류 사회는 파괴와 암흑만 남을 것이다.

중국의 "온갖 고생을 겪는" 분투 방식은 각종 각양의 굴욕과 고난을 참는 것을 포함하고 있는데, 최초엔 어려움을 견디며 공부하고 즉 "머리카락을 대들보에 매달고, 송곳으로 허벅지를 찔러서(頭懸梁, 錐刺骨)" 공부하고, 이어서 벼슬길에서 인내하며 재능을 감추고 있다가 때를 기다린다. 때를 기다리는 배후의 언외 말뜻은 이러하다. 실력을 갖춘 날, 조건을 구비한 날에 이르러 하고 싶은 대로 할 수 있고 제약을 받지 않으며, 도중에 겪은 모든 고통은 다시 다른 사람에게 돌아가고 사회로 돌아간다. 한 사람이 결국 다른 사람의 고통으로부터, 타인의 고통으로 자신을 보상한다니, 얼마나 두려운 일인가? 이것이 바로 인류 사회의 최대 비극이고 인성의 심연이며, 인간됨의 크나큰 치욕이다.

난잡하게 뒤엉킨 관리사회의 인물은 예로부터 지금까지 상당 부분 이상을 가지지 않았다. 저열하고 비천한 인물에 대한 평가에서 중국 민간에서 늘 말하는 한 마디로 하면 이렇다. "게걸스럽고도 게으르다.(又饞又懶.)" 이러한 통속적인 견해는 사실 두 번 다시 정확히 들어맞는다. 고생할 용기가 없고 고난을 겪을 수 없는 육체노동과 정신노동을 하여 가장 비천한 방식을 선택하게 된다. 양심을 팔아서 수단과 방법을 가리지 않고 한 위치로 기어 올라가서 인생을 투기한다. 이것은 바로 도연명 시대의 시인 사영운이 시에서 한탄한 것과 같다.

進德智所拙, 나아가 덕을 펼치려 해도 지혜 부족하고
退耕力不任. 물러나 밭을 일구려 해도 힘에 부친다.
__「연못가 누각에 올라(登池上樓)」

이 뜻은 덕업(德業)과 지혜를 증진시키려고 해도 충분히 쓸 수 없고, 흙을 파서 자신의 사람을 양육하는 것도 감당할 수 없다는 것이다. 사영운이 여기에서 쓴 것은 그 자신의 경력이자 느낌인데, 표현한 것은 소실의 정서다. 물론 조소와 자조(自嘲)에 속한다. 사영운이 자아 조소를 던지고 이 시로 어느 관리사회 인물을 묘사한 것은 도리어 꼭 적합하다. 이러한 사람은 보기에 체통을 선택할 수 있지만, 사실상 가장 비천하고 하책 중에서도 하책이다. 약자를 속여 압박하고 불로소득하여 개인의 이득을 얻으며 기생충 같은 생활을 한다.

이러한 인생은 도덕으로 말하면 등급이 가장 낮다.

도연명은 위에서 말한 도리를 잘 알고 있었다. 그는 단기간 좨주(祭酒)를 지내고 전원으로 돌아왔다. 전원에서 그는 아름다운 유년시절의 기억을 가졌다. 출생할 때 그의 부친은 전원 몇 곳을 가졌고, 그의 어릴 적 시대는 토지와 함께하고 새, 짐승, 벌레, 물고기와 접촉한 경험을 가지고 있었다. 한 사람의 소년 유희와 노동, 건강한 기운은 영원히 잊을 수가 없는 것이다. 바로 전원의 신선한 아침이슬처럼 이립(而立)에 이르러 관리 사회에서 몇 번 괴롭힘을 당한 사람을 소환하여 돌아가게 했다.

이러한 길은 도연명에겐 무척 자연스럽다. 그래서 그는 그것을 밟고 줄곧 전진했으며, 마지막 순간까지 일탈하지 않았다. 우리는 그가 처음으로 벼슬하여 마지막으로 전원에 돌아가기까지 도연명에 대한 전원생활의 흡인력이 갈수록 강렬하였음을 믿을 수 있다.

유가에서는 "곤궁하면 홀로 자신의 몸을 선하게 하고, 영달하면 천하를 아울러 구제한다(窮則獨善其身, 達則兼濟天下.)"고 한다. 이는 서생인 도연명에게 깊은 영향을 끼쳤으며, 그래서 그에게 있어서 기회가 있으면 "겸제천하(兼濟天下)"하려고 했으니 생계만을 위한 일이 아니었다. 생계를 이어가는 일은 그에게 물론 중요하다. 그는 일찍이 자신이 생계를 위해 벼슬한다고 말한 적이 있다.

疇昔苦長饑, 지난날 오랜 굶주림에 고생하다가

投耒去學仕. 쟁기 내던지고 나가 벼슬 구했다.

__「음주 20수」 제19수

사람은 살면서 최소한 굶주림에 시달리지 말아야 한다. 뒤로 갈수록 그는 마치 생계를 위해 분주하게 일한 듯하다. 생계를 위해 벼슬하고 생계를 위해 전원을 꾸렸으며, 또한 임무가 매우 많고 무거웠다.

사료의 기록에 의하면, 환현은 잔학무도하고 품격이 저열한 정객이자 무사이나 선조 환온은 혁혁한 전공을 세운 대장이다. 환현은 선조처럼 진나라에 충성하지 않았고 별의별 궁리를 다하여 권력을 쟁탈하였고, 불의하고 잔학한 권력 찬탈의 길을 걸어갔다. 도연명이 환현의 막부로 들어갔을 때, 환현은 동진의 천하를 유지하는 데 일부 양성(良性)의 작용을 일으켰으며, 일찍이 시인에게 희망과 광명을 남겨주기도 했다. 이때 도연명이 당시 사회정치의 참여자가 된 것은 이해할 수 있다. 이 시기의 환현과 이후의 환현은 함께 취급하여 논할 수 없다. 이후에 도연명은 잔인무도한 사람을 직면하게 되었는데, 이에 두 번 다시 해나갈 방도가 없었다.

이럴 뿐만 아니라 처음으로 떠난 연유는 대체로 일치한다. 자신이 여기에서 소홀히 할 방도가 없고, 그 '역'의 생활이 그를 무척 고통스럽게 하고 두 번 다시 참을 수 없었기 때문이다.

유유와 도연명의 관계도 잘 분석해야 한다. 도연명이 처음 유유 휘하에 투신하려고 할 때, 유유는 마침 생기발랄하게 동진을 위해 잃어버린 땅을 수복했다. 이는 이후에 도연명이 「술을 말하며」를 쓰기 전후의 유유가 아니었다. 도연명은 수많은 지식인과 마찬가지로 마음속으로 항상 '진충(盡忠)'의 잠재의식을 지니고 있었다. 그는 동진 건립 초창기의 역사를 그다지 추구하지 않았고, 당시 사마씨 부자의 잔학무도를 연계시킬 수 없었으며, 다만 지금의 동진 정권에만 충성해야 한다고 여겼을 뿐이다.

그 당시 북방 소수민족이 중원을 침범하여 북방에 더욱 야만적이고 잔혹한 왕조를 세우면서 오호(五胡)가 중원을 어지럽혀 중원은 도탄에 빠졌다. 도연명이 보기에 북방의 이민족 정권은 모두 '다른 겨레'였고, 동진만이 한민족의 정통이었다. 그래서 당시 권력 찬탈을 시도하는 자, 예를 들어 환현 같은 인물은 일반적으로 정직한 사인의 눈에는 남이 위급한 때를 틈타서 한몫 보려는 자로 보였고, 배반이었으며 어둡고 험악한 세력이었다.

바로 이 때문에 당시의 유유가 환현을 소멸시켜야만, 비로소 진나라를 부흥시켜 정도로 나아갈 가능성이 있었다. 이러한 의미에서 말하면, 도연명은 여전히 광명과 정의를 동경하였고 건강한 시대 역량을 동경했다. 그가 나중에 유유 집단을 나온 것도 물론 똑같은 이치다. 유유가 갈수록 권력을 찬탈하려는 야욕을 부리고 무도한 본질을 드러내어 환현과 별다른 차이를 느끼지 못했기 때문이다. 도연명의 인격 이상에 비추어 말하면, 이러한 정세에서 떠남만 있을 뿐, 계속 협력하기란 불가능했다.

도연명은 유유를 떠난 뒤 곧 유경선의 막부에 들어갔는데, 시간상으로 이어지니 두 번째로 관리사회에 진입했다고 여길 필요는 없으며 이어진 시간도 길지 않았다.

네 번째 관직은 '팽택현령'인데, 거의 세 번째 벼슬과 연결되어 있으니 또한 41세 되던 해였다. 이때의 시간은 더욱 짧아서 3개월도 되지 않아 떠나버렸다. 다른 점이라면 이번에 시인은 큰 결심을 했으니, 아마도 여러 번의 좌절이 그를 철저하게 교육시켰을 것이다. 41세 된 불혹의 나이로 도연명은 여기에서 최종적으로 선택하여 이로부터 토지를 떠나지 않았다.

도연명의 「돌아가자」는 바꿀 수 없는 결의를 표현했다. 이로부터 벼슬에 나아가지 않았다.

그는 당시에 이 토지로 생활을 영위하고 유지하여 자기 힘으로 생활하고 체통을 잃지 않는 생활을 할 수 있을 것으로 생각했으나, 뜻밖에도 나중에 그렇게 많은 변고와 재난이 닥칠 줄 몰랐다. 원래 농사는 결코 등한히 할 수 없으며, 농토에서 애타게 근심하는 사람을 미처 손쓸 새가 없게 만들어 큰불처럼 전원을 퇴락으로 나아가게 했다.

> 敝廬交悲風, 허름한 집에 쓸쓸히 바람 교차하고
>
> 荒艸沒前庭. 거친 풀이 앞뜰을 덮어버렸다.
>
> 被褐守長夜, 베옷 걸치고 긴 밤을 지새는데
>
> 晨雞不肯鳴. 새벽닭은 울려고 하지 않는다.
>
> __「음주 20수」 제16수

시인은 결국 이러한 곤경에 처하여 만년에는 심지어 부득이 구걸할 수밖에 없었으며, 덮을 이불도 없었고 입을 옷도 없었으며, 한 끼 먹으면 다음 끼니가 없었다. 여전히 술을 좋아했으나 도리어 마실 술도 없었다. 이러한 결말은 대체로 도연명이 예상한 것이었다.

다른 인생의 등급에 대해 도연명은 물론 분명히 알고 있었다. 여하를 막론하고 그는 자신이 가장 비천한 등급으로 떨어지는 것을 응낙할 수 없었다. 그는 일부 사람과는 달라서 그 사람들은 온갖 고생을 하며 '가장자리'를 빠져나와 '중심'으로 진입하려고 했으며, 아울러 온갖 방법을 강구하여 오랫동안 그곳에서 기다리고자 했다. 그가 보기에 이것은 무척 두려운 인생이었다.

지평선

도연명이 돌아오기 전에 내심의 고통과 망설임은 분명했다. 이는 모두 시에 충분히 반영되었다.

江山豈不險, 강산이 어찌 험하지 않으랴만

歸子念前塗. 돌아오는 나그네는 앞길 염려한다.

_「경자년 오월에 도성에서 돌아오는데 규림에서 바람에 막혀 있으면서 두 수(庚子歲五月中從都還阻風於規林二首)」 제1수

園田日夢想, 전원을 날마다 꿈속에 그리니

安得久離析? 어찌 오랫동안 떠날 수 있나?

_「을사년 삼월에 건위참군이 되어 도성으로 가는 길에 전계를 지나며」

시인은 이처럼 스스로 읊조리고 자신에게 당부하곤 40여 세 때 끝내 새장을 뚫고 그냥 떠나버렸다.

하지만 그의 깊은 곳에 숨은 염원은 여전히 이 '정글'을 벗어날 수 없다는 것이었다. 이에 오랫동안 가장자리에서 머뭇거리게 되었다. 당시의 정치권력을 중심으로 하나의 동심원을 그린다면, 시인은 전원으로 돌아

오기 전에 조금 먼 호선(弧線)에 처해 있을 것이다. 도연명은 여기에서 그의 피난지를 이동시키려고 노력하였고, 오뇌가 엄습할 때마다 기억 속의 초목이 무럭무럭 자라는 원야가 찬란한 빛을 방출하여 그를 최종적으로 활기찬 토지로 걸어가게 했다.

루쉰 선생은 도연명 최초의 전원생활은 그래도 떳떳했다고 말하면서 일반적인 농민생활, 특히 후기의 곤궁함을 막 돌아올 때의 세월과 동등시하지 않았다. 시인의 마음은 줄곧 아름다운 동경을 보존했으니, 외조부처럼 조용하고 존엄을 가지고 살아가고 싶었다. 하지만 상상은 다른 일이며, 사실상 생존도 다른 일이었다. 생활의 곤란은 시인이 예상했던 것보다 몇 배나 엄중했고, 상경(上京)의 화재 사건 이외에도 이후의 전란, 흉년이 있었고, 더욱이 장기간 시골에서 형성된 단절과 적적함이 있었다. 단순한 농경생활은 쾌락을 가져다 준 동시에, 그에게 글 짓는 일을 소홀히 한 적막감을 가져다주었다. 후자는 또한 특수한 기아감을 불러일으켰다.

이 모든 것에 도연명은 적응해야 했고 스스로 음미해야 했다. 이것은 힘든 과정이었다. 시인은 전원의 즐거움을 갈망했으나, 전원에서는 도리어 모두가 '즐거운' 것은 아니었다. 설령 가장 순조로운 초기라도 황폐한 전원을 처음부터 정리하거나 일부 까다로운 일을 처리해야 했다. 한 송이 국화가 시 속에 들어갈 수는 있으나, 국화 향기가 하루 종일 뒤덮기엔 부족했으며, 시인의 내심 요구를 완전히 만족시킬 수 없음을 상상하기란 어렵지 않다.

도연명은 시 속에서 요원한 시조의 영광을 가족 계보에 억지스럽게 넣었다. 이는 고인이 후인을 격려하는 일종의 관례에 따라 하는 방법이다. "아득한 우리 조상은 요임금으로부터 비롯되었다.(悠悠我祖, 爰自陶唐.)"

—「아들 이름을 지어주며」)는 말은 굴원 「이소(離騷)」 첫머리의 "고양 임금의 후손으로, 내 선친은 백용이라 한다.(帝高陽之苗裔兮, 朕皇考曰伯庸.)"고 한 묘사법과 동일하다. 대대로 재주가 탁월한 일부 인물들은 자신의 먼 조상을 거슬러 올라갈 때, 반드시 가장 빛나는 부분을 기록했다.

이백과 두보도 유사한 묘사를 한 적이 있다. 이백은 '한변장(漢邊將)' 이광(李廣, ?~119 기원전)을 선조로 여겼고, 두보는 선조를 주(周)나라 왕실에까지 거슬러 올라가 기록했다. 이는 모두 융통할 수 있다. 이처럼 습관적인 방법은 한 가지 정보를 드러낸다. 대장부는 반드시 공을 세우고 사업을 일으켜 선조를 절대로 더럽힐 수 없다. 남아가 할 일은 다섯 자의 정원에 있지 않고, 더욱 광범한 세계로 나아가야 한다. 시인도 마찬가지로 이러한 포부를 가졌는데, 이는 말하지 않아도 알 수 있다.

이러한 포부는 '정글' 사유와 연관이 있다. 다시 말하면 '정글' 승부로 인생 좌표로 삼는다고 하지만, 일괄적으로 논할 수는 없다. 왜냐하면 "영달하면 천하를 아울러 구제한다(達則兼濟天下)"는 중국 고인의 말은 결코 경쟁과 승부로 표현할 수는 없기 때문이다. 이중에는 어쨌든 개인의 득실을 돌보지 않는 사람도 있어서, 그들은 자신을 희생하여 사직과 백성을 구제하였다. — 가령 이 사직을 그가 구할 가치가 없다면, 이 백성은 근본적으로 구원받을 수가 없다. 비록 실패가 영광과 같다고 보더라도 그들은 할 수 없는 것을 알고도 그것을 실행한다. 바로 루쉰이 말한 것과 같다. 중국은 예로부터 목숨을 걸고 억지로 강행하고 머리를 싸매고 고생스럽게 일하며, 백성을 위해 청원하고 진리를 위해 몸을 돌보지 않는 사람이 있는데, 그는 이러한 사람을 '중국의 중추'라고 불렀다.

도연명의 내심은 사실 매우 오만하다. 자신의 말로 표현하면 바로 '강렬(剛烈)'이다. 모든 시부(詩賦)에서 드러난 기운으로부터 알 수 있듯이, 그의 내심 깊은 곳에 충분한 긍지, 용기를 비축했지만, 실행 방면에서는 삼가고 근신하며 평화로운 사람이었다. 이러한 사람은 항상 자신의 내심을 덮어 감추지만 어쨌든 한도가 있다. 이러한 참다운 성정은 언제나 사실대로 나타난다.

그는 자신이 형가(荊軻, ?~227 기원전)와 같은 단호한 힘을 가져 "지도를 펼치자 비수가 나타나는(圖窮匕首見)" 고대의 의인 같이 하고 싶었으나, 현실 생활에서 도리어 괭이 한 자루를 든 가난한 선비였다. 시 만 권의 배후엔 시인의 다른 두 눈을 감추고 있었다.

한적하고 태연한 도연명의 자연 인생에는 사실 강렬한 비극성이 들어 있다. 그는 빈궁한 지사라서 우리가 평상시에 말하는 겸제천하(兼濟天下) 하지 못하는 '궁(窮)'한 상태에 처해 있었다. 뿐만 아니라 우리는 부득이 다소 동의해야만 한다. 세속의 공적 방면에서 그는 거의 아무 일도 이루지 못한 사람인 셈이다. 그는 문장으로 자신에게 질문한 적이 있지만, 대량의 시편으로 개인의 선택을 긍정했다. 이러한 긍정은 자신에 대한 감정이자 총결일 뿐만 아니라, 이로써 자신을 설득하고 위로했다.

도연명은 자신의 소년 시절의 포부를 한두 번 얘기했다. 이는 후기에 시에 쓴 '큰 포부(猛志)'와 일치한다. 한 지식인으로서 일생을 이처럼 규합했으니, 조조의 유명한 시구와 같다.

老驥伏櫪, 늙은 천리마가 마구간에 누워 있으나

志在千里. 그 뜻은 천리에 있다.

비록 자경농이긴 하지만 도연명도 조조와 같은 기백을 가졌다.

淩厲越萬里, 빠르고 매섭게 만 리 길 넘어
逶迤過千城. 굽이굽이 천 개의 성 지났다.
__「형가를 읊으며」

刑天舞干戚, 형천은 방패와 도끼 들고 춤추고
猛志固常在. 맹렬한 뜻은 진실로 항상 남아 있다.
__「산해경을 읽고 13수」 제10수

호탕한 기백이 적다고 말할 수 없다.

그의 혈맥 속에 대장군의 혈액이 흐르고 있으며, 동시에 외조부의 초탈하고 한적한 명사 본보기가 들어 있다. 이처럼 두 종의 혈기가 그의 주변에 교차하며 세차게 흐르고, 이에 도연명의 근심이 쌓이고 끝내 달가워하지 않는 성격을 형성했다. 우리는 도연명이 최후에 여전히 심도 깊은 불평의 기운을 가져서, 이러한 상태에서 속세를 떠났다고 믿는다. 수많은 사람들은 도연명이 최후에 평안하고 고요한 생활에 안주하여 평정한 심경으로 자신의 일생을 마감했다고 말하는데, 결코 아닌 듯하다. 그는 최종적으로 자신의 운명과 전면적으로 타협하지 않았으며, 내심에는 치열한 기대가 끓어오르고 있었고, 눈빛은 여전히 요원한 '정글'의 깊은 곳을 향했다.

도연명의 개인생활은 고독해질수록 군체를 떠났고 냉담해져서 이전의 기대와는 대비가 매우 컸다. 이것도 생명 속의 긴장감을 형성했다. 우리는 읽은 내용 가운데 불만과 애석함을 느낄 수 있었으며, 동시에 포부가 고원한 사람이 가슴속에 언제나 일어나는 파란을 상상할 수 있다. 많은 경우 그가 할 수 있는 것이라곤 음주뿐이었고, 별을 지고 달을 이는(披星戴月) 노동이었다. 그는 스스로 술을 빚고 스스로 통음했으며, 아울러 이 과정에서 각종 생각을 기록했다.

이러한 농촌거주 생활이 순조로울 때, 시인에게 가져다준 환락은 진실하다. 하지만 이럴지라도 환락의 배후엔 멀리 바라보는 두 눈이 있었다. 그의 눈빛은 결코 남산에 머무르지 않았을 뿐더러, 남산을 뛰어넘어 더욱 먼 곳을 바라보았다. 그의 인생 지평선은 매우 요원하다. 일반 사람과 다른 것은 그가 넓은 시야를 가지고 있다는 점이다. 일반인은 자신의 시야를 사방 십리 혹은 몇 십리의 범위 안에 속박하고 제한하지만, 시인은 현실의 지리 장애를 초월했다. 이 점으로 말하자면, 도연명은 사실 평범함 속에 탁월함을 드러냈다.

시인의 '지평선'은 지리적 의미가 아니라면 반드시 정신적일 것이다. 그것은 몽롱의 영원함과 불후함일 것이다. 현존하는 시공의 모든 것이 소멸된 뒤에 무엇인가 남아 있을 수 있다. 이는 그가 자신의 시문 속에서 표현하고 현시한 적이 있다. 바로 이러한 '지평선'의 의의를 가지고 있기 때문에, 시인 '중심'과 '가장자리'의 규합도 상대적으로 약화되었다. 원방은 그것들을 초월하는 더욱 광활한 존재이고, 또한 바로 그곳이 시인의 심령을 흡인하고 위로해준다.

우리는 여러 번 시인의 「산해경을 읽고 13수」에 관심을 가졌다. 이 연작시는 일반적으로 상징수법으로 상고 신화를 덮어씌워 당시 정치 상황에 대한 시인의 견해, 정서 및 개인 포부를 표현했다고 여긴다. 이는 맞는 말이다. 하지만 우리는 이 연작시를 통해 시인 신상의 다른 특질, 예를 들어 유가 정통과 매우 다른 요소를 볼 수 있다. "공자는 괴상하고 폭력적이고 어지럽고 귀신에 관한 일을 논하지 않는다.(子不語怪力亂神.)"고 하였으나, 시인은 여기에서 도리어 보는 것마다 신기해할 뿐만 아니라 흥취가 넘친다. 아마도 이는 그가 장기간 '가장자리'에 처한 신분 및 처지와 연관이 있을 것이다. '중심'의 분위기가 아니라면, 그는 이러한 해독 능력을 가졌을 것이고, 이렇게 마음이 쏠릴 수 있을 것이다. 시인은 '중심'에 처한 정통 인물보다 정신 생활에서 더욱 풍족함을 알 수 있다.

도연명은 거의 하늘을 우러러 보지 않고 절대 다수의 시간을 토지와 보냈지만, 그에겐 필경 요원한 지평선이 있었다.

우리는 도연명의 비극성을 말한 적이 있는데, 그의 희극성도 보아야 한다. 그의 불행한 현세 인생으로 말하자면 시간의 긴 흐름 속에서, 후인의 시야에서 그는 결국 쾌락의 상징이 되었다.

온몸이 조용하고 엄숙하지 않다

루쉰 선생은 도연명을 두고 "인생에 대해 소란스러움을 싫어하면서도 또 그것에서 떨어지기는 두렵고, 생을 도모하는 데 나태하면서도 죽기는 싫고, 현실이 너무 무미건조하지만, 고독은 너무 공허하고, 피로하여 휴식을 바라지만 휴식은 너무 처량하다. 그래서 또 위무를 필요로 한다.(對于人生, 旣憚擾攘, 又怕離去, 懶于求生, 又不樂死, 實有太飯, 寂絶又太空, 疲倦得要休息, 而休息又太凄凉, 所以又必須有一種撫慰.)" "온몸이 조용하고 엄숙하지 않았다.(幷非渾身是靜穆.)"—「'제목을 짓지 못하고' 초고」 이렇게 도연명을 논술한 점은 확실히 실제에 부합한 말인데 인성, 사람의 본질에 바짝 다가갈 수 있기 때문이다. 그는 결코 어느 한쪽 끝을 경솔하게 믿지 않았고, 생생한 사람을 단순화하길 바라지 않았다. 사람은 이처럼 지나치게 변화할 때 청정하기를 바라고, 청정이 너무 오래 지속되면 또 변화하고 싶어 한다. 사람은 고독 속에서 더욱 많은 이익을 얻든 간에 필경 무리지어 살아야 하고, 장기간 개인이 고독 속에서 존재하는 것을 그다지 즐겨하지 않는다. 총괄하면 정상적인 생활 상태는 적절하고 형편이 다른 교체 변환인데, 이것이야말로 비교적 이상적이다.

도연명의 심신이 단일한 개인 공간으로 돌아왔을 때, 시간이 오래되면 참기가 힘들어진다. 이때 정신적 교류가 필요하다. 그래서 그가 혼자 있는 날이 오래 지속되었는데, 시문 속에서도 창화(唱和: 한쪽에서 노래를 부르고 다른 쪽에서 그에 이어서 노래를 부름)하고 응송(應頌)하고 돌아다니며 노는 기록이 출현했다. 이는 모두 정상적이다. 다른 생활 상태는 시인의 수많은 회상을 이끌어낼 수 있다. 그것은 모두 오래 전의 일이다. 아마도 이러한 회상이 그를 더욱 '조용하고 엄숙'하지 못하게 만들었을 것이다.

태연한 도연명 시에서 가장 눈에 띄는 것은 불평이다. 이는 우리가 통상적으로 형성한 개념과 결코 통일되어 있지 않다. 관리사회를 떠나 전원으로 돌아온 즐거움을 표현한 시는 「돌아가자」에서 이미 절정에 달했다. 단위 시간 내의 이러한 정서는 이해할 수 있다. 왜냐하면 인생 정경을 바꾸면 해탈한 뒤 얻는 거대한 쾌감이 자연스럽기 때문이다. 하지만 시간이 오랫동안 지속되면, 모두 다 이렇지 않을 수 있다. 마음속으로는 하나의 정경에 몰두할 수는 없지만, 각종 각양의 정서는 기복이 교차할 수 있다. 이것이 본래 인생의 정상 상태다. 광명한 심경에 또 음울함이 엄습하여 불안과 곤혹이 언제나 동반한다. 공을 세우고 사업을 일으킬 수 없는 유감, 돌아온 뒤의 즐거움, 질병에 휩싸인 탄식, 각종 복잡한 생각이 왔다 갔다 하니 모두 상상할 수 있다. 왜냐하면 그는 생생한 사람이고 몸은 사조가 용솟음치는 위진 시대에 처해 있어, 침착하고 평안하고 고요하게 지내기가 절대로 어렵고 정상 상태일 수 없기 때문이다.

우리가 허구적인 이상에 비추어 도연명을 단일 방면으로 개괄하고 구축한다면, 그것은 상당히 재미없다. 이러한 작업은 사실 수백 년에 이르는 장기간의 도연명 연구에서도 이미 거의 완성되었다. 하지만 진정한 도연명은 우리와 더욱 가까워지는 것이 아니라 더 멀어졌다. 그의 시문은 색조가 단일한 염담(恬淡)이 아닐 뿐 아니라, 상당히 얼룩덜룩 뒤섞인 속성을 드러냈다.

시인 자신의 서술과 관련된 기록에서 우리는 당초 돌아가기로 선택한 길이 어려웠음을 느낄 수 있다. 하지만 최종적으로 이 길의 끝에 도달하기란 더욱 어려웠다. 우리는 도연명이 철저한 사람이라고 말할 수는 없으며, 그의 사상이 남보다 뛰어난 명석함과 고도를 가지고 있어서, 일종의 철학적 사고를 완성했다고 말할 수는 있다. 사실상 시인의 인생 실천이든 예술 성취이든, 모두 탐구하고 분석해야 할 수많은 공간을 남겨두었다. 한 방면에서 그는 질박하고 자연스러우며 농사와 독서를 좋아하고 나태함과 진정을 가진 시인이며, 다른 방면에서 그는 또한 전통문화 영향을 깊이 받은 유생이기도 하다. 왜냐하면 자신은 행위가 부족하여 평생 고통을 느낀 사람이기 때문이다. 시인은 결코 확고한 자연주의자가 아니었다. 특히 완전히 스스로 즐기는 은거자가 아니었다. 그는 항상 자신의 길을 긍정하기 위해 번번이 고대의 본보기, 예를 들어 명사, 지사, 은사 등을 인용하여 이것으로 자신을 위안했다. 이는 동시에 복잡하여 제거하기 어려운 불안과 방황을 표현했다. 그는 언제나 배회했다.

그는 끝내 자신의 토지를 벗어나지 못했고, 전원이란 울타리를 뚫지 못했다. 고독과 애상도 전체의 생활을 덮어버리지 못했고, 인생의 지침은 아직 문란하지 않았다.

이를 보면 도연명의 '조용하고 엄숙함'은 일시적이고 표면적이며 내심에 함축한 격렬한 웅지와 한적한 추구가 있었다. 양자는 대부분의 경우에 힘이 서로 필적했다. 사실상 도연명 전체의 시는 정신 이력을 구성하였는데, 그것은 세밀하게 새겨서 처음부터 다시 읽어볼 필요가 있다. 생활 속에서 어떠한 사람도 현장에서 즉각적인 충동이 있기 마련이라서, 우리는 일부분의 기록에 지나치게 구애받을 수 없고, 시인의 총체적 정서와 사고 맥락에 대한 고찰을 포기할 수 없다. 이러한 구체성과 번잡함 중에서 우리는 진실을 한번 엿보고 때때로 돌이켜보고 불평하며 슬퍼하는 어려운 여행자를 볼 수 있을지도 모른다. 그는 마음속으로 시시각각 불안했다. 자손에게 미안했고 선조의 영광에 부끄러워했으며, 자신의 소년 시기 웅대한 뜻을 저버렸다.

이로부터 알 수 있듯이, 도연명은 다중적이지 일방적이지 않고, 복잡하지 단일적이지 않다. 가장 용이하게 개념화, 표식화되는 인물이 일단 전체의 정신 저장고를 열게 되면, 우리는 그 속에서 무한한 퇴적을 볼 수가 있다.

우리는 예외 없이 중국 역대 지식인이 유가 정통사상의 영향을 받은 사실이 너무나 깊음을 알 수 있다. 위진 시기의 일부 지식인일지라도 그들은 분분히 자신의 생활을 창조하고 발명했으며, 세상 사람들이 일컫는 '위진 풍도'를 표현하여 극히 특이한 문화 판도를 나타냈다. 그중의 수많은 사람들은 여전히 입세와 제세(濟世)를 강렬하게 갈망했다. 이는 중국 지식인의 가장 현저한 심리 특징인데, 의지와 포부를 초월할 수 있는 사람은 거의 없었다.

바로 도연명의 일생은 '달(達)' 한 글자로 얘기할 수 없기 때문에, 그가 가장 잘 할 수 있는 것은 '독선(獨善)'뿐이었다. 그의 '독선' 방식은 농경이었다.

代耕本非望, 벼슬살이는 본디 바라던 것이 아니고

所業在田桑. 일삼는 것은 농사와 누에치기에 있다.

__「잡시 20수」 제8수

도연명은 때때로 이러한 생활이 좋다고 여겼고, 전원의 즐거움이 그를 도취시켰다.

此事眞復樂, 이 일이 참으로 즐거우니

聊用忘華簪. 잠시 벼슬살이 잊어버렸소.

__「곽 주부의 시에 화답하여 두 수」 제1수

때로는 비탄하는 소리를 내기도 했다.

總角聞道, 어려서부터 도를 들었으나

白首無成. 흰머리 되도록 이룬 것 없다.

__「무궁화」

시인의 만년에 이르러서도 시 속에서는 여전히 '맹사(猛士)'와 '형가'와 같은 형상이 출현했다.

강렬한 유혹

시에서 보면 도연명은 늘 디테일한 생활 하나하나에 전념했고 체득이 매우 미세하다. 그의 생활 음미가 술 한 잔과 같다면, 그의 맛 봉우리는 매우 발달했다. 그는 생활 속의 고생에 대해 복잡하여 말하기 어려운 심정을 가지고 있었고, 일반인보다 더욱 깊이 음미했다. 주의할 만한 것은 도연명이 여러 사람과 다른 점이 있는데, 그것은 바로 그가 생활 속에서 여과한 환락과 감미로 똑같이 슬픔과 괴로움과 고통을 보상하고 상쇄했다는 점이다.

談話終日夕, 이야기가 어우러져 저물녘을 보내며
觴至輒傾卮. 술잔이 이르자 바로 잔을 기울인다.
__「빌어먹으며」

日入相與歸, 해 지자 함께 돌아와서
壺漿勞近鄰. 병 술로 이웃 위로한다.
__「계묘년 초봄에 농막에서 옛날을 생각하면서 두 수(癸卯歲始春懷古田舍二首)」 제2수

이러한 세월은 고생과 청빈을 드러내고 있지만 스스로 매력을 지니고 있다.

도연명은 이로써 일반인이 견디기 힘든 고생을 충분히 대응할 수 있었다. 하지만 다른 방면에서 그가 늘 이러한 심미적 태도로 일상생활을 대처했기에 시간이 오랫동안 지나면서 세속 생활의 부주의한 실수를 조성할 수 있었다. 그래서 우리는 방관자의 신분으로 물을 까닭이 없다. 도연명은 세 곳에 땅을 가지고 있었고 동복도 있었다. 그런데 이렇게 넉넉하고 부유한 가정 형편이 최후에 어떻게 수지가 맞지 않는 곤궁한 경지에 빠졌단 말인가? 누리의 해(蝗災), 화재, 가뭄 같은 것은 전체를 해석하기엔 부족하다. 몇 십 년 동안 줄곧 가물지는 않았고 흉년도 풍년도 있었기 때문이다. 일개 서생이 관리를 못해서 그런가? 아니면 나태하거나 실제에 맞지 않아서인가? 시문에서 우리는 유사한 근거를 찾을 수 없다. 전란으로 조성했다 하더라도, 전쟁이 가문을 불태웠다는 문장 기록을 찾을 수가 없다. 모든 문장 가운데 우리가 보는 전원은 상대적으로 안정되었지, 결코 전쟁의 화를 당하진 않았다.

이것은 지나치게 초탈하고 물질 수확에 그다지 걱정하지 않고 개인의 정신 생활을 지나치게 강화한 시인이 쉽게 이르는 결말인가? 또 상상 속의 시인은 너무 지나치게 나태하고 제멋대로인데, 이것이 그의 성격이나 출신과 연관이 있을지도 모른다. 이러한 사람은 경영에 서툴고 더욱이 사색에 뛰어나나, 일에는 부족한 사람일 수도 있으며, 다소간 실의에 빠진 도련님의 기질도 있을지 모른다. 유사한 판단을 우리가 전부 번복할 수는 없지만, 도리어 이러한 가설을 세우기가 어렵다.

실제 상황이 분명 훨씬 더 복잡하기 때문에 한걸음 나아가 추측해보

자. 도연명은 '콩 싹 드물다(豆苗稀)'는 「전원으로 돌아와 살며」 시를 읊을 수 있는 시인이지만, 일반 농민들처럼 부지런히 노력하여 콩의 수확을 기대하고 있다. 그는 세속의 공명을 가혹하게 추구하지 않았고, 양식의 수확에 대해서도 최대의 근심을 투입할 수 있었다. 하지만 전원에 대대로 전전하는 농민과 마찬가지로, 농사에 정통하기란 그다지 현실적이지 않다. 기록 속에서 그는 '쌀 다섯 말' 때문에 허리를 굽혀야 하는 말단 관리의 고통을 잘 알고 있지만, 동시에 다음과 같은 사실도 분명히 알고 있다. 모든 고위 관리는 왕왕 말단 관리에서 시작하고, 한 사람은 벼슬길에서 인내하고 분투할 필요가 있다. 도연명은 분투의 문제를 사색해보았을 것이며, 다만 이 방향에서 노력이 부족했고 사고도 부족했으며 설계도 거의 하지 않았다. 그래서 세속의 물익(物益), 공명 방면에선 수확이 없었다. 그는 더더욱 참을 수 없었다. 이는 그의 성격 의지와는 전혀 부합하지 않았기 때문이다.

바로 이러한 인생 태도로 내면의 어떤 강렬한 부름을 받았고, 그 결과 떠났다. 그가 떠난 것은 관리사회와 공명인가? 아니다, 그가 떠난 것은 물질이다. 그가 돌아온 곳은 전원과 농경일까? 아니다, 그가 돌아온 것은 정신이다. 이러한 심령의 전원에는 녹음이 있고 자유와 존엄이 있으며, 그가 동경했던 수많은 것들이 있었다. 바로 이것 때문에 그는 다른 유혹을 막아냈다. 한쪽의 유혹이 다른 한쪽보다 강할 때, 이 유혹은 비로소 한 사람을 성공적으로 견인할 수 있다. 그래서 비록 도연명은 빈번히 고개를 돌렸으나, 최종적으로 전원의 방향을 따라 걸어가 곧장 종점에 이르렀다.

도연명은 대부분의 경우에 천성이 그러한 것인데, 그의 천성은 나태하고 평안하고 고요하며 본성을 따르고 자유로웠다. 이러한 사람이 자신의 실무를 잘 처리하고 심지어 주변인에게 뽐내기란 도리어 상상할 수 없는 일이다. 한 사람이 외재적 사물에 의해 흡인되어 정신의 토대를 필요로 하는데, 이 토대에 대해서는 토양과 마찬가지로 천성을 보고 무엇을 심어야 적합한지 판단해야 한다. 도연명의 정신 토양은 물론 자연의 물건을 심어야 적합했지, 번쇄하고 판에 박은 듯한 인사가 아니었다. 이러한 토대에서 혹자는 토양에만 그의 전원이 있다고 말한다.

장사가 놀라다

도연명은 수많은 시에서 위진의 '정글'에 대한 공포와 혐오를 사실대로 드러냈는데, 관망과 진퇴가 정해지지 않아서 이러지도 저러지도 못하는 심정을 지니고 있다. 전체 시문을 훑어보면, 큰 비중을 차지하는 문장은 자신에게 당부하고 자신이 멀리 떠난 '정글'을 일깨우고 납득하는 데 있다.

그의 시는 주로 다른 사람에게 보여주기 위해 쓴 것이 아니라, 자신을 읊조린 것이고 멋대로 기록한 것이며, 더욱이 자신에게 필요한 자아 격려를 지킨 것이다. 이렇게 한 번씩 혼잣말을 한 까닭은 '버티기'가 사실 어렵기 때문이다. 후인이 본 것은 그가 남긴 마음의 소리이지, 일반적인 창작이 아니며, 대외적인 문학언어 예술의 전시가 아니다. 이러한 문자의 대부분은 시인에겐 결코 중요한 것이 아니고, 생계 실무와 비교해서 말하면 있어도 되고 없어도 그만인 종이쪼가리에 불과하다. 하지만 이는 결코 우리에게 있어도 좋고 없어도 좋다는 의미와는 다르다. 왜냐하면 우리는 이 문자의 울타리를 통해서만 시인의 모습을 멀리서 볼 수 있기 때문이다. 바로 이러한 형상의 형성 과정이 이러한 문자를 더욱 진실하고 더욱 질박하게 하여 더욱 큰 인식 가치를 가지게 하기 때문이다.

도연명은 벼슬이든 회귀이든 최종적으로 모두 '가장자리'나 더 먼 곳에 처해 있었다. 그는 종래로 사회무대의 '중심'에 서 본 적이 없기 때문이다. 그가 그것에 대해 단속적으로 동경하고 주시하긴 했지만. 그의 유예와 배회는 '정글' 가장자리에서 이동한 궤적으로 볼 수 있고, 아웃사이더의 주저로도 볼 수 있다.

도연명은 위진 시대에 세속적 의미의 '대인물'이 아니었다. 그는 명사도 아니었고 사족 문벌의 후대도 아니었기 때문이다. 증조부 도간이 높은 지위에 있었더라도, 후손은 여전히 세습할 수 없는 가난한 자제여서 당시 문벌로부터 배척당했다. 자신의 분투에 의지하여 높은 자리를 차지한 가난한 서생들은 문벌의 눈에는 여전히 다소의 분량을 차지하지 못했다. 도씨 가족이 찬란한 시기에도 이와 같았으니, 도연명 세대에 이르러 어떠했을지 생각해보면 알 것이다.

아웃사이더의 배회는 다소간 불만과 고통을 지니고 있었다. 이는 시인의 개인 포부, 재주와 민감한 마음에 대해 많은 손상을 조성할 수 있다.

그가 네 번 관직에 나가서 한 것은 비천한 말단 관리직이었다. 팽택이 크지 않은 곳이니, 팽택현령도 요직이라고 할 수 없다. 나중에 관청에서 몇 번 부름이 있었으나, 무슨 고관으로 나오라고 한 것이 아니라 일반적인 문리(文吏)여서 높은 등급에 속하지 않았다.

물론 일반적으로 말하면 모든 존귀한 사족은 발전하고 형성되는 과정이 있고, 지위도 낮은 데서 높은 곳으로 올라가기 마련이다. 사족 문벌은 재산을 축적하고 가족의 부귀영화와 지위를 누적해야 한다. 이렇게 하자면 통상적으로 긴 시간이 필요하다. 하지만 사람이 일단 운명에 의해 가장 낮은 곳에 처하게 되면, 그 분투의 어려움은 상상해보면 알 것이다. 사회적 지위에서 보면 도연명은 사영운, 혜강 등과 차이가 무척 크다. 하지만 사영운과 혜강 같은 사족의 후예일지라도 조금만 근신하지 않으면 피살될 수 있다. 관리사회가 험악하여 인사가 두려운데, 이는 그 시대에 더욱 두드러지게 나타났다. 도연명 같은 아웃사이더에게 그의 회피는 너무나 절박하게 다가왔고, 계획적으로 회피한 뒤에 가져온 고통도 더욱 엄중했다.

도연명이 44세가 되었을 때, 즉 전원으로 돌아온 지 3년 되던 해에 「산해경을 읽고」를 썼다. 우리는 여기에서 그가 막 돌아온 지 얼마 안 되어 참신한 전원 기상과 생활 전환이 가져온 희열이 서서히 다른 그리움과 환상으로 전향하고, 심지어 "맹렬한 뜻은 진실로 항상 남아 있는(猛志固常在)" 사나운 소리를 발설하였음을 발견한다. 마음속으로 '맹사(猛士)'를 향해 돌진했으나, 평안하고 고요하며 평온한 전원 분위기와 한 몸으로 합치기가 무척 어려웠다. 이는 그가 겉으로는 안정된 농가 생활을 하고 있으나, 내심으론 파란이 일어나서 다시 호남아로 진입하여 천지 사이에 서서 작위적인 전통 사고 맥락으로 걸어가려고 했음을 설명한다.

유사한 시는 많다. 「형가를 읊으며」는 도연명이 50세에 쓴 작품인데 매우 강직하다. 전원생활이 오래 지속됨에 따라 그의 내심은 갈수록 격렬해졌다. 만년 시기에 이르러 그는 더욱이 늘그막에 웅대한 뜻을 품고 비분을 억누르기 힘들게 되었다. 바로 이때 도연명은 "상성에 더욱 눈물을 흘리고, 우성이 연주되니 장사가 놀란다.(商音更流涕, 羽奏壯士驚.)"고 썼는데, 이처럼 비분강개하는 소리는 결국 마찬가지로 "동쪽 울타리 아래에서 국화를 딴다.(採菊東籬下.)"를 쓴 시인의 손에서 나왔다. 오늘날 보면 이는 대단히 조화롭지 못한 소리다. 이로 보면 시인 내심의 파란은 최후에 이르러서도 여전히 쉼 없이 용솟음쳤다.

'장사가 놀란다(壯士驚)'고 말한 사람은 도연명이고 '유연(悠然: 침착)' 한 사람도 도연명이다. 이들이 모두 동일한 사람이라고 해도 결코 이상하지 않으니, 인성이란 이처럼 복잡하다. 확연히 다른 양면은 결코 인성의 깊은 곳에 있지 않아도 상관이 없다. 어쩌면 바로 '장사가 놀라고' '유연'이 있어야 더욱 필요하고, 대자연과 일상생활의 아름다움이 비로소 사람을 연연하게 하고 갸륵하게 한다. 동시에 '유연하고' '장사가 놀람'이 있기에 비로소 따뜻한 생명과 혈육에서 유래할 수 있고, 단조롭고 무미건조하거나 속이 비지 않게 된다.

본성이 산을 좋아하니

도연명은 당시 사회상의 저속한 처세자와 전혀 어울리지 않았고, 관리사회에서도 항상 자신을 억압할 수 있었다. 막료 구성원들의 일상 근무는 매우 구체적이어서 공무를 완성해야만 하고, 또한 자질구레한 인사와도 교제해야 하며 끊임없는 권세와 이익을 좇는 소인배도 상대해야 하는데, 이는 물론 일종의 학대다. 도연명은 이처럼 구체적인 디테일을 기록하지 않아서 우리는 상상해볼 수 있을 뿐이다.

그는 구속받지 않고 비상하길 갈망했다. 그의 시에 떠다니고 쉼 없이 흩날리는 '외로운 구름(孤雲)'과 '외로운 새(孤鳥)'가 한두 번 출현한다. 날아가더라도 다른 고통이 있을 뿐이다. 표류하며 정박하지 못하고 도도하고 구원이 없다.

飄飄西來風, 표연히 서쪽에서 오는 바람에

悠悠東去雲. 아득히 동쪽으로 떠가는 구름.

__「은진안과 헤어지며(與殷晉安別)」

栖栖失羣鳥, 허둥대며 무리 잃은 새가

日暮猶獨飛. 저문 날에 홀로 날고 있다.

__「음주 20수」 제4수

여기에서는 떠나고자 하는 갈망과 깊은 외로움을 은연중 내포하고 있다.

도연명의 시에서 술을 묘사한 작품이 많고, 고독을 묘사한 시도 무척 많으며 죽음을 묘사한 시도 많다. 그는 대부분의 경우에 의기소침하고 음울한 정서에 휘말려 해탈할 수 없었다. 시인은 산과 들판의 흐르는 물 사이에서 은혜를 입어 정서가 가장 좋을 때만이 자연과 일체가 될 수 있었고, 대자연을 한 잔 술로 여겼다. 이 술은 완전히 달콤한 것이 아니라, 도리어 대취한 가운데 고통을 잊게 할 수 있었다.

도연명은 "산을 좋아하는(愛丘山)" 본성을 지녔는데, 이러한 사람이라면 총체적으로 온유할 수 있다. 그는 섬세한 심금을 가지고 가볍게 뜰으며 격앙될 수 있었다. 그는 '강렬(剛烈)'함을 감춰두고 특별한 때만 드러낼 수 있었다. 일반적으로 말하면 생활 속에서 온유한 용자(勇者)는 어떤 경우에 일단 '강렬'이 폭발하면, 그 역량은 거대하고 맹렬해질 수 있다.

이러한 사람에게는 관리사회에서 뒤섞이고 복잡한 인사 다툼과 서로 속고 속이는 일이 상상할 수 없는 압력을 행사하여 깊은 혐오감을 낳을 수 있다. 그가 설령 오척 남아로서 무엇을 해야 할지 알고 있었지만, 공훈을 세우고 업적을 쌓는 사상은 게다가 선조의 본보기까지 더해져서 그로 하여금 한 번 타협하게 했다. 하지만 "산을 좋아하는" 본성은 시종 바뀔 수 없었다.

그가 전원으로 돌아온 뒤 맞닥뜨린 최초의 환락은 사실이었고, 후에 직면해야 했던 구체적인 고생도 사실이었다. 시에서 보면 시인은 게으른 사람이 아니었다.

夙晨裝吾駕, 이른 새벽에 나의 수레를 준비하여
啓塗情已緬. 길나서니 마음은 벌써 멀리 앞선다.
__「계묘년 초봄에 농막에서 옛날을 생각하면서 두 수」 제2수

晨出肆微勤, 새벽에 나가 조금 힘을 쓰고
日入負耒還. 해 지면 괭이 메고 돌아온다.
__「경술년 구월에 서쪽 밭에서 올벼를 거두고」

이를 보면 그는 당시에 노동을 좋아했고 열정적이고도 고조되었다. 그가 보기에 봄이 오면 좋은 싹이 날개를 달고 바람 속에서 기복하듯 마음속으로 매우 기뻐했다.

有風自南, 바람이 남쪽에서 불어와
翼彼新苗. 저 새싹을 어루만져준다.
__「계절의 운행」

平疇交遠風, 넓은 밭엔 멀리 부는 바람과 어우러지고
良苗亦懷新. 좋은 싹은 또한 새로운 기운을 머금었다.
__「계묘년 초봄에 농막에서 옛날을 생각하면서 두 수」 제2수

이러한 묘사는 일 년 내내 곡식을 가꾸고 흙을 친근하게 여기는 사람,

토지에 정감을 가득 품은 사람만이 꺼낼 수 있다. 그는 이러한 생활을 사랑했고 전원을 크게 경영할 조건과 공간을 갖추고 있었다.

최후에 시인은 몰락하여 이처럼 곤궁한 처지에 이르렀다.

勁氣侵襟袖, 세찬 기운은 옷깃과 소매로 파고드는데

簞瓢謝屢設. 밥 한 그릇과 물 한 바가지도 자주 차리지 못한다.

__「계묘년 12월에 지어 사촌 동생 경원에게 주며」

이는 우리에겐 하나의 미스터리이다. 도연명은 모든 양식을 술로 빚어서 항상 취해 있을 수 없었을 뿐 아니라, 흉작과 기아의 지경에 이르게 되었다. 도연명은 노동의 즐거움을 기록하였고, 친구와 함께 술을 마시는 환락을 기록했다. 그는 몸소 술을 빚었는데, 새 술엔 즐거운 빛이 떠다녀서 우리가 읽어보면 도취를 느끼게 된다.

罇湛新醪, 새로 빚은 막걸리가 괴어 있고

園列初榮. 정원엔 갓 핀 꽃이 줄지어 있다.

__「멎은 구름」

淸歌散新聲, 맑은 노래는 새로운 소리를 펼치고

綠酒開芳顔. 녹색의 술은 아름다운 얼굴 펴준다.

__「여러 사람이 함께 주씨 집안 선영의 잣나무 밑에서 놀며(諸人共遊周家墓柏下)」

이러한 생활은 결국 나중에 난감하게 바뀌었다. 관리사회와 전원에 도연명은 마찬가지로 적응하지 못하고 잔혹한 나머지 이어가기 어려웠단 말인가? 다른 속사정이 있는가? 이 방면에 남긴 문자가 많지 않아, 우리에게 상상하고 탐구할 여지가 크지 않다. 하지만 이 점은 긍정할 수 있다. 도연명의 불행이 극점에 이르니 증조부와 외조부를 모두 따를 수 없고, 각종 가치 취향은 발현되지도 못하고 효과가 없었다.

그는 전원을 사랑했으나, 전원은 그를 사랑하지 않았다. 그는 토지에서 한번 환락을 섭취했다. 그러나 유종의 미를 거두지 못했다. 그의 모든 인생은 적극적인가, 아니면 소극적인가? 건강을 유지하는 노동과 그중에서 얻는 강대한 정신 지원을 놓고 말한다면, 적극적이었다. 하지만 그가 늘 표출한 의기소침, 그날그날 살아가며, 앞날이 얼마 남지 않았다는 자학적인 경향에서 보면 그는 소극적이었다고 생각한다.

廢置且莫念, 떨쳐 버리고 생각하지 말 것이니
一觴聊可揮. 한 잔의 술 그런대로 비울 만하다.
__「옛 거처로 돌아와서(還舊居)」

千載非所知, 천 년 뒤의 일은 알 바 아니니
聊以永今朝. 그런대로 오늘 아침이나 잘 지내리.
__「기유년 9월 9일(己酉歲九月九日)」

得懽當作樂, 기쁜 일이 생기면 즐길 것이니
斗酒聚比鄰. 말술 준비해 이웃을 모아야지.
__「잡시 20수」 제1수

도연명은 이중적인 모순체이며, 그의 일생은 배회한 일생이고 불안정한 일생이었으며, 위기를 숨긴 일생이기도 했다.

물론 이 모든 추측과 판단은 시문에서 나오고, 시인은 또 너무 정서화하여 우리들은 어느 문장에 대해 지나치게 사실로 여길 순 없다. 시심(詩心)은 항상 현실을 능가하고, 다만 시구에 의거하여 판단해도 구애되고 판에 박은 듯할 수 있다. 하지만 이와 같다 하더라도 우리의 시인에 대한 이해는 깊이 파고들지 않을 수 없고 모든 것을 표상과 개념에 세울 수도 없으니, 여전히 방법을 강구하여 텍스트에서 그 진실을 환원해야 한다. 이것은 진퇴양난이다.

도연명의 떠남을 말하면서 그 원인이 구체적이고도 복잡하다고만 말한다. 어떤 사람은 그가 주로 나라를 전복시켜 자리를 뺏은 사람, 예를 들어 유유와 협력했다고 지적한다. 이전의 환현은 진제(晋帝)를 한 곳으로 협박하여 그를 괴뢰로 만들었지만, 어쨌든 진나라의 전통 지위를 유지한 셈이다. 유유에 이르러서는 아예 직접적으로 진제를 폐위하고 유송(劉宋) 왕조를 건립했다. 도연명은 결코 유유와 협력할 수 없었다. 이는 지식인의 명예와 절조 문제와 관련된다. 우리가 부패한 사마씨 집단이, 이후의 더욱 여의치 못한 계승자를 포함하여 반드시 환현과 유유와 가깝게 지냈다고 말할 수 없지만, 지식인은 어쨌든 정통사상을 가지고 있었고 당시의 정치 윤리와 사회 논리를 가지고 있었다. 하지만 도연명의 비협력에서 더욱 중요한 것은 악착같은 인사, 잔혹한 권력 다툼 및 알력으로 서로 배척하였고 인성의 어둠에 대해 혐오감을 느꼈다. 그리고 그는 판에 박은 듯하고 무료한 공무 속박을 참을 수가 없었다.

이러한 상황에서 시인의 떠남은 십분 이해할 수 있다. 그래서 시인의 행위와 연유를 전부 사회정치 국면에 귀결시키고 억지로 갖다 붙일 수 있다. 정상적인 사람이라면 대자연으로 회귀하고 청산녹수를 직면할 때 진심으로 즐거워할 수 있고, 마음은 자양과 진작을 얻으며 생활의 시의(詩意)도 넘쳐흐른다. 도연명의 회귀는 그의 '성본(性本)'의 사랑에서 나오고, 자연미에 의한 최종 정복이다.

물론 동진 시기의 '자연'은 오늘날의 자연과 다르다. 여기에서는 간단하게 현대 산업문명의 입장으로 판단할 수 없다. 당시의 '대자연'은 결코 드물지 않았고 응당 도처가 청산녹수였으며, 이른바 '관리사회'는 '대자연'에서 그다지 멀리 떨어지지 않았다. 그 당시엔 진정한 대도시가 없었기에 도연명의 '전원'과 '관리사회'는 지리적 의미만 가지고 보면, 우리가 오늘날 이해하는 것처럼 그토록 대립하지 않았을 것이며 그토록 큰 대비도 없었을 것이다. 시인의 '가장자리' 인상은 주로 자연환경에서 나온 것이 아니라, 정신의 귀속에 더 많이 체현되었다.

결국은 허구다

100여 편이 넘는 도연명의 시문 가운데 가장 영향이 있는 작품은 의심할 나위 없이 「돌아가자」와 「도화원기」다. 이렇게 아름다운 전원생활을 묘사한 문장은 모든 중국문학 전통 속에서 가장 잘 어울리고 가장 완미한 시인 형상을 묘사했다. 시인이 걸었던 지향은 명확하고 감미롭고 매혹적이다. 실제로 도연명 시의 내부로 깊이 들어가 보면, 우리는 이외의 다른 감정을 느낄 수 있다. 이를테면 시시각각 엄습하는 불안과 고통들이 그렇다.

그의 한적과 초연은 왕왕 과장되었고, 다른 생활 내용은 도리어 생략되거나 너무나 단순화되었다. 시인의 생활은 결코 용이하지 않았다. 비록 최종적으로는 '버틴' 셈이지만, 거대한 대가를 치러야 했다. 그는 자신을 완성했지만, 도리어 치명적인 버팀을 겪었다. '버팀'은 결코 끝마무리를 의미하지 않고, 더욱이 빛나는 미래를 의미하지도 않는다. 그의 수많은 환상은 문장에 기탁하였고 종이에서 실현되었다.

도연명은 '도화원'에서 살길 바랐다. 하지만 친히 쌓지 못했고 사실 만나지도 못했다. 그것은 결국 한 차례의 허구였다. 아름다운 허구는 때로 극도의 갈망에서 나오고 고통에서 나온다. 이는 상상 속의 보완이자 만족일 뿐이다. 우리는 때로 맑고 아름다운 땅을 시인이 생활하는 실재로 여길 수 있다. 왜냐하면 우리는 자신의 염원을 따르는 데 너무나 익숙하기 때문이다. 몽환은 결국 몽환이다. 도연명은 허구를 완성했고, 우리는 최후에 허구에 그쳤으니, 이것만으로는 당연히 불충분하다.

아름다운 정경은 현실 속에서 찾을 방법이 없는데, 도연명은 마음속으로 분명 이 점을 잘 알고 있었다. 이러한 상상은 그에겐 일종의 위로여서 냉정하면 몸 밖 '가장자리'의 고통을 없앨 수가 없다. 이것은 사람을 낙담하게 만든다. 이러한 낙담과 고통은 최후에 이르러도 여전히 존재하고, 또 이 때문에 우리에게 불안과 유감을 준다. 우리는 스스로 현실생활 속에서 '정(靜)'과 '적(寂)', '가장자리'와 '중심' 문제에서도 항상 이럴 뿐만 아니라, 마찬가지로 어떤 방법도 없다. 여기에는 인생의 패러독스가 가득하다. 우리는 예외 없이 시인의 허구에 몰두한다. 마찬가지로 '정글'을 두려워하기 때문이다. 애석하게도 '정글의 법칙'은 항상 존재한다. 이것은 인류 사회의 고질이다.

허구적이고 아름다운 몽환은 실현할 수 없고, 여전히 유감과 고통을 가져다 줄 뿐이다. 사실상 인류의 허구는 일종의 본능이고, 사람은 왕왕 허구 속에서 살아간다. 당시의 '도화원'은 일종의 허구이고 '가장자리'와 대립하고 시인으로 하여금 모순이 충만케 하는 '중심'과는 또 다른 허구일 수도 있다. 냉정하게 생각해보면, 이른바 '중심'은 어느 정도 사람의 환각 속에서 존재한다. 인류는 자신의 인식에 사로잡혀 한 단계 더 높은 감각과 지각으로 뛰어넘을 수 없고, 항상 한 시기의 인사 규합과 권력 구조를 '핵심'으로 보기 때문이다. 사실 이는 생존의 표상일 뿐이고, 극히 취약해서 근본적으로 한차례의 '허구'라고 말할 수 있다. 생명 존재의 본질적 의미는 여기에 있지 아니하며, 인간의 자유 속성만이 시종 '중심'에 놓여 있다. 사람들이 평상시에 '중심'이란 개념을 담론할 때, '허구'를 전제로 삼으며 이에 황당함에서 황당함에 이른다.

사람이 기형적 가치관에서 제약을 받거나 공포심에서 허구적인 '중심'으로 나아가면, '사람'이 진정한 '중심'임을 부정하게 된다. 사람 '중심'을 위배하고 일탈하는 것은 언제나 비자각적이다. 사람의 가치가 유린될 때, 쾌락과 행복을 느끼게 되고 실재하고 진정한 '중심'에 가까이 다가서는 것으로 오인한다. 사실 이것은 환각일 뿐이며, 실제 내용이 전혀 없는 '구두 기대'를 받은 것이다. 이러한 '기대'는 사람의 실재 가치를 전혀 반영할 수 없으며, 다만 임시적이라서 그것이 순간적인 일임을 잃어버린다. 왜냐하면 이는 본질적인 노동과 창조의 실적을 다루지 않기 때문이다. 예를 들어 동진 시기를 놓고 말하면 어떠한 '구두 기대'의 개변도 도연명이 수확한 콩알 한쪽도 바꿀 수 없었고, 그의 백여 편의 시문을 파기할 수 없었다. 콩과 시문이 모두 '실재'에 속하고, '실재'의 성질을 가지고 있기 때문이다.

도연명 일생의 유예와 방황, 쾌락과 희열은 어느 정도 동진 시기 '중심' 허구성에 대한 인식 과정이다. 때로 그는 분명히 생각한 듯하며, 이때 그는 틀림없이 기쁘고 편안하였을 것이다. 때로 그는 두렵고 당혹해 하였고, 이때 그는 재차 고통과 불안 속으로 빠졌다.

중국 전통문화의 좋은 부분으로 사회를 다스리는 이상은 바로 민중의 생활을 안착시키는 것이라고 강조한다. 이는 정신과 물질 두 방면을 포함한다. 그중 나쁜 부분, 예를 들어 충군(忠君) 사상 등은 사람을 권력의 환상에 빠트릴 수 있고, 더욱이 '중심'의 허구성을 벗어나지 못하고 자신의 인생과 진정한 사회 이상을 대립시켰다.

완만하고 치명적인 마손

도연명에 관한 글로 당시 사람들의 기록이 많지 않다. 같은 시대의 저명한 시인 안연지(顔延之, 384~456)는 이렇게 썼다.

> 동진의 징사인 심양 사람 도연명은 남악(여산)에 은거하는 사람이다. 어린 나이에도 장난을 좋아하지 않았고, 성장해서는 본심을 채웠다. 배움에는 남의 스승으로 칭하지 않았고, 문장은 뜻의 소통을 취했다. 무리에 있어서는 부족함을 잃지 않았고 처신하고 말을 할 때마다 고요함을 보였다. …… 마음으로는 기이한 책을 좋아하고 성정은 술의 덕을 즐겼으며 번잡한 잡무를 줄이거나 버렸고 조용하고도 한적한 삶을 이루었다. 이것이 아마도 이른바 나라의 작위도 귀한 도를 체득한 사람에 의하여 버려지고, 집안 식구들로 하여금 가난함을 잊게 한다는 것이 아니겠는가? 저작랑으로 부름을 받았으나 병을 핑계로 나아가지 않았다.(有晋徵士潯陽陶淵明, 南岳之幽居者也. 弱不好弄, 長實素心; 學非稱師, 文取旨達. 在衆不失其寡, 處言每見其嘿. …… 心好異書, 性樂酒德, 簡棄煩促, 就成省曠, 殆所謂國爵屏貴, 家人忘貧者與? 有詔徵著作郎, 稱疾不赴.)
>
> __ 안연지, 「도징사뢰(陶徵士誄)」

또 심약(沈約, 441~513)과 소통(蕭統501-531)의 기록도 아래와 같이 전한다.

> 도잠은 젊은 나이에 하급관리가 되었으나 거취의 자취를 불결하게 여겼으며, 증조부가 진나라의 재상이 되었기에 다음 왕조에 몸을 굽히는 것을 부끄러이 여겼다. 송나라 고조의 왕업이 차츰 융성하여지자, 다시는 벼슬을 하려고 하지 않았다.(潛弱年薄宦, 不潔去就之迹, 自以曾祖晋世宰輔, 恥復屈身後代, 自高祖王業漸隆, 不復肯仕.)
>
> __ 심약, 『송서 · 은일전 · 도잠(陶潛)』

> 도연명은 어려서부터 고아한 정취를 지녔으며 박학한데다가 글을 잘 지었고, 빼어나 무리 짓지 않은 채 천진에 맡겨 자득했다.(淵明少有高趣, 博學, 善屬文, 穎脫不群, 任眞自得.)
>
> __ 소통, 「도연명전」

시인의 품격에 대해 이토록 긍정한 글은 실로 드물다. 다만 유감인 것은 그들이 대부분 낙후하고 상당히 개념화하고 으레 그러려니 여겼으며, 점점 형성되는 '은사'의 개념으로 접근한 점이다.

우리가 그가 남긴 문장으로 돌아가고 텍스트로 돌아가 독서한다면, 도리어 세밀하고 복잡한 인상이 있을 것이고 그의 용인, 관용, 환락, 분노와 불안, 그리고 죽음에 대한 태도에 대해 핍진하고 절실하게 실감할 만한 것이 있다. 이로써 우리는 개괄화한 '요언(要言)'과 '명언'이 대부분의 경우 에누리한 것을 생각하게 되는데, 그것들은 왕왕 혼잣말을 하여 진실한 인물 자체와는 거리가 상당히 떨어져 있다. 일반인이 받아들인 영향은 대체로 텍스트 밖으로 넘은 인상이며, 항상 일부 중요한 인물을 따른 결론이기도 하다.

진실로 시인에게 접근해서 시인을 이해하자면, 물론 깊이 빠져야 하고 충분히 시인 자신의 글에서 이리저리 돌아다닐 수 있어야 한다. 우리는 인심이 서로 통하고 진실하고 성실하기만 하면, 소통할 수 있다고 믿는다. 시공의 격차와 격리 때문에 이 과정은 반드시 멀리 바라보고 관찰하며 자세히 분석하고 경청해야 한다. 이러한 순환과 왕복의 깨달음과 독서 과정에서 조금이나마 진체(眞諦)에 접근할 수 있을 것이다.

시인의 "다시 벼슬하려고 하지 않았다(不復肯仕)"는 언급은 줄곧 찬양을 받아왔다. 중국역사상 수많은 '성공 인물'들은 일반인이라면 받아들일 수 없는 모욕을 참을 수 있었다. 그들은 통상적으로 '인인(韌忍)'의 도를 강구하는데, 소위 "군자의 복수는 십년 걸려도 늦지 않다.(君子復仇, 十年不晩.)"는 말과 같은 것이다. 이러한 예는 이루 다 들 수 없는데, 그 고사는 "나라의 정수(國之精粹)"라고 부를 만하다. 사실 많은 경우에 이것은 다른 사람의 존엄으로 세속의 성공을 바꿔 가졌을 뿐이지, 별다른 표방은 없다. 이러한 교환이 무엇을 의미하는지 후인들이 깊이 생각해볼 가치가 있다. 사람의 궁극적 목적이 세속의 성공뿐이라면, 교환도 무방하다. 그렇지 않다면 달리 얘기해야 한다. 세속의 성공은 외재적 감상의 '체통'을 얻을 수 있을 뿐이고, 그 내재적 존엄은 도리어 엄중하게 손상되고 때로는 심지어 깨끗이 버려지게 된다.

도저히 참을 수 없어서 관리사회에서 반년이나 몇 개월 정도 하고 나면 훌훌 털고 떠나고 싶었던 도연명의 충동과 비교하면, 일부 '성공한 인사'는 천양지차가 있다. 어떤 사람은 도연명이란 사람은 재능을 감추고 때를 기다리는 계책이 없어서 '큰 일'을 이루기 부족했다고 말할 것이다. 애석하게도 역사에서 이러한 계책은 너무나 많고 너무나 빈번히 사용했는데, 십중팔구는 모두 악인의 계책이다. 이것은 사람과 사람 사이에 가장 어두운 계산이 뒤따랐기 때문이다. 이로써 우리는 도연명이 일생 "최대의 일"을 성취했고 개인의 생명 쾌감을 실현했으며, 생명 본원의 소환에 순종했다고 말할 수 있다.

도연명은 장기간 은사, 도피자의 신분으로 존재했는데, 고대의 '은사전(隱士傳)'에서 언제나 그의 이름을 찾을 수 있다. 위진은 중국역사상 가장 혼란했던 시기 중 하나이며, 폭력이 극치에 이른 시기였다. 그래서 폭력 앞에서 발생한 도피는 또한 가장 이해할 수 있는 행위이기도 하다. 그들은 도연명의 '은(隱)'이야말로 조리 정연하여 어떠한 해석도 할 필요가 없다고 여긴다.

그렇다면 현대인인 우리가 폭력을 벗어나려면 역시 '숨어야' 하는가? 또 어떻게 '숨는'가? 이것도 마찬가지로 하나의 문제다.

현대 서구에서는 하나의 관점을 제기했다. 인류는 충분히 진보할 수 있는데 근본적인 근거는 이렇다. 인류의 역사가 발전하여 지금에 이르러 현대사회는 폭력으로 죽은 사람 수가 분명 감소하고 있다면서 아울러 대량의 케이스, 특히 전쟁을 들었다. 전쟁은 인류 최대의 폭력 행위다. 그들은 한 차례의 전쟁에서 고대에 몇 명이 죽었고 후에는 몇 명이 죽었는지, 특히 오늘날에, 때로는 '죽음 제로'란 개념을 제기했다. 이를 보면 사회의 발전, 과학기술과 문명 정도의 향상에 따라 폭력으로 죽어가는 사람이 정말 갈수록 감소하는 사실을 알 수 있다. 그래서 그것은 강력한 증거물로 제시되었고, 또한 분명히 결론을 내렸다. 이것이 인류의 진보가 아니라면, 무엇이 인류의 진보인지 모르겠다. 들어보면 상당히 일리가 있는 것 같다.

이는 우리로 하여금 중국의 위진 시기에 그토록 잔혹한 내부 싸움, 사족 투쟁, 황권 경질을 생각나게 한다. 사마염(司馬炎, 236~290), 사마소(司馬昭, 211~265), 환현, 유유 등이 황위(皇位)를 찬탈하는 과정에서 살상된 사람이 매우 많았다. 이민족 침입이 얼마나 야만적인지, 유목민족의 중원 침입은 매번 듣는 사람을 놀라게 하는 인류 참극을 조성했다.

예로부터 지금까지 폭력은 인류가 전진하는 발걸음을 따라 점차 감소했다. 이 점을 보면 확실히 진보인 듯하다. 이는 다툼의 여지가 없는 사실이다. 하지만 다른 방면에서 냉정하게 생각해보면, 사회와 인류의 진보, 전쟁의 폭력 형식은 결코 유일한 표준이 될 수 없으며 가장 중요한 평가 척도가 될 수 없을 뿐더러, 이 과정도 선형으로 발전하는 것이 아님을 발견할 수 있다. '진보'는 복잡하고 순환하고 왕복하는 형세다. 예를 들어 현대자본의 팽창, 물질주의의 성대, 그것으로 수반되는, 수단을 가리지 않는 재산 축적 방식, 조성되는 환경오염과 자연자원의 과도한 개발, 인류 생존에 대한 협박, 치르는 생명 대가는 또한 한 번의 전쟁으로 비유할 수 없다.

현대 시장주의와 상업주의가 들어옴에 따라 어느 지구의 자연환경 악화, 암 환자 인구의 급격한 증가, 특히 폐암의 발병률은 눈을 휘둥그레 뜨게 한다. 그리고 현대 정보가 인간에게 조성한 정신적 압박은 수많은 사람을 우울증에 빠지고 자살하고 요절하게 만드는데, 이것도 일종의 폭력이 아닌가? 여전히 존재하는 전제 체제가 조성한 기아, 사회적 동요, 종족 모순과 정치 박해가 초래한 사망자 수, 이것도 폭력이 아닌가?

폭력은 다른 형식으로 출현할 수 있다. 하지만 최후의 결과는 모두 똑같아서 대량으로 사람의 생존을 손상하고 사람의 생명을 박탈한다. 우리는 전쟁 폭력으로 문제를 담론할 수 없다. 이러한 폭력 형식의 감소에는 더욱 복잡한 요소가 있기 때문이다. 예를 들면 도시화의 보급에 따라 사람들은 갈수록 실내와 시가지 구역의 동물로 변하고, 야외의 거칠고 난폭한 성질은 삼가고 약화된다. 성격 및 행위 방식으로 보면, 현대인은 보편적으로 유약하게 변하고 있다. 노동 방식에서 보면, 심지어 육체와 정신의 경계를 모호하게 만들었다. 때로 그들이 더욱 많은 방법을 생각하여 개인의 육체적 손상을 회피할 수 있지만, 현대인은 작은 방에서 원격 조종의 방식을 사용하여 마우스를 한번 움직이면 천 리, 만 리 밖의 수많은 사람을 죽일 수 있다. 이것이 더욱 잔혹하고 더욱 현대적인 폭력이다. 이렇게 생명을 손상하는 최후의 결과는 도리어 무서운 것이다. 그래서 단순히 전쟁 폭력의 감소로 인류의 진보를 보는 관점은 결코 완전하지 않고 심지어는 매우 황당무계하다.

설사 당시에 도연명이 폭력을 회피하여 도망가고 은둔했다는 결론은 아마도 문제의 정곡을 찌르지 못할 것이다. 그의 도망에는 반드시 직접적인 폭력보다 더 많은 원인이 있을 것이다. 많은 사람들이 혼탁한 관리사회를 언급하는데, 그것이 시인의 품격과 충돌하고 더욱이 개인 정취와 거리가 멀어서 이것이 도연명으로 하여금 불유쾌하고 고민스러운 심지어 굴욕적인 생활을 초래했다고 한다. 이 모든 부정적인 요소는 많은 경우에 적나라한 폭력으로 나타나지 않으며, 때로는 심지어 상대적으로 떳떳하고 평화적이며 일상화의 상태로 남에게 베풀어줄 수 있다. 이러한 마손은 완만하며 치명적이다. 이때 도연명의 자아 추구력(追求力)은 비로소 더욱 강대해지고 의미심장해진다.

고양이와 개는 없다

도연명은 끝내 경작에 만족하여 기쁨을 누리지 못했으니, 전원 풍광이 모든 것을 대체하여 정신 만족을 획득했다고 본다면, 이는 불가능한 일이다. 여기엔 스스로 해결할 방법이 없는 적막과 근심이 들어 있다. 그가 우리에게 묘사해준 전원 화면에는 더욱 많은 동물이 있어야만 좋으며, 그것들은 대체로 여기에 가장 적합한 일종의 형상이며, 주제 속에 응당 포함된 뜻이다. 사람과 동물 사이의 관계는 그의 시에서 비교적 적게 묘사되었다. 본래 이곳은 "닭과 개 소리가 가까이 들리건만, 늙어 죽을 때까지 한 번도 왕래하지 않는(鷄犬之聲相聞, 老死不相往來.)" 생활에 가깝고, 여기에서 동물은 물론 가장 중요한 요소다. 시에서는 "개는 깊은 골목에서 짖고, 닭은 뽕나무 꼭대기에서 운다.(狗吠深巷中, 雞鳴桑樹巔.)"—「전원으로 돌아와 살며 5수」) 닭은 모두 나무 끝에 올라가 울고 있는데, 열 개의 글자로 들판의 기상을 묘사해내었다. 개는 깊은 골목에서 짖는데 먼 곳의 개이지, 자기 집 개가 아님을 설명한다. 모든 전원이 민첩하며 활기차고, 생명력이 충만하고 생기발랄하며 빛나고 매력적이다.

일반적으로 말하면 이러한 생활을 누리는 주인은 개와 고양이를 동반자로 필요로 한다. 두 종의 동물은 모두 하늘이 위임하여 파견한 것인데, 하나는 충성의 상징이고, 하나는 온유의 대표이며, 모두 사람의 뜻을 잘 이해한다. 하지만 그들은 도연명 시에서 거의 출현하지 않는다. 고양이와 개의 동반은 술로 대체할 수 없을 것이다. 전원의 수확, 새 술의 향기로움, 고양이와 개의 위로, 이런 것들이 합쳐지면 도연명은 분명 더 잘 지냈을 것이다. 어떤 사람은 도연명이 기록을 등한시하였으며, 그의 초가에는 분명 고양이와 개가 있었고, 농촌 생활에 동물이 없다는 것은 불가사의한 일이라고 여겼다. 그는 개를 언급했지만, 그와 함께 산다는 구체적인 상황을 묘사하지 않았다. 개는 멀리 '깊은 골목'에 있었기 때문이다. 당시의 시골 생활은 정말 고양이와 개가 없을 수 없었다. 실용적 각도에서 보면, 최소한 쥐 걱정을 근절시키고 집을 지키는 데 필요하기 때문이다.

시에는 오축(五畜: 소 · 양 · 닭(또는 말) · 개 · 돼지)에 관한 기록도 없다. 이러한 동물은 경제와 관계되고, 또 적막한 농촌 생활에 막대한 도움을 주기도 한다. 이는 그의 부인과 자식, 그의 가정에 모두 중요한 것들이다. 도연명은 자식으로부터 환락을 얻었는데, 오륜의 복은 모두 묘사했다. 그는 노동 속에서, 식물에서 얻은 만족도 충분히 묘사했다. 비교해보면 유독 동물 묘사만 빠졌다. 이는 최소한 이해하기 힘든 일이다. 그의 입장에서 말하면 한쪽 끝은 어두운 관리사회이며, 한쪽 끝은 생기발랄한 전원인데, 후자는 응당 동식물의 세계다. 그래서 동물, 특히 개와 고양이의 동반을 빠트려서 조금 유감을 느끼게 하는 것이다.

개와 고양이의 사육사(飼育史)를 고증해보면, 연고를 찾을 수 있을지도 모르겠다. 일부 자료에 근거하면, 개는 중국 고대에 인공적인 길들임이 매우 일렀다고 하지만, 기본적으로 일상적으로 인류를 동반하는 애완견이 아니었다. 개로 하여금 집을 지키게 하는 일도 매우 늦어서 대체로 청대 이후였다. 도연명의 시대와 이전 시기에 개는 주로 수렵용이나 제사용으로 쓰였다. 총괄하면 개는 당시 인류의 그림자처럼 서로 따라다니는 친밀한 친구가 될 수 없었다. 고양이의 경우, 중국 춘추전국 시대에 이르러 처음으로 쥐를 잡기 시작하였으며, 당송(唐宋)에 이르러서 대량으로 일반 가정에 두어서 인류가 의지하는 동료가 되었다. 그래서 도연명이 살았던 연대가 조금 늦었더라면, 고양이와 개는 반드시 그가 가장 좋아하는 동행이 되어서 그에게 얻기 어려운 위안을 주었을 것이다.

도연명의 심신은 가능한 한 수많은 사물 속으로 융합하여 대자연에서 무진한 역량을 얻었다. 이것은 마음대로 하게 하는 상태로 진정으로 자신을 이완하게 했다. 이전에 그의 마음은 너무나 오랫동안 억눌렸기 때문이다. 이것은 그가 가장 좋아하지 않은 일이다. 이완해야 비로소 생명의 속성에 접근할 수 있다. 이에 거의 평이하고 평안하고 고요하며 자연스럽고 꾸밈없는 시편이 가장 유창하고 우미하여 사람의 마음을 충분히 감동시키는 것을 볼 수 있다. 그는 한가하게 산보하는 사람이라서 사사건건 진력하여 힘들이지 않았다. 자신의 매우 중요한 농산물 수확에 대해 사람들에게 지나치게 힘을 썼다는 느낌도 주지 않았고, 창작도 노력한 편이 아니라서 백여 편을 남겨놓았을 뿐이다.

우리는 시인의 여유가 얼마나 많았는지 상상해 볼 수 있다. 예를 들면 농삿일이 거의 없을 때와 농한기 등. 그는 한가할 때 읽고 쓰기도 하고, 대부분의 경우엔 아무 것도 하지 않고 상상하거나 정신이 나가기도 할 뿐이었다. 그는 또 항상 흐리멍덩했다. 이것도 많은 시문에서 표현되었다. 그것은 일종의 되돌아보기와 전망으로, 모순으로 겹겹이 쌓인 심정에 매여 있었다. 이를 보면 한가하다고 해서 전부 평안하고 고요하거나 기쁜 것이 아님을 알 수 있는데, 게다가 완결할 수 없는 정신적으로 힘겨운 벗어남도 있었다. 이러한 형편은 시인의 거의 모든 생활을 꿰뚫고 있다.

당시 고양이와 개가 신변에 있어서 네 눈으로 바라봐주었더라면, 큰 즐거움을 주었을 것이다. 도연명은 그들의 맑은 눈빛에서 다른 세계의 소식을 읽어냈을 것이다. 그것은 우리 인류 사회와는 완전히 다르고 공리도 없고 권위도 없으며, 단순하고도 영원한 표정이다.

대장부는 천하에 뜻을 둔다

출신, 천성과 기타 수많은 원인으로 말미암아 도연명은 내심이 치열하고 외모가 냉담하고 고지식한 남자에 가깝다. 안은 뜨겁고 밖이 차가우면 생각하는 공간은 넓으나, 행동하는 반경은 도리어 좁다. 하지만 이러한 사람이 일단 내심의 생각을 형성하여 장차 유달리 견실하고 정의를 위해 주저 없이 나아간다. 그는 고집이 세면서 부드러운 사람이라고 말할 수 있다. 모두 규율을 잘 지키고 놀랄 만한 세속적 동작이 없는 것 같지만, 내심의 장력(張力)이 매우 크다. 이 장력은 어느 날 끝내 자신을 터지게 하고, 불가사의하고 완고하며 두려운 성격을 환히 드러낼 것이다.

도연명은 최후에까지도 여전히 배회했다. 하지만 이것은 이미 자기 전원 내부의 배회이다.

도연명이 관직을 사퇴한 뒤 배회를 멈추고 새로운 생활이 전면적이고 철저하게 시작되었다고 여긴다면, 그것은 큰 오산이다. 도연명은 형식적으로는 떠났지만, 내심 깊은 곳에는 여전히 출세와 입세, 진퇴, 현은(顯隱) 양자 사이에서 머뭇거렸으며, 종래 진정으로 멈춘 적이 없는 것 같다. 만년에 이르러 「불우한 선비들을 개탄하며」와 같은 글을 쓸 수 있었던 사람이 어떻게 그가 벼슬길, 웅지, 행위와 진취를 쉽게 잊었다고 말할 수 있겠는가?

도연명이 「고시를 본떠 지으며 아홉 수」를 쓸 때는 이미 만년에 이르렀다. 이때 자기 인생에 대한 총결 감개는 더욱 주의할 만한데, 그가 자신의 운명, 사회에 대해 어떻게 귀결했는지 살펴봐야 한다. 「잡시 20수」는 그가 50세 때 쓴 것인데, 전원으로 돌아간 지 9년차이다. 이때 그의 사상은 이미 침전되었고 상당한 기간 동안 농경 생활을 실천하였으므로 자신을 냉정하게 판단할 수 있어서 3, 40년 동안의 관리사회, 평민, 경작 등을 종합적으로 평가한 적이 있다.

昔聞長者言, 옛날에 어른의 말씀을 들을 때는
掩耳每不喜. 귀 막으며 항상 좋아하지 않았지.
奈何五十年, 어찌하여 오십이 되어
忽已親此事. 홀연 벌써 이 일을 직접 겪는가.
__「잡시 20수」 제6수

日月擲人去, 세월이 사람을 버리고 가버리니
有志不獲騁. 뜻을 가지고도 펼칠 수 없구나.
念此懷悲悽, 이 일을 생각하니 마음속 서글퍼
終曉不能靜. 새벽 다하도록 평정 얻지 못한다.
__「잡시 20수」 제2수

얼마나 슬프고 처량한지 저녁부터 낮까지 줄곧 날이 밝기를 기다려도 여전히 평온을 유지할 수 없었다. 바로 "뜻을 가지고도 펼칠 수가 없었기" 때문에 비로소 "새벽이 다하도록 평정을 얻지 못하게" 되었다.

그는 또 다음과 같이 묘사했다.

日月有環周, 해와 달은 돌고 도는데
我去不再陽. 내가 가면 되살아나지 못한다.
眷眷往昔時, 지난 시절을 그리워하며
憶此斷人腸. 이 일 생각하니 애가 끊긴다.
__「잡시 20수」 제3수

해와 달은 계속 순환하고, 야초는 하나하나 위로 자란다. 하지만 인간은 일단 죽으면 다시 살아서 돌아올 수 없다. 이전처럼 그리워하는데 이것을 생각하면 너무나 마음이 아프고 애끊는다.

丈夫志四海, 대장부는 천하에 뜻을 두지만
我願不知老. 나의 바람은 늙음을 모르는 것.
__「잡시 20수」 제4수

여기엔 가슴 아픈 수많은 사연이 들어 있다. 그는 또 자신이 세상의 저속한 인사처럼 득실과 이해를 가득 품을 수 없어 시시각각 온갖 고통을 당하고 인생 백년의 종착지가 무덤이거늘, 하필 허명 때문에 스스로 번뇌를 찾을 필요가 있느냐고 말했다. 도연명은 이러한 궁극적 문제를 사고하는 동시에, 여러 의기소침을 그 안에 끼워두었다. 이러한 열악함, 환상, 허무의 정서는 분명 전원생활에서 전부 보완할 수 있는 것이 아니다.

人皆盡獲宜, 남들은 모두 다 잘 해내는데
拙生失其方. 삶에 서툴러 그 방법 잃었다.
理也可奈何, 당연한 이치이니 어쩔 수 있나
且爲陶一觴. 우선 술이나 한잔 즐길 것이다.
__「잡시 20수」 제8수

그는 여전히 술에 기탁하였다. 다른 사람은 모두 충분히 이익을 얻을 수 있으나, 나 자신은 도리어 생계 도모에 서투르고 방법이 없다고 말했다. 그래서 이것은 천리라서 어느 누구도 어찌할 수 없으니, 차라리 모든 것을 잊고 술이나 실컷 마시자는 것이다.

도연명 당시의 심리 상태는 이러했다.

遙遙從羈役, 멀리 얽매인 일 따르다 보니
一心處兩端. 한 마음이 두 갈래로 나뉜다.
__「잡시 20수」 제9수

다른 사람의 파견 지시를 듣고 먼 곳에 가야 하지만, 요원한 곳에서는 또 고향을 염려하고 있으며, 마음은 양쪽 끝에서 왕래하고 있다. 멀리 가는 길은 벼슬, 관리사회를 가리킨다. 이곳은 그가 열애하는 전원과 멀리 떨어져 있다. 그의 마음은 잠시 그곳에 있다가도 잠시 후엔 이곳에 있으니, 양쪽에서 주저하며 결단하지 못한다. 이러한 상태는 그가 회귀한 뒤 근 10년 뒤의 일이다.

歲月有常御, 세월은 항상 몰고 가는 것이 있어
我來淹已彌. 내가 온 지 어느덧 꽤나 되었구나.
慷慨憶綢繆, 강개한 마음에 집사람이 생각나니
此情久已離. 이 정도 오랫동안 떠나 있었구나.
__「잡시 20수」 제10수

여기에서는 세월이 스스로 운행하는 규율이며, 내가 전원으로 돌아온 지도 시간이 오래되었으며 일찍이 비분강개하며 국가를 위해 일해 보려고 했다고 말했다. 이러한 심정은 지금 장기간 나와 분리되어 있다.

我行未云遠, 내가 떠난 것이 멀지도 않은데
回顧慘風涼. 돌아보니 매서운 바람 싸늘하다.
__「잡시 20수」 제11수

이 시는 사후의 두려움을 노출한 것 같다. 다행히 나는 멀리 가지 않아서 돌아보면 정말 "매서운 바람이 싸늘하다." 이 말은 무슨 뜻일까? 불우하고 어두운 관리사회의 체험이며, 사람의 마음을 아프게 하는 경험이다. 그가 전원에서 모든 것을 회고할 때 사후의 두려움을 가졌을 것이다.

총괄하면 도연명은 경작하면서 복잡한 초조함과 견제 정서에서 몸부림쳤으며, 한 가지 일이 해결된다고 해서 나머지도 해결되지 않았으며, 더욱이 전원으로 돌아왔어도 모든 것이 좋아지지 않았고, 따스한 전원에는 어떠한 견제, 동경, 모순과 양심의 가책도 없었다. 이 모든 것은 내심 깊은 곳에 전부 존재하고 있다. 입장을 바꾸어 도연명을 생각해보면, 그는 혁혁한 증조부를 두었고 또 명사인 외조부가 있었으며, 아울러 네 번이나 관직을 지낸 경력을 가지고 있었다. 이러한 사람이 토지를 경영하고 농경생활을 유지하고 있으니, 내심은 도리어 물처럼 평정을 유지하기 힘들었을 것이다.

도연명은 결정적인 순간에 결별했다. 성격이 강경하고 용맹한 일면을 가지고 있었기 때문이다. 하지만 결별한 뒤 반향과 여음이 있어서 과거와 현재는 한 칼로 벨 수 있는 말끔한 횡단면이 아니다. 그것들은 모두 끊임없이 함께 끌어당긴다.

마음의 한구석

망가진 관리사회와 비교하면, 도연명의 생활은 필경 훨씬 건강했는데 이 점이 바로 그를 자신만만하게 위로했다. 양자 사이에 그는 별다른 선택권이 없었던 듯하다. 하지만 사실은 여전히 다른 것을 시도했다. 다른 길이 혹시 존재할지도 모르기 때문이다. 도연명의 눈앞엔 결코 '현(顯)'과 '은(隱)' 두 길만 있는 것이 아니었다. 그는 세 번째, 네 번째의 길이 있음을 은밀히 느꼈다. 이러한 길은 도대체 어디에 있는가? 오늘날 사람들은 그 대신 상상하기 어렵다. 그는 '정글'의 상호 죽임을 두려워했고, 또 취생몽사하길 바라지 않았으며, 마음을 닦아 부처가 될 수도 없었고, 더욱이 전원에서도 불만이 있는 것 같았다.

시인의 증조부 도간, 외조부 맹가, 그리고 그 자신의 전원생활은 각자 다른 삼중의 경계인 셈이다. 이 삼중 경계 중에 어느 것이 높고 어느 것이 낮은지, 우리는 판단하기가 어렵다. 하지만 시인 자신은 잘 알고 있었으나 말하지 않았을 뿐이다. 다시 말하면 그는 이 모든 판단에 대해서도 국부적이고 단계적인 차이가 있기에 분명히 말하기가 쉽지 않았다. 그는 여태까지 자신을 설득하지 않았고, 개인의 최종적 선택이 얼마나 고명한지 보았으며, 반대로 자신이 선조를 욕보이지 않을까 걱정했다. 이러한 굴욕감은 구체적인 선조에서 나온 것이며, 또한 중국 전통 가치관의 압력에서 나온 것이다.

이후의 일부 지식인은 항상 자신의 의도에 비추어 도연명을 상상하는데, 사실은 자신을 위로하는 일종의 기분 전환이다. 시인이 비록 일백여 편을 남겨두었다고 하나, 이러한 글은 실제 생활과 심정을 상당히 분명하게 나타냈다. 민간에서 도연명을 표식화하고 개념화한 것은 정상을 참작할 만하나, 일부 전문 연구자들도 그러한 것은 반성해볼 가치가 있다. 아마 우리 전통사유 가운데 이것이 아니면 저것이고, 검지 않으면 하얗다는 경향을 가지고 있기 때문일지도 모른다. 중간의 색깔, 예를 들어 과도색(過渡色)이라든가 더욱 복잡한 색표준이라면, 우리는 더욱 귀찮아하게 된다.

도연명의 은퇴는 형식적일 뿐, 가슴의 한구석에선 때로는 강하고 때로는 약한 욕망이 숨어 있었다. 이러한 욕망이 일단 모아지고 폭발하게 되면, 우리는 깜짝 놀랄 것이다.

바로 수많은 모순이 서로 돋보이면서 그들의 전원은 비로소 광채가 빛나 보였다. 바로 이러한 정면 표현과 대비로 인해 그의 전원은 더욱이 화기애애하다.

위진 지식인이 불교와 도교를 숭상하고 현묘한 도리를 논하는 풍조가 유행한 적이 있다. 이는 도연명을 유혹하여 한 차례 혜원의 부름을 받고 여산으로 가서 수련하게 했다. 하지만 실천하는 과정에서 그는 혜원이 자신의 동행자가 아니며, 불학의 내생에 관한 인정을 실증할 방법이 없음을 재빨리 깨달았다. 이때 그는 경험론을 따르게 된다. 생활 속에서 실증을 얻을 방법이 없으면 따르기 어렵고, 내버릴 뿐이다. 그래서 여기에서 보면 그의 전원생활도 일종의 증거를 찾는 생활이다. 이러한 생활의 현실성, 활용성은 필경 도연명을 조금 안정시킬 수 있다. '공(空)'에서 '공'에 이르는 현학적 사고와 청담, 순수하고 형이상학적 사고는 도연명처럼 소박한 실천주의자를 설득시킬 수 없었다.

오늘날 보면 이러한 실천주의자는 진실로 좋지만 실무에 힘쓰고 헛된 명성을 좇지 아니하여 득실을 모두 갖는 셈이다. 현학적 사고와 청담 및 수도(修道)에는 불가피하게 형이상학적인 철학적 사고가 들어 있다. 시인이 이것을 모두 버리고 두려운 일로 본다면, 사유의 맹점을 조성할 수 있고, 다른 국한이 생길 수 있다. 그가 마음을 조금 더 활짝 연다면, 자신의 경우에 대해 더욱 심도 깊이 이해하고 파악할 수 있으며, 가장자리의 배회와 망망함도 많이 감소될 것이다. 물론 도연명은 완전히 생활 경험에 구애받지 않았고, 그는 상상이 극히 풍부한 것, 일부 '이형질'에 도움을 청했다. 예를 들어 그는 『산해경』을 읽을 때 많은 상상을 기록했다.

赤泉給我飮, 적천이 나에게 마실 것을 주고
員邱足我糧. 원구가 내게 양식을 넉넉히 주면
方與三辰游, 바야흐로 해, 달, 별과 노닐 것이니
壽考豈渠央. 수명이 어찌 갑자기 다하겠는가?
__「산해경을 읽고 13수」 제8수

이때 도연명의 흥취는 결국 유선(游仙)에 접근했다.

그는 전원에서 신체를 고달프게 했다. 시편에서 환락을 묘사하고 근심을 묘사하고 술을 마시고 상황을 설계하며 이처럼 시간을 보냈다. 후인은 초탈하여 그의 시편을 모든 노고와 연결시켜 같이 감상할 수 있는데,

그 속에 몸담고 있는 시인은 반드시 이렇지는 않을 것이다. 하루하루 반복되는 노동은 대가와 고수를 요구하는데, 지식인을 대대로 두렵게 만든 까닭은 이러한 생활에서 끝없이 번거롭고 구체적인 일, 진정한 고생에 있다. 고금 이래로 그토록 감동적으로 토지를 떠나기 위해 애쓰는 데는 분명 원인이 있을 것이다. 육체노동은 아름답게 보일지는 몰라도, 실제로 다루기란 또 다른 일이다. 진실로 도연명이 쓴 바와 같다.

山中饒霜露, 산속엔 서리와 이슬 많고
風氣亦先寒. 날씨도 먼저 추워진다.
田家豈不苦, 농부가 어찌 힘들지 않겠냐만
弗獲辭此難! 이 어려움을 그만둘 수 없다.
__「경술년 구월에 서쪽 밭에서 올벼를 거두고」

사영운이 얘기한 "물러나 밭을 일구려 해도 힘에 부친다(退耕力不任)"는 말은 바로 자기 육체에 힘이 없음을 가리킨다. 여기엔 더욱 장구하고 견지하는 힘이 필요한데, '신력(身力)' 말고도 '심력(心力)'이 있어야 한다. 때때로 우리는 전원목가를 미화하여 구체적인 노고의 고통을 무시할 수 있다. 먼 곳에서 관망하는 느낌은 다르다. 친히 고난스런 사계절을 겪을 필요가 없기 때문이다.

술두잔

명백히 알 수 있듯이 도연명이 종사한 농업 노동은 그의 신체와 정신의 건강에 최종적으로 양성(良性) 작용을 일으켰다. 하지만 시인은 과로와 다른 원인으로 항상 병을 앓았고 신음하며 병상에 누워 지내야 했다. 도연명을 치료했던 처방약은 전원의 양조이며, '첨주(甛酒)'였다.

그가 약간 취했을 때 그의 병은 치료되거나 완화되었다. 그래서 우리는 그 토지를 받아들이고 동경할 때, 시인이 여기에서 한번 막다른 골목에 이르고 진퇴양난에 빠져 지팡이 짚고 떠나가는 모습을 잊을 수가 없다. 시인이 처음으로 고향에 돌아왔을 때 신선한 느낌은 이완과 위로였으며, 정확히 우리를 크게 감동시켰고, 심지어는 우리를 완전히 덮어버려 시인의 다른 글을 정시하고 싶지 않았다.

막 돌아왔을 때 도연명의 나이는 41세였다. 고대이든 지금의 표준으로 보든 장년이라고 말할 수 있다. 장년기에는 진취력을 가지고 있고 다시 시작할 용기를 가지고 있으며, 눈앞의 잡초, 우거진 밭을 개간할 힘도 가지고 있다. 그의 정서는 상대적으로 왕성하고 활기차며 한가한 심정과 소탈한 정취를 많이 가질 수 있다. 이때 우리는 시에서 읊은 심정을 볼 수 있다.

東園之樹, 동쪽 정원 나무들
枝條再榮. 가지에 다시 꽃 피었다.
競用新好, 갓 핀 아름다움 다투며
以招余情. 내 마음을 이끈다.
__「멎은 구름」

洋洋平津, 드넓고 평평한 못에서
乃漱乃濯. 양치도 하고 씻기도 한다.
邈邈遐景, 아득한 먼 경치를
載欣載矚. 즐기면서 바라본다.
__「계절의 운행」

그의 충만한 쾌락에는 감염력이 풍부하여 애타게 근심하고 곤궁한 현대인을 위로해주었다. 이렇게 위로하는 심정은 잊을 수 없게 하고 오랫동안 음미할 것이다.

도연명에게는 당시 쾌락과 재미가 꽤 있었다. 그가 막 돌아갔을 때나 장년기에는 결국 지팡이를 잡고 전원을 돌아다녔는데, 결코 실제 필요 때문에 한 일은 아닐 것이다. 그의 환락을 시편에 표현한 것은 건장한 신체와 활기찬 정신이었으니, 사실 지팡이가 필요하지는 않았다. 황무지가 된 전원이 그를 불렀으니, 그가 손에 지팡이를 잡고 오솔길의 덩굴을 쳐냈을지도 모른다. 그의 나이나 신체 상황으로 보면, 이 지팡이는 마찬가지로 기쁨의 부산물이었다.

策扶老以流憩, 지팡이 짚고 이리저리 거닐다가 쉬며
時矯首而游觀. 때때로 머리 들어 먼 곳 바라본다오.
__「돌아가자」

쾌락하고 건강한 사람이라도 손에 지팡이를 잡을 수 있다.

이때의 지팡이와 노년에 구걸하는 데 사용한 지팡이는 크게 다르다. 우리는 도연명 최초의 군더더기이자 재미있는 지팡이를 보면, 끊임없이 공상이 떠오를 수 있고 그의 아름다운 동경을 생각할 수 있다. 일부 기대와 상상은 "지팡이 짚고 떠나가는" 모습 속에 포함되어 있다. 때로 시인의 조심하지 않은 디테일과 동작의 서술에도 수많은 비밀을 노출시킬 수 있다.

동진 지식계의 복잡한 사상은 시인에게 어느 정도 영향을 끼쳤다. 하지만 전통문화는 여전히 시인의 사고를 좌우하여 지금 생활에 대한 그의 부단한 회의를 갖게 했다. 그는 노동하고 있을 때나 끝났을 때, 자기 목전의 상황에 대해 양심의 가책을 느꼈다. 그는 아들에게 이렇게 표현했다.

抱茲苦心, 이처럼 괴로운 마음을 품고
良獨內愧. 진실로 혼자 속으로 부끄러워했다.
__「아들 엄등에게 주는 글」

자신이 죽은 뒤의 일에 대해 이와 같이 상상했다.

人生寔難, 인생살이 참 어려웠거늘

死如之何? 죽은 뒤에는 어떠할까?

__「나의 제문」

그리고 술 마신 뒤 스스로 자문했다.

日醉或能忘, 날마다 취하면 혹시 잊을 수 있겠지만

將非促齡具? 장차 수명을 재촉하는 도구는 아닌지?

__「몸과 그림자와 정신 · 정신의 풀이」

모두 그칠 수 없는 뒤엉킨 심리를 표현했다.

중국의 지식인이 일단 유가의 사유 전통을 벗어나 모종의 인생 범례를 떠나게 되면, 장차 큰 정신적 대가를 치러야 하며, 오랫동안 망설이며 불안한 상태에 빠지게 된다. 도연명의 고귀한 점은 최종적으로 번쇄한 우려와 질의에 무너지지 않았고, 자신의 경작 생활을 멈추지 않은 것이다. 그가 한번 돌아감은 유가 전통에 대한 한차례의 고별로 여겼지만, 이 고별은 궁극적으로 철저할 수 없었고, 자신도 마음이 편하지만은 않았다. 이 토지에서 궁극적으로 세월을 보내는 실감을 느끼게 하여 두 다리를 진실한 흙 속에 디디게 되었다. 당시의 지식인들이 발 디딜 곳을 찾지 못했다면, 도연명은 최소한 조상 때부터 전해 내려오는 몇 곳의 농장을 꾸려나갈 수 있었다.

어떻게 경작을 대할 것인가? 이것은 전통 지식인에게 있어 여태까지 작은 일이 아니었다.

『논어(論語)』에서 번지(樊遲)가 공자에게 농사를 묻는 정경을 기술했다.

번지가 농사짓는 법을 배우고자 청하니, 공자가 "농사에 관한 한 나는 늙은 농부보다 못하다."고 말했다. 다시 채소밭 가꾸는 법을 배우고자 청하니, 공자는 "채소밭 가꾸는 법에 관한 한 늙은 채소 농사꾼보다 못하다."고 말했다. 번지가 나가자 공자가 이렇게 말했다. "소인이구나, 번지는!"(樊遲請學稼. 子曰: "吾不如老農." 請學爲圃. 曰: "吾不如老圃." 樊遲出. 子曰: "小人哉, 樊須也!")

도연명은 다음과 같이 인지했다.

人生歸有道, 사람의 삶이란 결국 길이 있으니
衣食固其端. 입고 먹은 것이 진실로 그 단초로다.
孰是都不營, 누가 이를 전혀 신경 쓰지 않고
而以求自安? 스스로 편안하기를 바라겠는가?
__「경술년 구월에 서쪽 밭에서 올벼를 거두고」

도연명의 눈에 보인 농경 생활은 군자가 할 수 있는 것일 뿐만 아니라, 가장 기본적인 생존 방법이었다. 심신을 가장 견고한 '대괴(大塊)'에 놓고 의지하여 자신은 생활 속에서 실제로 접촉하게 되었다. 이러한 몸과 심신의 이중 의탁은 인생에서 최대의 위로가 아닌가? 이것이 바로 비교할 수 없는 의지처이자 귀착점이다. 대략 이 모든 것이 최종적으로 도연명의 절망과 의기소침을 저지했다.

상상 속에서 도연명의 위축된 정서는 때로 시급히 구제할 필요가 있다. 일상적인 노동에서 전원에서 밤이 된 후의 의기소침이라는 야수가 늘 출몰하여 시인을 물어뜯고 빨아들여 피를 흘리게 했다. 도연명은 어두운 밤이 빨리 지나가고 햇볕과 노동 속으로 돌아가길 바랐다. 햇볕과 노동을 동반해야만, 그는 달콤한 술 한 잔을 양조할 수 있었다.

도연명의 신변에는 줄곧 술 두 잔이 놓여 있다. 한 잔은 쓴 술이고, 한 잔은 달콤한 술이다. 달콤하며 순정하고 진한 술은 햇볕과 노동을 떠날 수 없고 녹색을 떠날 수 없다. 쓴 술이 그가 번잡하고 혼탁한 인사의 관리 사회에서 가져왔다면, 새 술, 조와 쌀로 빚은 새 술, '술지게미'가 떠 있는 새 술만이 그가 자신의 전원에서 빚은 것이다. 새 술은 그를 비할 데 없이 기쁘게 했고 항상 이웃과 함께 음미했다. 이 술은 희석시키지 않았고 새로운 조와 쌀이 익은 뒤에 끊임없이 흘러나왔다. 이것은 도연명 일생에 가장 큰 행운의 장면이다.

우리가 '농사'란 두 글자를 얘기할 때, 수많은 매력을 느끼고 흡인할 수 있으며 건강함을 느낄 수 있다. 이 두 글자의 배후에 포함된 내용은 바쁘거나 생기발랄하여, 유독 창백하거나 허약한 독서인 형상은 없다. 이 두 글자 뒤에는 장차 튀어나올 것 같고 정신이 건장한 도연명이 숨어 있으며, 그는 괭이를 메고 피부는 까무잡잡하며 두 눈은 빛나고 생기가 넘친다.

도연명은 쓴 술을 마시는 가운데 낙담을 내비쳤고 이후엔 자신을 마취시켰다. 전원으로 돌아간 나날이 오래되자, 구체적인 고통, 농경 생활의 마손에 따라 쓴 잔의 도수는 점차 높아지고, 잔을 드는 횟수도 증가하고 있었다.

도연명은 쓴 잔 속에 흩어지지 않았고 여전히 노동에 감사했다. 땀을 흘리며 부단히 배회하고 땀을 씻어내면서 그는 조금이나마 이완되었다. 현대인은 땀을 매우 중요하게 여기는데, 의학적으로 얘기하면 그것은 중금속을 배출할 수 있고, 정신적으로 얘기하면 사람을 유쾌하게 만들 수 있다.

은(隱)과 현(顯)

'은'과 '현'은 모두 상대적이다. 루쉰 선생이 잘 언급했듯이 진정한 '은'은 아무도 모르며, 이에 모든 것은 얘기할 방법이 없다. 우리가 말하는 모든 '은사'는 사실 당시에 모두 '현사(顯士)'였으므로, '현'하지 않으면 '은'을 몰랐으니 도연명도 결코 예외는 아니다. 이러한 '은'과 '현'의 상대성, 예를 들면 '가장자리'와 '중심'의 도리는 서로 비슷하다. '중심'이 없으면 어떻게 '가장자리'가 나오며, '중심'에 대한 동경, 관심과 멀리 바라봄이 없으면, 어떻게 '가장자리' 의식과 배회가 있겠는가? 그래서 우리는 '은'의 철저성을 도연명에게 요구할 수 없다. 도연명은 종래로 그러한 '은사'가 되려고 한 적이 없기 때문이다.

고대의 독서인은 모두 관리가 되려고 했다. 춘추전국 시대에 말솜씨가 좋은 지식인이 농사를 짓는다면, 도리어 불가사의한 일이었다. 공자가 길을 물을 때 제자는 말을 조리 있게 잘 하고 식견이 고명한 농부를 만나고는 돌아와서 공자에게 보고하니, 공자는 곧장 추단했다. "그 사람은 은사일 것이다." 고대의 독서인, 지식인은 거의 관료 계층과 동등했는데, 바로 루쉰이 말한 바와 같다. 중국 문인은 관직에서 확실히 너무나 가깝다.

문화교육이 보급된 뒤, 예를 들어 현대에 이르러서는 대체로 어느 누구도 지식인을 관료와 동등시할 수 없고, 더욱이 관리사회를 떠난 지식인을 '은사'로 보지도 않는다. 도연명이 '은사'라는 명예는 후대 사람이 붙여 준 것이다. 그들은 도연명을 이러한 대열에 귀납시켰는데, 주로 도연명이 독서인의 신분이고 관직을 지낸 적이 있으며 특히 관리의 후예이기 때문이다. 사실상 시인의 입장에서 말하면, 모든 것은 자연스럽게 된 것이고 그가 생계를 찾았을 뿐이다. '은사'들은 그렇지 않다. 그들은 대부분 생계를 도모할 필요가 없는데, 모두가 '은'의 밑천을 가지고 있기 때문이다. '은사'의 주요 공작은 '은'이지, 일을 하는 것이 아니다. 도연명의 일생은 고된 노동에 있으며 먹고 살기 위해 바쁘게 뛰어다녔으니, 그는 통상적으로 말하는 '은사'와는 아무런 관계가 없다.

산속에 숨어서 세상과 단절할 뜻을 표명한 사람, 일부 전문적인 인사야말로 '은사'라고 부를 수 있다. 시인이 돌아온 뒤 관리사회 인물과 문인 친구들은 모두 자연스럽게 왕래하며 비교적 정상적인 생활을 보낸다. 그런데 '은사'는 극구 회피하여 '전문성'이 강한 행위다. 도연명은 토지에서 생활했으나, 출신이 그다지 단순하지 않기에 평온하게 경작하기가 불가능했다. 이 불안정은 매우 소박했다. 그는 순수한 농민이 아니기 때문에, 그가 다른 일에 힘쓸 마음이 없는 농민이 되는 것도 현실적이 아니었고 진실하지도 않았다.

도연명은 각종 본보기가 필요했다. 그는 시에서 여러 번이나 '은사'를 언급했는데, 뜻은 자신을 격려하는 데 두었으나, 도리어 그들을 모방하려고 하지는 않았다. 진정한 동행자가 일단 나오면, 그는 즉각 커다란 기쁨을 나타냈다. 일찍이 강주(江州) 시상현령(柴桑縣令)을 지낸 유유민(劉遺民)이 바로 이러한 사람이다. 똑같이 현령을 지냈고 똑같이 전원에 돌아왔으므로, 도연명은 그와 창화하고 그와 할 말이 많았다.

山澤久見招, 산림에서 부름 받은 지 오래인데
胡事乃躊躇. 무슨 일로 이렇게 주저하는가?
直爲親舊故, 바로 친구들 때문이니
未忍言索居. 차마 떠나 살겠다고 말할 수 없네.
__「유 시상 시에 화답하여(和劉柴桑)」

도연명이 본가 '장사공(長沙公)'에게 준 시가 있다. 장사공 도연수(陶延壽)는 그보다 한 대 아래이나, 직위는 도연명보다 높았다. 그는 시속의 촌수 관계를 잘 파악하여 선배로서 신신당부하였을 뿐만 아니라, 신분이 비교적 높은 관료에 대한 존경을 표명했다.

나는 장사공과 친족으로, 조상이 함께 대사마에게서 나왔다(余於長沙公爲族, 祖同出大司馬.)

[중략]

遙遙三湘, 멀고 먼 삼상과
滔滔九江. 넘실대는 구강이로다.
山川阻遠, 산천이 막혀 있고 멀지만
行李時通. 심부름꾼이 때로 통한다.
__「장사공에게 드리며(贈長沙公)」

이 시를 「무궁화」, 「아들 이름을 지어주며」 몇 수와 결합하면, 그중에서 시인의 복잡한 심리를 엿볼 수 있다.

도연명은 자기의 생활환경을 잘 알고 있었다. 그는 어느 '은사'를 경복했다. 하지만 자신이 그러한 '은사'라고 여기지는 않았다. 전문적인 '은사'는 '가장자리'로 진력하여 나가는 동시에, 또한 '중심'을 부각시키고 강조한다. 이러한 '은사'는 몸은 산림에 있지만, 도리어 시시각각 그 '중심'의 대립성과 존재성을 느끼지 못한다. 그런데 도연명은 갈수록 진실로 투입한 농민으로 변하였고, 정감에서 실제 생활방식에 이르기까지 이와 같았다. 그가 '가장자리'에 깃든 것은 최소한 방관자가 보기에 자연스럽고 순박하다. '중심'에 대한 생각이 마음속 한구석에 숨었다가 이따금 튀어나올 뿐이다.

그는 전원에서 들바람이 불면 심정이 좋아지기 시작한다.

제4강

농사와 건강

루소는 항상 자연의 교육관을 언급한다. 예를 들어 사람은 자연 속에서, 육체노동 속에서만이 건강하고 건전해질 수 있다. 건강한 사회는 반드시 신체와 심리가 모두 건강한 사람이 조성하며, 이러한 사람은 반드시 육체노동을 거절할 수 없고, 그들은 햇볕을 회피하지 않으며 비바람을 피하지 않고, 신체와 정신의 건강을 추구한다.

맑은 시냇가에서 시를 읊조린다.(臨淸流而賦詩.)

(명 이재李在 「귀거래혜도歸去來兮圖」 부분)

농사와 건강

도연명은 앞뒤로 두 부인을 얻어 다섯 아들을 키웠다. 그는 자신의 아들에게 시문을 남겨주었는데, 이러한 시문에서 우리가 잘 아는 부자의 정이 충분히 표현되었다. 다섯 아들은 도연명에게 수많은 즐거움을 안겨주었고, 그를 무척이나 위로했다.

名汝曰儼, 너를 '엄'이라고 이름 지었으니
字汝求思. 네게 '구사'라고 자를 지어준다.
溫恭朝夕, 아침저녁으로 온화하고 공손할 것이니
念茲在茲. 이것을 생각하고 여기에 마음 둘지어다.
__「아들 이름을 지어주며」

好味止園葵, 좋은 맛은 텃밭의 아욱에서 그치고
大懽止稚子. 큰 즐거움은 어린 자식에서 그친다.
__「술을 끊으며(止酒)」

阿舒已二八, 아서는 벌써 열여섯이건만
懶惰故無匹. 게으르기 진실로 짝이 없다.

阿宣行志學, 아선은 열다섯이 되어가나
而不愛文術. 글공부 좋아하지 않는다.
雍端年十三, 옹과 단은 나이가 열세 살인데
不識六與七. 여섯과 일곱도 구분하지 못한다.
通子垂九齡, 통이란 놈 아홉 살 되도록
但覓梨與栗. 오로지 배와 밤만 찾는다.
__「아들을 나무라며」

여기에서 우리는 따뜻한 가정생활을 느낄 수 있다. 전체 풍속 생활에서 향유하는 이 부분은 그에겐 결점은 없고 정말 행운이었다. 도연명이 농사일에 바쁘고 동시에 다섯 아들을 양육해야 했는데, 이러한 바쁨이 많은 정력을 소비하고 또한 그를 충실하게 만들었다. 이렇게 분주해야 전원을 경영하는 사람 같다.

고량진미(膏粱厚味)를 누리는 사족 대부호는 늘 자식이 적거나 없는 고뇌를 가지는데, 고생하는 도연명은 오히려 다섯 아들을 두었다. 이 아이들은 전원의 훌륭한 조수인데, 시인에게 정신적으로 큰 위로를 주었다. 그는 다섯 아들의 장래 때문에 우려하여 「아들 엄 등에게 주는 글」을 써서 아들에게 세세히 신신당부했다. 이 다섯 아이들은 후인의 문자기록에 나타나지 않으니, 아마도 별다른 공명이 없었을 것이다. 더 자세한 상황은 우리가 알기 어렵다. 시간이 지난 지 이처럼 오래되었으니, 우리는 시인 자신의 문자에서 그들의 정보를 이해할 뿐이다.

도연명의 가정 생활은 더욱 토지에 의존한 농민 같다. 인력이 부족한 집이었다면, 도리어 충분히 전형적이 아니다. 가족을 거느려야 비로소 농경민 같다.

白髮被兩鬢, 흰머리가 양 귀밑을 덮고
肌膚不復實. 살결도 더는 실하지 못하다.
雖有五男兒, 비록 다섯 아들을 두었으나
總不好紙筆. 모두 종이와 붓 좋아하지 않는다.
_「아들을 나무라며」

親戚共一處, 친척들이 한곳에 같이 살고
子孫還相保. 자손들 또한 서로 보살핀다.
_「잡시 20수」 제4수

우리가 상상하는 전원 농촌은 바로 이렇게 노인을 부축하고 어린이를 이끌고 아동들이 즐겁게 웃는 분위기다. 도연명은 그들과 함께 밭에 나가 닭과 매미를 잡으러 다니고, 그의 문 앞은 항상 손에 청과를 쥔 시골 아이들로 둘러싸였다.

시골 아이들이 밭두둑의 한 남자를 따랐으니 그가 도연명이다. 상상해보자. 아동들은 햇볕 아래에서 얼굴엔 흙이 묻고 손발에 진흙이 묻었으며, 웃는 개구쟁이 모습일 것이다. 도연명이 우연히 고인(高人) 명사들을 접대할 때, 그들은 부끄러워서 회피하거나 곁에서 몰래 훔쳐보았다. 표정과 태도가 재미있다. 이 모든 것이 도연명이 조와 쌀로 새 술을 빚고 밤에 옷을 걸치고 문을 열어 손님을 맞는 장면과 잘 어울리니, 모든 것이 이토록 적절하고 부합한다. 바로 이러한 생활 디테일, 이러한 장면의 중첩은 도연명의 농사와 그의 건강 상태를 알게 해준다.

도연명이 관리 전통을 가진 가족에서 물러나고, '농사를 부끄러워하는' 사대부 계층에서 퇴출하여 찾은 것이 이러한 생활이다. 이는 그의 일상 상태를 이전의 벼슬길과 크게 구분 지었고, 또한 당시 각종 방식으로 권세 집단을 벗어난 지식인과도 구별된다. 이러한 사람들은 분분히 개인 생활을 발명하고 대담한 행사 방식을 많이 가졌으며, 광음과 현묘한 도리를 논하고, 오석산 복용과 수도 이외에도 혜강 같은 사람은 함께 모여 주조했다. 관직을 세습하는 사족 후인들의 행동거지는 세상 사람들을 놀라게 한다. 우리들에게 주는 느낌, 그들이 한 일은 다소간에 연기성이 있고 일상성이 부족하여, 일생을 준비하고 지속하는 본분인 노동 같지가 않다.

이러한 지식인을 곡식 낱알로 비유하여 그들이 위진이란 돌풍에 의해 궁정에서 각 구석으로 뿌려진다면, 도리어 전부 뿌리를 내리지 못할 것이다. 도연명은 땅에 떨어졌을 뿐 아니라, 뿌리를 내리고 새로운 종자를 맺었다.

밝은 느낌

도연명의 모든 시문에서 사람에게 주는 인상이 가장 깊고 열독 쾌감을 가장 크게 가져온 것은 바로 전원으로 돌아와 처음 쓴 시문이다. 예를 들면 대표작 「전원으로 돌아와 살며 5수」, 「돌아가자」 등은 일종의 밝은 느낌, 일종의 따뜻한 정이 넘쳐흐른다.

榆柳蔭後簷, 느릅나무와 버드나무는 뒤 처마에 그늘 드리우고
桃李羅堂前. 복숭아나무와 자두나무는 집 앞에 줄지어 있다.
曖曖遠人邨, 희미하고 먼 시골 마을에
依依墟里煙. 가물가물 오르는 촌락의 연기.
__「전원으로 돌아와 살며」 제1수

木欣欣以向榮, 나무 싱싱하니 무성해지려 하고
泉涓涓而始流. 샘물은 졸졸 흐르기 시작한다.
__「돌아가자」

이러한 색조와 느낌은 후기 시문에는 많이 보이지 않는다. 이것은 일반적인 즐거움과 통쾌함이 아니라, 길게 숨을 내쉰 뒤의 이완이자 흡족함

이다. 불가사의한 것은 창작자의 이러한 심정과 상태가 우리를 강렬하게 감염시키고 흡인하여 오래도록 음미하여 잊지 못하게 만든다. 이것은 시인이 장기간 마음속에 숨은 하나의 현(弦)으로 먼지를 떨쳐버리고 빈번히 심금을 울리며, 마침내 충만한 쾌락의 소리를 연주하게 한다.

전원생활은 인류의 가장 기본적이고 가장 원시적인 생존 방식으로 보인다. 그것의 모든 과정은 이러한 동작, 즉 파종, 보살핌, 가꿈, 재배를 중복하는 데 있다. 그중에 복잡한 기술성은 거의 없으며, 천재지변을 만나지 않고 노력하고 고생하면, 자신이 필요로 하는 양식을 얻을 수 있는데, 가장 의존하는 것은 비, 이슬과 햇볕이다. 단순하면서 순박한 노동 방식 자체가 비교할 수 없는 도덕감(道德感)을 내포하고 있다. 우리는 이렇게 여길지도 모르겠다. 노동이 달라지면, 그곳에 함유한 도덕윤리 의식도 다르다. 경작 활동은 수산업과 다르고 상업경영과도 다르며, 이른바 과학기술 발명과도 구별된다. 농사를 준비하는 과정은 주변을 해치는 어떠한 유해 원소가 비교적 적거나 방사하지 않고 밖으로 넘쳐흐르지 않아서, 종사자의 심신은 이 기간에 양호한 수양을 얻을 수 있다.

경작에서 가장 기본적인 노동 방식은 직접 생명을 유지하는 데 필요한 것과 서로 대응하고, 기타 작업은 이 노동으로 제공받는 수확물을 요구하고 그것을 전제로 삼는다. 인류가 최초로 외부 세계에 생존에 필요한 동작을 요구한 것은 이처럼 단순하고 솔직하며 소박하다. 이러한 활동의 사람에 대한 관념, 정신에 대한 위로, 인성에 대한 감화는 경작이 본래 가진 순박성과 직접성 때문에 성실하고 순후한 일면을 강화시킬 수 있다. 이러한 점으로 말하면, 경작은 또한 다른 활동과 비교할 방법이 없는 것이다.

사람이 고개를 들면 '고민(高旻)'이고, 고개를 숙이면 '대괴(大塊)'이며, 멀리 바라보면 끝없는 벌판이고, 시력이 닿는 곳이 바로 무럭무럭 자라나는 녹색 식물이며, 그 사이에서 활약하는 것이 크고 작은 생명체다. 환경으로 말하면 또한 다른 노동과 구별이 있다. 농촌 노동과 자연계의 이러한 친화 관계, 융합 관계는 다른 작업에는 없다. 바로 이와 같기 때문에 시인의 심신의 피로는 휴식을 얻게 되고, 볼 수 있거나 볼 수 없는 상처는 회복되고, 즐거워하고 항상 밝은 얼굴의 도연명을 낳았다.

햇볕은 만물을 비추고 도연명의 신상에도 비췄다. 이는 시인에게 매우 중요하고 그의 작품, 그가 돌아온 뒤 충만한, 건강하고 따사로운 기운에 대해서도 지극히 중요하다. 사람도 이동할 수 있는 나무로 볼 수 있으므로 광합성 작용을 필요로 한다. 사람이 장기간 우울한 모퉁이에 처해 있고 햇볕을 가리고 기류를 막는 곳에서 오랫동안 생활하면, 심정은 반드시 영향을 받을 수 있다. 예를 들면 우울하게 변하고 어두운 색조로 바뀔 수 있다. 사람이 햇볕을 쪼이는 일은, 먼저 의학적 시각에서 비타민과 기타 미량의 원소를 합성할 수 없으나, 생명을 유지하는 건강에 지극히 중요하다. 더욱 중요한 것은 정신과 심리의 감화 작용이 있는데, 후자는 생명 건강에 빠질 수 없는 조건이기도 하다.

도연명은 농촌으로 이주한 뒤 야간에 무수히 많은 별을 볼 수 있었다.

遙遙萬里輝, 아득한 만 리의 빛이요
蕩蕩空中景. 드넓은 공중의 경치로다.
__「잡시 20수」 제2수

낮에는 맑고 투명한 하늘을 볼 수 있다.

露凝無游氛, 이슬 맺히고 떠다니는 구름 없으며

天高肅景澈. 하늘은 높고 경치는 맑다.

_「곽 주부의 시에 화답하여 두 수」 제2수

사방의 들판으로 시야를 넓히면, 끝이 안 보이고 몸을 둔 공간은 전보다 더욱 너르게 트였고 요원하다. 이는 칸트가 한 말을 생각나게 한다. 그것은 경외감을 느끼게 하는 두 가지 사물을 느끼게 한다. 하늘의 별과 마음속의 도덕률(道德律). 그는 양자를 함께 병렬했으니 크고 깊은 뜻이 담겨 있다. 우리는 이 양자를 분리할 수 없다고 생각할 수 있다. 머리 꼭대기 깊은 곳은 비어 있으나, 사실상 말로 표현할 수 없고 은연중 거대한 규정력을 보여주고 있다. 이러한 역량을 항상 마주하고 느끼게 하여, 곳곳에서 연계시켜 반드시 정신에 영향을 끼치고 경외감을 불러일으킨다. 인류 심중에 고유한 양지(良知)와 도덕법칙도 없는 곳이 없는 규정력에서 나온다. 그것은 일종의 영원한 역량이다. 이를 보면 신비해서 예측하기 어려운 두 부분은 사실 함께 연계되어 있음을 알 수 있다.

사람이 별이 총총한 하늘과 떨어져 있어 신상에 별빛을 받지 못한다면, 심중의 도덕률도 필연적으로 영향을 받는다. 이러한 의미에서 말하면, 혼잡한 도시생활은 다소간에 인류 심중의 신성(神性)을 와해한다. 이러한 와해와 소모의 정도는 개인마다 다르겠지만 반드시 발생할 수 있다. 시대의 첨단기술의 발전에 따라 도시화가 깊어질수록 와해하는 힘도 더욱 강대해진다. 이로 상상해보면 도연명의 해와 달은 시인으로 하여금 기쁨과 위안을 느끼게 했다. 그는 인생의 이상적인 경관 속으로 돌아왔으니, 사실상 일종의 행운인 셈이다.

현대의 눈으로 고찰하지 않고 위진남북조를 중국 고대의 역사에 놓고 토론한다면, 이 시기는 도리어 상당히 '도시화'했을 가능성이 있다. 당시 정권은 분열되어 할거하였고, 도시는 심각하게 파괴되었다가 또 분분히 우뚝 솟고, 방어와 전쟁준비 때문에 수많은 군사 요새를 세웠고, 그것들은 정치, 경제, 문화 중심지로 변모했다. 물론 그것이 도시화가 비교적 발달한 시기라 하더라도, 결코 현대도시의 개념과 시각에서 말한 것은 아니다. 농업국가의 초기에 여하를 막론하고 도시화는 요원했겠지만, 시인이 이러한 도시에서 생활했으니 필경 진정한 농촌과는 멀리 벗어났다.

도연명은 당년에 생활의 협착을 느끼고 마음속으로 적응하지 못하여 반감과 혐오가 일어나, 전원생활에 대한 갈망도 생겨났다. 그가 돌아올 때 가져온 자유와 창달(暢達), 무럭무럭 자라나는 정서는 시끄러운 도시에서 생활하며 날마다 곤궁해지는 우리 당대인에게 큰 감동을 줄 것이다.

술을 끊다

시「술을 끊으며(止酒)」는 매우 재미있다. 그것과 대응하는 것은 시인이 마시길 좋아하는 습관이며, 음주의 즐거움과 음주 후의 심정을 끊임없이 묘사한 시문이다. 도연명은 대부분 시문에서 술을 모두 긍정하고 동경했다. 때로 우리는 술이 그에겐 식사보다 더 절실함을 느낄 수 있으며, 심지어 노동의 중요성과 비교할 수도 있다. 노동과 술은 도연명에겐 대체로 동등한 의미를 지니고 있다. 시와 술의 의미는 비슷한데, 이 양자는 항상 분리할 수 없기 때문이다.

有酒有酒, 술이 있어 술이 있어서
閒飮東窓. 한가히 동쪽 창가에서 마신다.
_「멎은 구름」

何以稱我情? 무엇으로 내 마음을 위로할 거나?
濁酒且自陶. 탁주로나마 우선 스스로 즐겨보자.
_「기유년 9월 9일」

若復不快飮, 만약에 다시 통쾌하게 마시지 않는다면

空負頭上巾! 부질없이 머리 위 갈건을 배반하는 것.

__「음주 20수」 제20수

그가 술을 너무나 좋아했기 때문에 어느 날 결국 아래와 같은 시를 썼을 것이다.

居止次城邑, 거처를 도시에 잡았으나
逍遙自閒止. 소요하며 스스로 한가롭다.
坐止高蔭下, 앉는 것은 높은 나무 그늘 아래에 멈추고
步止蓽門裏. 걷는 것은 사립문 안에 멈춘다.
好味止園葵, 좋은 맛은 텃밭의 아욱에서 그치고
大懽止稚子. 큰 즐거움은 어린 자식에서 그친다.
平生不止酒, 평생 술을 끊지 못했으니
止酒情無喜. 술 끊으면 마음에 기쁨이 없기 때문.
暮止不能寢, 저녁에 끊으면 편히 잠들지 못하고
晨止不能起. 아침에 끊으면 일어날 수가 없다.
日月欲止之, 날마다 달마다 끊으려고 하였지만
營衛止不理. 혈기 작용이 멈추어 순조롭지 않다.
徒知止不樂, 단지 술을 끊으면 즐겁지 않은 것만 알고
未知止利己. 술 끊으면 몸에 이로운 것만 믿지 않는다.
始覺止爲善, 비로소 끊는 것이 좋음을 깨닫고
今朝眞止矣. 오늘 아침에 정말로 끊게 되었다.
從此一止去, 이로부터 한결같이 끊어 나가면

將止扶桑涘. 장차 부상의 물가에 머물리라.

淸顔止宿容, 맑은 얼굴이 예전 모습대로 머물 것이니

奚止千萬祀. 어찌 천만 년에 그치겠는가.

이것이 바로 재미있는 「술을 끊으며」 시다. 여기에서는 '지(止)'자를 연달아 썼으나, 도리어 시인이 진정으로 '끊을' 뜻이 있다고는 보이지 않고, 짙은 희롱의 의미를 느낄 수 있다. 과연 그는 나중에 술을 끊지 않고 오히려 더 많이 마셨다.

우리는 도연명이 일반적 의미의 '현실주의' 시인일 뿐만 아니라, 사실(寫實) 시인이며 시원시원하고 직접적인 시인이고, 항상 방향을 바꾸거나 입에서 나오는 대로 말할 수 없는 곧고도 단순한 시인이라고 생각한다. 하지만 우리가 한 발 물러서서 보면, 그가 '현실주의' 시인이자 전통적 의미에서의 사실주의자라고 느낄 수가 없다. 우리는 아마도 큰 물음표를 쳐야 할 것이다. 우리는 그가 진정한 의미의 '낭만주의' 시인이라고 말할 수 있을지도 모른다.

도연명의 낭만은 소박하고 배후에 진솔함이 숨겨져 있기 때문에 우리가 먼 곳에서 관찰하면 이러한 품성을 감지할 수 있다.

그의 소박함과 진솔함은 당시 시단에서 그를 충분히 숭배하지 않는 원인이 되었다. 당년의 시단 기풍은 이미 아름다움을 강구하는 데로 나아가고 자못 군더더기가 되었다. 예를 들어 이 방면에서 비교적 대표성을 띠는 안연지 같은 사람이 도연명보다 더 명성을 가졌기 때문이다.

시인 및 그 예술은 때로 가까이 있으면서도 오해하기가 쉽다. 도연명과 술의 관계는 결코 단순하지 않다. 그는 술로 시름을 풀었을 뿐만 아니라, 그의 술은 시와 긴밀하게 결합해 있어서 모든 시편마다 술 냄새가 풍긴다. 여기에는 서구인이 말하는 '술의 신'이 있어서 술이 완전히 융합하고 본성을 따라 발휘하게 한다. 하지만 도연명은 술 마신 뒤 이백처럼 충동적이거나 호방하지 않았으며, 두보처럼 침울돈좌(沈鬱頓挫: 비장한 감정을 충실하게 담은 내용)하지 않았다. 그가 더욱 많이 가진 것은 흔적을 드러내지 않는 도취이고, 약간 취한 것이다. 술이 도연명에게 끼친 작용은 주의할 만한 가치가 있다.

「술을 끊으며」 시가 희롱의 의미가 많이 들어 있더라도, 시인은 음주로 일을 그르치고 기거와 경작에 영향을 끼칠 수 있을 거라고 느꼈다. 시인이 정말로 억제할 수 있는 이성을 가졌다면, 술에 대한 태도에 영향을 미칠 수 있고, 더욱이 자신의 생활 태도와 예술 품격에 작용할 수 있다. 예를 들면 그의 신체가 적응하지 못했을 때나 취해 누웠을 때, 정말로 자책하여 적게 마시거나 마시지 않겠다는 생각을 했을지도 모른다.

사실 이 시를 쓴 뒤로 도연명은 도리어 더 심할 정도로 많이 마셨다. 그러므로 이 시는 정말로 금주령이 아닌 셈이다. 시인은 단지 금주란 일로 자조(自嘲)했을 뿐이고, 반어적으로 술을 열애하고 끊기 어려움을 표현했다. 이러한 해학적인 내용과 상호 보충하기 위해, 그는 결국 매 구마다 모두 '지(止)'자를 썼는데, 일종의 문자 유희 같다. 이로 알 수 있듯이 시인의 성정이 활발하고 술을 애호함을 알 수 있다.

진실한 상황은 이렇다. 도연명은 일생 동안 술을 벗어나본 적이 없고, 일단 벗어나면 틀림없이 큰 사고가 생겼다.

우리가 조금 더 세심하게 술과 관련된 그의 모든 시를 늘어놓고 보면. 그에 대한 술의 긍정적인 작용이 매우 큰 것을 발견할 수 있다. 처음에 도연명은 술을 떠날 수 없었고, 점차 독자조차도 술을 벗어날 수 없다. 그는 술 속에서 사고가 높이 올라 멀리 갈 수 있으며, 도중의 동작이 자유자재로 시원시원하고 갈수록 사랑스럽다. 기괴한 것은 그가 술 마신 뒤의 시는 결코 천리를 종횡하지 않고, 더욱더 질박하고 간결하며 명쾌해지고, 음주한 뒤에도 일상생활에 대한 이성적 태도에 영향을 미치지 않아 때때로 자신을 격려했다.

위진과 당대의 다른 시인과 지식인은 음주 후 주정을 부리고 술 마신 뒤에 평상의 상태를 잊게 하여, 언사에서 행위에 이르기까지 늘 스스로 통제할 수 없는 방탕, 광증의 상태로 빠졌다. 이것은 역사서에 많이 기록되어 있다. 도연명이 사람에게 주는 느낌은 음주 후의 안락함이다. 그는 충분히 삼갔으며 심정이 한가하고 평이하며 뚜렷하고 친절하다. 술은 더욱 많은 따스함과 진솔을 가져왔다. 이것은 사랑스럽고 귀중하게 느껴진다. 술 마신 뒤 진솔한 말을 털어놓는데, 그의 진솔한 말은 방자한 색채를 띠지 않고, 더욱 순결하고 유치하며 더욱 흙냄새가 난다.

放歡一遇, 한번 만나 기쁨을 다하여

旣醉還休. 취한 뒤에야 그만두었지.

__「정 시상에게 답시를 드리며(酬丁柴桑)」

弱女雖非男, 막걸리가 비록 좋은 술은 못되나

慰情良勝無. 마음 위로하기엔 진정 없는 것보다 낫다.

__「유 시상 시에 화답하여」

바로 술의 발원지가 토지인 것처럼, 그는 술을 마신 뒤 토지에 접근하고 토지의 만사만물에 접근했다. 술은 그를 전원에 다가서게 하고 이웃에게 친절하게 만들고, 있는 것과 없는 것을 서로 융통하게 하고 정감을 교류하게 했다. 그래서 술은 진정한 이웃이고, 술은 진정한 고향 사람이며, 술이 '도화원'이고 술이 애인이었다. 그는 술을 떠날 수 없었다. 독자는 도연명의 음주에 대해 기꺼이 받아들일 수 있을 것이다.

풀만 무성하고 콩 싹은 드물다

후기에 올수록 도연명의 생활은 더욱 간고해지고 사람의 적막, 심리의 충돌은 갈수록 가중되었다. 이를 증명할 수 있는 다량의 시편이 있다. 도연명의 시는 전원으로 돌아와 은거한 후의 생활 디테일을 마치 거울에 비추어 볼 수 있는 듯하다. 예를 들어 그의 「구월 구일 한가로이 지내며」, 「농사를 권장하며(勸農)」, 「거주지를 옮기고 두 수」, 「곽 주부의 시에 화답하여 두 수」 내지 그의 대표작 「돌아가자」, 「오류선생전」을 읽어보면 생존 환경에 따라 점차 나빠지고, 자신에게 신신당부하는 목소리도 더욱 빈번해졌고, 또한 그 소리의 높이와 세기도 조금씩 올라갔다. 우리는 마치 즐거워하는 도연명, 심정이 찬란한 도연명, 한 걸음씩 근심이 없는 곳으로 걸어가는 도연명, 끊임없이 자신을 격려하며 '버티는' 도연명을 보는 듯하다. 이러한 사람을 최종적으로 '승리자'라고는 부를 수 없지만, 도리어 '버티는 자'라고 부를 수는 있을 것이다.

사람이 고대든 현대든, 전쟁이 빈번한 피비린내 나는 혼란 시기이든, 현재의 물질주의가 범람하는 디지털 시대이든 '버티기'란 너무나 어렵다.

도연명이 시종 버틸 수 있었던 비밀은 어디에 있을까? 그의 시를 펼쳐놓고 읽어보면, 우리는 토지의 역량, 그가 농사에서 얻은 지극히 중요한 지지를 느낄 수 있다. 그의 신변에는 활발한 무수한 생명이 있는데, 그들은 무럭무럭 자라고 세세히 헤아릴 수 있다. 이동할 수 있는 생명은 이동할 수 없는 생명과 오랫동안 붙어 있으면 서로 도와주어, 이들 사이에 생기는 정감은 충분히 사심이 없고 건강한 것이다. 이처럼 특별한 정감은 고인에게 있지만, 그 농도와 심도는 현대인을 뛰어넘을 것이다.

도연명과 '콩 싹(豆苗)'의 관계, 그의 수확물을 손상하는 '풀'과의 관계는 일반 농민과는 약간 다른 듯한데, 우리 현대인의 정감과도 원래의 취지가 크게 다르다. 여유가 있는 시인이라면, 그는 둔덕의 푸른 풀, 하천에 흐르는 부평초를 감상할 수 있겠지만, 농사짓는 사람이라면, 우리는 도연명에게서 "남산 아래에 콩을 심었더니, 풀만 무성하고 콩 싹은 드물다.(種豆南山下, 草盛豆苗稀.)"—「전원으로 돌아와 살며」 제3수)와 같은 시구를 읽게 되는데, 시인이 다소간 희열과 장난이 심한 표정이 있음을 볼 수 있는 것 같다.

'초성(草盛)'은 농민 시인을 기쁘게 만들지 않는다. 오히려 시인으로서의 농민은 그다지 애태우지 않는다. 이것은 진실로 일종의 '사실(寫實)'이지만, 말투 속에 진실로 좋아하고 이완하는 느낌을 드러내었다.

그는 여기에서 구체적이고 고된 노동을 심미의 층면으로 올려놓았는데 매우 가륵하다. 이를 보면 물질의 득실에 대해 도연명은 일반 사람처럼 민감하지 않았으며, 언제나 별의별 궁리를 다하여 부지런히 탐구할 수 없었고, 두 눈을 꼭 획득물에 두지 않아서 상당히 소외감을 느낀다. 그는 지금의 노고를 감상하고 완미할 수 있는 마음을 가졌고, 생활도 다소간 '시화(詩化)'되었고 시인에 의해 더욱 높은 의미에서 파악하고 수확했다.

그중의 의미는 결국 무엇인가? 그가 돌아온 뒤 얻으려고 한 것은 도대체 무엇인가? 이에 대해 시인은 마음속으로 대체로 모호하거나 분명했을

텐데, 모호한 것은 이러한 수확이 일시적이라 분명히 말하기 어렵기 때문이고, 그것은 어쩌면 끝없는 벌판에 숨어 있을지도 모른다. 분명한 것은 그가 경작하며 세월을 보내고 의식 걱정이 없는 농민이 된 것이며, 아울러 여기에서 편협과 비열한 인사에서 벗어나 세속의 사소하고 번거로운 일과 권세 관리사회의 강박, 공명이록의 유혹과 파괴를 벗어난 것이다.

이럴 뿐만 아니라 무럭무럭 자라는 콩 싹과 무성하게 성장하는 푸른 풀은 대부분의 경우 평등 관계를 유지할 수 있다. 그것들은 모두 생기 왕성한 녹색이다. 이는 일반 농민의 입장에서 보면, 도리어 불가사의한 일이다. 이때 '풀'은 비용(非用)의 대용(大用)을 갖는다. 시인이 최후에 괭이를 휘둘러 잡초를 뽑았을지라도. 도연명은 더욱 많은 행복을 가졌는데, 그에게는 다른 방면의 생명 인식이 많아졌기 때문이다. 그는 농사 노동, 새 술과의 교환, 함께 마시기, 함께 뽕과 삼 이야기 나누기 등을 통해 주변의 토지에서 노동하는 사람, 심지어 지상의 만물과 평등해졌다. 이처럼 일치된 공생은 화제에서 복장에 이르기까지, 다시 얼굴의 표정에 이르러 모두 표현될 수 있다. 우리는 그와 이웃들의 내재적 구별이 여전히 큰 것을 분명히 알고 있을 뿐이다.

유쾌함 뒤에 시인은 늘 적막한 사람으로 돌아가려고 했다. 그는 농촌에서 필경 고독했고 진정한 친구가 없었으며 왕래하는 지식인도 거의 없었다. 반평생을 돌아보면 남촌에 살던 시기에 이따금 온 적이 있는 지식인이 있어서 "지팡이 짚고 가서 마음대로 어울리고, 머물면서 밤과 낮을 잊는(負杖肆游從, 淹留忘宵晨.)"—「은진안과 헤어지며」) 즐거운 모임이 있을 뿐이다. 이외에 대부분의 시간은 개인적으로 음미하고 읊조리면서 소모했다. 이러한 상태는 완전히 고독이라고 할 수 있다. 그의 '고도(高蹈:

탈속)'는 숨겨졌고 그의 '고독'도 숨겨졌다. 그래서 그의 「돌아가자」에 이런 시구가 있다.

> 園日涉以成趣, 정원을 날마다 거니니 절로 흥취 일고
>
> 門雖設而常關. 문은 비록 있어도 언제나 닫혀 있다.

왜 '언제나 닫혀(常關)' 있는가? 문을 열고 손님을 맞이할 필요가 없기 때문인데, 이로부터 홀로 집안의 고독을 누렸다.

> 寢迹衡門下, 가로 막대 문 아래에 자취 감추니
>
> 邈與世相絶. 아득히 속세와는 단절되었다.
>
> _「계묘년 12월에 지어 사촌 동생 경원에게 주며」

이것은 모두 도연명이 정신적으로 자급자족하고 스스로 즐기며 가장 평범한 농경 생활에 가려서 희열이 적지 않은 적막한 영혼임을 설명한다.

고독의 효과와 후과는 서로 비슷하다. 자아와 대화하고 홀로 음미할 때, 대부분 술에 도움을 청했고 항상 이러한 생활을 보냈다. 이는 일반 사람의 입장에서 말하면 퇴폐적이다. 하지만 도연명은 이렇지는 않았기에 이처럼 고독한 생활은 결국 그를 무너뜨리지 않았다. 여기에서 다시 한 번 별과 대지, 이 녹색에서 활약하는 온갖 생명에 대해 얘기하려고 한다. 큰 것으로는 가축, 작은 것으로는 조류에 이르기까지 혹은 작물 줄기에서 꾸물거리며 움직이는 작은 벌레에 이르기까지, 모든 것이 그의 벗이고 모두가 그의 영혼을 위로했다. 이러한 생명은 이동하든 이동할 수 없든, 더

욱 요원한 은하수이든 발밑의 진흙이든, 도연명에겐 어느 한순간에 한 몸으로 융합할 수 있다.

마음속에 상처를 많이 쌓아둔 사람이 일단 농촌으로 돌아와 토지의 위로를 받아들이면, 자신의 고난스런 세월을 보내기가 비교적 용이하다. 도연명의 생명 과정은 들판에 융합하는 과정이라고 말할 수 있다. '융합'은 얼마나 훌륭하게 해석하든, 모두가 본의에서 더욱 멀어진 느낌이 든다. '융합'은 바로 망아(忘我)이고, 망아를 통해 더욱 참을 수 있고 더욱 완강해지고 더욱 힘을 갖게 된다. 도연명이 우리에게 준 최대의 의의는 사람이 어떻게 불우한 인생을 보내는지 계시해주고, 우리에게 대지의 고사를 얘기해준 것이다. 이 고사는 개체가 너무 작고 보잘것없는 생명이 너무 짧더라도 끝이 없는 영원 속으로 들어가야, 비로소 개인의 존재를 확보할 수 있음을 말해준다. 이는 물 한 방울이 바다로 들어가 이로부터 두 번 다시 마르지 않는 것처럼 대자연의 무한한 순환 속에 투입되었다.

우리는 자신이 '두묘(豆苗)'일 뿐만 아니라, 대자연의 '초성(草盛)'으로 들어가는 것을 기억해야만 한다.

외로운 구름

영국 시인 워즈워스(William Wordsworth, 1770~1850)에게 「나는 고독하게 흘러가는 구름(I Wandered Lonely As a Cloud)」이라는 시가 있는데, 그 중에 아래와 같은 구절이 있다. "계곡과 산 위로 높이 떠 있는 한 조각 구름처럼, 난 외로이 정처 없이 떠돌아다닌다(wandered lonely as a cloud/That floats on high o'er vales and hills)" '구름'과 유사한 이미지는 도연명의 시에도 있다.

寒氣冒山澤, 찬 기운이 산과 늪을 덮었고
游雲倏無依. 떠도는 구름 홀연 의지할 곳 없다.
_「무군장군 왕홍이 마련한 자리에서 손님을 전송하며(於王撫軍座送客)」

萬族各有託, 만물은 각기 의탁할 곳 있는데
孤雲獨無依. 외로운 구름은 홀로 의지할 곳 없구나.
_「가난한 선비를 노래하며 일곱 수」

도연명이 묘사한 '떠도는 구름(游雲)'과 '외로운 구름(孤雲)'은 이미지, 내포와 외연에서 워즈워스와 대체로 비슷하다. 그들의 사유는 이곳에서 취향이 일치하고 중첩한다. 두 사람은 모두 고독하고 전원적이고 회피했으니, 모두 자신이 이리저리 흩날리는 '외로운 구름'이며 '의지할 곳 없음(無依)'를 느끼게 된다.

그들이 회피한 것은 무엇인가? 우리가 한두 번 언급했던 관리사회와 인사의 분규일 뿐인가? 이뿐이 아니다. 일부 장소, 사람과 사건은 대부분의 경우 그다지 구체적이지 않다. 말없는 물건이 자신도 모르는 사이에 넘쳐흐르고 침입하면, 그 후과는 두려운 것이다. 그들은 강박에 의해 고독으로 나아갔고, 심지어 '자기'를 회피하려고 했으며, 이 시각, 지금의 '자기'에게 지극히 불만을 품었다. 이러한 자아 혐오는 때로 치명적이고 표현할 방법도 없다. 그들은 자신을 갱신하고 자신을 바꾸려고 했으며 탈바꿈하여 처음부터 다시 시작하려고 했다. 하지만 애석하게도 이는 손댈 수가 없었다. 그들은 처음에 소통할 방법이 없었고, 대체로 세속의 물질적 이익으로 치닫는 중생을 회피하려고 했고, 자신의 심령 깊은 곳을 덮고 무한히 넓은 "나날이 시간을 보내며", 세속의 물질적 이익에 의해 이끌리고 각종 속견으로 짜인 인류 사회를 회피했다.

이러한 사회와 세상은 고원하고 깊은 영혼을 만족시킬 방법이 없었고, 그들의 갱신과 탈바꿈을 방해했다.

두 시인은 모두 죽음, 사람의 한계, 운명을 장악할 수 없는 우연성과 비극성의 깊은 사고에 빠졌다. 일반적으로 말해서 이러한 생각의 깨우침과 고통은 사회적인 회피를 불러일으켰고, 심령의 긴 읊조림과 선회를 일으킬 수 있다. 이러한 상태에 놓인 사람은 대다수 시간을 혼자 지내며 고립무원이다.

표면적으로 보면 모든 사람은 눈앞의 물질적 이익 때문에 분주하다.

다른 점이라면 이러한 표상에서 일부 사람들은 사실상 더 요원한 근심을 가지고 있다. 이러한 근심은 때로 말로 표현할 수 없거나 표현하기 어렵고, 어떤 내용은 심지어 '초험(超驗)'의 범위에 속한다. 하지만 그것은 확실히 존재하며, 아울러 생명이 맡겨둔 형체를 늘 일깨우고, 이 형체가 어느 방향으로 이동하도록 촉진한다. 그들의 '마음'은 몸에 의해 '부려질(役)' 수 없기 때문이다. 하지만 대다수 사람들은 이러한 점을 알 수가 없다. 현실의 물질 참조(參照)가 강대하고 없는 곳이 없기 때문에, 그것들은 시시각각 사람의 심신을 규범에 맞추고 한정할 수 있다. 하지만 사람이 사람 노릇을 하는 까닭은 바로 내심 깊은 곳에 말로 표현할 수 없는 역량을 가졌고, 심령이 요구하는 대로 발생한 견인력과 교정력(矯正力)이 있기 때문이다. 따라서 결국 일부 사람들은 이러한 역량의 자생과 성장을 느낄 수 있고, 그들로 하여금 날로 불안하게 하고 최종적으로 행동하게 만든다.

워즈워스이든 도연명이든 모두가 생명 깊은 곳의 고독감을 표출했는데, 그들은 자신을 '고독하게 떠도는 구름'으로 비유했다. 이 구름은 뿌리가 없다. 한 생명이 이 세계로 던져지고 허무에서 실재로 변하고, 의탁과 의지할 곳이 없는 존재물로 변하여 망망한 곳에 흩날리게 된다. 그들은 찾길 바라고 내력과 진로를 추궁해야 한다. 은연중 그들은 거대한 규정력이 자신을 창조하고 생명의 내력임을 느낀다. 그렇다면 이 규정력도 어느 정도 그들로 하여금 몸을 맡기고, 의탁하고 신임하게 만들 수 있다. 그래서 그들 일생은 모두 이 규정력에 접근하길 시도한다.

이러한 '힘'은 형태가 없어서 노자가 말한 '도'와 유사하고, 서구에서 말하는 '신'과도 유사한 점이 있다. '신'과 '도', 그들이 내포에서 보유한 원질(原質)은 서로 비슷한지도 모른다.

> 도는 하나를 낳고, 하나는 둘을 낳고, 둘은 셋을 낳으며, 셋은 만물을 낳는다.(道生一, 一生二, 二生三, 三生萬物.)

이 '도'는 서구의 '신'과 많은 곳에서 일치한다. 영혼, 큰 감오력(感悟力)을 가지고 있는 탁월한 영혼은 마음속에 분명한 '도'나 '신'의 개념은 없을지라도, 어느 정도 이 방향의 이해와 지향을 가질 수 있다. 이러한 지향은 일종의 귀착감을 형성한다. 이러한 의미에서 그들은 떠나길 요구하거나 한번 밀집한 인파를 떠나고, 가장 치열한 물질 욕망을 떠나 보내길 바란다. 무릇 인파와 욕망이 교차하는 곳은 '떠도는 구름'이 머무르는 곳이 아니며, 그것이 최종적으로 떨어지는 땅도 아니다.

'도연명'이라 불리는 '떠도는 구름'이 공중에서 흩날리고, 상상의 무한한 우주에서 이리저리 돌아다닌다. 고독한 구름은 자신의 뿌리를 내리려고 시도하며, 최종적으로 전원에 가볍게 떨어진다. 왜냐하면 여기엔 땅이 있기 때문이다. 이 전원이 설령 잠시 동안 몸을 둘 장소이지만, 여기에서 '떠도는 구름'은 이슬방울을 증발시켜서 다시 공중으로 오르게 하여 다시금 우주의 순환 속으로 투입시킬 수 있다. 대체로 이것 또한 도연명이 시에서 한두 번 언급한 '마음을 따르고(委心)', '변화를 타고(乘化)', '큰 변화 가운데에 자유자재한(縱浪大化中)' 것이다.

시인의 '떠도는 구름'에 관한 사상은 심신 상황의 자아 비유일 뿐만 아니라, 일종의 생명의 인식이다.

전원과 민농(憫農)

도연명의 대다수 시는 중국 역사상 '민농시(憫農詩)'을 연상하게 하는데, 내용에서 빛깔과 광택에 이르기까지 모두 비슷한 점이 있다. 이는 그들이 모두 전원을 묘사했을 뿐만 아니라, 늘 유사한 감탄이 있으며 대체로 같은 말투와 어조가 있기 때문이다.

일상의 농경생활에 대한 시인의 읊조림과 음미는 사실상 인류의 손에서 나온, 가장 매력적인 문자이다. 다시 말하면 이러한 문자가 도연명을 선명한 부호로 만들었으며, 일반 민중과 지식인의 심중에 깊이 뿌리박혔다. 먼 곳에 있는 이역 독자를 포함한 현대인들이 도연명을 알고 도연명에게 익숙한 이유는 주로 그의 전원이 드리운 음영 때문이다.

이러한 음영의 표일(飄逸)과 염담(恬淡)은 너무나 많이 언급되어서 전부 '출세가(出世之歌)'인 것 같다. 사실 시인의 사상은 도가 사상의 영향을 받았다기보다는 오히려 유가 사상의 훈도를 깊이 받았다. 도가는 초연히 나를 잊고, 사람은 만물과 동등하며 "천지는 나와 삶을 같이하고, 만물은 나와 한 몸이다.(天地與我幷生, 而萬物與我爲一.)"(『장자(莊子)·제물론(齊物論)』) 이는 유형을 무형으로 변형시키는 사유 방향이다. '도화원(桃花源)'이 환상에서 나왔다고 할지라도, 그것은 구체적으로 실재하는 구축이고 형태는 이상국의 사회조직 실체와 같다. 총체적으로 보면, 출세적이 아니라 입세적이다. 그것의 입세는 작자가 이 세계를 창조한 힘과 강도에 표현되어, 그것의 형태를 부여하고 그것으로 하여금 심도 깊게 지금과 현실에 반발하고 있다. 이것이 바로 입세 정신이다. 작자는 유가의 이상을 곡절 있게 실행하였는데, 그 동력은 여전히 치세의 정서다. 때로 우리는 도연명이 도가의 허무적 사유의 땅에서 출발하여 공교롭게도 유가라는 현실 정차역에 이르는 것을 느낄 수 있다.

우리가 한 사물을 원격탐지하고 구체적으로 이 사물에 진입했을 때 얻은 결론은 모두가 일치하지는 않는다. 원격탐지는 사람에게 장구한 흡인력을 주고 황홀함을 발생시킬 수 있다. 거리감이 있기 때문에 우리는 디테일에 대해 분명하게 인식할 조건을 갖고 있지 않다. 도연명의 세계를 깊이 탐구하려면, 그의 시에 들어가야 하고 텍스트로 들어가야 한다. 원격탐지만 가지고는 불충분하다. 구체적으로 진입하지 않으면 안 된다. 그것은 매진과 퇴출이 필요하다. 이렇게 끊임없이 왕복하고 감성에서 이성으로 혹은 거꾸로 하면 도연명의 진실에 접근할 수 있다. 우리는 디테일을 정시할 능력을 가져야 하고, 각종 요소가 복잡하고 어지럽게 배열한 교차를 정시하여 모종의 종합을 형성해야 한다. 이러한 종합은 원격탐지와 근시에 대한 통일을 포함한다.

원격탐지 중의 도연명은 한적하고 빛나며 매력적인 전원시인이다. 가까이 관찰할 때 비로소 그가 사상과 예술 방면에서 말하기 어려운 뒤엉킴, 종횡으로 교차하는 무늬를 가지고 있음을 발견한다. 또 격렬하게 충돌하는 흔적도 있다. 이것은 어느 정도 잘 알고 있는 '전원 개념'이 우리를 완전히 뒤덮어 자각하든 못하든 자신의 인식을 이 개념 속에 속박하는 것을 방지한다.

도연명의 전원은 활발하고 생장한다. 그럼으로써 극도로 불안하고 마음에 고원함을 품고, 때로는 낙담하는 인물을 전원에 편안히 거처시키고, 곧장 생애를 마치게 할 수 있다. 결국 이곳은 결코 일반적이 아니며, 가장 중요한 것은 도연명의 전원이 절대로 단조롭지 않다는 점이다. 전원 개념에 대한 오용을 방지하는 것 이외에, 우리는 또 유행하는 여러 사상으로, 인터넷 시대에서 생길 수 있는 괴이한 이념으로 도연명을 개조시켜 오해를 낳고, 충만하고 진실하며 평이하면서도 깊어서 예측할 수 없는 한 시인을 왜곡하는 것을 방지해야 한다.

우리가 항상 얘기하는 '민농시'에서는 경작의 고통을 모두 묘사하였고 시인의 탄식을 썼으며, 농사의 이상적인 경관도 있다. 이것들은 모두 도연명과 흡사하다. 하지만 자세히 읽어봐야 비로소 이것이 대략적인 풍모이고, 양자의 차이가 매우 크며 때로는 상반된다고 말할 수 있다. 이러한 '민농시'에는 때때로 방관자의 흥취가 나타나고 한정을 드러내 보여, 도리어 그다지 좋지 않은 의미로 읽게 한다. '민농'이란 투정을 우리가 일단 느끼게 되면, 심리적으로 배척할 수도 있다.

'민농시'의 작자는 대부분 초탈하고 굽어본다. 마찬가지로 농사를 묘사한 도연명의 시 가운데 대부분은 토지의 살결과 친밀한 고통과 희열, 노동의 쾌락을 담고 있다. 이것은 '민농시'와 현저한 차이가 있고, 심지어 전혀 어울리지 않아 완전히 다른 풍모이다.

道狹草木長, 길은 좁고 초목이 자라나서

夕露沾我衣. 저녁 이슬이 내 옷 적신다.

_「전원으로 돌아와 살며 5수」 제3수

衣食當須紀, 입고 먹는 것 마땅히 경영해야 하니

力耕不吾欺. 힘써 짓는 농사가 날 저버리지 않으리.

__「거주지를 옮기고 두 수」 제2수

不言春作苦, 봄 농사 고되다고 말하지 않고

常恐負所懷. 항상 마음먹은 것이 어긋날까 두렵다.

__「병진년 8월에 하손의 농막에서 수확하며(丙辰歲八月中於下潠田舍穫)」

시인이 우리에게 준 것은 일종의 건강한 정서이고 노동자의 충만한 열정이다. 경작 과정에서의 그의 고생은 전부 예상할 수 있으며, 이 고통을 막을 수 없는 침중함으로 여기지 않고, 반드시 받아들여야 하는 고생으로 받아들인다.

'민농'은 중국 고대 지식인의 인문적 관심이자 '민간'의 입장이며, 천재와 인재로 조성된 농민의 힘든 생존 상황에 대한 관심이자 불평이다. 일부 문인과 관리들은 시 속에서 자책하는 마음을 드러내는데 물론 고귀한 일이다. 하지만 '민농'이 성행하는 시체(詩體)가 되면 경계해야 한다. '민농시'란 글자를 처음으로 사용한 사람은 이신(李紳, 772~846)이다. 그는 고통스러운 환경에서 분투하여 관리가 되었으며, 후에 생활이 사치하고 관리로서 수단이 극도로 포학한 사람으로 바뀌었다.

이를 보면 아무리 좋은 것이라 하더라도 단지 자태로 흐르기만 하면, 텅 빈 단단한 거죽이 되는 것을 면하기 어렵다. 어느 시대이든 모두 몰락할 수 있다. 도연명은 결코 '민농'하지 않았다. 그 자신이 농민이었기 때문이다.

‘정신노동(勞心)’과 ‘육체노동(勞力)’

중국 전통문화의 유가 관념은 “정신노동을 하는 사람은 남을 지배하고, 육체노동을 하는 사람은 남에게 지배받는다.(勞心者治人, 勞力者治於人.)”고 여겼다. 그런데 우리가 잘 알고 있는 ‘정신노동자’ 형상은 허약하고 창백하다. 그들은 ‘육체노동자’와 너무 멀리 떨어졌는데, 이것이 하나의 특징이자 약점이며, ‘정신노동자’ 인격의 건전함과 정신 역량에 엄중한 영향을 끼쳤다. 루쉰은 일찍이 고대 문인의 병적인 상태를 이렇게 조롱했다.

> 소량의 각혈을 하다가 두 시종의 부축을 받으면서 쇠약한 모습으로 계단 앞에 가서 베고니아 꽃을 구경하는 것이다.(吐半口血, 兩個侍兒扶着, 懨懨的到階前去看秋海棠.)
>
> __「아픈 뒤의 잡담(病後雜談)」

‘창백함’과 ‘정신노동’은 거의 동일한 것이 되었다. 이는 현대 서구인의 관념과는 그다지 같지 않다. 서구 지식인은 피부를 검게 그을리는 것을 영광으로 삼으며, 최소한 현재 우리가 보는 일부 인사들은 야성과 용맹을 추구하는 것을 자랑으로 여긴다.

전통적으로 외국이든 국내이든 사람은 ‘정신노동’과 ‘육체노동’을 다른 사회 계층으로 구분 지었다. 두 다른 계층은 고하, 빈천의 구별이 있어서 '육체노동자'는 도구로 여겨지고, '정신노동자'는 도구를 사용하는 일방으로 여겨진다. 이러한 구분은 거대한 결함이 있으나, 여전히 명확한 이치가 있는 것으로 보여 항상 전도하기가 어렵다. 문제는 '육체노동자'는 왜 할 수 없고, 동시에 '정신노동자'와 상반되느냐 하는 점이다. 양자의 신분이 일단 한 몸에 통일되면, 그 전통적 견해는 즉각 허약성과 엉터리를 드러낸다. 특히 현대 첨단기술 시대에 이르러 대부분 정신노동과 육체노동을 분리할 수 없다. 대량의 작업에서 육체와 정신을 구분하기 어렵다. 첨단기술의 선진 공구는 체력 소비를 갈수록 적게 하며, 이와 동시에 정신이 우울한 '정신노동자'는 도리어 증가했다.

예를 들면 경작엔 기계를 사용하고, 일상의 수많은 일은 모두 컴퓨터로 조작해야 한다. 이러한 사항은 모두 전문적인 기능 훈련이 요구되고 복잡한 지능을 운용해야 하며, 동시에 끊임없이 신체를 단련해야 한다. 사람이 이러한 근무 환경에 처하게 되면, 도대체 그는 육체노동자인가, 아니면 정신노동자인가? 정말로 구분하기 어려울 때도 있다.

철학자 비트겐슈타인(Ludwig Wittgenstein, 1889~1951)은 수공을 많이 해야 한다고 주장했다. 그 본인은 부귀한 가정 출신이고 물질적 걱정은 없어서 철학을 공부하기로 뜻을 세웠다. 이때 그는 물질을 벗어난 형이상학적인 것을 탐색하려고 했다. 과거에서 현재에 이르기까지 위대한 철학자를 보게 되면 그들 가운데 빈곤한 사람이 있으나, 일부는 물질적 걱정이 없는 사람으로서 소위 '남을 지배하는 자(治人者)'가 되어 그들은 확실히 사상으로 많은 사람들에게 영향을 미쳤다. 그들은 삶과 죽음을 탐색하고 사람과 우주 간 중요한 원리와 깊은 뜻을 탐색하였으며, 세계를 인식하고 세계를 개조하는 방면에서 수많은 노력을 기울였다. 이러한 의미에서 말하면, 그들은 당연히 '남을 지배하는 자'다. 그들의 '지배(治)'는 행정명령을 발동하지 않고 사람의 정신에 영향을 주고 개조하며 사람의 지력을 계발하고, 심지어 일반적으로 '남을 지배하는 자'도 그들에게 '지배'된다. 그들은 이처럼 매우 훌륭한 인물이다.

그러나 비트겐슈타인 같은 사람일지라도 사람들에게 구체적인 현실 생활에 접근하라고 주장했다. 단지 작은 방에서 지식인 같은 무리들과 끊임없이 상대하고 부대낀 나머지 그들을 싫어하게 되는데, 이곳이 "산소가 결핍된 곳"이라고 여긴다. 확실히 이와 같아서 한 사람이 스스로 '산소'를 제조할 능력은 제한적이다. 그래서 그는 사람들에게 육체노동을 해야 하며, 구체적인 수공 작업은 대중들과 접근할 수 있다고 제창했다. 이에 제1차 세계대전 때 비트겐슈타인은 후방에 숨지 않고 전장으로 나갔다. 그는 이 현실에서 발생한 중대한 사건은 벗어날 수 없고 방관할 수 없으며 몸소 겪어야 한다고 여겼다. 그는 전쟁을 현실생활 속에서 접촉할 수 있고, 형이하에서 나온 구체적인 계시로 보았다. 이 모든 것은 사람의 고급 정신활동, '남을 지배하는 자'의 정신활동에 대해 불가결의 것이라고 여겼다.

전쟁은 인성에 대해 거대하게 촉진하고 제련하는 작용을 가지고 있다. 이러한 작용은 '정신노동자'를 더욱 고도가 있고 더욱 역량이 있게 변모시키고 더욱이 편벽되고 정미하며 오묘한 형이상의 세계로 들어갈 수 있게 만든다. 전장은 말하면 일종의 '자연'이다. 하지만 그것은 일종의 잔혹한 '자연'이며 또한 현실이다. 하지만 특별하고도 무서운 일종의 현실이다.

같은 이치로 보면, 도연명의 전원은 "산소가 많은" 곳으로 볼 수 있다. 이곳의 구체적인 '수공'은 그가 원래 가지고 있던 시적 재능과 문자 표현력을 발휘하여, 그의 사회 통치에 대한 이상과 설계 등을 포함하여 기묘하게 연결시켰고 아울러 일부 교정력을 낳게 한다. 이러한 현실 속에서 그 '심(心)'적 순수운동에 대한 반발은 극히 중요하고 미묘하다. 객관적으로 정신노동과 육체노동을 결합할 수 없는 사람은 신체가 연약할 뿐만 아니라, 사유도 연약함으로 나아간다.

현대 도시생활 속에서 바쁘게 뛰어다니고 밤낮이 바뀌고 사유가 황홀한 소위 시인과 예술가들이 창조한 괴이한 예술은 논리적 근거가 있는데, 그것은 바로 변이된 기형적 현실생활 자체다. 그들이 이러한 사유 논리에서 벗어나 산업혁명 이전의 더욱 건강한 예술로 돌아간다면, 비교적 원시적이고 현대 과학기술의 영향을 받지 않는 환경에 의지할 수 있을 것이다.

그러한 토지는 현재 갈수록 줄어들고 있다. 하지만 위진 시기에는 조그만 벌판이 있었다. 이것은 도연명 방식일 수 있고, 다른 형식일 수도 있다. 그것들은 진정한 의미의 경작할 수 있는 땅이며, 금속으로 오염되지 않았고 황사로 덮이지 않아 순박하고 식물 성장에 적합했다. 이것은 더욱이 이러한 환경에서 활동하고 있는 사람을 쉽게 양성하고 감염시킬 수 있으며, 더욱이 사람의 생장에 적합하다. 그래서 단순히 이러한 시각에서 보면 당년에 그들은 대단히 행운이었다. 그들의 행운은 시편에 표현되었고, 심지어 전체의 불우와 고통 속에 표현되었다. 그들의 불행은 현대인 같은 기형과 광증으로 표현될 수 없고, 여전히 상대적으로 분명하여 분별할 수 있는 범주에서 '몸'과 '마음'의 양심순환(良心循環)의 노선에 있었다.

몸과 마음

고대에 산림에 은거한 '은사' 가운데 어떤 사람은 몸만 은거하고 마음은 은거하지 않았으며, 어떤 사람은 몸은 황폐한 산 야외에 있었으나 음식 욕망은 억제하지 못했다. 이른바 '은사'는 하나의 방법을 바꾼 데 불과할 따름이다. 하지만 도연명은 결코 그러한 인생 설계가 없었고, 희롱할 뜻과 심정도 없었다. 농민의 독서는 토지를 필사적으로 벗어나기 위해서인데, 과거부터 현재까지 이러했다. 그래서 예로부터 지금까지 우리는 언제나 곤궁한 자제들이 목숨을 걸고 열심히 공부하며 대가를 아까워하지 않는 것을 볼 수 있다. 도연명은 상반된 길을 걸어갔다. 그는 마음속에 수많은 책을 쌓아두고, 최종적으로 도리어 책들을 가지고 집으로 돌아와 농사를 지었다.

아리스토텔레스(Aristoteles, 기원전 384~322)도 인간의 분업을 이야기한 적이 있고, 지식인과 육체노동자의 구별과 그 의의를 언급한 적이 있다. 하지만 그는 양자를 고하로 구분하여 육체노동자에 대한 편견이 여전히 존재했다. 그런데 소크라테스(Socrates, 기원전 470년경~399)는 '농사'는 가장 중시할 만하며 일종의 과학이라고 여겼다. 루소는 항상 자연의 교육관을 이야기했다. 예를 들어 사람은 자연 속에서, 육체노동에서만이 건강하고 건전하게 변할 수 있다는 것이다. 건강한 사회는 반드시 신체와 심리가 모두 건강한 사람으로 구성되고, 이러한 사람은 반드시 육체노동을 거절하지 않으며, 그들은 햇볕과 비바람을 피하지 않고 신체와 정신의 건강을 추구한다. 혼잡한 현대도시에서 사람들이 고층아파트에 거주하고 지하철과 터널을 뚫고 다니며 우울증을 앓는 비율은 매우 높다. 어떤 사람은 지식인 가운데 열 명마다 한 명은 분명히 우울증 환자가 있다고 말한다.

오늘날의 경작자는 전통적 의미의 농민이 아니지만, 그들 가운데 우울증 환자는 분명 훨씬 적을 것이다. 왜냐하면 그들은 햇빛을 보고 자연만물과 서로 접촉할 기회가 훨씬 많기 때문이다. 토양과 녹색 식물, 너르게 트인 하늘, 야외의 바람은 모두 심령과 육체에 도움을 주는 기본 원소다.

체력과 지능을 대립시키는 인식이 갈수록 현대 사회에서 어긋나지만, 사실상 우리들은 여전히 지능과 체력을 대립하는 것으로 보고 있다. 도연명이 매력적인 것도 지능과 체력이 통일되어 지능을 더욱 신체에 도움이 되게 만들고 건강한 신체로 정신의 발전을 촉진시킨 점에 있다. 특히 고대에 이렇게 통일시킨 사람은 지식인의 경우 극소수였다. 왜냐하면 당시의 지식은 널리 보급되지 못했고 문화인, 지식인은 극소수이며, 이 소수는 바로 '남을 지배'하고 있거나 '남을 지배'할 방법을 강구하고 있었기 때문이다. 현재에 이르러 양자를 통일시킬 수 있는데, 한 사람이 필요로 하는 자신의 조건과 외부 조건은 여전이 많고, 대체로 그다지 간단하지도 않다. 위진 시기에 '죽림칠현' 가운데 혜강을 찾을 수 있겠으나, 그가 주조한 생애는 오랫동안 지속되지 못했다. 다른 사람에게서 착실하게 일상생활을 유지했던 장기 노동 기록을 찾을 수 없는 듯하다. 혜강이 많이 주조할 수 있었던 것은 일종의 애호와 심심풀이에서 나왔으니, 일종의 행위 예술인 셈이다. 지극히 실무적인 도연명의 일상 경작은 위진 시기 '은사'와 배반자와는 크게 구별된다. '전원'은 주인이 손에 쥐고 완상하는 분재가 아니고, 더욱이 그의 몸 밖의 것도 아니다. 그는 전원에서 매일 고생하고 그 속으로 융화되어 들어간 사람이다.

사람의 노동의 목적은 통상적으로 다르다. 어떤 사람은 뇌의 피로를 완화하기 위해서고, 어떤 사람은 일상생활의 수요로 노동하지 않으면 먹지 못하기 때문이다. 도연명이 경작으로 생계를 삼은 일상생활은 일종의 실험이 아니고 충동도 아니다. 그래서 지구성과 실재성을 지니고 있다. 지식인이 개인의 정신노동의 고통을 완화하기 위해 야외 생활에 자신을 투입했다면, 이러한 생활은 어느 정도 허구성을 띠게 되고, 이 허구성은 그의 정신의 발전을 제한할 수 있다. 도연명은 전원에서 전혀 요행 심리를 갖지 않았으며, 그는 노동이 무엇을 의미하는지 알았고, 이것이 자기 후반생의 일을 돌보아주는 것임을 알고 있었다. 이 점에서 그의 의도는 농민의 의도와 비슷하다. 그가 농민과 다른 점은 도연명이 토지의 구체적인 노고 및 만물 생장을 심미적인 층차에 올려놓은 점에 있다. 그의 지식 구성, 그의 정서는 보통 농민과 그다지 같지 않다.

그의 고유한 시인으로서의 정서와 지식인의 특질은 기나긴 노동에서 조금씩 수정되었다. 놀라운 것은 최후에 이르러 시인의 심미안이 상실되지 않고 더욱 성대해졌다는 점이다. 시인의 심미안이 생명이 시작되자마자 운명으로 정해진 것이 선천적 능력이라면, 형이하의 고생은 건전한 것이고 선천적인 심미안은 한 걸음 나아가 제련하고 강화할 수 있으며, 그것을 더욱 힘차게 날아오르게 만들 수 있다.

도연명은 시종 시심(詩心)을 품고 있었다. 일반 사람이 시인 최후 단계의 몸부림 상태에 처해 있고 거의 삶과 죽음의 경계에 들여놓았다면, 이처럼 풍만한 문장을 쓸 수 없는데, 마치 극도로 굶주린 농민이 난초를 힘써 재배하기 어려운 것과 같다. 이를 보면 시인은 사실상 불가사의한 정신의 역량을 구비했음을 알 수 있다. 이러한 역량은 고유한 생명 특질에서 나온 것 외에 대체로 대지가 부여한 것이다.

도연명은 대부분의 경우에 언제 어디서나 성가신 농사일에서 벗어날 수 있었는데, 바로 이러한 점에서 그를 완전히 실무에 빠진 농민과 구별할 수 있다. 도연명은 진정한 의미에서 농민이 아니기 때문에 그는 농사를 잘 짓지 못했을 것이다. 그는 생활을 예술화할 수 있었다. 이것은 대단한 능력이다. 간혹 이것이 그가 토지의 이익 타산과 경영을 진행하는 것을 깊이 방해할 수도 있다. 그는 현실 생활이 부여한 충분한 물질화를 파악할 수 없었고, 늘 심미적으로 파악했다. 일반 농민의 입장에서 농사에 대한 심미 파악은 마찬가지로 존재했다. 하지만 대부분의 경우에 도리어 뚜렷이 알거나 자각하지 못했다. 도연명의 천성 중에 고유한 그 능력은 그를 고생 속에서 즐거움을 찾게 하고 스스로 그 안에서 기쁨을 누리게 했다.

당대 시인 두보도 반복하여 개인 생활의 고통을 묘사했고 자신이 가장 어려울 때 동물처럼 땅의 상수리를 주워 먹은 일을 쓴 적도 있다. 하지만 두보와 도연명의 구별은, 후자의 시에서 이러한 내용과 역경을 묘사했지만, 항상 짙은 흥취와 환락을 나타내어 울상을 지을 때는 거의 없었다는 점에 있다. 이는 두 종의 다른 생명 속성, 두 종의 성격을 표현했다.

도연명은 구속받지 않는 자유를 얻었다. 자유의 생명인 그의 사유는 사방으로 날개를 펴고 오르내렸다. 생존의 어려움은 쇠사슬 같았으나, 최후에 이르러는 이 영혼에 얽매이지 않았다.

세 사람

도연명에 비교적 접근하는 서구인을 언급하라면, 한 프랑스 사람을 떠올릴 것이다. 그가 바로 후기 인상파 화가 고갱(Paul Gauguin, 1848~1903)이다. 도연명과 고갱은 모두 시정생활에서 빠져나와 번잡한 도시를 고별하고 시골로 돌아온 사람이다. 물론 그들의 다른 점도 명확하다. 고갱이 대자연으로 돌아온 이유는 그림을 잘 그리기 위해서인데 명확한 예술 추구를 가지고 떠났고 물질이 비교적 풍족한 상황에서 떠났으니, 도시문명에 의해 버림받고 손상 받은 사람 같았다. 하지만 도연명은 사회문명이 몰락하고 물질이 상대적으로 곤궁하며 인사가 혐오스러운 상태에서 부득이 떠났다.

고갱은 그 개인의 물질생활에서 이른바 서구문명 세계에서 비교적 안일(安逸)했다고 말할 수 있다. 고갱은 비교적 쾌적한 환경에서 혐오를 느끼는 탈출자이며, 예술을 추구하기로 마음속으로 결의했던 탐색자다. 도연명은 실의한 관리사회에 빠졌으나 개인의 자존을 유지하기 위해서 "스스로 관직을 버리고(自免去職)" 떠났다. 그가 떠난 것은 개인의 예술을 추구하기 위해서가 아니고 좋은 시를 쓰기 위해서도 아니며, 한가함과 쾌적함을 얻기 위해서다. 예를 들어 충분히 마실 술이 있고 스스로 지배하는 시간이 있으며, 그 목적은 분명 단순하고도 요원하다. 어떤 것은 명확히 말할 수 있으나, 어떤 것은 그 자신도 분명히 말할 수 없었다.

도연명이 대자연으로 돌아온 이유는 사람의 존엄을 지키기 위해서라고 언급했는데, 더욱이 말하기 어려운 '진의'가 있다. 한평생 말단 관리로 지내면서 굽실거린다면, 마치 몸을 산소가 부족한 곳에 두고 질식하게 만드는 것과 같다. 이것은 고갱의 떠남보다 더욱 필요하고 긴박하게 보이며, 더욱 현실 생존의 의의를 갖추고 있다. 물론 고갱도 그림 솜씨와 풍격의 변화를 추구하기 위해 떠난 것만은 아니다. 그 가운데 그의 인생 이상이 내재되었고, 생활 지향의 흡인도 작동했다. 예술의 변화만을 얘기하자면, 그중에 포함된 인생 비밀은 매우 많은데, 인생을 바꿔야만 예술을 바꿀 수 있다. 설령 이렇더라도 고갱과 도연명이 자연으로 회귀한 처음의 소망과 목적은 큰 차이가 있으니, 이 점은 분석하지 않을 수 없다.

사람들은 도연명을 미국의 헨리 소로(Henry David Thoreau, 1817~1862)와 비교하는데, 소로가 자연주의자의 대표이기 때문이다. 소로는 하버드대학 졸업생으로 양호한 교육을 받았다. 하지만 그는 장기간 보스턴 시에서 거주하지 않았고 월든 호에서 가까운 콩코드(Concord)에서 살지 않았으며, 소도시에서 서쪽으로 멀지 않은 삼림 속으로 들어가 호숫가에서 몸소 작은 목조 가옥을 짓고 혼자 자급자족하는 실험적인 생활을 보냈다.

소로가 이처럼 놀라운 실천을 하고 제시한 이유는 자신의 염원과 어그러지는 일을 하고 싶지 않았고, 자신이 좋아하는 일을 선택했기 때문이며 새로운 사람과 물질, 사람과 자연의 관계를 실험하고 창조하려고 했기 때문이다. 그는 책에서 자신이 간결하고 청담한 생활을 보냈으며, 한 사람이 완전히 외부에서 그렇게 많은 물질을 요구할 필요가 없이도 잘 살 수 있다고 여겼다. 그는 자기를 양생하는 방식으로 현대 물질주의의 황당함을 증명하여 인류로 하여금 자신의 착오를 개정시키려고 했다. 이러한 실험 목적은 단순하지만 도리어 수많은 사람을 계발하기 충분한데, 소로는 당시 이러한 탐색의 의의, 이러한 행위의 의의를 의식했다.

우리는 소로의 모든 언행 속에서 그의 자유와 존엄, 그의 숭고한 목적성을 느꼈고, 또 어렴풋하게 하는 일 없이 빈둥거리는 그의 성격을 느끼게 된다. 그는 명백히 드러나고 번쇄하고 피곤한 걸로 속박되길 원하지 않는 '나태성'을 지니고 있다. 그래서 당년에 콩코드의 수많은 사람들은 소로를 게으름뱅이라 여겼는데, 지금 보아도 전혀 빈말은 아닌 것 같다. 그는 도시를 떠나면서 확실히 자신을 한가하고 청정(淸靜)한 성격으로 바꿨다. 그에게는 이러한 권리가 있었고, 다른 사람은 소로가 물질 창조에 종사하지 않고 부지런히 노동에 종사하지 않는다고 견책할 권리를 가졌다. 매우 재미있는 것은 바로 이처럼 유유자적과 방탕 속에서 소로는 자신의 글을 통해 다른 생활의 의의를 기록하여 큰 사상과 정신의 수확을 이룬 점이다. 그는 납세를 거부하고 심지어 이 때문에 감옥에 들어갔으며, "억지로 강변한" 문장 『시민 불복종론(Civil Disobedience)』은 모두 그의 '나태'와 '괴이함'에서 얻은 부산물이다.

소로의 의의는 보기 드문 일과 독특성에 있는데 심각한 것만은 아니다. 그의 실험적인 용기는 그의 행위에서 나타난 여러 가지 '경박하다'는 의미를 보상했다. 그에게서 다시 도연명으로 돌아가 보면, 후자는 소로와 거의 유사하거나 부정적인 면이 존재하지 않음을 볼 수 있다. 도연명은 현실적이고 소박했으며, 더욱 견실하게 일하는 신뢰성을 가졌다. 당시 도연명은 공직을 내던졌으니 확실히 이처럼 일을 해야 입에 풀칠할 수 있었고 별다른 방법이 없었다. 도연명은 그가 좋아하는 농사로 돌아왔는데, 그 성격과 전체의 인생 체험은 실재로 자신의 귀착지를 찾게 했다. 이는 결코 한 차례의 실험이 아니었고, 자신이 다른 사람을 계발하여 어떻게 해야 이와 같을 수 있는지 기록하기 위해서는 더더욱 아니었다.

도연명과 소로의 공통점은 사람들이 모이는 인파에서 벽지로 돌아오고, 성곽에서 임야로 돌아온 점이다. 그들은 모두 숲, 전원, 강줄기, 그리고 새와 짐승, 벌레와 물고기에 접근했으며, 개인의 경작에서 일상생활에서 필요한 물질, 쾌락과 건강을 얻었다. 하지만 그들 두 사람은 사실상 크게 다른 점이 있다. 비교해보면 소로는 관직에서 떠나지는 않았지만, 현실과의 접촉면은 도리어 훨씬 컸고 비용도 더 높았다. 그런데 도연명의 행위는 소로와 비교하면 전환한 순간 다소 희극화되었을지라도, 총체적으로 보면 더욱 자연스럽게 보이고 공감할 수 있다.

도연명의 생활은 실험성을 띠지 않았으며 다른 사람들처럼 전원에 들어가 농사를 지었을 뿐이니, 후세 사람이 보기에 무슨 모방의 어려움은 없는 것 같다. 소로가 월든 호에서 생활한 것은 분명히 일종의 실험과 휴머니즘의 성격을 띠고 있다. 소로는 도시의 일을 내려놓고 월든 호를 찾아갔다. 당시에 그는 여유 자본을 가지고 있었고, 에머슨(Ralph Waldo Emerson, 1803~1882)이란 명인을 친구로 두었으니 사실상 사치스러웠다. 이와 비교하면 도연명은 훨씬 옹색하고 고독했다. 이를 보면 대자연과 향촌으로 돌아오는 데는 여러 가지 방식이 있을 수 있으나, 그 생활 본질은 도리어 큰 구별이 있음을 알 수 있다.

도연명은 탁월한 예술 재능을 갖추었고 심기가 고원하며, 동시에 내성적인 사람이라서 성실한 농민이 되었다. 이른바 도연명의 '귀은(歸隱)'

은 최종적으로 각종 원인으로 세속 생활을 이탈하여 자연 속으로 돌아온 '은사'와는 구별될 뿐만 아니라, 그와 같은 토지에서 생활하는 농민과도 크게 구분된다. 도연명은 지식인이면서 특히 시인의 독립된 개체로 사실상 더욱 두드러진다. 일반적인 농민의 시각으로 보면, 그 또한 그렇게 일반적이지 않았고 그 속으로 그렇게 단순하게 들어갈 수 없었다. 바로 이러한 시인이기에 이후의 예술가, 지식인인 시인, 사회 연구자를 포함하여 매우 큰 특수성과 일반인과 다른 의의를 보이게 되었다.

도연명이 "흙을 파먹고 산" 것은 여태까지 가장 원시적이고 가장 기본적인 방법이다. 장구한 역사를 돌이켜보면 사람들은 모두 이러한 일을 했다. 그래서 사실상 다소 평담하여 기이하지도 않다. 도연명은 소로나 고갱이 아니며, 걸어간 것도 엘리트의 길이 아니었다. 현대 사회인과 자연이란 명제를 돌볼 수 없었고, 이러한 철학적 사고의 높이까지 올라갈 수도 없었다. 비교해보면, 그는 농사에 더 관심을 가졌고 밥솥의 밥과 술잔 속의 술에 더 큰 관심을 가졌다. 곤궁하고 영락한 생활로 말미암아 도연명은 갈수록 신체의 쇠퇴와 죽음의 근접을 염려하고 근심했다. 일반 사람과 비교하면, 도연명은 동등한 조건에서 그래도 비교적 개인 생활을 충분히 누릴 수 있었으며, 자기 취미에 만족할 수 있는 사람이었다. 특히 처음 몇 년 동안에 그는 설령 가족을 부양하고 생계를 잇는 등 당장의 문제를 바삐 해결해야 했지만, 사실상 이미 '시적인 은거'를 실현하였고, 다만 후에 올수록 시인은 더욱더 이러한 은거의 쾌락을 누릴 여가가 없었을 뿐이다.

도연명은 소로, 고갱의 출발점과 다르고 정신 및 개인 생활의 최후 결말도 다르며 결과도 다르다. 우리는 까닭 없이 이런 생각을 해본다. 사람마다 모두 도연명이 될 수 있지만 모두 그렇게 될 수는 없다. 그런데 우리는 소로와 고갱 같은 사람이 되려고 생각하지 않는다. 왜냐하면 될 수 없기 때문이다. 우리는 자본, 흥취 및 능력을 실험하여 우리 지식의 배경으로 전부 갖추기는 어렵다. 그래서 도연명과 비교하면, 소로와 고갱의 행위는 훨씬 '탈속적'인 것 같다.

물론 도연명은 자신의 전원에서 조금 나태할 수도 있다. 이는 개인생활에서 응당 누려야 할 자유다. 사람은 어느 정도 여가를 가지고 있어 때로는 게으르기 마련이다. 이는 결코 나쁜 것이 아니다. 지나치게 부지런히 일하고, 끊임없이 물질적인 부를 추구하면, 두서없이 살아갈 수 있고 또한 세계를 위험에 빠트릴 수 있다. 세계의 중대한 공헌을 때로는 '게으름뱅이'들이 만들어 내었는데, 우리가 말한 세 사람이 그런 경우다.

고정된 근성

독일 시인 횔덜린(Friedrich Hölderlin, 1770~1843)은 철학자 하이데거(Martin Heidegger, 1889~1976)가 숭배하던 시인이다. 도연명은 그와 많은 방면에서 일치한다. 그들의 일치성은 자연에 대한 융합, 강대한 감오력과 의존성에서 표현된다.

동시에 망망한 자연 속에서 예측할 수 없는 신비에 대한 그리움, 각오와 명상에서도 표현된다. 후자를 가지고 얘기하면 횔덜린은 더욱 강했는데, 이는 다른 민족성에 기인할 것이며, 또한 개인의 생명 특질과 정신 배경과도 연관이 있다.

횔덜린은 유목 민족의 후예다. 때로는 더욱 요원한 그리움으로 깨달음을 까마득히 멀고 별이 총총한 하늘에 미치게 할 수 있었다.

많은 공적, 그러나 인간은 이 땅 위에서
시적으로 거주한다. 허나
내가 이렇게 말해도 된다면,
별들이 가득한 밤의 그림자가
신선의 형상이라 불리는 인간보다 더 순수하지 않은가
대지 위의 척도가 있는가?

아무런 척도도 없다.

—『인간 · 시적인 거주』

때때로 우리는 캄캄한 밤에 걸어 다니는 횔덜린의 영혼이 더욱 의기소침하여 창망한 우주와 더욱 긴밀하게 연결되는 것을 느끼게 된다.

열린 한낮은 인간들에게 영상들로 밝게 빛난다.
아직 저녁의 햇빛이 황혼으로 머리 숙이기 전에
그리고 희미한 빛이 부드럽게 한낮의 울림을 가라앉히기 전
평평한 먼 곳으로부터 초록의 모습을 보일 때.
때때로 세계의 안쪽은 구름으로 덮여 닳아버리고
인간의 감각은 의심으로 가득 차, 불쾌해질 때
호화로운 자연은 그의 나날을 쾌활케 한다.
또한 의심의 어두운 질문 멀리 떨어져 있다.

—「전망」

도연명은 농경민족의 성격을 지니고 있어 그의 그리움과 깨달음은 강대하고 고정된 근성을 가지고 있다. 이러한 근성은 특별히 심오한 데서 나와 이동이 거의 발생하지 않는다. 도연명은 자리매김이 강하며 멀리 바라보는 사람이지, 망망하고 캄캄한 밤 속에서 끊임없이 이리저리 돌아다니는 사람이 아니다.

中宵竚遙念, 한밤중 멀거니 서서 먼 옛날 생각하며

一盼周九天. 한번 돌아보니 온 하늘이 두루 보인다.

__「무신년 6월에 화재를 만나」

山河滿目中, 산하는 눈 안에 가득하고

平原獨茫茫. 평원은 유달리도 아득하다.

__「고시를 본떠 지으며 아홉 수」 제4수

시인은 어느 한 곳에 자리를 정하여 그의 지리 공간은 비교적 협소하지만, 시야는 상당히 넓다.

도연명과 횔덜린의 높낮음을 단순히 비교할 수 없지만, 그 차이성에서 공통점을 더 많이 찾을 수 있다. 횔덜린이 객관적으로 표현한 시적인 은거는 자연 만물과 광대한 우주에 대한 요원한 연상이다. 도연명은 이 방면에서 조금 낮다. 횔덜린보다 조금 낮을 뿐만 아니라, 굴원보다도 낮다. 굴원의 요원한 질문과 체험은 도연명보다 강하다.

농경민족의 경우에 토지에 대한 정감과 인식력은 강대하고 깊지만, 유목민족과 비교하면 먼 곳의 식견이 없으며, 먼 길에서 사방을 편력하고 주유하는 야성과 호탕함이 부족하다. 경작자와 논밭의 관계는 장기간 서로 지켜주는 관계이며, 결과적으로 의존하고 애호하여 모자와 같은 정감을 낳을 수 있다. 농민이 특별한 이유로 이주하지 않는다면, 한평생 자신의 토지를 떠날 수가 없다. 이 토지 위에 있는 사람은 나무와 같아서 기나긴 시간에 정감의 뿌리를 내려야 한다. 이에 그들은 더욱 이동하길 원하지 않고 고향을 떠나는 것을 "배정이향(背井離鄕: 우물을 등지고 고향을 떠남)"으로 보았는데. 인생 최대의 고통 가운데 하나에 속한다.

사람이 수목처럼 한 곳에 서 있으면 필요한 영양분은 모두 발밑에서 나오기에 빨아들이고 파야 하며 붙어 있고 지켜봐야 한다. 그들은 진정한 파수꾼이라서 평생 지켜보고 사방을 둘러봐야 한다. 이러한 보살핌은 눈길이 닿는 것에 불과하고 여유가 있을 때는 고개를 쳐든다. 그들의 식견이 원행자(遠行者)만큼 해박하지 못하다면, 발아래 흙에 대한 지식은 충분히 많을 것이다. 사방 십여 리, 혹은 몇 십리에 있는 사물에 대해 그들은 대부분 손금 보듯 환히 꿰뚫고 있다. 전원의 본성 가운데 모든 생장과 변화는 마음속으로 잘 알 수 있다.

오랫동안 파수를 보는 가운데 사람의 '전원심(田園心)'도 생성되었다. 이것은 일정한 경계에 속박된 마음이고, 그 마음은 그다지 산란하지 않다. 보고 듣는 것은 모두 논밭의 소리와 빛이며, 신체는 더욱더 안착되어 갔다. 마음과 희망이 발아래에 놓였고, 모든 힘이 일제히 아래로 내려가 인생의 뿌리는 갈수록 깊이 내렸다.

유목민은 대부분 희망을 먼 곳에 두고 목표를 앞에 가둬둔다. 그들은 토지의 모든 것을 사용한 적이 있으며, 그 후에 또 다른 토지를 찾는다. 그들이 얻었던 토지에 대한 기억은 있으나, 정감은 없거나 정감이 비교적 냉담할 것이다. 그들은 정착을 거절하고 다소 뿌리를 박더라도 신속히 잘라버린다. 구속될까 두렵기 때문인데, 자신 일생의 운명이 원행(遠行)이고, 일생의 목표가 먼 곳에 있음을 안다. 이러한 민족은 한번 태어나면 이리저리 돌아다닐 숙명이고, 그래서 요원한 시야와 방임의 심정을 갖춰야만 한다.

유목민과 토지의 관계는 일회적이며 유동적이다. 바로 이리저리 떠돌아다닐 필요 때문에 그들은 장기간 하늘을 바라봐야 하고 해와 달, 별에 의지해 방위를 확정해야 한다. 바라보는 습관은 그들로 하여금 신비로운 우주에 대한 추측을 충만하게 한다. 대지에서 달려야 할 필요성 때문에 신변의 경물은 언제나 스쳐 지나가고, 신선하고 좋은 경치가 많아도 눈 돌릴 틈이 없고, 자신을 기다리는 것은 영원히 다음의 순간이다. 이렇게 아득한 별이 총총한 하늘 아래에서의 이동은 습관적으로 일상생활이 되었다. 그들은 파수를 볼 기회를 잃어 토지에 대한 정감이 담박해진다. 그들은 나무처럼 자신의 뿌리를 내릴 수가 없다.

비교하면 도연명의 시는 뿌리를 가진 자의 읊조림이자 파수꾼의 노래다.

고독과 한가

도연명은 대부분 혼자 즐긴다는 인상을 주는데 대부분 자기 혼자였다. 이는 뛰어난 모든 인물도 예외가 아닌 일종의 특질이다. 도연명은 한 군체에서 다른 군체로 투입되지 않았고, 한 집체에 귀속되었다가 다른 집체로 옮겨가지 않았다. 그는 어떠한 군체로 가든 비범한 사람이고 우울한 사람이었다. 천성이 이와 같았기에 별다른 방법이 없었다. 천성적인 고독감은 몸에 가시가 박힌 것처럼 그를 괴롭히고 그를 한정했으며, 최후엔 그를 완성해주었을 것이다.

사람이 좋은 사회 환경과 하나가 되더라도 언제나 기쁜 일로 보이지 않으니, 황폐하고 혼란스러운 시대는 더 말할 나위도 없겠다. 사람의 독립은 더욱이 그가 선택한 생활 자체일 수 없고, 응당 그 생명의 품성에서 발원한다. 본질적으로 말하면, 도연명이 돌아와 농사를 지었으나 여전히 농민이 아니었으며, 관리사회에서 하급 관리로 일했으나 진정한 벼슬아치가 아니었다. 사회의 세속 측면에서 보면 대부분 의지할 곳 없고, 자연 환경에서 보면 그는 도리어 손과 발에 못이 박히고 살결이 친근하게 흙과 붙어 있었다. 「정씨에게 시집간 누이의 제문(祭程氏妹文)」과 「사촌 동생 경원의 제문(祭從弟敬遠文)」에서 그는 정답게 모친에 대한 정감을 거슬러 올라갔다.

慈妣早世, 어머니 일찍 하직하시고

時尙孺嬰. 그때 아직 어렸었다.

[중략]

父則同生, 우리들 아버지는 친형제이고

母則從母. 어머니는 서로의 이모였다네.

사실상 깊어서 측정할 수 없는 모성에 대한 정감 의존은 토지와 자연에 대한 시인의 정감 속에서 똑같이 느낄 수 있다.

대지는 만물을 번성케 하는 모체다. 도연명은 광의의 '모친' 앞에서 최대의 위로를 얻었다. 그는 유순한 아들이며 모친의 품이 있어야만 고독과 적막에서 잠시 벗어날 수 있었다. 하지만 이때라 할지라도 그가 눈을 들어 사방을 바라보았을 때, 여전히 극도의 고독을 느낄 수 있었다.

春服旣成, 봄옷 만들어졌고

景物斯和. 경치도 화창한데

偶景獨遊, 그림자를 벗 삼아 혼자 노니니

欣慨交心. 기쁨과 슬픔이 마음에 교차한다.

_「계절의 운행」

澗水淸且淺, 계곡 물은 맑고 얕아서

可以濯吾足. 내 발을 씻을 만했다.

_「전원으로 돌아와 살며 5수」 제5수

대자연의 품 속에서 고독을 참아야만 견디기 어려움에 이르지 않을 수 있다. 이때의 고독은 일종의 역량이고, 이때의 적막은 창조를 강화할 수 있다. '농사'와 '건강'의 관계를 얘기하자면, 우리는 흙과 고독의 관계를 찾지 않을 수 없다. 고단한 생존은 필경 근본적인 생명 배경을 상실하지 않고 의미심장한 의존과 위로를 부여한다. 그것은 구체적으로 흐르는 물, 새가 우는 소리일 수 있고, 뛰어다니는 메뚜기와 짹짹거리는 참새일 수 있으며, 깡충깡충 뛰는 네 발 달린 동물일 수도 있다.

우리가 여전히 유감스럽게 보는 것은 도연명의 시 속에 고양이와 개를 많이 묘사하지 못한 점이다. 이것은 당시 이 동물들이 인류 생활에 대량으로 진입하지 못한 연고일 것이다. 우리는 언제나 도연명의 울타리 곁, 사립문 뒤에서 유달리 총명한 두 눈빛이 반짝이는 것을 상상하게 된다. 그것이 바로 고양이와 개의 눈동자다. 그들 담녹색(淡綠色)의 순진한 눈은 다른 표정으로 바라보는데, 그것은 한없이 넓고 아득하며 깊은 곳의 신비한 주시에서 나온다. 그들은 정말 어린아이가 부모 곁을 지키는 것처럼 주인 곁에 따라다닌다. 혹은 고양이 한 마리가 "추운 밤에는 덮고 잘 이불도 없어(寒夜無被眠)" 침상 위에 엎드려 있어, 도연명은 수많은 위로를 받았을 것이다. 어떤 사람은 고양이와 같은 애완동물은 고상한 자리에 오르기 어려워서 시 속에 넣을 수 없다고 말할 수 있겠다. 하지만 우리가 잊지 말아야 할 것은 도연명의 두 손발이 흙을 묻히고 흙 파먹고 사는 사람이며, 그가 사대부가 아니라는 점이다. 고양이와 개는 사실상 가장 짙은 시의를 띠고 있다.

아리스토텔레스는 일찍이 말한 적이 있다. 노동의 목적은 여가를 얻기 위해서다. 노동이 있어야만 음식의 수요, 생존의 수요를 해결할 수 있다. 이처럼 가장 절실한 수요를 해결할 수 없으면, 사람은 여가를 얻을 수 없다. 노동해야만 수확할 수 있고, 수확물이 그곳에 놓여 있으면, 사람은 여가의 조건을 갖게 된다.

현대인은 일단 한가해지면 초조와 사려에 많이 얽매일 수 있다. 다시 말하면 쓸데없이 사고가 날 수 있다. 반대로 노동은 사람을 노심초사에서 벗어나게 해줄 수 있다. 이때 사람의 대뇌는 여가를 얻는다. 현대인은 종횡으로 교차되는 디지털화의 번거로움 속에서 벗어나와 육체노동에 의존하는 것 이외에 별다른 방법은 거의 없다.

당시의 도연명이 후세 사람들에게 한적의 본보기로 비쳐진 것은 현대인 가운데 일부가 육체노동을 일종의 사치라고 여기기 때문이다. 특히 구체적으로 지식인에 이르면, 줄곧 여가의 체현이라고 보기 때문이다. 현대인은 당시 도연명이 의존한 생존 방식이 바로 전원 경영임을 무시했다. 설령 그의 경영이 성공하지 못했고 정말로 다소간에 신체의 여가를 가지고 있지 못했더라도, 이러한 노동은 현대인의 눈엔 여전히 '한가'의 상징으로 보였다. 그러한 현대의 전원 인사 가운데 거의 의식을 걱정하지 않는 사람은 하나도 없다. 그들의 경우에 농촌 노동은 정말로 사치의 행동이며 생활의 점철이자 색채다.

도연명은 노동하지 않으면 먹고살 수 없는 생활을 보냈기에 그의 전원은 비로소 매력적인 빛을 방출했다. 그의 전원이 사대부의 놀이터이고 위진의 사족들이 유연히 세속을 피해 은거하는 장소였더라면, 틀림없이 종이처럼 경박하고 후세 사람의 풍자를 견딜 수 없었을 것이다. 도연명의 전원 속에는 고통도 있고 환락도 있으며, 풍작도 있고 흉작도 있다. 그는 부득이 이곳의 모든 행복과 불행, 번거로움과 구체성을 직면해야 한다.

飢者懽初飽, 굶주린 자가 처음 배부를 것에 기뻐서
束帶候鳴雞. 허리띠 매고 닭 울기를 기다린다.
__「병진년 8월에 하손의 농막에서 수확하며」

含懽谷汲, 기쁜 마음으로 계곡에서 물 긷고
行歌負薪. 땔나무 지고 걸어가며 노래했으며
翳翳柴門, 어둡고 누추한 집에서
事我宵晨. 아침부터 밤까지 내 일을 했다.
__「나의 제문」

이것은 고독이고 여가이기도 하다. 이러한 생활은 정말 매력적이다.

소위 조화란

린위탕(林語堂, 1895~1976)은 도연명을 중국 전체 문화전통에서 가장 잘 어울리고 가장 완미한 인물이라고 여겼다. 그는 이러한 관점에 "반대할 수 있는 중국인은 없다"고 믿었다. 하지만 우리가 보기에는 외려 성립할 수 없다. 린위탕은 개인 심미취미의 지배를 받아서 개인 인지의 개념화로 진실한 도연명을 속박하고 대체했다.

도연명을 종합적으로 살펴보면, 그는 평생 '조화'를 추구했으나 얻지 못한 사람이고, 고통과 모순으로 충만한 사람이며, 후에 갈수록 시시각각 죽음과 굶주림으로 위협을 받아 우울하게 지냈던 사람이다. 환락은 있으나 침울함을 담은 문장이 더욱 많아서 상당한 편폭을 차지한다. 그는 술로 시름을 달래고 허황하게 시간을 보냈으며, 창백하고 허무한 개념이 항상 개인을 뒤덮었다.

開歲倏五日, 새해 들어 어느덧 닷새나 지났고
吾生行歸休. 내 삶도 쉴 곳으로 돌아가려 한다.
__「사천에 노닐며」

今我不爲樂, 지금 내가 즐거움 누리지 않으면

知有來歲不? 내년이 있을지를 알겠는가?

__「유 시상에게 드리는 답시(酬劉柴桑)」

欲言無予和, 말하고 싶어도 내게 맞춰 줄 이 없어

揮杯勸孤影. 잔 비우고 외로운 그림자에게 권한다.

__「잡시 20수」 제2수

이와 같이 본다면, 도연명이 어떻게 가장 잘 어울리고 가장 완미한 사람이라고 말할 수 있겠는가?

객관적으로 보면 도연명은 후세 사람이 기대를 만족시키거나 보완했을지도 모른다. 왜냐하면 현실 속에서 부족할수록 우리는 더 갈망하기 때문이다. 설령 없더라도 제조해내려고 할 것이다. 우리 마음속에 강렬하게 요구하는 모종의 부호는 시대와 생활에서 빠진 요소이므로, 우리는 마음속에 그러한 예를 강화하고 환상할 것이다. 우리가 자신의 생활에서 이러한 내용을 갖추고 있다면, 마음속의 상상을 빌어서 보충하지 않을 것이다. 린위탕은 허구적 이상을 도연명에게 입혔으며, 아울러 도연명을 자신의 정신 세계에 놓고 이식했다.

수많은 지식인은 마음속으로 활기차고 한적한 전원을 갈망하지만 당대의 현실로 돌아가길 바라지는 않는다. 예를 들면 도연명은 초기에 일찍이 행운이 있었으나, 이어서 따라온 것은 낙담이었다. 우리 스스로 그러한 환경에 놓였다면 어떻게 되었을까? 이것은 정시할 필요가 있다. 대다수 사람은 이렇게 회의할 것이다. 당대 지식인이 일단 정말로 도연명으로 변한다면, 줄곧 견지해나갈 수 있을까? 해마다의 노고와 온갖 구박을 받는 곤혹 속에서 여전히 처음의 소망을 바꾸지 않을 수 있을까? 세상사 태반이 이럴 뿐더러 방관자가 타인을 감상할 때는 홀가분하지만, 그 속에 들어갈 용기는 없다. 이것은 또 다른 문제다. 따라서 후에 사람들은 도연명에 대한 전체 상상과 기대를 모두 까닭 없이 '역사 진실'로 변모시켜 우리의 이해를 엄중하게 좌우했다. 사람들은 항상 개인의 문화 의도와 심리 기대에 의존하여 고인을 거슬러 올라가고 총결하며, 심지어는 사실 자체를 황당하게 만들고 개조한다.

여기에서 중국 고대에 다소 유사한 시인을 서로 비교해보면, 도연명과의 차이점을 더 분명하게 볼 것이다. 당대의 왕유(王維, 701~761)는 자연에 접근하고 산수에 정을 둔 대시인이다. 왕유와 도연명은 성격과 인생에서 현저한 차이가 있으니, 물론 각각 가치가 있다. 여기에는 시대적인 제반 원인이 있고, 각종 각양의 주 · 객관 환경으로 조성되는 차이가 있다.

왕유는 불교도이고 그의 시는 더욱 초연하다. 그런데 도연명은 불교의 영향을 받았고 도가의 영향도 받아들였다. 하지만 완전한 불교신도는 아니었다. 도연명이 여산으로 올라가 혜원을 따라 불교를 실천할 때, 도리어 장애가 없는 청정을 이루기가 힘들었고, 최종적으로 그 허공(虛空)과 고도(高蹈)에 들어가지 못했다. 그는 결국 흙을 떠날 수가 없었다. 곡식을 가꾸는 필요에서 시작하여 도연명은 모든 것이 실제 상황에 떨어지고 땅으로 떨어진다는 사실을 느꼈다. 그는 영혼의 불멸이나 생명의 윤회를 몸소 겪지도, 보지도 못했다. 그 학문은 도연명에게 너무나 요원해 보였고, 심지어 지나치게 사치스럽고 낭만적이었다. 하지만 왕유는 도리어 성실한 불교도였다.

왕유는 도연명을 좋아하지 않았다. 일찍이 친구에게 주는 편지에서 이렇게 풍자했다.

근세에 도연명이 있는데 판자를 두드리며 독우에게 허리를 굽히고 싶지 않아 인끈을 풀고 벼슬을 버리고 떠났다. [중략] 한 번의 부끄러움도 참지 못하더니, 어찌 종신토록 부끄러워하는가? 이것 역시 남과 나를 공격하는 가운데, 큰 것을 잊고 작은 것을 지키는 꼴이니, 그 뒤에 끼칠 누를 모르는 것이다.(近有陶潛, 不肯把板屈腰見督郵, 解印綬棄官去. …… 一慚之不忍, 而終身慚乎? 此亦人我攻中, 忘大守小, 不知其後之累也.)

__「위 거사에게 주는 글(與魏居士書)」

왕유가 말한 잠시 참는 방법은 도연명이 보기엔 그다지 적용되지 않았다. 사실상 관리사회의 인내는 "한 번의 부끄러움을 참지 못했다"고 말할 정도가 아니다. 자존이 없는 생활은 끝이 없다. 그밖에 도연명의 생활은 왕유의 눈엔 "평생의 부끄러움"으로 비쳤고, 도연명 본인을 바꿔 왕유로 보았다. 반대로 본다면 왕유는 "종신토록 부끄러워"하게 된다. 이를 보면 신분과 입장이 다르면, 논단의 차이가 커질 수 있음을 알 수 있다.

장자 방식의 소요는 도연명에겐 거의 없었다. 그는 단지 심미할 뿐, 초연하진 않았다. 그의 처지는 '소요'의 감각과 심정을 갖기가 어려웠다. 도연명은 현실 생활을 도피하지 않고 직면할 수 있었고, 또한 부득불 구체적인 일상의 자질구레하고 번거로운 일에 직면해야 했다. 장자의 생활은 일반인이 실천할 수 없다. 거기엔 문학적 의미가 담겨 있고 다소간 인생의 현실적 의미는 없다. 장자의 지혜는 견유주의(犬儒主義)와 유사한 점이 있는데, "어떻게 해도 모두 된다"는 문자와 지능의 유희다. 이는 노자와도 다르고 도연명의 생존과도 전혀 어울리지 않게 보인다. 장자의 사상은 일상생활에서 실천하기가 곤란한데, 그것은 지식인에게 퇴로와 핑계를 준다.

장자는 위진 시기 일부 사대부 계층의 사상적 근원이고, 그들이 이로써 실천하는 정신적 청사진이었다. 도연명은 장자의 사상을 실천해봤다면, 그는 허황된 핑계를 찾아 꾸밀 수 없었을 것이다. 그다지 깔끔하게 처리할 수 없었을 뿐더러 하려고도 시도하지 않았다. 이 점에서 도연명은 스코틀랜드 시인 로버트 번스(Robert Burns , 1759~1796)와 비슷한 점이 있다. 번스는 한평생 기본적으로 농민이었고 가난했으며 37세를 살았으니 도연명보다 산 시간이 훨씬 적다. 하지만 번스란 사람은 그다지 낙담하지 않았고 허황하지 않았다. 가장 유명한 그의 시구는 "내 마음은 하일랜드에 있고, 여기엔 내 마음이 없다.(My heart's in the Highlands, my heart is not here.)"는 구절이다. 하일랜드의 마음을 가진 가난한 선비가 어떻게 스스로 벗어날 수 없는 낙담으로 깊이 빠질 수 있겠는가? 어떻게 지적 유희에 미혹될 수 있겠는가? 이 점에서 번스와 도연명은 대체로 비슷하다.

번스도 상류 사회에서 지낼 기회를 가졌다. 하지만 그는 주변 사람들을 우둔하다고 혐오했다. 이 점에서도 도연명과 유사하다. 도연명도 일찍이 관리사회에서 생활한 적이 있다. 하지만 그는 "시골의 어린아이(鄕里小兒)"들과 어울리는 것을 혐오했다. "시골의 어린아이"는 이곳에서 저속과 빈약함의 대명사이고, 세상 물정을 보지 못하고 세상을 어지럽히는 소인배를 가리키며, 조정을 등지고 황토로 향하는 농경민을 가리키지 않는다. 농경민은 도연명의 눈에 풍부하고 재미있으며 친근할 수 있는 사람으로 비쳤다.

고대 그리스의 베르길리우스(Publius Vergilius Maro, 기원전 70~19)도 수많은 '농사시'를 썼는데 전원의 정취로 충만하다. 그는 식물의 재배, 채밀 등에 관해 썼다. 대표작 「목가(牧歌)」는 자못 돌아가는 그 장면과 유사한데 햇빛과 건강한 기운이 넘쳐흐른다.

도연명의 시는 대부분 음울하고 의기소침하여 어두운 특징을 가지고 있다. 물론 총체적으로 보면, 대부분 훌륭한 시인들은 모두 어두운 특징을 지니고 있다. '양성'이 더 많은 곳은 권력과 물질 사회를 가리키고, 최후에 시인은 심원한 개인의 정신 세계로 물러난다. 강한 빛에 오래 쪼이면 시인의 낭만과 무성한 생장을 가질 수 없다. 하지만 도연명이 관직에서 물러난 초기의 전원시는 햇빛처럼 반짝거리고 산들바람처럼 따스함을 부인할 수 없다. 최후에 빈궁하고 영락한 때에도 북풍이 몰아치는 차가운 집에서 도연명은 따뜻한 시편을 써냈다.

有客賞我趣, 객이 있어 나의 취향을 좋아하여
每每顧林園. 매번 산림 속 전원을 찾아왔지요.
談諧無俗韻, 담소 어우러짐에 속된 이야기 없었고
所說聖人篇. 좋아하는 것은 성인의 글이었습니다.
__「방 참군에게 보내는 답시」

風雪送餘運, 눈보라가 남은 계절을 전송하지만
無妨時已和. 무방하게 계절은 이미 온화해졌다.
梅柳夾門植, 매화와 버들이 문가에 심어져 있는데
一條有佳花. 가지 하나에 아름다운 꽃 피어났다.
__「납제삿날」

하지만 안타까운 것은 상황에 따라 날로 어려워지고, 이렇게 좋은 심정은 갈수록 적어졌다는 점이다.

요원한 시공

영국 철학자 러셀(Bertrand Arthur William Russell, 1872~1970)은 그가 중국에 가서 농부가 될지언정, 구미의 문명사회에서 살고 싶지 않다고 말했다. 처음에 들으면 이상하게 들릴지 모르지만 결코 억지는 아닌 듯하다. 이는 서구의 고도자본주의에 빠진 국가의 지식인이 내는, 뼈에 사무치는 목소리다. 확실히 수많은 사물은 외부에서 보면 매우 좋아서, 현실에 대한 사람들의 불만과 낙담은 이해가 깊지 않은 다른 세계에 대한 상상을 통해 보완하여 이로써 위로를 받는다. 이는 동서고금을 떠나 모두 동일하다.

러셀이 중국의 농경 생활을 동경한 이유는 두 가지 방면에 있다. 하나는 그가 중국에 온 적이 있는데, 당시의 중국은 오늘날의 상업주의 사회가 아니라 상당히 원시적인 농경 사회였다. 교통이 가로막히고 각자 자기 일을 하며 민심은 상대적으로 순박했다. 당시의 중국은 다소간 전통적 생활을 유지하고 있었는데, 크게는 "닭과 개소리는 들리지만 늙어 죽어도 서로 왕래하지 않는다"는 의미를 가지고 있었다. 상대적으로 러셀이 몸담고 있는 그곳, 고도로 발달하고 초기 산업화 절차를 거의 완성한 서구에 비해 중국에는 그가 싫어하는 다른 문제가 없었고, 산업화 과정에서 생겨난 제반 폐단도 없었으며, 생활은 훨씬 소박하고 훨씬 건강하게 보였다. 사실상 가장 주요한 원인은 러셀이 과객이었기 때문이다. 러셀은 진정 깊이 들어오지 않았으니, 대체로 한적한 방관자였을 뿐이다. 이는 우리 현대인이 위진 시기의 도연명을 멀리서 바라보는 것처럼, 모든 일을 좋은 쪽으로만 생각하였고, 최후의 아사를 포함한, 시인의 구체적인 성가신 일과 고통은 모두 그 자신의 일이기에, 우리는 결코 유의하지도 않고 기억하려고 하지도 않는다.

현대생활은 인간의 정신을 왜곡했다. 러셀은 산업문명이 가져온 현대 질환에 대해 분명 심도 깊게 체득했을 것이다. 같은 시기의 동방에 대해 러셀이 고통을 느낀 모든 것은 완전히 낯선 것이다. 러셀은 이 낯선 땅에서 신기하고 신선한 느낌을 받았고, 각종 각양의 흠모와 상상을 했다. 반대로 봐도 이치는 똑같아서 당시의 중국은 하나의 조류가 있었으니, 그것은 서구 기술에 대한 동경이다. 비록 '체(體)'와 '용(用)'에 관한 논쟁이 있었지만, 오래된 동방 농경민은 산업문명을 이식하는 데 급급했다, 더 이른 시기에 청대 말기부터 서구의 견고한 전함과 맹렬한 대포를 부러워했다. 이를 이해하기란 무난할 것이다. 민족의 발전, 특히 세계란 숲에서 자립하기 위한 생존 수요 측면에서 보면, 현대화와 산업화는 일종의 '확실한 도리'일 것이다. 이것은 물질의 도리이고 생계를 꾸릴 도리이며 생명의 가장 원시적이고 가장 기본적인 강성(剛性)에 필요한 요소이다. 이때 '정신 문제'는 회피하고 경시한 것 같다. 러셀은 그렇지 않았으니, 그것은 주로 '정신 문제'였다.

정신의 고통, 왜곡 내지 소멸은 육체적 손상과 죽음을 대량으로 가져올 수 있다. 하지만 그것은 잠재적이고 뒤에 은폐된 것이다. 모든 사람이 문제의 긴박성을 담론하면서 현실을 얘기하고 지금의 상황을 얘기할 수 있다. 왜냐하면 우선 육체의 존재를 유지해야 하고 이것이 정신 활동의 토대이기 때문이다. 이러한 의미에서 보면 동방인이건 서방인이건, 일반 사람은 모두 물질을 중심으로 삼는다. 하지만 러셀은 일반인이 아니라 저명한 철학자였다. 그는 항상 물질을 중심으로 삼을 수 없었다.

중국의 농경사회, 특히 도연명 방식의 전원 개념에 대해 러셀은 분명 많이 깨달았다. 그가 도연명을 자세히 읽었는지는 모르겠지만, 그가 쓴 중국 관련 책에서 도연명의 전원의 즐거움, '도화원' 방식의 환상, 이러한 동방 유토피아의 이상적인 경관에 대해 깊이 매료된 적이 있다. 그는 동방의 생활 논리를 긍정했으며, 이러한 생존 방법에 대해 실제에 부합하지 않는 기대를 기탁했다. 사실상 유사한 기대도 마찬가지로 현대인에게서 발생했으며, 특히 현대 지식인에게 강대한 흡인력을 주었다. 기형적인 현대문명 속에 몸을 담고 있으면, 사실상 전원의 아름다움을 이해하기란 쉽지 않으며, 우리가 흡인되는 동시에 왕왕 자각하지 못한 채 왜곡된 엽기를 만들어내고, 동시에 기괴한 현대주의의 오만을 표현한다. 이러한 상황에서 우리가 도연명의 농경생활을 환원하기란 더욱 곤란해졌다.

우리는 도연명으로 자신을 위로하고 보상받기를 바란다. 하지만 우리는 요원한 지점에 떨어져 있어, 도연명이 당시 전원에서 크게 뜬 두 눈에서 소외와 실의, 심지어 상당히 애상적인 기색을 번쩍이고 있음을 분명히 보기가 어렵다. 그는 일반 농민과 달라서 그의 눈빛이 담아낸 모습은 상당히 복잡하다.

도원의 꿈

오늘날 미국에서도 편하고 한가로운 소도시를 찾을 수 있다. 그곳의 조용한 전원이 결코 없는 것이 아니지만, 다른 쪽에는 라스베이거스처럼 몽환적이고 극도로 사치스럽고 화려한 사막의 성이 있고, 맨해튼과 대서양의 도박 도시 같은 곳도 있으며, 경쟁이 치열한 월가의 상업제국도 있다. 미국 토지는 광대하고 오색찬란하며 다른 생활의 지향점에서 극점을 만들었다. 이것이 미국식의 장력이다. 얼룩덜룩 뒤섞이고 현란한 토지에서 각종 각양의 이상, 각종 각양의 실천을 찾을 수 있을지도 모른다. 우리는 극도로 보수적인 사람을 볼 수 있고, 방탕하고 염치없는 종욕자(縱欲者)를 볼 수도 있다. 이곳엔 물론 가장 충실한 하느님의 아들, 엄격한 기독교 신도도 있고, 그날그날 살아가고 마귀 사탄에 이끌려 제멋대로 향락하는 사람도 있다. 이러한 유형의 숫자는 많지 않아서 절대로 사회의 주류는 아니다. 이때 우리는 도연명을 떠올리게 되는데, 그가 오늘날 미주의 토지에서, 고도로 발달하고 현대화한 토지에서 자신의 소소 한구석을 찾을 수 있을지 환상할 수 있다.

하지만 거꾸로 낙후하고 개발도상국인 중국에서 생소한 땅을 개척하기란 더욱 어려운 일이다. 이것 또한 하나의 패러독스다. 동방의 단계적 모방이 최후의 전원을 상실하게 만들었는가? 아니면 서구의 상업주의가 아무리 먼 곳이라도 닿지 못할 곳이 없어 철저하게 동방을 소탕하였는가? 이는 우리가 심사숙고할 문제다. 우리가 서구를 멀리 바라보고 서구를 체험할 때, 위대한 작가 솔 벨로(Saul Bellow, 1915~2005)가 한 말과 같을까? 미국에서 가장 감염력과 전도력(傳導力)을 가진 곳은 광대한 시골과 소도시가 아니라, 라스베이거스 내지 뉴욕, 맨해튼 같은 곳이다. 이와 같다면 졸렬한 모방자는 자아 편집증의 선택을 한 것이다. 하지만 그들의 무지와 천박을 나무랄 수 있을 뿐이다.

우리가 현대 매스 미디어를 통해 감지한 발달된 서구는 일방적이고 기형적일 수 있으나 그것이 전부가 아니다. 사실상 진정한 원래 모습은 극도로 복잡할 것이다. 감지 과정에서 마치 모든 것이 우리의 도연명과 서로 반대 방향으로 가는 것 같다. 그곳은 '향락 세계'라서 도처에 이 시인이 들어갈 자리는 없다. 사실상 그곳은 '향락' 세계이지만 폐쇄된 곳도 낙후한 개발도상국보다 훨씬 많으며, 그곳은 더욱 다원적으로 존재하고 들쑥날쑥 배열되었을 것이다. 우리가 일방적으로 상상을 극단화시켜 이해하면 오해는 많아질 것이고, 손상한 것은 우리 자신뿐이다. 타향을 극단화시켜 편집적으로 표현하면 개발도상국인 덜 발달된 사회에 대해 극대한 자극성을 띨 수 있으며, 심지어 어느 정도 침범성과 자학성, 즉 비열하고 천한 모방과 대대적인 쇠퇴와 몰락을 가져온다.

현대 사회의 '전원'에 대한 보존은 현대 상업, 산업, 과학기술 사회의 다중 접촉과 구축 후의 안일과 평온을 의미한다. 거기엔 층층 밀고 나가는 '전선(前線)'이 있다. 이 '전선'은 상업, 과학기술, 현대 등 제반 기치를 내세우고 있다. 하지만 그것의 '후방'은 이성으로 추구하고 실현하는 인류의 생존법칙이 있다. 이것이 가장 중요하고 가장 가치가 있다. 인류가 요구하는 편안, 안일, 녹색, 흙, 맑은 하늘, 은하는 '후방'이 한번 정하면 응당 그것들을 포괄해야 한다. 우리가 기대하는 그곳의 '후방'엔 더욱 넓게 트이고 맑은 강줄기가 있으며, 쪽빛 비단 같은 해면이 있고, 자유롭게 날아다니는 새, 인류를 두려워하지 않는 각종 동물이 있을지도 모른다.

발달된 지구의 도시 거리에서 걸어 다니는 사람 가운데 손에 빵과 음식물을 들고서 새끼 다람쥐를 유인할 수 있을 것이다. 다람쥐들은 사람에게 기대어 먹고 자란다. 그것은 어떤 기쁨을 줄까? 이러한 형편은 덜 발달된 지구에서도 누릴 수 있을까? 아마도 꿈속의 과욕일 것이다. 이에 우리는 결국 어디가 도연명에게 더욱 적합할지 판단하기가 어렵지 않을 것이다. 우리는 이러한 과욕을 대처할 때, 위진 시기에 '도화원'을 창조했던 사람을 떠올릴 것이고, 그가 우리에게 남겨줬던 최대의 부를 생각할 것이다. 이 부는 유산이라고 부를 수 있는데 우리에게 환상을 제공하였고, 우리를 몽환 속에서 음미하고 추구하게 한다. 도원의 꿈을 수많은 사람들이 꾸었다. 우리는 이 꿈에 직면하여 격렬한 상업과 물질 속에서 전전하며 추구하는 사람들이 끊임없이 마음이 이끌리라고 믿는다. 바로 이것이 도연명의 가치를 인류가 공유하는 가치로 만들었다.

대지의 후한 선물

도연명이 원야에서 얻은 역량은 사람을 선망하게 만든다. 때로 정신노동으로 피로를 느끼는 지식인이라면, 우리는 가끔 1950, 60년대에 발생한 일을 떠올린다. 그것은 마찬가지로 지식인의 운명이자 곤경이었다. 예를 들어 노동개조 농장이나 간부학교에서, 오지의 낙후된 벽지의 땅에서 모두 내몰린 지식인의 모습이 그렇다. 그들과 도연명의 구별은 떠남과 진입의 처음의 소망이 다름에 있고, 목적과 결과도 달랐다. 도연명은 부득이한 회귀에도 여전히 즐거움과 자각을 가졌고, 다른 사람들은 도리어 강제 송환되었다. 이 때문에 그들의 토지와 육체노동의 관계는 처음부터 왜곡되었다. 후에 일부 지식인이 이 때문에 모종의 개변이 이루어져 신체와 정신의 변화를 가져왔고 심지어 떠난 뒤에 수많은 시편을 썼을지라도, 예술과 정신 방면의 수확은 여전히 기형적이었다. 이러한 사람들이 노동 과정에서 대부분 느낀 것은 역시 고통이었다. 그들은 이 때문에 광활한 대지, 머리 꼭대기의 뭇별 속에 몸을 둘 기회를 가졌고 장기간 정신생활의 피로도 어느 정도 이완되었으며 국부적으로 무엇인가 얻기는 했겠지만, 총체적인 결말은 여전히 불행한 일종의 비극이었다.

강박이든 자각적으로 토지로 돌아왔든, 모두가 현장에 친히 참가했고 반드시 심도 깊은 교육과 개조를 겪어야 했다. 이 점에서 보면 그들은 또 도연명과 같다. 객관적으로 농촌 생활은 지식인의 장기 정신노동의 고생을 완화시켜 그들로 하여금 구체적인 농사에서 각종 계발과 역량을 흡수하여 느슨한 쾌락을 맛보게 했다. 녹색에 둘러싸여 각종 작은 동물을 보고 개인의 보살핌을 받아 점차 높이 자라는 농작물을 보면, 사람은 희열을 느끼지 않을 수가 없다. 사람과 자연의 관계는 이와 같다. 애석한 것은 이때의 토지는 신체와 정신의 수지(囚地)가 되었고, 시인과 작가, 학자들은 마음속으로 농락당한 분노로 충만하였고, 또 항상 대자연이 부여한 따스함과 감격을 무시했다는 점이다. 물론 토지는 그 당시에 더욱 진귀하게 보였고, 가장 어려울 때의 고통에서 그들은 대지라는 모친을 더욱 소중히 여기고 의존할 뿐이었다.

어쨌든 대지에 접근하고 원야에 접근하며 생존을 위해 치러야하는 노고에 접근해야만, 반드시 수확을 얻을 수 있었다. 비추는 태양, 스치는 들바람, 세척하는 이슬, 씻어내는 시냇물은 사람의 몸과 마음 두 방면에 작용을 일으키고 흔적을 남길 수 있었다. 이것은 인생에서 암흑에 저항하는 역량과 용기가 되었다. 우리는 늘 고통스러운 생활 속에서 멀리 하늘가를 떠돌아다니는 사람에게 감탄하곤 하는데, 이러한 사람들은 만년에 이르러도 건강하고 정정하며, 게다가 두뇌까지 민첩하다. 이는 산천 대지가 그들에게 상실을 가져다준 동시에, 그들에게 가져다준 위로와 선물을 떠올리게 한다. 사실상 이것은 그들에게 생명을 부여한, 후한 선물이다. 이러한 선물은 만년에 이를수록 더욱 감사하여 가슴에 새기고 소중히 여기게 한다.

하지만 슬픈 것은 일부 인사들이 모든 것을 마음에 두지 않은 점이다. 유배자가 되어 사상의 자유를 잃었으니, 그 처지는 도연명과 함께 취급하여 논할 수 없다. 뿐만 아니라 그들은 정치 신분과 도덕 면에서도 현지 토착 세력보다도 열 배 저열하다. 극도의 억압과 비분 상태에 빠진 사람은 농사와 건강을 누리기가 어렵다. 그들은 단지 노동의 징벌과 어쩔 수 없는 운명을 느낄 수 있을 뿐이다. 이러한 관점에서 대자연은 또 최후이자 가장 믿을 만한 위로가 된다.

자연스럽고 꾸밈없다

지금 세상에서 전원 회귀는 물질과 기타 제반 조건을 필요로 하는데, 이는 갈수록 어려워졌다. 현대도시에서 태어나고 자란 보통 시인들도 전원의 그리움을 가질 수 있다. 선진국의 사람들도 반드시 전원으로 돌아갈 필요가 없다. 왜냐하면 그들 수많은 사람들이 원래 대자연 속에서 생활하기 때문이다. 또 아프리카 같이 황량한 곳에 사는 그들은 본래 세계에서 가장 원시적인 대자연을 보유하고, 심지어 야생 동물들과 함께 생활하고 있다.

1950년대의 '상산하향(上山下鄕)' 운동은 도시 청년을 이른바 '광활한 대지'로 투입시켰다. 이처럼 거대한 시대 조류는 각종 성과를 거둬들였다. 어떤 것은 매우 어려웠고, 어떤 것은 고락이 뒤섞였다. 하지만 그중에 일부 사람들이 그리워하고 돌이켜본 것이 있었는데, 그것은 아름다운 청춘과 갈라놓기 어렵다. 이곳에는 농사 생활이 가져온 건강이 있었고, 그것은 이중적인데, 즉 몸과 마음 두 방면에서 그렇다.

논과 밭으로 달려가는 조류는 대다수 도시 청년을 휩쓸어 개인적인 선택을 용납하지 않았다. 그것은 수많은 사람들의 염원을 왜곡했다. 수많은 사람들이 당시에 비분강개하고 격앙되게 공동체 의식을 표시하고 산천을 개조하고 심신을 새로 개조하려는 포부와 기백을 표시했지만, 이것은 여전히 일종의 조류 속의 외침이었다. 그들은 각각의 생명이 자유롭게 날아다니는 듯한 통쾌함을 거의 체험할 수가 없었다. 이 방면에서 대비해보면, 우리는 도연명의 선택을 흠모할 뿐만 아니라, 더욱 깊이 이해할 수 있다. 도연명은 전원으로의 회귀를 영광이나 고통으로도 여기지 않았다. 생활과 심신의 수요에서 나왔으니 부득이한 일이었다. 먼저 그럴 만한 필요가 있었고 나중에 고통과 환락이 있었다. 그의 전원생활은 소로 방식의 실험도 없었고, 중국 1960년대의 '상산하향' 운동의 이데올로기 색채도 띠지 않았다. 그의 전원생활은 더욱 진실하고 충실하며 더욱 믿을 만했다.

세상에는 원래 각종 각양의 전원생활이 있을 수 있다. 강박으로 내몰린 것, 숭고한 도덕 이상으로 격려된 것, 그리고 말만 꺼내면 시빗거리인 전이, 시대 조류의 휩쓸림 및 현대인이 가져온 억지와 즐거운 실험, 디지털 시대를 감당하지 못하는 뒤엉킴과 번거로움, 공연자도 있고 표방자가 있으며 종일 포식한 뒤의 보상도 있다.

각종 각양의 전원생활에서 눈빛을 도연명에게 돌린다면, 우선 확연히 유쾌한 진실감과 밝은 느낌이 있다. 도연명의 전체 인생에서 드러난 자연과 건강은 전원 자체와 마찬가지로 활기차며 왜곡되거나 인공의 흔적이 거의 없다. 도연명의 전원은 끊임없이 세차게 흐르는 강의 물줄기 같아서 자연스럽고 꾸밈이 없고 줄곧 유동하여 사방에서 호응하며 콸콸 물소리를 내었다. 이 강줄기를 둘러싸고 토지는 자양분을 얻어 다른 녹색을 적셔 우리가 누리고 감상하게 해준다. 대비해보면 다른 사람들의 인위적인 가공의 전원은 갈수록 취약함을 드러내어 그것은 조만간 가물어 말라죽을 수 있으며, 최후에 각종 조수로 모두 떠나버려 노래의 한 구절처럼 될 것이다.

난 너에게 다가가고 싶지 않아, 네겐 풀도 없고 물도 없으니. 새도 날지 못하잖아.(我不願走近你. 你沒有草, 沒有水, 連鳥兒也不飛.)

__「카라마이의 노래(克拉瑪依之歌)」

허위의 전원은 결국 사막으로 변해버려 감히 회상할 수 없을 것이다.

거대란 흡인력

푸시킨(Aleksandr Sergeyevich Pushkin, 1799~1837)은 이렇게 말했다. "누가 제때에 성숙하여 점차 냉혹하고 불행한 생활에서 인내를 배울 수 있고, 누가 행복한가." 러셀은 이렇게 말했다. "쾌락한 생활은 반드시 대부분 고요한 생활에 속한다. 왜냐하면 고요한 분위기에서만이 진정한 쾌락이 존재할 수 있기 때문이다." 이 두 가지는 도연명의 신상에서 가장 잘 검증받을 수 있다.

도연명이 적당한 연령에 그리고 적당한 시기에 불안, 번뇌, 좌절과 환락을 감지했다면, 그의 동년 생활, 가족 기억과 관리사회 체험은 이러한 경력의 종합이어서 그에게 제때에 장년 시절에 토지를 가꿀 힘과 용기를 주고 다시금 자신의 생활을 설계했을 것이다. 이것이 바로 푸시킨이 말한 행운이다.

도연명은 63세까지 살았다. 어떤 사람은 그가 더 오래 살았다고 주장하나, 확실한 증거는 없다. 63세는 연구자에게 널리 받아들여진 연령이다. 고인으로 말하면 도연명은 3분의 1의 시간을 스스로 선택한 생활에 보냈다. 이것은 매우 훌륭한 일이다. 하물며 3분의 1의 시간에 그치지 않았는가? 왜냐하면 그가 기본적으로 성숙한 나이는 18세부터 41세 사이에 있고, 그는 몇 번 전원에서 생활한 경력이 있기 때문이다. 그 당시의 생활이 불안정하고 장구한 계획이 없었다고 하나, 필경 이후 생활의 실험 단계에 속했다. 그래서 우리는 도연명은 일생을 허투루 보내지 않았고, 불우함을 많이 체험하고 시험을 많이 겪었으며, 물질적 수확은 보잘것없었으나 그의 정신적 수확은 도리어 충만하고 풍족했다고 말할 수 있다. 그는 몸소 조와 쌀을 심었고 새 술을 빚었으며, 시간에 따라 전원의 여러 가지 미세한 체험 및 뒤섞이고 복잡한 심사, 점차 변천하는 개인 심정을 기록했다. 이것은 모두 지극히 귀중한 수확이다.

러셀이 얘기한 '고요함'은 행복에서 가장 중요하고 가장 기본적인 조건이다. 도연명은 평생 곡절을 겪었고 가족 내에서 그는 공을 세우고 사업을 일으키는 방면에서 선조에게 부끄러웠고, 부의 축적과 세속적인 영예 방면에서 후손에게 부끄러웠다. 이는 그의 시문 속에서 표현된다.

嗟余寡陋, 아! 나는 덕이 없고 고루하여
瞻望不及. 우러러봐도 미칠 수가 없었다.
顧慚華鬢, 다만 하얀 귀밑머리 부끄러워서
負影隻立. 그림자를 등지고 홀로 서 있다.
_「아들 이름을 지어주며」

人生若寄, 인생이란 붙여 사는 것 같으니
顦顇有時. 노쇠해질 때가 있으리라.
靜言孔念, 차분하게 깊이 생각하니
中心悵而. 마음속으로 서글퍼진다.
_「무궁화」

하지만 그는 도리어 여태까지 자신이 일생의 고요함을 잃어버렸다고 후회막급을 표현한 적이 없다. 그가 선택하고 동경한 것이었다. 그가 최종적으로 인가한 것은 여전히 고요함이다. 이 점이야말로 가장 중요하다.

도연명은 필경 전장에 전전하는 사람과 달랐고 권력 무대에서 쟁탈하는 사람과는 달랐는데, 그러한 사람들의 생활은 더욱 재난과 위험으로 충만했다. 그는 '죽림칠현'처럼 시시각각 모두 살해당하는 생명의 위협을 받지 않았다. 공융, 혜강과 장화 등은 재주가 크고 통찰력도 뛰어났으나, 도리어 비참한 운명을 만났다. 완적, 유영처럼 분개하고 증오하며, 미친 체하고 퇴폐적이며, 항상 취하여 깨어나지 못하고, 듣는 사람을 놀라게 하는 일은 도연명에게서 기록이 거의 보이지 않거나 심지어는 없다. 비교해보면 도연명은 자신을 안정시킬 수 있는 사람이었다. 안정의 도를 이해하였으며 안정을 강렬하게 동경했다.

물론 공융, 혜강과 유영의 참다운 성정은 매우 사랑스러운데, 도연명과 비교하면 삶의 표현방식의 차이에 불과할 따름이다. 개인의 선택은 출신 배경과 연관이 있다. 도연명은 사족 계층이 아니지만, 죽림칠현은 기본적으로 사족 출신이고 그들은 사회의 기득권자가 되어서도 이처럼 암흑에 반항할 수 있었으니, 상당히 대단한 일이다. 그밖에 본래 관직을 세습하는 귀족 자제들은 태생적으로 조심성이 부족하고, 그들은 가난한 집안 출신인 도연명과는 달라 대체로 '고요함'으로 나아가기란 쉽지가 않다.

도연명은 자신을 '희황상인(羲皇上人)'으로 여겼고 "책 읽기를 좋아하나 지나치게 따지려고 하지 않았으며, 매번 깨닫는 바가 있으면 기뻐하며 밥 먹는 것도 잊었다.(好讀書, 不求甚解, 每有會意, 便欣然忘食.)"—「오류선생전」) 바로 이러한 '오류선생(五柳先生)'이었다. 우리는 시인이 실제로 평온하고 안일한 생활을 충분히 마음에 들어 했다고 느낀다. 바로 이러한 생활이 다소간 생존 속의 제반 불우함과 고통, 피로와 우환을 보완했다. 이러한 경험과 정신적 소득은 그와는 몇 백 년, 천년 이상의 거리를 두고 있는 후세 사람에게까지 계속 확충된다. 이것이 바로 도연명의 매력이자 감염력이다.

도연명의 고독과 안정은 풍진 속에서 전전하며 명리를 좇던 자들이 열심히 찾았지만, 얻지 못했다. 도연명은 짙은 색의, 묵묵히 우뚝 선 자석처럼, 마음속에 품은 수많은 갈망 및 갈 곳이 없는 과객을 쇠 부스러기처럼 끌어 모아서, 그들로 하여금 거대한 자성의 인력으로 격동적인 일생을 보내게 했다.

제5강

가까워지는 종점

도연명이 죽음을 담론한 시문엔 허무감과 음울감이 배어 있고 침잠한 흑색이다. 하지만 바로 이러한 색조가 눈앞의 전원생활의 찬란함, 아름다움과 따스함을 돋보이게 한다. 도연명은 이에 눈앞의 불행, 옹색함, 어려운 일을 참고 해내는 물질생활을 더욱 애석하게 여겼다. 그래서 "술 마신 것이 넉넉하지 못했다(飮酒不得足)"고 한탄했다. 도연명이 태어나서 영원히 죽지 않는다면, 삶은 수많은 의의를 잃어버릴 것이다.

때로는 휘장 친 수레를 타고, 때로는 작은 배를 젓는다.(或命巾車, 或棹孤舟.)
(명 하지夏芷 「귀거래혜도」 부분)

가까워지는 종점

도연명은 한두 번 인생의 종점을 생각했다. 이는 다른 사람과 아무런 차이가 없어 보인다. 그의 이전이나 이후에 수많은 사람들이 죽음에 대해 썼고, 이를 시작으로 탐색하고 관심을 가졌으니, 고금중외에 소수가 아니라고 말할 수 있다. 하지만 도연명은 비교적 특수한 편이라서 그가 이러한 문제를 담론한 빈도와 비중이 달랐다. 더 많이 생각하고 썼으며, 더욱 많이 인생의 '종점' 전후에서 배회했으니, 두드러진 편이었다. 이러한 점은 도대체 무엇을 예시하고 설명하는가? 또 그의 인생, 특히 창작에 대해 어떠한 영향을 미쳤는가? 우리가 면밀하게 탐구할 만한 가치가 있다.

죽음은 인생에서 가장 중요한 문제다. 언제 생각해도 모두 시기상조일 수 있다. 중국문화에서 일반적으로 죽음은 금기시된다. 그래서 사람들은 죽음 담론을 꺼린다. 특히 젊은이들은 죽음에 대한 얘기를 꺼내면 불길하고 황당한 것으로 본다. 성인들조차도 죽음을 지나치게 많이 얘기해서 불쾌해지거나 낙담하길 바라지 않는다. 만년에 가까운 사람이라면, 이 화제에서 멀리 벗어나고자 한다.

소년과 노년은 바로 인생의 기점과 종점에 처해 있으나 도리어 삶의 지대한 문제를 회피하려고 하는데, 일종의 심리적 도피의 욕구에서 나온다. 이러한 도피의 생각은 인지상정이나, 사실상 의식적이든 무의식이든 모든 인생의 인식을 일종의 가상 상태, 즉 늘 말하는 '진실 도피'에 놓는다. 어쩌면 이것은 생존 책략의 일부분이고, 필요한 생활 윤리일지도 모른다. 하지만 사상 탐색의 의미에서 보면, 도리어 마지막 문제에 대한 우리의 고집스런 추궁에 직접적인 영향을 끼칠 수 있다.

이렇게 캐묻는 습관은 사실상 비교적 이른 시기부터 양성되고 형성되어 사람의 일생을 꿰뚫게 하여 곧장 노년까지 이른다. 노년은 또 '노소해(老小孩: 아이같이 행동하는 어른)'라고 부른다. 왜냐하면 생명의 시공간에서 보면 기점과 더욱 근접하기 때문이다. 소년과 노년은 보기엔 하나는 기점이고, 하나는 곧 종점으로 나아간다. 하지만 생사 문제에 대해 그들의 내재적 연계는 더욱 긴밀해진다. 생명 자체로 죽음은 특이한 존재이거나 마감하는 방식이다. 왜냐하면 죽음은 어떠한 사람의 인생 단계에서 모든 것의 '종점'이 되고, 모든 생명이 한순간에 자신의 '종점'에 도달하기 때문이다.

이처럼 지대한 문제를 도피하여 현실생활 방면에서 허황된 과욕을 부리면, 기회주의의 군더더기를 낳아서 현실에서는 어떤 황당함을 초래할 수 있다. 물론 다른 사람의 입장에서 '종점'을 생각하면, 일부 부정적인 것을 초래할 수 있다. 예를 들어 '인생은 고단하다', '제때에 즐김(及時行樂)' 등 의기소침한 말들이 그렇다.

지금 세상의 오색찬란한 물질생활에서 인류는 향락주의로 그날그날 살아가는데, 이는 사실상 죽음이란 종점에 대한 두려움에서 나온다. 어차피 인생은 한 번뿐이므로 사람은 '일회성'을 충분하게 누릴 이유를 가지고 있는 것 같다. 이로 알 수 있듯이 도연명의 죽음과 생존의 관계를 탐구할수록 적극적 의의가 더 드러난다. 도연명은 생명의 일회성을 승인하였고, 또 적극적으로 일회성에 직면했는데, 그는 후세에 공헌한 중요한 참고 지표가 되었다. 그의 노동과 진취성, 행동의 용기는 모두 우리를 계발할 수 있고 우리를 격려할 수 있다.

도연명은 생활이 곤궁해지고 신체가 점차 쇠약해질 때, 특히 죽음을 생각했을 때, 글을 써서 토론하거나 심지어 자기의 '최후'를 설계하여 말일의 상황을 느끼길 바랐다. 그리고 죽음 직전을 대조하고 객관적으로 일종의 위로를 얻었다. 기왕 인생이 이처럼 고통스러운 것이라면, 왜 그렇게 미련을 두려고 하는가? 왜 죽음을 두려워하는가? 살아 있을 시간이 많지 않으니, 모든 것이 끝나가고 있다. 죽음을 고난스런 인생의 해탈로 여기는데, 이는 다른 사람의 심리 상태와 다르지 않다.

생활이 곤궁하고 질병이 몸에 달라붙을수록, 도연명은 그러한 해탈이 조금 일찍 다가오길 바랐다. 그는 죽음으로 생의 비참한 고통을 소멸시키고자 했다. 이는 그에게 물질 욕망에 대한 절제를 강화시켰으며 생존의 희망을 더욱 낮게 눌렀고, 동시에 한 걸음 나아가 다시는 죽음을 두려워하지 않게 되었다. 이처럼 생명의 종점에 근접한 의식은 도연명에게 이중의 작용을 일으켰다.

생명의 여정은 이처럼 고단하니 조금 일찍 종점에 와도 별로 나쁠 것은 없다. 도연명은 비자각적으로든 무의식적으로든 하나의 심리 책략을 썼다. 이처럼 고되게 살아가는데 죽음을 어찌 두려워하는가? 이와 같은 방식으로 의기소침을 제압했고 간고한 생활에 대한 원망을 제압했다. 의기소침한 절망이 야기하는, 전혀 책임을 지지 않는 태도가 그에게는 거의 없기 때문이다. 이것은 그가 일반 사람을 뛰어넘은 측면이다.

도연명은 죽음에 직면할 용기를 가졌고, 또 그것을 직면할 초조함도 가지고 있다. 시인은 일반 사람처럼 죽음을 두려워하며 비관하고 불안에 떤다. 루쉰 선생은 「위진 풍도 및 문장과 술 · 약의 관계(魏晋風度及文章與藥及酒之關係)」에서 말했다.

> 도잠은 어쨌든 속세를 초월할 수 없었을 뿐만 아니라, 조정의 정사에 대해서도 마음을 두고 있었으며, '죽음'도 잊어버릴 수 없었다. 이것은 그의 시문에서 자주 언급했다.

확실히 도연명은 임종 문제를 많이 언급했는데, 그는 마치 죽음을 언급한 시로 자신의 사상을 만든 것 같다.

창작 시간 순서에 따라 도연명을 읽어보면, 풍족한 생활이나 심정이 즐거운 때에 죽음을 담론한 것이 비교적 적음을 느낄 수 있다. 예를 들면 막 전원에 돌아왔을 때 그는 죽음을 거의 담론하지 않았다. 그때 도연명 시의 색조는 명랑했고 유독 따뜻한 온도를 유지하고 있었다. 이후에 올수록 그는 더욱더 종점을 생각했고, 더욱 자신을 위로하고 설득할 필요성을 가졌을 뿐이었다.

사람이 현세 생활의 양극에 처해 있을 때, 죽음을 가장 쉽게 떠올릴 수 있다. 가장 고통스러울 때 죽음으로 해탈하려고 하고, 가장 즐거울 때 죽음으로 돌연 종지부를 찍는 것을 두려워한다. 세상 사람들은 모두 생명은 만류할 수 없고, 죽음이 필연적으로 다가옴을 알고 있다. 다시 말하면 확실하고 절실한 상황을 인지한 후에 슬퍼하거나 개운해 하고, 안위하거나 끊임없이 자신을 일깨우기도 한다. 도연명도 이 과정에서 점차 실망스런 정서를 완화했고, 더욱 인생을 직면할 수 있었다.

인생의 벙커

고대 시인 가운데 도연명처럼 부단히 시에서 삶의 한계를 담론한 사람은 거의 없을 것이다. 우리가 텍스트를 해독하고 심혈을 기울여 자세히 체득할 때, 그중에 포함된 복잡한 요소를 발견하게 된다. 한 사람의 언어 환경은 현실 환경과 긴밀히 연결되어 있다. 대체로 이는 도연명의 생활 실의, 경제적 곤궁, 인사 왕래가 갈수록 냉담하고 소원해지며 신변 직계 친속들의 연이은 죽음, 특히 전후로 잃어버린 두 부인 등과 큰 관계가 있다.

도연명 시에는 죽음의 이미지가 부단히 출현한다. 심지어 죽음에 대해 미련을 두는 듯한 상상도 있다. 시문의 표현에서 보면, 이 방면의 글이 비교적 많은 한편 사고의 독특한 깊이는 도리어 부차적이다. 그의 허무감, 그의 인생의 마지막 문제에 대한 인식은 『홍루몽(紅樓夢)』의 '호료가(好了歌)'와 비교하면, 결코 크게 다르지 않다. 도연명의 죽음관은 중국 일반 백성들의 견해, 예를 들면 "사람의 죽음은 등잔불 꺼지는 것과 같다(人死如燈滅)", "한번 죽으면 모든 일이 끝난다(一了百了)"와 같은 탄식과 항상 판에 박은 듯하다. 기왕 이와 같다면 우리는 왜 이것을 가지고 탐구하려 하는가? 이러한 논의는 어느 정도 특별한 의미가 있는가?

이것은 우리들이 부득불 직면하는 생명철학 문제, 특히 시학 문제를 언급한 것이기에 시인 도연명과 사회와 사상적 의미의 도연명을 이해하는데 분명 무시할 수 없다.

생존의 '의의'를 추구하는 사람의 경우에, 보기엔 단순하고 소박한 죽음에 관한 철학이라도 공명과 이익에 급급한 사람과 비교하면 더 분명하고 뛰어나다. 이것은 필경 죽음에 직면한 비통이자 인생의 진상(眞相)이기 때문에 용기가 필요한 일이다. 이처럼 죽음에 직면해서 생존의 의의를 충분히 탐구할 수 있고, 나아가서 인생의 현실감을 부단히 강화하며, 눈앞의 허황함과 이로써 가져온 여러 가지 기회주의를 배제할 수 있다.

도연명은 젊은 나이에 부친을 잃었다. 30세 때 또 서로 돕고 의지했던 부인을 잃었다.

> 弱冠逢世阻, 약관에 험난한 세상 만났고
>
> 始室喪其偏. 서른 살에는 짝을 잃었다.
>
> __「여러 사람들이 함께 주 씨 집안 선영의 잣나무 밑에서 놀며」

서모와 모친이 앞뒤로 세상을 떠났고 수족처럼 친했던 두 동년배, 즉 정씨에게 시집간 이복 누이동생(程氏妹)과 사촌 동생 경원(敬遠)도 그보다 먼저 죽었다. 또 하나의 견해가 있는데, 도연명의 두 번째 부인도 젊었을 때 세상을 떠났다는 것이다. 소년부터 장년에 이르기까지 도연명 신변의 직계 친속들이 끊임없이 그에게서 떠나갔다. 이러한 자극은 일반적 의미의 죽음에 대한 관찰, 체험과는 구별된다. 그것은 더욱 근접하고 더욱 심도가 깊어서 대체할 수 없는 경험이다.

이전은 극히 순조롭지 못한 벼슬길이었고, 이후는 갈수록 간고한 농경생활이었다. 이러한 상황에서 시인 자신을 진작시키고 드높일 방법이 없었다. 특히 멀리 시골에 사는 지식인의 고독은 더욱 도연명으로 하여금 생사의 의미를 빈번히 사고하게 했으며, 늘 '종점'을 생각하고 인생에서 반드시 겪어야 할 모든 것이 도대체 무엇을 의미하는지 추궁하게 했다. 생각을 많이 하면 할수록 더욱 요원했고, 나아가 인생의 종점 이후는 또 무엇인지 묻곤했다.

既來孰不去, 오고 나서 누군들 떠나지 않으랴?

人理固有終. 인생의 이치는 원래 끝이 있는 법.

__「오월 초하루 아침에 지어 대주부의 시에 화답하며(五月旦作和戴主簿)」

萬化相尋繹, 온갖 변화가 서로 이어지니

人生豈不勞? 인생이 어찌 힘들지 않겠나?

從古皆有沒, 예로부터 모두 죽음이 있었으니

念之中心焦. 이를 생각하면 가슴속이 탄다.

__「기유년 9월 9일」

家爲逆旅舍, 집은 잠시 머물던 여관이요

我如當去客. 장차 떠나려는 나그네 신세.

__「잡시 20수」 제7수

죽음에 대한 생각은 이처럼 완고하게 그를 얽어매고 그를 둘러싸며, 그로 하여금 망각하지 못하게 만들었다.

연달아 육친과 사랑하는 사람을 잃어버리고 부단히 죽음을 직면하면서, 도연명은 항상 의기소침해지고 부진하고 낙담 속에 빠진 동시에, 고난스런 인생에 대한 심각하고 절실한 경험을 거듭했다. 총체적으로 말하면 죽음에 관한 사고는 도연명에게 기본적으로 적극적인 작용을 일으켰다. 가장 의기소침한 때라도 그는 행동 방면에서 지나치게 많은 위축을 표현하지 아니하였고, 대체로 일상적인 건강한 노동을 유지하였을 뿐만 아니라, 생활에 대한 동경을 지니고 있었다. 그래서 이를 가지고 본다면 죽음에 대한 도연명의 반복적인 영탄은 개인의 불행을 치료하는 좋은 약이 되었다. 절망하고 고통스러워하는 시인에게 가까워지는 죽음에 관한 생각은 심지어 그가 발굴한 인생 '벙커'로 보였고, 이로써 생활의 암흑에 저항할 수 있었다.

그것이 '벙커'가 될 수 있는 까닭은 영혼이나 영생을 언급하지 않았다면, 사람의 죽음은 일반적으로 가장 참기 어려운 최후이자 최대의 사건으로 보였기 때문이다. 사람이 죽음조차도 직면할 수 있다면, 현세와 눈앞의 구체적인 고난은 비교적 참을 수 있다. 자기가 죽을 수 있다고 생각하게 되면, 곧 한번 일깨우는 것과 같으니 눈앞의 모든 불행과 고통은 모두 일시적인 것이 되어 받아들일 수 있다. 이러한 사유 방식은 어떤 사람의 경우엔 자연스럽고 본능적인 것 같다.

도연명은 분명 이러한 벙커가 필요했다. 왜냐하면 그는 자신의 인생의 위태로운 운명과 항상 일반을 초월한 도전에 직면하여, 그는 잠깐 쉬고 싶고 생존하고 싶었으며 심지어 최후의 승리까지 생각했기 때문이다.

몸과 그림자와 정신

도연명의 죽음관을 얘기할 때, 물론 가장 무시할 수 없는 것은 「몸과 그림자와 정신(形影神)」이란 연작시다. 이 연작시에서 시인은 육체와 영혼의 관계에서 사람의 생전과 죽은 뒤의 제반 문제에 대해 가장 집착하고 가장 집중적인 탐구를 진행했다. 특히 주의해야 할 점은 그가 영혼과 불멸의 문제를 사고한 것이다. 하지만 기본적으로는 부정했다. 이 방면에서 도연명은 불교와 노자, 장자, 특히 장자와는 전혀 다르다. 불교에서는 생명이 윤회하고 영혼은 불멸한다고 여긴다. 이 점은 기독교의 영혼불멸설과 비슷한 점이 있는 것 같다. 하지만 장자의 생사에 대한 아랑곳하지 않음, '만물을 가지런히 하고 삶과 죽음을 같이 보는(齊萬物, 等生死)' 달관은 도리어 크게 차이가 난다. 물론 불교는 업력(業力)을 강구하니, 영혼에 대한 다른 유파의 견해가 다 같은 것은 아니다. 어떤 것은 육체와 영혼의 구분을 부정하고, 어떤 것은 인과보응과 윤회를 믿어서 망령은 제도(濟度)할 필요가 있다고 여긴다. 하지만 기독교는 그리스도를 믿어야만 영생하고 부활을 통해 육체와 영혼을 전부 구제할 수 있다고 여긴다.

도연명의 연작시는 대부분 소박한 개인의 경험과 현세 관찰에서 나온 것으로, 지극히 형이상학적이거나 현학적 사고는 없다. 시인은 철저한 기록과 분석을 통해 사후 영혼에 관한 민간의 불완전한 인식을 표현하였고,

또 당시 이미 중국에 전해진 불교나 마침 성행하고 있는 도교에 관한 인식과도 결을 달리했다. 하지만 우리는 그중에서 당시 유행하던 제반 관점을 볼 수 있다. 도연명은 정도는 다르지만 일부분을 수용했다. 이 연작시는 그 후의 개인의 분석이며 귀결도 있고 질의도 있으며, 최후에 글로 적은 냉정한 사고다. 사고의 결과 이중의 제반 문제 가운데 어떤 것은 거의 단언할 수 있었고, 어떤 것은 지나치게 복잡하여 잠시 놓아두고 의결하지 않았다. 그렇다고 영혼에 대한 근심을 철저하게 버린 것은 아니었다.

시인은 「정씨에게 시집간 누이의 제문」과 「사촌 동생 경원의 제문」에서 사람이 죽은 후의 상황을 묘사하였고, 아울러 자신의 상상과 기대를 드러냈다. 이로부터 알 수 있듯이 만일 시인이 정말로 육체의 죽음 이후에 '정신(神)'과 '몸(形)'이 있다고 믿지 않았더라면, 이와 같은 문장을 쓰지 못했을 것이다. 이를 보면 사람의 죽음, 죽음 후에 대한 그의 견해가 어떠한지, 여전히 복잡한 신념이 존재하였고 우물쭈물하며 결단하지 못한 상태에 처해 있음을 알 수 있다.

시 몇 수에서 도연명이 인생의 지대한 문제에 대해 철학적 탐구를 진행한 것을 볼 수 있다. 이는 그의 전체 시편에서 결코 많이 볼 수 없는 편이다. 원래 심오한 형이상학 문제에 대해 시인은 비교적 활발하고 재미있는 표현 방식을 써서 몸, 그림자, 정신의 삼자가 대화를 진행하도록 했다. 먼저 '몸이 그림자에게 주다(形贈影)'는 답안이 있다. 인생은 짧아서 영원한 자연에 미치지 못하니, 신선을 찾아서 불로장생을 구하는 사람들은 망상에 불과하고 술에서 그날그날 살아가는 것만 못하고, 잠시나마 해탈을 얻는 것이 좋다고 여겼다. 이어서 나온 것이 '그림자가 몸에게 대답한(影答形)' 것인데, 두 번째 답안이다. 사람은 술을 빌어서 시름을 푸는 소극적인 방식을 쓰지 말아야 한다. 비록 몸과 그림자가 서로 따르지만, 그림자는 죽음과 함께 소실될 수 있다. 하지만 사람은 여전히 덕을 쌓는 방식으로 정신을 불후하게 만들 수 있고, 명성을 인간에게 영원히 전할 수 있다. 최후에는 정신이 나와서 몸과 그림자에게 말하는데, 이것이 세 번째 답안이며 시인이 최종적으로 표현하고자 했던 결론이기도 하다. 몸과 그림자의 상술한 의견에 대해 모두 비평하고 몸이 지적한 것처럼 신선을 찾아도 불로장생하지 못해 술에 빠지고 짧은 인생을 개탄할 필요가 없으며, 그림자가 건의한 것처럼 적극적인 진취를 통해 명성을 얻어서 남길 필요도 없다고 여겼다. 시인은 몸과 정신이 서로 의존하며 누구도 그것을 벗어날 수 없고, 양자는 독립적으로 존재할 수 있다고 여겼다. 이에 "큰 변화 가운데에 자유자재하면서(縱浪大化中)" 자연에 완전히 융합하여 자연에 순응하고, 천지와 공존하는 방식으로 반드시 직면하는 죽음의 문제를 해결하자고 제창했다.

심혈을 기울여 설계한 '몸과 그림자와 정신'의 삼자 대화는 사실상 도연명 자신이 인생의 지대한 문제를 사고할 때 구분한 세 방면 혹은 세 단계이다. 시인은 최종적으로 소박한 유물론자이거나 심지어 그에 근접한 관점을 얻었다. 이러한 관점은 특이하고 수준이 높다고는 할 수 없으니, 그 시대 중국인으로 말하자면 최소한 지극히 진지하고 명석한 사고다.

눈썹을 찌푸리고 떠나다

도연명은 아들에게 써준 「아들 엄 등에게 주는 글」에서 말했다.

天地賦命, 천지가 생명을 부여하니

生必有死. 태어나면 반드시 죽는 법.

自古賢聖, 예로부터 성현일지라도

誰能獨免? 누가 홀로 피할 수 있나?

__「아들 엄 등에게 주는 글」

이러한 인식과 후손에 대한 교육 방식은 지극히 현대적이다.

우리는 또 이 시인이 나이 반백을 지날 때 아들에게 써준 편지에서 윗사람이 아랫사람을 대하는 말투가 적으며, 주로 평등하고 하소연이 가득한 말투로 쓴 사실을 주의하게 된다. 이 편지는 붓을 들자마자 곧장 죽음의 문제를 한번 논술하고 담론하고자 하는 자기의 반평생 지향과 경력을 큰 배경에 놓았다. 이처럼 아들들이 시야를 확대하고 눈을 크게 떠서 보고, 아버지가 벼슬에 나아가지 않고 경작하는 이유와 이 때문에 후손의 생존 상황에 영향을 끼치는 여러 가지 행위, 그중의 도리와 전반적인 연유를 이해하길 바랐다.

도연명은 비교적 일찍 생활의 진실한 베일을 벗겨버려 루쉰이 말한 '기만(瞞)'과 '속임(騙)'을 모면했다. 죽음에 직면하는 문제를 도연명은 주로 정면으로 다루었다. 이것이 도연명이 기타 지식인과 다른 점이다. 피비린내 나고 살육하는 위진이란 정글 속에서 생명은 더욱 위협을 받으면서도 수많은 사람들은 쉽게 그럭저럭 지냈다. 예를 들어 방종하고 무도하여 주색에 빠지거나 불로장생을 추구하며 오석산을 복용하고 약을 먹음으로써 이처럼 기형적인 삶의 양상을 드러냈다. 죽음에 대한 의식은 도연명에게 두려움이 없도록 만들었고, 저속하거나 구차하게 만들지 않고 견실하게 일하고 최선을 다할 수 있는 사람이 되도록 했다.

도연명은 기본적으로 불교를 믿지 않았고, 도가에서 강조한 '선인(仙人)'을 믿지도 않았다. 그의 친족과 친구들 가운데 도에 뛰어난 사람이 많았다. 그와 친밀하게 지냈던 사촌 동생 경원(敬遠)은 신선을 찾아 도를 배우길 좋아했는데, 이것이 당시의 기풍이었다. 혜원을 우두머리로 하는 지식인은 더욱이 부처를 논하고 수양한 실천자였다. 이러한 사람들의 생활은 비교적 부유하며 대체로 일정한 사회 지위가 있는 '명사'에 속했다. 혜원은 후에 정토종(淨土宗) 시조가 되었고, 본인이 바로 '명사' 신분을 가진 불교도였고, 자본이 있고 명망도 있어서 신변에 유사한 인물들이 많이 모여들었다. 도연명은 마음이 끌려 일찍이 혜원을 따라 여산에 가서 수도했다. 하지만 그 시간은 길지 않았고 최종적으로 견디지 못하고 이러한 사람들을 이탈했다. 원인을 분석해보면 그중에 경제적 지위의 차이가 있었고, 더 중요한 세계관의 차이도 있었다.

도연명은 노동하는 현실 속에서 가장 기본적인 생존 방식을 유지하면서 수많은 것을 목도하고 친히 겪으면서, 여태까지 영혼 불멸의 예증을 보지 못했고, 육체에서 독립된 영혼을 관찰하지 못했다.

> 天道幽且遠, 하늘의 도는 깊고도 멀며
>
> 鬼神茫昧然. 귀신의 일은 까마득히 어둡다.
>
> __「'원가행' 체의 초나라 곡조로 방 주부와 등치중에게 보이며」

그의 현실 감각은 매우 강했으니 한 사람이 이처럼 소박하고 진솔하며 집착의 인식을 가지고 있었기 때문에 대체로 산속에 은둔하는 불교도가 되긴 어려웠다.

동진 지식계에서는 현묘한 도리를 논하고 불교와 도교를 담론하는 기풍이 널리 퍼졌다. 진나라에 배반하고 싶지 않은 사대부는 당권자에게 줄서는 것을 달갑게 여기지 않아 담불(談佛)과 수도(修道)로 전향하여, 당시에 하나의 조류와 유행을 형성하였고 아울러 불학과 현학(玄學) 등 여러 학문을 새로운 고도로 끌어올렸다. 도연명은 당시에 감화되지 않을 수 없어 이에 한번 이 조류에 투신했었다. 이 조류는 동시에 정치, 학문, 양생, 신앙 등 다중의 의의를 가지고 있었으니, 중국 역사상 알록달록 빛나는 풍경인 셈이다. 이와 같았을 뿐더러 시인도 이러한 조류 속에서 오래 머물지 못하고 발붙일 수 없어, 사상 방면에서 재빨리 '영혼 불멸' 같은 강렬한 유혹을 벗어날 수 있었다. 『연사고현전(蓮社高賢傳)』에서는 도연명이 혜원을 따라 여산으로 가는 과정을 기록했다. 도연명은 이러한 사람 가운데 특별한 케이스였다. 그에겐 결국 음주가 허용되었고 산에서 잠시 대기했는데, 최종적으로는 아부할 수 없었다고 말했다. 시인의 떠남을 얘기하면서 글에서는 네 글자를 썼다. "찬미이거(攢眉而去)."

시인은 여기에서 하산하여 그 후 '남산' 아래에서 평생 보냈다.

도연명은 기본적으로 영혼의 윤회를 믿지 않았지만, 여전히 적극적으로 생활하였고 비교적 낙관적인 태도로 현재를 포착하고, 짧고 한정된 공간에서 건강하고 소박하게 자신을 안착했다. 영혼이 불멸한다면, 그의 이러한 적극성은 당연히 의의가 있다. 하지만 내생을 부정하는 인식에서도 여전히 적극적이었으니 더욱 고귀하다 하겠다. 사실상 절대 다수 사람들은 죽음 문제에 대해 여태까지 세세히 생각해보려고 하지 않았거나 혹은 생각은 했으나 분명히 생각해보지 않았고, 사이비 식으로 생각했으며 답안을 찾으려고 해도 찾을 수 없었고, 문제를 내버려두고 관여하지 않았으며 이어서 각종 명목과 각종 방식으로 '적극적으로' 살아나갔다. 도연명의 가장 탁월한 점은 이 문제에 대한 지나친 집착, 반복적인 연구에 있다. 그가 최후에 찾은 것은 비교적 소박한 답안이었지만, 태도와 방법은 도리어 주관적인 것이다. 자신을 자연 속에 융합하고 자연으로 하여금 죽음이란 복잡한 문제를 해결하게 한 것이다.

이렇게 하여 시인은 불우하며 기뻐하고 고통스러운 인생을 겪은 후, 최후엔 여전히 석연치 않은 곤혹감을 지니고 "눈살을 찌푸리고 떠났다."

감탄과 위로

영혼의 유무에 대해 도연명은 대부분 머뭇거렸다. 그것은 자기가 당시 확정할 수 없었기 때문이다. 때로 도연명은 사람이 죽은 뒤에 영혼이 즉시 사라짐을 은연중 느꼈으며, 때로는 그가 영혼의 생(生)과 멸(滅), 이(離)와 합(合)에 대해, 그리고 '몸과 그림자와 정신' 삼자 간의 관계에 대해 여전히 모순되어 망설이고 판단하기 어려운 상태 속에 처해 있었다.

도연명은 '영혼설'을 완전하고도 확고부동하게 부정한 사람은 아니다. 그는 이러한 철학을 인정하지 않았다. 다만 소박한 개인 경험에 의거하여 영혼불멸이란 관념을 부정했을 뿐이다. 하지만 그는 「의만가사 세 수」 제2수에서 이렇게 묘사했다.

欲語口無音, 말하려 해도 소리가 안 나오고
欲視眼無光. 보려 해도 눈에는 빛이 없구나.
昔在高堂寢, 전에는 높은 집에서 잠들었는데
今宿荒艸鄕. 이제는 거친 풀밭에서 자겠구나.

이 구는 마치 이러한 정보를 암시하는 것 같다. 영혼은 육체를 떠날 수 있고, 영혼은 독립적인 존재다. 그는 여기에서 민간의 견해를 사용했다.

사람이 죽으면 영혼은 떠나가서 망령이 되었다가, 한밤중에 다시 인간에게로 돌아온다.

도연명의 시문에는 때때로 이러한 '민간' 사유가 드러나는데, 시인은 질박하고 진실한 사람이고, 진정으로 '민간'에 속한 사람임을 알려준다. 대부분 개인의 감지와 경험을 따르려고 했으며, 지식인의 심원한 탐구에는 완전히 전념하지도 않았고 빠지지도 않았다. 이 방면에서 그는 굴원과 다르다. 굴원은 영혼과 육체의 관계를 깊고 넓게 탐구했으니, 도연명과 선명한 대비를 이룬다. 그들 두 사람이 처한 시대가 다르지만, 모두가 초(楚) 땅 출신의 대시인인데도 이렇게 큰 차이가 있으니 깊이 생각해볼 만하다.

도연명의 죽음에 관한 모든 탐구를 두루 살펴보면, 대체로 개인적인 주관 경험에 갇혀서 일종의 객관성이 부족한 듯하고, 철저히 추구할 때가 많지 않다. 시인은 문의하고 의심하고 찾을지라도, 사람에게 주는 인상은 죽음에 대한 답안을 결코 중시하지 않았고, 그 중심은 눈앞의 생활에 놓아두었다는 점이다.

도연명이 쓴, 죽음에 관한 시문은 정경이 처량하고 잠재적 효용은 매우 현실적인데, 시인 눈앞의 생활을 위로하는 힘이 있다. 삶과 죽음이란 양자의 대비 속에서 그는 눈앞의 것을 참을 수 있었고, 더욱이 과도한 곤경을 이겨내는 데 도움을 주었다. 이러한 시문 속에서 도연명은 다수에게 대답하려고 시도하지 않았고, 다만 자신에게만 대답하였을 뿐이다. 그가 생사에 대해 발언한 개인적 개탄이 너무나 많은데 하나하나 상상하고 음미하지만, 다소간 형이상학적 의미는 갖고 있지 않다.

우리는 이로써 그와 굴원을 비교하면, 두 시인의 차이를 발견할 수 있다. 굴원의 시, 특히 「천문(天問)」과 「이소(離騷)」는 자신이 인류를 위해 공통의 답안을 찾아주는 것 같다.

天何所沓? 하늘은 어디에서 겹치는가?

十二焉分? 열두 개 별자리는 어떻게 나눠지나?

日月安屬? 해와 달은 어디에 속하는가?

列星安陳? 벌려 있는 열두 개 별자리는 어디에 줄지어 있는가?

路漫漫其修遠兮, 길은 구불구불 더욱 멀고

吾將上下而求索. 나는 위아래로 탐구해보리라.

굴원이 추구한 답안은 각 세대 사람들이 알고 싶은 것으로 광활하고 요원하다. 그러나 도연명이 이 방면에서 의도한 마음은 수많은 것을 희박하게 하고 그 영혼의 유무는 하늘과는 기본적으로 관련이 없다.

도연명은 심지어 죽음은 답안을 낼 필요가 없고 죽음은 죽음일 뿐이며 죽음을 두고 전개한 사고에서 가장 중요한 작용은 현재의 정신적 고통을 해결하고 해탈의 가능을 찾는 것이라고 여겼다.

굴원은 어떤 해답을 완강하게 추구하여 「초혼(招魂)」을 썼고 「천문(天問)」을 썼다. 이러한 글은 창망하여 끝이 없는 느낌을 준다. 이 방면에서 굴원은 도연명을 초월했으며 이백, 두보, 소동파 등 뛰어난 시인을 초월했다. 굴원의 초월성은 죽음에 대한 집요한 탐색과 끊임없는 질의에 표현되어 있다. 그는 창망하여 끝이 없고 아득하여 헤아릴 수 없는 우주에서 유랑하는 영혼을 찾았고, 삶을 표류하는 최후의 결과 및 그것을 뛰어넘는 시간과 공간을 질의하려고 했다. 굴원의 심중엔 영혼의 먼 유람이 있고,

망망한 우주와 표류하는 영혼 간의 관계가 있다. 이처럼 형이상학적인 탐구는 더욱이 전 인류에 속하며, 자신의 눈앞의 고통스러운 생활을 인증하거나 돋보이게 하거나 대답하지 않았다.

개체 생명이 항상 비교 불가능성을 갖는다면, 다른 예술이 사람에게 주는 총체적 느낌은 제반의 비교와 평가를 야기하게 된다는 점이다. 우리는 굴원의 형이상학적 의의가 더욱 크고 인류가 공유한 철학 명제에 대한 그 개인의 고민은 더욱 장열하고 집착하며, 그 정신세계도 더욱 깊어서 헤아릴 수가 없음을 느낄 수 있다. 굴원은 진실로 도연명처럼 일상성과 친화성을 갖지 않았고, 이러한 근접감과 열의가 없으나, 더욱 미칠 수 없는 정신적 고도를 가지고 있다.

우리는 지극히 소박하고 절실한 도연명의 감탄과 위로 속에서 시인의 다른 속성, 특히 시인의 존재미(存在美)를 느낀다. 시인은 정말 우리에게서 가까이 떨어져 있어서, 우리는 심지어 그가 말끝마다 뱉어내는 탄식 소리를 들을 수 있다.

'민간'에서 도움을 받다

도연명은 시문에서 '나장(裸葬)'을 묘사했고, 심지어 사후에 무덤을 만들지 말고 나무를 심지 않는 것에 대해 얘기했다. 이러한 점에서 보면, 도연명이 죽은 뒤의 일은 톨스토이(Lev Nikolayevich, Graf Tolstoy, 1828~1910)와도 다르다.

톨스토이는 백작 귀족으로 광활한 전원과 부유한 생활을 가졌으며, 죽음에 대해서도 비교적 적지 않은 관심을 가졌다. 후손들은 유언에 따라 톨스토이를 가족의 숲속에 매장하고 묘비를 세우지 않은 흙무덤만 남겨두었고, 주위는 끝없는 숲이어서 녹색으로 뒤덮였다. 도연명은 도리어 이러한 봉분조차도 원하지 않았으며, 수목조차도 심지 않으려 했다.

> 死去何所道? 죽었는데 무엇을 말하겠는가?
>
> 託體同山阿. 몸 의탁하여 산언덕과 하나가 되었다.
>
> __「의만가사 세 수」 제3수

어떠한 존재의 형식도 원하지 않았고, 흙과 하나로 섞였을 뿐이다. 이 점은 서구인의 "흙에서 나와 흙으로 돌아간다."는 사상과 일치한 듯하다. 하지만 그 근본은 다르다. 서구인, 특히 기독교도는 대부분의 경우에 사람이 흙 속으로 돌아갈 때 신앙을 통하여 영혼이 옛 육체에서 떨어져 나와 미래의 영생에 기탁한다고 여긴다.

도연명은 철저한 사람이라서 사후의 일에 대해 어떠한 과욕도 존재하지 않으며, 육체가 흙으로 돌아간 후에 도대체 어떻게 될지에 대해서도 생각하거나 묻지 않아서, 어떠한 허황된 생각도 존재하지 않는다.

人生似幻化, 인생은 환상과 같은 것이니
終當歸空無. 끝내 장차 무로 돌아가리라.
__「전원으로 돌아와 살며 5수」 제4수

그는 죽은 뒤엔 아무 것도 없으며 공허뿐이라고 말했다.

우리는 도연명의 영혼 귀착 문제에 대한 우려와 모순을 한두 번 얘기했으며, 동시에 그가 항상 여기에서 표현한 철저성을 보았다. 그는 일반 사람의 '인생여몽(人生如夢)'설을 받아들여, 인생은 생존해 있을 때 한바탕 공허라고 여겼다. 후에 올수록 시인은 더욱 현실적인 철저성을 표현했다. 이것은 잔혹한 생활이 그에게 준 진실이자 용기다. 그는 영혼이 존재하지 않으니, 너무 많이 생각할 필요가 없다고 여겼다. 이러한 사유에는 완전히 다른 인생이 있을 수 있다. 그래서 그는 생사를 다루는 문제에서 더욱 실제적이었다. 그는 심지어 이렇게 물었다.

三皇大聖人, 삼황은 위대한 성인이었으나
今復在何處? 지금은 또 어디에 있는가?
__「몸과 그림자와 정신 · 정신의 풀이」

직접적으로 이렇게 말하기도 했다.

死去何所知? 죽어 버리면 무엇을 알랴?

稱心固爲好. 마음에 맞게 사는 게 진실로 좋거늘.

_「음주 20수」 제11수

이를 보면 그는 확실히 통상적인 민간 인식으로 돌아와 일반 민중과 거의 같은 수준으로 눈앞의 생활에만 전념하여, 이것이야말로 가장 의의가 있다고 여겼음을 알 수 있다.

영혼의 내세를 부정하였기에 도연명은 더욱 현세적으로 바뀌었고, 허무함과 의기소침을 증가시켰다. 이백은 "인생에서 뜻을 얻었을 땐 모름지기 마음껏 즐기어, 금 술잔이 저 달을 헛되이 대하도록 하지 말자.(人生得意須盡歡, 莫使金樽空對月.)"—「장진주(將進酒)」)라고 묘사하였고, 도연명은 "거나해진 객에게 말을 전하노니, 해 지면 촛불 잡고 놀아야 하리.(寄言酣中客, 日沒燭當柄.)"—「음주 20수」 제13수)라고 썼다. 그들은 생활의 절망감, 생명의 적막감을 충분히 체득하였고, 일정한 언어 환경에서 거리낌 없이 직언했다. 가능한 한 통쾌하게 두 번 다시 중복되지 않는 생명을 보내자. 이백처럼 의기소침과 허무감이 도연명을 괴멸하지 않았고, 일종의 적극성을 유지하게 하고, 정신적으로 일종의 건장함을 드러내게 했다. 이것도 대자연에 의존하여 구제한 힘이다.

孟夏草木長, 초여름에 초목이 자라나서

繞屋樹扶疎. 집을 둘러 나무가 무성하다.

衆鳥欣有託, 뭇 새들은 깃든 새 둥지 좋아하고

吾亦愛吾廬. 나 역시 내 오두막집을 사랑한다.

_「산해경을 읽고 13수」 제1수

위축된 느낌이 밀려올 때마다, 대자연은 그를 끌어주었다. 왜냐하면 대자연 자체가 늘 운행하고 꽃이 피고 지며, 위축되지 않기 때문이다.

대자연은 우연히 비정상적인 현상을 보일 수 있다. 하지만 재빨리 정상 상태를 회복한다. 이처럼 강대한 자아회복 능력, 영원히 쇠퇴하지 않고 평소처럼 돌아가는 영원한 천도(天道)는 사람에게 사실상 최대의 교도력(教導力)과 배양력을 가진다. 우리는 한 방면에서 도연명이 '담현(談玄)'하고 '수도(修道)'하는 지식인에 갇혔다면, 혹은 행위가 괴팍하고 비뚤어진 별난 사람과 뒤섞였다면, 혹은 다른 길을 따라서 활주하였다면, 의기소침한 추세는 더욱 엄중해져서 이처럼 왕성한 생명이 포만하지 않았을 것이고, 더욱이 이처럼 강대하고 깊은 강인성이 없었을 것이며, 이처럼 탁월하고 건강한 품성을 갖지 못했을 것이라고 믿는다. 다른 방면에서는 이로써 다른 결과, 예를 들면 다른 정신적 지향점을 가진 도연명을 상상할 수 없었을 것이다.

우리가 알고 있는 위진 현학은 각 단계의 내용이 다 같지는 않지만, 사람과 우주, 사람과 자아 등 근원적 문제 및 형이상학적 사변을 언급했다. 이는 흡사 도연명에게는 빠진 것 같다. 말을 꺼낼 필요도 없이, 단지 이러한 논의로 당시 현묘한 도리를 논한 지식인은 정신적으로 높고 심원할 수 있었다. 이로부터 도연명은 현학을 버리고 멀리한 것은 득실이 있었음을 알 수 있다.

하지만 시인은 자연스럽게 결국 다른 수확을 가졌으니, 그의 양해와 달관은 일종의 역량이 되어 대자연 속에 갈수록 빠지고 대자연과 일체가 되고 밑바닥 경험에 의존하고 도움을 빌린 사람에게서 나올 수 있을 뿐이다. 이것은 그가 얻은 최대의 은혜다. 시인은 확실히 '민간'으로 걸어 들어가, '민간'의 도움을 받은 사람이다.

죽은 뒤의 명예

우리가 도연명 시를 읽을 때 한 방면으로 시인 자신의 읊조림과 자신의 당부를 읽어내고, 다른 방면에서 그가 이러한 시부를 후손들에게 남겨주려고 했다는 점을 느끼게 된다. 당시에는 이러한 조건과 가능성이 있었다. 예를 들어 그와 동시대의 안연지, 그와 생존 연대가 오래지 않은 소명태자(昭明太子) 소통, 그들은 도연명의 시를 보존하고 전파시키는 역할을 했다.

안연지는 도연명을 '은사'로, 품격이 특이하고 고귀한 '명사'로 담론하고 기록했지만, 명백히 알 수 있듯이 상대방이 도연명 시가 일정한 사상과 예술의 고도와 경계에 도달하지 않았더라면, 이처럼 칭찬하지 않았을 것이다. 그가 말한 '명사'의 증거는 시문이고, 그중에 나타난 인생 격조, 예술적 특질, 인간으로, 관리로, 농민으로서의 초연함이다. 물론 시인은 그러한 증조부, 외조부를 두었는데, 이것도 다소간에 '명사'란 세속의 조건을 구성하였다. 문벌세습 기풍을 강구하는 위진 시기에 도연명은 사족의 후예도 아니고, 선조의 지위도 부차적인 조건에 불과할 따름이다.

도연명이 살아 있을 때 이미 '명사'였다면, 그것은 대체로 견강부회한 관점이다. 시인은 무명 신분이라 자연스럽게 감히 이 신분을 인정하거나 중시할 수 없었다. 그는 '명사'들의 집회를 회피했으며, 이따금 참가했어도 수박 겉핥기식이었다. 안연지는 이와 달랐다. 도연명에 대한 안연지의 작품 평가는 높지도 않고 정확하지도 않은데, 한마디로 급소를 찔렀다고 말할 수 없다. 하지만 도연명은 당시에 어느 정도 시명(詩名)이 있었고 문단에서 주목과 주의를 받았었다.

도연명이 사후를 전혀 개의치 않은 사람이라고 한다면, 꼭 그렇진 않았다. 도연명은 많은 방면에서 복잡하고 망설이는 태도를 표현했는데, 자신의 입장을 찾았으나 항상 발붙인 곳에서 끊임없이 흔들린 사람이었다. 그의 고귀한 점, 뜻을 깊이 새겨볼 점은 바로 이렇게 흔들리지만, 결코 기본을 벗어나지 않은 입장이다. 나무 한 그루처럼 태풍 속에서도 언제나 동요를 면하기 어려우나, 최후엔 꽈당 넘어지는 비참한 결말을 모면했다. 그를 고립된 섬에 비유한다면, 용솟음치고 씻어내는 위진 조류 속에서 이 섬은 최종적으로 흩어지지 않았고, 흙탕과 부스러기로 변하지 않았다는 것이다.

도연명이 남긴 이러한 문장은 사실상 많은 편은 아니다. 100여 편에 불과하지만, 갈수록 널리 찬양을 받게 되었다. 도연명의 개인생활 방식의 추앙을 포함하여, 작품의 보존과 명예는 시인 생전에도 기대한 바가 있었을 것이라고 믿지만, 아마도 그의 기대를 훨씬 초월했을 것이다. 이러한 기대는 간고한 생명을 다소 지탱해준 듯하다. 당시 자신에 대한 가치는 대부분 긍정했고 미래를 생각한 적이 있었다.

不賴固窮節, 곤궁에 굳센 절개를 힘입지 않는다면

百世當誰傳? 백대 후에 장차 누가 전해 주리오.

__「음주 20수」 제2수

개인 생활에 대한 그의 선택은 때로 모순이 있었지만, 마음속으로는 비교적 자신감을 가졌고 굳게 지키길 바랐다. 그가 굳게 지키는 과정을 기록한 전체 시문도 전파되길 바랐다. 이 방면은 다소 도연명의 일부 견해를 반영했다. 덕을 쌓고 훌륭한 말을 남기는 전통 방식을 통해 생명의 불후함을 추구하는 것이다. 실제로 수많은 중국 지식인의 내심은 분명하거나 모호한 생각을 가졌다. 「몸과 그림자와 정신」에서 도연명은 소위 적극적 방식에 대해 비평을 가했지만, 마음속에는 이러한 생각이 존재했다.

그는 일찍이 유명한 시구를 썼다.

千秋萬歲後, 천년만년 지난 후에는

誰知榮與辱? 누가 영화와 치욕을 알리오.

__「의만가사 세 수」 제1수

이는 그가 사후의 '영화(榮)'과 '치욕(辱)' 문제를 생각해봤음을 말하는데, 죽은 뒤의 명예에 대해 결코 냉담하거나 하찮게 여기지 않았다. 그는 최소한 '죽은 뒤의 명예' 문제를 알고 있었고, '명(名)'의 의의와 성질을 판정할 수 있었다. 이것은 시인에게 생존의 희망을 주었다. 이는 영혼불멸을 믿는 것과는 다른 일이다. 왜냐하면 그는 자신이 죽은 뒤에 수많은 '타자'가 있고, '타자'의 견해가 조금씩 중시될 것이며, 이는 영혼의 유무와는 별개의 문제임을 잘 알고 있었기 때문이다. 자신의 영혼은 소멸되지만 타인의 영혼은 아직 남아 있고, 일찍이 존재했던 어느 영혼에 대한 그들의 인정과 판단은 여전히 의미가 있기 때문이기도 하다. 이러한 견해는 그가 부단히 의기소침을 극복하고 건강하게 살아나가는 역량의 원천의 하나가 되었다.

'죽은 뒤의 명예'는 육체와 영혼 밖에 독립된 객관 존재다. 시인은 이러한 점에서 불후할 것임을 분명히 알고 있었다. 이는 유가 전통 가운데 공을 세우고 사업을 일으키고(建功立業), 훌륭한 명성을 후세에 전하는(流芳百世) 뜻과 그 의미가 일치한다. 유가의 건공입신(建功立身)은 영혼 불멸을 절대로 기대하지 않으며, 용세(用世)와 입세에 의미를 두었다. 모방하기 충분한 본보기, 긍정적인 도덕 역량은 후세에 큰 작용을 일으켰다. 이는 미래의 삶에서 작용하는 세계이지, 끊임없이 유동하는 영혼의 세계가 아니다. 이 점으로 얘기하면 도연명의 명예와 절조 관념은 여전히 유가적이다.

죽음에 대한 도연명의 사색은 현실생활 상태를 구성하는 중요한 근원이다. 일찍이 존재했던 영혼이 어떠한지, 모든 행위와 유지가 후세에 끼치는 영향이 어떠한지, 그는 여전히 마음에 두었다.

큰 변화 가운데

도연명의 시에는 '화(化)'자가 자주 나온다.

縱浪大化中, 큰 변화 가운데에 자유자재하면서

不喜亦不懼. 기뻐하지도, 두려워하지도 않으리라.

__「몸과 그림자와 정신 · 정신의 풀이」

窮通靡攸慮, 곤궁과 영달 염려할 바 아니니

顦顇由化遷. 초췌하게 변화 따라 옮겨가리라.

__「세모에 장 상시의 시에 화답하여」

翳然乘化去, 까마득히 변화 타고 가버렸으니

終天不復形. 영원히 다신 나타나지 않으리라.

__「사촌 동생 중덕을 슬퍼하며(悲從弟仲德)」

聊且憑化遷, 그런대로 우선 변화를 따라가지만

終返班生廬. 끝내 반고가 말한 오두막으로 돌아가리.

__「처음으로 진군장군의 참군이 되어 곡아를 지나며(始作鎭軍參軍經曲阿作)」

形迹憑化往, 몸과 행적은 변화를 따라가지만
靈府長獨閒. 마음은 언제나 홀로 한가하였지.
__「무신년 6월에 화재를 만나」

目送回舟遠, 눈으로 돌아가는 배 멀어짐을 전송하니
情隨萬化遺. 감정도 만물의 변화에 따라 버려지리라.
__「무군장군 왕홍이 마련한 자리에서 손님을 전송하며」

'화(化)'는 사실상 모든 생명의 자연변화이고, 최후에도 형적이 없는 융합이다. 여기에서는 영혼을 가리킬 뿐만 아니라, 육체의 흩어짐과 돌아감을 가리키니 생명 개체와 광막한 세계와의 관계이다. 이는 물 한 방울과 바다의 관계나, 하류와 해양의 관계와 유사한 점이 있다.

생명의 전부, 즉 영혼과 육체가 함께 불멸의 대천세계(大千世界) 속에 투입되어 순환하는 것을 도연명은 긍정했고 자각했다. 하지만 그가 긍정할 수 없었던 것은 개체 영혼으로서의 독립 보전과 행동의 능력인데, 그는 심지어 깊은 의심을 품었다. 그는 사후 영혼의 행위를 강조하지 않았다. 예를 들면 윤회하여 다른 것으로 다시 태어나고, 다른 생명 형태로 생기발랄한 인간으로 걸어가는 가능성을 그는 대체로 부정했다. 그는 서구인같이 천당의 개념이 없었고, 그러한 기대도 하지 않았다. 도연명이 생사의 탐문에 대해 종교와 철학적 함의, 형이상학적인 사고를 가졌다면, 이 방면(순환과 융합)에서 체현되었을 것이다. 그의 사유는 이 지향점에서 일상성과 소박성으로 나아갔다.

그의 형이상학적 사고는 결코 뛰어나지 않은 것 같다. 그는 확실히 경험에 의존했고, 더욱이 현실 생활과 근접했다. 이 점만을 가지고 얘기하면, 도연명과 동시대의 현묘한 도리를 논하는 지식인, 그중 우수한 사람은 사실상 더욱 심원하고 아득한 경계로 나아갔다. 이뿐만 아니라, 후세의 중국인은 현학적 사고에 대해 익숙하지 못하여 더욱 도연명을 쉽게 받아들였다. 질박하고 통속적이기 때문이다. 하지만 이것은 일률적으로 도연명의 사상과 예술 성취라고 볼 수는 없으며, 반대로 그의 유감과 부족이라고 볼 수 있다.

도연명은 한편으로는 생명을 미세한 먼지처럼 미미하다고 보았고, 다른 한편으로는 생명의 영원성을 긍정했다. 영원성은 최종의 융합에 있고, 또한 융합되어야만 영원히 불멸할 수 있기 때문이다. 이러한 융합과 불멸은 현세의 생명에 대해 보잘것없지만 반드시 정시해야 할 일종의 귀착점이다. 시인은 고통스런 사색을 거친 뒤에 자신이 소소하고 장차 유입되고 융화하는 낟알임을 발견했다. 그것은 얼마나 존재의 의의를 가질까? 세속과 개체의 의의가 얼마나 있는가? 이것은 궁극적 의의가 있는 사고다. 도연명은 '화'자로 귀결하여 짧고 소중하며 두 번 다시 재생할 수 없는 현실 인생을 말했다. 이는 그를 한 걸음 더 나아가 지금을 소중히 여기고, 손에 들고 있는 생활이란 달콤한 술을 소중히 여기도록 만들었다.

그는 술을 잘 빚고 잘 음미하려고 했다. 조만간 '변화'하게 되면 이번의 양조와 장음(長飮)을 포기할 수밖에 없고, 더욱이 천신만고 끝에 양조한 뒤 손에 넣은 술을 가볍게 뿌릴 수 없기 때문이다. 그래서 우리는 도연명이 죽음, 생명의 종점을, 물건을 들어서 놓는 것처럼 항상 신변에 놓고 나서야 비로소 자신의 생활을 더욱 진실하게 만들고, 유한한 생명의 술맛을 더욱 세밀하게 음미하는 것을 보게 된다. 이것도 사려 깊고 민감한 도연명의 특질과도 연관된다. 그는 어떠한 환경에도 잘 적응하고 만족한 것 같으나, 사실상 세월과 생활의 물살을 마음속에서 조금씩 여과하여 조금도 누락하거나 무시하지 않았다.

이웃하여 살다

도연명은 죽음에 대한 의식을 신변으로 가져왔다. 이는 수많은 사람과의 다른 점이다. 일반인은 이따금 생명의 종점을 생각하고 죽음을 생각할 수 있지만, 낙담하고 두려운 것을 함께 끌어들이진 않는다. 이는 시인 개인의 생활환경이 조성한 것이다. 자세히 연구해보면, 다른 여러 가지 이유가 있다.

영원한 명제, 예를 들어 '생명은 어디에서 와서 어디로 가는가?' 등에 대해 사람마다 한번쯤 생각해보았을 것이다. 사람들은 죽음의 존재를 충분히 알지 못하여 그것을 더욱 깊이 이해하려고 한다. 도연명은 시시각각으로 죽음의 시기를 잊지 말고 그 문제를 빨리 의사일정에 올려야 한다고 자신을 일깨웠다. 이 점은 대다수 사람과 다르다. 이는 자연스럽게 최종 질문과 연결되고, 개체의 자각으로 돌아왔다. 장자는 생사를 뒤섞었는데, 사실은 일종의 궤변이고 심지어는 두려움으로 초래된, 다른 소극성이다.

도연명이 언급한 생명과 죽음의 사고는 「고시십구수(古詩十九首)」와 수많은 공통점을 갖는다. "사람의 한평생은 순간에 사라지는 폭풍 속의 티끌인가?(人生寄一世, 奄忽若飆塵?)", "인생은 하늘과 땅 사이에서 홀연 먼 길 가는 나그네와 같다.(人生天地間, 忽如遠行客.)", "사람은 쇠와 돌이 아니거늘, 어찌 오래 살기만을 생각하는가?(人生非金石, 豈能長壽考?)",

"인생은 홀연 머무는 듯하니, 어찌 쇠와 돌처럼 견고할 수 있으리.(人生忽如寄, 壽無金石固.)" 이와 유사한 구절은 이루 다 들 수 없을 정도로 많다. 다시 도연명 시를 보자.

人生無根蔕, 인생이란 뿌리도 꼭지도 없어
飄如陌上塵. 떠돎이 길 위의 먼지와 같다.
__「잡시 20수」 제1수

徘徊邱隴間, 산간을 배회하다 보니
依依昔人居. 옛 사람 살던 곳 아련하다.
__「전원으로 돌아와 살며 5수」 제4수

頹基無遺主, 무너진 묘 관리할 후손도 없으니
游魂在何方? 떠도는 영혼은 어느 곳에 있는가?
__「고시를 본떠 지으며 아홉 수」 제4수

이를 보면 그 시풍에서 표현한 죽음관이 모두 전자와 멀리 떨어져 있지 않음을 알 수 있다. 때때로 도연명의 이러한 시들은 조조의 명구를 생각나게 한다.

對酒當歌, 술잔 마주하고 노래 부르니
人生幾何? 인생은 얼마인가?
譬如朝露, 아침이슬과 같으니

去日苦多. 지난 세월 괴로움 많았지.

_「단가행(短歌行)」

하지만 도연명은 그들과 여전히 차이가 있다. 예를 들면 죽음을 더욱 강렬하고 집중적으로 담론하고, 죽음을 직면하여 언제 어디서고 자신을 그런 처지에 놓는다.

철학에서 가장 큰 문제는 여전히 죽음의 문제다. 여기에서 개인적인 답안을 낼 수 없으면, 철학적 사변을 취소하는 것과 마찬가지다. 셰익스피어(Shakespeare, 1564~1616)의 『햄릿(Hamlet)』에서 주인공은 유명한 대사를 남겼다. "죽느냐 사느냐, 이것이 문제로다.(To be, or not to be, that is the question.)" 하지만 햄릿의 문제는 도연명과 다르다. 햄릿은 선택의 곤혹을 얘기한 것으로서 '존재', '이와 같은 존재', '어떠한 존재'로 이해할 수 있는데, 이것이 문제다. 이 방면에서 얘기하면, 죽음에 대한 도연명의 여러 번의 언급, 이 화제에 대한 거리낌 없는 언급은 한두 번 접근하였는데 생존에 대해 질문한 것과 같다.

죽음은 모든 생명에 대해 최종적이고 우연적이다. 모든 생명은 죽음이 내림하는 시각을 예측할 수 없고, 죽음이 하나의 종점임을 알고 있기 때문이다. 우연한 사건인 죽음은 때로 요원한 듯하나, '그럴듯할' 뿐이다. 죽음과 삶은 이웃하여 존재한다. 죽음을 자신의 이웃으로 삼기를 원하는 사람은 없겠지만, 사실상 줄곧 이웃하여 살아왔다.

서구에는 근사하게 꾸며놓은 공원묘지가 있는데, 마찬가지로 잘 지어 놓은 주택단지와 함께 잇닿아서 중국인이 보게 되면 자못 놀란다. 동서양의 관념은 차이가 있어서 중국인은 거주지를 묘지에서 가능한 한 멀리 떨어지게 하고, 산 사람의 시야에서 묘지가 보이지 않게 한다. 개별적인 곳에서만 양택(陽宅)과 음택(陰宅)이 가깝게 붙어 있는 현상이 있다. 이는 물론 산 자를 죽은 자에서 멀리 떨어져 놓기 위함인데, 가장 좋은 것은 어두운 세계의 존재를 망각하는 일이다. 죽은 자와 이웃하며 사는 것은 일종의 금기다. 『논어』는 '죽음'에 대해 이렇게 말했다. "삶도 모르는데, 어찌 죽음을 알겠는가?(未知生, 焉知死?)" 유가 철학은 입세를 무엇보다 중시했다. 삶의 의의가 무엇보다 중요한 일종의 표현이며, 동시에 죽음에 대한 금기를 은밀히 표현했으며 지나치게 많이 담론하는 것을 꺼렸다. 그것은 신비적이고 요원하며, 미지의 영역이자 동시에 두려운 영역이기 때문이다.

도연명은 죽음에 대한 두려움이 없었을까? 그는 "죽음으로 나아가는 삶(向死而生)"을 끊임없이 담론하여 마침 버리기 힘든 두려움을 드러냈다. 그의 특별한 관심은 생존을 총결하고 생존을 자세히 살피는 것과 같다. 우리는 그가 이 과정에서 지금의 생활을 더욱 긍정하고 자기 눈앞의 선택을 긍정하는 것을 보게 된다.

도연명은 영혼이 도대체 어디로 가는지에 대해 전혀 마음에 두지 않았다. 객관적인 결과는 그에겐 학술적인 문제가 되지 않는다. 이는 서구의 소크라테스와 다르다. 소크라테스는 『파이돈(Phaedo)』에서 '영혼은 죽는가?', '육체와 영혼은 분리될 수 있는가?'에 대해 한두 번 추론했다. 소크라테스는 기꺼이 죽음으로 나아가면서, 한 방면에서 삶의 존엄을 유지했고, 다른 방면에서 다른 세계로 달려가고 싶었다. 그는 심지어 다른 세계가 지금의 세계보다 좋을 것이라고 여겼다. 그래서 그는 현실 생존의 의의에 관심을 가지고 생존 가치를 판단했을 뿐만 아니라, 한 가지 결론을 지었다. 살아 있는 존엄은 지극히 중요하고, 여하를 막론하고 모두 존엄을 훼손할 수 없다. 이러한 점에서 논하자면, 소크라테스와 도연명은 일치한다. 다른 점은 소크라테스가 인정하고 기꺼이 나아가는 것이 불멸의 세계라는 것이다. 왜냐하면 소크라테스는 엄밀한 논리와 논증을 거쳐 영혼 세계는 존재하고, 사후 세계가 있다고 여겼기 때문이다. 그래서 그는 생전과 죽은 뒤를 모두 생각했으며, 이 중대한 철학 문제에서 답안을 찾았다. 소크라테스는 자신의 육체와 영혼을 어떻게 안착시킬지에 대해 이미 방법과 출구를 찾았다.

사후에 존재하는 다른 세계에 대해 도연명은 인식 방면에서 소크라테스와는 완전히 다르다. 소크라테스는 죽음을 연습하는 방법으로 현재의 생존을 위로하지 않고, 사후 세계의 자유로 현재의 생존 고난과 국한을 검증했다. 도연명은 끊임없이 죽음 이후의 세계를 부인하였고, 그 공허와 허위를 지적했다. 따라서 현재의 생활에는 환락이 있어서 대단히 소중하게 여길 만한 가치가 있다고 여겼다. 그들 두 사람을 비교해보면 상당한 의의가 있을 것이다.

소크라테스는 죽음의 문제를 전혀 두려움 없이 신변에 놓았다. 이 점은 도연명과 일치하는 듯하다. 하지만 이 문제에 대한 논증과 조사에서 얻은 결과는 도리어 이와 상반된다. 도연명이 다른 세계의 부정을 통해 눈앞의 의의와 재미를 강화했다면, 소크라테스는 눈앞의 살아 있는 현실에 대한 관심을 심지어 번복하고 한 걸음 나아가 다른 세계를 긍정했다.

소크라테스는 죽음에 대해 적극적이었다. 기록에 의거하면, 그는 당시 추방당하거나 배상금을 내고 목숨을 부지할 기회를 가지고 살아나갈 수 있었다고 한다. 하지만 그는 자원하여 죽음으로 나아갔다. 소크라테스는 실험적인 태도를 지니고 자신의 죽음과 삶이 사실상 결코 중요하지 않다고 여겼다. 영혼은 살아 있기 때문에 그는 죽음으로 나아감이 영혼과 육체에 관한 실험이라고 느꼈다. 그는 실험의 흥취를 가졌기에 죽음을 두려워하지 않았다. 그가 기꺼이 직면한 것은 영혼의 재생이었다. 몸이 흩어지면 영혼은 사라진다. 그는 죽음을 그다지 두려워한 것 같지 않다.

그중에 가장 복잡하고 모순된 것, 각종의 서로 다른 요소들이 한 몸에 뒤엉켰다.

높은 곳으로 올라간 영혼

죽음에 대한 도연명의 지나친 관심은 마침 생활에 대한 그의 심도 깊은 그리움을 반영했으며 객관적으로 현재 생활을 격려하는 효과를 낳았다. 도연명은 심지어 사후에 친척이 어떻게 통곡할지, 사람들이 그를 어떻게 매장할까에 대해 썼고, 자신과는 상관없는 사람이 노래 부르고 떠나는 장면을 묘사했다.

嬌兒索父啼, 사랑스런 아이들은 아버지 찾으며 울고
良友撫我哭. 좋은 친구들은 나를 어루만지며 곡한다.
__「의만가사 세 수」 제1수

殽案盈我前, 안주상은 내 앞에 가득하고
親舊哭我傍. 친구들은 내 곁에서 곡한다.
__「의만가사 세 수」 제2수

親戚或餘悲, 친척들은 혹 슬픔이 남아 있지만
他人亦已歌. 다른 사람들은 벌써 노래 부른다.
__「의만가사 세 수」 제3수

자신이 죽은 뒤의 상상과 묘사에 관해, 사람들은 흡사 높은 곳으로 올라간 불멸의 영혼이 자신이 죽은 뒤의 정경을 굽어본다고 생각하는 것 같다. 살아 있는 사람으로서 그의 사고는 분명 이미 위로의 선을 넘어섰다. 그는 「나의 제문」과 같은 글을 썼는데 분량이 자못 많다. 비록 이것이 위진 시기 다른 문인들도 해왔던 일이지만, 도연명처럼 이렇게 빈번하고 진지한 것은 그다지 많이 보지 못한 것 같다. 이처럼 '죽음'에 관한 반복적인 상상은 그를 이 시각에 '살아 있음'을 더욱 강렬히 의식하게 했다. '죽음'이란 대립면을 강조할수록 '삶'은 더욱 중요해지고, 사람에 대한 생명의 일회성은 그것에 비할 데 없이 혁혁하고 중요한 의의를 부여했다. 죽음은 생활의 한 면의 거울이다. 사람의 유일한 일생은 비할 데 없이 성대하고 자못 추측하기 어렵기에, 다시 한 번 그것을 탐구하고 관찰할 필요가 있다.

도연명이 죽음을 담론한 시문에는 일종의 허무감과 우울감이 들어 있으며, 일종의 침잠한 면이 있다. 하지만 바로 이러한 색조는 눈앞에 펼쳐진 찬란하고 아름다우며 따스한 전원생활을 돋보이게 한다. 도연명은 이에 눈앞의 불행, 옹색함, 어려운 일을 참고 해내는 물질생활을 더욱 아꼈기에 "술 마신 것이 넉넉하지 못했다(飮酒不得足)"고 탄식했다. 도연명에게 영원히 삶만 있고 죽음이 없다면, 삶은 수많은 의의를 상실할 것이다. 영생은 어쩌면 사람에게 최대의 장려일 수도 있고, 두려운 징벌일 수도 있다. 한 사람의 영원불사는 무엇을 의미하는가? 이러한 문제를 도연명이 사고한 적이 있을 것이다.

고대 지식인은 죽음을 담론하고 허무를 담론하고 미래 영혼세계의 불확정성을 담론하면서 대체로 노장 사상에 귀결하거나 여기에 그쳤다. 후에 다시 전입된 불교가 더해져 양자가 합류하여 더욱 깊은 영향을 끼쳤다. 그들은 이러한 철학적 사고의 경계를 넘나들었으나, 넘친다거나 분수를 뛰어넘지는 않았다.

예로부터 지금까지 인류의 생활환경은 거대한 변화가 발생하였고, 현대 과학기술 탐색은 우리의 마지막 문제에 대한 인식을 바꿔놓았으며, 때로 우리들은 인류의 과학기술 논리와 자신의 역량을 오해 속에서 확대할 수 있다. 인류는 응당 자신의 한계를 더욱더 인식해야만 옳다. 하지만 현실에서 인류는 갈수록 시야가 짧아져 도리어 미지 세계에 대한 원격탐지와 오상력(悟想力)을 저하시켰고, 깊이를 추구하지도 못했다.

우리는 현대 과학기술의 발견과 탐구에 만족하며, 심지어 첨단기술, 디지털 기술을 운용하여 영혼 문제를 처리하고 물리학, 생물학 방면에서 그것을 포착하고 파악하려고 시도한다. 이는 방사기술로 영혼이 신체에서 분리될 때 촬영한 것을 운용하였고, 신비의 자연계에 관한 것도 있다. 예를 들면 식물 감각력(感覺力)에 대해서 스펙트럼 과학 실험을 진행하였다.

이러한 실험은 인류 과학기술 발전의 필연적 산물이고, 인류가 인간만물의 비밀에 대해 거대한 호기심을 품고 있음을 보여주는 것이다. 하지만 제반 과학기술을 점할 때 가장 좋은 것은 정신적인 탐구력을 압축하지 않는 것이다. 대천세계에 대한 인류의 감오력은 갈수록 강화되고 확대될 것이나, 그 반대 방면으로는 나아갈 수가 없다.

옛사람들이 직면한 세계는 더욱 자연화되어서 그들의 사고는 더욱 한없이 넓고 낭만적이고 자유로웠다. 그들은 인류 상상력에 대한 현대문명의 구속과 국한이 없었고, 항상 더욱 큰 수의성(隨意性)과 가슴 속 깊은 곳에서 나오는 탐구욕을 표현했다.

도연명은 죽은 뒤 영혼의 유무를 확정하진 않았지만, 도리어 자신의 현세 영혼을 높은 곳으로 끌어올렸다. 그는 이 고도를 원했다. 거기에서만 그는 더 많이, 더 멀리 볼 수 있었기 때문이다.

'고민(高旻)'과 '대괴(大塊)'

작가가 상대적으로 여유가 있는 환경에 처해 있다면, 선택할 기회는 훨씬 많을 것이다. 그토록 강렬한 단체와 파벌의 지배를 받지 않고, 심지어 그를 규범에 맞게 하고 그를 흡인할 분명하고도 판에 박은 듯한 이념이 없기 때문에 상상력은 더욱 좋아질 수 있을 것이다. 그가 자각하든 자각하지 못하든 자유롭고 산만한 문제를 고려하여 사유를 벗어나게 할 수 있는데, 이렇게 하면 '영원'과 만날 기회를 갖게 된다. 도연명의 시는 왜 그토록 심오하고 아득하며 시대를 뛰어넘는 윤기를 방출하는 걸까? 그가 직면한 것은 대부분 '고민(高旻)'과 '대괴(大塊)', 즉 하늘과 대지이기 때문이다.

고개를 들면 하늘에 별이 총총하고, 몸을 구부리면 대지이며, 멀리 바라보면 광활한 지평선인데, 한 사람이 큰 문제를 직면하지 않기란 어려운 일이다.

茫茫大塊, 끝없이 넓은 대지
悠悠高旻, 아득히 높은 하늘.
是生萬物, 이 하늘과 땅 만물을 낳고
余得爲人. 나도 사람으로 태어났다.
_「나의 제문」

도연명은 이러한 정경에서 각오를 다졌다. 그는 자기란 '사람'의 내력이 이처럼 심원하여 헤아릴 수 없으며, 만물과 평등함을 느꼈다. 이러한 사유는 당시의 시인, 그리고 대다수 고대 전통 시인의 격조와는 다르다.

도연명은 마음과 정신을 졸이게 하는 관리사회를 떠났고 인사 분규를 떠났으며 '허리 굽힘'이 요구되는 수많은 일에서 떠났다. 그가 고려한 것은 모두 득실이해와 공명이록 때문이 아니었다. 분명히 바람에 움직이는 농작물을 찬양하고 관심을 갖는 것이 관복의 색깔에 관심을 갖는 것보다는 영원성을 가지고 있고 시의(詩意)도 있다.

秉耒懽時務, 쟁기 잡고 제때의 일을 기쁘게 하고
解顔勸農人. 얼굴에 웃음 가득 농부들을 격려한다.
_「계묘년 초봄에 농막에서 옛날을 생각하면서 두 수」 제2수

鬱鬱荒山裏, 울창하고 외진 산속에
猿聲閒且哀. 원숭이 소리 한가롭고 슬프다.
悲風愛靜夜, 슬픈 바람은 고요한 밤 좋아하고
林鳥喜晨開. 숲의 새들은 열리는 새벽 기뻐한다.
_「병진년 8월에 하손의 농막에서 수확하며」

원숭이 소리에서 '한가함(閒)'과 '슬픔(哀)'를 느낄 수 있는데, 이는 어떠한 정서이고 심정인가? 이것은 분명 이백의 "양쪽 언덕의 원숭이 울음소리가 끊이지 않는(兩岸猿聲啼不住)" 울부짖음이 아니고, 그렇게 다급한 소리도 아니며, 끊어졌다 이어지고 높낮이가 있는 것이다. 이러한 원숭이

소리와 시인의 야외 독거는 약속이나 한 듯 일치한다. 도연명은 이때 외로운 원숭이와 흡사하게 고요한 밤 속에서 경청할 뿐이다.

유사한 소리를 우리는 더 많이 찾을 수 있다. 시인은 원야의 소리를 듣고 자기 운명의 메아리를 듣고 있다. 도연명은 더욱 넓은 천지로 나아갔으며, 이에 더 큰 문제를 사고할 수 있었고, 고요히 생각에 잠기고 영원과 더욱 긴밀하게 연결할 수 있었다. 그 개인의 세속, 사회, 인생에 관한 우환은 물론 전부 제거할 수 없다. 바로 이처럼 제거할 수 없기 때문에 그는 더욱 진실해졌다. 하지만 제거할 수 없는 원소는 영원한 것과 연접해야만 비로소 의의가 있다. 이는 모순이자 분할할 수 없는 총체다. 도연명은 이 표현의 총체에서 자기 인생의 가치, 시문의 가치를 부각시켰다.

도연명의 시에는 늘 이러한 상황이 출현한다. 즉 「나의 제문」, 「의만가사 세 수」 등 작품은 항상 개인이 '현장에 없는' 모종의 상황을 가상했다. 그는 사후에 영혼이 존재한다고 인정하지 않았으나, 도리어 영혼이 높이 올라가서 자신의 전체 생활과 사후의 일을 굽어본다고 묘사했다. 이러한 원격탐지와 돌아봄이 도연명의 전체 시문에서 사람에게 주는 느낌은 매우 강렬하고 인상이 깊다.

荒艸何茫茫, 거친 풀 어찌 그리 아득하고
白楊亦蕭蕭. 백양나무는 또한 쓸쓸한가?
嚴霜九月中, 된서리 내리는 9월 중에
送我出遠郊. 날 보내려 먼 교외로 나간다.
__「의만가사 세 수」

羞以嘉蔬, 좋은 음식 차리고
薦以清酌. 맑은 술을 따른다.
候顏已冥, 나의 얼굴을 보아도 이미 흐릿하고
聆音愈漠. 내 소리 들으려 해도 더욱 적막하다.
__「나의 제문」

시인은 자기의 일생 마지막의 '돌아감'이 바다로 흘러들어가는 물방울처럼 바로 '대괴' 속으로 들어가는 모습을 생각하고 있다.

도연명은 자신을 깊이 사색하고 관찰할 때, 동시에 '과거 시제'와 '미래 시제'를 동시에 가질 수 있었으나, 관건은 '미래 시제'다. '미래 시제'는 자신이 없어진 후에 자신에 관한 이상적인 그림을 생각하는 것이다. 이것은 매우 중요하다. 도연명은 이토록 넓은 관심을 가지고 있었고, 그토록 민감하고 생각을 많이 했으며 마음이 복잡했다. 도연명은 이따금 죽은 뒤 명예에 대한 우려와 냉담함을 표명했다.

去去百年外, 세월 흘러 죽은 뒤에는
身名同翳如. 몸과 이름 함께 사라지거늘.
__「유 시상 시에 화답하여」

雖留身後名, 비록 죽은 뒤 명성 남겼으나
一生亦枯槁. 한평생 동안 역시 곤궁했다.
__「음주 20수」 제11수

하지만 시각을 바꿔서 보면, 그가 정말 이러한 것에 관심이 없었더라도 전혀 장애가 없고 이렇게 많이 생각할 필요도 없었을 것이다. 기왕 생각했다니 도연명이 사고한 적이 있고 여러 가지 근심이 있음을 설명한다.

바로 전후, 좌후, 상하로 관측하였기에 도연명은 자신의 시점(視點)을 더욱 높이 끌어올렸다. 일정한 고도의 시점이 없으면, 광대한 시야를 얻을 수가 없다. 영혼을 낮게 내리는 사람, 존엄과 각성을 낮게 두는 사람은 시야가 분명 좁을 것이다. 도연명의 경우에 반드시 요원한 '나'가 높은 곳, 먼 곳에 있고, '나'는 항상 내력과 진로를 포함한 자신의 전부를 관망하고 자세히 살펴보고 있다. 이러한 형상은 시편 속에 분명히 나타난다. 이와 같이 시인은 범속한 생활에 깊이 빠진 사람, 기본적으로 몽롱하게 살아가는 사람과는 구별된다.

죽음을 연습하다

도연명이 죽음과 죽은 뒤의 일을 묘사할 때 보면 항상 달관하고 소탈한 모습을 보여준다. 하지만 그가 이 방면에서 과도한 이완과 수의(隨意)를 표현하기 때문에 죽음에 대한 연습을 하는 것이라고 상상하게 된다. 왜 이렇게 하려고 하는가?

우선 두렵고 공포의 표징이기 때문이다. 도연명은 끊임없이 죽음을 모의하였는데, 두려움을 객관적으로 극복하는 작용을 가지고 있다. 끊임없이 모의하는 것은 죽음이 반드시 도래한다는 '현실'에 자신이 적응하기 위해서다. 진실로 받아들이는 죽음이 다가올 때, 그는 두려워할 필요가 없었다. 왜냐하면 자신이 이 일에 대해 일찍이 버릇이 되어 예사로운 일이 되었기 때문이다.

항상 죽음의 사려에 집중함으로써 현실 인생을 더욱 그리워하였으니, 이 방면에서 도연명은 일반 사람을 훌쩍 뛰어넘는다. '죽음' 자체는 사실상 사람과 무관한 것이다. 왜냐하면 '죽음'에 대한 두려움이 바로 사람이 아직 '살아 있음'을 의미하기 때문이다. 사람이 단지 죽음을 상상하는 시각에 '죽음'과 '삶'은 비로소 섞여서 일체가 된다.

有生必有死, 태어남이 있으면 반드시 죽음이 있고

早終非命促. 일찍 죽는 것은 명이 짧은 것이 아니다.

__「의만가사 세 수」 제1수

도연명은 죽음을 반복적으로 상상하면서 '삶'과 '죽음'이 혼연일체가 되는 함의를 많이 느꼈고, 이로부터 양자의 경계가 모호해졌다. 이 경계가 없었더라면, 그것은 바로 '살아 있음'의 또 다른 경계다.

사실상 사람이 출생하기 전은 죽은 것과 같다. 사람은 생전의 일을 모르고, 사후의 일도 모르기 때문이다. 생명은 다만 삶과 죽음 양단의 중간 양태에 처해 있을 뿐이다. 양단 밖은 모두 암흑이고 망망하다. 이 방면에서 시인은 분명 사색한 적이 있다.

죽음 문제를 다룰 때 도연명의 태도는 자신을 효과적으로 위로하고 격려하였으며, 자신에게 삶의 역량을 주었다. 이는 '기만(瞞)'과 '속임(騙)'보다 훨씬 의의가 있다. 여기에서 도연명은 여전히 모종의 종교적 답안에 도달하지 못했고. 그 상태에 이르지도 못했다. 불교와 기독교 방식의 명석함과 확정을 도연명은 갖고 있지 않았다. 그는 최종적으로 영혼의 독립성을 믿을 수 없었다.

도연명의 죽음관은 일반 중국인과 대체로 일치하는데 불교도 아니고 도교도 아니며 유교도 아니다. "사람의 죽음은 등잔불 꺼지는 것과 같다.(人死如燈滅.)" 보통 사람들은 이렇게 인식했다. 불교의 영혼불멸설을 믿는 일부 사람만이 영혼윤회의 의식을 가지고 있다. 대다수 사람은 양자 사이에서 배회하며 반신반의한다. 보통 사람은 생사 인식 방면에서 주저와 모순 상태에 있어 양단 중간에서 배회하는 상태에 있는데, 도연명과 일치한다. 주의하고 탐구할 만한 가치가 있는 것은 도연명이 일반 사람의 표현을 초월하여 개체 자각의 제반 관심에서 나온 점이다. 이는 독특한 의의와 특별한 가치가 있다. 예를 들면 「몸과 그림자와 정신」 등의 시편이 그렇다.

거의 도연명과 같은 시대에 서구에는 아우구스티누스(Augustine, 354~430)가 있었는데, 그는 종교철학자다. 그는 영혼이 있지만 존재하는 결과는 다를 뿐이라고 믿었다. 영혼은 영생하기도 하고 영사(永死)하기도 하며, 혹은 죽음만 못한 상태, 즉 천주교에서 얘기하는 '연옥(煉獄)'과 같다. 서구의 아우구스티누스와 중국의 도연명은 동시대 인물로서 그들을 비교하는 것은 의의가 있으며, 종교 관념이 다른 사람에 대한 영향을 관찰할 수 있을 것이다.

아우구스티누스는 원죄의 시각에서 죽음을 논술하면서 영혼의 죽음을 중시하여 육체의 소실을 초과한다고 보았고, 영혼을 가진 육체는 죽을 수 없으며, 하느님, 영혼이 있어야 영생할 수 있다고 여겼다. 서로 비교해 보면 도연명은 기껏해야 '몸과 그림자와 정신 '이란 답안을 냈으며, 영혼의 존재를 긍정하지 않았고 영생의 수단과 가능성을 탐구하지도 않았다.

플라톤(Platon, 427~347 기원전)은 일찍이 이렇게 말했다. 학습은 기억을 일깨우는 과정이다. 원매(袁枚, 1716~1798)는 『수원시화(隨園詩話)』에서 "책을 금생에 와서 읽으면 이미 늦다.(書到今生讀已遲.)"고 말했다. 여기에서는 특히 '금생'에 주의해야 한다. 그것은 금세의 지금을 가리키고 지금의 생명을 가리키며 그것이 주관하고 감지하며 받아들일 수 있는 전체의 생활을 가리키는데, 불멸하는 영혼의 일부분일 따름이다. 심지어 이 영혼은 여러 번 왕복하고 여러 육체에 깃들어 있으려고 하는데, 고인에겐 모두 미지의 것이다. 이러한 점은 불교의 윤회설과 사실상 일치한다. 사람들은 원매의 이 구절을 곡해하여, 이것이 인생은 짧은데 독서가 너무 늦고 너무 적음을 한탄한 것이라고 여긴다. 사실상 원매는 불멸하는 영혼 속에 각종 지식에 대한 누적이 장기적이고 일찍이 중간에서 끊어지지 않으며, 영원한 의의를 가지고 있음을 지적했다.

이것은 플라톤의 관점과 일치한다. 그들은 영혼 불멸설을 전복하였고, 일반적 의미의 '공(空)'과 '허(虛)'를 전복했다. 이 점에서 원매의 설은 도연명의 인식과 큰 차이를 보인다. 그래서 우리는 불교와 도교의 도연명에 대한 영향은 제한적이고, 시인의 생활을 지탱해온 역량은 주로 영혼불멸설에 대한 인지에서 나오지 않았다고 믿는다.

도연명은 이따금 허무감과 의기소침을 표출했는데, 중요한 원인은 불교 관념을 받아들이지 않았기 때문이다. 이를 수용하지 않아서 그의 애타는 근심과 고통을 증가시켰고, 그의 현실감을 강화했다. 지금의 생활은 도연명의 고통이든 즐거움이든 모두 유일하고 중복할 수 없는 것으로 만들었다. 그래서 미래의 영혼에 대한 기탁은 점차 묽어졌다.

물질은 정신보다 크다

도연명의 「의만가사 세 수」 제2수에 이런 구절이 있다.

在昔無酒飮, 옛날에는 마실 술이 없었는데
今但湛空觴. 지금은 빈 잔이 가득해졌구나.
春醪生浮蟻, 봄에 빚은 술에 거품이 생기는데
何時更能嘗? 어느 때에 다시 맛볼 수 있을까?

이는 도연명의 생활관을 드러냈다. 도연명이 관조한 핵심은 사후가 아니라 금생에 있다. 도연명은 자신이 죽은 뒤에 가족이 그에게 준 부장품 속에는 좋은 술이 있으나, 애석하게도 마실 방법이 없을 거라고 말했다. 사람이 살아있을 때 마실 술이 충분치 않았는데, 사후에 도리어 미주가 가득하다니 사실상 비애다. 이 술은 특정 지시대명사이자 불특정 지시대명사다. 특정 지시대명사는 그가 이미 알코올 중독이 있어 술을 빌어 시름을 풀고 술로 향락하여 술이 생활의 핵심이 되었음을 가리킨다. 불특정 지시대명사란 이 술이 사실상 세속 생활 속의 물질적 누림 전체를 대표한다는 뜻이다.

도연명은 물질을 많이 담론하고 정신을 담론하지 않았다. 영혼과 정신은 밀접하여 나눌 수 없는데, 이때 도연명이 더욱 관심을 가진 것은 정신이 아니었다. 우리가 도연명을 논의할 때 그의 정신을 습관적으로 지나치게 강화하여 확대한다. 생사 문제는 순수한 정신의 문제인 듯하다. 하지만 도연명은 생사의 고문에 대해 늘 물질적 방면으로 돌아왔고, 이 방면에서 그것의 의의를 담론했다. 그는 욕망주의자가 아니었지만, 욕망 체험을 충분히 갖춘 사람이었다. 이 욕망은 주로 물질적이고 현실적이다. 문제는 도연명이 이러한 욕망을 어떻게 다루었는가에 있는데, 이는 잘 연구할 필요가 있다.

도연명이 대폭적으로 묘사한 장면은 실제의 술을 직접 통음한 것이다. 예를 들어 그가 새 술을 빚고 술이 있으면 같이 마신 일, 그리고 음주의 즐거움, 창화(唱和), 술의 의존 등이다.

我有旨酒, 내게 맛있는 술 있어
與汝樂之. 그대와 함께 즐긴다.
__「방 참군에게 보내는 답시」

懽言酌春酒, 흐뭇하게 봄 술 떠놓고
摘我園中蔬. 내 밭의 채소를 따온다.
__「산해경을 읽고 13수」 제1수

觴絃肆朝日, 술잔과 거문고는 아침부터 차려졌고
罇中酒不燥. 항아리 속에는 술이 마르지 않는다.
緩帶盡懽娛, 허리띠 늦추고 즐거움을 다하며

起晩眠常早. 늦게 일어나고 항상 일찍 잔다.

__「잡시 20수」 제4수

동시에 우리는 또한 그가 술을 마신 여가에 무엇을 하는지 볼 수가 있다. 자연을 즐겁게 노래하고, 자연을 즐기며, 황폐한 길의 풀을 헤쳐 가며, 두 다리가 온통 이슬에 젖도록 기꺼이 경작한다.

翩翩飛鳥, 훨훨 날던 새들

息我庭柯. 내 뜰의 나뭇가지에서 쉰다.

斂翮閒止, 날갯짓 거두고 한가롭게 머물며

好聲相和. 고운 소리를 서로 주고받는다.

__「멎은 구름」

時復墟曲中, 때때로 마을 안에서

披草共來往. 풀 헤치고 함께 오가는데

相見無雜言, 서로 만나서 잡된 말 나누지 않고

但道桑麻長. 그저 자라는 뽕과 삼 얘기 나눈다.

__「전원으로 돌아와 살며 5수」 제2수

그가 돌아온 뒤 겪은 최대의 인생 곤궁은 '전원 거주지(園田居)'의 화재일 것이다. 이로써 시인은 가장 좋은 거처를 잃고서 부득이 온 집이 배 위로 이사하였으며, 그 뒤로는 남촌(南村)으로 이주하여 살았다. '전원 거주지'와 비교할 때, 남촌은 분명 거주 조건이 훨씬 떨어지는 곳이었으며 외진 땅이었다.

도연명의 이러한 전전, 물질적인 곤궁, 고통은 항상 순수한 정신적 추구보다 컸다. 우리는 통상적으로 도연명의 정신적 가치가 어떠한지 얘기하면서 '타자'의 감수와 흥취에서 나오며, 시인 자신의 생활은 물질현실 속에 있고, 죽음에 대한 그의 탄식은 대부분 현재의 물질생활의 결핍이 초래한 것이라고 말한다. 이러한 정세에서 도연명은 끊임없이 자신의 곤경과 싸워 이기고, 개인의 존엄을 보호했다.

바로 이러한 물질적 빈곤이 그에게 개인화되고 심도 깊은 생활 체험을 제공해주었다. 그가 표현한 "물질은 정신보다 크다"는 물질적 빈곤이 이미 극한에 도달하여, 그 위험이 생명의 존망에까지 이르렀음을 보여준다. 동시에 이것은 또한 시인에게 극치의 생리 체험을 제공하였고, 사람의 신앙과 존엄에 대해 중대한 도전과 시련을 주었다. 여기에 이르러 엄중한 물질 문제는 나아가 엄중한 정신 문제로 변모되었다.

도연명은 물질적으로 최소한의 만족만을 추구한 사람이다. 먹고 살만하면 된다고 여겼고 안빈낙도했다. 하지만 현실의 잔혹으로 그는 도리어 최저의 물질적 표준에조차도 이르지 못했다. 이러한 절망적인 체험은 시인에겐 사실상 너무나 가혹했다.

현세를 위해 책임지다

도연명의 출사(出仕)와 벼슬, 네 번의 왕복에 대해 어떤 사람은 유가와 도가 두 종의 생존철학에서 왕복했다고 보았다. 이러한 견해는 단순화, 개념화되었으나, 사실상 시인은 확실히 여러 학설, 특히 유가와 도가 사이에서 선택하고 편중했다.

동한 시기에 불교가 중국에 들어오고, 위진에 이르러 합류하는 추세를 보이더니, 곧 당시 지식인 사상의 주류가 되었다. 유교, 불교, 도교가 뒤섞인 사상은 지금까지도 여전히 널리 영향을 끼치고 있다. 유가는 괴력난신(怪力亂神)을 담론하지 않았고 죽음의 '후사(後事)'를 담론하지 않았지만, 도가는 그렇지 않았다. 도가는 초연하고 심원하였으며, 심지어 생사의 경계를 뒤섞었다. 도연명 사유의 초석은 유가로, 수많은 고통과 환락도 유가의 가치 표준에서 나왔다. 그의 주요 고통은 세상에 뛰어들어도 할 일이 없었기 때문인데, 얻은 환락도 현세감(現世感)에서 나왔다. 바로 현세를 위해 책임을 지는 정신 때문에 그는 현재의 물질 존재를 강화하고 정시할 수 있었으며, 현재의 자기 행동 의의를 긍정할 수 있었다. 도연명에게 그의 생활 궤적은 점차 단순히 세상에 뛰어들어 관리가 되고 조정에 쓰이는 것으로 볼 수 있다. "영달하면 천하를 아울러 구제한다(達則兼濟天下)"는 정통 사상은 '수정주의'의 유가 사상으로 돌아가고, 한 발 물러나 그 차선책을 구하여 전원을 잘 꾸리는 데 힘썼다. 그의 전원은 입세이자 도피다. 이는 유교, 불교, 도교를 조화하는 것과 같으니, 우리가 어느 시각에서 그것을 인정하는지 봐야 한다.

유가 제세(濟世)의 도덕 기준을 가지고 논하자면, 도연명의 돌아감은 도피이자 물러남이다. 하지만 불교의 영혼미래설과 도교의 청정무위설로 보면, 그는 또 원래의 취지와 크게 다르다. 차라리 볼 수 있고 만질 수 있는 농사를 지으면서 바쁨 속에서 살아가려고 했다. 그는 열심히 일하여 더 많은 수확을 얻길 바랐다. 이러한 기대가 주변의 농민과는 얼마나 다르든, 여전히 흙을 파고 파종하며 생명을 가꾸었다.

茅茨已就治, 초가지붕 이미 이었으니
新疇復應畲. 새 밭 다시 개간해야지.
__「유 시상 시에 화답하여」

耕種有時息, 밭 갈고 씨 뿌리다가 때때로 쉬는데
行者無問津. 길 가는 사람 중 나루 묻은 이 없다.
__「계묘년 초봄에 농막에서 옛날을 생각하면서 두 수」 제2수

농촌 생활은 번거롭고 구체적이라서 초연하여 태만할 수가 없다.

그는 이때 죽음의 문제를 사고하였는데, 유가의 영향이 여전히 가장 중요하다. 도연명은 영혼이 육체를 떠날 때의 쾌락과 날아오르는 느낌을 거의 가지지 않았다. 그의 빈번한 죽음 담론은 '자불어(子不語)'라는 유가 계율을 타파했지만, 결코 귀신세계의 상상에 빠지진 않았다. 이번엔 또한 다

소 유가로 회귀했다. 담론은 피할 수 없으나 결론은 도리어 모두가 같은 것은 아니다. 죽음을 담론하였으나, 결코 영혼의 장생을 인정하지 않았다.

사실상 유가 경전은 영혼의 존재를 부인하지 않는다. 공자는 만년에 이르러 좋은 나무는 넘어지고 태산은 붕괴하려 하고 철인이 떠나려 한다고 말했다. 『예기(禮記)·단궁상(檀弓上)』에서 "공자가 일찍 일어나서 손을 뒤로 돌려 막대를 끌고 문에서 천천히 거닐면서 노래했다. '태산이 무너지려는가! 대들보가 부러지려는가! 철인이 쓰러지려는가!'(孔子蚤作, 負手曳杖, 消搖於門, 歌曰: '泰山其頹乎! 梁木其壞乎! 哲人其萎乎!')"라고 기록했다. 여기에서 공자가 죽음에 대해 관심을 가졌음을 은연중 드러낸다. 『예기』에서 공자의 '가왈(歌曰)'이라는 기록은 공자가 세상을 떠나기 7일 전에 자신의 죽음을 감지한 것이다. 여기에서 공자는 부득불 죽음을 직면하여 이미 도피할 수 없었다. 이 감지는 분명 영혼의 경계로 진입하는 일이고, 그가 이전에 담론하길 바라지 않았거나 담론할 수 없었던 그 범주에 속한다. 이로 보면 죽음에 대한 도연명의 체득과 탐구는 결코 유가에서 그렇게 멀리 벗어나지 않았다.

공자는 죽기 전에 노래를 부를 수 있었다. 이곳에서 부른 것은 『사기(史記)』에도 기록되어 있는데, 글로 흉중의 비분을 나타내어 매우 처량하다. 그는 큰 병이 들어 말일이 가까워진다고 감지하고 먼저 제자 자공(子貢)이 너무 늦게 보러 왔다고 불평하며, 이어서 노래를 부르고 울었다. 공자는 최후에 꿈속에서 자신의 영구가 전당 양 기둥 사이에 놓였고, 추모의식에 늘어놓은 술과 음식을 보았다고 말했다.

여기에서 죽음에 대한 유가적 태도를 볼 수 있는데, 도연명은 확실히 공자와 비슷하다. 여기서의 공자는 도연명처럼 영혼이 높은 곳으로 올라가 굽어보았으며, 자신의 사후의 일도 보았다. 공자는 사람이 죽은 뒤 영혼이 있다고는 직접 언급하진 않았지만, 영혼의 존재를 분명히 부인하지도 않았다.

도연명이 사회 현실에 대해 힘과 마음을 쓴 일은 물론 유가에 속한다. 그의 출사 규율도 완전히 도가로 볼 수 없다. 왜냐하면 유가 전통사상 속에 이러한 말이 있기 때문이다. "나라에 도가 있으면 벼슬하고, 나라에 도가 없으면 거두어 품을 수 있다.(邦有道則仕, 邦無道則可卷而懷之.)", "도가 행해지지 않아 뗏목을 타고 바다로 나간다.(道不行, 乘桴浮於海.)" 이는 세도가 정당하지 않은 상태에서 사람이 할 일이 없으면, 자신의 행동을 전이할 수 있고 다른 선택을 할 수 있는데, 이것이 바로 '독선(獨善)'이다. 바로 유가 전통의 깊은 영향을 받았기에 위진 같은 난세에 일부 고결한 인사들만이 아무리 불러도 관직에 나아가지 않았다.

우리가 잘 알고 있는 현대적인 무질서와 도덕 혼란, 치욕적인 관리사회 세력 다툼 속에 몸을 두었다면, 당시의 고사(高士), 명사의 모습을 찾아보기란 매우 어렵다. 우리가 오늘날 보는 것은 명리에 급급해서 구하는 일인데, 온갖 방법을 써서 다투어 '스스로 자기를 추천했다.' 그중에 극단적인 예가 있는데, 위진 시기에는 모두 상상할 수 없었다. 도연명의 본보기 의의는 '독선'일 뿐만 아니라, 그가 할 수 있었던 개인 노동을 성실하게 유지하는 것이다.

> 民生在勤, 사람의 생계는 근면에 달려 있으니
>
> 勤則不匱. 근면하면 결핍되지 않는다 하였지.
>
> [중략]

顧爾儔列, 돌아보건대 우리 백성들이

能不懷愧? 부끄러움을 품지 않을 수 있겠는가.

__「농사를 권장하며」

이는 시인의 육체 노동관이다.

도연명의 전원생활과 정신의 발전과의 관계는 매우 분명하다. 여기에서 존엄을 상실하지 않았고 구차하게 살지 않았는데, 모두가 인구에 회자되고 천고에 불후한 시편이 이를 증명한다. 그가 살아 있을 때 개인의 선택을 긍정하여 이와 더불어 최후의 양해에 이르렀다. 시인이 멀리 떠남에 따라 혁혁한 성취를 얻은 생명의 의의는 더욱더 기대지 않고 대체할 수 없는 독립심을 보여주었다.

'정신'은 '몸'을 따라 전원에서 활동하고, '몸'이 일단 여기에서 소실되면, '정신'의 유무는 지나치게 토론할 필요가 없어진다. 시인은 일찍이 '그림자'는 '정신'과 마찬가지로 모두 '몸'을 따라 사라져서, 뜻밖에도 자신이 세계를 떠난 지 오래되었으며, 그 예술과 사상의 영향력이 이토록 거대한 것이라고 여겼다.

개인의 비참한 고통

치열한 인생 선택에 직면하고 거대한 암흑, 특히 생사를 협박하는 위기에 직면하여, 도연명의 방향은 대다수 사람과 일치하여 먼저 생명을 보존하고 생사의 우려를 벗어나려고 했으니, 이해 못할 것이 없다. 사람은 심지어 그것을 본능적인 습관 동작으로 보았다. 하지만 도연명이 떠난 뒤에도 도리어 죽음 문제를 기억 밖으로 던져버리지 않아 언제든지 다가오고, 억지로 자신에게 부과한 '죽음'이라는 명제를 손안에 꽉 쥐었으며, 늘 의식하고서 자세히 살폈다.

도연명이 죽음을 반복적으로 묘사할 때, 수많은 지식인의 비참한 운명을 생각하고 공융, 양수, 혜강, 장화, 육기 등을 생각하고, 폭력 아래 비참하게 죽은 생명이 얼마나 두렵고 처참한지 생각하였을 것이다. 그는 아마도 개인적 선택으로 말미암아 느릿느릿 다가오는 죽음이 결국 무엇을 의미하고 두 종의 죽음 방식, 양자 사이의 관계는 무엇인지, 정의를 위해 목숨을 바치는 일이 가치가 있다면, 그 가치는 어디에 있는지, 조심하고 계획적으로 회피해도 질책할 수 없다면, 그것의 의의를 어떻게 확립하고 실현해야 하는지, 등등을 상상하였을지도 모른다.

여러 가지 방면에서 평가하고 비교하는 과정에서 현재의 개인 생존에 대한 제반 질의는 피할 수가 없다. 그는 대체로 지난날의 전체 생활의 디테일을 잊을 수 없었고, 구차하고도 부연하여 가져온 제반 애상을 무시할 수 없었다. 그는 다행스런 느낌을 가질 수 있고, 애석함과 양심의 가책을 곱씹을 수 있었다.

도연명은 민감하고 도도하며 강렬하고 완고하였으며, 내심 깊은 곳에 가끔 떠오르는 '큰 포부(猛志)'는 그를 밤새 잠 못 이루게 했다. 이렇게 물러나 변방을 지키는 슬픔, 처량함과 절망은 동시에 불타오르는 마음의 영혼을 품에 안고, 그를 동반하여 기나긴 밤을 보냈다고 우리는 상상할 뿐이다. 우리는 "문은 비록 있어도 언제나 닫혀 있는(門雖設而常關)" 고독을 음미할 수 있고, 혹은 희열 속에 은연중 숨은 슬픔과 괴로움을 음미할 수 있는데, 부득이해서 발생한 곤혹이다.

그 자리에서 영광스럽게 죽는 것이 장렬하고 통쾌하지만, 사실상 너무나 애석하고 너무 두려운 일이다. 선혈이 신체 밖으로 흐르고 그 속에 완정하게 보존되어 있는 영혼이 서서히 말라가기 시작하는데, 이는 도연명에겐 하나의 문제였다. 이는 존재에 관한 문제이자 햄릿 방식의 추궁이다. 육체의 존재, 생명의 존재는 바로 그것의 중복 불가성 때문에 도연명은 무척 망설였다. 그래서 시인은 이에 대해 부득불 얼음을 밟는 것처럼 무척 신중을 기울였다.

이와 같이 돌아간 뒤의 전체 문제는 죽음이란 저울에 놓였다. 이 도량은 도연명에겐 매우 무거웠다. 이것이 바로 우리가 평소 말하는 "죽음으로 나아가는 삶"인데, 살아 있는 하루하루가 더욱 무게가 있고 더욱 의미를 가지며 더욱 잊을 수가 없었다. 확실히 이처럼 도연명의 하루하루는 그렇게 귀중하게 변한 듯하다.

도연명은 지식인의 마음을 가지고 전원으로 들어갔고, 논밭의 작은 길로 들어갔고, 농민 속으로 들어갔다. 그는 무명 의복을 걸치고 괭이를 메고 삿갓을 쓰며 별과 달을 이고 갔지만, 이 마음속에 품은 전체는 복잡하고 무거워서 바깥사람들은 정확히 알기가 어렵다. 정확히 아는 것과 정확히 모르는 것의 일체는 최후에 흙 속에서 반죽하여 농작물을 따라 지표를 뚫고 나와 시인의 모습을 가렸다. 요원한 도연명을 읽어보면서 우리는 그를 편면적이고 허약하게 평가하기 쉬운데, 우리가 전체의 번거로움과 진실에서 너무 멀리 떨어졌기 때문이다.

도연명이 어찌 단순하게 살고 싶어 했겠는가? 하지만 그는 할 수가 없었다. 그의 기억 속에 선조의 공명과 영광을 짊어지고 있고 굴욕적인 관직 경력을 가지고 있었으며, 눈앞에는 빈번하게 일어나는 도살용 칼이 흔들거렸고, 시야에는 군벌 혼전의 혼잡 상태가 가득했다. 유유의 진나라 공제(恭帝)에 대한, 참혹하여 차마 볼 수가 없는 살육은 "성 머리엔 대왕의 깃발이 변화무쌍하여(城頭變幻大王旗)" 예측할 수 없음과 황당함이 있으며, 동시에 이루 다 셀 수 없는 선현과 본보기가 있다.

安貧守賤者, 가난에 편안하고 비천함을 지킨 자로
自古有黔婁. 옛날부터 검루라는 사람이 있었다.
好爵吾不榮, 좋은 벼슬을 나는 영광으로 여기지 않고
厚饋吾不酬. 후한 선물을 나는 받지 않는다고 했지.
_「가난한 선비를 노래하며 일곱 수」 제4수

우리는 도연명의 뇌리 속에 가장 잊기 어려운 것이 선현 공자의 형상이라고 믿는다.

汲汲魯中叟, 서둘렀던 노나라의 노인이

彌縫使其淳. 이리저리 메워 순박하게 하셨지.

鳳鳥雖不至, 봉새는 비록 이르지 않았으나

禮樂暫得新. 예악이 잠시 새로움을 얻었지.

__「음주 20수」 제20수

그는 공자 일생의 요동이 도대체 무엇을 의미하는지 사색할 수 있었다.

슬픔과 한탄 속에서 그는 눈앞의 생활이 그보다 못한 선택이라고 느꼈을지도 모른다. 우연히 떠오른 결론을 부정하기 위해 시인은 거의 전력을 다했다. 그는 기진맥진할 때 세속의 탁주를 들었다. 그때 이 술은 새 술에 떠 있는 거품이 없어서 봄날의 청신한 기운을 발산하지 못했다. 그는 이 탁주로 흉중의 분노를 끊임없이 풀었고 세월을 보냈으며, 심지어 계절을 잃어버렸다.

전원의 황폐함은 도연명의 이러한 심경과 연관이 있고, 전원이 최후에 시들어 쇠퇴함도 시인의 이러한 특수한 신분과 연관이 있을 것이다. 그는 농경을 잘 아는 훌륭한 농민일까? 처음에는 아니었을 것이다. 아마 후에 경작하고 농작물을 가꾸며 사계절에 대응하는 기술 방면에서 그는 점차 적응했다. 하지만 삶과 죽음의 규분, 내심의 불안으로 초래한 심리적인 무거운 부담은 도리어 나날이 무거워져서 그는 참을 수가 없었다.

도연명이 논두렁에 들어온 시간이 오래될수록 개인의 비참한 고통도 무거워졌다고 상상할 수 있다. 불가사의한 것은 그의 농사일이 부단히 숙달되고 향상됨에 따라서 시골살이에서 사교 범위가 부단히 확대된 반면에 전원의 정경은 뜻밖에도 황폐해졌다는 것이다. 그의 시문 속에 천재와 인재에 관한 기록이 얼마나 될까? 몇 구 되지 않는다.

炎火屢焚如, 뜨거운 불볕은 자주 태울 듯하고
螟蜮恣中田. 명충들은 밭 가운데서 날뛰었지.
風雨縱橫至, 비바람이 제멋대로 불어대니
收斂不盈廛. 수확이 살림살이 채우지 못하네.
__「'원가행' 체의 초나라 곡조로 방 주부와 등치중에게 보이며」

荒塗無歸人, 거친 길엔 돌아가는 사람 없고
時時見廢墟. 때때로 폐허만이 눈에 뜨인다.
__「유 시상 시에 화답하여」

우리가 본 기록은 하루하루가 다르게 피폐해지는 전원뿐이다.

淒厲歲云暮, 싸늘하고 매섭게 해가 저물었는데
擁褐曝前軒. 베옷 걸치고 난간 앞에서 햇볕 쬔다.
南圃無遺秀, 남쪽 밭에는 남겨진 이삭도 없고
枯條盈北園. 마른 가지만 북쪽 정원에 가득하다.
__「가난한 선비를 노래하며 일곱 수」 제2수

그리고 굶주리는 날은 갈수록 많아질 뿐이다.

弱質與運頹, 약한 체질이 세월과 더불어 늙어버려

玄鬢早已白. 까맣던 귀밑머리 일찌감치 벌써 희어졌다.

素標插人頭, 백발이 사람 머리에 꽂히니

前塗漸就窄. 앞길은 점차 좁아져 간다.

__「잡시 20수」 제7수

이 배후의 깊은 뜻은 어디에 있는가? 생사에 대한 도연명의 질문과 상상은 갈수록 많아졌는데, 이 비밀은 도대체 어디에 있단 말인가? 우리는 이렇게 가설해볼 수 있을 뿐이다. 모든 것이 그의 영혼에서 나오며, 극도로 민감하고 과다하게 적재한 영혼이란 수레에서 나온다. 이처럼 지나치게 무거운 심적 부담은 완전히 허약한 생명이 받아들일 수 있는 것이 아니다. 지식인의 책임, 고통과 질의는 도연명의 생명력을 전부 소진시켜 남김없이 손상되었다.

최후에 우리는 미약하고 어찌 할 수 없는 소리를 듣는다. 이 소리에서 우리는 시인 최후의 완고함, 최후의 감별과 확인을 은연중 느끼게 된다. 우리는 이 확인을 인정하지만 때로는 무시하고 싶어진다. 왜냐하면 도연명이 처음으로 전원에 돌아간 뒤의 막대한 환락, 아름다운 전원 정경과 풍광에 대한 도연명의 각종 기록, 그가 창조해낸 천고에 불후한 '도화원', 이 모든 것이 사람을 너무나 매혹시켜 우리에게 준 인상이 너무나 깊기 때문이다. 우리는 이 때문에 죽음이란 어두운 그림자 밑에서 배회하는 도연명을 잊고 싶어 한다.

하지만 후자를 잊어버린다면 도연명의 심각성, 그의 인생의 의의는 많은 것을 상실하게 된다.

예로부터 불변하는 원소

사람이 객관 세계를 대면하고 광대한 군체와 천지자연을 대면하면, 항상 비천하고 무력한 개체를 느끼게 된다. 사람은 이 때문에 세속적인 영향을 받아서 이로써 자신의 존재를 펼치고 강화했으며, 아울러 줄곧 갈망했던 '존엄'을 보유했다. 이것은 회피할 수 없는 욕망이 되었다. 하지만 이러한 욕망이 지나치게 강렬하여 부단히 표면화된다면, 도리어 개인의 자유를 억압하고 손실하는 대가를 치를 것이다. 예를 들면 그는 자신을 핍박하여 하고 싶지 않은 일을 하고, 장기간 인내하고 분투하며 선택한 자유를 잃어버리고 자유를 잠시 한쪽에 치워두게 된다.

사람들은 자연과학 방면에서 인류의 이해 여부와 상관없이 모두 객관 존재의 규정과 법칙을 발견했다. 사실상 인문 영역에서도 마찬가지로 필연적으로 규정과 법칙이 존재하는데, 이를 인류생활의 보편 법칙이라고 부를 수 있다. 자연과학과 비교하면, 후자는 더욱 난해하고 더욱 복잡하다. 따라서 일치된 결론을 내릴 수 없고 증명과 반박을 거듭하게 된다. 바로 이렇기 때문에 우리는 점점 그 '법칙'의 존재를 회의하게 되고, 이에 인문 영역 중의 모든 것이 상대적이라고 여긴다. 이로부터 그 영역의 객관성도 크게 떨어졌다. 어떤 사람은 더 많은 것이 인류사회 실천 속의 자아 배양물과 자아 확립물(確立物)이고, 절대적 객관 존재의 그 '법칙'은 없으며, 이 영역에서는 어떠한 초험적인 것도 찾아볼 수 없다고 여긴다.

사실상 이는 인류 생활의 고난을 조성하는 근원이자, 인류 자신의 최대 오해다. 인류 생활 속의 객관 존재를 부정하는 '법칙'이 있다면 진리와 영원의 추구가 없으며, 생활은 반드시 한 걸음 한 걸음씩 파괴로 나아가게 된다. 일부 객관 존재의 도적 표준, 윤리 표준은 우주 속 생명 속에 포함하니, 당연히 옛날부터 지금까지 변하지 않는 요소다.

이러한 요소가 도연명에게서 가장 크고 최종적인 작용을 발휘했다. 인류가 줄곧 사회와 자연을 개조하는 치열한 욕망, 강렬한 사회적 성취감에 의해 유혹된다면, 도연명의 일생은 자각하든 못하든 그 요소를 운용하여 여러 유혹과 투쟁을 진행하는 일생이었다. 그는 투쟁 속에서 부단히 질의하여 매번 개인의 일생을 총결했다. 그의 시에서는 자기 후반기의 생활을 끊임없이 긍정하는 동시에, 여러 가지 불안감과 회의를 표현했다. 이렇게 많은 질문과 긍정이 바로 투쟁이다. 「아들 엄 등에게 주는 글」이든, 아니면 「나의 제문」, 「의만가사」이든, 모두 그렇다. 그는 끊임없이 자성하고 자신에게 당부하며 판단하고 있다.

行止千萬端, 사람의 행동거지 천만 갈래거늘
誰知非與是? 누가 옳고 그름을 알겠는가?
是非苟相形, 옳고 그름 구차하게 서로 드러내어
雷同共譽毁. 휩쓸리어 서로 칭찬하고 헐뜯는다.
__「음주 20수」 제6수

得失不復知, 잘잘못을 다시는 알지 못하니

是非安能覺. 옳고 그름 어찌 깨달을 수 있겠나.

__「의만가사 세 수」 제1수

日月遂往, 세월은 점점 지나가고

機巧好臻. 아첨하고 교활한 재주 아주 서투르다.

緬求在昔, 먼 옛날을 그리워하지만

眇然如何. 아득하니 어찌할 수 없다.

__「아들 엄 등에게 주는 글」

이를 보면 도연명은 개인의 천성에 복종하고 그 존엄의 근성을 찾을 때, 여전히 다른 것의 제약을 받아야 했다. 이것이 바로 인류의 속성이 군체와 객관 세계에 대면한 막연함이자 무력감이고 깊은 회의다. 하지만 그는 이 모든 것에 대해 질문하고 있다.

때때로 도연명은 생명 속에 존재하는 난해한 말로 표현할 수 없는 요구에 대해 두려움과 의혹을 표시했다.

徘徊無定止, 배회하며 멈추어 쉴 곳이 없으니

夜夜聲轉悲. 밤마다 우는 소리 더욱 구슬프다.

厲響思淸晨, 날카로운 소리는 맑고 고원함 생각하니

遠去何依依. 오고 가면서 어찌 그리 그리워하는가.

__「음주 20수」 제4수

胡爲乎遑遑欲何之? 무엇 때문에 허겁지겁 어디로 가려 하는가?

__「돌아가자」

심층적인 것은 도연명이 자각하지 못한 감성 속에 강렬한 반응을 얻었다.

聊乘化以歸盡, 잠시나마 변화 따라 죽음으로 돌아가니

樂夫天命復奚疑? 천명 즐기는 데에 다시 무엇을 의심하랴!

__「돌아가자」

'천명' 중에는 '예로부터 불변하는 요소'가 들어 있다. 이것이 생명의 의의이자 근거다.

적극적인 생명

도연명은 최후에 굶주리고 곤궁해졌으며, 빈곤과 질병이 번갈아 닥쳐와 죽음을 맞았다. 그는 죽음을 한두 번 연습하고 모의하면서 자신이 다시는 죽음을 두려워하지 않기를 바랐다. 자살자는 죽음을 가장 두려워하지 않으며, 가장 용감하게 죽음을 대면할 수 있는 사람 같다. 하지만 다른 방면에서 얘기하면, 해탈에 급급한 사람이기도 하다. 루쉰 선생이 말했듯이 자살이 용이하다면 시험해볼 만하다. 자살은 물론 가장 침중하고 가장 어려운 시험이다. 도연명은 죽음을 두려워했으나, 그가 두려워한 정도는 도리어 자신을 신속히 끝내려는 사람보다는 크지 않았다.

여기에는 생존이나 성격의 문제도 있다. 도연명은 최소한 생명을 위협하는 거대한 위험과 재난에 직면하지 않았고, 아직은 살아갈 의지와 능력을 가지고 있었다. 자신을 신속히 끝내는 사람 가운데 일부는 내생을 믿고 일부는 도리어 믿지 않는다. 기독교는 자살에 대해 부정적이라서 자살자는 천당에 오를 수 없다고 여긴다. 이를 보면 영혼의 기탁은 지극히 복잡한 문제임을 알 수 있는데, 자살자는 철학이나 종교 문제를 고려할 여유가 없다.

어떤 사람은 사람의 일생이 공명과 득실에 미련을 두고 최후에 이르러 세계는 자기 것이며 타인과는 아무런 관계가 없음을 안다고 말한다.

여기에서 공명을 구하는 것은 살아서 다른 사람에게 보여줌을 말하고, 다른 사람의 견해를 마음에 두고 최후에 이르러 비로소 자신의 삶을 살고 자신의 시간을 보내야 한다는 것을 말한다. 그걸로 자신의 내심에 순종할 수 있을 뿐이다. 이러한 사상은 도연명과 서로 통하는 듯하다. 생명의 최후 순간에 이르러서야 일체는 없고 재생할 수도 없으며 미래도 없음을 정시할 수 있다. 이것은 정시할 필요가 있는 사실이다.

도연명은 여전히 행위의 모든 최후의 결과를 근심한다. 뒤로 올수록 현실 생활에 대한 그의 판단은 냉정하다. 생명의 종점에 임박할수록, 그는 이 세계에서 생활하려면 자신의 내심에 복종할 필요가 있다고 느꼈다.

미래를 완전히 부정한다면 생명이 죽음에 임박하여, 즉 종점에 다다를 때 자신이 이 세계와 전혀 관계가 없다고 여길 수 있다. 하지만 불가와 도가의 학설이든, 아니면 기독교 학설이든 모두가 이러한 인지를 부정할 수 있다. 이러한 인지는 사실상 매우 소극적이다.

미래를 부정하는 소극적 관점에서는 인류를 더욱 이기적이고 더욱 거리낌이 없이 만든다. 적극적인 관점에서는 더욱 자기중심적이고 자유롭게 살아가며 가능한 한 다른 사람의 눈치를 살피지 않고, 이른바 법률의 제한을 받지 않고 생명의 자원(自願)에 복종하는 것이다. 이 점에서 도연명과 일치한다.

시인이 생명의 종점에 다다르기 전에, 우리가 느끼는 분명히 다른 종결감 및 그것이 초래한 사유의 철저성, 인생의 각오와 확고성은 모두 분명하다. 그는 떠났지만 그의 전체 인성, 그의 경험과 정신적 공헌은 미래에 남겨주었다. 이것은 분명히 우리에게 말해준다. 한 사람의 동의 여부와는 상관없이 그의 전체 세계는 절대로 개인에게만 속하지 않는다.

도연명은 생전에 가능한 한 생활을 심미화했다. 한편에서 현실 상황의 고통을 방어하였고, 다른 한편에서는 그의 천성으로 결정한 것이다. 도연명의 심미는 시를 창작하기 위해서거나 타인의 학술을 위해서가 아니다. 이것은 일종의 선천적 능력이다.

微雨洗高林, 가랑비에 높은 나무들이 씻기고
清飈矯雲翮. 시원한 바람에 구름 속의 새가 날아오른다.
_「을사년 삼월에 건위참군이 되어 도성으로 가는 길에 전계를 지나며」

衡門之下, 가로 막대 문의 초가집 안에
有琴有書. 거문고가 있고 책이 있다.
載彈載詠, 타기도 하고 읽기도 하니
爰得我娛. 이에 내 즐거움을 얻었다.
_「방 참군에게 보내는 답시」

모두가 매혹적인 자연의 소리이자 사람의 안거(安居)다.

도연명은 현실주의자이며 항상 환상에 탐닉한 사람이다. 도연명은 세속 생활의 득실을 초월하여 정신 방면의 탐구자가 되고자 했으며, 아울러 한평생 이러한 시험을 떠나본 적이 없다. 하지만 현실 생활의 근접과 이해는 한두 번 탈속적인 사상을 훼손했다.

汎覽周王傳, 『목천자전』을 두루 읽어보고
流觀山海圖. 『산해도』를 이리저리 훑어본다.

俯仰終宇宙, 잠깐 사이에 우주를 다 둘러보니

不樂復何如? 즐겁지 않고 또 어떻겠는가?

__「산해경을 읽고 13수」 제1수

시인은 방종하고 아름다운 상상을 많이 했으나, 애석하게도 눈앞의 곤궁은 그를 먼 우주 유람에서 지면으로 끌어내려고 했다.

도연명은 보통 농민들처럼 토지에 접근했지만, 그의 전체 행위는 낭만주의자, 정신적 탈속자로 느끼게 한다. 그의 시문 속에 서정적인 영회(詠懷: 생각을 시가로 읊음)로 방출해낸, 깨달음의 찬란한 빛은 사실상 너무나 강렬하고 매혹적이다. 시인은 완정하고 풍부한 생명의 특징을 보유한 사람이고 완전에 더욱 접근한 사람이다.

도연명은 쉽게 모종의 '일방 지향점'으로 나아가지 않았고, 이것이 아니면 저것이라는 집요하고도 맹목적인 '용자'가 아니었고, 자연스럽고 진지한 개체다. 도연명은 모종의 철학 체계와 종교 체계로 귀납하거나 개괄할 수 있는 인물이 아니다. 도연명은 자신만의 독특한 풍격을 이룬 세계에서 무수한 방향을 따라 도량이 넓은 인간적 요소를 보여주었으며, 후세 사람의 상상력과 탐구력을 대대적으로 시험하게 하였다.

시인의 짧지 않은 인생에서 시험과 실천은 너무나 많았고 고통과 환락도 많아서, 도연명이 번거롭게 여기지 않는 죽음 연습과 모의가 너무나 많은 것 같다. 우리는 도연명을 죽음을 두려워하는 사람으로 상상할 수 있고, 그를 죽음을 직면할 수 있는 사람으로 볼 수도 있다. 그는 도대체 어떠한 사람인가? 보통 사람인가? 죽음을 앞두고 끊임없이 배회하고 갈수록 종점이 다가오면서 끊임없이 수다 떠는 노인인가? 이러한 실마리를 풀어내려면, 텍스트를 가까이 또는 조금 더 멀리 물러나서 봐야 한다.

특이한 생명을 원격 탐지하는 일이 중요하지만, 이러한 원격 탐지의 기초는 오히려 텍스트 숙독이다.

만능적인 계시

“아침에 도를 들으면 저녁에 죽어도 좋다.(朝聞道, 夕可死矣.)”는 유가의 ‘도’, 기독교의 ‘도’, “도법자연(道法自然)”이라는 노자의 ‘도’와 같이, ‘도’에는 개념적으로 각자 차이가 있다. 그러나 내포적 의미는 때때로 서로 비슷하다. 예를 들면 기독교와 노자의 ‘도’는 많은 경우에 그 내포가 일치한다. 기독교의 ‘신’은 만물을 규정하고 번성시키며, 만물을 창조하는 최종적인 근원이다. 뿐만 아니라 이 근원에 따르고 복종하여 신비하기에 파악할 수 없고, 사랑하고 믿을 수 있으나 질의할 수 없는 확정된 규율이다. 노자가 말한 ‘도’는 형체가 없고 존재하지 않는 곳이 없으며, 기묘하고 만능적이다. 이것은 기독교에서 말하는 ‘신’과 일치한다. 이러한 일치성은 사람을 깨닫게 할 뿐 증명을 요구한다면, 어느 생명이나 어느 시대 사람이 완성할 수 있는 것이 아니다. 다음으로 ‘도’와 ‘신’은 현세보다 높고 인류보다 높으며 따라서 증명할 필요도 없고 증명할 힘도 없으며, 인류는 다만 그것을 복종하고 그것을 인식할 뿐이다.

모종의 역량은 우주의 만사만물 속에 있다. 그래서 우리는 도연명의 전원생활이 접근한 것이 이 ‘도’라고 생각한다. 그는 비자각적으로 이 만능의 계시에 접근했으며, 이 때문에 생명의 존재가 무엇을 의미하는지, 그리고 얼마나 오랫동안 유지할 수 있는지, 그리고 유지의 의의를 사고할 수 있었다.

'도'는 말로 표현하기 어렵기 때문에 도연명이 또렷한 답안을 찾진 못했지만, 그가 사고한 전체의 의의는 여전히 그 속에 포함되어 있다. 도연명은 '도'의 탐색 방면에서 성실하고 꾸밈없는 사람이다. 그는 제반 그리움, 열애와 의혹을 띤 채 이 '도'에 접근했고, 이것에 따라 만물의 신비한 역량을 규정했다. 이러한 접근은 그에게 비자각적으로 일종의 위로를 얻게 하였고, 고통을 감당할 수 없는 현실 상황에 저항하고 견지해나가고 우뚝 설 수 있게 했다. 더욱 고귀한 것은 그가 그 속에서 자아에 대한 감정의 용기를 얻은 점이다. 만년에 올수록 그 감정은 더욱 강렬했다.

때로 사람들은 도연명의 외재적 측면 일부를 너무 지나치게 중시한다. 예를 들면 관직을 버리고 전원으로 돌아간 것 등의 경우다. 사실상 관리사회를 떠난 것은 당대 사회생활을 떠난 것과 전혀 다르고, 전원으로 돌아온 것은 현재의 세속 향수(享受)를 버린 것과 다르다. 전원은 충만하고 풍요로운 개인 생활이다. 우리는 이 점을 무시하는데, 사실상 여전히 기형적인 가치관이 은연중 자신을 좌우한다. 우리는 지식인의 관리사회 생활, 이른바 '달(達)'을 무형 중에 더욱 높고 심지어 생존의 의의로 여긴다. 인생은 이와 전혀 다르다. 왜냐하면 인류의 사회생활과 정신생활은 더욱 넓고 훨씬 풍부하며 더욱 복잡하기 때문이다.

어떤 사람은 "도연명이 이미 접근한 것을 '도'라고 여긴다면, 왜 당시의 어떤 종교 유파에 가입하지 않고, 도리어 버리고 일탈하였을까?"라고 묻는다. 이렇게 물어보면, '도'는 모종의 종교 체제와 동등할 것이다.

서구의 일부 뛰어난 인물 가운데 톨스토이, 위고 등도 이러한 제한을 그다지 받지 않았다. 이는 그들이 더욱 자유로운 영혼을 가졌기 때문일 것이다. 그들의 정신은 신앙을 포함한 각각의 모퉁이에 도달하고자 했다. 그들은 신앙 자체에 성실하고, 체제의 지배를 받지 않기를 갈망했다.

어떤 측면에서 그들은 기독교 전통의 영향을 깊이 받았고 영혼은 불멸한다고 믿었다. 왜냐하면 이 신앙이 이미 모든 민족의 뿌리 깊은 의식이 되었기 때문이다. 다른 방면에서 톨스토이와 같은 사람은 경건한 동방정교 신도였지만, 그 체제에 아부할 수 없었기 때문에 교적(教籍)을 제명당했다. 이는 그가 더욱 자유롭고 굳게 믿는 영혼에 관한 문제가 더욱 본질적임을 설명한다. 그들은 신앙에 대한 세속 사회의 모종의 천박하고 파괴적인 유린을 반대했고, 체제의 신앙에 대한 위협을 용인할 수 없었다. 그들은 모든 사람이 자행한 질곡은 영혼이 절대 진리에 다가가는 데 불리하다고 여겼다.

이 점은 도연명과 다소 비슷하다. 모종의 종교 유파에 대한 도연명의 회의를 언급하면서, 혹자는 그가 신앙을 찾고 접근하여 영향을 받았으며 제한적으로나마 받아들이고 최종적으로는 부정하였다고 말한다. 또한 서구의 뛰어난 인물과 같은 용기, 자연스럽게 진실을 추구하고 질박한 태도를 체현했다고 말한다. 비록 그들이 얻은 답안 및 자신에 대한 기대가 모두 다 같지는 않았지만, 이러한 회의 정신, 모든 선입견과 종교 체제를 완강하게 타파하는 용기는 일치한다. 이로 알 수 있듯이, 우리는 도연명의 죽음관이 천박하다고 판정할 수 없다. 죽음 등 철학 명제에 대해 그는 결코 천박한 사고자가 아니었다. 우리는 개체 생명이 더욱 높고 자유로우며 자위(自爲)적이고 용맹하다는 관점에서 시인을 인식하고 이해해야 한다.

이러한 시각에서 본다면, 도연명은 비록 종교철학적 인물과 비교할 수는 없지만, 많은 방면에서 상통할 수 있다. 도연명은 마찬가지로 자위적인 뛰어난 영혼이며 무제한의, 모종의 난폭한 규정력을 띤 사상적 속박을 견딜 수 없었다. 그는 완고하고 강하며 왕성한 생명으로서 개인의 탐색과 인식을 견지했다.

이러한 생명이 위진이란 활기찬 전야에서 탄생할 수 있었다.

도연명은 종교 신앙을 가지지 않은 듯하니, 단순히 형이상학적 인식과 같은 정신의 탐색에서 보면 동시대의 가장 우수한 사람만 못하다. 하지만 그는 순수한 시인이고, 그의 작품은 초월적이고 비범하다. 그는 철학과 종교에 대해 완강하게 개인적 탐색을 시도했다.

생명의 표본

도연명은 문학의 표본이 될 수 있다. 우선 그는 생명의 표본이다. 문학은 생명 현상의 하나일 뿐이다. 도연명은 각종 세속의 구속을 탈피하고, 내면의 목소리에 순종하고 어두운 길로 걸어간다. 이런 사람은 드물다. 현재 소위 디지털 시대에 사람은 이미 디지털의 족쇄에 의해 겹겹이 묶여 자유분방한 모든 사람은 속박당했고, 자기 신념대로 제 갈 길을 가는 가장 용맹한 사람조차도 이러한 흐름을 모면할 수 없다. 현대의 새롭고 다르게 내세우는 주장은 날카로운 부르짖음과 연출을 제외하면 다른 수단이 없다. 이러한 방법은 세상 흐름을 따라가는 낡은 격식에 떨어지고 가장 평범하다. 하지만 위진 시기에 이처럼 디지털이란 쇠사슬은 없지만 다른 포박이 있었다. 그것은 마찬가지로 단단하게 뒤엉켜 있으니, 애써 벗어나기란 말처럼 쉬운 일은 아니다.

후에 사람들은 시인처럼 토지를 찾으러 다니고 이른바 원림을 꾸미거나 편벽한 곳으로 들어가서 은둔하기 시작했다. 현대처럼 오염되지 않고 원시적 풍모를 띤 곳을 찾아서 개인의 천지를 경영하는 일은 절실하고 자연스런 도리일지도 모른다. 이러한 외재적 노력은 진실로 고귀하나 비교적 이루기가 어렵고 아무리 봐도 꼴 같지가 않다. 원래 가장 어려운 것은 이러한 외재적 선택 이면을 보아야 하는데, 이러한 위배와 소외의 행위 이면엔 어떠한 마음이 요동치고 있다. 가장 하기 쉬운 것은 왕왕 '흡사' 할 뿐이다. 우리가 위진 시기에 도연명과 유사한 '은사'를 찾는다면, 확실히 적지는 않을 것으로 믿는다. 후에 와서 이러한 유형은 더욱 많아져 이루 다 셀 수가 없을 정도다. 하지만 도연명은 사실상 하나만 가지고 있을 뿐이니 복제할 수도, 중복할 수도 없었다.

왜 당시에 그렇게 많던 '은사'들 가운데 후세 사람들은 유독 시선을 대부분 도연명 신상에 집중적으로 투입했을까? 왜 시인은 대대로 사람들을 흡인할 수 있었을까? 결국 무엇이 그를 수많은 '은사', 시인 중에서 두각을 나타내게 한 것일까? 분명 큰 비밀이 숨어 있다. 이 비밀은 각 세대 사람들이 탐구했고 다른 해석으로 뒤덮였을 뿐만 아니라, 이 과정에서 부단히 왜곡되고, 심지어는 우리 모두를 그것에서 멀리 벗어나게 했다. 하지만 그것은 분명 완강히 존재하고 있다. 왜냐하면 은밀하고 견실한 핵심 존재는 사라질 수 없기 때문이다.

우리는 겹겹의 복개물을 걷어내고 앞을 향해 탐구하여 발견하는 바가 있기를 바란다.

원래 그는 단순한 반항자가 아니었고, 고궁수절(固窮守節)하지도 않았다. 그는 결코 사회에서 도덕적인 우세를 차지하지 않았을 뿐만 아니라, 재주가 세상에서 으뜸가는 시인도 아니다. 그는 풍부한 생명력을 가진 사람이고, 활발하고 포만한 자유로운 인사였다. 이처럼 자주적이고 자위적인 사람이 자신을 풀 한 포기나 버드나무 한 그루로 여기고 토양에 옮겨 심어서 사계절의 풍상을 겪는 일은 사실상 그러한 '은사'들과 비교할 수 없다. 이 사람은 부지런하면서도 게으르고, 신중하면서도 한가하게 산보하며, 경작에도 뛰어나지 못하고 독서에도 정밀하지 못하며, 지극히 집중하고 항상 황홀했다. 이 사람은 술을 좋아하고 적막함과 국화를 사랑했으며, 삶이 그다지 신이 나거나 흥이 절로 나지도 않았다. 그는 괴이하지 않은 괴인(怪人)이다.

우리 후세 사람들은 어떻게 그를 알 수 있을까? 매우 어려운 문제다. 지금의 번화한 시가를 등지거나 디지털 인터넷 규제를 벗어난 사람은 분명히 알지도 모른다. 일종의 조류를 위배하기는 어렵지 않으나, 막힘이 없고 충만한 본성을 가진다는 것은 어렵다.

우리가 익숙한 반항의 소리는 아우성과 고함인데, 이와 같이 하지 않으면 주목받기가 쉽지 않기 때문이다. 하지만 도연명이 더욱 많이 가진 것은 혼잣말이고 침묵이며, 자아만족의 상태에서 보낸 하루하루였다. 현대인은 틀림없이 조류 속의 분자이지만, 도리어 이 조류가 어느 방향으로 흐르는지 그다지 주의하지는 않는다. 현대를 벗어나 전원이 조류가 된다면, 한꺼번에 많은 '전원'이 쏟아져 나올 수 있다. '하층민'이 조류가 된다면, 무수한 사람들이 자기가 '하층민'에 속한다고 표방할 것이고, 반체제가 조류가 되었다면, 무수한 사람들은 자신이 일찍이 체제 밖에 몸을 두었다고 강조할 것이다. 이때 많은 사람들이 이렇게 묻지 않을 뿐이다. 나는 어디에 있는가? 개인은 어디에 있는가?

자아가 완성되고 상대적으로 독립된 개인 세계는 대부분 완정적이고 자족적이어서 타 존재에 지나치게 의존하지 않는다. 이른바 반항자가 충동과 저항의 대립면을 벗어난다면, 자신은 자연스럽게 소실되고 와해될 수 있다. 도연명이란 사람, 그의 작품 및 품격 요지는 위진을 떠나서도 여전히 존재한다. 소위 강권, 진나라를 찬탈한 사족 세력을 떠나고 어두운 시대를 떠난다 하더라도 여전히 존재하고, 마찬가지로 충만하고 계속 배워도 늘 새롭다. 왜냐하면 그는 강대한 개체 의의와 개체 내용을 가지고 있기 때문이다. 그가 단순히 환현이나 유유의 반항자라면, 환현과 유유는 일찌감치 존재하지 않았고, 그도 소실되었거나 퇴색되었을 것이다. 하지만 도연명은 지금까지도 여전히 비할 데 없이 강하고 왕성한 생명력을 가지고 있다.

분명 그는 반항하는 대상에 의존하지 않고도 존재하며, 그의 의의는 항구적이고 보편적이다.

최대의 후사(後事)

청년에서 중년에 이르기까지, 다시 근 만년에 이르러 도연명은 점차 다시 개인의 이해득실을 따지는 사람이 아니라 점차 그가 "입세가 출세"라는 모순과 뒤얽힘을 벗어날 수 있는 것처럼 일종의 천도(天道)의 운명 속에서 정신적 계시와 해탈을 얻었다. 비록 이러한 해탈은 철저하지 못했지만, 최후에 이르러 고유의 주저와 고통을 경험하고 있었다. 세상인심이 변화가 많고, 염량세태의 현상은 단계적으로 그와 구체적인 충돌을 빚게 되었다. 시인의 고통은 이러한 공명이록의 유혹에서 마음속으로 완전히 소실되지 않았다. 도연명은 분명히 이 점을 인식하고 노력하여 자신은 "인생의 근본적인 의의가 도대체 무엇인가?"라는 최대의, 가장 기본적인 명제로 돌아가게 되었다.

이러한 사고와 대응하는 것은 갈수록 부딪히는 현실에서의 생존이고 전원 만물이다. 작은 풀, 이슬방울, 나는 새, 동물, 영원한 산천대지, 하늘과 별, 요원한 산 그림자, 하늘에 떠다니는 구름, 해와 달이 계속 순환하는 이 모든 것은 생명 본래의 의의에 대한 그의 감지와 더불어 혼연일체로 나아간다. 이는 생명 속의 온갖 세속적인 관념을 내려놓게 하여 점차 적나라하고 단순하게 변하여 물질생활이 점점 적빈(赤貧)으로 돌아가는 것 같았다. 큰 저택이 불타버리고 남은 것이라곤 네 벽뿐이고 모두 사라져서 시인은 구걸을 시작했다.

도연명은 가장 빈궁하고 가장 밑바닥의 부류에 들어가는데, '민간'인 뿐만이 아니고 물질 수준으로 말하면 그중의 평균치에도 들 수가 없었다. 기괴한 것은 이 시기의 시인이 사람에게 실망감을 주지 않을 뿐만 아니라, 전에 없었던 역량을 가지고 있다는 점이다. 대략 이때 그는 분연히 전에 구제해주러 왔던 관리 단도제를 거절했다.

우리 현대 사람들은 도연명의 이러한 진실과 철저성을 서서히 인정했다. 번거롭고 허위적인 공리 세계가 가져온 것은 욕망과 구속뿐이고 사람을 고통스럽게 한다. 진정한 의의와 귀착점은 생명과 자연이고, 끊임없이 그 '진의'에 접근하는 것이다. 우리가 대면하려는 것은 모두 최후의 진실이고, 우리 모두가 추구하는 진실은 순식간에 있고 끊임없이 생장하는 만물 사이에 있다. 그것을 받아들여 의존하고 신뢰하여 그것과 혼연일체가 되어야 한다.

우주라는 영원한 운행 변화와 변천에서 우리는 단지 한 점의 미세먼지에 불과하다. 우리가 이러한 변천에 투입되면, 우리들의 일상 운행을 감지할 수 있다. 우리는 반드시 세속 공리 중의 번잡하고 쓸모없는 일을 놓아버려야 한다. 그것들은 최종적으로 허망한 환상이기 때문이다.

사후의 일은 빨리 일어나 벗어나서, "말로 밝히려다 이미 말을 잊은(欲辨已忘言)" '진의'를 찾고 접근해야 한다.

제6강

이중의 소박

도연명의 '민간'의 소박, 특히 강성한 생장력이야말로 영원한 가치를 지니고 있다. 이 때문에 오늘날 사람들은 깊이 동경한다. 도연명의 실제 생활이든 아니면 그러한 생활을 기록한 글이든, 모두 자태와 구호의 의미를 갖지 않는다. 시인의 소박은 이미 변하여 생활에서 예술에 이르는 이중 소박이 되었다.

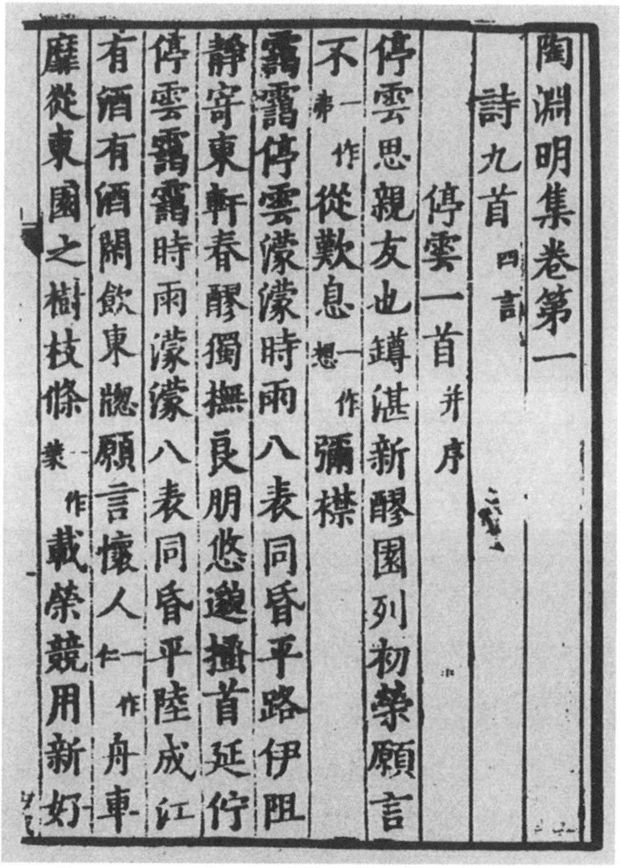
陶淵明集卷第一

詩九首 四言

停雲一首 并序

停雲思親友也罇湛新醪園列初榮願言不(一作弗)從歎息(一作想)彌襟

靄靄停雲濛濛時雨八表同昏平路伊阻
靜寄東軒春醪獨撫良朋悠邈搔首延佇

停雲靄靄時雨濛濛八表同昏平陸成江
有酒有酒閑飲東牕願言懷人(一作仁)舟車
靡從東園之樹枝條(一作葉)載榮競用新好

송각체수본宋刻遞修本『도연명집』

이중의 소박

도연명의 시는 『시경』과 악부시(樂府詩)의 수많은 영양분을 흡수하였으나, 여전히 다른 점이 많다. 『시경』과 악부시의 화려한 부분은 대부분 민간에서 직접 가져온 것이다. 그런데 도연명의 몸은 비록 민간에 있으나, 동시에 문인 신분으로 창작했다. 그는 자기 시대의 풍부한 민간 영양분을 얻을 수 있었으며, 이전의 민간 텍스트에서 예술의 정화를 흡수했다. 이러한 민간예술의 상호 보완과 인증은 그의 창작을 강력하게 조장할 수 있다.

'민간'은 좋은 단어이지만 오늘날 여전히 분석할 필요가 있다. '민간'은 구호가 될 수 없을 뿐만이 아니라, 더욱이 자태와 입장이 될 수도 없다. '민간'은 원래의 뜻을 확대할 필요가 없는 개념이다. 도연명이 처한 시대는 크게 '민간'이 존재했다고 말할 수 있는데, 오늘날의 진정한 '민간'은 많지 않다. 1980년대 초기에는 아직 '민간'이 있었을지도 모른다. 왜냐하면 그때는 정보 소통이나 인터넷 미디어의 발달 정도가 오늘날만 못했기 때문이다. 그때 상대적으로 독립된 공간 분야가 있어서 일부 '민간'의 요소를 보존했다. 오늘날 이러한 곳을 찾으려면, 절대적으로 없다고 말할 수는 없겠으나 매우 힘들 것이다.

동진 시기는 비교적 순수한 농업사회였다. 그래서 도연명이 처한 '민간'도 이후와 다르며, 그의 시가 예술은 이러한 생존 상태에 도움을 주었다.

桑婦宵興, 뽕 따는 여인들 어두울 때 일어났고

農夫野宿. 농부들은 들에서 잤다.

__「농사를 권장하며」

俎豆猶古法, 제사는 여전히 옛 법도대로 하고

衣裳無新製. 복장도 새로운 모양이 없구나.

__「도화원기」

시구에는 넘쳐흐르는 농후한 원시적 향토의 기운이 있다.

오늘날의 산업 정보시대는 사실상 '민간'과 고향을 훼손했다. 이것은 지리적 의미가 있을 뿐만 아니라, 정신적 의미의 것이기도 하다. 도연명은 당시에 이 두 가지 의미에서 모두 "돌아올(歸去來兮)" 수 있었다. 대일통의 문화는 정신적인 원향(原鄕)과 고향을 모두 파괴했다. 과학기술 시대의 이러한 도시의 시멘트 거푸집에서 현대인은 '민간'을 찾을 수 없고, 자신의 정신적 고향을 찾을 수 없다. 우리가 매일 듣는 것은 천편일률적이고 정보의 출처가 같으며 효능이 강대한 랜선을 통해 운송된다. 그중에 나타난 '다원'과 '난잡'도 서로 비슷하다. 양주에 비긴다면 그것들은 갈라놓은 독립 공간에서 스스로 생장하는 '원액'이 아니라, 통일된 산업 어셈블리 라인(assembly line)의 알코올 '조제' 과정에서 나온 것으로, 다시 물류회사를 경유하여 대량으로 도매한다. 정신적인 저질의 술이 인터넷 시대 사람의 머리를 아찔하게 하고 눈을 침침하게 하여, 이미 만회하기 어려운 생리와 심리적 박해를 조성했다.

도연명 당시의 '민간'은 동진 시기의 궁정과 시가에 대응할 수 있었고, 지금의 '민간'은 거짓 명제가 되었다. 의아한 것은 사람들이 '민간'을 잃어버린 고통을 진정으로 느낄 수 없고, 반대로 '민간'에 더 많이 호소하고 표방하는 것이다. 이는 사실상 가련하고 비천하여 예술 방면에서 반드시 쇠퇴한 것이다. '민간'의 소실 때문에 가슴을 찌르는 고통이 생겨나 '민간'을 부활할 수 있는 생장력을 가지게 되었다. 이러한 시각에서 보면, 도연명은 실제로 행운아다. 그는 당시에 '민간'으로 갈 수 있었고, 받아들일 수 있는 토지가 있었다. 현대사회의 첨단기술은 폭력주의와 연합하고 상업주의와 연합하기가 매우 용이하다. 이러한 시공(時空)에서는 '민간'이란 한 뼘의 땅조차도 없을 것이다. 그래서 우리가 현재 끊임없이 '민간'이란 개념을 인용하여 서술하고 강화하여 자신의 부호로 삼는다면, 의심스러울 뿐만 아니라 어리석음에 가깝다.

도연명의 '민간'의 소박, 특히 강성한 생장력만이 영원한 가치를 지니고 있는데, 이를 오늘날 사람들은 깊이 동경한다. 도연명의 현실생활이든, 그가 그러한 생활을 기록한 문자이든, 모두 무늬와 구호의 의미를 갖지 않는다. 시인의 소박은 이미 생활에서 예술에 이르는 이중의 소박이 되었다. 도연명이 당시 체제 밖에서 자각하고 '민간' 안에서 자각하여 장렬한 '민간주의'자가 되었다면, 사람들이 꾸밈없는 그의 신뢰감을 느낄 수 있었을까? 그의 소박함은 이미 무언무위(無言無爲)의 경지에 이르렀으니, 바로 소위 "한나라가 있은 줄조차 모르니, 위진은 더 말할 것도 없는(不知有漢, 無論魏晋)" 격이니, 어떻게 자신의 몸이 '민간'에 있다고 감지할 수 있겠는가? 문제는 바로 이처럼 명석하고 간단명료하다. 자각하지 못한 '민간'만이 비로소 진정한 '민간'일 것이다.

동진 시기 문인의 생활 노선은 예술 기풍을 포함하여 도연명에게 끼친 영향이 긍정적인가, 부정적인가? 이러한 영향으로 개체의 저항력을 낳았는가, 아니면 다른 것인가? 이러한 모든 것을 예상할 수 있다. 하지만 도연명의 이러한 소박은 혈액 속에서 유동하고 선천적인 생명기질에서 나온 것이다. 그가 훗날 선택한 이러한 생활은 자신이 원래 가졌던 천성을 보강하고 유발하여 확대한 것에 불과하다. 도연명을 시대적 풍조의 반항자나 반발자로 간주하는 것은 불충분하고도 과장된 말일 것이다.

우리가 도연명의 시문에서 보는 것은 이처럼 자유롭고 유창한 풍격이지, 곳곳에 사회 풍조와 사회에 대한 반항의 고집이 아니다. 도연명은 이처럼 '스스로 당부하는' 방식의 기록, 대체로 평화적인 문장 속에서 사실상 이미 시대와의 소외감을 충분히 체현했다. 이러한 소외는 객관적으로 일종의 반항의 의미가 있을 수 있겠으나, 주관적으로는 도리어 결코 반항을 위해 창작하지 않았다는 점이다. 이처럼 붓 가는대로 쓰고 마음대로 하고 자연스럽게 형성된 소외는 비로소 더욱 큰 의미를 지니고 있는데, 그것이 한 시대, 일대, 한 지역, 한 조류, 한 주의로 포괄할 수 없기 때문이다. 도연명이 멀리한 것은 더욱 일상화한 상태의 것이고, 인류역사상 공유한 모종의 주제, 사상과 풍조 등 모든 것이다.

불우

한 시인의 문운(文運)은 한 마디로 다 표현할 수 없다. 뛰어난 사람의 불우한 형편은 항상 당시 사람의 그에 대한 인지에서 편차를 보여주기 때문이다. 이 방면에서 도연명은 전형적인 사례이기 때문에 그의 '불우'는 한두 번 사람들에게 인용되었다. 그의 「불우한 선비들을 개탄하며」는 주로 사회 방면을 묘사하고 고대의 인인(仁人), 지사의 입세 '불우(不遇)'를 두르고 다시 자신의 반평생의 인생 체험을 결합하여 낸 심각하고도 절실한 개탄이다. '사불우(士不遇)'가 원래 가리키는 것은 정치적인 포부를 실현할 수 없는 것이지, 예술 포부를 가리키진 않는다. 사실상 도연명은 시가예술 성취 방면에서 똑같이 더욱 큰 오해를 받았는데, 이것도 일종의 '불우'다. 비교해보면 심미는 더욱 복잡하여 말하기 어렵다. 이후의 시 평론가와 독자가 그와 상당히 멀리 떨어진 뒤에서야 그 예술의 품질에 대해 조금 더 분명하게 볼 수 있기 때문이다.

도연명의 상황은 심지어 네덜란드의 위대한 화가 반 고흐(Vincent van Gogh, 1853~1890)와 비교할 수 없다. 고흐가 살았던 시기는 도연명보다도 더 적막했고 생전에 그의 그림을 샀던 동정자가 한 사람뿐이었지만, 후에는 도리어 현대 예술사에서 대표적인 화가가 되었고 19세기 회화예술의 상징적 인물이 되었다. 도연명이 살았던 시대는 반 고흐만큼 적막하지는 않아서 동진에서 억지로나마 '명사'로 여겨졌고, 그의 친구 안연지가 추앙해주었다. 안연지는 당시의 시단에서 문학을 이끌었던 인물인데, 이 사람은 당시의 풍조와 부합하였고 사회적 지위가 있어 그의 도움을 얻기가 어렵지 않았다.

도연명은 사후 오래지 않아 양나라 소명태자 소통으로부터 높은 평가를 받았다. 안연지이든 소명태자이든, 그들이 평가한 중심은 여전히 도연명의 시가 예술에 있지 않았다. 그런데 유협(劉勰, 약 465~약 520)의 『문심조룡(文心雕龍)』은 중국문학 비평의 시작을 알린 거작이지만, 도연명의 시가 창작에 대해서는 한 마디도 언급하지 않았다. 종영(鍾嶸, 약 468~약 518)의 『시품(詩品)』에서는 다만 도연명의 시를 '중품(中品)'으로 분류하여 완적, 육기, 사영운 등의 밑에 놓았다. 이 모든 것은 도연명의 예술이 사후 백 년 동안 여전히 '불우'함을 설명할 수 있다.

도연명은 점점 부호화한 인물로 변해갔는데, 사실상 아주 오래전부터 시작되었다. 이 절차는 후에 올수록 더욱 빨라졌지만, 그가 살았던 시대부터 이미 시작되었다고 말할 수 있다. 그중 최대의 상징적 사건은 그에 관한 안연지의 전문 기록이다. 이 글이 강조하는 것은 시인의 사회 상황이고, 여기에 나타난 비범한 품격이다. 이러한 논단은 시인을 도덕의 고지로 끌어올렸고, 사람과 예술을 조금씩 분리하여 아예 생활 방식에 간단한 주석을 달아서 비교적 부차적인 자리에 놓았다.

안연지는 해명하는 말로 시인의 '불우'을 바꾸려고 시도했으니, 동기가 순수하고 심리 상태가 진실하다. 애석하게도 그가 수립한 모습은 점점 끌려서 너무 길고 너무 무거웠으며, 심지어는 가장 중요한 창작과 생명을 덮어버리는 현상이 드러났다. 안연지는 도연명과 유사한 경력을 가지고 있는데, 전원에서 경작한 체험이 있어 상대방에게 준 추앙은 진실로 경복할 만하다. 그의 의기는 갸륵하나 식견이 부족하고, 깊이 들어가 발견하고 한 걸음 나아가 발굴한 능력이 없어서, 그 결과 자신이 애초에 예상하지 못했던 최후의 결과를 낳았다. 시인은 여전히 '불우'하다.

도연명이 '불우'에 관해 쓴 시부에서 느끼는 깊은 뜻은 여전히 '사(士)'의 측면에 있다. 여기에는 결코 자신의 예술이 포함되어 있지 않다. 다시 말하면 자신의 시편에 대해서는 어떠한 평가를 받았고 오해되었는지의 여부 등에 대해서 어떠한 근심이나 걱정도 없었다. 시인은 그렇게 많은 것을 고려할 수 없었다. 이것은 이해할 수 있다. 시편은 '사'의 마음의 소리에 불과하다. 일반적으로 말하면 시문은 사람을 통해 전해지는 것인데, '사'만 '지우(遇)'를 얻을 수 있다면, 시편의 전파는 무슨 문제이겠는가? 이것은 예로부터 지금까지의 사회 통념이지만, 사실상 예술과 심미의 규율은 아닌 셈이다.

권세와 지위가 높은 사람은 문명을 쉽게 얻고, 새된 목소리를 내는 공연자는 더욱 주목을 받는다. 하지만 이 문명은 도리어 오래 지속될 수 없어서 왕왕 죽은 뒤 시간이 오래 지나면 쇠미해질 수 있다. 모든 것은 그 사상과 예술의 내재적 품질에서 결정되니, 그것이 시간의 긴 흐름 속에서 담겨질 수 있는지 여부를 보아야 한다. 하지만 사람들은 모두 자기의 시대에 살아야 한다. 당사자인 도연명이든 그의 친구 안연지이든, 가장 염려한 것은 이 세상의 사회 상황이다. 그들은 사람과 시인의 '불우'가 때로 통일되고 때로는 결국 나눠짐을 예상하지 못한 듯하다.

평이하고 단순하다

사람의 평가는 각종 조건의 제약을 받게 마련인데, 여하를 막론하고 한 사람의 사회적 지위의 혁혁한 여부는 일정한 시간 내에서 덕을 쌓고 훌륭한 말을 남기는 유효성에 직접적인 영향을 주게 된다. 도연명의 시문 창작은 그 인생에서 가장 중요한 가치 표지이자, 그 개인의 가장 중요한 정신의 표현이니, 그것의 심미 가치가 인식되지 않는다면 수많은 의미를 상실할 것이다. 당시에 비천한 사회 지위 및 기타 여러 원인으로 도연명은 정치, 문화와 예술의 중심에서 멀리 떨어졌다. 그 시기 '은(隱)'이 '현(顯)'으로 통하는 구불구불한 경로이고 이후엔 '종남첩경(終南捷徑)'으로 발전했지만, 도연명에게 소외는 '술(術)'로 사용된 것이 아니라, 생활을 더욱 평이하고 단순하게 줄이고 더욱 생각대로 되게 하는 데 있었으니, 그의 시가 예술과 마찬가지다.

상응하는 시간의 누적을 거친 후라야 사람들은 비로소 이처럼 '평이하고 단순한' 예술을 발견할 수 있는데, 원래 얻기가 가장 어렵다. 이러한 예술 배후에 숨은 것은 도달하기 어려운 기초 조건이다. 그중엔 거량의 노동이 포함되어 있으며, 더욱이 자신에 대한 가혹한 요구, 특히 생명이 갖추고 있는 본래 모습의 결정력이 있다. 예술가의 인생은 근본적으로 바뀌었고, 그 예술적 재능은 비슷한 풍모를 표현했다. 도연명의 심신은 이미 향토에 의해 양육되어 깊이 영향을 받았고, 전야의 바람에 의해 확실하게 불려 상층 인물과 일반 지식인이 매우 낯설어하는 '향토기(鄕土氣)'를 띠게 되었다. 이러한 '기'는 사실상 토지에 의해 오랫동안 양성된 결과다. 이러한 '기'가 있으면 더욱 바탕이 있어 단순히 책으로 교육 받은 사람보다 훨씬 풍부하고 더욱 역량이 있어서 더욱 멀리 갈 수 있다.

사람들은 순서대로 학사, 석사, 박사 등 학위 과정을 이수하여 교육을 받을 수 있고, 외국에 나가 유학할 수도 있다. 하지만 이 모든 후천적인 경력 가운데 유형적이고 순서에 따라 하나하나 진행하는 지식 흡입 방식으로는 모두 대자연의 양성을 대치할 수 없다. 후자는 더욱이 유산소 활동이고 유기적인 생활이다.

현대 서구사회는 '소박한 생활'이란 이념을 제기했다. 이는 발달하고 번거로운 산업문명에 대한 반성이고, 이성적 사유에서 나왔다. 도연명의 소박은 실천적 이성이 있을 뿐만 아니라 더욱 중요한 것은 천성, 이른바 순수 이성에서 나온 점이다. 천성이 본래 가진 것과 실제 생활 속에서 나온 이성은 그의 신상에 잘 어울리게 연결되고 확대되어, 그는 최종적인 그 자신이 되었다.

도연명에 관한 안연지의 평술 가운데 그는 도연명의 지조와 소박한 생활 방식을 대대적으로 찬양했다. 지조는 입세나 출세 같은 낡은 화제를 포함하는데, 이러한 평가는 사실상 도연명의 생활과 걸어온 인생을 지나치게 사회화하고 도덕화하여 무형 속에서 그의 시가 예술을 사람과 갈라놓았다. 사실 사람의 지조나 일상생활의 상황으로 시문의 품질을 결정할 수도 있다. 안연지는 당시의 사유 패턴에서 벗어나지 않았다. 도연명의 인품이 고결하니 진정한 의미에서 '명사'와 '은사'인 셈이다. 예술로서 그의 시문은 도리어 단순하고 올바르며, 심지어 빈약하거나 초췌하다고 말할 수 있다. 당시에 이렇게 하기란 결코 쉽지 않았다. 그의 예장(眼障)은 시대적 국한에서 나온 것이고, 개인의 타고난 자질 결핍으로 그러한 것이다. 심미안의 결함은 보충하기 어려운 것이다.

다른 방면에서 우리는 중국에서 옛날부터 인품과 문품을 다 같이 중시함을 볼 수 있는데, 안연지는 결코 가식적이 아닌 도연명의 인격 매력을 명시하여, 후세 사람들이 그의 시를 이해하는 데 지대한 작용을 일으켰다.

도연명의 시는 일반적 의미에서 문인의 글이 아니고, 그들 수중의 자연미도 아니며, 자연스럽게 우러나온 소리다. 표면적으로 보면 그의 문인기는 결코 넘쳐흐르지 않고, 심지어 조조와 같은 무사만도 못하다. 조조와 조비 같은 권세 인물은 문인기가 매우 많다. 도연명은 그들과 비교하면 서권기(書卷氣)와 문인기는 거의 없는 것 같다. 묘당기(廟堂氣)에 문인기가 더해진 것은 조씨 부자에게서 비교적 농후하다. '묘당기'는 우리가 이해할 수 있으나, 그들의 문인기는 도연명을 뛰어넘었으며 거꾸로 사람을 놀라게 한다. 이는 가면 갈수록 도연명의 소박함과 순박함을 느끼게 한다.

도연명의 생활 선택은 물론 부득이한 일면이 있지만, '부득이'는 도리어 자신의 성격과 강렬하게 들어맞는다. 그의 본성은 이토록 간소함을 추구하고 천연을 좋아하고 이토록 내성적이고 평온하다. 관리사회의 번거로움은 말할 필요도 없거니와 일반적 의미의 시장의 시끄러운 소리조차도 회피했다. 시문에서 보면, 그는 한구석에 숨는 것을 좋아한 사람이라서 버드나무 아래 앉아서 떠다니는 구름을 관상하고, 항상 싫증내고 게을렀다. 고금(古琴)의 줄이 끊어져도, 그는 게을러 갈아 끼우지 않았고 결국 앉아서 어루만졌다. 이를 '무현금(無弦琴)'이라고 한다.

그의 시편은 '무현금'의 음질(音質)이 있지만, 이러한 '아악(雅樂)'은 누가 듣겠는가? 이것은 사실상 일종의 소리 없는 소리인데, 특이한 귀를 가진 사람이 아니면 일반 사람들은 들을 수가 없다. 기나긴 역사에서 이인(異人)은 무수한데, 끝내 도연명을 이해할 수 있는 사람이 출현하였으나, 이는 시간을 더 오래 기다려야 한다.

조류에 대한 일탈

우리가 오늘날 보면 도연명의 시가는 낭만 색채가 풍부하다. 하지만 도연명은 대다수 낭만주의자와는 다르다. 그의 시가는 과장하지 않고 변형하지 않아서, 기본적으로는 삼가고 내재적이며, 심지어 파리하고 소박하다. 이 모든 것이 그의 개인 성격과 유사하다.

農務各自歸, 농사일로 각자 돌아가지만
閒暇輒相思. 한가하면 서로 생각한다.
相思則披衣, 생각나면 옷 걸치고 찾아가니
言笑無厭時. 담소가 싫증 날 때가 없다.
__「거주지를 옮기고 두 수」 제2수

이와 유사한 구어 투의 구절이 매우 많다. 심지어 전체 시의 주된 풍격이 되어 명백하고 유창하여 막힘이 없으며, 나이가 많고 적음을 떠나 모두에게 알맞다. 이러한 낭만주의는 오늘날 보면 약간 낯선 듯하다. 그것은 우리 마음속의 개념과 부합하지 않는다. 이 개념은 서구에서 전해졌으며, 상징적 인물과 작품에 의해 점점 확정되었기 때문이다. 그러한 사람들의 기백은 막을 수 없어 일사천리로 쏟아지고, 너무 기뻐 어찌된 까닭인지 모르고 남김없이 다 드러냈다.

예를 들어보자. 도연명 시가 예술의 특징은 똑같이 낭만주의자 시인인 이백과는 정반대다. 도연명은 이백과 마찬가지로 사람 됨됨이와 시를 짓는 풍격은 고도로 통일되었다고 말할 수 있다. 이것 또한 그들의 가장 고귀한 방면이다. 이백의 기묘하고 변화무쌍한 사고, 긴박한 과장은 잊기 어렵고 사람에게 깊은 인상을 준다. 그의 일상 행위도 보통 사람과는 달라서 전형적인 '이인(異人)'인 셈이다. 당대의 또 다른 시인 두보는 일상생활과 하는 행동에서 이백처럼 밖으로 드러나거나 떠벌리지 않아 비교적 소박하다고 여길 수 있으나, 시 작품은 도리어 소박하지는 않고 수많은 작품의 화려한 어휘 구사, 기묘한 상상은 모두 극치에 도달했다. 유명한 「제공과 자은사탑에 올라(同諸公登慈恩寺塔)」 시는 서너 명의 시인과 함께 대안탑(大雁塔)에 오를 때, 즉흥적으로 지은 작품이다. 당시 몇몇 시인이 각기 한 수씩 지었는데, 그의 시만 가장 과장되었다. 물론 가장 생동감 있고 감동력이 가장 풍부하다.

> 高標跨蒼穹, 높은 탑 끝은 하늘에 걸리고
>
> 烈風無時休. 매서운 바람 쉼 없이 불어온다.

현장에서 이 탑을 본다면, 두보의 어휘력 구사의 대담한 과장이 사실상 너무 지나치다고 느낄 것이다.

뛰어난 다른 낭만 시인, 즉 왕유, 소동파 등과 비교해보면, 도연명의 이러한 낭만과 재주는 분명 별종의 특질을 가지고 있다. 왕유, 소동파 등은 모두 재능이 뛰어나지만, 도연명은 이러한 천재 인물의 외재적 감동력이 부족하고, 그처럼 내재적인 기민함과 예민함이 없는 것 같다. 가끔 도연명은 사람들에게 '단조로운 느낌'을 주고 독자에게 특별히 풍부한 인상을 주기 어려운 것 같으며, 심지어 그의 시문은 사람마다 지을 수 있고 지극히 평범한 구어가 연속되어 눈앞 사물의 것을 직접 주운 것 같다. 이러한 시구는 쉽게 얻을 수 있으며 수두룩하다. 시인이 생활 속에서 한가하게 산보하고 게으름이 극치에 이르렀는데, 그의 시문도 이와 마찬가지라면 번거로움이 생길 수 있다. 위대한 문인이 종횡으로 문장을 구사하여 웅대하고 아름답지 않다면, 그의 심오함과 우수함은 의심을 품게 한다. 특히 미사여구를 좋아하는 위진 시기에 도연명 같은 풍격 기운은 다소 '초심자'인 것처럼 보인다.

사람들은 대체로 도연명의 모든 시의 표현이 거의 현실 속에서 느끼고 볼 수 있는 사물에 속하고, 정서에서 기타에 이르기까지 익숙한 소재이며, 일반 사람들은 모두 파악하고 느낄 수 있고, 이러한 범주를 벗어난 것이 거의 없다고 여긴다. 그의 상상력은 의외로 기묘하여 변화무쌍함이 극소하고, 특이한 고도와 편벽에 이르기 어렵고 총체적으로 질박하고 구어화되었다. 그러나 정말 모든 것이 그럴까? 다시 한 번 자세히 살펴보면, 틀림없이 다른 것을 발견할 것이다. 우리는 최초의 감지를 하나하나 부정하고, 나아가서 의아하게 여길 것이다.

원래 우리가 처음에 얻은 것은 극히 외부적이고 데면데면한 표상인데, 도연명 시의 내재적 정확성과 정밀함, 변화무쌍하고 특이한 아름다움은 은연중에 이처럼 깊이 숨어 있다. 이것이 바로 지극히 절실하고 노련하며 활달하고 자신만만하며 높은 곳에서 만물을 굽어보는 탁월함이고, 마음과 손이 고도로 일치하는 시인만이 가지고 있는 수준이다. 시인은 극미한 동작으로 배정하였고 가장 정세한 오묘함을 드러냈다.

어떤 사람은 도연명이 이렇게 한 것은 고의로 시대적 기풍에 반하여 행한 것이고, 시대 조류에 거슬러 움직인 것이라 말하는데, 사실은 그렇지가 않다. 왜냐하면 시인에게 그와 같은 고심이 없었고, 그가 자연스럽게 움직인 것에 불과하기 때문이다. 당시 위진의 기풍은 간혹 괴이하여 관례를 따르지 않은 행동을 하거나, 지나치게 아름다움으로 흘러 말의 수식과 전고를 강구했다. 예를 들면 도연명과 같은 시기의 사영운 등과 도연명을 극도로 숭배했던 친구 안연지는 기록에서 보면 모두가 당시 동진 시단의 인물이었다. 원가(元嘉, 424~453) 시기에 안연지와 사영운은 다 같이 유명한 문단의 거장으로 '문장지미(文章之美)'로 '안사(顏謝)'로 병칭되었다. 그들의 시가 예술은 전아와 풍요를 추구했고, 두 사람은 모두 '조탁', '교묘한 구상', '변려(駢儷)'의 예술 경향을 가지고 있으며, 대량으로 화려한 문구와 전고 쓰는 것을 좋아하였고, 예술의 형식미를 매우 중시했다. 이러한 글과 정서는 도연명과의 구별이 명확하고 예술취미 방면에서 분명하다.

한 사람이 시대의 조류를 일탈한 것은 이른바 문운(文運)을 멀리하고, 심지어 문단을 이탈하는 것과 같다. 문단은 궁정과 관계가 있지만 문학예술의 핵(核)과는 다소 소원하다. 시운을 만나지 못한 예술은 반드시 불우하여 이해하기 어렵고, 몸을 편벽된 곳에 두어서 냉대 받게 된다. 오늘날 보면 도연명 시의 환경은 당시에 일종의 필연적인 결과다. 행운이라면 당시에 점차 다소 인정을 얻고 서서히 정통 시인의 시야로 들어와 어느 정도 칭찬을 받았다고는 하나, 이러한 긍정과 판단은 여전히 시인의 창작 실제와는 동떨어져 있으며, 응당 받아야 할 평가보다 훨씬 낮다. 이와 동시대의 사람에게 권세와 이익의 지배를 받지 않고 자신을 풀어놓을 수 있고 예술 자체를 평온하고 공평 타당하게 대처할 수 있기란 어렵고도 어려운 일이었다. 권세와 이익은 언제 어디서나 무의식적으로 인생살이에 스며드는데, 이것이야말로 두렵고 늘 보는 것이다.

도연명의 창작을 가지고 말한다면, 사실상 여전히 일종의 조류에 휩쓸리고 순응한다. 그가 쓴 문체는 비교적 많아서 사언시, 오언시와 사부(辭賦)가 있지만, 오언시가 창작의 주체다. 당시 오언시는 이미 성숙하여 건안(建安) 이래의 시인들에게 중시를 받았다. 도연명은 심미 취미, 풍격, 내용과 기법 방면에서 모두 일종의 계승이자 발전이다. 그래서 총체적으로 보면 그는 이미 조류 속에 있으면서도 일탈할 수 있다고 말할 수 있다.

동진과 남북조 시기의 시인과 평론가들 가운데 도연명 시에 관심을 가진 극소수 사람은 정도는 다르지만, 그의 시가 예술을 우회하여 사회와 도덕적 의의로 방향을 바꾸었다고 말한다. 이러한 추앙과 긍정은 그의 예술을 더욱더 오해하도록 만들었다. 도연명의 시를 무시하는 사람은 비일비재한데 어떻게 도연명의 시를 그들의 시야로 받아들일 수 있겠는가. 이는 당시에 이미 얻기 어려운 것이지만, 오늘날 보면 충분히 드러나지 않아서 다소 유감이다. 도연명이라는 사람과 생활의 풍모 및 품격은 그의 시가 예술과 고도로 통일되어 있으니, 동질적이며 보조를 맞춘다고 할 수 있다.

조류가 가리키는 풍조에 편승하는 것은 사실상 최대의 권세와 이익이다. 도연명을 숭배하는 사람은 본래 그의 '불우'를 바꾸어보려고 하지만, 어느새 가장 큰 형세의 영향을 받았다. 이는 그들이 생각지 못한 것이다.

손을 뻗으면 닿을 수 있는 이웃

생활환경 방면에서 도연명과 두보는 한때 거의 비슷했다. 곤궁, 난처함, 고생 그리고 버팀, 배불리 먹지 못함 등이 그렇다. 그들 일생의 수많은 경력은 비슷하다. 벼슬하여 뜻을 얻지 못했고 생활은 무척 어려웠다. 도연명과 비교하면, 두보는 대지를 전전하며 여러 곳을 유랑했다. 그중에 대부분의 상황은 훨씬 더 곤란해보였다. 도연명은 벼슬길에 네 번 진출하여 네 번 물러났으나, 여하를 막론하고 전원에서 앞뒤로 몇 십 년을 지냈다. 두보는 단지 사천(四川) 초당 시기에 전원에서 평안히 거주하며 짧은 시간을 보냈으니, 총체적으로 보면 영락하여 유랑한 시인이었다. 다른 점이라면 두보의 시구가 도연명보다 훨씬 화려하고 수식을 많이 했으니, 전통 시학 방면에서 두보는 '현실주의'의 대표로 여겨진다. 하지만 도연명과 비교하면 도리어 떠벌리고 과장하여 묘사한 것처럼 보이고, 더욱 분명히 존재하는 '낭만주의' 특징을 가지고 있다.

인류가 물질생산을 유지하는 데 필요한 각종 생계 가운데 농경생활보다 더 오래되고 기초 성질에 속한 것은 없다. 농업 경영은 자연스런 생산활동인지라 누구나 할 수 있지만, 훌륭한 농민이라도 용이하지 않다. 총괄적으로 온갖 직업 가운데 생계를 꾸리려면 농업 경영보다 더 보잘것없는 사업은 없을 것이다. 도연명은 전원으로 돌아와 한가로우면 시를 지었다. 그의 예술은 그의 생활과 같았으니, 다른 사람이 보기엔 매우 단순하게 보였을 것이다. 인생이든 예술이든, 대다수 사람들은 도연명이 모두 정시하고, 심지어 굽어보는 시각을 취할 수 있다고 보았다. 이것은 감상자와 관찰자가 우러러 보는 불편과 불안을 없애주었다. 인성도 이와 같아서 상대방에게 고개 숙이고 굽어볼 때는 심중에서 말로 표현할 수 없는 동정심과 연민이 솟아날 것이다. 은밀하고 잠재적인 대비가 존재할 수 있기 때문이다. 도연명은 장기간 사람들에게 동정을 받아왔고, 인생에서 예술에 이르기까지 굽어보는 시각으로 처리했다. 그는 일부러 약함을 보였는데 사실상 연약하고 가련하다. 이것은 그의 다른 행운이나 장점일 것이다.

타자가 당시의 사람이든 미래의 사람이든, 중국인이든 외국인이든, 도연명과 교류할 때 그의 시선은 관찰 대상과 평등하거나 비교적 높은 위치에 있다. 도연명은 우리들이 본 시인이나 예술가 가운데 매우 특수한 케이스다. 비교해보면 우리는 두보 등의 간고한 생활에 대해 동정이나 연민을 갖는다. 하지만 그의 시가 예술을 대면하면 놀랄 만한 기예의 자랑 앞에서 미미한 놀라움과 진동을 느끼고, 심지어 스스로 남보다 못하다고 여기는 자괴감도 들 것이다. 하지만 도연명의 경우는 상황이 다르다. 평일에는 농경에 의지해 살았으며, 최후엔 빈곤이 극에 달했고, 의복이 남루했던 시인에 대하여 우리는 필연적으로 가슴 아파하는 감정이 떠오를 것이다. 다시 그의 시문 예술로 방향을 바꾸면 또 한 차례 소박하고, 꾸밈이 없거나, '빈약하고', '창백'한 형식 앞에서 주시하려 하고 미미한 놀라움을 느끼는 동시에, 이러한 시편의 '메마름' 때문에 유감을 느낄 것이다. 이때 우리 심중에는 이완감과 동정심이 솟아오르고, 감상자는 이러한 심정으로 서서히 도연명의 시가 예술로 들어가서 시인을 아무런 장애 없이 체득하고 감지할 것이다. 우리와 그의 관계는 진정한 평등과 일상에 속하니, 상대방은 모든 방면에서 그 모습이 변변치 못하다고 말할 수 있다.

사람마다 모두 동정하고 모방하는 듯한 예술 앞에서 감상자의 심중에는 점차 복잡한 감정이 자라나고 최후에 이 모든 감정은 도리어 최대의 체득, 즉 존경에 모일 것이다.

도연명의 인격과 인성 매력은 한걸음 한걸음 접근하고 점차 진입하는 과정에서 부각되어 갈수록 높은 평가를 보였다. 어떠한 타자의 체득은 보편적으로 존재하는 인성의 요소를 배제할 수 없으며, 이러한 요소는 모든 심미에 영향을 주고 개입하려고 한다. 예를 들면 동정, 오만, 배척, 두려움 등이 그렇다. 이 모든 것은 사람의 심미적인 심리에 깊은 영향을 줄 것이다.

이것은 물론 도연명의 인격 책략이 아니고, 그의 예술 책략은 더더욱 아니다. 모든 최후의 결과는 그가 미리 설정한 것이 아니라, 그가 생각하지 못한 것이다.

후에 사람들은 도연명을 손을 뻗으면 닿을 수 있는 이웃으로 보았는데, 우상은 아니었다. 이 이웃은 생전에 뜻대로 살아보지 못했고, 심지어는 우리 대다수 사람만도 못했다. 이처럼 상냥하고 겸손하며 온화하고 빈궁하고 실의에 빠진 이웃을 대면하면 어떻게 그와 지낼 것인가? 우리는 정감적으로 그에게 많은 것을 주고 싶은가? 우리가 받아들일 때 충심으로 기쁘게 심복할 수 있을까? 바로 이러한 '수용미학'은 분별하지 못하는 가운데 모든 사람을 지배한다. 타인이 도연명의 시가 예술에 들어가서 대면하는 것은 복잡하고 풍부한 것이 아니라, 단순함과 진지함뿐이다. 극도의 '간(簡)'과 '근(近)'은 더욱 많은 이해의 가능성을 가져다준다. 우리는 모방 속에서, 어떠한 방비와 경계를 가하지 않은 음영 속에서, 그의 예술을 조금씩 알아가는 과정에서, 이 시인의 특이한 본질을 조금 더 깊이 감지할 것이다.

들국화 한 떨기

당나라 시인 왕유와 맹호연(孟浩然, 689~740)도 질박하고 한적한 전원시를 많이 썼는데 제재는 도연명 시와 거의 유사하다. 하지만 내재적 품질은 차이가 있다. 도연명과 왕유, 맹호연 사이의 구별은 주로 두 가지 방면에서 나온다. 첫째는 실제 생활에서의 큰 차이이고, 둘째는 개인의 삶의 속성의 차이다.

맹호연은 생활의 근심이 없어서 유유한 생활을 보낼 수 있었다. 흙에서 분망하며 기본적인 생존 수요를 얻을 필요가 없었고, 전원 풍광을 보는 눈빛도 초연성을 지니고 있어 대자연 사이에서 일종의 소외와 유유자적한 심리 상태를 유지할 수 있었다. 왕유는 일생 동안 관직을 지내면서 대체로 순조로웠으며 불교도였다. 그의 「위천의 농가(渭川田家)」에 이러한 시구가 있다.

斜光照墟落, 기우는 저녁 빛이 시골마을 비추니

窮巷牛羊歸. 좁은 골목으로 소와 양이 돌아온다.

野老念牧童, 시골집 노인은 어린 목동 염려되어

倚杖候荊扉. 지팡이 짚고 사립문에서 기다린다.

맹호연의 「친구의 농장을 지나며(過故人莊)」를 읽어보면, 도연명과 흡사하다.

開軒面場圃, 창문 여니 마당가 채마밭 마주하고
把酒話桑麻. 술잔 기울이며 뽕과 삼 이야기한다.
待到重陽日, 중양절 되기를 기다리면서
還來就菊花. 다시 와 국화를 취해볼거나.

나중에 나온 맹호연의 이 시구는 우미하고 득의양양하여 별다른 운치가 있으며, 모두 소탈하고 고상하니 도연명에 가장 근접하다고 말할 수 있다.

맹호연의 유유자적하는 생활을 일찍이 이백은 부러워했다. 이백은 상대방에게 써준 시에서 이렇게 말했다.

吾愛孟夫子, 나는 맹 선생 좋아하니
風流天下聞. 풍류가 천하에 알려졌다.
__「맹호연에게 주며(贈孟浩然)」

어쩌면 이처럼 근심과 걱정이 없는 풍류스럽고 호탕한 인사들만이 세상이 다 알고 있는 「봄 새벽(春曉)」을 쓸 수 있었을지도 모른다.

春眠不覺曉, 봄잠에 날 샌 줄 모르고
處處聞啼鳥. 곳곳에서 새소리 들린다.

夜來風雨聲, 어젯밤 비바람 소리에

花落知多少. 꽃 얼마나 떨어졌을까?

이 소시는 경쾌하고 색달라 확실히 사람들이 좋아하며, 그것은 멋스럽고 흥취가 많으며 매우 청한(淸閑)하다. 또 북송(北宋) 초년의 저명한 은일 시인 임화정(林和靖, 967~1028)은 소위 "학을 자식으로 삼고, 매화를 아내로 삼았으며(以鶴爲子, 以梅爲妻)" "성긴 그림자 맑은 물 위에 비껴 흐르고, 희미한 달빛 속에 퍼지는 그윽한 매화 향기(疏影橫斜水淸淺, 暗香浮動月黃昏)"란 시구를 써내어 영매(詠梅)의 절창이라 불려 인구에 회자되었다. 이러한 사람들은 실제 생활에서 대자본이 있어서 소비할 수 있었고, 일찍이 생존의 우려에서 벗어나서 호사스럽게 한거할 수 있고 사방에 노닐 수 있었으며, 자연의 아름다운 풍경에 전념하여 감상할 수 있었다. 그것은 사람들이 부러워하는 인생이다.

맹호연은 "술잔 기울이며 뽕과 삼 이야기하는(把酒話桑麻)" 생활을 동경했는데, 이러한 생활 이상은 도연명과 흡사하다. 하지만 맹호연은 깊은 동경과 도취 이외에 넉넉한 한적(閑適)이 많다. 맹호연은 광활한 땅을 가진 지주였으니 친히 새 술을 빚어서 '봄 술(春醪)'에 희열을 느꼈는지 여부는 알 수가 없다. 맹호연에게 술은 빠질 수 없는 것이고 전원도 빠질 수 없는 것인데, 다른 점이라면 수시로 떠날 수 있다는 것이다. 도연명은 한 곳에 교착해야 했다. 이곳엔 모이를 줘야 할 닭이 있고 경영할 밭이 있었다. 마찬가지로 "뽕과 삼을 이야기하고(話桑麻)" 음주를 묘사하였는데, 도연명은 도리어 전혀 '불격(不隔)'했다.

이 사이 뜰 '격(隔)'자에 대해 왕국유(王國維, 1877~1927)가 잘 풀이했다. 그는 '격'과 '불격(不隔)'은 뛰어난 작품과 평범한 작품에서 매우 중요한 분수령이라고 말했다. '격'자에는 예술의 무궁한 의미가 은연중 담겼다. 도연명의 이러한 '불격'은 이미 극치에 이르렀다.

도연명 본인은 청신하고 소박하며 진솔한 시풍을 창립할 생각도 한 적이 없지만, 도리어 전후 전원시를 쓴 문인과 많은 차이가 있다. 엄격히 말해서 도연명은 시를 쓸 줄 아는 농민이자 농사지을 수 있는 시인이기도 했다. 맹호연은 땅이 많은 지식인이고 진사에 응시했으나 제명된 사람이다. 그는 평생 벼슬을 하지 않았으니, 이는 도연명과 다른 점이다. 맹호연은 인구에 회자되는 전원시를 썼는데, 이는 도연명과 같다. 그의 유랑과 풍류는 간혹 벼슬할 생각이 끊어진 뒤의 일종의 방임이다. 도연명은 가난한 선비이면서도 마찬가지로 '풍류'적이었는데, 자신만이 전혀 모를 뿐이다. 도연명은 여산 기슭 아래의 들국화처럼 계절을 맞이하여 열정적으로 피었다가 곧 시들었다.

왕유, 맹호연, 임화정 등은 모두 격조를 독점한 뛰어난 시인이니, 도연명과 단순 비교하기에는 맞지 않는다. 하지만 분명히 드러나는 것은 그들은 구체적인 생존을 위해 고생할 필요가 없었으며, 자연토지와 긴밀하고도 빈번한 마찰이 발생할 수도 없었다. 그래서 묘사한 자연만물도 도연명처럼 소박하고 진솔하거나 친화적이지 않다. 왜냐하면 예술 사유에 쓰이는 물질 재료의 견고성과 정밀도가 다르기 때문이다. 도연명 시 작품의 소위 '한적'은 고생한 여가의 즐거움이자 이완이고, 노동을 드러내어 생존의 안정과 자신을 얻는 데 있다. 그런데 다른 사람의 '한적'은 처음부터 어디에나 존재하는 우월감과 초연성인데, 결코 고생한 뒤 얻는 것이 아니다. 그래서 철저하고 충실한 질박성과 시원함을 갖기가 어렵다. 도연명과 비교하면, 다른 사람들은 다소 외재적, 초월적, 방관적이고 감상적인데, 자연 주체에 대한 타자의 관찰이다. 도연명은 더욱 자연 속에 이르러 그 사이에 융합했으니, 이는 심미적인 구별을 해준다.

맹호연은 평생 은사였으며 그가 쓴 농촌 생활은 거의 도연명에 근접한다. 마찬가지로 들국화를 묘사한 맹호연은 훌륭한 국화 감상자이고 도연명은 국화를 사랑하고 감상하였는데, 자신이 곧 들국화 한 떨기였다.

복제할 수 없다

똑같이 산수전원 시인인 도연명을 다른 사람과 비교하면 마음은 훨씬 무겁다. 이는 물론 우선 그의 생활이 훨씬 어려웠고 가족을 부양하고 생계를 이어가야 했기 때문이다. 시인은 때때로 이리저리 돌아다니던 나날을 부러워하고, 먼 곳으로 떠날 것을 갈망했다. 그는 젊었을 때 멀리 유람했던 몽상을 회고하며, 오색구름과 같이 자유롭게 날아 이동하는 상태를 동경했다.

雲無心以出岫, 구름은 무심히 산봉우리에서 피어오르고
鳥倦飛而知還. 새는 날다가 지쳐 둥지로 돌아올 줄 안다.
__「돌아가자」

내심 깊은 곳에 시인은 우연히 멀어서 닿을 수 없는 넉넉함과 한가한 심정을 불러일으킬 수 있다.

도연명의 마음속엔 사실상 너무나 많은 부하가 걸려 있다. 예를 들면 벼슬길이 순조롭지 않은 울분, 증조부의 휘황한 공훈과 업적 및 외조부의 명사로서의 풍채와 도량, 이 모든 것은 망각하기 어려워서 여전히 심중에 번갈아 맺히게 할 수 있다. 이렇게 모순된 심정은 항상 그에게 고통을 충만하게 하였고, 그 마음은 언제나 아래로 가라앉아 대체로 공중에 떠돌기 어려웠다. 이러한 시인, 그 시구는 글자마다 뿌리를 내리고, 생활의 토양 속에 깊이 뿌리 박혔다.

이러한 시는 모방할 수 없다. 그 생활 형편을 복제할 수 없는 중요한 요인 이외에도 천성의 강대한 규정력이 있다. 이것이 더욱 근본적인 원인이다. 사영운의 고상함, 왕유의 불심, 맹호연의 청한(清閑) 사이에는 각기 다른 점이 있다. 하지만 모든 사람의 생활 형편의 우열은 모두 이전의 도연명을 훨씬 뛰어넘는다. 정신생활이든 개인의 실제 상황이든, 도연명은 그들에게서 너무나 멀리 떨어졌다. 그래서 그러한 사람의 시는 외형적으로 도연명 시에 얼마나 근접하든지 간에 그 내재적 기운은 여전히 차이가 많다.

도연명은 지극히 현실적인 사상가이고 개인의 경험에 주로 의존했다. 하지만 그는 현실주의자이자 경험주의자이며, 전체 예술과 정신생활에서는 고도로 낭만적인 사람이다. 양자를 통일하기란 무척 어려운데, 시가사(詩歌史)에서도 같은 케이스가 거의 없을 것이다. 때로 우리는 도연명의 생존 체험이 결핍되고 도연명의 구체 생활을 벗어나면, 고도로 소박하고 자연스러우며 함축적인 시풍에 접근할 수 없으리라고 느낄 수 있다. 어떠한 시인도 모두가 선천적으로 천부적 재능을 가지고 있다고는 말할 수 없다. 현실 생활의 공통된 실천을 이탈하게 되면 약간 비슷한 예술도 생산할 수가 없을 것이다.

예로부터 지금까지의 예술 창조 가운데 복제와 모방은 매우 일상적인 일이다. 같은 시공간에서, 동쪽에서 서쪽에 이르는 이역에서 이식은 이미 보편적인 행위가 되었다. 예술은 국제화 시대엔 국제화의 유행을 따르며, 모종의 취미는 거의 몇 년 안에 가장 후미진 구석까지 쓸어 없앨 수 있다. 기괴한 것은 단순한 모방이 갈채를 불러오기 쉬우며, 모방하는 사람 본인도 때때로 이를 끌어다 영광으로 삼는다. 이러한 상황은 갈수록 모면할 수 없고, 아울러 인터넷 시대에 일이 더욱더 심각해진다. 지금 도연명의 농경 시대와 비교해보면, 정신적 생장은 극히 단조롭게 변했다. 예를 들어 어느 시기에 진입한 뒤에 결국 전 세계 범위 내에서 동일한 예술 기풍과 풍조가 출현했다. 이것은 매우 불가사의한 일이다. 시대의 주제, 시대의 취미, 이 모든 것은 거의 몇 억 명이 동시에 보유하고 받아들일 수 있는데, 이는 황당한 현상이 되었다. 슬픈 것은 현대인이 결코 이를 이상하게 여기지 않고 도리어 당연한 것으로 보는 것인데, 항상 특정한 계층 내에서 군체가 세력을 다투는 풍조가 생겨나고, 아울러 막대한 '영예'를 느낀다는 것이다.

시대가 일단 사람으로 하여금 진정한 의미의 개인 생활공간을 잃어버리게 하면, 자비 심리가 만연해질 수 있다. 도연명은 곤궁하여 죽음에 이를 수 있었으나, 그의 존엄은 개인을 보존할 방법을 세우려고 했다. 이에 복제할 수 없는 독특한 예술이 생기게 되었다. 도연명의 음조(音調)는 결코 드높이 올라가지 않는, 혼자만의 유일한 것이며, 사방이 고요한 시각에 우리를 향해 흩날려 오래도록 끊이지 않을 것이다.

세력 다툼과 복제는 사실상 존엄이 없는 생활에서 나온다.

굴원과 도연명의 구별

도연명은 굴원의 영향을 많이 받았다. 이는 그의 작품에서 볼 수 있는데,「욕망을 가라앉히며」와 기타 시편에서 모두 굴원의 여운을 볼 수가 있다. 예를 들어 극도의 낭만, 강렬한 서정과 화려함 등이 그렇다.

> 夫何瓌逸之令姿, 얼마나 뛰어나고 아름다운 자태인가?
> 獨曠世以秀羣. 세상에 비길 자 없이 사람들 중에 홀로 빼어나다.
> 表傾城之艷色, 온 성 사람들 탄복시키는 아름다움 나타내며
> 期有德於傳聞. 훌륭한 덕행 또한 널리 전해지길 희망한다.
> 佩鳴玉以比潔, 아름답게 울리는 패옥에 순결함 견주고
> 齊幽蘭以爭芬. 그윽한 곳에 핀 난초와 향기 다툴 만하다.
> 澹柔情於俗內, 세속에 살면서도 부드러운 정 담담하고
> 負雅志於高雲. 높은 구름 위로 우아한 뜻 품고 있다.

이를 보면 도연명의 초기 시는 모두가 소박하지 않았음을 알 수 있다. 그의 개별 시도 난해하고 전고가 비교적 많아서 상대적으로 이해하기 어렵다. 물론 이 난해함과 화려함은 이따금 보이니, 도연명 시의 주요 풍모는 아니다.

화려한 배치는 간혹 그의 젊었을 때의 환상, 왕성한 생명력과 강렬한 동경에서 탄생되었다. 개별적인 난해함은 어느 문인과의 화답에서 출현하는데, 다소간 말하는 것처럼 분명하고 스스로 읊조리고 노래하는 풍격을 위배했다. 굴원의 불평, 침울, 격분은 도연명 시 「술을 말하며」, 「불우한 선비들을 개탄하며」, 「훌륭한 세 사람을 노래하며」, 「산해경을 읽고 · 정위는 잔 나뭇가지를 물고(精衛銜微木)」에서 비교적 뚜렷하다.

굴원의 운명은 '정글'에서 결정된 것으로 필연적인 비극이었다. 굴원은 지식인, 시인으로, 도연명에 대해 말하자면 결코 그다지 요원한 예가 아니어서 끼친 영향은 무척 컸다.

위진 시대의 '양생론', '소요론(逍遙論)', 심지어 '종욕론'은 모두 일시에 강성한 사상 조류였다. 당시 지식인의 선택 여지는 무척 커서 사람의 모식으로 얘기하자면 이미 대대적으로 복잡하게 되었고 진정으로 천태만상이라고 할 수 있다. 춘추전국 시기에는 수많은 사람들의 공간이 있었으나, 지식인이나 조정의 모사(謀士), 왕공의 식객이나 멀리 타향에 돌아다니는 유세객, 비분강개하는 의용(義勇)들은 단지 손꼽을 정도의 유형이 있을 뿐이다. 위진 전체의 시대적 분위기는 도연명에게 깊은 영향을 끼쳤고, 게다가 생명 개체의 차이를 더하였다. 이는 도연명으로 하여금 굴원 같은 길을 피하게 만들었다.

구체적인 개인 조건의 경우에 도연명은 굴원과 비교하면 너무나 차이가 난다. 굴원은 세습 귀족으로 제왕의 생활에 참여하였고, 권력 집단 내부의 사람이며, 집단의 이익과 얽히고설킨 분규가 더욱 긴밀하다. 기록에서 보면 굴원은 국책에도 참여하였고 외교적 사무에도 간여했다. 굴원과 제왕 사이에는 깊은 개인적 정의(情誼)가 있고 정감 요소가 있다. 도연명은 가난한 서생에 불과하며 본래 전원 출신이다. 그는 어렸을 때 농사지은 경력과 민간의 경력이 있어서, 토지와 시골로 돌아온 것은 매우 자연스런 선택이다.

어떤 사람은 '귀거래혜사(歸去來兮辭)'란 다섯 글자의 해제를 얘기하면서, 전원의 시각에서 보면 도연명은 '돌아왔다'고 말하고, 관리사회의 시각에서 보면 '돌아갔다'고 하였기에 '오다'와 '가다'의 문제가 병치한다고 말한다. 더 많은 사람은 '래(來)'와 '혜(兮)'자는 모두 어기조사(문장 끝에 쓰여 화자의 의도와 기분, 심정을 나타냄)이고, 감탄을 표시하며 '귀거(歸去)'를 강조한다고 여긴다. 사실상 도연명의 시각은 그 시대에 이르러 여전히 '정글' 속에 놓여 있어서 강조한 것은 여전히 '귀거'다. 두 어기조사 '래혜(來兮)'을 연용하여 떠나서 돌아가지 않는 통쾌함, 시원함과 유쾌함을 더욱 강조한다.

굴원의 경우엔 '돌아가기'가 그렇게 간단하지 않았다. 그는 갈 곳이 없었기 때문에 최후에 그를 기다린 곳은 결국 멱라강(汨羅江)이었다. 굴원은 '귀거래혜'의 크나큰 즐거움이 없었고, 끝없는 불평, 슬픔, 원한과 절망적인 떠남을 초래했다. 도연명이 최후에 절망으로 나아가지 않은 까닭은 그가 사실상 산수풍경이 아름다운 자연을 소유하고 국화와 술이 있으며 화기애애한 이웃이 있고, 때로는 왕래하며 교제할 수 있는 친구와 뜻을 같이 하는 사람이 있었기 때문이다. 그는 특히 남촌으로 옮긴 뒤 그곳에 일부 지식인이 모여 있어서, 이에 "뛰어난 문장은 함께 감상하고, 의심나는 뜻은 서로 따져 본다.(奇文共欣賞, 疑義相與析.)"—「거주지를 옮기고 두 수」 제1수)와 같은 명구를 쓸 기회를 갖게 되었다.

도연명의 시에는 굴원 방식의 과도한 과장과 낭만이 비교적 적으며 평담하고 자연스런 묘사가 많고, 거의가 사색하지 않고 입에 나오는 대로 적어서 지나치게 다듬은 흔적을 남겨놓지 않았다. 이처럼 자유자재하고 유창한 필치는 이백과 비슷하지만, 도연명은 이백처럼 재주가 밖으로 넘쳐서 사람을 눈부시게 하는 강렬한 빛이 바로 내리쪼이는 것을 느끼지 못한다. 사람들은 평담하고 자연스럽고 친근함을 느끼며, 상대적으로 부드럽고 심지어 어두운 광선 아래에서 펼쳐 읽는다. 이는 사람을 훨씬 편안하게 만든다. 하지만 우리가 냉정하게 보면, 이러한 시편이 바로 내부에서 비교할 수 없는 눈부신 아름다움에서 나타남을 느낄 수 있다.

重雲蔽白日, 층층 겹친 구름이 흰 해를 가리자
閒雨紛微微. 한가한 비 이리저리 가늘게 내린다.
流目視西園, 눈을 돌려서 서쪽 정원을 보니
曄曄榮紫葵. 화려하게 붉은 해바라기 피었다.
__「호서조의 시에 화답하여 고적조에게 보여주며」

涼風起將夕, 서늘한 바람 저물녘에 일어나니
夜景湛虛明. 달빛은 담담하고 투명하구나.
昭昭天宇闊, 밝고 밝은 하늘은 드넓고
皛皛川上平. 희고 흰 강물은 평평하다.
__「신축년 7월에 휴가 갔다가 강릉으로 돌아갈 때 밤에 도구를 지나면서」

이처럼 청순하고 명랑하며 유원하고 심오한 시구는 아주 흔하다.

이것이 바로 옛사람들이 얘기하는 '달(達)'인데, 최고의 경지에 이르러 다시 앞으로 나아가는 것은 여분의 것이다. 소동파는 도연명의 시가 "질박하면서도 사실은 아름답고, 여위었으면서도 사실은 살쪄 있다.(質而實綺, 癯而實腴.)"고 말했는데, 그 평가가 더없이 정확하다. 질박하고 무미건조하지 않으며, 간결하고 세련되었으며 단조롭지 않고, 친근하고 평범하지 않은데, 그것이 이른 경계는 사람들이 감지하고 깨달으며 수용할 수 있다. 이것이 바로 '달'(達)이다. '달'은 가장 뛰어난 것으로, '달' 밖의 것은 특수한 이유 때문이 아니라면 모든 예술가에겐 군더더기일 것이다.

굴원도 '달'에 이르렀지만, 풍미와 경로가 다르다. 그는 '달' 밖에서 무엇인가 더 나온 것 같은데, 이러한 상황은 극도의 낭만주의만이 가질 수 있는 것이다. '달' 밖의 쓸데없이 장황한 구절이 너무 많은데, 가장 전형적인 것이 한부(漢賦)다. 화려한 말의 수식, 지나친 과장 묘사, 겉만 번지르르하고 실속이 없어 '달'에 그치지 않는다. 뛰어난 예술성은 '달'뿐인데 이것은 대단히 타당하다.

위진 시기에 도연명의 시풍은 거의 없진 않았으나, 질박과 간결함과 세련된 방면에서 얘기하면, 우리가 볼 수 있는 문장 가운데 가장 뛰어나다. 도연명은 『시경』의 전통을 계승하여 개인생활 상황에 극도로 접근했고, '질박(質)'과 '여윔(癯)'에서 내재적인 풍만을 내비쳤다. 이것도 『시경』의 전통과 일맥상통한다. 도연명 시는 『시경』의 울분, 불평, 고통, 침울, 배회와 일치한다. 하지만 도리어 말의 수식이 눈부시게 아름답고 비유가 번다하며 색채가 화려한 『시경』과는 거리가 멀다. 이 기간에 필경 한 악부와 조조 부자를 대표로 하는 '건안풍골'의 세례를 겪었기 때문일 것이다. 특히 한 악부는 도연명 시에 상당한 영향을 끼쳤다. 한 방면에서 한 악부는 내용 방면에서 첨예한 사회모순을 기록했고, 다른 방면에서 민간의 자유룝고 유창한 속성에서 나왔기에, 그 가요의 특질은 이후의 도연명 시와 박자가 잘 들어맞는다. 한 악부의 총체적인 기조는 명쾌하고 득의만만한 반면, 도연명 시는 때로는 침울하게 보이고 내적 읊조림에 편향되고 전창(傳唱)에 쓰이지 않았다.

굴원과 도연명은 한 가지 공통점이 있다. 모두가 국화를 사랑하고 국화를 묘사했으니, 아마도 국화의 서릿발 같은 고결함을 좋아했기 때문일 것이다.

굴원과 도연명의 차이는 개인 성격의 구성 요소를 제외하면, 그들이 생활하던 시대가 다르다는 데 기인한 것이다. 후자는 더욱 엄혹한 시기에 처해 있었다. 성격과 기질로 보든, 아니면 사회적 역할의 표현에서 보든, 굴원은 더욱 고답적이고 사회적 책임감이 있으며, 집착하고 열정적이며 숭고미를 지니고 있었다. 그런데 도연명은 소박하게 보이고 독선기신(獨善其身)하며 자아와 차가운 눈으로 방관하고, 한적하고 소박하며 우아한 아름다움을 갖추었다. 그들은 중국문화에서 다른 두 부호다.

높은 평가

고금 이래로 도연명에 대한 높은 평가가 무척 많은데, 사실상 진실한 역사 인물을 찾아서 허황된 바람을 기탁했기 때문이다. 이러한 기탁으로 말미암아 여러 가지 상상해낸 완미가 있다. 소동파가 도연명을 극도로 극구 칭찬한 원인도 대체로 여기에 있다. 소동파는 관리사회에서 온갖 농락을 당했으며 불우한 관리사회를 겪고 만년에 이르러서야, 다시 부름을 받고 조정으로 돌아가는 도중에 병사했다. 소동파는 멀리 변방으로 추방되어 지방관이 되었는데, 의자를 덥힐 새도 없이 새로운 임명장이 도달했다. 예를 들면 교동반도(膠東半島)에서 남방으로, 다시 더욱 먼 황무지인 해남(海南)에 이르렀는데, 그 거리는 무척 멀었다. 이와 같은 사람이 도연명의 시편을 읽으면 무슨 생각을 할까? 도연명은 "쌀 다섯 말 때문에 시골의 어린아이에게 허리를 굽힐 수 없었으며(不能爲五斗米折腰向鄕里小兒)", 소동파가 얻을 수 있었던 것은 '쌀 다섯 말'뿐만이 아니지만, 그다지 많이 나온 것도 아니다.

바로 이러한 봉록(俸祿) 때문에 소동파는 두 손으로 받아들였는데, 그는 도연명처럼 옷소매를 뿌리치고 떠날 용기가 없었기 때문이다. 이는 소동파에게 있어 시종 하나의 문제였다. 이 의문 부호는 간혹 소동파의 일생에 걸려 있는데, 이는 도연명이 줄곧 자신의 배후에 우뚝 서서 그곳에서 자신을 응시하는 것과 같다. 그와 도연명 사이의 시공을 뛰어넘는 대화가 틀림없이 발생했을 것이다. 물론 그들 두 사람의 출신과 경력은 매우 다르다. 걸어간 노선도 완전히 같진 않았다. 예를 들어 동진 시기에는 아직 과거제가 시행되지 않아 사인(士人)의 출구는 매우 좁았다.

하지만 우리가 예상할 수 있듯이, 소동파도 전원 풍광 속에 도취하였고, 도연명의 일생 행적에 깊이 감동했다. 소동파는 상대방을 더욱 철저한 사람, 완전한 사람으로 보았을 것이다. 그러나 도연명이 했던 일을 그는 끝내 하지 못했다.

이와 동시에 우리는 또한 더욱 철저한 사람이 치러야 하는 전체의 대가, 그의 진실한 사상 상태, 영원히 그치지 않은 그의 환상과 기대, 망설임과 방황을 다소 잊거나 무시할 수 있다. 도연명은 최후에 이르러 토지를 떠나지 않았고 화재가 났어도 그의 전원 정서를 불태워버리지 못했다. 고난도 그의 불우한 앞길을 막을 수 없었다. 이는 모두 사실이다. 우리가 깊이 들어가야 할 곳은 그의 내심인데, 사실의 배후에 도대체 무엇이 있었는가?

도연명에 대한 소식의 평가는 때로 매우 구체적이다. 예를 들어 구걸의 경우 시인이 솔직담백하고 구애됨이 없이 자연스러우며, 다른 사람처럼 절반 정도 감춘 것 같지 않다고 느꼈다. 하지만 도연명의 시는 도리어 이렇게 표명하지 않았고, 시인은 그가 남의 집 문을 두드려 구걸하려고 한 그 시각에 무엇을 말하려는지 모두 잊었다고 말한다.

行行至斯里, 걷고 걸어 이 마을에 이르러

叩門拙言辭. 문 두드리고 말을 더듬는다.

__「빌어먹으며」

어색함, 난처함과 부끄러움이 언외(言外)에 넘친다. 정상인이라면 구걸하는 일에 대해, 미천한 처지에 대해 사실상 매우 민감할 것이고, 고통과 부끄러움은 다른 사람과 차이는 없는데, 여기에서도 결코 예외가 아니다. 이를 보면 소동파는 다소 상상으로 심중의 본보기를 미화하고 높였음을 알 수 있다. 도연명은 거시적인 관점에서 착안하여 지독히 가난한 인생을 전전하는 가운데, 커다란 문제를 비교적 명백하게 생각하여 자신의 최대 한계선을 굳게 지켰다.

도연명의 갸륵한 점은 결국 최후에 모호하거나 근본적인 지조를 뒤집지 않은 것이다. 때로 그는 극도로 참아야만 했다. 구걸하지 않으면 굶어 죽을 것이고, 손을 뻗지 않으면 음식물을 얻을 수 없었다. 지극히 잔혹한 현실 앞에서 도연명은 한 걸음 한 걸음 나아가다가 걸을 수 없게 되어 쓰러졌다.

소동파는 여전히 방관자였다. 소동파에게 도연명은 무척 느슨하게 산 것 같다.

> 도연명은 벼슬하고자 하면 벼슬했으니, 벼슬 구하는 것을 혐오스럽게 여기지 않았다. 은거하고자 하였으면 은거했으니, 벼슬 버리는 것을 고상하게 여기지 않았다. 굶주리면 이웃집 문을 두드려 구걸하였고, 배가 부르면 닭과 기장쌀로 손님을 불렀다. 고금의 사람들이 도연명은 어질게 여기고, 그 참됨을 귀하게 여겼다.(陶淵明欲仕則仕, 不以求之爲嫌; 欲隱則隱, 不以去之爲高. 飢則叩門而乞食; 飽則鷄黍以延客. 古今賢之, 貴其眞也.)"—「이간부 시집 뒤에 쓰며(書李簡夫詩集後)」

여하를 막론하고 도연명은 모두 평온하고 느슨하며 자유자재로 대처한 것 같다. 하지만 애석하게도 이것은 신화일 뿐이다. 도연명은 기아 앞에서, 수많은 불우함과 고통 앞에서 그의 심리 상태를 진실하게 표현하였고, 말을 있는 그대로 하고 조작하지 않았으며, 더욱이 단장하거나 숨기려고도 하지 않았다. 「돌아가자」에서는 이렇게 묘사했다.

> 팽택현은 집에서 불과 백 리 떨어져 있고, 봉급으로 받는 밭의 수입으로 족히 술을 담글 수 있었기에 희망하여 현령이 되었다. 부임한 지 얼마 되지 않아, 집이 그리워 돌아가야겠다는 생각이 생겨났다. 왜냐하면 나의 본성이 자연스러움을 좋아하여 억지로 꾸밀 수 없었기 때문이다. 배고프고 추위에 떠는 것이 비록 절박하지만, 본심을 어기는 것은 더욱 고통스러웠다.(彭澤去家百里, 公田之利, 足以爲酒, 故便求之. 及少日, 眷然有歸與之情. 何則? 質性自然, 非矯厲所得. 飢凍雖切, 違己交病.)

'질성자연(質性自然)', 이 본성의 진솔은 바꿀 수가 없다. 그는 기아와 추위가 사람들에게 통절한 느낌을 준다고 말했다. 하지만 자신의 염원과 비교적 위배하여 말했으니 다소 참을 수밖에 없었던 듯하다.

사람의 일생에서 염원과 어긋나는 수많은 교제는 일종의 구차한 타성이며, 결코 개인 이익에 중요한 것은 아니다. 하지만 도연명은 자신이 뒤엉킨 관리사회로 나간 것은 배불리 먹기 위함이고, 먹고 살아야 하는 '확실한 도리'는 자신을 속박하여 평생의 지향도 잠시 버릴 수밖에 없음을 분명히 알고 있었다. 이것이 바로 그의 응어리가 되었다. 그래서 마음속으로 갈수록 다급한 외침이 울려 퍼졌다. "전원이 바야흐로 황폐해지려 하는데, 어찌 돌아가지 않는가?(田園將蕪胡不歸?)" 내심에서 이처럼 갈망하였거늘 어째서 고독하고 슬퍼하였는가? 왜 고통스러운지 자신이 알고 있었거늘, 어째서 빨리 바꾸지 않았는가? 이에 "지난 일은 돌이킬 수 없음을 깨닫고(悟已往之不諫)", "지금이 옳고 어제가 틀렸음을 깨달았다.(覺今是而昨非.)"

「돌아가자」 서두에 무척 아름다운 묘사가 있다. 시인은 자신의 낡은 집을 봤을 때, 마음속으로 기뻤으며 발걸음도 더욱 빨라졌다.

乃瞻衡宇, 드디어 집이 보이니
載欣載奔, 기뻐서 달렸다오.
僮僕懽迎, 머슴아이는 기쁘게 맞이하고
稚子候門. 아이들은 문에서 기다린다.
三逕就荒, 세 갈래 작은 길은 황폐해졌으나
松菊猶存. 소나무와 국화는 아직 남아 있다.
攜幼入室, 어린아이 끌고 방에 들어가니
有酒盈罇. 술통에 술이 가득 차 있다.

그가 문에 들어서서 첫 번째 한 일은 술 마시기였으니, 알코올 중독이 이미 깊어졌음을 알 수 있다. 이 점에서 보면 그는 이백, 두보 등 고대 문인과 마찬가지로 술을 벗어날 수 없었다.

그가 당시에 관리가 된 중요한 이유는 술을 충분히 마시기 위해서다. 술은 그에겐 정말로 없어서는 안 될 물건으로 보인다. 그의 시문 속엔 술 냄새가 매우 진하다. 한편으로 우리는 이것이 고통의 원인이라서 술로 위로하거나 심지어는 마취해야 하며, 다른 한편으로는 술은 그뿐만 아니라 수많은 고대 문인에 대해서도 지극히 중요함을 느끼게 된다. 그 당시의 술은 대부분 증류주가 아니라, 걸러낸 술이었다. 그래서 고대의 술 도수는 낮았지만 뒤끝이 자못 세서 늘 마시면 오랫동안 취해서 일어나지 못했다.

도연명과 술의 관계, 친밀함 · 조화 · 온화함의 관계는 확실히 일반적인 호주가와 차이가 있다. 마찬가지로 위진 시기에 그와 완적, 유영 등의 호음(豪飮)과도 큰 차이가 있다. 같은 것은 그들이 모두 알코올 중독이 되어 모두가 술을 절제하지 못한 사람이며, 다른 것은 도연명이 술을 즐기면서도 낙담하여 만회할 수 없는 지경에 이르지 않았고 취생몽사하지 않았다는 점이다. 술을 묘사한 도연명의 시가 많은 것을 보면, 시인이 술에 대해 미련을 두는 정도를 알 수 있다. 우리는 술만이 심중의 분노를 적실 수 있다고 말할 수밖에 없으니, 술은 없어선 안 될 물건이었다. 술은 시인에게 환락과 위로를 줄 수 있으며, 그 고통의 오랜 짝이기도 했다.

도연명을 높이 평가한 사람 가운데 소동파는 그중의 한 사람일 뿐이다. 오늘날까지 우리는 여전히 도연명을 높이 평가하고 있는데, 이는 소동파와 자연스레 공통되는 점이다. 고대든 현대든, 중국인의 자아 선택과 실현 방식은 이미 크게 확대되었다고는 하나, 수천 년의 전통문화가 덧씌운 생존 상황에서 그 핵심은 비슷한 방면이 있으며, 그 본질은 결코 거대한 변화가 발생하지 않았다. 이로 말하면 우리는 시인에게 동감하고 공명할 것이다.

다시 너그럽게 생각해보자. 우리 현대인의 도연명에 대한 높은 평가는 소동파와 비슷한데, 더욱 요원하거나 더욱 절실해야 옳으며, 부러움과 열등감을 더 많이 보여주려고 하는 것 같다. 우리가 산업문명 시대에 살면서 몸이 어느 곳에 있건 그러한 전원과 민간은 없다. 우리가 "어찌 돌아가지 않는가?"라고 읊조릴 때, 전부 돌아갈 곳이 없음을 잘 알고 있다. 지금 사람은 고향이 없어서 고향으로 돌아갈 길을 찾을 수 없다. 우리들은 모두가 현대 과학기술 시대의 어셈블리 라인에 서 있고, 이동할 수 없는 위치를 가졌기 때문이다.

대등한 생명

도연명의 경우에 전원은 관직에서 물러나 도피한 장소인 셈이다. 왜냐하면 이 전원생활의 대립면은 동란이 그치지 않는 사회이고, 약육강식의 위진 '정글'이기 때문이다. 하지만 이 대립은 도리어 과장된 혐의가 있는 것으로 보인다. 우리는 도리어 이 전원이 시인의 천성 속에 있어서, 설령 그가 전원으로 돌아가지 못한다고 하더라도 마음속의 푸른 전원도 반드시 무성하고 풍요로울 것이라고 여긴다. 도연명의 삶의 바탕색은 녹색이고 촉촉한데, 마치 어떤 생명 자체가 혼잡하고 바싹 말라 무미건조한 것과 같다. 우리가 그의 본성을 무시한다면, 그의 전원생활을 이해하기 어렵고, 나아가서 이 전원시인을 왜곡할 수 있다.

도연명은 경작자일 뿐만 아니라 자연주의의 철인이기도 하다. 그는 개인의 통속적인 생활 실천으로 지극히 충만한 생명 시편을 썼다. 도연명은 시문 100여 편밖에 남겨놓지 않았지만, 망라하고 반영한 것은 도리어 자기 특유의 인생 체험이고 충만함과 충실이다. 이러한 시문의 배후엔 더욱 풍부한 내용이 있어, 모든 것을 한 마디로 말하기 어렵고, 더욱이 처음부터 분석하고 일일이 나열하기 어렵다. 이것이 바로 도연명이 적은 작품으로 많은 작품을 이기고, 간략한 것으로 번잡한 것을 이긴 것으로, 소동파가 찬양했던 것과 같다. 소동파는 일찍이 몇 글자로 개괄하여 일거에 도연명 시의 본질을 파악했는데, 가장 투철하고 정확한 평론이다.

우리가 한두 번 경탄하고 깊이 느끼듯이 특히 풍부한 생명을 감상하려면, 대등한 다른 생명이 있어야 한다. 소동파가 바로 이러한 생명이다. 그는 마찬가지로 풍부하고 예민하여 강대한 통철성(洞徹性)과 감오력을 가지고 있을 뿐만 아니라, 복잡하고 불우한 인생 경력을 가지고 있다. 그들은 비슷한 생명의 포만도(飽滿度)를 가지고 있었으며, 소동파는 항상 도연명의 영혼과 접촉할 수 있었다. 그래서 그는 도연명과 대화할 능력이 있었다.

소동파는 도연명을 높이 평가한 말을 많이 남겼다. 그는 「소철에게 주는 글(與蘇轍書)」에서 말했다.

> 나는 시인 가운데 그다지 좋아하는 사람이 없으나, 유독 도연명의 시만을 좋아한다. [중략] 조식으로부터 유정(劉楨), 포조, 사영운, 이백, 두보 등도 모두 그에게 미치지 못한다.(吾於詩人無所甚好, 獨好淵明之詩……自曹劉鮑謝李杜諸人, 皆莫及也.)

또 그의 조카에게 편지를 써서 말했다.

> 무릇 글을 지을 때에는 마땅히 기상이 높고 험준하면서 온갖 색채가 현란하다가 점차 늙을수록 숙련되어, 비로소 평담한 풍격을 만들게 되었다.(大凡爲文, 當使氣象崢嶸, 五色絢爛, 漸老漸熟, 乃造平淡.)

'현란(絢爛)'에서 '평담(平淡)'이 나오니 오로지 '고담(枯淡)'한 것만은 아니다. 이것이 소식의 만년 예술 지향의 소재다. 그는 '화도시(和陶詩)' 백여 편을 창작했으니, 거의 모든 도연명 시에 화답한 셈이다. 송나라 이후의 문인이 도연명을 극진히 추앙하게 된 계기는 당연히 소식과 큰 관계가 있다.

도연명에 대한 소동파의 인정은 후세 사람의 의식을 전에 없던 높이로 끌어올렸다.

소동파의 강대한 인식력은 천재적인 통찰과 깨달음이 남달리 뛰어난 것 이외에, 다른 원인도 있으니, 바로 소동파가 '정글'에 몸담고 있는 고통을 가장 잘 이해할 수 있었기 때문이다. 소동파처럼 역경에 몸담고 있는 지식인은 거의 없어서 배회 상태의 모순과 고통을 잘 이해할 수 있었다. 소동파가 하늘가를 떠돌아다니고 자연을 가까이 하며 위로를 얻은 뒤에, 도연명이 산수전원 속에서 얻은 최고의 기쁨을 더욱 이해할 수 있었다.

소동파도 재능이 밖으로 드러난 시인이었다. 그는 자연스럽고 교묘한 솜씨를 지녀 붓 가는 대로 휘두르면 묘문(妙文)을 이룬 재능을 가졌다고 하나, 도연명 방식의 함축적인 담박함과는 여전히 달랐다. 마찬가지로 재능이 세상에서 으뜸가는 대시인 소동파의 시문은 사람을 놀라게 하고 더할 나위 없이 훌륭하므로, 다른 사람은 그의 면전에서 감탄하고 탄복할 뿐이다. 도연명의 경우엔 사람들이 음미한 후에 더욱 끊임없는 깨달음과 친근감을 줄 수 있다. 도연명과 소식 두 사람의 예술과 인생은 차이가 있어, 형성된 최후의 결과도 다르다. 하지만 긍정할 수 있는 것은 도연명의 수많은 시구가 소동파의 심금을 울릴 수 있다는 점이다.

소동파의 화도시는 백편이 넘는다. 게다가 그는 소철(蘇轍, 1039~1112)에게 주는 편지에서도 말한 적이 있다.

하지만 내가 도연명에 대해 어찌 그의 시만을 좋아하겠는가? 그의 사람됨을 본다면, 실로 감동이 있다.(然吾于淵明, 豈獨好其詩也哉? 如其爲人, 實有感焉.)

__ 소철, 「화도연명시집(和陶淵明詩集)」에서 인용

그들은 모두 '정글'을 출입한 사람이고 모두 궁지에 몸담은 사람이며, 모두가 너무 슬퍼서 죽고 싶은 생각뿐인 사람이고 모순이 수두룩한 사람이며, 모두 술을 사랑하고 시를 사랑하며, 책을 사랑하고 친구를 사랑하며 자연을 사랑한 사람이다. 소동파가 도연명을 아끼고 동정한 것은 오늘날 보면 매우 자연스러운 일이다.

그들 두 사람에 대한 불교와 노장의 영향은 무척 크다. 하지만 그들은 최종적으로 훌륭한 불교도가 되지 못했다. 왜냐하면 두 사람은 더욱 현실주의적인 일면을 가졌고 유가의 입세 정서가 있으며, 이러한 것들이 그들을 구속했기 때문이다. 하지만 불교와의 관계를 얘기하자면, 소동파는 도연명보다 훨씬 깊었을 것이다. 그 본인은 심지어 도연명 시 속의 불교 이치를 분석한 적이 있다. 두 시인의 시공을 뛰어넘는 대화는 사실상 매우 재미있다.

재미있는 대화를 조금 진행해보려면, 속세를 초탈할 필요가 있다. 이것도 도연명의 거대한 감화력의 비밀이다. 그의 비범한 '탈속 기능'은 모든 사람을 동경하게 했으나, 도리어 거의 모든 사람으로 하여금 어려움을 알고 물러나게 했다. 왜냐하면 실천하고 도달할 방법이 없었기 때문이다. 저속함은 대부분의 경우에 절박하여 어쩔 수 없어서 깨닫지 못하고 잔혹한 현실에 의해 왜곡되고 소외된 결과다. 저속은 현대 생활에서 반드시 갖추고 있는 것 같은데, 사람마다 탈속하길 환상하지만 그렇게 할 수 없음에 고통스러워 한다. 다시 말하면 이때 도연명은 높고 먼 곳이나 전원의 깊은 곳에 서서 그곳에서 우리를 주시하는데, 이러한 눈빛은 일종의 외침이다. 그의 외침 앞에 어떤 사람은 가까이 다다가고, 어떤 사람은 먼 곳에 서서 관찰할 수 있을 뿐 발걸음을 옮기긴 어렵다.

소동파는 도리어 전원의 깊은 곳에 들어갔던 사람이다. 그는 주인과 자리를 함께하고 마주 앉아서 함께 새 술을 마셨다.

도연명은 재능이 남을 압도하는 시인, 후세 사람을 해후하게 되는데, 이 사람은 마찬가지로 정글 가장자리에서 배회한 사람이고, 일찍이 구사일생한 사람이다. 이 사람의 예지는 남보다 뛰어나서, 먼저 조정의 중신이 되었다가 후에 죄인으로 추락했는데, 반평생을 대지에서 전전하며 떠돌아다녔고, '쌀 다섯 말' 때문에 오지의 낙후된 벽지로 가서 지방관을 지내지 않을 수 없었다. 우리는 두 사람이 한 마디도 하지 않고 고개 숙이고 묵묵히 술을 마시는 장면을 상상한다. 소동파도 이렇게 생각할지도 모른다. 자신이 위진 시대에 살았다면, 이 선배와 함께 괭이를 메고 달빛을 받으며 돌아갈 수 있을까?

일상의 채소와 양식

도연명의 시명은 늦게 이루어졌다. 그의 친구 안연지는 그의 인간됨의 격조를 강조하였고, 『소명문선(昭明文選)』은 도연명의 인격과 예술을 통일시켜 보았다.

그의 문장은 다른 무리와 같지 않아 문사의 광채가 정미하고 빼어나며 질탕하고도 밝아 홀로 여러 부류를 뛰어 넘었으니, 억누르고 드날림, 상쾌하고 명랑함은 그보다 뛰어날 수가 없다. 흰 파도를 비끼며 곁으로 흘러가고, 푸른 구름을 찾아 곧바로 올라간다. 시사를 말한 것은 가리킨 바를 생각해 볼 수 있고, 회포를 논한 것은 환하고도 진실 되다. 곧은 뜻으로써 더하기를 쉬지 않고, 도를 편안히 여겨 절조를 견지하였으며, 몸소 밭을 갊을 부끄러워하지 않고, 재물 없는 것을 병으로 여기지 않았으니, 만일 큰 어짊과 독실한 뜻이 아니라면 도와 함께 성쇠함을 누가 이처럼 할 수 있겠는가?(其文章不群, 辭采精拔, 跌宕昭彰, 獨超衆類, 抑揚爽朗, 莫之與京. 橫素波而傍流, 干青雲而直上, 語時事則指而可想, 論懷抱則曠而且眞. 加以貞志不休, 安道苦節, 不以躬耕爲恥, 不以無財爲病, 自非大賢篤志, 與道汚隆, 孰能如此乎?)

진정으로 도연명 시를 제자리로 최초로 끌어올린 것은 포조(鮑照,

414~466)의 높은 평가였고, 후에 이백, 두보, 백거이(白居易, 772~846), 맹호연, 이상은(李商隱, 약 813~약 858)이 모두 무척 좋아하였으며 그 시와 생활 방식을 모방하기에 이르렀다.

구양수(歐陽脩, 1007~1072), 왕안석(王安石, 1021~1086), 소동파와 신기질(辛棄疾, 1140~1207)과 같은 송대의 위대한 시인들은 도연명을 극도로 추앙했다. 구양수는 「돌아가자」를 크게 칭송하여 "진나라에는 문장이 없고 오직 도연명의 「돌아가자」 한 편이 있을 뿐이다.(晋無文章, 惟陶淵明「歸去來兮辭」一篇而已.)"라고 말했다(이공환(李公煥), 『전주도연명집(箋注陶淵明集)』에서 인용). 또 이렇게 말했다.

吾愛陶淵明, 나는 도연명을 사랑하고
愛酒又愛閑. 술을 사랑하고 또 한적함을 사랑한다.

왕안석은 일찍이 도연명의 "사람들 사는 경내에 오두막집을 엮고(結廬在人境)" 시가 "시인이 있은 이래로 이 시구에 비견할 것은 없다. 하지만 도연명의 추세는 탁월하여 문사의 광채가 정미하고 빼어나며, 진나라와 송나라 사이에 한 사람이 있을 뿐이다.(有詩人以來無此句者. 然則淵明趨向不群, 詞采精拔, 晋宋之間, 一個而矣.)"라고 말했다. 신기길은 「염노교(念奴嬌)」에서 "동쪽 울타리에서 국화를 따며, 고상한 풍모는 천년 동안 이어졌으니, 도 팽택뿐임을 알아야 하리라.(須信採菊東籬, 高情千載, 只有陶彭澤.")고 말하여, 도연명에게 '천고일인(千古一人)'이라는 최고의 평가를 내렸다.

청말 · 민초의 왕국유는 도연명을 극도로 높이 평가하여 일찍이 도연명을 굴원, 두보, 소식과 병렬했으니, 그를 매우 높이 평가했음을 알 수 있다. 왕국유도 부득이 '정글'에서 멀리 벗어난 사람이다. 왕조가 바뀌는 시기에 몸담고 극히 혼란한 정신과 사회 구조에서 고통을 받았던 사람이니, 이는 도연명과 극도로 일치한다. 동시에 왕국유도 자연의 묘미를 훤히 꿰뚫고 의경(意境)을 이해한 사람으로, 도피하려고 했지만 후에는 개인의 고통을 음미하였고 마찬가지의 상황에 처한 도연명을 깊이 이해할 수 있었다. 그는 『문학소언(文學小言)』에서 이렇게 말했다.

> 삼대 이래의 시인으로 굴원, 도연명, 두보, 소식을 뛰어넘는 사람은 없다. 이 네 사람은 문학의 천재일 뿐만 아니라, 그 인격도 천고에 충분하다. 그러므로 이보다 고상하고 위대한 인격은 없었고, 이보다 고상하고 위대한 문학을 가진 사람은 거의 없다. 천재는 수십 년 만에 나오기도 하고, 수백 년 만에 한번 나오기도 한다. 모름지기 학문으로 구제하고 덕성으로 이끌어서 비로소 진정으로 위대한 문학을 생산할 수 있었다. 굴원, 도연명, 두보, 소식은 당대에 견줄 만한 사람이 없었으나, 지우를 만나지 못했다.(三代以下之詩人, 無過于屈子, 淵明, 子美, 子瞻者. 此四者苟無文學之天才, 其人格亦自足千古. 故無高尙偉大之人格, 而有高尙偉大之文學者, 殆未之有也. 天才者, 或數十年而一出, 或數百年而一出, 而又須濟之以學問, 帥之以德性, 始能產眞正之大文學. 此屈子, 淵明, 子美, 子瞻等所以曠世而不一遇也.)

이토록 많은 제일류의 문학 인물이 모두 도연명을 지기(知己)로 끌어와서 모범으로 받든 것은 물론 큰 원리를 내재하고 있다.

한 방면에서 그들은 남보다 뛰어난 예술 감오력을 가지고 있어서 예술의 본질적 내포를 느낄 수 있는데, 제일류의 인물이 구비한 능력은 다만 일반 학문탐구 방식의 노력에 기대서는 도달할 수가 없다. 다른 방면에서 그들은 개인적으로 중시하지 않았고 높아서 오를 수 없는 예술이란 높은 봉우리가 면전에 우뚝 솟아 있음을 체득하여 포착하고, 전부의 인생 경력과 예술 체험을 동원하여 이를 통찰하고 그곳으로 걸어 들어갔다.

구양수, 소동파, 신기질, 왕국유 등의 인생 상황은 각기 차이가 있지만, 그들과 도연명 사이에는 공통된 구별이 있는데, 바로 물질생활 방면에서 후자보다 훨씬 좋다는 점이다. 구양수와 신기질은 모두가 질풍노도를 겪고 사회 공적 방면에서 온 정성을 다해 자신을 표현한 적이 있고, 역사는 그들에게 이러한 기회를 준 적이 있다. 소동파는 만년에 지극히 고생하고 불우하여 전전하며 떠돌아다니고 최후에 부임하러 가는 길에서 죽었지만, 그에게도 현달한 시기가 있었다. 소동파는 22세 때 과거시험을 보았다. 그해 합격한 진사가 380여 명이었는데, 그는 2등이었다. 소동파가 '과거시험'에서 정해진 시간 내에 지은 글「형상충후지지론(刑賞忠厚之至論)」은 명성이 서울을 뒤흔들어, 일거에 그의 이름이 천하에 알려지게 되었다. 소동파는 벼슬을 순조롭게 구했고 한번은 대신 가운데 지위가 가장 높은 사람이 되어 조정의 핵심 인물과 접촉한 적이 있으며, 심지어는 태후의 총애를 받았다. 이와 같은 사람이 사회와 문화 방면에서 모두 세상 물정을 본 적이 있으니, 그와 도연명의 차이는 응당 크다.

왕국유를 두고 일찍이 부의(溥儀, 1906~1967)는 '남서방행주(南書房行走)'로 책봉하였고, 마지막 황실의 특별한 주목을 받은 적이 있다. 동시에 대학당(大學堂)에서 추앙을 받은 지식의 달인이었으니, 그의 인생은 객관적으로 도연명보다 훨씬 혁혁했다. 왜냐하면 후자는 종래로 이러한 기회를 가져본 적이 없었기 때문이다.

여러 경력은 그들의 예술 표현과 그 인식을 제한하고 결정했다. 하지만 그들은 도연명의 따라잡을 수 없는 질박미, 심원하고 특이한 예술미를 자신들은 체득할 수 없음을 스스로 탄식할 뿐이다. 설령 조금씩 근접할지라도 모두 불가능한 것이다. 그들은 인생과 예술의 관계를 너무나 잘 알았고, 모종의 예술에서 도달하려고 하는 특이한 품성을 잘 알고 있어, 선천적이고 후천적인 결합이 요구되었다. 그중에는 다소 신비하여 말하기 어려운 원인도 있다. 이러한 요소는 예술로 말하자면 과욕을 부린다고 해서 얻을 수 있는 것이 아니다.

그들이 한두 번 개탄하고 높이 평가하는 소리의 배후에서 사람들은 스스로 탄식하는 소리를 들을 수 있는데, 복잡한 기분이 나타난다. 도연명에 대한 그들의 체득은 강하고 왕성하며 뛰어난 심미 능력에서 나오는데, 인성 깊은 곳의 공명도 있다. 도연명 신상에서 발산하는 강렬한 도덕 감동력과 예술 감염력은 원래 하나였다. 다만 지극히 섬세하고 생각이 깊고 정서가 넓고 큰 사람만이 미세하게 접촉하고 수용할 수 있다.

도연명은 밖으로 드러나는 재능을 가지고 있진 않았다. 이것은 중요한 조건이거나 특질이라고 말할 수 있다. 위에서 든 제일류의 인물, 즉 도연명에게 극도의 찬사를 보냈던 인물 가운데 예술표현 방면에서 도리어 밖으로 드러나는 근심을 모면할 수 있는 사람은 하나도 없었다. 눈부시게 아름다운 사장(辭章), 이따금 나타나지만 사람을 부럽게 하거나 눈부시게 반짝거리는 빛, 천부의 지혜와 능력으로 교차하는 예술의 덮어씌우는 힘은 거의 모두 갖추었다. 이 모든 것이 재능의 구성 부분이고, 또 어느 정도 사람을 눈부시게 비추는 강렬한 빛이다. 우리는 어떤 예술 표현의 어조,

기세가 재주와 재능의 일부분이며, 신비한 생명의 암호를 폭로하고 있음을 알고 있다. 한 생명의 복잡한 모든 요소는 미세한 탄식이나 시끄러움 속에서 드러낸다. 하지만 그 속에 숨은 '비물질'은 일반적인 말의 수식, 구조와 사상 등과 같이 문헌학자나 시학가(詩學家)에게 주목 받지 못했다. 그것들은 더욱 은폐되어 무시당하기 때문이다. 사실상 어조와 기세는 예술품의 의미를 더욱 의미심장하고 영원하게 할 수 있다.

도연명의 예술은 일상적이고 우아하며 그윽한 성질을 가지고 있다. 정신적으로 영락없이 건강한 음식은 사람으로 하여금 안심하고 영구히 맛보게 한다. 그의 예술은 그의 일상생활처럼 고량진미가 없어 맛 봉우리를 손상하지 않고, 일상적인 채소와 양식뿐이라서 사람을 놀라게 하지도 않으며, 눈에 거슬리지도 않는다. 이 모든 것으로 구성된 항구적인 미, 내재미는 제일류의 예술가들이 몽매간에도 찾던 것들이다.

천재적인 인물은 예술 창조와 수용의 원리를 모르지 않으며, 반드시 할 수 있는 것도 아니다.

해발 고도

도연명처럼 자기의 일상생활, 특히 극도로 간고한 생활을 진실하게 묘사하고 기록한 사람은 역사적으로 적지 않다. 예를 들어 두보는 장안(長安)을 사수할 때, 「위 좌승에게 올리는 글 21운(奉贈韋左丞丈二十二韻)」을 썼다.

殘杯與冷炙, 남은 술과 식은 안주 먹으며
到處潛悲辛. 곳곳마다 슬픔과 고통에 잠겼다.

안사(安史)의 난 이후 두보 가족은 난을 피하여 감숙(甘肅) 동곡(同谷)에 이르러 「건원 연간에 동곡현에 우거하며 지은 노래(乾元中寓居同谷縣作歌)」를 썼고, 심지어 그가 산속에서 흰머리에 봉두난발로 상수리를 줍는 낭패한 모습을 묘사했다. 또 「다시 흐리고(復陰)」라는 시에서는 이렇게 썼다.

君不見, 그대는 보지 못했는가?
夔子之國杜陵翁, 기 나라의 두릉 늙은이는
牙齒半落左耳聾. 치아 반쯤 빠지고 왼쪽 귀 먹었다.

도연명은 두보와 마찬가지로 그들의 수많은 시편은 일기처럼 개인의 살아가는 방식과 발생하는 사건을 기록했다. 어떻게 생활했는지 그대로 시에 넣었으니, 이는 명백히 볼 수 있다. 문체에서 보면 도연명은 노출이 많고 표현은 적다. 그는 직감직술(直感直述)하는 외에, 현실 경험에서 파악하기 어려운 부분은 시에서 출현 빈도가 비교적 적다. 실제 있었던 일을 사실대로 쓰는 경험을 긴밀히 뒤따르게 하여 지나치게 확대하거나 상상하지 않는다. 시인은 보통 사람의 보통 경험을 많이 써서 읽는 이가 충분히 직접적으로 참여할 수 있다. 이것이 다른 시인의 표현과 다른 점이다. 사영운, 왕유, 맹호연 등이 표현한 경험이나 상황과 비교하면, 도연명 시는 일반 사람의 마음과 쉽게 체득하고 보조를 맞춘다. 우리는 마찬가지로 일종의 예술에 대해 경탄하고 찬미하는데, 원인은 도리어 같지 않다.

도연명의 시는 마치 그가 우리의 곁, 좌우, 중간에 있는 듯이 친화감을 가져다준다. 이백이 무대에서 공연한다면, 도연명은 우리와 같이 관중석에 앉아 있는 듯하다. 사영운, 두보, 이상은, 소동파 등은 모두 약간 멀리 떨어져 있고, 모두 높은 곳에 서 있지만, 도연명은 우리 주변에 서 있어 우리와 함께 담소하고 속삭이는 듯하다.

清晨聞叩門, 이른 새벽에 문 두드리는 소리가 들려
倒裳往自開. 옷 거꾸로 걸친 채 나가 직접 열었다.
問子爲誰歟? 그대는 누구신가 물었더니
田父有好懷. 농부가 좋은 생각이 있단다.
__「음주 20수」 제9수)

도연명은 시시각각으로 자신을 보통 사람의 지평선에 놓는다. 이는 그의 생활 지위가 조성한 것일 뿐만 아니라, 일상생활의 노고가 초래한 것이다. 고대의 다른 시인들도 모두 고달팠지만, 그들은 현실 상황의 고통과 속박 때문에 자기 시 속의 몸매를 낮추지 않았다. 그들은 여전히 자신을 높은 곳에 놓아 대부분의 경우 모양새는 정신귀족(精神貴族) 같았다. 이백은 '적선인(謫仙人)'이란 호칭을 인정하였고, 심지어 인간의 아들이 아니라 천인(天人)으로 높였다. 이백은 구름을 밟고 다니는 천인이고, 두보는 대지를 걸어 다니는 여행자이며, 도연명은 흙을 기어 다니는 농민이다. 소동파는 공인된 천재인데, 한번 서울에서 관직을 맡은 적이 있으니 궁정에서 민간에 이른 사람이며, 위에서 내려온 사람이다. 이 점은 시종 잊을 수가 없다. 사실상 일반 사람들은 시인의 특이함을 잊을 수가 없고, 이후의 독자들도 시종 이러한 일깨움을 얻을 수 있다. 이러한 기억은 시인의 작품 속에 직접 남아 있지는 않으며, 글 속에 스며들어 나온다. 경력이 다르면 다른 기운이 넘쳐흐르는데, 이는 가리기 어려운 사실이다.

비교해서 보자. 도연명의 농가 생활은 더욱 자연스럽고 일상적이며, 그의 시가도 마찬가지다. 평시의 생활처럼 도연명의 시가는 풍운(風韻)에서 사장(辭章)에 이르기까지 그다지 눈부시거나 현저하지 않다. 일반적으로 말하면, 시의 꼬리표는 시인 신상에 붙어 있다. 그런데 도연명의 꼬리표는 도리어 대부분 후세 사람이 붙여준 것이다. 이것도 특별한 케이스다.

도연명의 소박하고 꾸밈없음은 이러한 경지에 도달했다. 현실생활이든 예술표현 방면이든 그가 사람들에게 주는 소감은 그다지 '고상(高)'하지 않으며, '해발 고도'는 마치 대중과 같다. 하지만 이것은 내재적 속성과 대중의 구별에 결코 영향을 주지 않는다. 경제적 지위에서 논하면 도연명은 후에 심지어 일반인보다 낮아졌으나, 그 생명 속성은 월등하여 시종 일반인보다 훨씬 높다.

이곳의 '해발 고도'는 대부분 인간의 자태, 심리 태세를 가리키는데, 사람들에게 주는 일상 소감을 말한다.

도연명의 정신생활의 본질과 시의 고도는 일치하여 전형적인 '위상인(僞常人)'이라고 말할 수 있다. 그는 농업에 종사했지만, 결코 농민은 아니었다. 이백은 정상인의 일을 거의 한 적이 없고, 소동파는 엄격히 말하면 얼마 한 적도 없으며, 두보는 생활의 곤궁으로 인해 육체노동에 종사해야 했다. 하지만 그의 '심리 고도'는 도리어 시종 높았다. 도연명만이 실제 생활과 '심리 해발'에서 일반 사람의 고도를 가졌고, 심지어는 일반 사람보다 더 낮았다. 이러한 시각에서 그의 인생과 예술의 깊은 뜻을 투시하면, 마치 무엇인가 발견할 수 있는 것 같으니 가슴을 두근거리게 한다.

끼워 맞춰서 조립하다

이렇게 나날이 시간을 보내며 도연명은 괭이를 메고 이슬에 옷을 적시면서 새 술을 빚었고, 땅을 갈고 파종하여 수확했다. 그의 손은 온통 굳은살 투성이이고, 심지어 가끔 '붓을 들면 글자가 생각나지 않을(提筆忘字)' 가능성이 있음을 상상할 수 있다. 이렇게 두 손으로 붓을 들고 어떠한 시편을 쓸 수 있는지 대체로 알 것이다.

도연명의 정신과 예술에 대해 대자연이 시시각각 제공하는 외부 참조(參照)는 구체적이고 실제적이다. 이러한 노동과 환경은 그가 물질생활을 유지하는 데 가장 필요한 최소 한도다. 일상적이고 현실적인 참조와 일깨움은 비자각적으로 그 개인의 예술 풍격을 형성하였고, 또한 커다란 개조력과 배양력을 갖추었다. 그의 구어도 시골 풍속에서 나왔다. 왜냐하면 그가 동일한 토지의 용어를 대량으로 받아들였기 때문이다. 그의 생활 행위는 고금의 다수 문인과는 기본적인 차이가 있다. 대다수 독서인의 평소 생활은 책장을 넘기고 붓을 드는 일이지만, 도연명은 도리어 괭이로 파서 황무지를 개간하고 풀을 뽑고 벌레를 잡으며 술을 빚고 닭에게 모이를 주는 일이다. 그가 왕래한 주변엔 개별적으로 지나간 문인과 '명사'를 제외하면, 대다수는 낫 놓고 기역자도 모르는 농민이었다. 그래서 그의 시가는 '농부'와 다름없는 어휘, 글을 짓는 방식을 사용해야 했다. 이렇게 오랜 시간이 경과하여 개인의 풍격을 주조하고 다른 예술 속성을 주조하여 일반 시인과의 차이를 크게 벌려놓았다.

未言心相醉, 말하기 전에 마음으로 서로 취했는데
不在接杯酒. 한 잔 술을 같이 들어서가 아니었다.
__「고시를 본떠 지으며 아홉 수」 제1수

步步尋往迹, 걷고 걸어 옛 자취 찾아보니
有處特依依. 어떤 곳은 특별히 그리움 자아낸다.
__「옛 거처로 돌아와서」

風來入房戶, 바람이 일어 방문으로 불어오니
夜中枕席冷. 한밤중 베개와 잠자리 서늘하다.
__「잡시 20수」 제2수

도연명의 시가 중에 이처럼 일상생활의 미세한 흔적과 동작은 사실상 모두가 필요하고 자연스러운 기록이며, 그것들이 점차 변하여 시의 표지가 되었다. 그것은 바로 간략(簡約), 직접, 소박, 접근, 안정이다. 바로 일상생활의 동작엔 이러한 기본과 단순함이 필요하기 때문이다. 육체노동자도 일상을 가장 유효적인 방식으로 만들어야만 작업 효율을 높일 수 있고, 체력을 아낄 수 있으며, 생활의 수요에 잘 부응할 수 있다. 일상에서 예술 창조에 이르기까지 반드시 경향이 통일되어 있다. 이러한 습관적인 생활이 시구로 변화되었으니, 그 의의는 유달리 중대하다.

도연명의 생존 배경과 생활 내용은 시편의 말투, 어휘, 기운과 전부 끼워 맞춰서 조립된다.

현대 인터넷 시대의 번거로움과 헐값으로 쌓아둔 물건, 저속함과 허위를 돌이켜 보면, 또한 이 시대의 생활 내용이나 생활 방식과 일치한다. 가상 시대의 모든 단어와 글자는 근성을 이탈하여 지시 부호가 되었으며, 이미 완전히 물질의 고유한 느낌이 없어지고 원생지와는 관계가 없으며, 그중의 유기적 성분을 철저하게 제거했다. 그것들은 마음대로 붙여 넣어 조합하고, 키보드 위에서 멋대로 날아다닌다. 이 기간에는 심지어 정감의 개입이 필요 없고 심리의 파동도 소용없으며, 단지 기계를 조작하는 가운데 쾌감과 취미를 찾을 뿐이다.

이러한 시기에 현대인들은 도연명이란 시인과 예술을 어떻게 체득하고 찾을까?

우리는 이미 후끈한 문장과 함께 지내기가 어렵다. 왜냐하면 그것들의 고유한 생명의 온도는 광섬유통신으로 말미암아 촉각을 감지할 방법이 없기 때문이다. 그것들은 낯선 것 같고 무색무취한 것 같다. 심지어 질감과 중량이 없다. 현대인이 전자 모듈을 다루는 것처럼 도연명 시 속의 글자와 단어를 관찰해도 말하는 바를 모른다. 무지하고 무감각하여 무게를 가늠하지 못하여 인성의 온도와 인생의 고통을 담은 글을 티끌로 보고 무지막지하게 휩쓸어버리며, 높이 올라가는 대로 그냥 두거나 가볍게 쓸어버린다.

현대 정신세계에서 발생하고 있는 재해를 감정하고자 하면, 도연명의 전원시를 리트머스 종이로 삼아서 이를 가운데 집어놓은 다음, 그것의 색깔이 어떻게 변하는지 자세히 관찰할 수 있다.

미묘하여 말하지 않다

도연명의 「음주 20수」(제5수) 시에서 이렇게 묘사했다.

山氣日夕佳, 산 기운은 저물녘에 아름다운데
飛鳥相與還. 나는 새들이 더불어 돌아간다.
此中有眞意, 이 가운데에 참된 뜻이 있으니
欲辨已忘言. 말로 밝히려다 이미 말 잊었다.

여기에서 '진의(眞意)'가 포함하고 있는 것은 사실상 미묘하다. 이 '진의'는 도연명 자신이 언어로 명확하고 명석하게 표현할 수 없었고, 후세 사람이 설령 제일류의 천재 인물이라 하더라도 '진의'를 체득하고 '진의'를 다시 서술하기란 모두 어려웠을 것이다. 모든 것이 미묘하여 말의 범위를 벗어나 있다. 이는 지극히 예민한 예술가가 자연 속에 깊이 빠져 기본적 생존 수요를 위해 고생하고 장기간 혼자 지키며 지내는 생활 속에서 비로소 응집될 수 있는, 미세하여 헤아리기 어렵고 가까이 눈앞에 있는 상황, 의경(意境)과 지향일 것이다. '진의'는 미묘한 예술의 일부분이고 절대 진리의 일부분이다.

우리는 도연명이 이 순간 '진의'라는 두 글자에서, 파악할 수 없고 하소연할 수는 없으나 분명히 체득한, 천지 사이에 거대하고 없는 곳이 없으며 신비한 규정력에 긴밀하게 기댄 것이라 믿는다. 이러한 감지는 영감에 속하는데, 번갯불처럼 빠르게 지나가다가 후에 아무런 흔적도 남기지 않고 사라진다. 하지만 시인은 기억하고 끊임없이 음미하면서 잊어버릴까 두려워할 것이다.

'진의'는 만사만물 속에 삼투하고 들어 있다. 하지만 어두운 곳에 숨어 있다. 그것은 만물에 존재하고 만물에 표현되고 또 만물에 은둔한다. 도연명의 '진(眞)'자는 노자의 '도', 서구의 '하느님'과 통하는 듯하다. 이러한 형적이 없는 규정성의 신비한 역량은 수많은 사람들이 어느 순간에 마음 속에 모여 나타났다가 빠르게 스쳐지나가는 것 같다. 하지만 문제는 우리가 문자와 구두로 표현할 때, 도연명처럼 소박하고 근접한 파악으로 돌아가기 어렵다는 점이다. 우리가 조심하지 않으면 그것은 기억이 흐려져 잊히고 묻힐 수 있다. 이것이 보완할 수 없는 커다란 유감이다.

도연명은 시 창작이든 인간됨됨이든 힘써 진지함을 추구하고 조탁하거나 수식하지 않았으며, 남을 속이지 않고 자신도 속이지 않았다. 바로 금나라 말기, 원나라 초기의 시인 원호문(元好問, 1190~1257)의 시 두 구절과 같다.

一語天然萬古新, 천연을 한 번에 말하여 만고에 신선하고
豪華落盡見眞淳. 호방하고 화려함 버리면 참되고 순박해진다.
_「논시 30수(論詩三十首)」

도연명의 시가 예술에 대해 후세의 중요한 시인, 문학가는 각기 다른

말로 평론하였지만, 기본적으로는 도연명 시풍에 대한 소동파의 개괄로 귀납하여 '질박(質)'과 '아름다움(綺)', '여윔(癯)'와 '살찜(腴)'의 분별로 진입할 수 있다. 대대로 뛰어난 깨달음이 한데 모여서 서로 풍부하게 보충하여 도연명 시의 의의를 점차 부각시켰다. 하지만 이는 심미안을 가지고 있는 상층 인물, 보통 독자와 민중의 눈에서만 도연명은 여전히 단순화한 꼬리표이자 개념, 즉 전원에 은일(隱逸)하는 한적 시인이다.

일반인은 표현하기 어려운 풍부하고 번잡한 원소를 이해할 수 없다. 소동파, 원호문이든, 우리에게서 가까운 왕국유이든, 그들이 감지하는 모든 것을 언어로 표현할 방법이 없다. 표현할 수 없기에 최소 단위의 한어(漢語) 어휘로 전달하고, 감화의 방법과 깨달음과 계시의 방법을 써서 다른 사람으로 하여금 극도로 개인화한, 정미한 이해 속으로 들어가게 한다. 이러한 것들은 미묘하여 신비한 경지에 이른다. 그래서 우리는 생명의 심미, 예술의 심미가 이중적이면서 통일되었다고 느낀다. 이 두 방면에서 후대의 열독자(閱讀者)가 설령 진실한 도연명에게 약간 접근했다 하더라도 난이도가 있다. 특히 일찍 표식화, 개념화에 익숙하고 실내에서 책을 쓰는 환경에 익숙한 '학문가'는 "작은 실수가 큰 차이를 만들어내는(失之毫釐, 謬以千里)" 폐단을 더욱 경계해야 한다.

도연명은 백여 편의 시문을 남겼을 뿐이다. 명성이 자자한 시인치고는 사실상 너무나 적다. 예술의 양과 질, 체(體)와 품(品)의 관계는 영원히 말로 다 표현하기 어렵고, 일치된 결론을 내릴 수 없다. 하지만 거리낌 없이 분명히 말할 수 있는 것은 생명의 강을 표현하고 노출하려면 기본 규모가 필요하다는 점이다. 이 '기본'이라는 두 글자를 어떻게 정의하느냐가 도리어 하나의 문제다. 도연명의 경우에 가지각색의 백여 편은 충분한가,

불충분한가? 이는 정말로 대답하기 어려운 문제다.

사람들은 늘 사회와 도덕의 시각에서 고전 인물, 그리고 그들의 예술을 해석하는 데 익숙하다. 도연명은 그가 살던 시대에 이 액운을 벗어나지 못하여, 그의 시는 사회인과 도덕인의 일종의 보충, 일종의 주석이 되어버렸다. 시는 진실로 사회적으로 독립할 수 없으나, 사회란 큰 그물에 의해 전부 덮이거나 심지어 깡그리 대치될 수 없다.

근대에 이르러 도연명에 대해 수많은 철학적 독해, 사상적 독해가 있었으나, 희미하고 분명하지 못하여 갈수록 명석하지 못하고 단서를 찾을 수 없었다. 최후에는 독단적인 한 송이가 결국 변하여 납매가 되었으며, 철저하게 파헤칠 방법이 없는 종심(縱深)과 범주를 갖게 되었다. 여기에는 말이 약간 과장되었다. 도연명의 사상 경계가 텍스트 안에 남아 있다지만, 텍스트만으로는 사실상 사람으로 하여금 수많은 '통설'에 맞장구치게 할 방법이 없다. 예를 들면 그는 다른 사람들이 말하는 우뚝하게 높이 솟은 것이 없다. 도연명의 생사관, 철학관을 형이상학적으로 탐구하거나 심지어 조류에 반항하는 용기 방면에서 일부 연구자와 논객들은 한두 번 과장했다.

도연명은 순박하고 실제적인 것을 추구한 생존자이며, 노동을 견딜 수 있는 지식인이었다. 가장 고귀하고 대단한 점은 「도화원기」 및 「돌아가자」를 대표로 하는 시부 문장이다. 이러한 표현과 노출은 진정 불후할 것이다.

문제는 이후의 뛰어난 인물이 일반 사람이 발견하지 못한 심오함을 발굴함과 동시에, 또 자신의 심정에 따라 도연명의 술을 빌어서 자신의 분노를 풀어버리고는 도연명이라는 사람과 시를, 웅대하여 짝이 없다(偉

岸無匹)고 말한 점이다. '무필(無匹)'이라는 말은 진실로 써도 무방하다. 진정한 예술은 중복할 수 없기 때문이다. 하지만 '웅대(偉岸)'란 말은 절제해야 한다. 예술은 단순하게 비교할 수 없는 동시에, 감각적인 '해발' 눈금이 존재하기 때문이다.

도연명은 필경 백여 편의 시부를 남겨놓았을 뿐이다. 하지만 백여 편 가운데 극도로 매혹적인 시와 사고(思)가 있다. 그것은 사실상 너무나 아름답고 독특하며 불가사의하다. 이러한 문장 속의 '진의'는 다만 미묘하여 말할 수 없는 가운데에 있으니, 대대로 이해하고 음미할 수 있어 민족의 영구한 깨달음이 되었다.

한 가지 처방약

'죽림칠현'이나 사영운 등과 비교해보면, 도연명의 실제 생활 및 예술에 번거로움과 까다로움은 거의 없다. 이것은 그의 '성본(性本)'이 결정한 것이며, 그의 신분이 미천하여 드러나지 않은 것과도 관련이 있다. 등산도 마찬가지이고 자연과 토지에 접근하는 것도 마찬가지이며, 동시기의 사영운은 등산하면서 유명한 '사공극(謝公屐)'을 신고 올랐는데, 이를 보면 무형 중에 자연에 가까이 다가가는 형세와 영향도 다름을 알 수 있다. 예로부터 지금까지 생활 속에는 확실히 자연 생활을 추구하는 거동이 있으니, 고급스럽고 무척 비싼 '소박(簡朴)'인 셈이다.

도연명은 '민간'의 의미를 사고하지 않은 것처럼, 개인적으로 대략 소박의 의미를 지나치게 많이 사고하지 않았다. 도연명의 행위는 완전히 자아생존의 필요에서 나왔으며, 물론 여기엔 천성적인 감성이 보태졌다. 도연명은 '개인주의자'이지, 집체주의자가 아니다. 이는 중국의 과거나 현재에 모두 소중히 여길 만한 가치가 있다. 왜냐하면 중국의 문화 속에서 개체는 항상 지위가 높거나 권세가 크지도 않았고 중요하지도 않았으며, 그 행위는 집체란 조류 속에 잠겼기 때문이다.

위진 시기의 청담파(淸談派), 양생파와 소요파, 예를 들어 '죽림칠현' 등을 원격탐지하면, 여전히 그들이 자신의 신념대로 행동하는 '개인주의'

가운데 일종의 소집단, 소단체의 기미가 존재하는 듯하다. 우리는 '죽림칠현'이 어렴풋이 존재하는 '소공사(小公社)'이고, 그들의 오석산 복용, 통음과 자유분방함이 마치 같은 운치와 색채를 띠고 있는 것처럼 느낄 수 있다. 얽매이지 않고 방랑하여 듣는 사람을 놀라게 하는 지경에 이른 완적과 유령처럼, 어느 정도 '소공사'의 특징을 대표한다. 그들은 대체로 사족 문벌 자체에 속하고 스스로 계통과 구조를 이룬 무리다. 이러한 테두리는 평민과 함께 살 수 없었고 용해되거나 희석되기도 어려웠다. 비교해보면 도연명의 조상 가운데 지위가 높고 권세가 큰 고관이 있었으니, 도연명은 필경 세습할 수 없는 부류로서 결국 가난한 집안에 속한다. 도연명은 작위도 없고 풍부한 자산도 없었지만, 그의 자연과 침묵은 하층민 대다수 사람과 여전히 달랐다, 왜냐하면 그는 필경 지식인이었고, 그의 행위는 이 군체에서 이기적임을 보여주었기 때문이다. 이는 쉽지 않은 일이다.

우리는 도연명을 통해 '고립', '개인'이 도대체 무엇을 의미하는지 사색할 수 있다. 이러한 자주적인 행태는 부화뇌동을 추구하지 않고 정신과 현실 행위에서 무리에 가담하지 않는 방식인데, 사실상 실행하기란 매우 어렵다. 도연명은 위진 시기의 사람들과는 달리 얼굴엔 아무런 유성분을 바르지 않았고, 조금도 기괴하다거나 허황되지 않았다. 다만 평범하게 시간을 보내고 청빈한 생활을 견지하면서 기껏해야 일상생활의 심미화로 적막과 고통을 희석했다.

이러한 시인은 사실상 이로써 오늘날의 초조감을 치료할 수 있다. 도연명은 기형적인 현대에 대한 가장 좋은 한 가지 처방약이다. 지금에 와서 도연명의 생활 방식과 예술 표현을 채택하려면, 사실상 열정과 용기가 필요한 일이다. 시끄러운 현대는 모든 구석의 안녕을 충분히 교란시킬 수 있는데, 고독하면 고독할수록 사람들에겐 고독이 참기 어려운 고난으로 보인다. 사람은 전에 없이 무력한데, 여러 소리로 합주해야 비로소 사람을 압도하는 음파(音波)가 있고 진동하고 덮어씌울 수 있다. 조류에 가담하여 조류를 추종하는 일이 이미 현대 생활의 필수가 되었다. 현대인 대다수가 자신을 잃어서 자신의 공간을 유지하기란 어렵고도 어려운 일이다. 하지만 예로부터 지금까지 이러한 유지가 없다면, 진정한 사람의 역량을 보유한다고 말할 수 없다.

당시의 도연명은 외톨이로서 개인의 소박함이 삶의 토대를 구성하여 비로소 도연명과 그의 예술을 월등하게 만들었다. 그가 당시에 마지못해 '명사' 노릇을 했다면, 그는 이러한 평판을 경시하고, 결코 '명사'와 대오를 이루지 않았을 것이다. 우리가 알다시피 사람이 언제나 각종 '명사'들과 함께 뒤엉킨다면, 이것도 무리에 가담하는 일종의 방식이다.

도연명은 외조부 같은 '명사'를 동경하고 기대했지만, 현실 속의 '명사 위엄'에 대해서는 주저를 표현했다. 그는 '명사' 집회에 그다지 참가하지 않았으며 한데 모이지도 않았다. 우리는 극소수 '명사'의 집회에서 생산된 시문 응답, 화답에서 시인의 극진한 대처 방법, 어려운 일을 참고 해내는 약간의 서툰 모습을 보게 된다. 그가 스스로 당부하고 위안하는 개인 대화와 읊조림은 마음속에서 나온 음영이고, 생동감 있고 아름다우며 우미하고 자연스럽다.

結廬在人境, 사람 사는 곳에 오두막 엮었으나

而無車馬喧. 수레와 말의 시끄러움은 없다.

問君何能爾? 그대에게 묻노니 어찌 그럴 수 있나?

心遠地自偏. 마음 초원해지니 땅은 저절로 외떨어진다네.

__「음주 20수」 제5수

일단 개인으로 돌아오면, 시인의 마음과 손이 막힘이 없어 원활하고, 화려한 색채도 환하게 빛남을 알 수 있다.

빼셈으로 살기

프랑스 인상파 시인 발레리(Paul Valery, 1871~1945)는 도연명의 시가에 대해 일찍이 말한 적이 있는데, 당연히 번역본을 통해서였다. 일종의 언어예술은 다른 언어예술이 되는데 손실이 크더라도 때로는 모종의 이형질을 낳아 사람에게 또 다른 기쁨을 생성시켜 준다. 외국에서 온 예술을 감상하노라면, 원격탐지의 성질을 갖고 있어 초연하고 냉정하다. 발레리는 이러한 정세에서 도연명을 수용하였을 것이다. 그는 도연명을 중국의 '라 퐁텐(Jean de la Fontaine, 1621~1695)'과 '베르길리우스'에 비유하면서 그의 시가 '농사시(農事詩)'와 같은 맛이 있다고 말했다. 이는 결코 뜻밖의 일이 아니다. 우리 상상 속의 발레리는 동방 시인을 치밀하게 탐구하지 않았고 그 예술과 생활 디테일에 대해 깊이 들어가지 못했지만, 시가의 운치(韻致)와 외부 색채를 분류하여 이처럼 파악했다. 도연명의 작품은 대체적인 예술 유형과 서사 내용에서 확실히 라 퐁텐과 베르길리우스와 근접하고, 사실상 그처럼 의미심장함과 풍부한 자질을 갖추고 있으니, 진정한 의미의 대지 시편이다.

도연명은 물질적으로 메마른 일생을 보냈지만, 다른 방면에서 보면 도리어 일종의 '부유'를 의미한다. 왜냐하면 그가 개인적으로 지배하는 많은 시간을 가졌기 때문이다. 시간이야말로 가장 고귀한 것이고, 사람의 일생은 결국 자기만의 많은 시간을 가지고 있다. 이것이 자신을 평가하는 최대 표준이자, '재부'를 평가하는 최대 표준이다. 그는 돌아온 뒤 필경 개인적 시간이 많아졌고, 욕망과 체제의 노역 아래에서 극진히 바쁘게 뛰어다니지 않았다. 생활 방면에서 욕망의 부림을 받지 않았고, 예술 방면에서 미사여구로 글을 짓는 시대 기풍에 의해 노역당하지 않았다. 이는 모두 농사지은 이후 얻은 장점이다. 그는 자신의 지반에서 비교적 제멋대로 간편하게 입었고, 새벽에 일어나고 싶지 않으면 침상에서 게으름을 피웠다. 이러한 상황은 관리사회에서 결코 해서는 안 되는 일이다. 이는 그가 시골로 돌아와 추구한 중요한 것 가운데 하나였고, 지자(智者)가 한구석에서 몰래 자유를 누리는 절호의 사례이며, 모방하기 좋은 방법이자 본보기다. 현대인은 툭하면 '빼셈으로 살아야 한다'고 외치지만, 사실상 최후에 이것은 실행하기 어려워 창백하고 힘없는 구호가 되는 줄을, 아무도 모른다.

'빼셈'의 근본은 자유의 문제이지, 어떤 생활의 기술이나 생활의 단서가 아니다. 자유를 내려놓고 마음을 내려놓으면, '어리석고(傻)' '어두워져서(迂)' 자신을 시운의 반면으로 나아가게 만든다. 여기에 성정의 문제가 있으며 용기의 문제가 있다. 해결할 수 없는 문제가 있으면 한번 시험해 보지 않으면 안 되는데, 새로운 방법의 부담만 많을 뿐이다.

소크라테스는 일찍이 맨발로 다니고 찢어진 옷을 걸치고 거리에 나와 탄식을 하면서, 이 세계에 어째서 이렇게 내게 불필요한 것이 많으냐고 불평한 적이 있다. 이러한 의미에서 말하면, 진정한 소박은 사실상 물질의 많고 적음과는 관계가 없다. 우리가 도연명이 부잣집 자제여서 우월한 물질생활을 누릴 조건을 가졌다고 믿는다면, 틀림없이 제멋대로의 잘못된 판단이다.

도연명은 정말로 '빼셈'을 운용하여 생활한 전형이다. 그는 먼저 마음의 빚을 줄여서 욕망의 두 손을 내려놓음으로써 모든 것을 줄였다. 특히 이러한 빼셈은 예술 방면에 표현되었는데, 극히 소박하고 단순하며 지극히 미묘한 시편을 완성했다. 노자는 일찍이 이렇게 말했다. "적으면 얻고, 많으면 미혹해진다.(少則得, 多則惑)."

도연명은 무현금을 연주했다. 그는 거문고를 사랑했으나, 줄을 다는 데에는 게을렀다.

但識琴中趣, 다만 거문고의 흥취를 알 뿐이거늘
何勞弦上聲. 어찌 수고롭게 줄 위에서 소리 내리오?
_『진서 · 은일전 · 도잠』

그의 시편은 풍부하고 그의 사상도 보기 드물게 풍부하나, 형식적으로는 무현금처럼 보면 민숭민숭하고 심지어는 텅 비어 아무 내용이 없는 것으로 오해받는다. 하지만 '무(無)'와 '공(空)' 속에 한없이 풍부한 함의가 숨어 있다.

도연명의 시가는 항상 노출하기만 할 뿐이고, 무수한 언외의 뜻과 상(象) 밖의 뜻을 솔직한 진술 속에 넣는다. 그가 가장 많이 운용하는 방법은 백묘(白描)와 사의(寫意)인데, 예를 들어보자.

誤落塵網中, 잘못하여 속세란 그물에 떨어졌더니
一去三十年. 단번에 30년이 지나갔도다.
_「전원으로 돌아와 살며 5수」 제1수)

翩翩新來燕, 훨훨 다시 돌아온 제비

雙雙入我廬. 쌍쌍이 내 집으로 든다.

__「고시를 본떠 지으며 아홉 수」 제3수

유사한 시구가 아주 흔하여 읽어보면 소박하고 평이하니, 일종의 '극간(極簡)'이라 할 만하다. 하지만 이러한 '극간'은 무수한 운치와 의미를 방출하고 전달한다. 도연명의 정신 특질은 이처럼 예술창조에서 물질생활에 이르기까지, 이 모든 것은 사실상 빈궁과 큰 관계가 없다. 일부 가난한 사람들도 번거롭고 화사하고 꾸물거리며 살아갈 수 있다. 예를 들어 어떤 시인은 극빈할 때에도 말의 수식은 미사여구를 강구하여 모든 수단을 동원하여 썼다. 이러한 예는 결코 드물게 보이지 않는다. 예를 들면 두보의 「달밤(月夜)」은 당 숙종(肅宗)에게 의탁하러 가는 도중에 안녹산(安祿山)에게 포로가 되어 장안이 함락될 때 지었는데, 시중에 "고운 안개에 구름 같은 머리카락 적시고, 맑은 달빛에 옥 같은 팔이 차갑구나.(香霧雲鬟濕, 淸輝玉臂寒.)"라는 시구가 있다. 두보는 달을 바라보고 아내를 그리워하면서 곱고 화려하게 묘사했으니, 물론 하나의 풍격이기도 하다. 도연명의 인간성과 시는 모두 번잡하고 불필요한 것이 없으며, 실속 없이 겉만 화려하고 아름다운 말의 수식은 거의 없다.

현실생활에서 우리는 항상 '궁예도(窮禮道)'를 만나게 되는데, 번거로움 여부는 사실상 빈부와 무관함을 알 수 있다. 육유(陸游, 1125~1210)는 일찍이 "의관이 간소하고 소박하니 옛 풍속 남았다(衣冠簡朴古風存)"—「서산촌에 노닐며(游山西村)」)고 말했는데, 가리키는 것은 일종의 매우 높은 생활 격조다.

도연명은 "책 읽기를 좋아하나 지나치게 따지려고 하지 않았다.(好讀書, 不求甚解)"고 말했는데, 사실상 일종의 자유의 표현이며 독서인의 수의(隨意)와 천성을 드러낸 말이다. 겉보기엔 소박하고 자조적인 말이 섞인 것 같지만, 자신을 전통적인 독서인과 경계선을 그었다. 왜냐하면 고생을 참아내는 독서인은 "가죽 끈이 세 번 끊어지다(韋編三絶)", "머리카락을 들보에 매달고, 송곳으로 허벅지를 찌르다(頭懸梁, 錐刺骨)"와 같은 형상과 나란히 봐야 한다. 이는 더욱이 단순하게 자기를 낮추는 겸손으로 볼 수 없는데, 책을 대하는 도연명의 진실한 태도다. '책 읽기를 좋아하나' '깊은 이해'를 추구하지 않는다. 일반적으로 말하면 불가능한 일이다. 책을 펼치나 결코 죽기 살기로 덤벼들지 않는다. 이는 그에게 독서 방면의 정신적 압력을 풀어준다. 어떻게 해야 "지나치게 따지는가(甚解)?" 한대 이래로 복잡한 경전 주석과 고증은 사실상 너무 동떨어졌고, 잘못하면 독서 방법을 복잡하게 만들거나 손상을 주어 사람에게 아무런 도움이 되지 않았을 뿐만 아니라, 도리어 황당한 길로 빠질 수 있겠다. 그는 이것을 거절하고 배척했다. 도연명은 이와 같이 독서했고, 마찬가지로 이처럼 인생을 읽고 세월을 읽어서 모든 문제가 자유의 경계로 되돌아왔다. 그가 말하는 '진의'는 사실상 이중적이고 없는 곳이 없으며, 이러한 경계가 있어야만 납득할 수 있고 접촉할 수 있다.

도연명 시가의 표현 수법은 그의 일상생활의 행동거지와 마찬가지로 진솔하고 명랑하다. 그의 시가 예술은 『시경』 시대에서 가깝고, 「고시십구수」와는 더욱 가깝다. 형식 방면에서 보면, 그는 굴원과 이백 등에게서 비교적 멀리 떨어졌다. 이처럼 지극히 간략한 품성은 일종의 특이한 속성과 특별한 건강에서 나왔다.

도연명이 선택한 생활은 더욱 많은 시간과 기회를 자신의 취미에 투입하여, 대부분 심리적 압력을 감소시키고 무의미한 번화가의 세력 다툼을 다소나마 줄일 수 있었다. 그가 안빈낙도한 '도'는 일반적인 '도'와 똑같지는 않다. 그가 더 많이 가진 것은 자연스럽게 다가가는 '도'다.

도연명의 생활 수준은 근본적으로 높은 편이다. 탁주 서너 잔, 이웃 칠팔 명, 북창에서 빗소리 듣기, 나무 아래에서 서늘한 바람 쐬기 등이다. 특별히 옹색했던 최후의 시기를 제외하고, 당시의 환경에서 그는 가능한 한 근심걱정 없는 쾌락한 생활을 찾았다. 다른 사람의 경우에 똑같은 상황이라면 이처럼 많은 기회와 이러한 세월을 잃어버렸을 것이다. 도연명은 교제를 좋아하지 않았고 송영(迎送)을 좋아하지 않았으며, 시원시원하고 청한(淸閑)한 경지에 빠졌다. 이는 사실상 인생의 총명한 선택이자 이성의 선택이다.

조건이 되었다면 도연명은 계속해서 '미혹(減)'에 빠지지 않았으리라 믿는다.

지자가 잇달아 오다

편안하게 전개하고 독립적으로 스스로 할 수 있는 지식인은 무척 많다. 하지만 도연명의 경지에까지 오를 수 있는 사람은 거의 없다. 이것은 주 · 객관적인 조건을 종합하여 시인에게 작용한 결과이긴 하지만, 삶 자체를 직면할 수 있는 사람의 삶은 반드시 깨끗하고 단순해야 한다. 이러한 생활 태도를 가져야만 생활의 맥박과 생명의 맥박을 누를 수 있고, 이 시각의 삶이 활발하고 신선하다는 것을 느낄 수 있다. 온 힘을 다해 군더더기와 허영이란 부담을 벗겨내고 덮어버린 난잡함과 퇴적물을 뽑아버리면, 매일 새로운 싹이 자라날 수 있을 것이다.

사람의 생명이 자유를 향하고 있다면, 틀림없이 번다한 예절에 대처할 마음은 없을 것이다. 예절은 다만 타인의 눈엔 "인생여희(人生如戲: 인생은 연극과 같다)"의 '희(戲)'로 보일 것이다. 설령 연극을 특별히 좋아하여 거기에 몰두할지라도, '공연(做戲)'은 지치고 고된 일이다. 사실상 일단 피곤이 엄습하면, 여가의 시간도 더 이상 많아질 수 없다. 거시적인 관점에서 착안하는 사람은 반드시 활달한 정서와 자유의 인격을 가지고 있다. 신기질(辛棄疾, 1140~1207)은 도연명에게 "더욱이 청진하지 않은 글자가 없다(更無一字不淸眞)"고 말했는데, '청진(淸眞)'은 시원함과 진실을 가리킨다. 주광첸(朱光潛, 1897~1986)은 도연명이 "조용하고 엄숙하므로 위대하다(因靜穆而偉大)"고 말했고, 루쉰은 도연명이 '조용하고 엄숙' 하지 않다고 말했다. 하지만 여하를 막론하고 비교해보면, 도연명은 여전히 '조용하고 엄숙'하다. '조용하고 엄숙함'은 반드시 단순해야 하고 단순해야만 거시적인 관점에서 착안할 수 있다. 사치스럽고 방탕하면, 반드시 근시안적일 수 있고 옹졸하여 도량이 좁아질 수 있다. 사영운과 비교해보면 그는 '조용하고 엄숙'하지는 않았고 명성이 무척 커서 당시 도연명의 명성보다 얼마나 더 큰지 모른다. 사영운의 시도 훌륭하지만, 도연명에 비해 그의 외재적 명성은 이처럼 클 수 없었으니, 당시 전체 시대의 예술과 정신 품위는 여전히 높지 않았음을 설명한다.

정신적 품위가 낮은 시대에는 반드시 예술 방면에서 오해를 살 수 있다. 한 시대가 어떤 예술을 숭배하는가, 이것이 시대정신에 대한 가장 좋은 감정이자 설명이다.

한 사람의 고유한 속성은 최종적으로 그의 기상과 도량의 크기를 결정한다. 예술은 풍만함이나 초췌함, 내장이나 외장을 막론하고 모두가 작자의 본질에서 나온다. 다만 소박을 일종의 풍격으로 여겨 추구한다면, 진정한 척박함과 빈약함을 조성할 뿐만 아니라 이어가기가 어렵다.

관건은 생명의 본질을 보고 사람을 보는 것이다. 이른바 추구, 모방과 학습은 모두 한계가 있다.

도연명의 예술은 염담(恬淡)과 한취(閑趣)에 대해 너무 많이 얘기해왔지만, 통일하여 마음을 가라앉히고 보면 '담(淡)'과 '한(閑)' 사이에 도리어 혼연한 대기상(大氣像)이 나타난다. 때로 심지어는 일종의 충만감을 갖는다. 이밖에 소동파가 말한 '아름다움(綺)'과 '살찜(腴)'이 있다. 이는 도연명과 동시대의 사람이 들어보면, 반드시 고개를 연신 저으면서 그렇지 않다고 여길 것이다. 왜냐하면 그들은 모두 도연명 시가 창백하여 문채가 없다고 여기기 때문이다. 제량(齊梁) 시대에 이르러, 시단의 주류는 도연명의 작품을 결코 높게 평가하지 않았다. 그 시대의 취미가 높지 않고 예술 인식도 높지 않았기 때문이다. 그래서 시간의 누적을 겪은 후, 수당(隋唐) 시대에 이르러 사람들은 비로소 그중의 '진미(眞味)'를 서서히 음미하고, 도연명 시가의 예술 가치를 인식하게 되었다. 수당 이전에 도연명을 숭배하는 사람은 많지 않았다.

이를 보면, 모든 시대의 보편적인 오해를 받는다고 하더라도, 가장 뛰어나고 가장 민감한 사람이 진실을 말할 수 있고, 이런 사람은 홀로 혜안을 갖추고 심미와 인식의 깊은 곳에 들어가는 것을 알 수 있다. 하지만 이것은 지극히 귀중하고도 드문 일이다. 하물며 언제나 지극히 개별적인 소리이기 때문에, 그것의 효과는 항상 제한적이다. 필요한 시간이 지난 뒤 제일류의 인물이 느릿느릿 와서 최종적으로 한데 모인 다음, 공통된 인식을 이루게 된다. 남조의 포조는 도연명을 지극히 숭배했고, 이후의 이백은 포조를 무척 좋아했다. 하지만 당시의 포조는 도리어 고장난명(孤掌難鳴)했다. 하지만 가장 중요한 것은 그 당시 도연명에 대한 보편적인 오해다. 시인 자신에게 있어서 결코 치명적인 최후 결과를 조성하지는 않았지만, 우리는 시인의 자아 변명을 볼 수 없고, 기타 성급하고 모진 표현도 볼 수가 없다. 시인은 아마도 실무에 바빠서 근본적으로 이러한 것을 돌아볼 수 없었던 것 같다. 도연명은 선천적으로 본성에 맡겨 일하는 사람이다.

이와 같이 해나가면, 지자(知者)가 잇달아오고 가면 갈수록 더욱 많아졌다. 그래서 포조가 나오고 이어서 이백, 소동파, 신기질, 왕국유 등 수많은 사람이 나오게 되었다. 이전의 선입견에 대한 반발 심리에서 나왔고,

잘못을 바로 잡으려다 오히려 일을 그르치는 일이 있어 호평이 많았을 뿐만 아니라, 과분한 칭찬이 기풍을 이루었다. 원래 "지자가 잇달아오는(知者紛來)" 정세에서 부지자(不知者)도 그중에 섞였고, 지기를 가장한 간절한 표정이 가장 생동감 있고 재미가 있다.

디지털 시대와 물질주의의 압박을 받는 사람들은 현대의 헐떡거리는 땀내에서 도연명을 찾아서 그를 인생의 본보기라고 여기기가 어렵게 되었다. 이에 '지자'는 갈수록 많아지는 동시에, 오해도 이를 수반하여 불러올 수가 있다.

우리는 조금 더 단순하고 소박해야 한다. 왜냐하면 시인 자체가 이러하기 때문에, 우리도 응당 이렇게 대우해야 한다.

커다란 절조

도연명의 시문은 고심하여 다듬은 흔적을 거의 남기지 않았다. 초기의 「욕망을 가라앉히며」, 창화시와 화답시 몇 수에서 보여준 화려한 배치를 제외하면, 절대 다수의 작품은 자신을 만족시키기 위해 정신이 요구하는 대로, 내키는 대로 썼으니 매우 솔직하다. 이것은 일을 하는 그의 풍격과 통일되어 있으며, 시세를 전연 추종하지 않았고 자기가 즐거우면 그만이었다. 이렇게 한 최후 결과는 시단에서 갈수록 냉대 받았고 갈수록 소외되었으며, 게다가 제반 일이 순조롭지 않고 적막한 심리가 더욱 무거워진 점이다.

荏苒歲月頹, 점점 세월이 흐르면서

此心稍已去. 이 마음도 이미 사라져 버렸다.

値懽無復娛, 기쁨 만나도 다시 즐겁지 않고

每每多憂慮. 사사건건 근심 걱정만 많다.

__「잡시 20수」 제5수

시인은 각 방면에서 자신을 훈계하고 경고해야 한다. 되도록 곤궁하고 모순된 상태에서 이완하면, 자신에게 압력을 줄여주어 평일의 심정을 더욱 낙담하거나 악화시키는 데에는 이르지 않을 것이다. 그는 항상 다른 사람의 말을 인용하여 자아를 일깨우고 본보기를 찾아서 스스로 열어보려고 했다. 물질 방면에서 도연명은 원대한 생각이 없었고, 최후에는 결국 입을 옷도 없고 먹을 밥도 없는 지경에 이르렀다. 구걸하고 굶주리며 가난과 질병이 한꺼번에 닥쳤다.

도연명의 마음속에는 자연스럽게 천도와 조화를 이루는 영원이 있었다. 이는 그에게 어느 정도 감화와 위안을 주었다. 이 '영원'은 "말로 밝히려다 이미 말을 잊은(欲辨已忘言)" '진의'인데, 그는 마음속으로 이 '진의'를 파악하려고 시도했다. 내재적인 정신 추구는 갈수록 높고 심원하고, 외재적 물질 추구는 갈수록 지나치게 심혈을 기울이지 못했고, 반드시 너무나 많은 손실이 있었다. 그의 전원은 경영을 잘못하여 점점 나빠져 갔고, 여의치 않은 상태에서 제때에 맞추어 즐기고 그날그날 살아가는 경향을 가졌을지도 모른다.

도연명은 세속 생활의 어느 방면에서 특별히 간소함을 추구하고 생략하였으며, 다른 방면에서는 도리어 정신과 시간을 아끼지 않고 특별히 좋아하여 거기에 몰두했다. 예를 들면 그는 음주, 시골 자연의 음미 등에 대해 예사롭게 보지 않고 매우 참을성 있게 투입했다. 이러한 상태는 그를 넉넉하고 침착하게 만들었다. 이러한 점에서 두보를 그와 비교하면 분명 다른데, 마찬가지로 생명의 최후 단계에 이르렀을 때나 빈곤하고 영락한 말일에 이르렀을 때, 두보는 여전히 장안을 바라보았다.

> 夔府孤城落日斜, 백제성 외로운 성에 저녁 해 기울고
>
> 每依北斗望京華. 매번 북두성 의지하여 장안 바라본다.

聽猿實下三聲淚, 원숭이 소리 세 번 들으니 눈물이 나고
奉使虛隨八月槎. 사신 수행 헛일이 되었네, 팔월 뗏목처럼.
_「추흥 8수(秋興八首)」 제2수

한 시인이 황권(皇權)에 의해 이 지경까지 소외되었으니 정말 개탄스러운 일이다. 최후의 이러한 심경과 환경으로 도연명과 비교하면, 두보의 '망경화(望京華)'는 다소 하찮음을 드러낸다. 그런데 도연명은 그 시각에 여전히 자연에 감정이 북받치고, '대괴(大塊)'와 '고민(高旻)'을 체득했으며 여기에서 기탁할 곳을 찾았으니, 다른 종류의 기상이다.

아마도 어떤 사람은 두보가 더욱이 가국(家國: 집안과 나라를 이르는 말) 정서를 가졌으며, 그의 우국우민, 강렬한 사회성과 도덕성은 사람을 경복하게 한다고 말할 것이다. 도연명 방식의 자연에 감정이 북받침은 아마도 다른 방면의 유감과 결함이 있을 것이다. 우리는 늘 두목(杜牧, 803~약 852)의 시구 "상녀는 망국의 한을 모른다(商女不知亡國恨)"를 인용하면서, 가국 정서가 없는 사람을 조롱하거나 견책한다. 이는 단지 사유 방식일 뿐이고, 실제로는 시각을 바꾸어 이해할 수 있다. 망국은 상녀와 무슨 상관이 있는가? 상녀인데 하필 망국의 한을 신경 써야 하는가? 그렇게 많은 하층민은 현실 생존을 근심하고 있는데, 망국했다고 무엇을 얻겠는가? 나라라는 거대한 맷돌에서 수많은 상녀는 이미 최후의 생명 즙을 짜내게 되었다. 누구의 나라인가? 누구의 한인가? '상녀'가 그렇게 많이 관여할 수 있는가? 그녀의 무지, 그녀가 즐겁게 부른 노래가 가장 현실적이고 가장 긴박하다.

하지만 두 가지를 말하고자 한다. 다른 방면에서 보면 이민족의 침입,

난폭한 오랑캐의 속임, 국운은 가운과 연결된다. 한 사람이 어떠한 시야와 흉금을 가지고 어떠한 위치에 처해 있는지에 따라, 보고 생각하는 것은 반드시 다르다. 이는 우리가 종합하여 인생 의의를 사고하고, 국가 사직의 의미를 고려하며 체제, 개인, 예술 등 지대한 문제를 고려해야 하는 문제인데, 그들 사이에는 확실히 더욱 미묘하고 더욱 복잡한 관계가 있다.

사람마다 모두 소위 '큰 절조'를 가지고 표현하기 마련이다. '상녀'는 자신의 '큰 절조'가 있고, 문천상(文天祥, 1236~1283)은 자신의 '큰 절조'를 가지고 있다. 그들이 가슴에 품고 있는 '큰 절조'는 각기 다르고, 그들이 당면한 생활 형편도 다르다. 다른 역사 시기와 시대에 사람들의 순절한 '절조'도 대체로 헤아릴 수 있다. 일부분과 구체성으로 이야기하면, '큰 절조'는 의심할 나위 없이 도달할 수 없는 고도이고, 철학의 지향점으로 돌아와 더욱 많은 사고가 있을 수 있다. 더욱 큰 역사적 관점으로 돌아가면, 우리는 또한 더욱 많은 사고가 있을 수 있다.

지위가 낮더라도 우국을 감히 잊을 수 없는 것이 사인의 절조다. 생활의 최하층에 눌려 있는 노예들이 세계 대사에 전념하는 것은 도리어 불가사의하게 보인다. 대지에서 경유한 '나라'는 많다고 할 수 있으나, 그것들의 차이가 현저한 데도 도리어 한 마디로 '위대'하다고 말하며, 심지어 비참한 민중은 자신을 강요하는 어둠에 대해서 전연 살피지 않는다. 한 사람의 처지에서 보면, 어디에 '큰 절조'가 있다는 말인가?

이는 루쉰 선생이 묘사한 노예를 떠올리게 한다. 사람이 캄캄해서 지척을 분간할 수 없는 어둠 속에서 살아가며 부단히 하소연하고, 자신이 무너진 작은 집에서 곧 질식해 죽겠다고 말한다. 어떤 사람이 그를 위해 공기가 통하는 창을 내려고 할 때, 그 사람은 즉각 크게 외쳤다. "사람 살려! 강도가 우리 집을 부수고 있어요. 빨리 와주세요! 조금이라도 지체하면 구멍을 내겠어요!"

이러한 노예는 자신의 외침을 '큰 절조'라고 말할 것이다.

도연명은 만년에 이르러 갈수록 생명의 '큰 절조'가 도대체 무엇인지 기억한다고 믿었다. 사람이 죽음에 이르러도 '큰 절조'를 살피지 못한다면, 철저한 비극이다. 살핀다고 하더라도 반드시 비극을 탈피할 필요는 없지만, 살피지 않으면 너무나 가련하다. 그는 점점 토지를 밟고 사는 농민으로서 풀, 농작물이나 다름없이 겨울에서 봄에 이르기까지 해마다 흥성과 쇠퇴를 반복했다. 그는 명사가 아니고 동진의 유민도 아니며, 지역 방위의 책임이 있는 팽택현령도 아니고, 세습의 문벌 후예도 아니다. 그는 돌아와 흙 위에 서서 괭이를 메고 음미하다가, 끝내 이러한 말을 내뱉었다.

"지금이 옳고 어제가 틀렸음을 깨달았노라!(覺今是而昨非!)"

'어제(昨)'는 어땠는가? 그는 처음부터 잘 추구한 적이 있다. '어제'는 그가 관리사회에서 궁지에 빠지고 진 왕실에서 불안에 떨었다. 이것이 바로 그가 자진하여 정을 많이 쏟았던 사직(社稷)을 위한 마음이다. 원래 이 '나라'는 자신의 것이 아니었다.

그는 언제나 자신이 전원에게만 속할 뿐임을 분명히 알고 있었다. 그렇다면 모든 것은 간단해진다. 우선 마음 놓고 이 땅을 잘 경작해보자. 도연명의 경우에 이 땅을 잘 경작하는 것이 바로 자기 일생의 '큰 절조'다.

자연의 꽃

시문에서 보면, 도연명이 전원에서 오래 살아감에 따라 최후가 가까워지고 그의 눈빛은 갈수록 '가국(家國)' 밖으로 옮겨지고, 가족의 영예 밖으로 전이되었다. 그의 처지에서 말하면, 이것은 당시 사회도덕에 대한 일종의 일탈에 불과한데, 사실상 더욱 큰 생명의 인식이고 더욱 심도 깊은 생명 관심을 보여주었다. 이것이 그가 더욱 소박하고 철저하며 조금도 감춤이 없는 곳으로 나아가는 생명 추구이자, 일종의 귀결하는 표현이다. 예를 들면 사람은 어디에서 오나? 어디에 사랑에 빠졌는가? 어디에 빼곡히 둘러싸는가? 시간의 추이에 따라 사람은 어쩌면 최종적인 각성을 가질 것이다.

도연명은 네 번이나 관직에 오갔다가 처음 전원에 돌아왔는데, 그 시각 이전은 도리어 진 왕실을 자못 우려했다. 하지만 이토록 시시각각 우려했다면 더욱 가련하고 더욱 미묘하게 변했을 것이다. 동진은 사라지고 후에 송제(宋齊)로 바뀌고 다시 양진(梁陳)으로 바뀌어, 그것은 끊임없이 개변했다. 진실로 탕현조(湯顯祖, 1550~1616)가 말한 것과 같다.

萬里江山萬里塵, 만 리 강산에 만 리 티끌

一朝天子一朝臣. 한 조정의 천자에 한 조정의 신하.

__『모란정(牡丹亭)』

정권은 끊임없이 바뀌었으나, 생명의 근원은 도리어 영원하여 개체의 생명은 단 한 번뿐이다. 그래서 이러한 의미에서 도연명이 진 왕실에 그다지 관심을 가지지 않은 것은 바로 인생 각오가 향상된 표현이라고 말할 수 있다. 진나라의 쇠망과 교체보다는 도연명에겐 국화 한 송이가 어쩌면 더 중요할지도 모른다. 왜냐하면 국화는 자연의 꽃이라서 동진의 정권보다 더욱 오래가고, 그것이 포함하고 있는 일부 원소도 요원하고 더욱 넓고 크기 때문이다.

일부 사회적인 충동, 폭력에 대해 도연명은 분명하고 구체적인 표현은 하지 않았지만, 그의 인생 선택과 시문의 방향과 변화에서 보면, 우리는 그중의 입장과 판단을 분명히 느낄 수 있다. 예로부터 지금까지 문화인은 이 방면에서 큰 차이를 보인다. 예를 들어보자. 루쉰과 후스(胡適, 1891~1962)는 인성, 국민성에 더욱 많은 관심을 가졌다. 연이은 폭력혁명 및 사회적인 충동, 유혈과 희생에 대해 때로 그들의 평가는 신중을 기했다. 루쉰은 단순한 청년들을 많이 동정했고 청춘을 중시하고 아꼈다. 그들의 경우에 영원한 인성이란 토양이 있어야만 더욱 근본적이고 더욱 원생(原生)적이며, 그것의 자생에 관심을 가져야만 가장 의미가 있는 것이다.

도연명 이후의 우려는 실제로 줄어든 것이 아니라, 더욱 커졌다. 그가 동진 왕조에 대한 우려를 가지고 있었다면, 그것은 전체의 우려 가운데 한 가닥일 뿐이다. 왜냐하면 개체의 생명 자유는 사실상 봉건 왕조의 경질보다 더욱 중요하기 때문이다. 이러한 의미에서 말하자면, 도연명은 국화에 관심 갖는 것이 더 중요하다. 자유의 꽃이 원야에 만발했으니, 이것이 바로 가장 간단하고 가장 꾸밈없고 솔직한 이해이고, 인생 세상사의 진정한 의의이기도 하며, 그것은 우주의 근원으로 통한다. 일이 이렇게 되니, 우리는 더욱 분명히 볼 수 있다. 동진뿐만 아니라 송제양진(宋齊梁陳)

도 이미 존재하지 않지만, 국화는 도리어 끊임없이 이어져 왔다. 남산도 남아 있고 국화도 있다.

우리 모두가 자연의 꽃이지만, 우리 중에 누가 의식하고 있는가? 누가 관찰하고 있는가? 누가 진정으로 이 자연의 꽃을 사랑한 적이 있는가? 비바람에 손상되어도 우리들은 결국 조금도 마음이 끌리지 않고, 전혀 애석해 하지 않는다.

들국화는 땅에서 대대로 피고 진다. 이것이 영원이 아니란 말인가? 이 들국화를 사랑하는 것이 영원을 사랑하는 것이 아닌가? 생명은 짧고도 무진하다. 우리가 영원이 아니라면, 우리는 자연의 꽃이 아니다. 하지만 우리가 바로 자연의 꽃이다. 그래서 동쪽 울타리에서의 시인의 아낌과 고통의 심정은 바로 짧음과 영원 사이에서 생긴 것이다.

일찍이 시인이 끊임없이 배회했고 왕성했던 동진은 또 무엇인가? 역사책을 펼치면 종횡으로 흘린 피를 발견할 수 있다. 사실상 어느 왕조인들 시체와 백골을 쌓아두지 않았던가? 진 왕실은 국화를 짓밟은 폭력에 불과하다. 시인이 그것을 피하면 늦다.

시인은 모든 폭력을 증오하는데 이후의 환현과 유유 무리뿐만이 아니다. 바로 이러한 증오심에서 발로하여 목숨이 위협받는 최후의 시각에 기아를 참기 어려웠을망정, 도연명은 여전히 관청에서 보내오는 '곡식과 고기'를 거절했다.

단순하기가 들국화 같은 사람이 영속적이며, 끊어지지 않는 역량을 지니고 있다. 이것이 바로 시인의 매력이 끊이지 않는 이유다. 도연명은 자연의 꽃이라서 이 세계가 존재하기만 하면 도연명도 존재한다.

제7강

가장 가깝고 가장 먼 곳

때로 우리는 도연명이 분명히 울타리 아래 국화 곁에 항상 누워 있고, 지척에 가까운 이웃이라 여긴다. 우리가 이 사람과 친밀하게 사귀고 이야기를 나누려고 시도할 때, 도연명은 일어나 떠나면서 온통 황량한 길에서 편력하고 손에 지팡이를 쥐고, 일반사람이 도달하기 어렵고 두려움이 가득한 먼 길로 떠나는 모습을 발견할 수 있다. 그는 우리 곁에서 더욱 멀리 떨어져 끝내 담담한 모습이 되었고, 지평선에서 사라졌다.

〈연명귀은도淵明歸隱圖〉(명대明代 이재李在)

가장 가깝고 가장 먼 곳

종영(鍾嶸, ?~518)이 『시품』에서 도연명을 "고금 은일 시인의 우두머리(古今隱逸詩人之宗)"라고 말하면서부터 도연명에게 '은일 시인'의 시조란 꼬리표가 붙었다. 종영은 이것이 도연명에 대한 높은 평가라고 여겼으나, 도리어 무의식적으로 시인을 부호화, 개념화의 과정으로 끌어올렸다. 사람들이 도연명을 떠올리면, 그가 풍경이 더없이 아름다운 곳에 은거하며 안일하게 소요하고 근심 없는 나날을 보내며 술을 마시고 시를 읊조리다가, 기쁘면 곧 밭으로 나가 괭이를 움직이는 모습을 생각할 수 있을 것이다. 이러한 인상의 영향을 받아 과거에서 현재에 이르기까지 어떤 사람은 도연명을 동복이 부축하고, 흔들거리며 도포를 걸치고 너른 소매를 떨치는 중노년인(中老年人)으로 그려서, 마치 부귀한 시골 지주 같다.

우리는 이러한 형상을 받아들일 수 있고, 그가 이렇게 등장하는 모습을 보기 원한다. 시인이든 여유가 있는 지식인이든 상관없다. 이는 수많은 사람들이 마음속에 담고 있는 이상적인 생활 구도이고, 사람에게 위로와 상상을 주었고, 사람의 기대를 충족시켰다. 누가 안정되고 쾌적하며 여유가 있고 격조 있는 생활을 기대하지 않겠는가? 사람마다 일상적이고 세속적이며 자질구레하고 번거로운 일로 성가시다면, 이러한 도피는 분명 가장 좋다.

이 시인이 초췌한 형상이라서 때때로 근심 걱정에 쌓여 신음하고 잔병치레하며 기아를 참아낸다면, 번거로운 일일 것이다. 일반인이 모두 그를 피하려고 하며 이른바 "만나보길 그다지 좋아하지 않을" 것이다. 심리적 거리를 두며 사람들은 어쩌면 당시의 시인들과 가깝게 지내려고 하지 않을 것이다. 다시 말하면 진실과 너무나 가깝게 지내려고 하지 않았다. 각종 방법을 써서 자신이 타인에 대해 루쉰이 말했던 '기만(瞞)'과 '속임(騙)수'를 실행하는 것은 사람들의 습관이다. 이렇게 걱정을 덜고 힘을 덜어서 수많은 불쾌감과 불편에서 벗어난다.

도연명은 어찌 '은일(隱逸)'에 그치겠는가? '은일'이란 길은 도연명 생전과 사후에 많은 이들이 밟아보았다. 상주(商周)의 수양산으로부터 후대의 '종남첩경(終南捷徑)'에 이르기까지, 그러한 '은사'들은 도연명과 무슨 차이가 있는가? '은일'뿐이고 탈출뿐이라면, 이는 결코 적게 보이지 않고 곤란한 것도 아니다. 생활 속의 개인은 모두 각양 각색의 문제를 만날 수 있다. 혹자는 문제를 안고서 그것과 싸워 해결하기도 하고, 혹자는 그것과 타협하여 구차하게 살길을 찾기도 한다. 여러 선택은 손을 뻗어 닿을 수 있어 모든 사람의 처지에서 보면, 모두가 가장 가까이 떨어진 옵션이고, 너무 많은 주석도 필요 없으며 결코 난해하지 않은 행위다.

하지만 도연명의 떠남 속에는 모든 인생 내용을 포함하고 있지만, 사실상 자세히 분석해야 할 요소가 더욱 많다. 도연명은 '은일'만으로 충분히 개괄할 수가 없다. 한두 번 이 개념을 강조하다 보면, 그의 특징과 색채를, 풍부하고 충만하며 복잡한 시인의 신상에 걸어놓고는 보편적인 오해로 그를 뒤집어씌울 수 있다.

한 사람이 어느 군체, 기구, 체제에서 생활하다 보면, 모든 것이 뜻대로 되지 않을 수 있다. 이때 벗어날 기회에 직면할지도 모른다. 흔히 말하듯이 "이곳에서 나를 받아주지 않아도, 날 받아줄 곳이 있다.(此處不養爺, 自有養爺處.)" 물러나는 것이 여태까지 훌륭한 선택임은 분명하다. 문제는 그가 일단 군체나 체제의 단맛을 처음 맛보면, 잊을 수가 없고 차마 포기하지 못하며 두 번 다시 떠나기가 쉽지 않다는 점이다. 설령 떠난다 하더라도, 그 행위가 포함하는 내용, 던진 모종의 생활 주제는 떠나는 다른 사람과도 본질적인 차이가 있을 수 있다. 떠나기는 어렵지만, 떠나는 것만으로는 불충분하다. 중요한 것은 떠난 이후에 무엇을 하고 어떤 인생을 실현하여 어떠한 경계와 고도에 도달하느냐에 달려 있다.

우리는 도연명의 외부 행위, 생활 노선에서만 그를 '은일'로 명명하고, 혹은 부득이한 탈출자, 눈치가 있는 실패자로 보고, 더 나아가 곤궁 속에서 개인 생활을 찾고 특이한 수확을 얻은 사람으로 본다. 이러한 견해는 실제로 비교적 얕아서 시인의 진실을 드러낼 수 없다. 이러한 이해의 편차는 약간 있을지라도 우리를 떠난 대상은 거리가 더 멀어질 수 있다. 우리는 확실히 늘 마음속으로 질문해야 한다. 우리는 도연명에게서 도대체 얼마나 멀리 떨어져져 있는가? 이 추궁은 매우 중요하다. 그것은 우리를 더욱 많이 사고하고 찾게 하여 시인 자체에 더욱 다가설 수 있게 한다.

표면적으로 보면, 도연명은 우리에게서 가까이 있다. 그의 예술이나 그의 행위를 막론하고, 모두가 한번 시험해볼 수 있으니 착수하기란 어렵지 않다고 하겠다. 하지만 추적하고 분석하면, 도연명은 겉보기엔 그렇게 절실하지 않아 보이며, 우리가 그에게서 사실상 너무나 멀리 떨어진 것을 발견할 수 있다. 도연명은 우리 개념 속의 '은일', 그리고 명랑하고 따사로운 시풍으로 묘사한 경치와는 항상 배치된다.

사실상 도연명은 전원으로 돌아가서 여기에서 평안히 거주한 것이 아니라, 다시 발걸음을 멈추지 않고 점점 멀리 떠나 놀랍고 낯선 개인 세계로 들어간 것이다. 이 세계는 환상 속의 '도화원'보다 못하고, 따뜻하고 빛나거나 풍경이 매혹적이지 않았으며, 처량함과 온정이 공존하고 비바람이 교차하며, 흐림과 맑음이 번갈아 바뀌는 세계였다. 그 아름다운 '도화원'은 도연명의 가슴 속 깊은 곳에서 창조되어 나온 것인데, 도리어 도연명은 평생을 다해 찾아다니면서 비틀거리는 발걸음으로 극력 도화원에 접근하려고 했다. 시인은 그 신기한 세계가 매우 가깝다고 여겼으나, 최후엔 도리어 도화원이 먼 곳에 있음을 발견했으니, 여전히 상상과 환각에 그쳤다.

우리 일반인은 먼저 그 세계의 진실한 존재를 인정한 뒤에 또 그 세계로 가서 시인을 찾아야 하는데, 당연히 뜻대로 될 수는 없을 것이다. 그 세계는 다만 시인의 몽상 속에만 있고, 그곳은 멀고도 멀리 구름 끝에 높이 있으며, 심지어는 더욱 예측할 수 없는 창망 뒤에 숨어 있다. 때로 우리들은 도연명이 분명 울타리 아래 국화 곁에 항상 누워 있고, 지척에 가까이 있는 이웃이라고 여겼다. 우리가 이 사람과 친밀하게 사귀고 이야기를 나누려고 시도할 때, 그가 일어나서 떠나 온통 황량한 길에서 편력하며 손에 지팡이를 쥐고, 일반인이 도달하기 어렵고 두려움이 가득한 먼 길로 가는 모습을 발견할 수 있다. 그는 우리 곁을 너무나 멀리 떠나 끝내 담담한 모습이 되어, 지평선에서 사라졌다.

'대은(大隱)'과 '소은(小隱)'

송대의 주희(朱熹, 1130~1200)는 이렇게 말했다.

진나라와 송나라 사람들은 비록 말로는 청고함을 숭상한다 했으나, 모두가 관직을 요구했다. 이쪽에서는 청담을 나누며 저쪽에서는 권세가를 초청하여 뇌물을 바쳤다. 도연명은 진실로 요구하지 않았으니, 이것이 그가 진나라와 송나라 사람보다 고상한 까닭이다.(晋宋人物, 雖曰尙淸高, 然個個要官職. 這邊一面淸談, 那邊一面招權納貨. 陶淵明眞個能不要, 此所以高于晋宋人物.)
__『주자어록(朱子語錄)』 제34

주희의 이 말은 실제로 민간과 궁정에서 항상 얘기하는 말이다.

小隱隱陵藪, 소은은 산 속에 숨고
大隱隱朝市. 대은은 도시에 숨는다.
__ 진(晋) 왕강거(王康琚), 「반초은시(反招隱詩)」

이 말은 허위를 지적하고 있다. 수많은 사람들은 생존 철학에서 이 말을 많이 장려한다. 하지만 이러한 인생철학은 사실상 수많은 거짓군자(僞

君子)을 받아들이고, 나쁜 사람을 숨겨주고 받아들이기 위해 아름다운 구실을 만들었다. 어떤 사람은 일종의 이익 집단을 위해 일하고, 아울러 이러한 구차함과 추수(追隨)를 위해 이론적 근거를 찾으니 얼마나 당당한가? 그들은 이로써 자신이 궁정 사회의 여러 가지 부정, 이익을 위해 분쟁하다가 나온 평형 동작을 위해 새로운 핑계를 찾았다. 궁정과 번화가, 이 두 곳에서 결국 은일할 수 있을까? 어떻게 은일하는가? 이는 사실상 우리가 잘 관찰하고 평가해야 할 문제다.

설령 궁정을 떠나 황야로 도피한다고 하더라도, 최종적으로 도피한 장소와 추세는 여전히 선별해야 된다. 마찬가지로 탈출하여 '소은(小隱)' 하면, 대지에서 자유롭고 충실한 생활을 할 수 있고, 구석에서 섞여 있다가 한 시기를 기다릴 수도 있다. 양자 사이에는 명석하고 이성적인 판단을 하지 않을 수가 없다.

진실한 탈출이라 하더라도 변화하여 견유주의의 저속함과 비천함으로 빠질 수도 있다. 탈출은 적극적이고 열정적이며, 소극적이고도 무관심할 수 있다. 혹은 궁정에 대한 경시와 항의일 수도 있고, 신임할 수 없는 인성에 대한 의절일 수도 있다. 일부 사람의 '소은'은 모종의 쾌적함 아래에서 인적이 드문 곳을 찾는다. 어떤 '소은'은 순수한 연기와도 같고 벼슬을 구하는 곡절 많은 책략인데, 항상 말하는 '종남첩경'과 같은 경우다. 어떤 '소은'은 '잠은(暫隱)'이나 '가은(假隱)'이라 말할 수도 있다.

도연명은 분명 '소은'으로 개괄할 수 없다. 그가 궁정을 떠났고 결코 고심하여 은거하지 않았으며, 보통의 농민이 되었기 때문이다. 이는 정상적인 일이다. 독서하여 관직을 얻은 지식인의 시각에서 보면, 이 궁정이 얼마나 협소하고 더럽든 필경 궁정이고, 떠나는 것만으로도 반항이자 결의이니, 이것이 바로 '은(隱)'이다. 그들의 눈에는 영원히 이것이 아니면 저것으로 보여, 독서인은 간혹 벼슬을 하거나 은사가 되는데, 평범한 사람들처럼 다른 가능성은 없어 보인다. 도연명에 대한 주희의 온갖 칭송 속에는 사실상 큰 오해가 들어 있다. 어느 정도 도연명을 높이 끌어올린 것은 자기 마음속의 한 가지 이념을 만족시키고 설명하기 위해서였다. 진실한 도연명은 당시 환경에서 "관직을 요구"할 수 없었을 뿐만 아니라, '청고함'을 얘기할 조건도 되지 않았고, 매우 보잘것없는 지위에 있었으며 고통스러운 심정에 있었다. 도연명의 떠남은 필수적이다. 이러한 생활이 너무나 성가시고 재미가 없었으며, 앞길이 전혀 보이지 않았기 때문이다.

도연명은 주희가 극찬한 대로 "진실로 요구하지 않았으며", 하려고 해도 불가능했다. 시인의 출신이 사족 문벌이 아니고, 그 본인도 의기투합하고 아부하는 무리가 아니었기 때문이다. 이를 보면 주희의 이해는 진실한 도연명과는 여전히 적지 않은 거리가 있음을 알 수 있다.

예로부터 지금에 이르기까지 각종 형식으로 숨은 거짓 군자들이 너무나 많고 궁정 안의 사람들이 외부의 폭로와 공격을 받을 때, 그들은 '대은(大隱)'자로 자처한다. 그들이 뜻을 잃고 탈출할 때는, '하층민'과 '민간'의 실천자로 자처하며 이를 '소은'이라 부른다. 실제로 그 본질은 모두 똑같아서 공리주의와 기회주의를 하나로 합친 것이다. 그들이 현실 속에서 생존을 유지하는 순박한 개인 노동 및 정신적 고통의 탐색에서 떨어지는 것과는 전혀 관계가 없다.

도연명의 가장 고귀한 것은 그의 순박함과 진실이다. 그는 '대은'하지도 않았고, '소은'하지도 않았다. 호의이든 아니든, 다만 '은'이란 모자를 보내준다고 해서 모두 시인이 쓰기엔 적합하지 않다.

외져서 찾기 어렵다

마찬가지로 위대한 시인 이백, 두보를 도연명의 심정과 한번 비교해 보면, 많은 차이점을 발견할 수 있을 것이다. 이백, 두보가 남겨놓은 작품 가운데 우리는 그들의 고통 대부분이 벼슬을 구하려 해도 얻지 못하고, 세상에 쓰이지 않은 데서 나온다. 도연명은 관직 생활을 포기하는 데 필요한 환락을 더욱 많이 표현했다. 가치 방향에서 보면, 도연명도 지식인이 세상에 쓰이지 않은 데 평온치 않은 마음을 가졌으나, 이백, 두보 두 사람보다는 덜했다. 도연명은 이 방면에서 귀에 거슬리는 날카로운 소리를 거의 내지 않았다. 그가 관리사회에서 시도한 결과 그 세계를 싫어하고 참을 수 없었기 때문이다. 이백이 "어찌 고개 숙이고 허리 굽혀 권력과 부귀를 섬기고, 내 마음과 얼굴을 펴지 못하게 하겠는가?(安能摧眉折腰事權貴, 使我不得開心顔?)"—「꿈속에 천모산에서 노닐다 시를 읊고서 떠나며(夢游天姥吟留別)」라고 한 말은 도연명이 얘기한 "쌀 다섯 말 때문에 허리를 굽히지 않는(不爲五斗米折腰)" 것과 그야말로 판에 박은 듯하다. 하지만 유사한 말과 정서는 도연명에겐 그다지 많지 않다. 이백도 싫어하였으나, 그것은 잃어버리고 반성하면서 발설한 일종의 격분이지, 결코 이 때문에 '벼슬 구하기(干謁)'에 종지부를 찍은 것은 아니다.

진정으로 내심의 꾸밈에만 전념하면, 날카로운 소리를 많이 써서 표현할 필요가 없음을 느낄 것이다. 이때 그는 주로 사회와 세상 사람을 대면하지 않고, 자신의 정신을 많이 대면했기 때문이다. 사람이 날카로운 소리를 내는 목적은 호응하고 호소하기 위해서이며, 외부에서 오는 반응을 갈망하기 때문이다. 도연명은 완전히 그토록 강렬한 자태의 변화가 필요하진 않았다. 그에게 필요한 건 자신에게 대답하는 것이다. 도연명의 경우에 대부분 중얼거리는 혼잣말은 대수로운 일이 아니었다.

현대에 이르러 진정으로 존엄을 가진 사람이 왕왕 침묵하곤 한다. 물론 침묵이 결코 모든 것을 의미하진 않는다. 그들도 다른 표현 방식을 선택할 수 있다. 대부분의 경우에 그들은 성실하게 일을 하고 거의 큰 소리로 부르짖지 않는다. 아우성치고 외치려면 용기가 필요하다, 이것은 어쩔 수 없는 아픔이자 고함이다. 기대하여 획득한 다른 사람들은 덕담을 널리 얻기 위해 아우성과 고함소리를 낼 수 있는데, 양자는 물론 차이가 있다. 침묵의 존엄, 침묵의 거절은 표현의 시끄러움과는 완전히 다르다. 공자는 "외관과 바탕이 조화를 이룬 뒤라야 군자라고 할 수 있다.(文質彬彬, 然後君子.)"라고 말했다. 도연명은 사실상 '문질빈빈(文質彬彬)'한 군자라고 말할 수 있다.

豈無他好? 어찌 다른 좋아함 없겠냐만
樂是幽居. 이 고요한 생활을 즐긴다.
朝爲灌園, 아침에는 정원에 물주고
夕偃蓬廬. 저녁엔 쑥대 오두막에서 쉰다.
__「방 참군에게 보내는 답시」

不駛亦不遲, 빠르지 않고 느리지도 않게
飄飄吹我衣. 산들산들 내 옷에 불어댄다.
__「호서조의 시에 화답하여 고적조에게 보여주며」

貧居乏人工, 가난하게 사니 인력 부족하여
灌木荒余宅. 관목들이 내 집을 뒤덮는다.
班班有翔鳥, 선명한 무늬로 새가 나는데
寂寂無行跡. 적막하니 사람 자취 없도다.
__「음주 20수」 제15수

시인의 노동과 안거는 대부분 이처럼 자연스럽다.

우수한 인물은 왕왕 시대의 예외 인물이다. 마찬가지로 막강한 세력을 가진 인물의 혐오와 위배를 표현하는 방식도 같지 않다. 예를 들어 폴란드 시인 밀로즈(Czeslaw Milosz, 1911~2004)는 자신의 떠남을 얘기하면서 그가 당시에 결코 조류를 따르지 않았고 일종의 개인 행위였을 뿐이라고 말했다. 그는 자신이 단순히 조류 속의 분자가 되고 싶지 않으며, 반항하는 군체에 종속되고 싶지 않았고, 자신의 마음속의 요구에 복종했을 뿐이라고 말했다. 당시에 그가 프랑스주재 폴란드대사관 문화참찬(文化參贊)의 자리에서 떠난 것은 자유롭게 창작하기 위해서이지, 입장을 선양하는 편향은 없었고, 동서 냉전의 어느 쪽에도 예속되지 않았다. 이것은 심사숙고할 가치가 있다. 도연명은 진나라를 강탈한 막강한 세력을 가진 인물에게 협력하지 않았고, 모종의 집체 활동도 뒤따르지 않았으며, 다만 개인의 흥취에 따라 살아갔을 뿐이다. 이러한 흥취에 따라 그는 떠나고 돌아왔다. 외부에서 보면, 이 행위는 진 왕실에 대한 충성을 표현한 것이다. 수많은 사람들도 이 점을 대대적으로 찬양했다. 하지만 시인의 남겨둔 문장에서 보면, 도리어 그렇게 명확한 정치화는 보이지 않는다.

동진 정권을 찬탈한 군벌에 대해 그의 시문에는 격렬한 언사가 없고, 이 방면에서 사람에게 '반항'한다는 인상은 거의 주지 않는다. 뿐만 아니라 우리도 이 방면에서 시인의 의의를 지나치게 강조하거나 확대할 이유는 없으며, 그를 지나치게 도덕화, 사회화할 수도 없다. 그렇게 한다면 도연명을 낮게 보는 것이지, 높게 보지 않는 것이다. 한 사람의 선택을 일종의 조류에 끌어올리고 한 집체유형 속에 넣으면, 이는 결코 사람을 높이는 것이 아니라, 헐뜯는 것이다. 한 사람이 진지하고 소박한 개인의 흥취로 돌아가면, 이것이 비로소 최고의 의미가 있는 생명 예찬이다. 바로 이러한 방면에서 보면, 도연명은 그의 본색을 부각시켜 민감하고 존엄을 가진 사람이 될 수 있다. 그 표현은 진실하고 적절하여 사람을 믿고 복종하게 만든다.

한 사람이 일정한 시점에 일종의 개념이나 집체 감화에 복종하기 때문에 모종의 지식과 학문 체계가 인도하여 현실에서의 선택으로 나아가는데, 이는 자주 보이고 쉽게 이해된다. 이러한 행위는 개인 경험과 관계가 밀접하고 내재적인 반성이나 생명 체험이 그다지 필요하지 않고, 다만 어느 기획된 길만 따라가면 된다. 이러한 집체 선택은 그 통속성과 명석성 때문에 높은 평가를 얻으니, 가장 자주 보이고 논쟁거리가 없다. 반대로 한 사람이 자신의 정신을 진정으로 대면하여 생명 속의 이성을 전개하고 관철하고 아울러 그것을 강대하고 활발한 상태로 발휘하면, 이때 형성된 일부 판단, 생활 궤적은 다른 사람의 눈에 편벽되어 찾기 어려운 것으로 보인다.

생명의 자유와 본색, 그것의 역량과 표현은 다소 맹목적인 추종과 시종 사이에 어떻게 구별하고 어떻게 평가할 지에 대해, 혹자는 각기 얼마의 비중을 차지하고 있는지 말하고 있으나, 사실상 계량화할 방법이 없다. 이는 단지 정신의 지혜에 도움을 청할 수 있고, 단시일에 그치지 말고 오래 지속하고, 국부적이 아니라 전면적으로 자세히 살피고 추측할 수 있을 뿐이다.

바로 이러한 시각과 의의에서 우리는 도연명에 관한 사실(史實)과 글을 더욱 중시하고, 자신의 판단에 편차에 없도록 힘써야 한다.

실패의 미

일반적으로 도연명이 고향으로 돌아가 농경한 일이 역사적으로 뛰어난 몇몇 인물과 비슷하여 대체로 벼슬길에서의 실의나 실패와 큰 관계가 있다고 여긴다. 다시 말하면 '겸제천하(兼濟天下)'하지 못한 '궁(窮)'과 관계가 있다고 한다. 여기에서는 물질 방면의 '궁'을 가리키는 것이 아니라, 각 방면의 곤궁과, 할 수도 없고 펼칠 수도 없음을 가리킨다. 이러한 의미에서 얘기하면, 도연명 등은 확실히 실패자다. 하지만 이러한 '실패'를 어떻게 처리할 것인가에 대해서는 약간 복잡하다.

사회 방면에서 승리자의 영예에 대해 우리는 말을 아끼지 않고 제반의 찬사를 그들에게 보내고 싶지만, 공정하고도 타당하게 '실패자'를 대처하기란 어렵다. 우리는 실패를 두려워하고 '실패'의 다른 면을 주의할 수 없다. 그것은 심지어 미적 존재를 가지고 있는데, 여기에서는 일단 '실패의 미'로 부르기로 한다.

'실패자'는 왕왕 남에게 유린당한다. '승리자'의 일방이든, 아니면 쌍방과 모두 무관한 다른 사람이든, '실패자'를 농락하고 모욕하는 것은 자연스럽고 수의(隨意)한 일이다. '실패자'를 희화화하거나 짓밟은 것이 인류의 역사였고, '실패자'를 치욕이란 기둥에 단단히 묶어놓지 않으면, 승리가 아니라고 간주한다. 인성의 악과 음암(陰暗)의 가장 큰 부분은 '실패자'를 대처하는 방식에서 표현된다. 승리자가 '승리'를 튼튼히 다지기 위해 한 걸음 더 나아가 도의적으로 '실패자'를 업신여긴다면, 자신과는 아무 관계없는 구경꾼이 어째서 제멋대로 사납게 구는가? 짐작하여 말하면, 이러한 행위는 '승리자'의 호감을 널리 얻을 수 있는 것 이외에, 약자가 더 약한 자를 업신여기는 비열한 쾌감을 가지고 있기 때문이다.

'실패자'는 어떠한 기회도 갖지 못하고, 한 가닥의 햇빛조차도 누릴 수 없다. 실패로 조성된 어려움, 몸부림, 음침한 생활의 모습은 '실패자' 본인 및 그 주변 사람 — 여기엔 우리가 정시해야만 하는 방관자도 포함되어 있다 — 에게 모두 굴욕감과 말하기 힘든 인상을 가져다줄 것이다. 총괄하면 낙담하고 애석해 하고 매우 의기소침한 정서다. 하지만 '실패'도 자신의 독특한 미를 가질 수 있다. 이는 도리어 우리 수많은 사람들이 처음 예상했던 것과는 다르다. '실패'가 있어야만 일부 사람들이 잠시 중단한 다음, 진정한 의미의 인생 평온기와 적막기로 들어갈 수 있기 때문이다. '실패'에는 처량미와 특수한 안착의 힘이 있다. 그것은 항상 견인력을 가지고 있어 사람을 조금의 과욕도 존재하지 않는 진실한 지면으로 끌어내어 부유 상태를 끝내주고, 상대적으로 충실한 경지에서 타인과 자기를 돌아보게 된다. 사람은 이러한 독특한 환경에서 여태까지 탐색하지 않았던 몇 가지 문제들을 탐색한다. '실패'는 인생의 방정식에 새로운 해석을 줄 수 있고, '실패'라는 독특한 세계에서 다시금 균형을 맞춘 후의 안일감과 안전감을 찾게 된다. 그래서 '실패의 미'를 조금 누릴 수 있는 사람은 최종적으로 강대하게 변할 수 있다.

'실패'는 일반인에겐 재난으로 부르기에 충분하다. 재난을 평이하고도 지구적으로 견딜 수 있는 사람이 이러한 인생의 큰 힘을 가지기란 대체로 어려운 일이다. 때로 '실패'는 운명의 하사품으로 볼 수 있다. 도연명은 그것을 받아들였다. 도연명은 세속적 의미의 '실패'와 '실의'를 충분히 처리할 수 있고, 그중에서 변하여 참신한 것을 빚어낼 수 있다고 설명했다. 이는 보통 사람이 할 수 없는 일일 것이다.

도연명은 궁정에서 실패했지만, 이는 일생이 모두 실패했음을 의미하지 않고, 또 곳곳에서 실패했음을 의미하지도 않는다. 그런데 '승리자'라고 해서 늘 승리할 수 있고 곳곳에서 승리하여 줄곧 승리할 수 있겠는가? 이 문제는 대답하기 어렵다. '실패자'인 도연명이 농작물을 다 심어놓고 바람에 덩실덩실 춤을 추는 새싹이 기뻐서 어쩔 줄 모르는 것을 보면, 이 순간에 그는 승리한 것이다. 잠을 잘 자고 북풍이 솔솔 부는 창 아래에서 길몽을 꿔도, 그는 승리한 것이다. 승리의 기회와 인연은 수두룩하다. 예를 들어 그가 좋은 술을 빚어서 한바탕 즐겁게 술을 마시고 묘구를 써내도 모두 승리인 셈이다.

'실패자'가 결국 만나게 되는 개인의 '승리', 아울러 점차적으로 승리를 얻을 수 있으니, 얼마나 아름다운 일인가?

그런데 이러한 '승리자'는 경사스러운 술자리에서 기대 이상의 성과에 기뻐하고 수많은 오뇌를 자생할 수 있다. 장기간 아무런 막힘이 없는 탄탄대로와 즐거운 길만 걷다보면, 근육이 위축되는 위기가 오고, 이에 내부에서 검증하여 진영 안에서의 살육도 발생할 수 있다. 반항과 배반, 음모와 타락, 여러 사고와 변고는 '승리자'가 안정과 쾌적함을 얻지 못하고 승리의 고통으로 충만하게 만든다.

도연명은 '실패'의 미를 누린 적이 있다. 그가 이 '실패'를 승인하고 직면할 수 있었기 때문이다. 그런데 수많은 사람들은 이 점을 결코 정시할 수 없으며, 심지어는 시인을 관리사회의 완고한 강자로 정의하고, 그의 떠남을 완전히 강렬한 개성으로 정의한다. 이는 사실과 부합하지 않는다. 사람들은 습관적으로 실패자를 감상하길 바라지 않으니, 더욱이 숭배는 더 말할 나위도 없다. 사람이 실패하게 되면 왕왕 하나도 건지지 못한다. 평상적으로 말하는 "약자에게 동정하는 사람"은 승부를 가리지 않으며, 간혹 결투장에서나 있을 법한 상황을 멀리 떠날 뿐만 아니라, 이때에 반드시 '승리자'의 시선을 멀리 떠나야 한다. 자신의 동정 때문에 액운을 초래해선 안 된다.

물론 이곳의 '실패'와 '승리'는 상대적인 의미에서 말한 것이다. 결국은 바로 시인 릴케가 말한 바와 같다. "어디에 말할 수 있는 승리가 있을까?"

사람들이 극찬하는 도연명은 '승리자'다. 그는 가장 안일하고 행복한 생활을 보냈기 때문이다. 사실상 도연명 일생의 태반은 이러한 '승리자'가 아니었다. 그가 이긴 적은 있지만, 주로 현실 생활 측면에서가 아니었다.

인생의 위대한 업적

도연명 일생을 종합해 보면, 그는 확실히 일종의 창립자와 최후 완성자라는 느낌을 준다. 도연명은 몇 번의 고민 끝에 최후엔 일반적 의미의 사회 가치의 구속을 벗어나 개인의 궁경(躬耕) 노동으로 돌아왔으며, 시와 부의 방식으로 자신의 인생에 대해 심도 깊이 반성하고 생동감 있는 기록을 남겼다.

도연명은 일회성의 사고를 완성한 후에 인생의 어느 '점'에서 응결하고 안주한 것이 아니라, 그 '점'을 향해 전진하고 아울러 이 과정에서 일련의 사고와 판단을 진행했다. 도연명 최후의 견지 및 완성은 전혀 우여곡절이 없었던 것이 아니고, 홀가분한 감상자가 외부에서 바라본 순조로움이 아니었다. 그의 개인 생활에서 현실 방면의 큰 화재, 기아, 구걸과 계승하기 어려움이 있었을 뿐만 아니라, 정신과 심리 방면에서 발버둥치고 후회하였으며, 특히 영혼 깊은 곳의 고독과 슬픔, 하소연할 곳 없는 처량함도 가졌다. 이 모든 요소는 우리가 텍스트에 깊이 들어가야만 인증하여 충분히 정시할 수 있다.

외부의 가뭄과 장마, 해충 재해, 배불리 먹지 못함, 집집마다의 구걸 등 일을 통해 시인의 고생을 진실하게 체득할 수 있다면, 그의 「불우한 선비들을 개탄하며」, 「아들 엄 등에게 주는 글」, 「의만가사 세 수」 등 시문에서는 심령의 압력과 애상을 명심했다.

雖好學與行義, 비록 학문을 좋아하고 의를 행했지만

何死生之苦辛! 어찌 이들의 삶과 죽음 이토록 고달팠나!

__「불우한 선비들을 개탄하며」

昔在高堂寢, 전에는 높은 집에서 잠들었는데

今宿荒艸鄉. 이제는 거친 풀밭에서 자겠구나.

一朝出門去, 하루아침에 문을 나와 떠나서

歸來良未央. 돌아올 날 과연 기약이 없도다.

__「의만가사 세 수」 제2수

이러한 고민은 그가 인생 이상을 실천하는 데 거대한 저항력이 되었다. 무거워서 옮길 방법이 없는 수두룩한 저지선 앞에서 시인은 걸음을 멈추어 돌아보지 않고, 계속 앞으로 지팡이를 짚고 나간 셈이다. 비록 발걸음이 비틀거리긴 했지만.

도연명이 41세 때 처음 돌아올 때 '부로(扶老)'가 형식적인 부가물이고 다소 인생의 군더더기였다면, 그 이후의 '등산'에서 필요한 '지팡이'는 정신 방면의 강대한 지지대가 되었다. 이 '지팡이'는 무엇인가? 그를 지탱하던 인생이 꽈당 넘어지지 않은 것은 무엇인가? 가장 중요하고 최종적인 것은 전야 대지에서 나온 역량이고, 그가 한두 번 언급한 '대괴'와 '고민'이며, 그것들이 부여한 감화력과 계시력이다.

한 생명이 어떤 때라도 천지 사이의 이러한 양성과 감화에서 나온 것은 과소평가할 수 없다. 영원의 존재는 인생 최후의 절망기에서 거대하고 무궁한 역량을 보여줄 수 있다. 이는 신앙의 힘과 동등하다. 도연명은 최후에 형식적으로 전원에 돌아왔을 뿐만 아니라, 더 중요한 것은 정신적으로 그것과 하나로 융합한 점이다. 사람의 육체가 자연대지와 하나로 융합할 때, 그것은 생명이 종점에 이르러야만 할 수 있는 일이다. 하지만 사람의 정신은 도리어 수많은 시간에 앞서 이처럼 큰일을 할 수 있으니, 이것은 바로 인생의 위대한 업적이고 가장 중대한 거동이다.

그는 정신적으로 확실히 완성에 근접했다. 고통, 질의와 주저가 얼마나 되었건 시인의 전체 인생 역정을 두루 살펴보면, 이 점에서 인정하고 찬미하지 않을 수가 없다. 유도(儒道) 사상에 깊이 받은 영향으로 시인은 '입언(立言: 훌륭한 말을 남김)'을 추구할 필요가 없었고, 천도의 관념에 순응하지 않았으며, 일반 백성들의 형이하학적인 지탱도 없었다. 하지만 그는 전부의 행위 및 사상의 표현과 예술의 노출로 최후에 자신을 완성했다.

도연명의 '승리'가 사람들이 심리적으로 기대하는 일이었다면, 그것은 그의 영혼, 즉 정신을 가리키는 것이지, 다른 것이 아니다.

시인은 우리 상상 속의 넉넉함과 초연함이 없거나 가져본 적도 없고, 더욱이 그 아름다운 '도화원'에서 산 적도 없다. 현실과 물질 방면에서 그는 여전히 '실패자'인 셈이다. 이어 나오는 문제는 우리가 현대 생존 상황에서 물질주의 시대에 그를 쫓고 그를 학습하여 그가 살아왔던 길을 실천하길 바라느냐에 있다.

이는 우리가 그의 인생의 위대한 업적을 충분히 인정할 수 있느냐에 달려 있다.

합류 속에서

유교, 불교, 도교 등 제반 사상 체계는 모두 다른 지향점과 방면에서 인생의 의의를 탐구하고, '사람이 사람인' 규율과 진리를 증명하려고 시도한다. 도연명은 사상이 극렬하고 동요하는 시대에 살았다. 이 시기의 지식인은 놀라운 정신적 요동을 겪었고, 온갖 방식으로 탐구하고 실천했다. 그들은 현학적으로 사고하고 소요하며 술을 마구 마시고 모험하고, 수도하고 연단(煉丹)하며 청담(淸談)하고 방탄했으니, 인류 역사상 전례가 없었다. 또한 가장 대담하고 가장 발랄하며 전에 없이 복잡했던 인생 양태를 드러냈다고 말할 수 있다. 이 기간에 과연 어떤 사람이 여러 체계 속에서 지나다니며, 아울러 진리에 관한 가설을 조금이나마 돌파할 수 있었을까? 도연명은 용솟음치고 격동하는 시대적 조류 속에서 회전하고 파도 속에서 한 방울씩 튀는 물방울과 같았으니, 전혀 이질적인 다른 강줄기는 아니었다.

도연명은 불가도 아니고 도가도 아니며 유가나 유심론자도 아니며 유물론자도 아니다. 하지만 모든 것을 포괄한 듯하여 자연스럽게 형성된 종합자론인 듯하다. 그는 늘 비자각적인 이성을 표현했다. 불교와 도교에서 그는 초탈하고 무위적인 형식과 의의를 체득했다. 유가의 용세(用世) 사상에서 그는 항상 부끄럽게 여기고, 아울러 자신이 아무 것도 할 수 없다는 무력감에 탄식하였고, 시종 사회 · 정치 · 윤리 방면의 준수를 지니고 있었다. 이러한 준수는 진 왕실에 대한 그의 태도, 특히 동진 정권을 배반한 막강한 세력을 가진 인물과의 관계에서 표현되었다. 이러한 견지는 그의 선택을 다소 좌우했다. 그는 협력하기도 하고 협력하지 않기도 했으며, 떠나기도 하고 남기도 했다. 최후에 가장 결정적으로 작용한 것은 여전히 흥취와 심성인데, 현실적 생활환경이 그러한 결정을 만들었다.

도연명의 몸은 여러 사조 속에 놓여 있었다. 특히 위진 시기의 소요, 은일, 담현(談玄), 양생 심지어는 종욕(縱欲) 학설에서 도연명은 전혀 감염되지 않았으나 그는 경계가 분명한 초월자는 아니었고, 그 가운데를 빈번하게 왕래하여 그 자신에게 각종 자국이 묻는 것을 면할 수 없었다. 그는 이성적으로 얘기하면 그중에서 좋은 것을 골라 따르긴 했으나, 반드시 자신의 이성에 복종하지 않은 부분도 있었다. 예를 들어보자. 유가 학설은 그에게 강렬한 영향을 미치고 그를 제약하여, 항상 그의 고통과 자책의 근원이 되었다. 하지만 소요와 양생, 특히 불교와 도교는 사실상 적지 않은 흡인력을 주었다. 그는 장생설을 회의하고, 기본적으로 선인의 존재를 믿지 않았다. 하지만 이 방면을 향한 길은 도리어 일괄적으로 배척하지는 않았다. 그는 뒤쫓아 따라가며 적극적으로 시도한 적이 있고, 때때로 나태한 적이 있다.

북쪽 창 아래에 누워 책을 읽고 술을 마시고 힘이 있으면 일어나 전원을 가꾸었다. 이러한 생활은 그가 가장 받아들일 수 있는 일이었다. 그는 반평생 이래로 이미 하급 관리의 어색함과 울적함, 부자유를 겪었고, 시간과 공간을 충분히 쓸 수 없음을 느꼈다. 그는 더 너른 시야가 필요했고, 더 넓은 토지에서 활동하며 사람들에게 부림당하지 않고 남을 부리지 않길 바랐다. 물론 한 동복이 그를 따라다녀서 무척 흡족했다. 최초로 전원에 돌아온 날에 이러한 동복이 있었으니, 그에겐 가장 즐거웠던 날이다.

술이 없으면 고통스러우니 음주가 통쾌한 일이고 큰일이다. 술이 충분한 뒤의 황홀감, 생각과 거동의 쾌감 그리고 몽롱한 눈빛 아래의 산수사물, 이 모든 것이 그의 심성에 부합했다. 그런데 이러한 심성은 관리사회에서는 만족하기 어려웠다. 설령 술을 마시는 일 때문에 관리사회를 떠나는 것도 그럴 만한 가치가 있었다. 관리사회에 몸을 둔 목적의 하나는 돈으로 충분히 마실 술을 사는 것이지만, 마시고 싶어도 마실 수 없었으니 이것이 번거로웠다.

위진 문인의 통음에 관한 기록은 수두룩하니, 이것이 비교적 보편적인 현상임을 알 수 있다. 일부 지식인은 유달리 고통스러워 술을 빌려 시름을 달래지 않을 수 없었고, 서로 감염시키는 기풍도 있었다. 주로 분방한 사상은 술을 필요로 하였고, 혹자는 이것이 분방한 철학 사상과 고도로 일치한다고 말한다. 총괄하면 도연명은 결코 혼자 통음하지는 않았고, 호주가도 아니다. 설령 그가 한밤중에 자신의 전원에 누워 술을 마셨지만, 이 한밤중에도 무수한 사람들이 먼 곳, 다른 정경에서 마시고 있었을 것이다.

도연명을 읽어보면, 위진 시기의 사상과 기풍이 그에게 농후함을 느낄 수 있다. 관건은 도연명이 이 모든 것을 정합하여 각종 정신과 사상 조류의 소용돌이 속에서 그것들의 온도를 느끼고, 체화했는가에 달려 있다. 그는 어떤 조류에 의해 잠겼으나, 매몰되지 않았고 그 안에서 질식하지도 않았다.

어떠한 사상 체계에서도 절대 진리를 향한 일차적인 '가설'을 볼 수 있다. 가장 지혜로운 사람과 최종적으로 완성한 사람은 반드시 각종 가설' 앞에서 활짝 문을 열고 포용하며 흡입하고 양해해주는 사람이다. 이로부터 도연명은 내심에서 매번 유효한 정합을 형성하여 자각적이든 자각하지 못했든, 그것들을 취사선택했음을 알 수 있다. 이러한 태도는 지극히 중요하고, 여하를 막론하고 도연명은 거의 이러한 지점에 도달했다.

제3의 주제

어떤 사람은 자고이래로 개괄적으로 말하기를 모든 사람은 나면서부터 둘로 나뉜다고 한다. 절반은 도가이고 절반은 유가다. 혹자는 이 두 가지 경향이 종종 한 몸에 병존한다고 말한다. 멀리에서 가까이 한번 관찰해보면, 이러한 견해는 실제 생활에 다소 부합할 수 있다. 인생에서 뜻대로 되지 않는 것이 십중팔구이기 때문에 사람들은 자신의 주관 체험을 가지고 말하면, 항상 유감과 완미하지 못함을 느끼고 난처함을 느끼며, 심지어는 절망의 지경으로 누차 걸어갔다. 뿐만 아니라 사람들은 견지하기도 하고 포기하기도 했으며, 확신이 충분하기도 했고 깊이 실망에 빠지기도 했다. 이것은 모두 이해할 수 있다.

하지만 한 사람의 경우에 일반적인 적극성과 소극성 이 양자를 가진 사람은 많지 않다. 다만 양 극단에서 서성이고 머물기만 하면, 많은 것을 상실할 수 있다. 예를 들면 더욱 높은 절대 진리를 집중해서 바라볼 경우에 그렇다. 진리에 대한 집착과 추구를 잃으면, 자신도 모르는 사이에 투기주의자와 실용주의자로 변하게 되고, 유교와 도교를 일종의 인생 책략으로 여긴다. 그런데 우리들이 진리를 탐구하는 길에서 가장 필요한 것은 경건이며, 의지가 굳세고 강인한 역량을 필요로 한다. 이러한 역량은 때로 제지를 받아 점차 변형될 수 있다. 하지만 그것은 절단될 수 없다. 모종의 인생 책략으로 인해 진리 탐색을 포기한다면, 우리 인생은 더욱 평범하여 암담해지고 빛이 안 날 수가 있다. 기회주의자와 실용주의자로 조성된 인류 사회는 반드시 부패하고 타락한 사회이며, 전체 사회가 앞으로 나갈 수가 없고, 한 세대 한 세대가 새롭게 바뀔 수 없다.

도연명은 다행히도 유교와 도교 양자 사이에서 서성이고 비교적 현실과 자연의 공간에 처했다. 이 때문에 활동의 여지가 훨씬 크다.

우리는 세계 역사, 특히 창조력이 풍부한 사회 계층에서 일종의 사조가 들어올 때, 특히 이 조류가 막을 수 없이 성대한 시기로 발전했을 때, 절대적으로 덮어버리고 통괄하는 태세를 드러내고, 반드시 상반된 다른 사조를 만들어 이와 대항할 것이다. 이러한 대항과 충격 중에서 새로운 종합이 나와 '제3의 주제'가 출현한다. 이 새로운 주제는 상호 충격 속에서 생성된 한 단계 높은 사유다. 이는 부정과 재부정 사이에서 향상하려는 정신과 사상의 요소를 싹트게 하고, 전체 인문 세계를 한 등급 높이게 된다.

애석한 점은 우리의 눈길이 닿는 중국의 기나긴 사상사와 문화사에서 아무리 이와 유사한 충격적 경향이 있었을지라도, 더욱 많은 것은 유교와 도교 두 사상의 궤도에서 배회하고 이 양자가 나와 서로 보충하여 대항을 형성하지 못한 점이다. 구체적으로 한 개인이나 일군의 신상에 미치면, 이러한 상호 보완은 개폐한 양극으로 변하고, 필요할 때 이 개폐는 '유(儒)'로 움직이고, 불필요할 때는 '도(道)'로 움직일 수 있다. 우리는 이러한 정신과 사상의 비대항적 평면에서 비교적 낮은 단계의 순환을 형상했다. 그래서 이처럼 항상 일정하고 낮은 등급의 순환은 충격과 대항이 결핍되어, 당연히 '제3의 주제'를 형성하지 못한다. 이는 우리의 인문 정신을 수시로 상승하여 부단히 위로 오르고 향상하지 못하게 하여, 영원히 밑바닥에서 호환하고 배회하게 된다. 이는 전통문화 방면의 고질이라 말하지 않을 수가 없다.

도연명은 자신도 모르게 점차 이 고질과 부딪쳤고, 또 점차 이 밑바닥의 평면, 낮은 해발의 항상 일정한 순환 상태에서 벗어나, 도가도 아니고 유교도 아닌 사상의 충돌 지대로 나아갔다. 이러한 사상 내지 정신상의 충격은 탁 트인 내심 세계에서 완성되었다. 도연명의 신상에서 우리는 두 종, 심지어 다종의 사조가 한 차례 한 차례의 충격과 대항을 거친 뒤에 최종적으로 기타 사조와는 다른 '제3의 주제'가 나오는 것을 볼 수 있다. 이것이 바로 도연명이 부단히 질의하고 모순에 처한 가운데 도달할 수 있었던 자아의 길이었다.

도연명이 우리 앞에 드러낸 것은 단조로운 정신 선택과 인생 선택이 아니라, 이중적이고 복잡하며 교차하는 여러 번의 충돌 속에서 부단히 질의하고 찾아서, 꾸밈없고 솔직한 인생경험을 운용했다는 것이다. 최후에 이르러도 그의 소박한 노력은 여전히 멈추지 않았다. 이것이 바로 도연명이 사상과 정신 탐구 방면, 실제 생활 방면에서 우리에게 남겨준 계발이다.

도연명이란 사람은 사상이 다원적이고 사조가 격동하는 시기에서만 출현할 수 있을 뿐이다. 이것은 그 시대가 우리에게 준 선물이다. 그 시기엔 사회정치가 혼란했을 뿐만 아니라, 삶이 난잡했고 더욱이 철학 사상의 충격도 있었다. 현실과 정신 두 방면에서 피차가 가로막히고 독립한 단원을 구비했다. 예를 들면 도연명이 몸담고 있던 전원 같은 경우다. 이로써 말하면 그는 행운이었다. 그는 어둡고 위험한 시대를 만났으며, 또한 담대하고 함부로 행동하는 사람도 만났다. 그는 보았고 겪었으며 도피했고 또 선택했다.

이성의 현(弦)

량수밍(梁漱溟, 1893~1988)은 다음과 같이 말했다.

> (중국인의 정신생활은) 열등한 동기의 이른바 화복장생(禍福長生)의 관념에서 나올 뿐이니, 서양종교처럼 위대하고 사랑을 숭상하는 정신은 전혀 없다. …… 공자의 정신생활만이 있는데, 종교 같기도 하고 아닌 것 같기도 하며, 예술이 아닌 듯하지만 또한 예술이고, 서양 최근의 생명파의 철학과 약간 비슷하나, 일반 사회로까지 충분히 유행하지 못했다.
>
> __『동서문화 및 그 철학(東西文化及其哲學)』

그가 말을 아주 잘했다. 그의 말은 자아 비난이 아니고 비천한 사상도 아니며, 정확히 눈을 크게 떠서 세상을 바라보고 자신을 보는 용기를 체현한 것이다.

고대 그리스, 고대 로마에서 중세기, 다시 이후의 문예부흥에 이르기까지 이 세 단계 역사를 보면, 서구는 대단하고도 수많은 부정, 재부정, 흡입, 종합, 재종합 단계를 거쳤다. 그것은 단순히 거듭 반복되는 순환이 아니며, 반드시 위로 약동한다. 한 사조가 지나간 뒤 이처럼 실제적인 부상이 없고 유효한 종합이 없다면, 이번에 말한 새로운 사조의 솟아남은 틀림없이 씻어 없애고 파괴하는 작용만 있었을 것이다.

이 세 단계의 역사를 두루 살펴보면, 고대 그리스, 고대 로마가 한창 흥성하여 발전할 때, 즉 이후 중세기의 강대한 종교적 반발을 당했을 때, 중세기의 이러한 종교적 발전은 번창한 시기에 이르렀고, 다른 역량을 낳아 곧 서구의 문예부흥을 탄생시켰다. 하지만 더욱 가륵한 것은 고대 그리스, 고대 로마이든, 동방인의 눈에 비친 '암흑의 중세기'이든, 모두 대단한 공적과 창조를 낳았고, 심지어 이후의 새로운 사조가 강림할 때 여전히 이전의 위대한 공적 앞에서 충분한 이성을 유지할 수 있었다. 문예부흥 시기에는 절대로 앞선 유산을 덮어놓고 부정하지 않았다. 그것은 고대 그리스, 고대 로마의 일부 지극히 귀중한 것을 거슬러 올라가고 부흥시켰으며, 중세기의 위대한 창조를 계승했다. 이는 비로소 문예부흥의 의의를 보여주었다. 그렇지 않았다면, 그것은 또 한 번 낮은 등급의 평면 순환의 길을 걸어갔을 것이다.

우리의 근대사가 어떻게 개량과 혁명을 대처하였고, 어떻게 만청(滿淸)과 신해(辛亥), 오사(五四), 심지어 이후에 나온 사조를 보았는지 다시 살펴보자. 이러한 사조 가운데 씻어내고 씻어 없애는 작용은 있었으나, 도리어 종합적 이성은 결핍되었다. 역사상 한두 번 비판된 소위 개량주의를 다시 인식하고, 캉유웨이(康有爲, 1853~1927), 량치차오(梁啓超, 1873~1929)에서부터 후스, 루쉰 등 역사 인물에 이르기까지 다시 인식하는 작업이 필수적일 것이다. 이러한 인물들에서 우리는 철저한 부정이 무엇을 의미하는지 볼 수 있을 것이다. 우리는 그들의 종합적 역량을 사색하고 판단하며 이성주의가 남긴 흔적을 봐야 한다. 이들의 말은 다른 인물이 표현할 때 모두가 같진 않지만, 그들 심중은 항상 뜯어서 아직 끊어지지 않은 강대한 이성의 현(弦)과 흡사하다.

일종의 이성, 특히 순수 이성이 대중으로 돌아올 때, 사람을 망망하게 할지도 모른다. 그것은 더욱 차분하고 넓은 사고력을 필요로 하고, 충분히 대지를 밟아야 한다. 별이 총총한 하늘을 우러러볼 수 있는 민족만이 비로소 전체의 복잡성 속에 포함된 제일의 진리를 이해할 수 있을 것이다. 도연명은 여러 사조, 심지어 기세가 성대한 폭력 앞에서도 단순히 울부짖는 사람과 추종자가 되지 않았으며, 비자각적으로 멀리 떨어져서 판단하는 가운데, 많은 충돌 속에서 집요하고 순박한 소질을 드러냈다.

그는 최소한 냉정하였고 맹종하지 않았으며 놀라지도 않았다. 당시 정치와 사상의 이중 조류는 모두 그를 휘감아 가지 않았다. 그의 모습은 유약한 듯했으나, 사실상 강인하게 견지해나가 자신의 방향을 따라서 먼저 조금씩 이동한 다음, 최후에 한 걸음 크게 내디뎌 앞으로 나가고 떠나 자신의 전원으로 들어갔다. 이로부터 관리사회에서는 두 번 다시 그의 모습을 볼 수 없었다. 그는 자신의 크지는 않지만 광대한 토지에서 육체노동을 하면서 시문을 쓰고, 빈궁의 시달림을 받았으며, 술과 밥을 충분히 먹는 세월도 보냈다. 최후에 그는 다른 사람과 마찬가지로 죽었다.

위진은 끊임없이 정권이 뒤바뀐 시기이고, 각종 사조 교체가 격앙된 시기였으며, 각종 조류가 모이고 뒤덮고 교전한 시기였다. 이 시기에 생활한 지식인은 많은 조류의 물살을 여과하였다. 여과되는 과정에서 자신이 파괴되지 않고, 동시에 지극히 고귀한 자신의 사상과 정신의 낟알을 여과해내야 함을 보증해야 했다. 이 가운데 충분히 세밀하고 신중하며 명석해야만 비로소 가능했다.

도연명은 위대한 저작자처럼 조리 정연한 학술 표현을 남기진 않았지만, 그가 두 발로 대지를 밟으면서 시구 및 종이에 남겨놓은 뛰어난 글로 인생, 이상, 사회, 철학 등 여러 문제에 관한 풍부한 저작을 완성했다. 우리가 오늘날 담론하는 도연명은 구체적인 생활인일 뿐만 아니라, 찬란한 시대의 책이기도 하다.

여러 학설이 심오하고 방대하여 필연적으로 각자 체계를 이루고 그 학술과 사상의 경로가 각각 있다면, 학습은 바로 매번 구불구불 원행(遠行)하는 것이다. 하지만 어떤 체계도 최후에는 모두 추상화될 수 있어서 그것이 유도하는 깊이와 넓이를 일탈하고, 아울러 상당히 단순하게 귀납하여 서서히 모종의 부호적인 것으로 변천하면서 이른바 '보급'하게 된다. 따라서 최후에 그것은 완전히 양성(良性)의 작용을 일으킬 수 없다. 왜냐하면 그것이 내재적으로 심오하고 진정으로 도달한 사유의 높은 곳은 바싹 뒤를 따를 수 있는 사람이 몇 사람 안 되기 때문이다. 일반인의 입장에서 이해하기란 곤란하고 그렇게 하는 것도 말처럼 쉬운 일이 아니다.

여러 체계의 실천 속에서 대다수 사람들은 모두 자신의 역량을 알고 물러선다. 왜냐하면 이러한 퇴각과 절충, 심지어 이지적인 뒤섞음이 왕왕 대단한 사상 체계를 현실 속의 가장 평범한 변명으로 떨어뜨리기 때문이다. 이것은 인류의 사상 수용사에서 한두 번 연출한 적이 있는 비극이다. 그중에 극히 우량한 품성을 가진 개체, 탁월한 감오력을 지닌 개인, 다시 말하면 소수의 천재 인물만이 비로소 실천 속에서 가능한 한 최대로 그 최상층으로 나아가는데, 이것이 바로 자신의 한 면이다.

도연명은 이러한 '소수의 천재 인물'에 속한다고 말할 수 없다. 그는 대체로 학술에 뛰어나지 못했고, 학술 방면에서 한 글자 한 문구씩 퇴고하고 정리할 수 없었다. 다만 개인의 타고난 예민함과 총명에 기대어 내재적인 암호를 풀며 자신의 길을 걸어갔다. 도연명은 진지하고 실제를 추구하고 집착하며 맹종하지 않는 사람이다.

불가와 도가, 특히 유가에 대해 시인은 깊이 깨달아서 실천 속에서 얼마를 거절하면 그만큼 받아들였으니, 사람들은 어렴풋하게나마 그의 비례 감각을 느낄 수 있다. 바로 이러한 능력이 도연명으로 하여금 끝내 자신의 길을 가게 했다. 그의 사상과 현실의 행진 노선은 아무리 복잡하더라도 비교적 분명한 족적을 남겼다.

우리 일부는 습관적으로 시끄러운 대로에서, 어지러운 족적에서 도연명 같이 잘 아는 사람을 찾곤 한다. 이것은 불가능하다. 도연명은 혼잡하고 어수선한 곳을 떠나 자신의 오솔길을 걸어갔다. 이 오솔길에는 그 혼자만 있다.

서서히 열다

도연명은 평범해 보이는 세월에 만족하였고, 또 새로운 생활을 창조했다.

窮巷隔深轍, 외진 동네라 깊은 수레 자국과 떨어져 있어

頗迴故人車. 번번이 친구의 수레조차 돌아가게 한다.

__「산해경을 읽고 13수」 제1수

이른바 '은거'는 여러 새로운 뜻을 전부 숨겨놓았다. 도연명 개인은 자신이 무엇을 창조했는지 알 수 없었고, 다만 괭이를 메고 콩을 심었고, 해가 뜨면 밭으로 나가고, 해가 지면 집으로 돌아와 쉬고, 술을 빚고 닭을 치면서 자녀를 양육했다.

傾身營一飽, 온 힘 다해 한번 배부르길 꾀하다니

少許便有餘. 조금만 있어도 곧 넉넉할 것을.

__「음주 20수」 제10수

아무런 과욕도 없는 것 같다. 도연명은 정말 겸손하고 온화하여 사귀

기 쉬운 사람이고, 가장 다가설 수 있는 동향 사람이다.

어쩔 수 없어서 하다가 시간이 지나서는 떠날 수 없었으며, 전원에 들어가 의존하며 즐거워하였고, 생계를 꾸리기 위해 분주하게 살다가 곧장 종말에 이르렀다. 이것이 바로 시인의 일생이다. 그의 창조성은 서서히 펼쳐지는 인생의 접지 속에 포함되는데, 전부를 보아야지 그중의 어느 폭이나 어느 절만 봐서는 안 된다. 그는 자신이 만난 무수한 구체적인 문제를 부단히 해결하는 가운데 누적하여 일종의 창조를 완성했다.

어떤 사람은 도연명의 종말을, 자신의 생활 현상과 타협과 화해를 이루었다고 말한다. 이렇게 말하면 맞기도 하고 틀리기도 하다. '맞다'는 말은 그가 최종적으로 떠나지 않고 아울러 여기에서 자신을 안착했기 때문이다. '틀리다'는 말은 최후에 이르러 그 마음속의 화기가 완전히 물러나지 않았을 뿐만 아니라, 때때로 증가하였기 때문이다. 그의 시편은 처음 전원에 돌아온 뒤의 즐거움과 한가함에서 다시 중·만년의 평온치 않은 마음으로 되돌아갔고, 심지어 강렬한 충돌로 돌아갔다.

> 雄髮指危冠, 굳센 머리털은 높은 갓 위로 치솟고
> 猛氣衝長纓. 맹렬한 기세는 긴 갓끈 가로지른다.
> 飮餞易水上, 역수 가에서 전별의 술을 마시는데
> 四座列羣英. 온 좌석에 뭇 영웅이 줄지어 있다.
> __「형가를 읊으며」

이를 보면 도연명이 있는 곳은 점차 조화하고 양해를 이루는 과정이 아니라, 줄곧 파동이 충만하고 곡절이 있으며 빙빙 에도는 것을 알 수 있다. 다시 앞으로 나아가 진정한 의미의 만년에 이르러서야, 비로소 약간 평정으로 돌아왔다. 하지만 이 시기의 평정은 처음 전원에 들어왔을 때의 광명과 따뜻함을 상실했고, 더욱 많은 것은 최후에 떠나간 처량한 평정이다.

이렇게 볼 때 우리는 도연명이 조화자이자 양해자라고 말할 수 없다. 그런 인물이라면, 일부 화가가 그린 형상과 다소 부합하고 한적한 전원시인의 형상과 부합한다. 사실상 그는 후세 사람이 단순화, 개념화한 귀납보다 훨씬 더 복잡하다. 이렇게 보아야만 비로소 진실에 근접할 수 있다. 단색조로 한 인물을 그리려고 시도할 때는 턱없이 부족하게 보인다. 개괄적인 통쾌한 언어와 어휘, 깨끗하고 시원시원하며 명명백백한 말은 다만 냉정한 처리를 거치지 않은 퇴고다.

프랑스의 저명한 현대 시인 앙리 미쇼(Henri Michaux, 1899~1984)는 도연명을 매우 숭배하여 "중국 고대 시인의 품격이 이처럼 고결하니, 다른 나라 시인 중에는 드물게 보인다"고 여겼다. 이처럼 요원한 동방의 시인을 인정하다니 매우 감동적이다. 하지만 시공의 관계에서 앙리 미쇼가 도연명의 생활 디테일에 대해 얼마나 이해했는지는 우리로서는 알 방도가 없다.

앙리 미쇼는 도연명에 대한 동방인의 해석에서 일부 정보를 얻었는데, 우리는 이러한 정보가 너무나 단순화되어서 여과를 거친 도연명이 될까 걱정된다. 이러한 형상은 유달리 분명한데 원형 인물이 아니라, 갈수록 한 장의 전지(剪紙) 같아 보인다. 서구의 광대한 시가의 세계를 우리가 잘 알지 못하니, 배열하여 대비할 방법은 없다. "서구 시인은 거의 할 수 없다"는 결론에 대해서도 우리가 판단할 수 없다. 하지만 서구 현대 시인에 대한 도연명의 감화력은 분명 존재한다.

고도로 발달한 현대문명의 분쟁, 극히 난처한 곤혹에 빠진 서구인뿐만 아니라, 우리에 대해서도 도연명에게 어찌 거대한 판타지 같은 흡인력이 없겠는가? 우리는 자신의 문화 · 언어 환경에서, 동방의 생존 상태에서 도연명을 순수하고도 순수한 '국화를 따는 사람', 속세를 벗어난 고사로 상상하고 싶어 한다. 우리는 늘 보게 되는 그림과 문장에서 그들이 묘사한 시인은 의식 걱정이 없고 상당히 풍만한 풍류 명사로 변모한다. 그중에 고생과 수심과 배가 몹시 고파 꼬르륵 소리가 나는 도연명은 없다.

우리가 지면에 쓰인 문장 소개를 뒤져보고, 시인의 도보(圖譜) 지침서를 모두 찾아보고, 명인 고적과 관련된 관광안내 책자를 오랫동안 자세히 보고 있지만, 결과적으로 그 문을 찾아서 들어갈 수는 없다.

고락

철학자 쇼펜하우어(Arthur Schopenhauer, 1788~1860)는 이렇게 말했다. "고통은 적극적이고 실재하는 것이며, 행복과 쾌락은 소극적이고 근본적으로 존재하지 않는다." 그는 절대와 근본의 의미에서 고통과 쾌락의 경계를 확정하였으니, 자체로 깊은 의미를 지니고 있다. 하지만 이는 단지 하나의 시각에서 출발한 것일 뿐, 각도를 바꾼다면 달리 이해할 수 있다.

어떤 사람은 도연명의 일생에 고통은 많고 쾌락은 적으며 불행은 많고 행복은 적다고 말하고, 또 어떤 사람의 견해는 이와는 상반된다. 외부에서 그의 물질생활을 보면, 여유로울 때는 거의 없다. 그의 벼슬도 생활을 보조하기 위해서다.

> 此行誰使然? 이 여정을 누가 그렇게 시켰던가?
>
> 似爲飢所驅. 아마도 굶주림에 내몰렸던 듯하다.
>
> __「음주 20수」 제10수

이를 보면, 도연명 세대의 가정 형편이 항상 끼니를 굶는 상태에 처하여, 나와서 관직을 맡은 것은 밥벌이에 불과함을 알 수 있다.

물질방면에서 보면 도연명은 확실히 밑바닥으로 떨어졌다. 그가 전원으로 돌아온 뒤에 마음에 들었던 것도 최초의 희열에 의해 과장되었다. 원야를 열애하고 토지에 가까이 다가선 신선감, 시인의 환상과 충동은 도연명으로 하여금 잠시 생계의 불우를 망각하게 만들었다. 전원이 황폐함에 처해 있어서 그는 고생하여 다시 경영하려 했는데, 그를 기다린 것은 기나긴 노동이었고, 새벽부터 밤늦게까지 열심히 일하는 무수한 세월이었다. 설령 기쁘게 노래하여 시간을 끈다 하더라도 그 노랫소리는 자주 끊어졌고, 이를 대신한 것은 고통과 기아의 신음이었다. 도연명은 실제로 고통스러워했다. 하지만 그는 처음부터 이것을 보았을지도 모르지만, 충분한 사상적 준비는 하지 않았다.

도연명이 응대하고 화답한 시문을 보면, 관리사회 인물 및 뜻과 목표가 일치하는 다른 인물과 함께한 시간은 사실상 매우 적었다. 심기가 고원하고 재주가 넘쳐흐르지만, 도리어 적막한 시골, 궁벽한 구석에서 생활하며 말 없는 흙, 초목, 동물과 어울렸을 뿐이니, 다른 고민이 있다고 말하지 않을 수가 없다. 대자연이 이러한 고민을 위로하였으나, 상쇄한 것은 일부분뿐이다. 한 개인으로서 도연명의 전체 수요 속에 결여되어 보완할 수 없는 것이 무척 많았다. 도연명의 고통은 이중적인데, 예를 들면 기아, 노심초사, 적막, 시국 걱정 등이다. 그가 대면한 것은 결국 고난스런 인생이다.

도연명은 총명하고 다정하며 관용적이고 평온한 마음을 지니고 단계적이고 복제할 수 없는 환락을 얻게 되었다.

息交游閒業, 교제 끊고 노닐며 한가로이 눕고

臥起弄書琴. 앉으나 일어서나 책과 금 즐긴다.

園蔬有餘滋, 채마밭 채소는 충분히 자랐고

舊穀猶儲今. 작년 거둔 곡식 지금껏 쌓였다.

__「곽 주부의 시에 화답하여 두 수」 제1수

항상 문장을 지어 스스로 즐기며 자못 자기의 뜻을 나타내고, 이해득실은 잊은 채 이런 태도로 스스로의 일생을 마쳤다.(常著文章自娛, 頗示己志. 忘懷得失, 以此自終.)

__「오류선생전」

도연명은 이런 기쁨과 즐거움을 어깨를 스치며 지나치지 않았다. 그는 개인의 농가 생활을 가졌고, 아름답고 순진하며 치열하고 분방한 애정 갈망, 아비로서의 환락을 가졌다. 그는 깊숙한 골목의 개 짖는 소리와 뽕나무 꼭대기에서의 닭 우는 소리를 경청할 수 있었고, 유쾌함도 있었으며 위안도 있었다. 이러한 일상의 감정과 인생의 제반 감정을 음미하면서 시인은 하나하나 기록으로 남겼다. 도연명과 전원의 만남은 일생 최대의 행복이라고 말할 수 있다.

고통은 환락보다 시인의 행동을 더욱 힘차게 움직였을 뿐만 아니라, 일상적이고 강박적이며 감정을 얼굴에 나타내지 않는 성질도 가지고 있다. 이를 가지고 말한다면, 아마도 쇼펜하우어가 말한 '적극'과 '실재'의 의미를 포함하리라. 관리사회의 번민과 불안과 혐오이든, 아니면 경작 기간에 겪은 여러 고난이든, 모두 도연명은 대응할 조치를 취하였고, 현실의 폭도 더 커졌다. 극복해야 할 성가신 일도 시인이 처리했다. 이 과정은 종종 수많은 것을 지불해야 하는데, 때로는 심지어 어느 정도 모험성을 띠고 있었다. 그가 벼슬길에서 몇 번 되돌아온 일, 화재 후의 이사, 부득이한 구걸 등은 모두 이러한 행동이다. 그는 필경 이처럼 부득이한 개변 속에서 자신의 생활을 연속하였고, 잠깐 쉬거나 멈춘 시간은 거의 없다. 이것이 바로 인생의 본의다.

환락은 일시적이고, 장기간의 지출과 행동의 간극일 뿐만 아니라, 망각과 착각의 힘을 빌려야 한다. 예를 들면 술 빚기, 땅 갈기와 파종 등은 모두 결과를 지향하는 노동이지만, 고생은 피할 수 없었고 그 이후의 짧은 시간에 비로소 환락을 얻을 수 있다. 음주의 유쾌함은 결코 오래 갈 수 없다. 그 유쾌함의 상태는 때로 매우 큰 가상적 색채를 띠기도 한다.

이러한 고락 사이의 비중, 그들 성질의 차이는 영리하며 총명함은 도연명과 마찬가지로 매우 분명하다.

하지만 허황된 가설을 세우는 사람은 단지 거리가 요원한 우리 방관자일 뿐인데, 당사자인 자신은 도리어 한 걸음 할 걸음 자신이 갈 길을 걸어가니, 홀가분하게 말할 만한 것은 없다. 우리는 시인의 생활을 시화시켰다.

"그대는 물고기가 아닌데, 어떻게 물고기의 즐거움을 아는가?(子非魚, 安知魚之樂?)" 우리가 여기에서 시인의 고락을 담론하였는데, 다만 시문과 관련된 기록에 의거하여 일반적 의미에서 관찰하고 추측하며 억측해 보았을 따름이다.

시인의 항심(恒心)

맹자(孟子, 기원전 372~289)는 "일정한 생업이 없으면서도 일정한 마음을 지니는 것은 오직 선비만이 가능하다.(無恒產而有恒心者, 惟士爲能.)"고 말했다. 이는 불변에 가까운 지극한 도리다. 맹자는 '사(士)'를 본질적으로 이해하여 단순히 책을 많이 읽는 것으로 근거를 삼지 않았다. 그는 인류문명의 역량이야말로 신념을 조장하고 응고할 수 있고, 사상이 물질 방면의 유혹을 벗어날 때만이 비로소 '신념'이라 일컬을 수 있다고 여겼다. 인류문명을 수용할 수 없고 문명을 배척하는 야만 동물성이 바로 물욕성이다. 후자는 다만 광범하게 독서하고 받아들이는 과정에서 일종의 문화 분위기에 휩싸여야 비로소 다소 억압과 개선을 얻을 수 있다. 물욕이 왕성한 시대에는 반드시 동물성이 왕성한 시대이지, 절대로 인성이 깨끗하고 아름다우며 번영한 시기는 아니다.

'사'는 결코 '항산(恒產)'을 거절하지 않는다. 하지만 '항산'은 잃더라도 도리어 '항심'을 상실할 수 없다. 반대로 '항산'이 있더라도 마찬가지로 '항심'을 함께 가질 수 있다. 도연명은 '항산'을 가진 사람인 셈인데, 이는 주로 적지 않은 그의 선조 유산을 가리킨다. 당시는 현재와 비교할 수 없지만 인구가 희박하고 토지를 얻기 쉬웠다. 하지만 몇 곳의 저택을 가지고 있고 동복도 있었으니, 부유한 집이었다. 시인은 명인의 후예인 셈이고 자신도 관리를 지낸 경력을 가지고 있으니, 일반적으로 부유한 농민이라 말할 순 없고 그 가족 전통과 축적으로 존재할 수 있었다. 이러한 물질 기반은 시인의 '항심'을 튼튼히 다져, 그로 하여금 공직에서 손을 떼고 물러나서 전원 생활을 한 것이다.

이는 단지 처음 시작한 시기뿐이었다. 곧 '항산'이 유실되어 점차 몹시 가난해졌는데, 이때에도 시인은 여전히 '항심'을 지니고 있었다. 그의 문장에는 몹시 후회하는 말이 비교적 적은데, 여전히 '금시(今是)'를 부정하지 않았으니, 진정으로 맹자가 칭송한 '사'임을 알 수 있다. 도연명은 위진 시기에 살아서 사상도 뒤섞였지만, 총체적으로는 이러한 일개 유생, 사인(士人)이었는데, 이는 의심할 필요가 없다. 바로 이러한 '사'의 품격을 두고 역대 지식인은 끊임없이 칭송했다. 문제는 그의 몸 안에 '사'가 아닌 성분, 예를 들어 도교와 불교, 현학과 양생 등 출세의 사상이 들어 있다는 점이다. '사'는 도연명의 근골이었다. 이에 그는 전통문화가 인정한 역량감(力量感)을 더욱 쉽게 가질 수 있었고, 여러 사상들은 피부와 살을 이루어 그를 더욱 풍만하고 건강하게 만들었다. 사람이 두드러진 근골만 있으면, 무서울 정도로 무미건조하여 절대로 사랑스럽지 않다. 사람이 근골이 없으면, 맥이 풀려 땅에 쓰러지고 제 꼴을 이룰 수가 없다.

도연명이 가장 곤궁할 때 견지할 수 있었던 '항심'에는 진실로 '사'의 의연함이 들어있다. 하지만 더욱 풍부한 정신 자양분이 필요했다. 예를 들면 그의 달관이나 '큰 변화 가운데에 자유자재한(縱浪大化中)' 그의 성격은 바로 그의 저항력과 근성을 강화했다. 이 모든 것은 단지 고수하기 위해 그것을 버리진 않았다.

일군의 사람이든 한 사람이든, 모두 상당한 비중이 있는 물욕성을 가지고 있다. 이러한 것은 제거할 수도 없고, 그것이 번성하게 내버려 둘 수도 없다. 왜냐하면 이러한 물욕성은 모든 동물에게 있으나, 사람만이 홀로 서서 '사람'이 되고, 여기에서 일반 동물보다 지극히 진귀한 다른 부분이 많이 나오기 때문이다. 이러한 부분은 맹자가 말한 "가난하고 미천할지라도 옮기게 할 수 없다.(貧賤不能移.)"는 정신을 담고 있는데, 물질이 몹시 부족하고 생계를 이어가기 어려운 경우에도 자신의 포부를 굳게 지키고 개인의 추구를 보존할 수 있다. 이 방면에서 도연명은 의심할 나위 없이 가장 좋은 범례다.

총체적으로 보면 도연명은 종욕주의자(縱欲主義者)가 아니고 급시향락자(及時享樂者)도 아니며, 특히 퇴폐주의자도 아니다. 그가 제때에 맞추어 즐기고 의기소침한 경향은 비록 전부 벗어날 수는 없었지만, 최대한도로 극복했다. 처량한 인생이 그에게 점차 활짝 열려질 때, 힘들어서 주저하고 이어가기 어려워도 여전히 개인의 지조를 유지했다. 도연명은 시시각각으로 자신을 일깨우고 어디에서 와서 어디로 가는지 잊지 않았고, 자신의 후대에게 인격의 본보기를 만들어주려고 했다.

> 찬에 이른다. 검루는 "빈천을 걱정하지 않고 부귀에 급급하지 않는다."고 말했다.(贊曰. 黔婁有言: "不戚戚於貧賤, 不汲汲於富貴.")
>
> __「오류선생전」

이것이 바로 그의 '항심'이자 그의 물질관이다.

확대한 한적

구양수와 소동파는 만년에 올수록 도연명이란 개인의 의의를 '한적(閑適)'으로 추출했다. 도연명은 한적할 때가 있었으나, 일생을 두루 살펴보면 도리어 기본적으로 고생과 곤궁뿐이었다. 그의 한적은 다만 절대량을 차지하고 있는 고생 속에서 얻은 잠시의 휴식일 뿐이다. 이 휴식은 도연명 자신에 의해 시문으로 확대되었고, 후에 더욱 무수한 지식인과 독서인에 의해 확대되었다. 이렇게 확대한 원인은 이해하기 어렵지 않다. 도연명 자신의 처지에서 얘기하면, 당시 아귀다툼에서 멀리 벗어나서 처음으로 자유를 맛본 희열은 그에겐 사실상 큰 위로와 해탈이며, 일종의 생활상의 도움과 이익이라고 할 만하다. 다른 사람들의 경우엔 내심 속의 큰 본보기를 찾았고, 더욱이 시인을 보상적이고 상징적인 인물로 간주했다.

구양수이든 소동파이든, 그들은 관리사회에서 모두 득의하고 실의한 적이 있다. 만년에 이르러 그들은 번거롭고 피곤하고 곤궁한 인생에 대해 한번 총결할 필요가 있었다. 그들뿐만 아니라 모든 사람들도 조만간 이러한 총결에 직면해야 한다. 이 날이 다가올 때 복잡하여 말하기 어렵고 뼈저린 후회가 한꺼번에 닥친 지난 세월을 직면하면, 도연명이 얻은 '한적'보다 더 사람을 흠모하게 하고 동경하게 만드는 것이 있을까? 이것도 인지상정이니 괴이한 것이 아니다. 하지만 우리 후대들은 도리어 단순히 이러한 사유와 동경에 이끌려 일방적으로 바라보아 도연명을 '한적', '은인'의 인물로 정의할 수 없으며, 더 가까이 다가가 살펴보고 원래와 실제를 봐야 한다.

도연명 일생은 고생의 나날이었고, 대다수 시간은 가족을 부양하기에 바빴다. 그의 환락은 고생에서 나오고 아울러 고생 속에 관통한다. 사실한 노동자는 어떠한 때라도 진정한 쾌락을 독립하여 벗겨낼 수 없다. 도연명의 '한적'은 특히 사대부들이 밥과 술을 배불리 먹은 뒤의 심정이 아니고, 더욱이 한 차례 원거리 유람의 소탈함이나 자의도 아니며, 권세를 가진 자들이 모방할 수 있는 것도 아니다.

소동파와 구양수를 달관귀인의 '한적'으로 들이는 데에는 여러 조건이 없다. 관리사회에서 기본적으로 생각대로 된 구양수도 다소 구박을 받았고, 소동파는 더욱이 일생이 우여곡절로 충만하다. 소동파는 관리사회를 이탈하지 않은 인물이라 그는 공명을 구하는 길에서 처음엔 순조로웠으나, 후에는 도리어 재앙이 끊어지지 않아 번거로운 일이 온통 후반생을 얽어매어, 줄곧 분주히 나다니기에 바빴다. 하지만 소동파는 극소한 휴식의 간극에서 약간의 개인적 즐거움을 찾아서 '동파육(東坡肉)'을 조리하거나 약제를 갈았는데, 그는 도연명의 '한적'을 더욱 흠모했다. 이를 보면 도연명은 대다수 관리사회와 지식인들과 모두 비교적 요원함을 알 수 있다. 다른 사람은 먼 곳에서 관찰하고 추측하는 가운데 가능한 한 그것과 근접하는 부분을 찾아서, 이 부분을 부단히 실천하고 귀납하며 총결하여, 특별한 계시와 위로를 찾았다.

한적과 안정은 어떤 사람의 어떤 단계에서는 모두 지극히 중요하다. 한 사람이 실의할 때에도 한정(閑靜)이 필요할 뿐만 아니라, 득의한 때에도 더욱 필요하다. 뜻이 이루어져 득의만만한 사람도 믿기 어려울 정도로 경박하고 천박한 행태를 보이는데, 이때 가장 좋은 방법은 먼저 자신을 냉정하게 하는 것이다. 사람이 정신적으로 발열하면 두렵고 가소로운 것이니, 가장 기본적인 판단력조차도 상실할 수 있다. 실제로 사람은 여전히 자연동물이기 때문에 사람이 만든 번화한 생활은 깊은 싫증을 가져올 수 있고, 최종적으로 사람으로 하여금 도피할 생각을 가지게 하기 때문에, 정상적인 사람이 추구하는 것은 여전히 한정이다. 이를 보면 한정이 인생의 일대 행복일 뿐만 아니라, 본질적이고 기본적으로 오래 지속될 수 있음을 알 수 있다. 영원한 변화와 영원한 곤궁은 모두 사람을 참을 수 없게 만들고, 오로지 한정이 있어야 장기간 사람들에게 수용될 수 있고, 아울러 진정한 건강을 얻을 수 있다.

물론 오랜 시간이 경과한 청정도 적막과 고뇌를 가져올 수 있다. 그것은 약간의 조절이 필요하나, 그것은 기본적으로 각종 인생 양태 가운데 가장 받아들이기 쉬운 일종이다.

현대에 올수록, 빠른 리듬의 디지털 시대에 올수록 한정이 사람을 끌어들이는 흡인력은 갈수록 강대해진다. 이때 우리는 이상적인 도연명을 묘사하고 지향하려고 하는데, 심지어 기타 많은 모서리를 가진 도연명은 모두 생략될 수 있다. 스스로 술을 빚고, 한가하면 시를 읊고, 울타리 아래에서 국화를 따고, 게다가 동자가 부축하고 있으니 이는 정말로 매력적인 장면이다. 고대 독서인은 그다지 빈궁하지도 않았고 부귀하지도 않았다. 가장 좋은 것은 책을 짊어지고 벼루에 먹을 갈며, 쌍계(雙髻)를 묶은 동자를 둔 것인데, 이 동자는 순결하고 유치하며 활발하다. 이것은 모두 무대와 그림책에서 만들어낸 개념 형상이지만, 도리어 인상이 깊어서 많은 사람들의 몽상이 되었다.

한적의 본원에서 얘기하자면, 그것은 대체로 사람의 사회성과 서로 대립하여 존재하는 개성의 각성이다. 한적한 사람은 반드시 개인의 심성을 중시하지, 사회 공리를 중시하지 않는다. 이러한 시각에서 도연명의 한적을 얘기한다면, 마치 물질의 다과(多寡)와는 무관한 듯하다. 하지만 사실상 빈곤한 생활은 도리어 반드시 사람의 한적을 파괴할 것이다.

통상적인 기대 속에서 도연명이 한적무위(閑適無爲)의 대표자라면, 우리는 마음속으로 달가워하지 않을 것이다. 그는 반드시 한적하려 하고, 그는 반드시 한적해야 한다. 그가 한적하지 않다면, 우리는 그를 아랑곳하지 않는다. 우리는 도연명이 장래에 한두 번 이 방향을 따라 확대되어 그곳에 서서 만면에 웃음을 띨 수 있지만, 사실상 도리어 우리를 너무 멀리 벗어나서 최후엔 환영이 되었다.

정신적 단칸방

어떤 시대에도 인성 고유의 물질과 정신에 대한 요구는 거의 다 상실되진 않는다. 형상이 기이하고 색채가 다양한 현대생활의 사람에 대한 흡인, 사람에 대한 침식이 매우 엄중하다. 현대인은 매체, 디지털화의 전파, 격렬한 명리 추구에 직면하여 주동적이든 피동적이든, 강한 자극을 많이 받아서 그들은 다시는 안정된 생활에 안주하지 못한다. 이러한 때에 일정 범위와 조건 아래에서 일부 사람들은 분분히 개인 공간을 떠나 외부의 시끄러운 곳으로 나아간다. 이 과정에서 그들은 한 방면에서 욕망의 만족을 얻으며, 다른 방면에서 근본적인 행복을 상실하고 특히 사상의 역량을 잃는다. 개체는 상상하기 어려운 창조력을 가지고 있는데, 고대의 도연명이든 아니면 오늘날의 사람이든, 모두 인파가 혼잡하고 소란한 곳에서 강대한 창조력이 자생하여 나올 수 있다.

도연명의 의의와 가치는 그가 질박하고 고생한 일생으로 창조한 것으로, 영리한 투기나 발명이 아니다. 그 전체의 인생은 혼자 지내기와 노동으로 귀결되는데, 그 사이를 수반하는 자아 음미를 포함한다. 그의 일생은 침범할 수 없는 인성의 보호와 보존이다. 그는 당시 아무리 각종 교제와 응대가 있었더라도, 기본적으로는 여전히 적막한 사람이다. 특히 그가 지식 배경이 전혀 다른 농민들과 함께 지낼 때, 그의 인성은 사실상 비교적 보존하기 용이하다. 그의 옷차림새는 일반 촌민들과 혼동할 수 있지만, 사상 방면과 정신 경계에서는 도리어 이 군체와는 매우 멀리 떨어져 있다. 하물며 당시에 전원은 상대적으로 독립되어 있어서, 이곳은 현대적 규모의 농장 방식도 아니고, 더욱이 공사(公社) 방식도 아니었다. 도연명의 전원에는 울타리가 있고 '형문(衡門)'이 있으며, 객관적인 생존 공간도 비교적 산뜻하고 독립적이었다. 다시 말하면 상대적으로 고립된 일상생활은 도연명에게 왕성한 창조력을 유지하게 하였고, 세세하게 술을 음미하고 상상할 기회를 갖게 만들었으며, 깊고 세밀한 내면 생활을 유지하게 했다. 이러한 능력과 상태는 사실상 상응하는 외부 환경으로 돕고 보호할 필요가 있으며, 일단 이러한 환경을 잃으면 치명적인 손해를 조성할 수 있다.

사람들은 일찍이 도연명과 이웃의 친근감과 융합에 대해 지나치게 많이 언급했는데, 그의 시에서도 이웃과 함께 취사하고 함께 지내는 유쾌함을 생동감 있게 묘사했다. '생활 속에 깊이 들어간' 현대 인사가 한 케이스가 된다면, 당연히 가장 좋을 것이다. 이러한 교제의 가장 큰 이익은 실무적인 방면에서 시인이 전원의 기예를 학습하여 부분적으로 고독감을 제거할 수 있다는 점이다. 다른 방면에서 보면, 그의 장구한 주의력을 전이하고 전통적인 '사(士)'의 심정, 즉 버리기 어려운 '묘당심(廟堂心)'을 전이할 수 있다. 이때 지식인으로서 이미 습관화된 모든 것 — 독서, 화답, 지식인의 우의, 두뇌 속 문자가 길게 이어지는 관성과 부담 — 은 함께 가로막히고 완화된다. 지식인은 생소한 자연으로 돌아갈 필요가 있고, 비울 필요가 있으며, 완전히 다른 어조와 사유로 자신을 충격할 필요가 있다. 이러한 것들을 도연명은 모두 찾았다.

도연명은 단장하거나 심지어 일거일동 방면에서 점점 주위의 이웃과 서로 비슷해졌으나, 내면 세계는 대체로 그렇지 못했다. 이러한 차이는 장벽처럼 시인의 사방을 에워싸서 철거할 방법이 없었다. 시인의 이질적인 부분은 이렇게 포위되고 숨겨져, 그는 마치 큰 칸막이 공간에서 자신의 공간이 생기길 기다리는 것 같았다. 한 사람이 정말로 주변 사람들과 하나로 융합하여 정신적으로 하나가 된다면, 상당히 번거로울 것이다.

이로 알 수 있듯이, 도연명은 또한 장소와 때에 따라 생겨난 행운아다. 그는 사회와 물질 방면에서 극대한 곤궁과 좌절을 당했으나, 도리어 정신과 예술적인 찬란한 존재를 촉성했다. 이것이 바로 사물의 양면성이고, "물고기와 곰 발바닥을 둘 다 얻을 수 없는" 도리다. 그는 겉으로 보면 현지 농민들과 완전히 하나가 된 것 같지만, 사실상 정신적 단칸방에 줄곧 거주했는데, 조건은 매우 좋았다.

물질의 부식력

도연명의 일생에서 물질적으로 필요한 것은 매우 적었다. 이는 우리 당대인뿐만 아니라 위진의 사대부, 궁정 인물이 무한정 물질을 약탈하는 욕망과는 선명한 대조를 이룬다. 진실로 도연명은 당시에 풍부한 물질을 누릴 조건을 갖추지 못했지만, 우리는 거의 조건이 되었다고 하더라도, 그는 탐욕적인 사람이 되지 않았을 것이라고 생각할 수 있다.

도연명이 극도로 숭배했던 증조부 도간은 조정의 동량이었고, 공로가 세상을 압도하여 지위가 높고 권세가 엄중하였고, 생활도 극단적으로 사치스럽고 화려했다. 하지만 도연명은 시문 속에서 이 점을 조금도 언급하지 않았다. 더욱이 증조부의 물질적인 사치와 부귀에 전염되지 않았으며, 강조한 것은 다만 그의 지조, 그의 도덕, 진 왕조에 대한 그의 공헌, 그가 국가에 공헌했으면서도 오만불손하지 않는 품성뿐이다. 도연명은 다만 이것을 영광으로 삼아 가족의 본보기로 이끌었을 뿐이다.

시인은 증조부의 사치스럽고 화려한 생활에 대해 언급하길 회피했지만, 도리어 다른 방면의 신념, 즉 이러한 생활을 그가 인정할 수 없다는 신념을 드러냈다. 증조부 당시의 호화로운 기상은 지금은 흔적도 없어서, 그가 생각하려고 해도 감히 생각조차 할 수 없었다. 중요한 것은 염량세태를 깊이 겪은 시인이 자각하든 못하든 증조부를 다른 계층으로 보았는데,

이러한 계층은 통상적으로 모두 자신이 소외한 것이다. 혈맥의 관계, 조상의 영예, 이러한 것은 도연명으로 하여금 완전히 무시할 수 없게 만들었으나, 그가 할 수 있는 것은 증조부의 단면, 즉 공훈과 지조를 명심하는 것뿐이다.

그토록 사치스럽고 화려한 정치 인물이 얼마나 '지조를 지킬' 수 있는가? 이것은 시인에게 있어서 분명치 않은 일일 뿐이다.

도연명의 단순한 생활 방식은 증조부와는 정반대이다. 이는 객관적으로 사람들의 연상을 자아낸다. 천도가 순환하고 극진히 교합하여 결국 자손 몇 대에서 이러한 평형을 이루었다. 도연명은 최후에 결국 굶주리다 죽었다.

시인의 생활 실천은 현대 서구의 생태주의자의 표현과 일치하는 점이 있다. 바로 한 개인이 살아가는 데 도대체 얼마의 물질을 요구해야 하며, 이러한 요구는 한도가 있는가? 이 한도, 이 절제는 사람이 사람에 대해, 인류의 성장에 무엇을 의미하는가?

물질의 부식력(腐蝕力)은 분명 존재한다. 그것은 사람을 변형시키고 물욕을 좇는 과정에서 비천하고 자존감이 없게 만든다. 반대로 자존을 위해서 한 사람은 물질을 등지고 수많은 사람들이 위험한 길로 보았던 적막 속으로 걸어 들어간다. 강렬한 상업주의, 물질주의의 당대에, 소위 국제화한 오늘날에 이처럼 심도 깊고 예리한 질문은 도연명의 시편을 따라 한 차례 한 차례 우리의 눈앞에 도달했다. 그것은 우리 내심 깊은 곳에서 야기하여 갈수록 큰 파란이 모여서 외침을 이루고, 당대 생활 수단의 의기소침하고 유원한 소리로 바뀌었다. 이 소리는 지금 가장 관통력을 가지고 있고, 그것은 지구의 라디안(radian)을 따라 세계의 다른 면에 도달한다.

물질주의, 욕망주의, 상업주의에 겹겹이 포위당한 당대 생활의 전체 불행은 모두 이 질의에서 남김없이 노출된다.

우리 고통의 원인은 때로 물질의 결핍에 있지 않다. 사실상 『논어』의 아래 문구와 호응한다.

> 적음을 근심하지 않고 고르지 못함을 근심하며, 가난을 근심하지 않고 불안을 근심한다.(不患寡而患不均, 不患貧而患不安.)

물질 분배의 균형의 필요성은 항상 법률로 고정된 것이 아니라, 일종의 이상으로 무궁무진한 동경을 야기한다. 이것은 조잡한 평균주의가 아니라, 일종의 생존철학이므로 응당 소박, 창조, 개인 공간 등과 하나로 연계해서 고찰해야 한다. 이렇게 해야 비로소 그것의 도덕 심도와 윤리 심도를 발견할 수 있다.

도연명의 일생은 물질 빈곤과 투쟁했을 뿐만 아니라 정신 곤경과도 투쟁하였는데, 자존심은 그를 가장 불안하게 만든 요소다. 사람마다 자존심을 가지고 있지만, 개인의 존엄을 보호하기 위해 도연명처럼 아낌없이 어두움으로 가는 사람은 그다지 많지 않았다.

가시가 등을 찌른 것 같다

『성경』에서는 사도 바오로(Paulus) 몸 안에 가시가 있어 언제나 그를 괴롭힌다고 말한다. 누구든지 가시가 등에 있으면, 고통스러워 모두 제거하려고 할 것이다. 바오로는 물론 하느님에게 가서 이 가시를 제거해달라고 요청했으나, 하느님은 그에게 대답하지 않았다. 이렇게 한 것은 그를 징벌하기 위해서가 아니라, 그를 사랑하기 때문이다. 결과적으로 바오로는 이 가시가 시시로 일깨울 때마다 두 번 다시 감히 거만할 수 없었는데, 그로 하여금 자신의 한계를 알게 하였기 때문이다. 가시가 그를 찌르면, 그는 반드시 이 역경을 극복해야 하고, 아울러 이 가시를 지니면 더욱 잘하려고 노력해야 한다. 최후에 그는 도리어 이 가시를 제거할 희망을 갖지 못하자, 이 가시가 그를 더욱 적극적이고 더욱 근신하도록 변하게 만든 것이라고 여겼다.

사실상 사람의 몸 안에는 모두 보이지 않는 가시를 지니고 있다. 이것은 극복할 수 없는 인생의 장애이자 약점이다. 이러한 의미에서 얘기하면, 도연명에게도 '가시'가 있을 수 있는데, 그의 '가시'는 무엇일까? 천성적이고 세습되지 않는 평민의 지위인가? 문벌제도 안에서의 몸부림과 열등감인가? 대량의 시문에서 보면, 그는 최소한 극복하기 어려운 한 가지 약점을 가졌다. 이것이 바로 타고난 내성과 고독이다. 그는 세상 사람들과 함께 지내기 어려웠는데, 시에서도 한두 번 이 점을 언급했다. 다른 사람들과 소통하기 어려웠다.

> 總髮抱孤介, 머리 묶고 뒤로 고고한 절개 지닌 채
> 奄出四十年. 어느덧 마흔을 넘어섰다.
> __「무신년 6월에 화재를 만나」

> 深感父老言, 노인장의 말씀에 깊이 감사하오나
> 禀氣寡所諧. 타고난 기질이 어울리지 못합니다.
> __「음주 20수」 제9수

다른 사람들과 시원시원하게 소통할 수 없고 다소 자폐적인 경향을 띠고 있어, 마치 개인의 고질인 듯한데 일생 동안 제거하기 어려웠다.

도연명은 관리사회로 진입하여 어떠한 곳에 가든 줄곧 이 '가시'를 지니고 다녔다. 그는 이 '가시'를 뽑아내고자 시도할 때마다 번번이 성공하지 못했다. 시문 속에서도 이러한 기회와 인연을 가지길 환상했다. 그는 한 방면에서 자기 성격 속의 '강(剛)'과 '졸(拙)'을 인정하였고, 다른 방면에서도 이것이 개인의 입세자(入世者)에 대해 크나큰 번거로움을 조성할 수 있음을 분명히 알았다. 그는 관직 사회로 들어가려는 실천 속에서 빈번히 진출하여 고독을 극복하고 교유를 강화하여 사회와 융합하려는 노력도 시도했다. 이는 몸 안의 '가시'를 뽑아내려는 것에 불과했다. 하지만 말로 표현할 수 없는 역량, 예를 들어 성격, 운명은 시종 바뀌지 않았다. 도연명의 반생은 이 '가시'를 뽑아내기 위해 노력하였고, 최후엔 도리어 그것을 줄곧 지니고 다녔다.

교류할 방법이 없는 천성, 결함, 일반적으로 말해서 세속적 의미의 생존에는 더욱 부적합하여, 결국 도연명의 독특한 운명을 초래했다. 그는 물론 자신을 걱정했지만, 최후에 이르기까지 바뀌지 않았다.

도연명은 바오로처럼 최종적으로 고유한 결함을 자신의 우세로 바꾸었고, 심지어는 일종의 정취로 바꾸었다. 최후에 이르러 그는 대체로 이 가시를 뽑아내기가 불가능했고, 뽑아내려고도 하지 않았다. 고독과 내성 그리고 강직이 바로 도연명이다.

斂襟獨閒謠, 옷깃 여미고 혼자 한가롭게 노래 부르니
緬焉起深情. 아득히 깊은 생각이 일어난다.
__「9월 9일 한가로이 지내며(九日閒居)」

이러한 고독 속에서 그는 비로소 오늘날 우리가 이해하고 아는 시인이 되었으니, "시대를 뛰어넘으면서도 불우한(曠世而不一遇)"(왕국유) 사람이다.

사실상 현실 생활 속의 한 사람 몸 안에 '가시'가 있으면, 시시각각으로 찔려서 따끔따끔 아프기 마련이다. 가시가 등에 박혀 있기 때문에 참기가 매우 어렵다. 사람마다 조속히 그것을 뽑아내려 하고, 더욱 자유자재하고 완미하며 힘차게 변하길 바라는데, 원하는 대로 되는 사람은 거의 없다. 사람마다 결국 극복할 수 없는 결함을 가지고 있어 그것의 존재를 스스로 깨닫고 인식할 필요가 있다. 거의 어느 누구도 영원히 자부할 가치가 있는 자본이 없고, 관심을 갖지 않는 자신감을 가지고 있는데, 이는 대체로 한 개인의 최종적 규정성이다. 도연명과 바오로처럼 우리는 이 가시를 참아내고, 아울러 점차 그것에 익숙하여 평생 그것을 지니고 다니며 우리를 일깨우게 한다면, 자신의 한도가 어디에 있는지 알고, 겸손하게 자신을 낮추고 근신하여 자신의 인생을 완성해야 한다. 하지만 이것을 알 수 있는 자는 결국 일부에 불과하다. 한 걸음 더 나아가 불평하고 격노하는 사람은 어디에나 많이 있다고 할 것이다.

도연명이 걸어 다니는 뒷모습, 그가 도달한 목표는 사실상 우리와 멀리 떨어져 있다. 바로 이 요원함 때문에 그는 비로소 우리들의 시야에서 더욱 모호하게 바뀌었다. 우리는 항상 분명히 볼 수 없기 때문에 그를 많이 오해하고, 그에 대한 정의에도 수많은 편차가 있다. 예를 들면 우리는 그의 '가시'를 무시할 수 있으며, 가시가 그를 시시로 괴롭힐 때와, 이로 인해 얻은 긍정적인 수익을 근본적으로 생각하지 않는다.

도연명이 만년에 이르러 일부 시문에서 드러낸 관념은 그를 순종하게 만들고 운명을 거의 받아들여 이를 그에게 보내준 선물처럼 느껴진다.

> 識運知命, 운명이란 것을 잘 알지라도
>
> 疇能罔眷. 누군들 뒤돌아보지 않겠는가.
>
> 余今斯化, 내가 지금 이리 죽어도
>
> 可以無恨. 전혀 유감이 없노라.
>
> __「나의 제문」

그는 사람은 만능이 아니고 사람은 자부할 만한 가치가 없음에 대한 여러 가지 일깨움을 받아들였다.

豐狐隱穴, 털 좋은 여우 굴속에 숨었으나

以文自殘. 무늬를 가지고 자신을 해쳤다.

君子失時, 군자가 때를 놓치게 되면

白首抱關. 흰머리 되어서 관문 지키니.

_「사기를 읽고 지은 아홉 편 · 한비(韓非)」

도연명은 자신감을 가졌을 뿐 아니라 또한 지나치게 자신했다. 일종의 소리가 항상 그를 일깨우기 때문이다. 이 '가시'는 최종적으로 시인의 중요한 역량의 근원이 되었다. 그는 결국 자기 몸 안의 '가시'와 화해하고, 이 '가시'의 의의를 기록했고, 그것의 존재를 기록으로 남겼다.

스티븐 호킹(Stephen Hawking, 1942~2018)은 영국의 저명한 천체물리학자다. 그에게도 큰 '가시'가 있다. 호킹은 매우 기괴한 질병을 가지고 있는데, 근위축성 측색 경화증(Amyotrophic lateral sclerosis)으로 전신이 반신불수가 되고, 심지어는 소리를 낼 수 없다. 호킹은 이 '가시'를 뽑을 방법이 없었고 운명이라고 단념하는 수밖에 없어 그것과 타협하고 공존하여, 이러한 환경에서 성취를 이뤄냈다.

도연명은 전원시를 썼고, 호킹은 『시간의 역사(A Brief History of Time)』를 썼다. 그들의 인생은 이처럼 어려운 지경에 이르러도 결국 포기하지 않고, 이 '가시'를 지니고 멀리 떠나갔다. 이 두 사람과 비교하면, 일반인의 고생은 말할 필요도 없다. 도연명과 호킹의 경우에 스스로 뽑아내기 어렵고 고칠 수 없는 인생 곤경은 거의 단순하게 비극 한 막으로 간주할 수 없다. 그것은 일반적 고난과 다르다. 그것은 개인에게 속할 뿐만 아니라, 다른 사람은 이미 고난과 비극으로 그것을 정의할 수 없다. 개체에 대해, 세인에 대해 이 '가시'는 필경 너무나 거칠다. 하지만 그것은 우리에게 신비한 계시를 주었다. 어느 방면의 '무능'은 한 사람을 빛나게 하여 일반적인 '대능(大能)'을 초월한다.

담장 안의 생명

고대 로마 시기의 종교철학자 아우구스티누스는 도연명과 동일한 역사 시기에 살았으니, 우리가 두 사람을 한번 대비해도 무방할 것이다. 그들이 생활한 시기에 신학, 종교철학이든, 아니면 인문정신의 발전이든 서구는 마침 기세등등한 단계에 처했는데, 위진 시기 각종 사상 유파의 흥기처럼 여러 유파 학설이 격렬하게 충돌하고 각축하며 발전했다.

이러한 상황은 까닭 없이 천체의 운행과 우주의 비밀을 연상하게 한다. 왜 동일한 시공에서 동방과 서방의 사상 맥락이 이처럼 비슷하고 보조를 맞추었을까? 서방에서는 아우구스티누스 등이 출현했고, 동방에서도 수많은 사상가가 나왔다. 도연명은 사상가라기보다는 실천가인데, 지행(知行)을 다 같이 중시하고 지행을 함께 사용했다. 도연명의 개인 저작에서 사상의 이성 표현 방면에서는 아우구스티누스보다 못할지라도, 시대의 상징적 인물로서는 여전히 큰 의미가 있다. 그들 두 사람의 차이는 우리가 직접 음미해볼 가치가 있다. 오늘날 보면 고대 로마는 위진 시기에서 그다지 멀지 않으니, 도연명과 아우구스티누스는 이웃하여 살았다고 말할 수 있다. 도연명은 상당히 세속화되었으나, 아우구스티누스는 형이상학적인 정신으로 진입했다.

또 한 인물을 도연명과 비교할 수 있는데, 우리에게서 조금 더 가까운 몽테뉴(Montaigne, Michel Eyquem de, 1533~1592)다. 그는 프랑스의 저명한 수필가이자 사상가다. 몽테뉴는 태어나면서부터 부귀한 사람이었다. 부친은 그에게 수많은 유산을 남겨주었으며, 많은 하인과 영지를 가지고 있었다. 이러니 얼마나 번화하고 풍족한 생활인지 상상할 수 있다. 하지만 몽테뉴는 너무 많은 사치와 물질의 번거로움을 느꼈는데, 이러한 생활은 마찬가지로 선택하기 어려운 것이다. 후에 그는 방법을 생각해냈다. 세상과 단절하고 인생의 의의를 사고하기 위해 결국 원형탑 모양의 작은 건물, 즉 '보루'에 들어가 살면서 아예 자신을 그 안에 가뒀다. 이렇게 장장 십년의 시간을 보냈는데, 십년 동안 그는 아무도 만나보지 않았고, 밥을 넣어주는 하인조차도 그를 보지 못했다. 이처럼 고집스럽고 중단하지 않은 사색에 대해 그는 모두 기록했다. 이것이 바로 후에 나온, 세상에 이름을 알린 『몽테뉴 수상록』이다. 이로부터 '수필'이라는 새로운 문체가 출현했다. 『몽테뉴 수상록』이 출판된 뒤, 영향이 무척 커서 사람들은 인생과 사회에 대해 수많은 지혜와 방법이 있음을 느꼈다. 몽테뉴가 그곳에서 밖으로 나온 지 오래지 않아 돌아오니, 사람들이 그를 시장으로 선출한 것을 발견했다. 사람들은 모두가 이 지자(智者)가 사회를 통치해주길 기대했다.

몽테뉴는 보루로 세계와 격리하여 먼저 자신을 고독하게 만들고, 나중에 강력한 입세자(入世者)로 바뀌어 시장이 되었다. 이러한 점은 도연명과 다르지만, 고독의 상태는 도연명과 오히려 닮은 곳이 있다. 고독의 원인이 다르기는 하나, 그들이 얻은 인생 이해, 풍성한 성과는 도리어 같다. 고독은 몽테뉴에게 힘을 보태주었고, 부귀는 그에게 공허함과 아득함을 주었으며, 정신과 사상의 의미에서 말하면 너무 많은 물질은 정말로 치명적인 재난을 조성할 수 있다. 그래서 몽테뉴는 자신을 겹겹이 포위하여 유형적인 담을 사용했다.

도연명의 '담장'은 무형적이다. 그것은 물질적인 빈곤이고 세상 사람과 교류하고 사회와 양해하기 어려운 성격이다. 그는 외부 세계와 격리된 견고한 담장을 가지고 있었다. 그는 이 '담장' 안에서 일찍이 뚫고 나오려고 생각한 적이 있고, 되돌아오길 생각한 적이 있으며, 무너뜨리려고 생각한 적도 있다. 만년에 이르러서야 비로소 이 무형의 '담장'에 적응하거나 이를 묵인하였을 것이다. 그는 점차적으로 적응했기 때문에 최종적으로 개인의 이해를 완성하여 자신의 사상과 예술의 경지에 도달했다.

사실상 사람들마다 자신의 '담장'을 가지고 있다. 혹자는 바오로 신상의 그 '가시'를 보고는 그것이 무형적이라 여긴다. 루쉰 선생은 너무나 잘 알고 있는 뛰어난 인물인데도, 그의 몸 안에는 '가시'나 허물 수 없는 '담장'이 있다. 그것이 바로 사회와 양해할 수 없는 심도 깊은 고독인데, 혹자는 지나치게 깨어 있고 통찰하여 조성한 극도의 절망이라 말하기도 한다. 주위에서 무지하고 실없이 웃고 눈앞의 안일만 탐내며 되는 대로 살아가는 세계에 그는 시종 진입할 방법이 없었다. 루쉰은 최후에 가깝게 지낸 친구가 그렇게 많지 않았고, 이야기를 나눌 수 있는 사람도 많지 않았으며, 사후에서야 비로소 조문객이 많이 모였다. 이 때가 루쉰의 일생에서 추종자가 가장 많은 때였다. 하지만 우리는 이 추종자 얼굴이 모호한 '소비자'들로 가득 채워졌음을 느끼는데, 그들은 이때 이 세상을 떠나는 사람을 소비했다. 이 안에는 인성과 인생의 지대한 비극이 포함되어 있다.

후스는 5 · 4 문화운동의 리더 가운데 하나이며, 당시 명성이 가장 높은 정신적 지도자였는데, 그의 신상에도 설마 '가시'와 '담장'이 있었을까?

그럴 가능성이 있다. 후스는 장기간 서구문화 교육을 받고 고국에 돌아와서 풍토에 적응 못하지 않았을까? 심도 있는 대화가 부족하여 더욱 고독하고 고립된 것은 아닐까? 그는 일찍이 한 마디 한 적이 있는데, 끊임없이 자신을 풍자한 루쉰이 "우리의 사람"이었다고 말했다. 이 말은 우리가 깊이 생각해볼 문제다.

후스는 장기간 루쉰의 대립면으로 이해되었지만, 이 시각에 두 '적', 두 고독자 가운데 하나는 다른 사람을 이해했다. 후스는 루쉰과 마찬가지로 자기의 '가시'를 뽑아내지 않았다. 멀리 고도(孤島: 상하이 조계 지구)로 간 후스이든, 아니면 줄곧 대륙에서 살다가 일찍 죽은 루쉰이든 그들은 최후의 일각에 이르기까지 몹시 고독했다. 그런데 제때에 이 '가시'를 뽑아낼 수 있는 사람은 직접적으로 대수롭지 않은 사람으로 변했을 것이다. 그것은 운명에 의해 소중하게 여겨지고 신임 받지 못한 사람이다.

도연명은 자신의 무형의 '담장'에서 고통을 실컷 당했지만, 도리어 이 때문에 지극히 가치 있는 일을 했다. 이것은 후대 사람들이 전혀 거리낌 없고 기꺼이 천하의 금기를 무릅쓰지 않고 온갖 방법을 강구하여 '담장'을 넘어 들어간 전원 주인의 진정한 근원을 찾는 것이다.

한 사람 속의 다수

객관적으로 한 사람이 지나치게 고독하여 고독한 환경에 들어가면, 강박적이든 자원해서든 우리는 그다지 어렵지 않게 이해할 수 있는데, 마치 그가 가까이에 있는 듯하다. 이러한 의미에서 보면 도연명은 우리의 이해에서 결코 요원하지 않을 것이다. 도연명을 꺼내면 일반인의 반응은 이럴 것이다. 아, 이 사람, 우리가 잘 알지. 우리가 너무나 좋아하는 사람이야. 이어서 침묵을 지키다가 '도화원'을 읊조리며 고독하게 은거한 사람을 가리키며 확인한다.

하지만 일단 우리가 정말로 도연명의 세계로 진입하여 그 생명의 깊은 곳까지 들어가면, 시인은 대부분의 경우에 결코 고독하지 않았음을 발견할 수 있다. '고독'이란 두 글자는 너무 표면화되어 이로써 시인을 개괄하기엔 적절치 않은 듯하다. 그 혼자 구석에서 기다리나, 갈수록 많은 사람이 그에게 다가오고, 대대로 그에게 다가오기 때문이다. 그렇다. 당시에 도연명은 '담장' 안에 갇혀 대화하는 사람이 없었으나, 이러한 상황은 결코 오랫동안 지속되지 않은 듯하다. 다시 말하면 시인의 전원은 곧 번화해지기 시작했다. 현재에 이르러 이곳은 세간에서 가장 열정적인 명소의 하나가 되었다.

사람들은 모두가 그곳에 가보고 시인 생전의 용품을 만져보면서, 흔적도 없는 시간이란 강에서 무슨 유물이라도 건져보고 싶어 한다. 이러한 상황은 결코 많이 보이진 않는다. 사람들은 이처럼 고집스럽게 한 사람을 찾고, 그를 성가시게 하고 그를 찾아다니느라, 도연명을 잘 기다리지 못하게 만든다. 무수한 사람들이 도연명을 끌어다가 자기 친구로 삼고 그와 함께 선다. 이때 시인은 대체로 상투적인 한 마디 던졌을 것이다. "나는 외롭지 않아.(吾道不孤)"

도연명에게는 사실상 '한 사람 속의 다수'가 포함되었다. 다시 말해서 계량화의 의미에서 도연명을 이해하면, 그는 '소수'가 아니라 '다수'다. 그의 한 몸에 수많은 사람들이 모였고, 더욱 많은 염원과 희망을 포함하고 있으며, 최대의 추구를 상징하고 구비하여, 더욱 큰 군체의 대표자가 되기에 충분하기 때문이다. 이러한 정황은 매우 특이하다. 당시에 그가 외롭게 성을 나와 고향으로 돌아가 농사짓고 농업에 주력하면서, 여러 문인들과 고별하고 기껏해야 글 짓는 일을 모르는 사람들과 함께 살면서 술을 빚고 닭을 치고, 그곳을 도리어 '방문객이 거의 없어 적막한 상태'에서 '왕래가 잦아 끊이지 않게' 만들었기 때문이다.

탐구하고 깨닫는 심도에서 얘기하면 그 한 사람은 결국 하나의 군체보다 크다. 그가 생명의 더욱 깊은 곳으로 나아가 일종의 포괄력과 포용력을 갖추었기 때문이다.

도연명의 고립은 사실상 일반적 의미의 '다(多)'와 '소(少)'보다 크다. 그의 견지, 이해와 지향점은 말로 비유할 수 없는 방향과 가능성을 포괄했다. 이러한 개괄성과 에너지의 모임은 아마도 혼자 지내는 사람만이 얻을 수 있을 것이다. 그는 영혼으로 하여금 적막한 곳에서 충분히 기다렸다가 깊고 높은 곳으로 나아가게 했다. 그 영혼은 상승하여 인생의 몽경을 방문하려고 한다.

상반된 예는 이렇다. 어떤 사람은 당시에 더없을 정도로 문 앞에 거마가 길을 막았고, 제자와 각종 시세에 순응하는 사람에 의해 빼곡하게 둘러싸이고, 중간에 서서 발설하고 큰 소리 치는 기세가 왕성하다. 하지만 이러한 상황은 결코 오래 지속될 수 없어서 마치 한 계절이 지나면 문 앞이 썰렁하고 죽은 뒤엔 적막하여 아무도 생각하지 않는 것 같았다. 이러한 사람이 바로 '다수인의 소수'이고, 창백하고 천박한 집합이자 무리인지라 그리 믿을 만하지 않고 일정한 가치는 없다. 그런 사람들은 많지만, 진리를 찾지 못한다. 그들은 소란을 피우지만, 여태까지 '진의'를 깨달은 적은 없다. 그들이 아무리 떼를 지은 무리일지라도 맹목적이고 염가이기 때문에 기본적으로 무시할 수 있다.

사람은 고독을 두려워하지 말아야 할 필요가 있다.

이는 오스트리아 시인 릴케가 일찍이 했던 말을 연상시킨다. "나는 너무나 외롭다. 하지만 그 외로움은 아직도 부족하다." 왜 부족한가? '진의'를 추적하는 데 필요한 평온, 강인, 그가 독자적으로 사고하는 데 필요한 가혹한 조건을 더 많이 준비해야 좋다. 이와 같이 하기만 하면, 그는 비로소 적막의 반면으로 진입하여 '한 사람 속의 다수'로 들어갈 수 있다. 그는 지신의 생명이 영원한 진리, 이 과정에 필요한 조건에 접근하도록 노력하겠다고 말했다. 다른 시대의 사람이 사실상 동일한 뜻을 얘기하고 있다. 릴케는 옛 보루에서 단속적으로 십여 년을 거주하고, 그 유명한 『두이노의 비가(Duineser Elegien)』를 썼다.

릴케는 어려서부터 체질이 유약했다. 모친은 요절한 딸을 기념하기 위해 릴케를 여섯 살까지 딸로 키우며, 그에게 장발을 기르게 하고 여자아이 복장을 입혔다. 최후에 그는 성장하여 남자아이처럼 살아가고자 군관학교에 들어가 그의 타고난 결함을 극복하려고 애썼다. 이는 유약한 '담장'을 부수고 불편한 '가시'를 뽑아내는 것과 같다. 하지만 최종적으로 그는 용맹해지지 않았고, 다른 사내아이와 같진 않았다.

일반인은 피동적으로나 능동적으로 고독하다. 하지만 예측하기 어렵다. 우리가 프랑스의 몽테뉴처럼 보루에 들어가 살면서 십년이나 더 오랫동안 갇혀 있다면, 결과적으로 처음 오륙년 사이에 반쯤 미쳐버릴 것이다. 우리가 다시 도연명을 배워 공직을 사퇴한 연후에 큰 소리로 '민간'을 외치며 경작의 좋은 점을 말하고 밑바닥에 깊이 들어가는 위대함을 말한다면, 곧 웃음거리가 될 것이다. 형식의 모방은 언제나 정확하지 않으며, 사람의 품성은 도리어 큰 차이가 있다.

원래 '고독'이 모든 것이 아니라, '버팀'이 비로소 모든 것이다. '고독'은 목적이 아니다. '고독'만을 목적으로 삼는다면, '고독'을 누릴 수 없을 뿐만 아니라, 반면으로 나아가 한편으로 거짓을 꾸미고 한편으로 변질될 수 있는데, 이 '고독'은 타인을 흡인하는 유성분이 되었다. 고대의 '은사'는 사실상 이러한 부류의 사람이다.

'고독'은 좋지만, 이 '고독'을 최종적으로 받아들여야 된다. 한 사람이 되도록 일찍 '고독'을 받아들여야 하지, 최후에 이르러서야 강박으로 두 손을 뻗어 받아들여서는 안 된다.

천문대

도연명을 읽으면서 사람들은 항상 이것이 아니면 저것이라는 곤경에 빠지곤 한다. 혹자는 생기가 없고 평범하다 여기고, 혹자는 무진장의 심오함을 감추고 있다고 여긴다. 백여 편의 시문이 우리에게 주는 것은 응당 향수이고, 풍부한 정신과 예술의 회식이며, 수수께끼나 억지로 끌어다 붙이는 고고학 같은 구박이 아니다. 시인은 매우 겸손하고 온화하여 사귀기 쉬우며, 농민처럼 소박하고 진솔한 그의 행동거지는 우리를 놀라게 하지 않는다. 시인은 사실상 손님을 무척 좋아한다. 좋은 술이 있으면 가까운 이웃을 초대하여 마시는데, 우리는 이때 자신을 도연명의 이웃으로 상상해도 좋을 것이다.

우리가 시인의 술을 음용하고 그의 초대를 받을 때 늘어나는 것은 우의와 존경일 뿐이다. 시인에 대한 사랑과 앎은 우리가 이러한 시의 어조와 기세를 포착하는 데 더욱 유리하다. 시인은 술을 마신 뒤 직접 음영하기 시작하는데, 이때 우리가 들으면 훨씬 분명해진다. 기괴한 것은 모든 시가 일단 종이에 쓰이고 남색의 베에 덮여 상자 속으로 들어가면, 곧바로 난해해지는 점이다.

밤에 우리가 시인과 함께 하늘을 바라보면, 깜박이는 별들로 총총하다. 밤은 정말 깊어가고 별들은 정말 커 보이며 은하수도 볼 수 있다. 낮에 우리는 시인과 함께 사방 멀리 바라보면, 이때 농작물은 막 수확하여 땅에는 푸른 장막(青紗帳: 여름이나 가을에 무성히 자란 수수나 옥수수를 비유)이 없어서 일망무제하여, 지평선이 아주 멀리까지 뻗어 있다. 우리는 즐거워서 시인을 따라 함께 읊조리는데, 그의 시인지, 아니면 우리의 시인지 분간할 수 없다.

우리가 시인과 매우 친밀하여 조금의 격의도 없고 함께 술을 마시며 시간을 보낼 때, 그의 시를 훨씬 이해하기 쉽다. 원래 그는 이러한 사람이었고, 이러한 시를 지었을 따름이다.

이전에는 반드시 다른 사람이 시인을 어떻게 담론하고 있는지 보려고 했다. 만일 이러한 담론이 이미 종이에 찍혀 책갑에 담겼다면, 여하를 막론하고 그것들을 감히 회의할 수 없었다. 결과적으로 우리는 진정한 시인에게서 갈수록 멀리 벗어나, 의식적이든 무의식적이든 시인을 단순화하고 왜곡하였고, 더 나아가 그를 천인, 위에 높이 서 있는 신성으로 보았다.

우리가 시인을 연구하고 이해할 때 근원적 의의의 시각으로 들어갈 수 있을까? 이 근원적 의의는 사람과 사람, 사람과 대지, 하늘과의 관계다. 관찰하는 시각은 물론 다원적일 수 있지만, 도연명의 연구에서 우리는 과거에 사람과 사람, 사람과 사회의 관계를 많이 연구했고, 사람과 만사만물 사이에 존재하는 신비한 역량, 사람과 자아의 관계는 비교적 적게 연구했다.

도연명은 권력을 장악한 자와 협력하지 않았기에 사직하고 아름다운 유토피아로 전제 체제를 대체했다는 사실 등은 거의 옳은 듯하지만, 모든 결론은 너무나 잘 알고 있는 것이다. 마치 누가 이렇게 말한 것 같기도 하고, 모든 시와 시인에 대해 모두 그렇게 말한 듯하다. 우리는 유사한 단어를 써서 이백과 두보, 『시경』, 그리고 많은 과거, 미래, 모든 시와 장차 나오려고 하는 시에 대해 말한 적이 있는데, 모두 이와 같은 방식으로 해석한다. 이것이 어찌 가능할 수 있겠는가?

우리가 도연명과 모든 신비한 역량 사이의 관계, 개인 성격과의 관계에 더 많이 주목한다면, 다른 담론을 생산할 수 있다. 원래 시인은 이처럼 미묘한 소리를 만들어내는데, 일상적이면서도 기묘하다. 이는 위대한 서생이 쓴 것과는 다르다. 술을 마시고 농사지으며 나태한 사람, 바로 그가 써낸 것이다.

그는 예로부터 지금까지의 위대한 시인보다 더 많은 것을 가지기도 했고, 적게 가지기도 했다.

도연명과 우주의 관계를 논한다면, 이 방면에서 그의 체득은 이백과 굴원 등 시인보다 다소 약하게 보인다. 우리는 도연명을 체득하고 사람과 광대한 우주의 관계 방면에서 체득할 수 있는데, 시인은 비록 깨달은 바가 있더라도 매우 희박한 듯하다. 그는 '대괴'와 '고민'을 얘기한 적이 있으나, 굴원과 이백처럼 자각하거나 집착하지 못했다.

도연명은 큰 소리로 '천문(天問)'의 소리를 내지 못했다. 신비한 우주에 대한 관조는 대부분 본능에서 나오기 때문이다. 직접적인 경험은 그를 더욱 소박하게 만들었으나, 더욱 한정적이다. 이곳의 일부 원인은 아마도 생존 방식에서 결정될 것이다. 그는 경작하는 데 더 많은 시간을 보냈고, 시야를 낮추려고 했으며, 고개를 들어 올려다 볼 시간은 비교적 적었다. 그가 대지를 굽어보는 시간이 하늘을 올려다보는 시간보다 몇 배나 훨씬 많았다. 소위 '궁경(躬耕)'에서 경작하는 사람은 반드시 허리를 아래로 굽혀야 한다.

우리가 도연명을 이해하고 감상할 때, 우리에게서 가장 가까운 부분을 주목하길 바란다. 도연명의 눈빛이 이끄는 대로 보면, 우리는 대지를 더 많이 굽어보고 하늘은 적게 올려다볼 수 있다. 우리는 농경민족이라서 본래 올려다보는 습관과 집중이 부족하고, 다른 지향점을 쉽게 무시했다.

중국이란 농경 군체 안에서 굴원과 이백은 사실상 보기 드문 두 케이스다. 굴원은 먼저 궁정에서 생활하다가 후에 초(楚)나라 대지에서 유랑했다. 이백은 유목민처럼 사방을 떠돌아다녔다. 그들의 공통된 특징은 '진실한 감정'에서 초탈하고 토지에 '가깝게 다가선' 점이다. 굴원의 작품을 읽으면, 이 사람이 천문대에서 일한다고 느낄 수 있다. 하지만 이백은 이따금 천문대에서 한 바퀴 돌 뿐이다. 도연명은 전혀 천문대의 일을 들어본 적도 없는 듯하다. 두보는 여태까지 천문대에 관심을 가진 적이 없었다.

물리 각도와 지리 방위

우리가 도연명을 이해하고 다루는 데 항상 하나의 습관을 가지고 있다. 바로 사람을 '도구'로 여겨서, 이러한 기조로 읽고 수용한다는 점이다. 이는 수많은 사람의 원칙이자 상식인데, 따라서 항상 인생 가치를 왜곡하고 본말을 도치했다. 우리가 시험 삼아 한번 바꿔서 "사람이 목적이다"라는 시각에서 도연명을 이해하면, 그 가치를 한층 깊이 인식하고 다시 한번 접근할지도 모른다.

우리는 도연명의 전원에서의 쾌락, 그의 노동과 실천에서 최대의 수확은 그가 남겨놓은 시부임을 느낄 수 있다. 그렇다. 그는 이 때문에 불후한 것이다. 이에 우리는 시인에 대해 유감스럽다. 당시에 더 많이 써서 남겨놓았더라면, 훨씬 더 좋았을 것이다. 백여 편에 불과하니 너무나 애석한 일이다.

우리는 언제나 도연명이 시를 쓰는 '도구'이길 바란다. 이에 우리는 그의 시부가 더 좋더라도, 그의 영혼의 쾌락보다 중요하지 않다는 사실을 잊는다. 그가 시를 쓰고 부를 지을 때 이와 같이 하소연해야만 비로소 자신이 더욱 유쾌하고 상쾌해질 수 있기 때문이다. 다시 말하면 그의 영혼 속에서는 이렇게 읊조리고 이렇게 쓰는 것을 원했다. 필요하지 않았다면, 아무 것도 남아 있지 않을 것이고 그러면 아무런 유감도 없을 것이다.

마찬가지로 도연명의 음주와 휴식은 강건한 신체를 길러내어 더 많은 양식을 수확하기 위해서가 아니었다. 음주가 즐겁지 않고, 수확과 노동이 신체와 심정에 지극히 불리하다면, 도연명은 아예 하지 않았을 것이다. 그의 신체와 마음이 바로 '목적'이지, 다른 게 아니다. 사람은 두 방면, 즉 몸과 마음으로 구성된다. 양자는 절대로 '도구'가 될 수 없고, 반드시 '목적'이다. 모든 것은 몸과 마음으로 귀결된다.

이러한 의미에서 도연명의 전원 회귀 이후의 물질의 손익 상황을 분석해보면, 이해가 다소 깊어질 것이다. 우리는 장기간 시인의 곤궁을 이해하지 못했고, 그가 어째서 몇 곳의 땅과 동복을 둔 가정 형편이 최후에 가련한 지경으로 떨어졌는지 분명히 알지 못했다. 시인이 자각하든 자각하지 못하든, 모두 외물의 부림을 참을 수 없고 단지 진정한 자유만을 추구했을 것이다. 다시 말하면 그는 자신을 '도구'가 아니라 '목적'으로 삼을 수 있었다. 몸과 마음은 쾌락하고 즐거워야 한다. 이것이 가장 중요하다. 이에 물질은 등한시하게 된다.

몸과 마음, 특히 마음은 사실상 더욱 광대한 하늘과 연결된다. 생명이 형성되는 순간에 이미 신성이 주입되므로 사람 일생의 바라봄은 필연적이다. 도연명의 모든 시 가운데 바라봄은 굽어봄이나 정시보다 훨씬 적다. 그가 토지와 원야에 주목한 시간이 무척 많았기 때문이다. 이는 우리를 매우 친근하고 따스하게 덥혀 준다. 그의 시각은 우리 대다수 사람과 결코 다르지 않다.

우리가 상상할 수 있듯이 서구인의 입장에서 도연명을 바라보면, 그는 도연명의 시에 위로 올려다보는 앙각(仰角)이 부족함을 쉽게 발견할 것이다. 예를 들면 횔덜린은 시에서 언제나 요원한 주시를 생각하고 언급했는데, 그것은 위로 우러러보는 것이다. 도연명의 위로는 하늘에선 거의 나오지 않았고, 대부분 발밑의 토지에서 나왔다. 가장 많은 위로는 주변의 원야에서 나오는 것일지도 모른다. 자고이래로 '은자'와 '현자'도 대체로 이와 같다.

秋菊有佳色, 가을 국화는 아름다운 색을 지녀
裛露掇其英. 이슬에 젖은 그 꽃잎을 딴다.
__「음주 20수」 제7수

旣耕亦已種, 이미 밭 갈고 또 파종했으니
時還讀我書. 때때로 다시 나의 책 읽는다.
(산해경을 읽고 13수」 제1수

이는 매우 현실적이고 일상적인 위로이며, 물론 충분히 따스하고 충실하다.

한 사람이 어떻게 자신의 정신 역량을 얻어서 선택한 물리적 각도와 지리적 방위를 보는 것이 중요할지도 모른다. 굴원과 이백의 관조는 대부분 천상, 높은 곳에서 이루어지는데, 우주의 깊은 곳에 에너지가 있고 이 에너지가 지극히 거대하기 때문이다. 지리적으로 말하면, 도연명의 에너지는 발아래와 주변에서 나온다. 우리는 만일 동방인이 굴원이나 이백 같았더라면, 유목 민족처럼 자연과학 방면의 비약을 촉진시키고, 아울러 그들의 문학에 깊이 영향을 주었을 것으로 가상할 수 있다. 왜냐하면 인문과 과학은 동일체이기 때문이다.

이는 유목 민족과 농경민족의 차이이고, 서로 다른 특질이다.

국화는 교조적이지 않다

범도덕화와 사회화는 도연명 연구에 영향을 주었고, 심미적인 일방적 지향점도 이해 방면의 편차와 결함을 조성했다. 우리는 마치 유교와 도교 두 가지 치명적인 이기(利器)만 가진 듯하고, 손이 가는 대로 그것을 사용하여 역사 인물, 특히 한 시인의 비밀을 풀려고만 하는데, 매우 불충분한 일이다. 우리는 후에 이러한 것을 발견하고, 모더니즘의 구실과 방법으로 바꿔 써서 첩경을 본뜨고 또 잘 아는 다른 길로 나아갔다. 도연명의 전원 세계로 통하는 길은 사실상 논밭의 좁은 길도 있고, 더욱이 상호 융통하는 은폐된 인터넷도 있는데, 그 길은 미궁처럼 종횡으로 교차한다. 우리가 높은 곳에서 굽어보면, 목적지로 통하는 길은 입체교차로이지, 이전의 유도(儒道)의 낡은 길이나 모더니즘의 신도로가 아니다. 다른 방법과 가능성을 시험하면, 전원의 깊은 곳으로 진입하여 이전에 도달하지 못했던 구석구석의 가장자리를 밟을 것이다. 유가와 도가란 두 도로만 있으면, 더 높은 곳에서 내려다보지 못하며 원래 가지고 있던 꼬불꼬불한 오솔길을 발견할 수 없다. 유행하는 모더니즘의 변명을 사용하여 본래 디지털 시대의 속도를 따라가려고 한다면, 도리어 뜻밖에도 문제를 더욱 복잡하게 만들 수 있고, 심지어 주제에서 멀리 벗어날 것이다.

도연명의 의의와 가치에 대해 우리는 한두 번 '전원'을 강조했다. '전원'은 끝내 도연명 신상의 벗겨낼 수 없는 부호를 형성했다. 사실상 만물의 대자연 속에서 한 사람이 체득하는 것은 모든 텍스트와 철인을 초과할 수 있다. 대자연은 유기적이라서 사람의 정신 영양에 끼친 영향은 모든 인공적 자양제를 초과한다. 사람이 대자연의 양성을 받아들이는 흡수력은 근본적으로 대치되기 어렵다. 도연명은 생명의 근모를 유기물 속에 심고서야 비로소 전면적이고 풍부한 영향을 섭취할 수 있었다.

그런데 어떤 사람은 도리어 마음에 헛된 망상을 품고 백여 편의 시부를 반복하여 제련하고, 각종 캡슐을 제조하여 현대 유통시장으로 진입하려고 한다.

도연명처럼 계속 생장하고 살아 있는 시인을, 제련되어 나온 모종의 사상과 체계로 대치한다면 매우 불충분하다. 도연명이 투신한 전원생활은 유기적인 생존과 흡수이며, 이러한 영향의 전면성과 복잡성은 대부분의 경우에 분석하거나 개괄할 방법이 없다. 이러한 유기성은 도연명이란 개체를 더욱 활발하고 더욱 생기발발하게 만들었다.

한 사람의 돌아감은 얼마나 쉬운지는 모르겠으나, 도연명에게는 무척 어려웠다. 머리에 도가 사상이 가득하면 도연명이 될 수 없다. 마음속에 "도움을 얻지 못한" 불평으로 가득 차 있으면, 도연명이 되기가 어렵다. 도연명은 확실히 '민간'으로 갔다. 하지만 우리가 억지로 그를 모방하고자 순식간에 현대에 다시 존재하지 않는 '민간'으로 파고든다면, 익살극 한 막을 상연할 수 있을 뿐이다.

도연명은 노장의 뜻을 실현하기 위해 회귀하지 않았다. 그의 전원은 인공으로 만든 회전 무대가 아니다. 도연명은 가장 배우기 어렵다. 왜냐하면 우리 일반인은 유교와 도교 사이, 입세와 출세 사이에서 메인 스위치의 좌우 버튼을 선택하여 필요할 때에만 누르기 때문이다.

도연명의 행동과 실천은 대부분 이 '메인 스위치' 밖에 있다. 시인의 생명력의 분출은 바로 그의 자연만물에 대한 강성한 흡수에 있다. 국화 등 자연물은 교조적이지 않다. 도연명 수중의 국화를, 후세 사람들이 촬영 경쟁을 한 나머지 박제하지 않을까 걱정된다. 국화를 따는 사람 도연명을 고정된 밀랍 인형으로 바꿀 수 있기 때문이다.

우리는 오늘날 진실로 가득하고 다양한 자태를 뽐내며 이슬방울이 사방으로 튀는 국화를 환원하고 싶을 따름이다. 일부 사람은 플라스틱 국화와 조화, 그리고 격식화한 도연명을 인식하고 찬미하고 있을 뿐이니, 진정한 시인에게서 정말로 갈수록 멀리 벗어나고 있다.

부록

청강에 덧붙여

2014년 9월 필자는 다행히도 장웨이 선생의 도연명 강의를 들었다.

강의를 시작한 며칠 동안 마침 가을바람이 소슬하고 가랑비가 오락가락 계속 이어졌다. 당시 장웨이 선생은 밝게 흔들거리는 푸른 국화 옆에 앉아 느릿느릿 강의를 시작했다.

그전에 장웨이 선생의 『초사필기(楚辭筆記)』, 『다시 이백과 두보를 말한다(也說李白與杜甫)』를 읽고서 깊은 인상을 받은 적이 있었다. 선생의 강의는 대학 강의 풍경과는 판이한 느낌이었다. 그의 강의는 텍스트와 밀접한 관계를 유지하며 고대 시인을 원격탐지하고 음미하며 되새김하고 접촉하는 듯했다. 나아가 생명의 암호를 체득하고 풀어서, 글자 행간에 신선하고 재미있는 사고와 날카로운 안목을 가진 통찰로 가득했다.

장 선생은 강의할 때 앞에는 우롱차 한 잔만 두었고 종이는 한 장도 놓는 일이 없었다. 개강한 처음에는 목소리가 의기소침하고 말하는 속도가 느릿느릿하였으며, 주제를 향해 나아갈 때에도 사유는 결코 신속하지 않았다. 3,4분 지난 뒤엔 말의 속도가 빨라지고 톤이 올라가며 정서가 점점 활성화되어 충만해지기 시작한다.

강의하는 기간 동안 수강생은 자유롭게 질문을 던질 수 있으며 아무런 제약도 없다. 질문자가 마음대로 질문하도록 내버려두고 장웨이 선생은 언제나 끝도 없는 화제를 끌어 모았다. 그의 사유는 종잡을 수 없는 편이라 시시각각으로 공자, 노자와 장자, 굴원, 왕유, 소동파, 왕국유, 루쉰, 후스, 주쯔칭, 소크라테스, 플라톤, 아우구스티누스, 워즈워스, 번스, 몽테뉴, 루소, 쇼펜하우어, 그리고 물리학자 호킹을 언급한다.

장웨이 선생은 표정과 태도가 침착하다. 몸은 약간 기울여 팔을 소파에 기대고 신체 언어는 그다지 많이 사용하지 않았다. 자신도 모르는 사이에 수강생은 낯설고 신기한 세계로 빨려 들어간다. 그의 강의는 떠들썩하고 고층빌딩이 빼곡한 번화가에 오랫동안 살다가 갑자기 녹색이 무성한 자연 속에 몸을 둔 듯한 느낌을 준다. 눈과 가슴에 낀 장애물을 걷어버리고, 내심 깊은 곳에 오랫동안 잠들었던 갈망을 일깨운다.

아직까지도 기억난다. 장웨이 선생은 도연명 시문의 '밝은 느낌'을 얘기하고 도연명이 새 술을 빚는 쾌락을 얘기했으며, 도연명이 "달빛 띤 채 괭이 메고 돌아오고(帶月荷鋤歸)", "그저 뽕과 삼이 자라는 것만 말하는(但道桑麻長)" 그리움과 흡족함을 얘기했다. 도연명의 시가 예술과 생활방식은 깊은 공명을 일으켰다.

장웨이 선생이 도연명 시가의 '음유(陰柔)의 미'를 해독할 때, 눈빛은 아득히 멀어 마치 시인의 '높은 곳의 영혼'을 멀리 바라보는 것 같았다. 도연명의 고고한 성격을 얘기할 때는, 어조가 낮고 느리게, 개탄과 존경으로 충만했다. 재미있는 것은 장웨이 선생이 도연명의 전원생활에 고양이와 강아지가 동행하길 바란다고 한 말이다. 그가 보기에 "두 종의 생명은 모두 하느님이 사람에게 위임하여 파견해준 것으로, 하나는 충성의 상징이고, 하나는 온유의 대표"인데, "사실상 필수 불가결한 유감"이었다. 도연명 시의 "개는 깊은 골목에서 짖고(狗吠深巷中)" 구절에 이르러, 장웨이이는 그것이 자기 집 강아지를 묘사한 것이 아니라고 여겼다. 수강생은 웃음을 참을 수 없었다.

장웨이 선생의 강의를 들어보면, 정신은 항상 기쁨과 긴장 사이에 처한다. 질문에 대한 답변은 매우 감성적이고 직관적이며, 언어는 간결하고 소박하여 심오한 내용을 알기 쉽게 표현한다. 복잡하고 심오한 도리를 상세히 설명할 때에도 질박한 언어를 사용했다. 예를 들어 '형이상', '하늘'을 말할 때, 장웨이 선생은 도연명과 고대 기타 시인의 구별을 이렇게 분석한다. "굴원의 작품을 읽으면 이 사람이 천문대에서 일한다는 느낌이 든다. 이백은 이따금 천문대에서 한 바퀴 돌았다. 그런데 도연명은 전혀 천문대란 말을 들어본 적이 없는 것 같다. 두보는 여태까지 천문대에 관심을 가진 적이 없다." 중국 전통문화의 유교와 도교의 상호 보완에 대해 장웨이 선생은 이렇게 말했다. "스위치의 양단처럼 필요할 때는 '유(儒)'를 누를 수 있다. 필요하지 않을 때에는 '도(道)'를 누른다. 바로 이러한 정신과 사상의 비대항적 평면에서 낮은 단계의 순환을 형성했다."

장웨이 선생의 강의를 듣다보면, 시간이 너무 빨리 지나간 느낌이 든다. 이따금 그의 생각이 허공에서 개인의 내면으로 빨려 들어가는 듯한데, 이때 사유가 천천히 비상하기 시작하고, 점차 쓸쓸하고 고요하며 심원한 경계에 이른다. 이때마다 현장은 곧 조용해져서 바늘 하나가 땅에 떨어지는 소리도 들을 수 있을 정도다.

『초사필기』를 아주 오랜 옛날과 의기투합한 정신적 탐색에 비유하고, 『다시 이백과 두보를 말한다(也說李白與杜甫)』를 문학 사색록이라 여긴다면, 『도연명의 유산』은 두 사람의 고고한 영혼의 대화다. 이는 1,600여 년의 대화를 뛰어넘고, 남북조에서 시작하여 도연명을 일컫는 '고금 은일 시인의 우두머리'라는 꼬리표를 떼어버리게 한다. 또한 가장 매력이 있고 가장 현대인을 자극할 수 있는 아픈 곳과 민감한 곳을 펼쳐 건드리고, 진실하고 완정한 시인을 불러냈다.

장웨이 선생이 보기에, 도연명은 잔혹한 '위진 정글'의 가장자리에 살았던 서생이고, 완강한 몸부림 속에서 최종적으로 '버티고' 자신의 존엄을 지켜낸 사람이다. 무엇이 풍격이고 무엇이 존엄인지 시인은 영혼으로 대답하였으며, 이는 우리들에게 남겨준 최대의 유산이기도 하다

렌쉬(濂旭)

2015년 3월 17일

옮긴이 조성환(趙誠煥)

충남 서산 고북 출신으로 경북대 중어중문학과를 거쳐 동 대학 대학원 중어중문학과에서 석사와 박사 학위를 받았다. 서라벌대학 중국어과에서 전임, 조교수, 부교수를 역임했으며, 고려대 민족문화연구소 연구원, 중국사회과학원 역사연구소 방문학자, 경북대 · 백석대 · 상명대 · 청운대 · 한국교통대 · 한국방송통신대 강사를 지냈다. 지금은 충남문학유산연구소를 꾸려 충남 지역에 산재한 문학유산의 발굴, 정리, 번역에 종사하고 있다. 그동안 옮기고 엮은 책으로 『북경과의 대화』, 『중국의 최치원 연구』, 『경주에 가거든』, 『서복동도』, 『압록강에서』, 『포스트모던 음식문화』, 『미식가』, 『책 향기에 취하다』, 『당시화보』, 『중국 여성 문학의 숲을 거닐다』, 『사상문』, 『중국 대표단편문학선』, 『정치가의 언격』, 『길보유고』, 『내포 가야산 한시 기행』 등 30여 권이 있다.

陶渊明的遗产

Korean language edition arranged with Zhonghua Book Company
through Linking-Asia International Co.,, Ltd. (연아인터내셔널)